Juan Marsé
Letzte Tage mit Teresa

Juan Marsé
Letzte Tage mit Teresa

Roman

Aus dem Spanischen von Andrea Rössler

Verlag Klaus Wagenbach Berlin

Die spanische Originalausgabe erschien 1966 unter dem Titel *Últimas tardes con Teresa* bei Seix Barral in Barcelona, die deutsche Erstausgabe 1988 beim Elster-Verlag, Baden-Baden.

Wagenbachs Taschenbuch 834
2. Auflage

Emser Straße 40/41, 10719 Berlin www.wagenbach.de
Umschlaggestaltung Julie August, unter Verwendung eines Ausschnitts einer Fotografie von © Mario De Biasi (1954) / Mondadori Portfolio / gettyimages. Autorenfoto von © Isolde Ohlbaum. Gesetzt aus der Aldus. Reihenkonzept von Rainer Groothuis. Das Karnickel auf Seite 1 zeichnete Horst Rudolph. Gedruckt auf Munken und gebunden bei ArtDruk, Szczecin.

ISBN 978 3 8031 2834 8

I

Oft, zum Vergnügen, fängt die Mannschaft
Den Albatros, großer Vogel der Meere,
Der, träger Begleiter ihrer Reisen,
Dem Schiff in rauhe Weiten folgt.

König blauer Höhen, plump und verschämt,
Kaum auf die Planken gestellt,
Läßt seine weiten weißen Flügel
Kläglich hängen, Rudern gleich.

Reisender der Lüfte, kraftlos jetzt und unbeholfen!
So prachtvoll einst, jetzt lächerlich und häßlich!
Der eine reizt den Schnabel mit der Pfeife,
Der andre hinkt wie er, der so hoch oben flog!

BAUDELAIRE

Langsam gehen sie über einen Teppich von Konfetti und Luftschlangen, in einer sternklaren Septembernacht, die ausgestorbene Straße ist geschmückt mit einem Girlandendach, buntem Papier und zerrissenen Lampions. Die letzte Nacht der *Fiesta Mayor** (das Konfetti zum Abschied, der Walzer zum Aufbruch), in einem Vorstadtviertel einfacher Leute, vier Uhr morgens, alles ist vorbei. Leer ist das Podium, auf dem das Orchester eben noch Melodien auf Wunsch spielte; das Klavier bedeckt mit der gelben Hülle, die Lichter erloschen, die Klappstühle auf dem Bürgersteig gestapelt. Zurück bleibt jene Trostlosigkeit, die den in Garagen und auf Terrassen gefeierten *verbenas* folgt: andere Aufgaben, andere wichtige Alltagsgeschäfte; die mühsame Arbeit der Hände mit Eisen, Holz und Ziegeln kehrt wieder, lauert in Hauseingängen und Fenstern, geduckt in Erwartung des Morgens. Der melancholische Gau-

* Diesen und andere spanische Ausdrücke siehe Glossar: Anmerkungen der Übersetzerin.

ner, dieser zwielichtige Abkömmling des Viertels, der im Sommer jedes verführerische Abenteuer umschleicht, der sterblich verliebte Begleiter der schönen Unbekannten, er weiß es noch nicht, noch ist der Sommer ein grüner Archipel. Die leuchtenden Spiralen der Luftschlangen hängen herab von Balkonen und Laternen, deren fahlgelbes Licht, gleichgültiger noch als das der Sterne, auf dem dichten Konfettiteppich zerstäubt, der die Straße in eine Schneelandschaft verwandelt hat. Eine sanfte Brise läßt das papierne Dach erzittern und entlockt ihm das kühle Rascheln eines Zuckerrohrfeldes.

Das einsame Paar paßt sowenig in diese Landschaft wie die Kleidung der beiden zueinander: Der Junge (Jeans, Basketballschuhe, schwarzer Nicki mit einer frechen Windrose auf der Brust) umfaßt die Taille des eleganten Mädchens (rosa Kleid mit Glockenrock, leichte, hochhackige Schuhe, die Schultern nackt, die langen Haare blond und glatt), das den Kopf an seine Schulter lehnt, während sich die beiden, gleichgültig den weißen Schaum auf der Straße zertretend, langsam entfernen, auf einen blassen Schimmer zu, der an der nächsten Ecke sichtbar wird: ein Sportwagen. Das Schreiten des Paares hat etwas von dem feierlichen Ritual der Hochzeitszeremonien, jene vollkommene Langsamkeit, die uns nur in Träumen vergönnt ist. Sie schauen sich in die Augen. Jetzt erreichen sie das Auto, eine weiße Floride. Unversehens fegt ein feuchter Windstoß um die Ecke auf sie zu, wirbelt Konfettiwolken empor – der erste Herbstwind, eine regnerische Ohrfeige, die das Ende des Sommers ankündigt. Überrascht bricht das junge Paar in Lachen aus und bedeckt die Augen mit den Händen. Konfetti wirbelt mit erneuter Heftigkeit um ihre Füße, breitet seine schneeweißen Flügel aus und hüllt die beiden völlig ein, verbirgt sie gar für einige Sekunden. Nun suchen sie sich, tasten ins Leere, als spielten sie Blindekuh, lachen, rufen, umarmen sich, lösen sich voneinander und warten schließlich darauf, daß diese Verwirrung sich lege, steif, Rücken an Rücken, für einen Augenblick verloren, orientierungslos in der Wolke weißer Flocken, die sie wie ein Wirbel umtobt.

Und wo auf der Welt, bei welchen Menschen
genießt er kein Anseh'n, befiehlt und herrscht er nicht,
ein junger Mann mit Willensstärke und Tapferkeit,
klarem Verstand und unbeugsamer Kraft?

ESPRONCEDA

Es gibt Spitznamen, die nicht nur eine bestimmte Lebensart widerspiegeln, sondern auch das soziale Umfeld, in dem jemand lebt.

Am Abend des 23. Juni 1956, *verbena de San Juan*, tauchte der Pijoaparte, wie man ihn nannte, in einem funkelnagelneuen, zimtfarbenen Anzug aus der Tiefe seines Viertels auf, spazierte die Straße vom Carmelo hinunter zur Plaza Sanllehy, schwang sich auf das erstbeste Motorrad, das eine gewisse Sicherheit versprach, unbestraft davonzukommen (keineswegs um es zu stehlen, diesmal nicht, sondern nur, um es zu benutzen und hinterher irgendwo stehenzulassen), und raste mit Vollgas in Richtung Montjuich. Eigentlich wollte er an diesem Abend zum Pueblo Español, zu dessen *verbena* gewöhnlich Ausländerinnen kamen; aber auf halbem Weg überlegte er es sich plötzlich anders und fuhr auf das Stadtviertel San Gervasio zu. Langsam, in der Nase die duftende Juninacht voll vager Verheißungen, fuhr er durch die ausgestorbenen, von Gittern und Gärten gesäumten Straßen, bis er sich entschloß, das Motorrad stehenzulassen und, gegen den Kotflügel eines tollen Sportwagens gelehnt, der vor einer Villa parkte, eine Zigarette zu rauchen. In dem glänzenden Blech spiegelte sich sein Gesicht wider – melancholisch und finster, gelbgrün, mit strengem Blick – vor einem schillernden Lichtermeer, während die sanften Klänge eines Foxtrotts seine Einbildungskraft liebkosten; ihm gegenüber, in einem Garten, der mit Lampions und Papiergirlanden geschmückt war, feierte man eine *verbena*.

Das Festliche der Nacht, ihre Geschäftigkeit und ihr fröhliches Treiben waren kaum dazu angetan, Schrecken zu verbreiten, schon gar nicht in diesem Viertel. Und doch konnte eine Gruppe eleganter Paare, die jetzt an dem Jungen vorbeischlenderte, ein leichtes Unbehagen nicht unterdrücken, wie ihn Unordnung stiftende, schwer einzuordnende Elemente manchmal hervorrufen. Was auffiel an dem Jungen, war die stolze Schönheit seiner südländischen Gesichtszüge und eine gewisse bedrohliche Unbeweglichkeit, die in einem merkwürdigen Verhältnis, ja, in verdächtigem Kontrast zu dem tollen Sportwagen stand. Mehr jedoch vermochten die Vorbeischlendernden kaum zu erfassen. Obwohl mit einem überaus feinen Gespür ausgestattet, sensibel für die feinsten sachlichen Unstimmigkeiten, verstanden sie es nicht, auf dieser schönen Stirn die krankhafte Gelassenheit wahrzunehmen, die extremen Entscheidungen voranzugehen pflegt, noch in den Augen, die wie wild funkelnde Sterne waren, jenen unbestimmten Schatten zu entdecken, der quälende Gedanken verrät, die bis zur moralischen Rechtfertigung eines Verbrechens gehen können. Das Olivgrün seiner Hände, die beim Anzünden der zweiten Zigarette unmerklich zitterten, war wie ein Stigma. Und in den schwarzen, nach hinten gekämmten Haaren war etwas – über ihren natürlichen Reiz hinaus –, was die Blicke der Frauen anzog, nicht ohne einen leichten Schauder zu hinterlassen: eine geheime und sinnlose Bemühung, eine tausendfach enttäuschte, aber immer noch ungebrochene Hoffnung; es war eine dieser geschniegelten Frisuren, in denen man die unverwechselbaren Spuren des täglichen Kampfes gegen Elend und Vergessen entdeckt, diese wilde Koketterie der großen Einzelgänger und der ehrgeizigen Vorgesetzten.

Als er sich endlich dazu entschloß, das Gartentor aufzustoßen, hörte seine Hand auf zu zittern, wie bei Alkoholikern, wenn sie das zweite Glas zum Mund führen, sein Körper straffte sich, seine Augen lächelten. Er ging über den kiesbedeckten Weg, und plötzlich schien es ihm, als sähe er einen Schatten, der sich hinter der Hecke rechts von ihm bewegte:

Mitten aus der nahezu völligen Dunkelheit starrte ihn zwischen den Zweigen ein funkelndes Augenpaar an. Er blieb stehen, warf die Zigarette fort. Zwei gelbliche Punkte, unbeweglich, dreist auf sein Gesicht gerichtet. Der Eindringling wußte, daß es in solchen Fällen das beste ist, dem Angreifer lächelnd die Stirn zu bieten. Doch als er näherkam, verschwanden die leuchtenden Punkte, und er konnte nur noch die undeutliche Silhouette einer Frau ausmachen, die sich hastig zur Villa hin entfernte; in den Händen hielt der Schatten etwas, was wie ein Tablett aussah. ›Das fängt ja gut an, Mann‹, sagte er zu sich und ging über den von Hecken gesäumten Weg auf die Tanzfläche zu, die eigentlich eine Rollschuhbahn war. Hände in den Taschen, absolutes Desinteresse zur Schau tragend, steuerte er zunächst das Büffet an, das unter einer großen Weide aufgebaut war, kämpfte sich durch eine dichte Mauer von Schultern hindurch und goß sich einen gespritzten Cognac ein. Niemand schien ihm die geringste Aufmerksamkeit zu schenken. Als er sich nach einem Mädchen umdrehte, das auf die Tanzfläche zuging, stieß er mit dem Arm gegen den Rücken eines jungen Mannes und verschüttete etwas Cognac.

»Entschuldigung«, sagte er.

»Macht nichts«, antwortete der andere lächelnd und rückte von ihm ab.

Die Selbstsicherheit, die aus dem Gesicht des jungen Mannes sprach, fiel auf ihn zurück. Im Halbdunkel der Weide, das Glas in der Hand, fühlte er sich für einen Augenblick wohl in seiner Haut, und möglichst unauffällig hielt er Ausschau nach einem Mädchen, das ihm vielleicht gefallen könnte, nicht allzu aufreizend, aber auch nicht zu brav. Ihm fiel auf, daß es eine *verbena* mit sehr jungen Leuten war. Siebzig waren es ungefähr. Viele der jungen Mädchen trugen Hosen, die Jungen bunte Hemden. Einen Augenblick kam er sich etwas lächerlich vor und wurde verlegen, als er bemerkte, daß er einer der wenigen mit Anzug und Krawatte war. ›Die sind reicher, als ich dachte‹, sagte er zu sich. Mit einemmal überkam ihn jenes Gefühl, das man empfindet, wenn man zur falschen Zeit im Sonntagsstaat erscheint. Einige Paare saßen am Rand des Schwimmbeckens, auf dessen klarem, blaßgrünem Wasser ein Spielzeugschiff schaukelte. Andere saßen in Grüppchen an Tischen, offensichtlich gelangweilt; unter den Bäumen führten sie öde Gespräche und tauschten schläfrige Blicke aus. In einem hell erleuchteten Fenster der unteren Etage saß ein kleines Mädchen im Pyjama und drinnen, um einen Tisch herum, eine Gruppe von Erwachsenen bei einem Gläschen Wein.

Eine endlos lange Schallplatte spielte eine klassische Rumba-Serie. Die Augen des Pijoaparte blieben wie zwei Kompaßnadeln an einem Mädchen haften, das am Schwimmbeckenrand saß. Sie war dunkelhaarig und trug einen schlichten rosa Rock und eine weiße Bluse. Mit gesenktem Kopf, offenbar nicht daran interessiert zu tanzen, vertrieb sie sich die Zeit, indem sie mit den Fingern unsichtbare Linien auf die großen, rötlichen Kacheln schrieb; eine eigenartige Schüchternheit und Verlassenheit umgab sie, als sei auch sie eben erst gekommen und kenne niemanden. Der Eindringling zögerte. ›Wenn ich nicht vor der Kleinen stehe, bevor ich bis zehn gezählt habe, schneid ich ihn mir eigenhändig ab und werf ihn den Hunden zum Fraß vor.‹ Das hohe Glas in der Hand, schon etwas selbstsicherer – warum gab es ihm eigentlich Sicherheit, sich an diesem hohen, violetten Glas festzuhalten? –, ging er über die Tanzfläche zwischen den Paaren hindurch zu dem Mädchen. Da fiel plötzlich grelles Licht, begleitet vom Gesumm der Bienen, auf seinen Kopf und seine Schultern. Sein hochmütiger Gesichtsausdruck – bewußt auf einen Traum hin entworfen – zog einen bedrohlichen, bläulichen Strahl verstohlener Blicke auf sich (seinem eigenen Traum ganz ähnlich, wie er, in heißeren Gegenden, einem schnellen Kabriolett und der schönen Blonden mit wehendem Haar darin folgte), und für Sekunden entstand ein dichtes Netz geheimer Phantasien. Doch es gab auch heikle Punkte: Er wußte sehr genau, daß sein Aussehen die andalusische Herkunft verriet – ein *xarnego*, ein Murcianer (Murcianer in einem sozialen, nicht im geographischen Sinn: eine weitere Eigenheit der Katalanen), ein Sohn aus dem fernen und geheimnisvollen Murcia …

Als er auf das Schwimmbecken zuging, sah er, daß sich ein Mädchen neben seine Auserwählte setzte und mit ihr ein herzliches Gespräch begann, den Arm um ihre Schultern gelegt. Er beobachtete die beiden aufmerksam, versuchte abzuschätzen, welche Erfolgschancen die eine oder die andere versprach. Er mußte sich für eine entscheiden, bevor er die beiden ansprach. Die, die sich gerade erst gesetzt hatte, eine Blonde in Hosen, zeigte ihr Gesicht kaum; es schien, als beichte sie ihrer Freundin, die ihr ruhig, mit gesenktem Blick zuhörte. Als sie aufsah und den Jungen, der nah bei ihnen stand, anschaute, umspielte ein Lächeln ihren Mund. Und dieser, ohne auch nur einen Augenblick zu zögern, wählte die Blonde; nicht weil sie attraktiver gewesen wäre – eigentlich hatte er ihr Gesicht kaum gesehen –, sondern weil ihn das ungewohnte Lächeln der anderen verwirrte. In dem Augenblick aber, als er vor ihnen stand und sich verbeugte – ›wohl etwas übertrieben, Idiot‹, sagte er zu sich selbst –, erhob sich plötzlich die Blonde, die ihn gar nicht bemerkt hatte, und setzte sich in einiger Entfernung neben einen Jungen, der mit der Hand das Wasser bewegte. Für den Bruchteil einer Sekunde konnte der Murcianer durch die glatten, goldblonden Haare, die das Gesicht des Mädchens teilweise bedeckten, blaue Augen sehen, die seinen Puls höher schlagen ließen. Er dachte daran, ihr hinterherzugehen, doch dann forderte er ihre Freundin auf. ›Im Grunde ist es ja egal‹, sagte er sich.

Sie hatte sich bereits erhoben und stand schweigend vor ihm, unschlüssig, sah schüchtern zu der Blonden hinüber; die aber, mit dem Rücken zu ihnen, einige Meter entfernt, merkte nichts. Schließlich gab die Dunkelhaarige es auf, die Aufmerksamkeit der anderen auf sich zu lenken, und streckte dem Unbekannten plötzlich sehr lebhaft die Hand entgegen, wobei sie wieder dieses rätselhafte Lächeln zeigte. Und anstatt sich von ihm zur Tanzfläche führen zu lassen, zog sie ihn in die dunkelste und abgelegenste Ecke des Gartens, zwischen die Bäume, unter denen zwei Paare engumschlungen tanzten. Der Pijoaparte träumte. Er bemerkte, daß die weiche und feuchte Hand des Mädchens, deren Berührung ihm sonderbar vertraut vorkam, einen unbeschreiblichen kühlen Schauder auf ihn übertrug, als hätte sie ihre Hand ins Wasser gehalten. Während er sie in den Arm nahm, setzte er sein schönstes Lächeln auf und sah ihr in die Augen. Er war größer als sie, und das Mädchen sah sich gezwungen, den Kopf ganz nach hinten zu legen, wenn sie sein Gesicht sehen wollte. Der Pijoaparte begann zu reden. Seine Stärke war die Stimme, eine rauhe Stimme, südländisch und überzeugend. Seine schönen Augen taten ein übriges.

»Sag mal, brauchst du zum Tanzen die Erlaubnis deiner Schwester?«

»Das ist nicht meine Schwester.«

»Sieht aus, als hättest du Angst vor ihr. Wer ist sie?«

»Teresa.«

Sie tanzte lustlos, sozusagen ohne sich ihres Körpers bewußt zu sein. Sie war fast neunzehn und hieß Maruja. Nein, Andalusierin war sie nicht, auch wenn sie so aussah, sondern Katalanin, wie ihre Eltern. ›Pech gehabt, da sind wir an eine *noia* geraten‹, dachte er.

»Das merkt man dir aber nicht an, du hast keinen katalanischen Akzent.«

Das Mädchen sprach wirklich ein reines Spanisch, mit flüsternder, eintöniger Stimme. Sie war sehr schüchtern. Ihr Körper, schlank, aber überraschend kräftig, zitterte jetzt in seinen Armen. Es wurde ein Bolero gespielt.

»Gehst du zur Universität?« fragte der Pijoaparte. »Es wundert mich, daß ich dich noch nie gesehen habe.«

Das Mädchen antwortete nicht, verstärkte dieses rätselhafte Lächeln. ›Langsam, du Hornochse, immer schön langsam‹, ermahnte er sich. Den Kopf senkend, fragte sie:

»Und du? Wie heißt du?‹

»Ricardo. Aber meine Freunde nennen mich Richard ... die alten Blödmänner!«

»Als ich dich gesehen habe, dachte ich, du wärst einer von Teresas Freunden.«

»Warum?«

»Ich weiß nicht ... Weil Teresa andauernd irgendwelche merkwürdigen Typen anschleppt, keiner weiß, wo sie die aufgabelt ...«

»So, ich komm dir also merkwürdig vor.«

»Ich meine ... unbekannt.«

Er brach in Lachen aus.

»Du bist süß.«

Er zog sie näher zu sich heran, streifte ihre Stirn und ihre Wangen mit den Lippen, tastete sich zum Kuß vor.

»Wohnst du hier, Maruja?«

»In der Nähe. Vía Augusta.«

»Du bist sehr braun.«

»Nicht so braun wie du ...«

»Ich bin von Natur aus so, Tatsache. Du bist vom Strand gebräunt. Ich war in diesem Jahr erst dreimal am Strand, Tatsache«, wiederholte er, ganz fasziniert von diesem Wort, »ich hatte nämlich keine Zeit, bereite mich gerade auf meine Prüfungen vor ... Wohin fährst du, nach S'Agaró?«

»Nein, nach Blanes.«

»Ah ja.«

Der Pijoaparte hatte auf S'Agaró gehofft. Aber Blanes war schließlich auch nicht schlecht.

»Hotel, Tatsache?«

»Nein.«

»Die Villa deiner Eltern?«

»Ja.«

»Du tanzt sehr gut. Jetzt hab ich dir schon tausend Fragen gestellt, aber die wichtigste hab ich vergessen: Hast du einen festen Freund?«

Unvermittelt ließ sie den Kopf auf seine Brust sinken und preßte sich heftig an ihn, zitternd. Überrascht fühlte er die drängende Bewegung ihrer Schenkel und ihres Körpers. Wieder erweckte sie in ihm das Gefühl von Verlassenheit und

Hilflosigkeit, das sie schon an der Seite ihrer Freundin bei ihm hervorgerufen hatte. Er kümmerte sich nicht darum; ›Sie wird geil, das ist alles‹, sagte er sich. Er versuchte ein paar sanfte Küsse, die ihre Oberlippe streiften, schließlich küßte er sie auf den Mund. War es bloß eine Laune eines verwöhnten Mädchens aus reichem Hause, oder war es natürlicher Selbsterhaltungstrieb – vielleicht entsprach es auch einfach nur den Tatsachen, was sie da sagte –, jedenfalls störte es ihn, als er sie sagen hörte:

»Ich habe Durst ...«

»Soll ich dir Sekt holen? Ich schätze, es gibt eine Flasche pro Paar.«

Das Mädchen lachte schüchtern.

»Nein, hier kannst du trinken, soviel du willst.«

»Ich meinte nur deinetwegen. Ihr Mädchen werdet doch schon von nichts betrunken. Also, soll ich dir was holen?«

»Ich möchte lieber *Cuba libre.*«

»Ich auch. Gute Idee. Warte hier auf mich.«

Am Himmel zischten die Raketen. Die Feuerwerkskörper, die weit entfernt und immer seltener abgeschossen wurden, die Musik und das allgemeine Summen der schlaflosen Stadt gaben der Nacht eine magische Tiefe, die andere Sommernächte nicht besitzen. Der Garten verströmte ölige, feuchte, leicht faulige Gerüche, durch die der Pijoaparte zum Büffet ging: Er bahnte sich einen Weg durch goldbraune Schultern, süßliche Ausdünstungen verschwitzter junger Körper, durch braungebrannte Nacken, entblößte Achseln und erregte Brüste. Man bedrängte ihn, während er die Getränke mixte. Noch nie hatte er aus solcher Nähe den Duft glänzender Arme wahrgenommen und das vertrauliche Funkeln himmelblauer Augen. Er fühlte sich sicher, angenehm geborgen, und nicht einmal die verantwortlich aussehenden jungen Männer (sehr wahrscheinlich die Organisatoren dieses Festes), die lauernd um ihn herumstrichen, beunruhigten ihn. Er goß ziemlich viel Rum in Marujas Glas und ging zu ihr zurück, um mit ihr anzustoßen ...

»Auf die Zukunft«, sagte er fröhlich.

Und das Mädchen trank langsam, sah ihm dabei in die Augen. Dann führte er sie zu einer Hollywoodschaukel, die mitten auf dem Rasen stand. Sie setzten sich, küßten sich lange und innig. Aber die Dunkelheit schützte sie schon nicht mehr so wie vorher. Er sah auf seine Uhr; es war gleich vier. Hinter ihnen zeichnete sich die verschnörkelte Silhouette der Villa allmählich vor dem rötlichen Licht des Himmels ab, auf dem die Sterne sanft ineinander verschmolzen wie die Eiswürfel in einem auf dem Rasen vergessenen Campari-Glas. Einige Gäste verabschiedeten sich bereits. Er mußte sich beeilen. Von dem hell erleuchteten Teil des Gartens her maßen ihn drei Jungen mit Blicken, die keinen Zweifel zuließen: Sie fragten sich, wer zum Teufel er sei und was er auf ihrer *verbena* zu suchen habe.

›Gleich beginnt der Tanz‹, sagte er zu sich, als er sich bückte, um sein Glas vom Boden aufzuheben. Dann flüsterte er dem Mädchen ins Ohr:

»Möchtest du noch einen *Cuba libre*? Geh nicht weg, ich komm gleich wieder.«

Sie lächelte verträumt.

»Bleib nicht zu lang.«

Während er die Getränke äußerst sorgfältig, ganz ohne Eile, zubereitete – er wartete darauf, daß die drei *señoritos* auf ihn zukämen –, überschlug er, was ihm noch zu tun blieb; herzlich wenig allerdings: die drei wieder loswerden, mit Maruja für morgen eine Verabredung treffen und sich verabschieden. Da hörte er ihre Schritte.

»Hören Sie mal«, sagte eine näselnde Stimme mit ironischem Unterton. »Hätten Sie die Güte, uns zu sagen, wer Sie sind?«

Der Eindringling drehte sich langsam um, in jeder Hand ein bis zum Rand gefülltes Glas. Er lächelte offen, sprühte ihnen ganz frech seine unverhohlene Gelassenheit ins Gesicht. Und als sei er darauf vorbereitet, im nächsten Augenblick einen abgegriffenen, kindischen und lächerlichen Scherz völlig wirkungslos über sich ergehen zu lassen, nickte er gnädig mit dem Kopf und antwortete:

»Ich heiße Ricardo de Salvarrosa. Stimmt etwas nicht?«

Der jüngste der drei, der über den Schultern einen weißen Pullover trug, die Ärmel lässig um den Hals geschlungen, lachte kurz auf. Der Pijoaparte wurde sofort ernst.

»Findest du meinen Namen irgendwie komisch, Freundchen?«

Mit einem flüchtigen, unerwartet drohenden Ausdruck schloß er die Augen. Als er sie wieder öffnete, konnte er es nicht lassen, einen kurzen Blick auf die Gläser in seinen Händen zu werfen, so als wolle er sich noch einmal des Grundes versichern, der ihn davon abhielt, seinem Gegenüber den Hals umzudrehen. Vielleicht gerade deshalb, obwohl eigentlich gar nicht so klar war, was er zu verstehen geben wollte, zweifelte niemand an seinen Worten, als er hinzufügte:

»Da hast du aber noch mal Glück gehabt.«

»Wir wollen hier keinen Ärger, verstanden?« sagte der andere.

»Wer will denn Ärger, mein Freund?« antwortete er, ohne die Ruhe zu verlieren.

»Na gut, mal sehn: Wer hat dich zu dieser *verbena* eingeladen? Mit wem bist du gekommen?«

Plötzlich setzte der junge Mann aus dem Süden ein würdevolles Gesicht auf und hob stolz den Kopf. Er hatte soeben hinter den Jungen eine Dame entdeckt, die ihn mit verschränkten Armen kühlabschätzend beobachtete, eine Geste, die aber nur schlecht ihre Unruhe verbergen konnte. Das mußte die Gastgeberin sein. Entschlossen, die Angelegenheit so schnell wie möglich zu bereinigen, ging er entschiedenen Schrittes auf sie zu, zwischen den Jungen hindurch. Wieder stand ein strahlendes Lächeln auf dem Gesicht des Murcianers; er machte eine kurze Verbeugung vor der Dame und sagte dann mit einer Ruhe und Sicherheit, die sein jugendlicher Charme noch verstärkte:

»Zu Ihren Diensten, Señora. Ich bin Ricardo de Salvarrosa, sicherlich kennen Sie meine Eltern.«

Die Dame war verblüfft, offensichtlich ohne es zu wollen, aber dies versetzte sie in die glückliche Lage, noch etwas mehr von der erstaunlichen pijoaparten Galanterie genießen zu können.

»Ich bedaure es sehr, nicht das Vergnügen gehabt zu haben, Ihnen vorgestellt zu werden ...«

Er sprach von der *verbena* und davon, wie ausgezeichnet doch dieser Garten für solcherlei Feste geeignet sei, erging sich in liebenswerten und amüsanten Betrachtungen über die große Familie, der sie heute nacht doch alle angehörten, trotz einiger neuer Gesichter, redete von der Ruhe des Wohnviertels, wie nützlich der Swimmingpool im Sommer sei, von seinen Vorteilen gegenüber dem Strand usw. Die versteckte Arroganz in seiner Stimme machte manchmal die deutliche Anstrengung zunichte, mit der er einen respektvollen Ton zu treffen suchte. Auch sein Akzent fiel auf, ein Akzent, der zeitweilig für südamerikanisch durchgehen mochte, genauer betrachtet aber nicht mehr als eine simple Deformation des Andalusischen darstellte, das durch die katalanische Vorstadtmühle gedreht worden war – mit einer leichten Öffnung der Vokale, häufigen Zischlauten und ganz besonders einschmeichelnden Wendungen –, eine Deformation um einer Wortwahl willen, die es auf die gängigsten Modeausdrücke abgesehen hatte, eine verschwenderische Fülle von Adverbien, die in seinen Ohren gut klangen, obwohl er sie nicht einmal korrekt anzuwenden wußte, ja, die er sogar miteinander verwechselte und völlig überraschend und willkürlich benutzte, immer aber respektvoll, mit echter Redegewandtheit, fast könnte man sagen, mit dem unzerstörbaren, rührenden Glauben von Analphabeten an die erlösenden Kräfte der Kultur.

Das Gesicht der Frau zeigte keine Regung. Selbstverständlich zwang sie sich dazu, dem Blick des Eindringlings, dieses gutaussehenden Flegels, dessen lächerliche Sprechweise seine Herkunft verriet, standzuhalten; und sie hielt ihm lange stand in der Absicht, ihn zu vernichten. Aber sie hatte die miteinander streitenden Kräfte und das Ausmaß des gegenseitigen

Argwohns nicht richtig eingeschätzt: Die Folgen für die gute Señora waren katastrophal (die einzige Genugtuung, die ihr blieb – falls sie sie denn zu schätzen wußte –, war die Wahrnehmung eines leichten Zitterns in irgendeinem verborgenen Teil ihres Wesens, den sie abgestorben glaubte, ein Zittern, das sie seit Jahren nicht mehr verspürt hatte). Sie beeilte sich, ihren Blick zu einem der Jungen wandern zu lassen.

»Was geht hier vor?«

»Nichts, Mama. Ich bring das schon in Ordnung.«

Dem Pijoaparte kam eine Idee.

»Señora«, sagte er mit einer gequält würdevollen Stimme, »da man mich hier offensichtlich beleidigt, und um Ihnen einen peinlichen Auftritt zu ersparen, würde ich es vorziehen, mit Ihnen in Ihrem Büro zu sprechen.«

Jetzt war die Frau sprachlos. Sie wollte dem Jungen gerade antworten, daß sie selbstverständlich nichts in ihrem Büro zu besprechen hätten, daß sie überhaupt kein Büro habe, aber da hatte der Pijoaparte schon eine neue Idee.

»Also gut«, sagte er bedeutungsvoll. »Man hat mich gebeten, das Geheimnis zu wahren, ich weiß auch nicht, warum, aber jetzt ist der Zeitpunkt gekommen, wo ich sprechen muß.«

Er machte eine Pause und fügte dann hinzu: »Ich bin mit Teresa gekommen.«

Was veranlaßte ihn, sich hinter dem Namen jenes schönen blonden Mädchens, hinter Marujas Freundin, zu verschanzen? Er wußte es selbst nicht genau; vielleicht hoffte er, daß das Mädchen schon gegangen war, was die Aufdeckung der Wahrheit verhindern oder zumindest auf den nächsten Tag verschieben würde. Auch waren ihm gerade die Worte eingefallen, die Maruja über ihre Freundin gesagt hatte: »Teresa schleppt andauernd irgendwelche Unbekannte an.« Jedenfalls hatte er mit Teresas Namen ins Schwarze getroffen – es wurde still. Die Señora lächelte, stieß einen Seufzer aus und hob den Blick zum Himmel, als wolle sie ihn zum Zeugen anrufen. Prompt brach einer der Jungen in lautes Lachen aus, womit der Pijoaparte nicht gerechnet hatte. ›Zum Teufel mit diesen Leuten‹, sagte er zu sich.

»Willst du damit sagen«, fragte einer der *señoritos,* »daß sie dich eingeladen hat?«

»Genau.«

»Ich hätte es beschwören können«, rief der andere und sah seine Freunde an. »Ihre neueste politische Entdeckung.«

»Und wohin hat sich diese blöde Gans verzogen?« fragte der Sohn des Hauses. »Wo ist Teresa?«

»Sie und Luis bringen Nené nach Hause. Es kann nicht lange dauern.«

»Tere wird täglich verrückter«, erklärte der, der so gelacht hatte. »Vollkommen verrückt.«

»Eine alberne, eingebildete Pute«, stimmte der Sohn des Hauses zu.

»Carlos ...«, ermahnte ihn seine Mutter.

»Das geht zu weit. Soll sie doch einladen, wen sie will, aber vorwarnen kann sie einen ja wenigstens, verdammt. Der werd ich was erzählen.«

»Nun gut, Kinder«, schloß die Señora, die noch immer den devoten Blick des Murcianers auf sich spürte. Dieser hatte nichts von dem, was hier geredet wurde, verstanden.

Jetzt, da das Problem momentan gelöst war (sie kannte die Tochter der Serrats, eine chaotische, dreiste Person, und wußte, daß sie durchaus dazu fähig war, mit einem Zigeuner aufzutauchen), verabschiedete sich die Señora mit einem gelangweilten Lächeln und ging ins Haus. Das Fest war zu Ende. Die jungen Herren schlenderten zögernd zur Tanzfläche. Man hörte, wie der Sohn des Hauses in finsterem, Vergeltung androhendem Ton zu seinen Freunden sagte:

»Wenn diese dumme Ziege kommt, sagt mir Bescheid.«

Maruja wartete noch an derselben Stelle, unbeweglich, nachdenklich, ein bißchen verwirrt, wie eine dieser Unglücklichen, die sich in einem bestimmten Augenblick ihres Lebens dazu entschließen, ein ordentliches Mädchen zu werden, wobei aber schon in diesem Moment, aus Gründen, die sie selbst nicht völlig zu verstehen vermögen, das Leben eines ordentlichen Mädchens sie überhaupt nicht mehr befriedigen kann. In ihrem Gesicht, in ihrem Lächeln vielleicht, lag die wehmütig rührende und völlig nutzlose Besessenheit der Menschen, die Armen und Reichen raten, sich zu lieben. Während sie sich zitternd in die Arme des Murcianers ergab, verströmte sie so etwas wie eine lange Zeit ertragene moralische Erschöpfung, die sie jetzt entflammte und verriet. Von ihrer nur vorgeschützten Anständigkeit blieb nicht mehr übrig als eine natürliche Schüchternheit und ein glückseliger Ausdruck der Hilflosigkeit, den der Murcianer nicht zu deuten gewußt hätte, der ihm aber außerordentlich vertraut erschien und ihn gleichzeitig beunruhigte, als erahne er darin eine bereits bekannte Gefahr.

Sie tanzten und küßten sich; dort, wo der Garten am dunstigsten und dunkelsten war, schreckten die Vögel auf unter einem rötlichen Himmel, der zwischen den Zweigen der Akazien zu zucken schien. Der Junge aus dem Süden spielte jetzt nichts mehr, plötzlich kamen glühende Liebeserklärungen über seine Lippen, erfüllt, verzehrt vom Fieber der Aufrichtigkeit. Noch in den Situationen, in die er sich, bodenlos leichtsinnig, mit seiner Vorliebe für Intrigen gebracht hatte, und selbst wenn ihn seine Fähigkeiten zur Lüge und seine Gewitztheit allzusehr verführt hatten, besaß er etwas, was ihm ein sonderbares Selbstverständnis, ein Bewußtsein seines Stellenwerts und seiner inneren Größe verlieh, etwas, was ihn in bestimmten Augenblicken verpflichtete, mit offenen Karten zu spielen. Und obwohl er es nicht wollte, mußte sich sein Mund vollkommen mit dem des Mädchens vereinen, in dem klaren Bewußtsein, einen Teil des Liebesrituals zu vollziehen, das Glauben und Bereitschaft zur Hingabe fordert, eine bestimmte Einfalt, die sich noch aus heroischen Jugendträumen nährt und deren Überleben weit mehr als einen simplen Zeitvertreib darstellt und mehr Preisgabe, mehr Phantasie und mehr Mut verlangt als das, was die anderen Jugendlichen auf dieser *verbena* so selbstverständlich zur Schau stellten.

Die Musik war verstummt. Er verabredete sich mit dem Mädchen für den kommenden Tag, nachmittags um sechs, in einem Lokal an der Calle Mandri. Dann bot er ihr höflich an, sie zu begleiten, doch sie erwiderte, sie müsse auf ihre Freundin Teresa warten, die versprochen habe, sie mit dem Auto nach Hause zu bringen. Er drängte sie nicht, zog es vor, die Dinge so zu belassen, wie sie waren.

Dort, unter den in zartes Rosa getauchten Akazien, in der Morgenluft, die dem Garten neue Düfte entlockte, umarmte und küßte der Junge aus dem Süden das Mädchen zum letzten Mal, wild, so als zöge er in den Krieg.

»Auf morgen, Liebste ...«

»Auf immer, Ricardo ...«

Als Ricardo de Salvarrosa an der Hausherrin vorbeiging, verabschiedete er sich mit einem zurückhaltenden und höflichen Kopfnicken.

Um alles zu besitzen,
darfst du, der du nichts hast, nichts besitzen wollen:
Um alles zu sein,
darfst du, der du nichts bist, nichts sein wollen.

San Juan de la Cruz

Der Monte Carmelo ist ein kahler, verdorrter Hügel im Nordwesten der Stadt. Oft sieht man leuchtendbunte Drachen vor dem Blau des Himmels, an unsichtbaren Fäden von geschickten Kinderhänden geführt, zitternd im Wind erscheinen sie über der Spitze des Hügels wie Schilde, die von einem kriegerischen Traum künden. In den grauen Nachkriegsjahren, als ein leerer Magen und grüne Läuse jeden Tag nach einem Traum verlangten, der die Realität erträglicher machte, war der Monte Carmelo ein bevorzugtes, fabelhaftes Gelände für die Abenteuer der zerlumpten Kinder aus den Vierteln Casa Baró, Guirnardó und La Salud. Sie stürmten auf die Anhöhe, dorthin, wo der Wind pfeift, um grob zusammengezimmerte Drachen steigen zu lassen, die sie aus Mehlkleister, Stöcken, Lumpen und Zeitungspapier selbst gebastelt hatten. Lange Zeit zitterten sie, schlängelten sich wild am Himmel der Stadt, Fotografien und Nachrichten vom Vorrücken der Deutschen an den europäischen Fronten; es herrschten Tod und Trostlosigkeit, wöchentliche Rationierungen für die Spanier, Elend und Hunger. Heute, im Sommer 1956, tragen die Drachen des Carmelo weder Nachrichten noch Fotos und sind auch nicht aus Zeitungen gemacht, sondern aus feinem Seidenpapier, in einem Geschäft gekauft, in schreienden Farben, unerhört. Doch obwohl sie schöner aussehen, sind viele immer noch selbstgebaut, ihr Gerüst ist plump und behäbig, und sie steigen nur mühsam – noch immer sind sie die Standarte des Viertels. Der Hügel erhebt sich neben dem Parque Güell, dessen grünes Laubwerk und architektonische Feenwelt er skeptisch über die Schulter hinweg beäugt, und bildet eine Kette mit dem benachbarten Turó de la Rubira und der Montana Pelada. Schon seit gut einem halben Jahrhundert ist er kein einsames Eiland in der Umgebung mehr. Vor dem Krieg bestanden dieser Stadtteil und das Viertel Guinardó aus Villen und ebenerdigen Häuschen. Damals noch waren sie Zufluchtsort für einige privilegierte Geschäftsleute der barceloneser Mittelschicht – falsche Pfauen, von deren Tritten man in manchem alten Chalet oder verfallenen Garten noch heute Spuren findet. Sie verschwanden jedoch. Wer weiß, ob sie beim Anblick der ankommenden Flüchtlinge der vierziger Jahre, die wie Schiffbrüchige keuchten und deren Haut nicht nur von der erbarmungslosen Sonne eines verlorenen Krieges, sondern auch von einem ganz und gar gescheiterten Leben verbrannt war, schließlich des nationalen Schiffbruchs gewahr wurden, der für immer überfluteten Insel, des verlorenen Paradieses, das dieser Monte Carmelo in den nächsten Jahren werden sollte. Denn sehr bald erreichte die heranflutende Stadt auch seinen südlichen Zipfel, umfloß langsam seine Flanken und setzte ihren Weg fort, dehnte sich aus nach Norden und Westen; bis hin zum Valle de Hebrón und Los Penitentes. An seinen wie bei einem Amphitheater gefächerten Hängen wächst herbgrünes Gras, hier und da betupft mit fröhlichen Ginsterflecken. Eine asphaltierte Schlange, fahl im grellen Morgenlicht, schwarz und heiß und wohlriechend in der Abenddämmerung, berührt, von der Plaza Sanllehy kommend, den Seiteneingang des Parque Güell und steigt die östliche Flanke hinauf, über eine Niederung voll alter Johannisbrotbäume und armseliger Gärten mit Baracken hinweg, bis sie die ersten Häuser des Viertels erreicht: Dort zischt ihr breiter, erhitzter Kopf und zerbirst, und nicht asphaltierte Straßen tauchen auf, krumm, staubig, einige versuchen noch höher zu steigen, während andere hinunterführen, sie schießen in alle Richtungen, stürzen den nördlichen Abhang hinunter; in die Ebene in Richtung Horta und Montbau. Außer den alten Chalets und dem einen oder anderen neueren Datums, das in den vierziger Jahren erbaut worden war, als die Grundstücke billig waren, sieht man von Emigranten errichtete rote Ziegelsteinhäuschen, Balkone, von deren Gittern die Farbe abgeblättert ist, rostige, winzige Hinterhofgalerien mit vorgetäuschtem Blumenreichtum, in denen Frauen Pflanzen begießen, die in durchlöcherten Holzkübeln wachsen, und Mädchen Wäsche aufhängen, eine Klammer zwischen den Zähnen, ein Lied auf den Lippen. Am Fuße der Treppe zur Wallfahrtskapelle der Karmeliter befindet sich ein öffentlicher Brunnen, umgeben von einer Wasserlache, in der die Kinder mit nackten Füßen herumplatschen; eine dunkle Röte von Jodtinktur auf zappeligen, sonnengebräunten Schienbeinen, auf unwilligen Knien, in olivfarbenen, plattnasigen Gesichtern mit vorstehenden Backenknochen und Augenlidern von asiatischer Zartheit. Über ihnen Staub, Wind, Trockenheit.

Das Viertel wird von einfachen Leuten bewohnt, ein würziger Salat aus verschiedenen Regionen des Landes, besonders aus dem Süden. Manchmal kann man ihn sehen, wie er auf der Treppe der Wallfahrtskapelle sitzt oder, die Hände auf dem Rücken, auf dem freien Feld sein Heimweh nach dem Landleben spazierenführt, ihn, den Alten in der grauen Bauernjacke, dem bis oben zugeknöpften Baumwollhemd und dem schwarzen Hut mit breiter Krempe. Es gibt zwei Zeiten im Leben dieses Mannes: jene, in der er nachdenken mußte, bevor er aufs Feld ging, und die jetzige, in der er aufs Feld hinausgeht, um nicht nachdenken zu müssen. Und es sind dieselben Gedanken, dieselbe Ungeduld ist es wie damals, die heute die Gesten und Blicke der jungen Männer des Monte Carmelo beherrscht, wenn sie die Stadt von oben betrachten, und so sind es dieselben Träume, nicht hier entstanden, sondern schon mit ihnen oder im Herzen ihrer emigrierten Väter hergereist. Ungeduld und Träume, die jeden Morgen neu den Abhang hinuntergleiten und sich über die Dächer der sich räkelnden Stadt wälzen zu den Lichtern und Gebäuden hin, die aus dem Nebel aufragen. Träge schwarze Augen, noch nicht besiegt, mit halbgeöffneten Lidern und scheu, betrachten mißtrauisch das unermeßliche bläuliche Nebelmeer und die Lichter, die, von oben besehen, täglich neu einen gewissermaßen hochzeitlichen Empfang versprechen, eine körperlich spürbare Vereinigung mit der Hoffnung. An strahlenden Sommermorgen, wenn die Kinderbanden in Trauben die Abhänge hinuntertollen und mit ihren Füßen den Staub aufwirbeln, ist der Monte Carmelo wie ein Lampenschirm. Aber jene Atmosphäre völliger Versöhnung, allumfassender Gnade im Hier und Jetzt, die sonntags die Stadt durchflutet wie der Duft verwelkter Rosen, erreicht den Carmelo kaum. Das liegt nicht nur an seiner Höhe: Hier herrscht sozusagen noch immer das Grinsen des Baal, des heidnischen Gottes, den Isebel verehrte und der von Palästinas heiligem Berg verbannt wurde, ein Grinsen, so kräftig wie ein Muskel, voll unzüchtiger List und Ironie gegenüber dem verlogenen weißen Sonntagslächeln, das den Hügel in der Absicht befällt, seine Bewohner in weiß Gott was für eine elende Harmonie mit der Resignation und der Natur zu versetzen. Denn so weit ist es noch nicht: Man hat Hunde und Menschen gesehen, die auf dem Carmelo herumirrten wie Schiffbrüchige auf einer Insel, und manchmal erschaudern die Straßen von einem richtungslosen, wie wahnsinnigen Wind, der in wütenden, empörten Stößen scheinheilige Ansagerstimmen aus dem Radio, widerliche Lieder, Kindergejammer, Zeitungspapier, verbrannte Stoppeln, den Geruch von nassem Gras, Katzenkot, Zement, Heu und Harz mit sich reißt; erfahrene Fliegen schwirren umher, eine Pappschachtel, mit Wörtern in einer schnell vertrauten Sprache bedruckt *(Dry-milk – Donated by the people of the United States of America)*, rollt über den Boden und stößt gegen die Füße eines regungslosen Jungen mit braunem Gesicht und rabenschwarzem Haar, der die Stadt vom Straßenrand aus betrachtet, als beobachte er eine schmutzige Pfütze.

Es ist der Pijoaparte. Er hat einen Bengel nach einem Päckchen Chester ins Café Delicias geschickt. Während er wartet, richtet er den Knoten seiner Krawatte und die weißen Manschetten seines Hemdes. Er trägt denselben Anzug wie am Vorabend, Sommerschuhe mit Lochmuster, Krawatte und Ziertuch in derselben hellblauen Farbe. Hinter seinem Rücken hört er glucksendes Gelächter; an der Ecke der Calle Pasteur tuschelt eine Gruppe von Jungen seines Alters über ihn. Als er sich umdreht und sie ansieht, wenden sich ihre Köpfe wie von einem Windstoß bewegt zur Seite.

Eben hat er sein Haus verlassen, das zu einem Heer von Baracken gehört, die hinter der letzten Biegung auf einer über der Stadt schwebenden Platte stehen. Geht man die Straße hinunter auf die Plattform zu, so hält der Eindruck, dem Abgrund entgegenzugehen, so lange an, wie der Blick benötigt, um die Ziegelsteinhäuschen zu entdecken. Ihre geteerten Eternitdächer sind mit Steinen übersät. Die in zarten Farben gestrichenen Häuser, kaum höher als ein Mensch, stehen in Reihen, die aufs Meer hinausweisen, bilden saubere Gäßchen, sorgfältig gefegt und besprengt. Einige Häuser haben kleine Innenhöfe, in denen ein Weinstock wächst. Unten, im Hintergrund, erstreckt sich die Stadt bis zur tiefblauen Unendlichkeit des Mittelmeers, vom Dunst und dumpfen Lärm der ermüdenden Industriearbeit überdeckt, die grauen Flaschen der Sagrada Familia tauchen auf, die Türme des Krankenhauses San Pablo und, weiter entfernt, die schwarzen Nadeltürme der Kathedrale und die Altstadt; ein Schattengerinnsel. Das verschwommene Panorama beschließen der Hafen und der Meereshorizont, die Metalltürme der Verladebrücke und die aggressive Silhouette von Montjuich.

Das Haus des Jungen ist das zweite in der rechten Reihe, am Rand der letzten Ausläufer des Hügels. Er wohnt zusammen mit seinem älteren Bruder, seiner Schwägerin und vier schrecklichen Gören. Das Haus hatte dem Schwiegervater gehört, einem alten Mechaniker aus dem Perchel, der 1941 mit seiner Tochter im Zuge einer der ersten großen Einwanderungswellen hierhergelangt war, nachdem er seine Frau verloren und das Handwerkszeug und einige Ersparnisse hatte retten können. Er hatte das Häuschen mit seinen eigenen Händen gebaut und am oberen Ende der Straße zwischen einer Bäckerei und der heutigen Bar Pibe einen kleinen Schuppen gekauft und in eine Fahrradwerkstatt verwandelt. Allem Anschein nach hätten die Geschäfte nicht schlechter gehen können. Der Alte starb, als er seine Tochter, eine rundliche, rührselige Frau mit warmherzigem und unterwürfigem Blick, verheiratet wußte und seinen aus Ronda stammenden Schwiegersohn, der das Mädchen auf der Fiesta Mayor von Gràcia beim Autoscooter kennengelernt hatte, in den Beruf eingearbeitet hatte. Der Junge aus Ronda erbte das bescheidene Geschäft und erlebte eine Riesenüberraschung: Die Einnahmen stammten in Wirklichkeit nicht aus der Werkstatt, sondern von einem Menschen mit vornehmem Aussehen und gewandter, klerikaler Redeweise, den sie im Viertel den Kardinal nannten und der sich als Käufer alter Motorräder entpuppte, die ein vorzeitig gealterter, wortkarger Grünschnabel aus dem Guinardó in die Werkstatt brachte, immer nachts. Motorräder, deren Herkunft und weitere Bestimmung – nach ihrer Demontage in der Werkstatt und ihrer Übergabe an den Kardinal – der alte Mechaniker aus dem Perchel seinem Schwiegersohn an dem Tag, bevor er ihm seine Tochter übergab, mit der lachenden Verlegenheit dessen enthüllte, der ein Hochzeitsgeschenk überreicht, das seine Mittel offensichtlich übersteigt. Mit Ach und Krach, mit Phasen der Passivität, in denen die Schließung der winzigen Werkstatt drohte, und solchen der Euphorie (vier an der Zahl – aus ihnen gingen die vier Kinder hervor) lief das heimliche Geschäft mit den gestohlenen Motorrädern weiter, wenn es auch niemals so viel einbrachte, daß die Familie die Wohnung oder das Viertel hätte wechseln können. Es waren schwere Zeiten. Andere kleine Gauner, mehr oder weniger zart und anmutig (der Kardinal wählte aus), lösten einander bei der Lieferung ab, als der aus dem Guinardó stammende Junge nach Frankreich auswanderte. Sie kamen aus weiter entfernten Vierteln und aus den großen Trabantenstädten, aus Verdum, La Trinidad und Torre Baró. Niemals waren es mehr als zwei gleichzeitig, mehr duldete der Kardinal nicht. Im

Herbst 1952, als der Pijoaparte unerwartet auf dem Monte Carmelo auftauchte und seinen Bruder um Unterkunft bat, bekam das Geschäft einen entscheidenden Impuls, ganz persönliche Reize waren im Spiel, für die der Kardinal besonders empfänglich war. Doch all das durchschaute man erst viel später.

»Hier, Manolo«, sagte eine Kinderstimme neben ihm.

Er gab dem Kleinen eine Peseta Trinkgeld und steckte sich die Schachtel Chester ein. Während er den Abhang hinunterging, hörte er ein Pfeifen und Böllern über sich: die restlichen Raketen einer *verbena* des Vorabends am strahlendblauen Nachmittagshimmel.

Um sechs Uhr war er im Café Escocés in der Calle Mandri. Es war kaum jemand da. Er wartete drei Stunden lang auf das Mädchen. Niedergeschlagen und enttäuscht kehrte er nach Hause zurück.

Mitte September desselben Jahres fuhren er und einer seiner Kumpane, auch er vom Monte Carmelo, mit zwei Mädchen auf Motorrädern zum Baden an einen Strand in der Nähe von Blanes. Es war ein Sonntag. Frühmorgens fuhren sie mit ihren Picknickkörben los. Zum ersten Mal in seinem Leben gestattete sich der Pijoaparte ein erotisches Abenteuer mit einem Mädchen aus seinem Viertel, ein unerwartetes Zugeständnis, in dem seine Freunde den Anfang vom Ende zu sehen glaubten.

Vier Kilometer hinter Blanes hatten sie die Landstraße verlassen und waren in einen Seitenweg eingebogen, der über ein Privatgrundstück zum Strand führte. Langsam glitten sie durch den weichen Staub. Der Pijoaparte mißachtete das Schild mit der Warnung: *Privatweg. Durchfahrt verboten.*

»Scheiß was auf ihre Schilder«, schimpfte er. »Wie zum Teufel sollen wir sonst an den Strand kommen? Mit dem Hubschrauber?«

»Ja genau!«

Sein Freund folgte in einigem Abstand und lachte leise. Bernardo Sans war ein Junge von kleinem Wuchs, kräftig, mit winzigen, trägen Augen, die dicht neben der riesigen Nase standen, und mit einem vorspringenden, etwas schiefen Kinn, das seinem Gesicht einen gutmütigen und traurigen Zug verlieh. Sans bewunderte seinen Freund und hätte sich für ihn umbringen lassen. Er war das siebte Kind eines katalanischen Zigeuners, der sich in Gràcia mit dem Striegeln von Pferden beliebt gemacht hatte. Das Mädchen auf dem Rücksitz war seine Freundin, die Rosa, pummelig und kurzbeinig, mit Mondgesicht und üppigen Brüsten.

Der Weg führte sie bis zur Rückseite einer alten, riesengroßen und stillen Villa, die sie links umfahren mußten. Mit den Motorrädern durchbrachen sie die Einzäunung, die einen Pinienwald umgab, und wählten dann einen schattigen Platz in geringer Entfernung zum Strand. Anfangs wurden ihre Blikke immer wieder von der riesigen Villa aus rotem Ziegelstein angezogen, die sich etwa zweihundert Meter entfernt majestätisch erhob, mit Blick aufs Meer, die Mauern efeuberankt. Es war ein altes Gebäude aus dem Anfang des Jahrhunderts, dessen zwei Türme mit den schiefergrauen Kronen ihm trotz einiger Umbauten das Aussehen eines mittelalterlichen Schlosses verliehen; an einer Seite grenzte eine Terrasse unmittelbar an die sich ins Meer stürzenden Felsen; in die Felswand hatte man einige Stufen gehauen, die zu einem Steg führten, wo ein Motorboot lag.

Sie stellten fest, daß sie nicht die ersten waren, die in dieses Privatgrundstück eingedrungen waren: Der Zaun war kaputt, und unter den Pinien fanden sich Essensreste und fettiges Papier. Aber es war niemand zu sehen, und eben der Reiz der vagen Vorstellung, sich in der mächtigen Hand eines Großgrundbesitzers zu befinden, trieb sie dazu, aus reinem Übermut noch einige Meter mehr von der Einzäunung umzustürzen.

»Scheiße, man sollte alles kurz und klein schlagen«, sagte Sans.

Der Pijoaparte schwieg. Den Mädchen, die sich bereits ausgezogen hatten, gelang es schließlich, sie von ihrem destruktiven Tun abzubringen, indem sie sich lachend auf sie warfen und mit ihren Körpern wohlverdiente Beachtung forderten. Nach dem Frühstück badeten sie, spielten Ball und liefen den menschenleeren Strand entlang. Ab und zu wehte die Meeresbrise eine weit entfernte Musik zu ihnen, zweifellos aus der Villa kommend. Der Pijoaparte langweilte sich bald. Er schlenderte am Wasser entlang oder drang, ohne Bescheid zu sagen, in den Wald ein und tauchte erst nach einer halben Stunde wieder auf. Sein Verhalten war ärgerlich, verwunderte aber nicht. Seit kurzem war er leicht erregbar und grübelte viel. Von Zeit zu Zeit legte er sich in den Sand, weit weg von den anderen, die Hände im Nacken verschränkt.

Lola, seine Partnerin, versetzte ihn nur in noch schlechtere Laune mit ihren freundlichen Fragen und ihrem maßlosen Drang, zu gefallen und nützlich zu sein, aber sie bediente sich dabei nicht ihres Körpers (der nach Meinung des Murcianers das einzige ist, was die Mädchen vom Carmelo zu bieten haben und was sie bieten müssen, wenn sie wirklich irgendwie behilflich sein wollen), sondern ihrer geringen Intelligenz. Und als ob das nicht schon genug gewesen wäre, hatte er längst erkannt, daß sich das Mädchen nicht verführen lassen würde. Sie war eine Bekannte von Bernardo Sans' Freundin und lebte auch auf dem Carmelo, aber der Pijoaparte hatte bisher kaum auf sie geachtet. Sie gefiel ihm nicht. Er hatte der Bitte des Sans zugestimmt, sie mitzunehmen; der hatte sie ihm empfohlen und versichert, das Mädchen sei erste Klasse. Aber als sich nach dem Mittagessen jeder der Jungen einen diskreten Platz unter den Pinien suchte und sich mit seinem Mädchen hinlegte, sah er seinen Verdacht bestätigt, daß er jene standfeste, halsstarrige und uralte Substanz in Händen hatte, die Folge von Überzeugungen, die in den tiefen Abgründen eines unüberwindlichen Mißtrauens wurzeln, diese eigenartige Substanz, die seit wer weiß wie langer Zeit drei Viertel der Frauen bestimmt, die in einem südlichen Land den Wohlstand der Mittelklasse erstreben, die Angst vor der körperlichen Liebe nämlich.

Außerdem hörte sie nicht auf zu reden.

»Nein, nicht daß ich nicht will«, sagte sie mit schriller Stimme, neben ihm liegend und zerstreut die Hände beaufsichtigend, die sie streichelten, »das ist es nicht, ich bin halt so, und denke nur nicht, daß du mir nicht gefällst, du hast mir von Anfang an gefallen. Ich hab dich jeden Abend an unserem Haus vorbeigehen sehen, vor allem im letzten Winter, wenn du auf dem Weg zur Kneipe warst, und ich dachte immer, du seist nicht so wie die anderen, nicht nur hübscher, anders eben, obwohl auch du sonntags mit den Alten in der Bar Delicias Karten spielst, anstatt tanzen zu gehen, und trotz allem, was man über dich im Viertel sagt und über deine Freunde, den Sans und andere, daß ihr gestohlene Motorräder verkauft und Autos ausplündert und daß dein Bruder euch in seiner Fahrradwerkstatt hilft, du wirst schon sehen, wohin das führt, warte nur ab, sagen sie, weil, woher habt ihr denn das Geld? Nicht daß es mir etwas ausmacht, aber es ist nun mal so, es ist nicht einfach, Geld zu verdienen, und du hast nie gearbeitet, soviel ich weiß, nur ein bißchen, als du vom Dorf hierhergekommen bist, in der Werkstatt deines Bruders, und ich sage dir ja, nicht daß es mir etwas ausmacht ... Bitte nicht, nicht hier ... Manchmal hast du viel Geld gehabt, sag jetzt nicht, das sei gelogen, und so viel Geld verdient man nicht, wenn man ehrlich arbeitet.«

Sie schwieg einen Augenblick angesichts seines Stoßseufzers und zog sich wieder einmal die Träger des Badeanzugs hoch; er wartete zehn Sekunden und schob sie erneut herunter, ohne viel Hoffnung: Lola war eine dieser Frauen mit schwermütigem, kraft- und freudlosem, abgestorbenem Körper, die verbraucht scheinen, obwohl sie nie gebraucht wurden, und deren Ausdruck des Ekels, der tief in ihre aufgedunsenen und naiven Gesichter eingegraben ist, nicht ausschweifendem Liebesleben entspringt, sondern gerade dem Umstand, niemals geliebt zu haben. Ihr Gesichtsausdruck ist eine Mischung aus Überdruß, Anmut und Ziererei, als ob sie mit ihrer Nase ständig einen üblen, aber irgendwie ihrer Seele oder ihrem Egoismus wohltuenden Geruch erhaschten, oder wie immer man es nennen will, was sie ihr ganzes Leben lang auf ihrer sinnlichen Einsamkeit beharren läßt.

»Und nicht, daß ich mich in deine Sachen einmischen will, Manolo, wirklich nicht, ich bin kein Klatschweib, da kannst du fragen, wen du willst, aber man spricht auch über dich und dieses unsympathische Mädchen, die Hortensia, die Nichte des Kardinals, immer treibst du dich bei ihnen rum, warum eigentlich? Obwohl ich ja glaube, daß es nicht ihretwegen ist, sondern wegen ihres Onkels und der Geschäfte, in denen ihr eure Finger habt, Mensch, das ist auch so ein seltsamer Kerl, es ist doch klar, daß zwischen ihm und Luis Polo etwas war, diesem Burschen aus Galizien, der zu deiner Bande gehörte und angeblich von der Polizei erwischt wurde, als er gerade den Wagen eines Ausländers ausräumte und du wie durch ein Wunder entkommen konntest, das sagen sie im Viertel; einen Samstag bin ich mit der Rosa ins Kino gegangen, an dem Tag hatte sie sich mit Bernardo gestritten, sie hat nur geheult und hat mir alles erzählt ... Au, sei nicht so roh, du tust mir weh!«

Sie bedeckte ihre Brust mit den Armen, noch immer spürte sie seinen Biß, aber seinen sehnsüchtigen Blick und die Zärtlichkeit seiner Hand, die ihr Haar streichelte, nahm sie nicht wahr, und so redete sie weiter:

»Siehst du, ihr seid alle gleich, und was ist hinterher, dann langweilt euch das ... was machst du da, bitte nicht ...« Ihre Stimme verlor an Festigkeit, löste sich langsam auf.

»Das nicht, ich wußte, daß das passieren würde ... Was wirst du denn von einem Mädchen denken, das sich ...? Aber sag mal, sind die Motorräder hier auch gestohlen? Obwohl ich dich ja wenigstens nie betrunken gesehen hab, und auch nicht bei den Schweinereien im Viertel, das stimmt, alles, was recht ist ... Das nicht, sag ich dir. Wie kannst du nur denken, daß ich ... was glaubst du denn, wo man seine Ehre hat?«

Er ließ sie los. Es war so viel Starrheit und Angst in diesem Körper, ihr Schoß war eiskalt ... Die Zähne wütend zusammengebissen, wandte er sich ab und legte sich mit dem Rükken in die Piniennadeln. Auf den Zweigen über seinem Kopf zwitscherte ein Sperling. ›Schöner Ort, um seine Ehre zu bewahren‹, dachte er. Die Sonne schien ihm jetzt voll ins Gesicht, und mit halbgeschlossenen Lidern versuchte er, dem blendenden Licht standzuhalten, bis ihm die Tränen kamen. ›Scheißleben. Nur Geld, Geld, und ich hab nicht mehr als zehn lumpige Pesetas in der Tasche, den Rest vom letzten Transistorradio, und das schlimmste ist, daß Bernardo sich zu nichts aufrafft, diesmal hat man ihn fest im Griff, den Schlauberger, die Rosa steckt ihn glatt in den Sack, und wie sie ihn verändert hat, den Kleinen, sie bringt ihn dazu, wie ein Vögelchen zu singen, und dann geht sie hin und erzählt alles dieser Hure, die ganz vertraulich tut, und schon weiß es das ganze Viertel, die werden mich kennenlernen, die mach ich fertig ...!‹

Mit einem Ruck richtete er sich auf und nahm eine Apfelsine aus dem Korb des Mädchens.

»Wohin gehst du?« fragte Lola. Plötzlich stand ihr die Angst im Gesicht. »Was hast du vor? Bist du sauer? ...«

Der Pijoaparte verschwand zwischen den Pinien, dorthin, wo Sans und seine Freundin sich hingelegt hatten. Er hörte sie lachen. Sans lag auf dem Bauch und sie neben ihm, mit einem Rosmarinzweig kitzelte er ihr den Rücken.

»Bernardo!« rief er. Er lehnte sich an einen Pinienstamm und begann die Apfelsine zu pellen.

»Komm mal her, ich muß mit dir reden!«

»Jetzt?«

»Ja, jetzt.«

Sans richtete sich halb auf, lustlos. Seine Freundin schnitt eine widerwillige Grimasse, aber sie traute sich nicht, den Pijoaparte anzusehen. Eine dunkle Ahnung bewirkte, daß sie sich schnell mit einigen Kleidungsstücken bedeckte, und nicht etwa die Scham, sich nackt zu zeigen; es war nicht das erste Mal, daß sie der Murcianer so überraschte, und selbstverständlich war der Junge für sie kein Fremder, sondern Bernardos bester Freund, obwohl seine Blicke manchmal doch die eines Fremden waren. Auch wenn sie sie nicht sah (sie traute sich jetzt nicht aufzusehen), spürte sie, wie sie über ihren

Körper glitten, ohne Bewunderung und schon gar nicht voll Verlangen, vielmehr wie eine Beleidigung, wie ein Vorwurf im Hinblick darauf, was diese Nacktheit Bernardo bedeutete. Rosa hatte ihn immer beunruhigt, vor allem wegen des unnachgiebigen Zugs um ihren Mund, ein Anzeichen von Habgier; ein verbitterter Mund, farblos, breit, zäh wie ein Muskel. Sie hatte trübe, verschleierte Augen und milchige Schultern voller Sommersprossen. Im Badeanzug hatte sie eine hübsche Figur, mit überraschend schlanker Taille, aber zu schwabbelig und weiß, dieses schmierige Weiß geschälter Kartoffeln. Über dem ganzen Körper lag eine flüchtige Geilheit, vorübergehend, von mehr oder weniger nahem Erkalten bedroht, wie es Dickleibigkeit, Tugendhaftigkeit oder ebenjene elenden Lebensbedingungen bewirken, die im Viertel an ihr gezehrt hatten. Jetzt murmelte sie in vorwurfsvollem Ton: »Du könntest einen wenigstens vorwarnen, hm?« Er pellte weiter seine Apfelsine und sagte nichts. Seit langem wußte er, daß diese ungeheuer großen, runden und blinden Brüste, mit zwei dunkelvioletten, fast metallfarbenen Blüten geschmückt, die einen wie eine Sonnenbrille anstarrten, eine geheime und gewaltige Zerstörungskraft besaßen – eine verschwommene, kriegerische Erscheinung, todbringend, vernichtend, die dich wehrlos macht, so als wärst du einer höllischen Kriegsmaschine ausgeliefert, die im Vorrücken Chaos und Tod verbreitet. Unterdessen hatte sich Sans etwas mehr aufgerichtet und sah ihn an, auf einen Ellenbogen gestützt, den Kopf zur Seite geneigt, den Mund gequält verzogen: Er schien schon tödlich verletzt.

»Darf man erfahren, was du jetzt willst?« fragte er und grinste listig mit seinem großen Affenmund. »Wo ist die Lola, bist du mit ihr schon fertig?«

»Quatsch keine Opern und komm mit.«

Rosa murmelte etwas vor sich hin und räkelte sich neben Sans, wobei sie ihre linke Brust an seine Schulter preßte. Sie lachte mit nervösem Glucksen. Der Pijoaparte ahnte dunkel, daß diese todbringende Maschine eines schönen Tages das Feuer eröffnen und ihn ohne Freund stehenlassen würde.

»Hörst du nicht, Bernardo?« rief er. »Komm, nun mach schon!«

Er stieß sich vom Baumstamm ab, warf einen letzten Blick auf Rosa und ging zum Strand. Sans hatte sich schließlich doch erhoben und folgte ihm zähneknirschend. Rosa legte sich auf den Rücken: Ihre üppigen Arbeitsutensilien, ihr liebesheißer, schicksalhafter Lockruf blieben vorübergehend wie zwei über ihre Ränder schwappende Puddinge zurück.

Als sie bereits im Sand gingen, drehte sich der Murcianer plötzlich um und schleuderte seinem Freund die Apfelsinenschalen ins Gesicht.

»Du bist ein Scheißkerl, Bernardo. Eines Tages hau ich dir noch mal eins in die Fresse. Ich hab dich davor gewarnt, dich mit diesem Flittchen ernsthaft einzulassen, erinnerst du dich? Sie hat dich wie ein Vögelchen singen lassen, und jetzt redet das ganze Viertel über uns.«

»Wie?« Sans verstand anscheinend nicht. Die Sonne schien ihm ins Gesicht, er schirmte sie mit einer Hand ab; der Sand verbrannte ihm die Fußsohlen, so daß er herumhüpfte. »Du, Moment mal, was ist mir dir los? Im Viertel hat man schon immer getratscht, und das hat dir nie etwas ausgemacht und mir auch nicht. Was soll jetzt dieser Aufstand?«

»Du bringst uns noch alle ins Kittchen. Was hast du der Rosa erzählt?«

»Ich? Nichts ... Du hast einfach Angst.«

»Angst? Ich werd dir was husten, paß bloß auf! Gestern nacht wolltest du wieder nicht arbeiten, dabei stand das Auto ganz abseits, und das einzige, worum ich dich gebeten hatte, war, Schmiere zu stehen, während ich alles selber machen wollte, aber du hast dich geweigert, vergangene Woche auch schon und die davor. Was, zum Teufel, ist mit dir los? Du bist ihr schon hörig, stimmt's? Dann heirate sie doch endlich und verfaule in einer Werkstatt wie mein Bruder, du verdienst es nicht anders!«

»Mensch, stell dich nicht so an!«

»Und anstatt die Motorräder in die Werkstatt zu bringen, kommst du heute früh an, als sie längst zerlegt waren, und winselst rum, daß wir bitte mit den Mädchen zum Strand fahren sollen, daß doch die Rosa und du, und die Lola wär wirklich gut ... 'n Scheißdreck! Ist das klar?«

Die Sonne brannte ihnen auf den Kopf, beide standen regungslos im Sand, Schweißperlen auf der Stirn. Sans senkte den Blick.

»Das ist es nicht, Manolo, es ist ... Ich hab es dir schon gestern abend gesagt, mit ihr ist es etwas anderes ... Ich liebe sie.«

»Du liebst sie! Sie macht einen Waschlappen aus dir. Und du liebst sie!«

»Paß auf, was du sagst. Außerdem, das ist es nicht, es ist auch ... sieh doch mal, wie wir leben.«

»Besser als viele andere, du Blödmann.«

»Eines Tages schnappen sie uns, genau wie den Polo. Der Kardinal ist ständig blau, das ist gefährlich.«

»Du bist ein Idiot!«

Bernardo bückte sich, um eine Handvoll Sand von der Erde aufzuheben.

»Weißt du, Rosa glaubt, daß sie ein Kind bekommt.«

Der Pijoaparte sah ihn schweigend an. Rosa hatte den Todesschuß abgefeuert.

»Ach was, bestimmt gelogen«, sagte er, nachdem er einen Moment nachgedacht hatte, »trau ihr nicht, Bernardo, du kannst nicht mal auf Gott vertrauen. Wann hast du es erfahren?«

»Einmal muß man ja heiraten, oder?«

»Armer Teufel. Tust mir leid. Sag mal, wann hat sie's dir gesagt?«

»Vor ein paar Tagen. Sie fing an zu heulen. Aber es ist noch nicht sicher.«

»Nichts, du spielst jetzt den Dummen ...«

»Aber sie sagt ...«

»Das ist eine ganz freche Lüge, verdammt! Na ja, du hast es nicht besser verdient! Ihr seid doch alle gleich, das erstbeste Mädchen, das euch die Möse vor die Nase hält, hat euch an der Angel. Du wirst nie auf einen grünen Zweig kommen. Hör gut zu, was ich dir sage. Mir wird das nicht passieren, das schwör ich dir bei meiner Mutter.«

»Dir wird's genauso gehen, paß mal auf.« Er lächelte gewinnend und versöhnlich. »Was hast du noch gleich von der Jeringa gesagt, von Hortensia? 'ne flotte Biene, im Ernst ...«

»Halt's Maul! Was verstehst du davon, du Quatschkopf? Ich weiß gar nicht, wieso ich dein Freund werden konnte.«

Der Murcianer ging um Sans herum. Er hielt noch immer die geschälte Apfelsine in der Hand. Nachdem er sie einen Augenblick lang betrachtet hatte, zerpflückte er sie und fing schweigend an zu essen. Sans beobachtete ihn. Es war plötzlich etwas Wehmütiges in der rhythmischen Bewegung seines Kinns, in dem hübschen, niedergeschlagenen Gesicht, in den schweren Augenlidern und in den langen, in der Sonne bläulich schimmernden Wimpern, als er sagte:

»Ich weiß, daß du jetzt einfach so daherredest, Manolo. Du bist schon in Ordnung. Du bist der beste Freund, den ich je hatte.«

Der Pijoaparte drehte ihm wieder den Rücken zu.

»Ich sag es dir ein für allemal, Bernardo: Irgendwann hab ich es satt und verschwinde spurlos. Ihr habt immer gut bei mir verdient, alle aus der Bande.«

»Aber das ist jetzt vorbei, Manolo, und du willst es nicht wahrhaben. Der Kardinal ist am Ende, er ist ein Säufer und hat Angst, er ist schon alt. Alle zieh'n sich von ihm zurück, und du solltest das auch tun.«

»Das stimmt nicht. Halt's Maul. Laß uns hier abhaun.«

Er ging schon langsam auf die Pinien zu und rieb sich die vom Saft der Orange klebrigen Hände an der Brust ab.

»Na los, Alter, nehmen wir die Mädchen mit«, sagte er. Sans trabte hinter ihm her wie ein junges Fohlen der Hohen Schule, den Kopf auf und nieder bewegend, die Knie bis zur Brust hochziehend, als ginge er auf glühenden Kohlen.

Es muß fünf Uhr nachmittags gewesen sein, als sie das scharfe Bremsen eines Autos und eine schimpfende Frauenstimme hörten. Die Mädchen hatten kaum Zeit, sich etwas überzuziehen. Der Pijoaparte war der erste, der sich aufrichtete. Neben den beiden Motorrädern, die an den umgestürzten Zaun gelehnt waren, stand eine etwa vierzigjährige Frau, die Arme in die Seiten gestemmt, und wetterte. Sie trug weiße Hosen und starrte durch eine Sonnenbrille auf den kaputten Zaun. Manolo, mit nacktem Oberkörper, schweißgebadet, ging zwischen den Pinien hindurch auf die Frau zu, wobei er sich die Hose zuknöpfte. Einige Meter hinter ihm ging Sans. Die Mädchen waren aufgestanden, blieben aber, wo sie waren, und bedeckten sich die Brüste mit ihren Kleidern. Die Frau schien etwas Unsinniges vorzuhaben (die Motorräder mit dem Fuß wegzuschieben), als der Pijoaparte das Auto bemerkte, das auf der Zufahrt zur Villa parkte und dem jetzt ein dunkelhaariges junges Mädchen entstieg; sie trug einen blauen Faltenrock und eine schlichte dunkelviolette Bluse mit langen Ärmeln. In den Händen hielt sie ein Gebetbuch und eine Mantilla. Die ältere Frau war wütend.

»Das ist ja die Höhe! Jeden Sonntag dasselbe! Haben Sie den Zaun nicht gesehen? Verlassen Sie sofort den Wald! ... Ferkel!« fügte sie hinzu, als sie die halbnackten Mädchen sah. »Eines Tages rufe ich noch die *guardia civil!*«

»Hören Sie, Señora«, sagte der Murcianer ruhig, während er sich vor ihr aufbaute und das Zuknöpfen seiner Hose beendete. Er verlagerte das ganze Gewicht seines Körpers auf ein Bein, die lässige Haltung, die er bevorzugte. Jetzt konnte er doch noch all seine schlechte Laune ablassen, die sich seit Tagen aufgestaut hatte. Sein langes Haar war zerzaust, er strich es mit der Hand zurück und schüttelte dabei angeberisch den Kopf. »Was ist los? Der Zaun war schon kaputt, als wir kamen, also schreien Sie mal nicht so rum.«

»Flegel seid ihr! Ist es denn zuviel verlangt, fremdes Eigentum zu respektieren? Lassen sich nieder, wo sie wollen, fressen wie die Schweine, machen alles dreckig, reißen den Zaun ein, und obendrein machen sie ihre Schweinereien mit den Mädchen ...! Wie kommst du dazu, so aufzutreten, du unverschämter Bengel?«

»Ganz wie Sie wollen, *doña*, passen Sie bloß auf, daß ich Ihnen nicht die Fresse poliere!«

Er tat einen Schritt auf sie zu. Die Dinge liefen so schlecht in letzter Zeit, daß er das Bedürfnis hatte, jemandem eine Lektion zu erteilen. Doch plötzlich blieb er stehen, wie vom Blitz getroffen. Er wurde bleich und starrte auf einen Punkt einige Meter hinter der Frau: Das junge Mädchen, das unbeweglich neben der geöffneten Autotür stand, sah ihm direkt ins Gesicht.

Augenblicklich änderte sich das Verhalten des Murcianers. Er setzte sein wunderbar weißes Lächeln auf, verbeugte sich vor der wütenden Frau und beschrieb mit den Armen eine ehrerbietige Geste der Entschuldigung.

»Señora, in der Tat, Sie haben recht. Die Jugend, Sie wissen schon, man amüsiert sich gern ... Tatsache, ich weiß gar nicht, wie ich mich bei Ihnen entschuldigen soll.« Er drehte sich zu Sans um, der ihn völlig verblüfft anstarrte. »Nun komm, bleib da nicht so stehen wie eine Witzfigur, entschuldige dich bei der Señora!«

Sans gelang es, etwas zu stammeln. Die Frau kam nach einigen Sekunden des Schweigens wieder auf die Angelegenheit zurück, nur damit keine Zweifel aufkamen.

»Sehen Sie nur, wie es hier aussieht! Ich bin es leid, immer das Papier und den Müll wegräumen zu müssen. Das ist kein Platz für ein Picknick, gehen Sie woanders hin.« Und etwas verwirrt wegen der unerwarteten Wendung, die das Gespräch genommen hatte, auch mit dem unbestimmten Eindruck, daß man sie auf den Arm nahm, drehte sie sich zum Wagen um, stieg ein und fügte noch hinzu: »Ich hoffe, daß Sie in einer halben Stunde verschwunden sind. Komm, Kind, wir fahren, das ist doch wirklich die Höhe!«

Sie ließ den Motor an. Der Junge ging auf den Wagen zu, versuchte verzweifelt erneut einen Blick mit dem Mädchen zu tauschen. Vergeblich. Sie schien ihn vergessen zu haben. Mit rotem Kopf und gesenktem Blick setzte sie sich neben die Frau, die offensichtlich ihre Mutter war. Er dachte an den Blödsinn, den er verzapft hatte. Ein schönes Schauspiel für eine Señorita! Mit halboffenem Hosenschlitz ankommen und obendrein ihrer Mutter das mit der Fresse sagen. ›Ich bin ein Pechvogel‹, dachte er, während er ohnmächtig zusehen mußte, wie das Auto in Richtung Villa fuhr.

Den Rest des Nachmittags lief der Pijoaparte wie ein kranker Hund am Strand und im Pinienwald umher, strich um die Villa herum. Lola konnte nichts tun, um ihn zurückzugewinnen. Nutzlos waren ihre unablässigen Gebärden einer abgewiesenen und jetzt unterwürfigen Frau, die – endlich – zu verstehen beginnt, daß das männliche Geschlecht aus einem viel treuherzigeren, träumerischeren und romantischeren Stoff gemacht ist, als sie glaubte; tatsächlich erriet sie etwas Dunkles, Kompliziertes, als sie die unendliche Traurigkeit sah, die plötzlich die Augen ihres Begleiters verschleierte, ahnte etwas davon, daß Erotik manchmal nicht nur dieses perverse, tierische Aneinanderreiben von Haut ist, sondern auch der qualvolle Versuch, unbestimmten Träumen und Versprechungen des Lebens eine konkrete Gestalt zu verleihen. Aber es war schon zu spät, sie erntete nur einen abwesenden Blick, und unaufmerksame Hände, kalt und zerstreut, betasteten ihren Körper einen kurzen Augenblick lang und hielten dann inne. Die Gedanken des Pijoaparte und seine Wünsche waren sehr weit weg.

Bei Sonnenuntergang lungerte der Junge noch immer in der Umgebung der Villa herum in der Hoffnung, die Señorita noch einmal zu sehen. Nur ein einziges Mal, ohne daß sie ihm Zeit gab zu reagieren, gelang es ihm: Für einen kurzen Augenblick konnte er sie in einem der unteren Fenster der efeuberankten Rückseite des Hauses sehen, sie streckte die Arme heraus, um in großer Eile, die ihm nicht entging, die Fensterläden zu schließen – und weil sonst nichts mehr geschah, entfaltete er den leuchtenden Fächer seiner Phantasie; einmal mehr war die Einbildungskraft der Wirklichkeit einen Schritt voraus. Wie ein Irrsinniger rannte er zu dem Fenster, das sich wieder geöffnet hatte, und er konnte das hilflose Mädchen sehen, das sich aus den Armen eines blonden, betrunkenen *señorito* im Smoking zu befreien versuchte ... Aber wie sehr er auch das Fenster weiter beobachtete, es öffnete sich nicht mehr. Sans wußte nicht, ob er auf ihn warten oder mit den Mädchen wegfahren sollte, zumal er jedesmal, wenn er auf die späte Uhrzeit hinwies, zum Teufel gewünscht wurde.

Schließlich, als es schon dunkel wurde, erspähte er das Mädchen, als es gerade die Villa verließ; es ging sehr schnell in Richtung Bootssteg und drehte sich zwei- oder dreimal zur Terrasse um. Der Murcianer gab seinem Freund einen Wink und nahm ihn ein wenig beiseite.

»Verdufte du schon mal mit den Mädchen.«

»Wie? Und du?«

»Ich bleibe hier.«

»Was ist mit dir los? Bist du verrückt geworden, es ist schon spät. Außerdem, hör mal, ein Scheißkerl bist du, mit beiden Mädchen hintendrauf brummen sie mir 'ne Strafe auf.«

»Dann zahlst du eben.« Er gab ihm eine liebevolle Kopfnuß. »Stell dich nicht so an, du gibst da doch weniger aus als Tarzan für Krawatten. Hau mit ihnen ab, sei so gut, Bernardo.«

Er klopfte ihm auf die Schulter und entfernte sich an den Strand, nahe beim Pinienwald. Eine leichte Brise war aufgekommen, und der rötliche Mond begann sich im Meer zu spiegeln. Er ging in etwa fünfzig Meter Entfernung an der Villa vorbei, genau in dem Augenblick, als zwei große Fenster nacheinander aufleuchteten. Er glaubte, Violinenspiel zu hören, vom Rauschen der Wellen gedämpft.

Das Mädchen hockte auf dem am Steg vertäuten Motorboot. Barfuß, Schwimmflossen über die Schulter gehängt, suchte sie etwas zwischen bunten Handtüchern. Sie trug einen sehr unzüchtigen gelben Rock und einen ärmellosen weißen Nicki, der so eng saß, daß es aussah, als sei er ihr zu klein geworden.

Das Boot, dessen Bordwände die Wellen wie mit langen, sanften Zungenschlägen beleckten, schaukelte leicht. Nachdem er einen kleinen Umweg über die Felsen geklettert war, sprang der Pijoaparte auf den Steg, blieb dort einen Augenblick lang stehen und betrachtete das Mädchen. Sie hatte ihn noch nicht bemerkt. Geduckt, den Kopf auf der Brust, unbeweglich, in die Ernsthaftigkeit einsamer Kinderspiele versunken. Wie hilflos und zerbrechlich erschien sie vor der unermeßlichen Weite des Meeres – und vor dem geistigen Auge des Murcianers stand ein flüchtiges Bild, Überbleibsel heroischer Kindheitsträume: Diesmal war es ein entsetzlicher Taifun, das Mädchen lag bewußtlos im Boot, niedergeworfen von den tobenden Wellen und dem Wind, während er sich mit entblößter Brust vorwärtskämpfte, schon hielt er sie in seinen Armen, ohnmächtig, wimmernd, die Kleider zerfetzt und durchnäßt (›wachen Sie auf, Señorita, wachen Sie auf!‹), Blut auf den braungebrannten Schenkeln und diese Wunde auf der weißen Brust, der Biß einer Giftschlange, man muß das Gift sofort aussaugen, man muß sie verbinden, ein Feuer machen und ihr die nassen Kleider ausziehen, damit sie sich nicht erkältet, sie beide in eine Decke gehüllt, oder besser, er bringt sie in größter Eile zur Villa. Daß er ihre Nacktheit respektiert hatte, würde eine ungeheure Vertrautheit schaffen, die ihm den Zugang zu leuchtenden, bisher verbotenen Regionen eröffnen würde (›Papa, ich möchte dir meinen Retter vorstellen.‹ – ›Junger Mann, ich weiß nicht, wie ich Ihnen danken soll, kommen Sie, bitte, trinken Sie ein Glas ..‹). Und er, der sich ein Bein verletzt hatte, als er mit der Schönen in den Armen den Felsen hinaufgeklettert war (oder hatte er sich den Fuß beim Tennisspielen verstaucht?), er humpelte, humpelte elegant und melancholisch an der Bewunderung und allgemeinen Neugier vorbei zu dem bequemen Terrassensessel, wohlverdienter Ruhe und zukünftigem Ansehen entgegen ...

›*Xarnego*, hör auf zu spinnen!‹ schien ihm das monotone und höhnische Plätschern des Wassers gegen die Planken des Motorbootes zu sagen – das natürlich nicht zu der Hoffnung Anlaß gab, es werde sich zur Stattlichkeit eines Hurrikans steigern, wie es die Situation erfordert hätte. Der Murcianer räusperte sich, der Nebel um seinen Geist lichtete sich, und er ging entschiedenen Schrittes auf den Bootssteg zu.

»Den Motor solltest du auch mitnehmen, Maruja«, sagte er lächelnd. »In dieser Gegend treiben sich viele Typen herum, denen man nicht trauen kann.«

Das Mädchen hob langsam den Kopf. In ihrem Gesicht spiegelte sich zunächst eine leichte Überraschung, dann erwiderte sie sein Lächeln.

»Wirklich?« sagte sie, um sich erneut auf ihre Tätigkeit zu konzentrieren.

»Wie klein doch die Welt ist, nicht wahr?« sagte er. »Ich fragte mich gerade, auf dem Weg hierher, um mich wegen der Sache von vorhin zu entschuldigen (ein übler Scherz, ich geb's zu, aber eben nur ein Scherz), ich fragte mich gerade, ob du dich wohl noch an mich erinnerst.«

Maruja antwortete nicht, lächelte aber und warf ihm verstohlene Blicke zu, immer noch mit ihren Handtüchern beschäftigt.

Ihm schien, daß diese Geschäftigkeit nur vorgetäuscht war, daß das Mädchen Zeit gewinnen wollte. Wegen ihrer gebückten Haltung war der Nicki im Rücken hochgerutscht und gab den Blick frei auf ein Stück sehr dunkler Haut und stark hervortretende Rückenwirbel.

»Also die, die vorhin dabei waren, sind eigentlich keine Freunde von mir«, setzte er hinzu. »Ich hab sie zufällig kennengelernt, in Blanes ... Als du mit deiner Mutter ankamst, verabschiedete ich mich eigentlich gerade.«

Das Mädchen richtete sich auf und, einige Handtücher unter dem Arm, die Schwimmflossen über die Schulter gehängt, sprang sie vom Boot auf den Steg. Dabei fielen ihr die Schwimmflossen hin. Der Pijoaparte beeilte sich, sie aufzuheben, und hängte sie ihr wieder um, die Gelegenheit nutzend, die Hand für einen Augenblick auf ihre Schulter zu legen.

»Warum bist du nicht zu der Verabredung gekommen?« fragte er, indem er den Ton seiner Stimme änderte und näher an sie herantrat. »Oder erinnerst du dich schon nicht mehr?«

»Natürlich erinnere ich mich. Ich konnte nicht kommen.«

Sie wandte sich ab und ging auf die untersten der in die Felsen gehauenen Treppenstufen zu, aber er baute sich nach ein paar schnellen, langen Schritten vor ihr auf und schnitt ihr lächelnd den Weg ab.

»Einen Moment, junge Frau. Du wirst doch nicht denken, daß ich dich so gehen lasse, jetzt, wo ich das Glück gehabt habe, dich wiederzufinden. Weißt du, daß ich Monate damit verbracht habe, dich wie ein Verrückter zu suchen? Weißt du, daß ich Tag und Nacht an dich gedacht habe, Süße? Sag, weißt du das?«

»Nein.«

Maruja lächelte und senkte den Kopf. Sie standen sehr dicht beieinander. Ohne es zu wollen, streifte sie mit dem Knie das Bein des Jungen. In diesem Augenblick schaltete jemand das Terrassenlicht ein, und ein heller Lichtstrahl überflutete die Felsen über ihnen. Gleichzeitig hörte man ersticktes Frauenlachen, und die Musik wurde plötzlich lauter. Zumindest dem Pijoaparte – für sie mußten solche kleinen Zwischenfälle ja bedeutungslos und ohne symbolischen Gehalt sein – war das wie ein verabredetes Zeichen, in Erinnerung an Gott weiß was für einen alten Traum. Und ohne länger zu warten, streckte er, immer noch ruhig an den Felsen gelehnt, den Arm aus und zog das Mädchen in genau dem Augenblick zu sich heran, als ihr die Schwimmflossen wieder herunterfielen. Bevor sein Mund den kurzen Weg zu ihrem zurücklegen konnte, preßte sie sich bereits verzweifelt an ihn. Wie in jener Nacht auf der *verbena* bemerkte der Pijoaparte, daß das Mädchen sich, nicht unbedingt aufgrund einer mit sich selbst kämpfenden Sinnlichkeit, sondern eher eines undeutlichen Schutzbedürfnisses wegen mit außergewöhnlicher Heftigkeit und Kraft in seine Arme warf, die dann nachließ, um dem Verlangen Platz zu machen, dieser kaum spürbaren Ebbe und Flut des Blutes, das er in so bewundernswerter Weise im weiblichen Körper zu steuern wußte. Dies war eine Sprache, die er besser verstand und die ihn beruhigte.

Viele Jahre noch würde er sich an den Geruch der Pinienblüten erinnern, an das Rauschen der Wellen, an das sanfte

Plätschern des Wassers gegen die Planken des Bootes, immer würde er an die imposanten Türme der Villa denken, die hellerleuchtet vor dem sternklaren Himmel aufragten, an ihre riesigen Fenster, die Musik, Licht und Gemütlichkeit in die Nacht entließen, eheliche Wohlgerüche, Schritte und Lachen, während hoch oben der Mond schien, schwerelos und feierlich wie eine Hostie. Wärme und Ungestüm fluteten aus seinem zarten Schlangenkörper und drangen ganz in den Leib des Mädchens ein, der sich öffnete wie eine durstige Pflanze dem Regen, mit einer Heftigkeit und in so gewagter Stellung, daß er nicht umhin konnte, für einen Augenblick zu bezweifeln, daß sie eine vornehme Señorita war. Plötzlich zog das Mädchen den Nicki herunter und löste sich ein wenig, ließ aber ihren Kopf an der Brust des Murcianers liegen.

»Man erwartet mich zum Abendessen«, sagte sie mit hauchdünner Stimme. »Man erwartet mich ...«

Er dachte nicht lange nach.

»Maruja, ich komme heute nacht zu dir«, flüsterte er in ihr Ohr. »Wenn alle schlafen, steige ich durch dein Fenster ein ...«

»Sei still! Du bist verrückt!«

»Ich schwöre dir, ich tu's. Sag mir, welches dein Fenster ist.«

»Laß mich, laß mich ...«

Sie wollte sich losmachen, aber er ließ sie nicht gehen.

»Nein, bis du mir sagst, wo du schläfst.«

»Aber, was denkst du dir? Was glaubst du, wer ich bin ...?« begann sie mit stockendem Atem.

Aber er brachte sie mit einem erneuten Kuß zum Schweigen, ganz sanft dieses Mal, kaum eine Berührung, dieser hingebungsvolle, zärtliche Kuß der Wiedergutmachung, mit dem man die Absicht bezeugt, alle Sünden zu bereuen außer der, die man gerade zu begehen im Begriff ist. Er hatte trotzdem nicht die Hoffnung, daß sie ihm das Fenster ihres Zimmers zeigen würde.

»Ist es das Fenster, aus dem du dich heute nachmittag hinausgelehnt hast?«

Das Mädchen warf ihm einen kurzen, erschrockenen Blick zu. Bevor sie zwischen den Felsen verschwand, drückte sie kräftig seinen Arm und sah ihn mit feuchten Augen an: »Bitte ... ich schreie, wenn du kommst, ich schwöre, daß ich schreien werde.« Und schon lief sie die Treppe hinauf, bis er sie oben nicht mehr sehen konnte.

Vier Stunden lang blieb das Fenster geschlossen. Einige Meter darüber feierten die Lichter auf der Terrasse noch immer die Nacht, und er saß auf dem Stumpf einer Pinie, das Kinn in die Hand gestützt, starrte auf jenes Fenster und meinte, die schrecklichsten Stunden seines Daseins zu verbringen. Kälteschauer liefen ihm über den Rücken, und etwas in seinem Innern, in seinen Eingeweiden, begann die alte Traurigkeit abzusondern, die von klein auf in seinem Blut floß. ›Sie will nicht‹, sagte er zu sich, ›sie will nicht.‹ Er hörte Schallplattenmusik, jugendliche Stimmen auf der Terrasse, sah einen Mann in einem Auto vorfahren, einen Herrn mit grauem Haar und von vornehmer Erscheinung, den man mit fröhlichen Willkommensrufen empfing. Dann diese elende Stille der Abendessenszeit, die Verabschiedung einiger Freundinnen, erneut ein kurzes Gespräch, witzig und anmutig, und schließlich absolute und endgültige Stille. Schon sah er nicht einmal mehr zu dem Fenster hin, hatte seine Stirn auf den Unterarm sinken lassen, die letzten Lichter der Villa verloschen, eins nach dem andern, alles war vorbei. ›Sie will nicht, verdammt, sie will nicht.‹

Niemals zuvor hatte jemand einen solchen Hundeblick gehabt, einen so traurigen Ausdruck, ein so plötzliches sinnliches Bewußtsein von der Unendlichkeit der Nacht und der vergeblichen Heftigkeit der Wellen. Ebendieses Gefühl der Verlassenheit hielt ihn dort fest, kraftlos, ohne Verlangen, auf den Baumstamm gekauert, mit offenen Augen in die Nacht starrend, in genau der Position, die er als Embryo im Bauch seiner Mutter eingenommen hatte. Er umfaßte seine Knie, die Gefühllosigkeit des Firmaments über seinem Kopf war für Stunden wie ein Betäubungsmittel: Sein Gesicht war so vollkommen reglos (der Mund etwas geöffnet), seine Züge so erstarrt, daß er sich mit der kosmischen Leere, die jenseits aller Enttäuschung ist, zu vereinigen schien. Aaaah! tönte die Krone einer Pinie über seinem Kopf, von einer leichten Brise bewegt.

Es dauerte eine Weile, bis er es bemerkte. Zunächst war da der Lichtstrahl, der durch die Fensterläden drang und sofort wieder erlosch, dann der dumpfe Schlag des Holzes gegen die Mauer. Der Pijoaparte war bereits aufgestanden, zitternd setzte er mehr im Geiste als mit seinen Beinen zu einem rasanten Sturm auf die Villa an, während er in Wirklichkeit noch unbeweglich blieb, sich hastig durchs Haar fuhr und den Zustand seiner Kleidung überprüfte. Dann, während er sich der efeuberankten Mauer näherte, entdeckte er das geöffnete Fenster und die Dunkelheit im Zimmer, dichter noch als die der Nacht. Er mußte auf ein Blumenbeet treten, das die Hauswand einfaßte. Er blieb stehen. Das Fenster befand sich in Brusthöhe. Er hörte keinen Laut. Bevor er in das Zimmer sprang, warf er einen Blick hinein: nichts, nur der weiße Fleck des Lakens über dem undeutlichen Umriß eines Körpers. Geräuschlos glitt er hinein und schlich sich direkt zum Bett.

Auf dem Bauch liegend, die Arme dicht am Körper und das Laken eng darum geschlungen, den von der Sonne goldbraunen Rücken zur Hälfte unbedeckt, schien Maruja ruhig zu schlafen. Ihr Profil zeichnete sich anmutig und rein auf dem Kopfkissen ab. Der Eindringling zögerte einige Sekunden am Fußende, horchte auf das Pochen seines Herzens, dann ging er zu ihr hin und beugte sich über ihren Kopf. Ihn durchdrang der warme Geruch des Bettes und der weiblichen Haut, der Duft ihres Haares, und seine Angst verflog. Die Lippen ganz nah an ihrem Ohr, flüsterte er eine Zeitlang ihren Namen, dann faßte er sie sanft an den Schultern; doch plötzlich sah er sich gezwungen, sie festzuhalten. Das Bettlaken an die Brust gepreßt, richtete Maruja sich auf.

»Wie konntest du es wagen ...?! Ich habe dir gesagt, daß ich schreien würde!«

»Und ich habe dir gesagt, daß ich kommen würde. Wir müssen miteinander reden, Maruja, ich möchte dir nur eine Sache sagen, ich rühre mich nicht vom Fleck, bis ich es dir gesagt habe.«

Sie sprang auf der anderen Seite aus dem Bett und blieb dort stehen, ins Laken gehüllt. Auch er stand auf, ging auf sie zu. An den Nachttisch gedrängt, murmelte sie: »Mein Gott, ich kann es nicht glauben!« Ihr Gesicht und ihre braunen Schultern verschwammen in der Dunkelheit des Zimmers.

»Ich schreie, wenn du nicht sofort gehst«, sagte sie, dem Weinen nahe. »Hörst du? Ich schreie ...!«

Der Murcianer bewegte sich nicht. Er hatte etwas bemerkt, was ihn plötzlich jeden Zweifel wegwischen ließ, den er noch über seine Erfolgsaussichten haben konnte; es war nicht der Tonfall ihrer Drohungen – ein sehr weinerlicher Tonfall jetzt, gewiß, dem jedoch von Anfang an die Überzeugungskraft gefehlt hatte –, sondern eine Geste, die er trotz der Dunkelheit deutlich erkennen konnte: die Bewegung, mit der sie ihre Hand in den Nacken legte, um sich durch die Haare zu fahren, den Kopf leicht zur Seite geneigt mit dieser heiteren Gelassenheit, die sich – ein spontaner Reflex weiblicher Laune – selbst in den unpassendsten Momenten ausbreitet. Und getreu den Befehlen, die ihm sein Instinkt manchmal gab, ging der Pijoaparte selbstsicher auf das Mädchen zu und streckte ihr seine Hand entgegen.

»Liebste, du kannst mich nicht täuschen«, sagte er. »Los, schrei!«

Es blieb still, und in diesem Moment war er sich absolut sicher, daß das Mädchen ihm gehören würde. Beinahe gleichzeitig begann sie leise zu wimmern und ließ sich aufs Bett fallen, den Kopf auf die Brust gesunken. Der Junge aus dem Süden setzte sich neben sie, nahm sie in den Arm, küßte sanft ihre Augen, mit echtem Gefühl, brennend, bis er ihre Tränen getrocknet hatte; das Mädchen klammerte sich schließlich an ihn, ließ das Laken sinken und legte sich auf den Rücken.

Ihre sonnengebräunten Knie ragten aus dem Halbdunkel, zitternd, von einem feinen Film von Schweiß und Angst bedeckt. Sie sah einen schönen und trotzigen Kopf, leidenschaftlich nach hinten geneigt, der in die Dunkelheit eintauchte, bis er mit dem Gesicht eine Haut berührte, die jetzt nicht von der stumpfsinnigen Sonne an privaten Familienstränden, sondern von der Begierde erhitzt war. Diesen jungen, braungebrannten Körper mit den Lippen zu berühren, sich ihn mit geschlossenen Augen fest einzuprägen, bedeutete auch, den Geschmack des Salzes auf der Zunge zu spüren und einzudringen in das unergründliche Geheimnis einer unbekannten Sonnenseite, einer Sammlung goldschimmernder, leuchtender Bilder, die niemals in das Album seines Lebens geklebt worden waren.

Und alle Strände dieser Erde, bizarre Sonnenhütchen der Mädchen, Kleidung aus feinstem Stoff in Blau, Grün, Rot, Schnürsandalen an dunkelbraunen Füßen mit lackierten Nägeln, bunte Sonnenschirme, zitternde Brüste unter knappen gestreiften Nickis und Seidenblusen, betörendes Lächeln, entblößte Schultern, gebräunte Schenkel, phlegmatisch, feucht und prall, Hände, Nacken, bewundernswerte Taillen, vom Geld verdorbene Hüften, all diese herrlichen Strände entlang der Küste, die sich verschlafen in der Sonne spiegeln, eine sanfte Musik – wo kommt diese Musik her? –, schlanke Hälse, makellose, edle Gesichter, blonde Haare und bewundernswerte harmonische Bewegungen, geschminkte Lippen, zu reizenden Spitzen geformt, zu Erdbeermündern, und sonnenverbrannte, lange, träge stattliche Waden, wie goldene Echsen funkelnd, diese Musik, hörst du? – wo kommt diese Musik her? –, sieh, die silberfarbene Spur der Boote, das weiße Segel der Jolle, die geheimnisvolle Jacht, sieh, die herrlichen Brüste der Ausländerin, dieses Lied, diese Fotografie, der Duft der Pinien, die Umarmungen, die sanften langen Küsse mit dem süßen Duft des karminroten Lippenstifts, die abendlichen Spaziergänge über den Kies des Parks, die samtenen Nächte, das Dahinschmelzen unter der Sonne ...

Dann über dem Körper des Mädchens, die Ellenbogen fest neben ihren Schultern aufgestützt, erzwang er seinen Rhythmus. Er spürte die kleinen Hände über seinen Rücken gleiten, Ausdruck ihres Bemühens, und gestaltlos, aber bei weitem fühlbarer in all ihrer prächtigen Gegenwart, spürte er die andere Zärtlichkeit dessen, was sich mit der ganzen Villa so stolz über die beiden Körper, über die Dunkelheit und sogar über die Zimmerdecke erhob: das ganze Gewicht der anderen Räume, der Möbel, der mit Teppich belegten Treppen, der Salons, der Lampen und Stimmen. Er drang in das Mädchen ein wie einer, der in die Gesellschaft eindringt – hingerissen, feierlich, heftig, prächtig ausgestattet mit einer zeremoniellen Phantasie der Bewegung, ein von der elenden Jugend verdorbenes Wunder.

Auch entdeckte er eine in unseren Breiten wichtige Tatsache: Das Mädchen war nicht unerfahren, was in seinem fiebrigen, verzückten Hirn eine momentane Verwirrung hervorrief.

Einen kurzen Augenblick lang war es, als habe er sich verirrt. Kein Gefühl, nur Sinneseindruck, ein jähes Zurückströmen des Blutes, eine Leere im Gehirn, die sich jedoch nicht ausbreitete, sondern sofort verflog.

Und erst als vor dem Fenster der Tag heraufdämmerte, erst als das graue Licht, das dem Tagesanbruch vorangeht, die Umrisse der Gegenstände im Zimmer deutlich werden ließ, erst als die Lerche sang, bemerkte er seinen unglaublichen, schrecklichen Irrtum. Erst in diesem Augenblick – er lag neben dem schlafenden Mädchen, träumte noch mit offenen Augen, und ein leichtes Lächeln umspielte seinen Mund – enthüllte das Morgenlicht die Dienstkleidung aus schwarzem Satin am Kleiderständer, die Schürzen und die Hauben in ihrer ganzen grotesken Ärmlichkeit, erst da begriff er die schreckliche Wirklichkeit.

Er befand sich im Zimmer eines Dienstmädchens.

Elle n'était pas jolie,
elle était pire.

VICTOR HUGO

Kaum waren ihm die ausgedehnten, fieberheißen Stunden bewußt geworden, die sich zwischen den vier tristen Wänden dieses Schlafzimmers angehäuft hatten – ein Zimmer, das wahrscheinlich schon einen anderen hilflosen und wahnsinnigen Traum, seinem eigenen ganz ähnlich, in sich eingeschlossen hatte –, verspürte er als erstes den Drang, sie zu ohrfeigen.

Jäh richtete er sich auf und blieb auf dem Bett sitzen, niedergeschmettert und bestürzt, die Augen weit aufgerissen. Abgesehen von dem unverschämten und brutalen Anblick, den das Zimmer im Morgengrauen bot, hatte es nichts Besonderes: Es war klein, sehr hoch, ungemütlich, mit einem zweitürigen Spiegelschrank möbliert, einem Nachttisch, zwei Stühlen und einem Kleiderständer. Auf dem Nachttisch befanden sich ein Wecker, eine Schachtel Zigaretten und ein Liebesroman, eins dieser Groschenheftchen, sowie eine eingerahmte Fotografie, auf der man, neben einer vor dem Haupteingang der Villa parkenden Floride, Maruja sehen konnte, in ihrer Dienstkleidung aus schwarzem Satin, mit gestärktem Kragen, daneben ein blondes Mädchen in Hosen, das mit ihrer Hand die Augen gegen die Sonne schützte. Ihr Gesicht lag im Schatten und war kaum zu erkennen. Marujas dagegen wurde von der Sonne voll getroffen, jedoch war sie im Begriff, sich nach hinten umzuwenden, zur geöffneten Tür des Wagens hin, so als habe sie im letzten Augenblick gedacht, das Foto werde besser, wenn man die Tür schließe.

Ein wuchtiger Schlag mit der Hand fegte das Foto zu Boden. Wie von einem Blitz erleuchtet oder wie Sterbende, die – wie sie sagen – unmittelbar vor ihrem Tod liebgewonnene Bilder aus dem Film ihres Lebens rasend schnell an sich vorüberziehen sehen, kam dem Pijoaparte in genau dem Augenblick, in dem er sich wieder rücklings auf das Bett fallen ließ und bevor seine Hand sich instinktiv hob, um das Dienstmädchen mit Ohrfeigen zu wecken, für den Bruchteil einer Sekunde eines der eindrücklichsten Bilder seiner Kindheit ins Gedächtnis, jenes, das sich ihm vielleicht am genauesten und für immer eingeprägt hatte: Schwerelos in der Zeit, unter einem blinkenden Sternenhimmel, umarmte er wieder ein Mädchen in einem Seidenpyjama.

Maruja lag zusammengekauert und mit geschlossenen Augen auf dem Bett. Sie schluchzte nicht einmal. Eine Zeitlang bedeckte sie das Gesicht mit den Armen, dann auch das nicht mehr: unbeweglich, unempfindlich gegen die Schläge, unterwürfig; die vollkommene Entspannung der Muskeln unter der braunen Haut schien das nahe Bevorstehen eines neuerlichen genußvollen Schauders anzukündigen, den er nicht erwartet hatte, so daß die Hand des Murcianers verblüfft einige Zentimeter über dem nackten und warmen Körper innehielt, der sich jetzt zu ihm herumdrehte. Es schien, als bedeute die Tatsache, mit Ohrfeigen geweckt zu werden, keinerlei Überraschung für sie, als sei sie schon seit langem an diese Vorstellung gewöhnt. Schließlich sprang der Pijoaparte aus dem Bett und ging zum Fenster, wo er die Ellenbogen aufstützte und nach draußen sah, in die Ferne, durch die Dunkelheit hindurch, die noch über dem Pinienwald schwebte. Ein flüchtiges und trauriges Lächeln umspielte seinen Mund.

»So, so, eine Minna«, murmelte er vor sich hin, »eine gewöhnliche, schäbige Minna. Zum Totlachen!«

Sie wagte nicht, sich zu bewegen. Ihre Wangen und Unterarme brannten. In eine Ecke des Bettes gekauert, streckte sie langsam die Hand aus, um das Bettlaken vom Boden aufzuheben und sich damit zuzudecken, aber sie hielt in der Bewegung inne, als sie den Jungen rufen hörte: »Scheiße, wirklich zum Totlachen!« Sie zog die Hand schnell an ihren Platz über dem Herzen zurück. Mit den Knien berührte sie die Brust.

Ihre erschrockenen Augen verfolgten jetzt die Bewegungen des Murcianers.

»Wem gehört diese Villa?« fragte er und drehte sich um. »Hörst du nicht?«

Maruja antwortete nicht. Sie warf dem Jungen rasche, weinerliche Blicke zu, ängstliche, verschlafene Blicke, voller Zuneigung von der Art, die etwas anbietet und nahelegt, etwas Tiefliegendes und Schäbiges, das er sehr genau kannte und sofort identifizierte: das Annehmen der Armut. Es war dieser sanftmütige, brüderliche Blick, der darum fleht, sich im Unglück miteinander zu verbünden, einander Trost zu spenden als Wesen, die in dasselbe Leid, dasselbe Elend und dasselbe Vergessen verstrickt sind; ein Aufblitzen dieses abscheulichen Zusammengehörigkeitsgefühls, das sich über die im Unglück vereinten Massen ergießt wie in den Konzentrationslagern, oder über gleichartige Schicksale wie in Freudenhäusern: ein umfassendes Gefühl von Verzicht und Resignation, das den Pijoaparte schon als Kind erschreckt hatte und gegen das er sein ganzes Leben lang würde kämpfen müssen.

»Antworte, du Hure! Wem gehört die Villa?«

Noch immer lehnte er am Fenster und schaute das Mädchen an. Sie ahnte die Kraft dieses Körpers. Die leichte Krümmung des breiten Rückens infolge einer lässigen, trägen Haltung aus der Hüfte heraus bewirkte, daß das fahle Morgenlicht sanft von seinen Schultern herabglitt, um sich dann an der schlanken Taille zu zerstreuen.

Das Mädchen senkte den Blick.

»Warum willst du das wissen ...?«

»Das geht dich einen Scheißdreck an. Antworte, wer wohnt hier?«

»Die Herrschaft. Die Besitzer der Villa.«

»Deine Herrschaft?«

»Ja ...«

»Wie heißen sie?«

»Serrat.«

Der Pijoaparte schüttelte traurig den Kopf. Ein höhnisches Grinsen bahnte sich einen Weg durch seinen abschätzigen Gesichtsausdruck.

»'ne schöne Arbeit hast du!« sagte er. »Und was machen die hier, außer zu baden und sich den ganzen Tag an die Eier zu packen?«

»Nichts ... Sie machen Ferien.«

»Sind sie sehr reich?«

»Ja ... Ich glaub schon.«

»Ja, ich glaub schon! Du weißt noch nicht mal, in was für einer Welt du lebst, schön blöd bist du. Sind es viele?«

»Wie?« Maruja flüsterte. »Nein, der Señor kommt nur am Wochenende.«

»Gestern abend waren aber 'ne Menge Leute hier.«

»Freunde der Señorita ...«

»Ich versteh dich nicht!«

»Freunde der Señorita.«

Maruja schloß wieder die Augen. Er betrachtete sie einen Moment lang neugierig. Genau jene sonderbare Verbindung von Träumen, die ihn in dieses Schlafzimmer geführt hatte, ließ ihn jetzt die Situation des Mädchens mit einer Ironie sehen, die nicht ohne Mitgefühl war. Er trat an ihr Bett.

»Du hältst dich wohl für sehr schlau, Süße?«

Kaum wahrnehmbar schüttelte sie den Kopf. Wieder standen ihr Tränen in den Augen. Sie biß sich auf die Unterlippe, und ihre Augen leuchteten im Halbdunkel wie zwei glühende Kohlen.

»Ricardo ...«, flüsterte sie.

»Ich heiße nicht Ricardo! Hier wird jetzt erst mal einiges klargestellt, und du machst den Anfang.«

Er kniete sich auf das Bett. Maruja setzte sich auf die andere Seite der Bettkante, mit dem Rücken zu ihm. Sie strich sich das Haar glatt.

»Ich muß mich jetzt anziehen«, flüsterte sie kaum hörbar. »Das Frühstück muß gemacht werden.«

»Ruhe! Es ist noch früh.«

»Sie steht immer sehr früh auf.«

»Kehr mir nicht den Rücken zu, wenn ich mit dir rede!« brüllte er.

Er spürte den Schauder, der über den Rücken des Mädchens lief und sie aufrecht verharren ließ. Die Hand noch immer in den Haaren, korrigierte Maruja ihre Haltung, setzte sich etwas mehr seitlich, so daß sie ihm ihr Profil zuwandte, den Blick gesenkt.

»So ist es besser. Wer ist sie?«

»Señorita Teresa.«

»Wer?« Er wurde nachdenklich, schien sich zu erinnern. »Die Blonde von der *verbena*, deine Freundin, wie du gesagt hast?«

»Ja ...«

Gemächlich legte sich der Murcianer auf den Rücken, geradezu wollüstig. »Teresa«, flüsterte er, die Augen starr an die Decke gerichtet, und aufgrund dieses Blickes hätte man meinen können, er sei sich dessen bewußt, daß er sich nicht im Mädchen, sondern nur im Zimmer geirrt hatte.

Als Maruja aufstehen wollte, legte er sich quer über das Bett, packte sie fest am Arm und zwang sie, sitzen zu bleiben.

»Und jetzt erzähl mal, du Hure, warum hast du das gemacht?«

»Was hab ich gemacht ...? Ich hab doch nichts gemacht.« »Du weißt genau, was ich meine. Du hast mich angelogen wie eine Nutte.«

»Das stimmt nicht. Es war deine Schuld, ich hab dir gesagt, du sollst nicht kommen. Ich weiß nicht, was du von mir denkst, aber ich hab dich niemals belogen. Ich hab gedacht, daß ...«

»Was?«

»Ich dachte, daß ich dir ein bißchen gefalle ... daß du mich ein wenig magst. Auf der *verbena de San Juan* hast du mir all diese hübschen Dinge gesagt, und auch heute nacht ...«

»Na hör mal, du bist wohl verrückt geworden! Was denkst du dir, ich laß mich doch nicht für dumm verkaufen! Was zum Teufel hattest du auf der *verbena* zu suchen?«

»Bitte, laß mich los, du tust mir weh.«

»Was hattest du da zu suchen, eine Minna zwischen all diesen Señoritas? Antworte!«

»Ich muß mich jetzt beeilen.« Sie versuchte aufzustehen. »Bitte!«

Er zwang sie, sich ganz herumzudrehen, und nachdem er mit aller Kraft ihre Arme auseinandergedrückt hatte, fing er an, ihr mit dem Handrücken ins Gesicht zu schlagen. Aber das Mädchen warf sich ihm weinend in die Arme. Der Murcianer fluchte vor sich hin; er bekam Lust, sich selbst zu ohrfeigen, in ihm stieg der Verdacht auf, der einzige Idiot hier sei er. Eine lange Stille trat ein, nur vom Schluchzen Marujas unterbrochen, die ihr Gesicht an der Brust des Jungen verbarg. Der Pijoaparte wünschte sich hundert Kilometer weit weg, aber etwas verbot ihm, sich von dem Mädchen loszumachen. Plötzlich klingelte der Wecker auf dem Nachttisch und griff mit seinem wilden, metallischen Klirren das Trommelfell an. Dem Jungen schien alles in Bewegung zu geraten, er hatte den Eindruck, daß dieses verfluchte Ding in seinem eigenen Kopf rappelte.

»Verfluchtes Pech!«

»Wenn du mich wirklich liebst, Ricardo ...«, begann sie, aber der Pijoaparte machte sich plötzlich frei und legte sich wieder aufs Bett.

»Scher dich zum Teufel, hörst du? Und ich heiße nicht Ricardo, ich heiße Manolo.«

Auf dem Nachttisch klingelte und rappelte immer noch der Wecker, wie ein gereiztes, tödlich verwundetes Tier. Dann verlor er allmählich an Kraft. Maruja, die sich plötzlich unter Kontrolle hatte, stellte ihn mit einem Handgriff ab und stand sofort auf, niedergeschlagen wischte sie sich mit dem Unterarm die Tränen ab, die über ihre Wangen liefen.

»Ich muß mich anziehen. Tecla ist bestimmt schon aufgestanden ...«

»Wer zum Teufel ist Tecla? Noch so eine Minna? Blöder Name!«

»Das ist die Köchin.«

»Hau so schnell wie möglich ab, ich will dich nicht mehr sehen.«

Sie, nackt, ging zunächst geschmeidig und zaghaft zum Fenster und lehnte es an. Der Pijoaparte war überrascht und verwundert, als er die Bewegungen ihres Körpers sah: Sie besaß die gelassene Ruhe verheirateter Frauen, eine ausgeglichene Elastizität; und ein ganz leichtes Zittern, das vollkommen unabhängig von der herausfordernden Schwingung der leicht vorgeschobenen Hüften und dem langsamen, aber behenden Spiel der Kniekehlen war, bewegte ihre weichen Körperpartien. Einige Sekunden lang stellte sich ein lebendiges Gleichgewicht zwischen dem kaum gebeugten Knie, dem gewölbten Umriß des vorgeschobenen Beines und dem Zittern der empfindlichsten Körperpartien ein. Der Zauber entsprang einer gewissen Beherrschung, einer Sparsamkeit der Gesten, die freilich nichts mit Schüchternheit oder Schamhaftigkeit zu tun hatte, sondern vielmehr mit den guten Manieren der Reichen und der zweckmäßigen Diät, die die Herrschaft, die sie bediente, einhalten mußte, eine Art, die einige Dienstmädchen, die eine natürliche Veranlagung dazu haben, manchmal auf unerfindliche Weise zu ihren Gunsten anzunehmen wissen. ›Sie ist zart, die verdammte Hexe, deshalb konnte sie mich täuschen‹, sagte er zu sich selbst. Perfekt wurde der Zauber durch die schmalen, etwas spitzen Schultern, die im Kontrast zu den breiten Hüften schöner wirkten, als sie waren, und durch die kleinen, weit auseinanderstehenden Zitronenbrüste, die nach vorn hin nicht spitz zuliefen, sondern eine weiche Rundung bildeten und in deren leichtem, gelatineartigem Zittern jetzt der grazile und bedächtige Rhythmus der Schritte des Mädchens mitschwang.

Nachdem Maruja das Fenster angelehnt hatte, hob sie die Fotografie, die er auf den Boden geworfen hatte, auf und rieb sie sorgfältig mit der Handfläche ab.

»Gehört das Foto dir?« fragte er.

»Ja.«

»Und warum hebst du es auf? So 'n Quatsch! Wer steht denn da neben dir?«

»Die Señorita. Das war, als sie ihr den Wagen gekauft haben. Sie hat mir das Foto geschenkt.«

»Wie schön! Du bist scheißsentimental.«

Maruja stellte das Foto wieder auf den Nachttisch, woraufhin er es in die Hand nahm. »Kann ich mal sehen?« sagte er und bemühte sich um einen gleichgültigen Tonfall. Vergeblich rief er sich die Blonde von der *verbena* ins Gedächtnis: Der Schatten ihrer Hand verdeckte das Gesicht völlig, er unterschied lediglich die Haarfarbe und die Frisur, ihre offenen, langen Haare. Maruja ging zum Schrank und begann sich anzuziehen.

»Manolo«, sagte sie, »warum nimmst du immer diese schmutzigen Wörter in den Mund?«

»Ich rede, wie's mir paßt, hast du verstanden?«

Er stellte die Fotografie auf das Tischchen zurück, blieb auf dem Rücken liegen und starrte an die Decke. Er atmete tief durch. Mit einemmal bemerkte er, daß man es sich hier gutgehen lassen konnte ...

»Na, bist du noch immer sauer?« fragte sie wenig später leise, ohne ihn anzusehen. Der Junge antwortete nicht, und so drehte sie sich um und fügte hinzu: »Was hast du vor? Es ist schon spät.«

»Willst du wohl den Mund halten, Kleine?«

Maruja lächelte ihm ängstlich zu. Er schloß die Augen, die Hände im Nacken verschränkt. Kurz darauf vernahm er das Tappen sich nähernder nackter Füße und spürte dann einen weichen und warmen Druck auf seiner Brust. Der süße Duft, der der Haut des Mädchens entströmte, hüllte ihn ein. Wie im Traum hörte er ihre Stimme: »Manolo, mein Liebster, hier kannst du nicht bleiben ...« Er öffnete seine Augen und sah in ihre, die, schwarz und glänzend, verheißungsvoll, nur einige Zentimeter von seinem Gesicht entfernt waren. Jetzt konnte er auch den schwachen rötlichen Abdruck sehen, den einer seiner Schläge auf ihrer Wange hinterlassen hatte. ›Du Idiot‹, sagte er sich, ›du alter Idiot.‹

»Komm, laß das, du Hure, mir ist nicht danach«, knurrte er, aber seine Hände glitten bis zum Po des Mädchens hinunter.

»Bitte, nenn mich nicht so!« sagte sie, während sie ihn küßte und an seinem Kinn nagte. »Weißt du, daß du sehr gut aussiehst? Du bist der hübscheste Junge, den ich kennengelernt habe. Es ist schon fast beängstigend, wie gut du aussiehst ...«

»Red keinen Quatsch. Und sag mir, wer der erste war.«

»Wie?«

»Nun komm schon, stell dich nicht so an. Wer war der erste?«

Maruja verbarg ihr Gesicht am Hals des Murcianers.

»Machst du dich auch nicht über mich lustig?« fragte sie. »Versprich mir, daß du nicht lachst, wenn ich's dir sage! Er war mein erster Freund ... Er kam von den Kanarischen Inseln und machte seinen Wehrdienst in Barcelona. Ich hab ihn nie wiedergesehen.«

»Hast du ihn geliebt?«

»Am Anfang, ja.«

Der Pijoaparte brach in Lachen aus.

»Ein Soldat mußte es sein. Da kannst du mal sehen, wie dumm du bist. Weißt du denn nicht, daß das die größten Schweine sind, die nur darauf aus sind, so dumme Gänse wie dich aufs Kreuz zu legen?«

»Sag nicht so was.«

»Wo kommst du her?«

»Ich? Aus Granada. Aber ich habe von klein auf in Katalonien gelebt.«

»Und deine Eltern?«

»Mein Vater lebt in Reus, er ist Pächter einer *finca* von Herrn Serrat, ich bin dort aufgewachsen, und da hab ich auch die Señorita kennengelernt, weil sie dorthin immer mit ihren Eltern in die Ferien kam. Wir waren von klein auf sehr gute Freundinnen. Heute fahren die Serrats nicht mehr nach Reus, schon seit langem nicht mehr, weil sie jetzt mehr Geld haben

... Als meine Mutter starb, war ich fünfzehn, und die Señora nahm mich mit nach Barcelona, weil ich ihr im Haus helfen sollte.«

Sie erzählte auch von ihrer Großmutter und von einem Bruder, der kurz vor seiner Einberufung stand, alle lebten in Reus. Er streichelte sie weiter. Als er sie erneut aufs Bett werfen wollte, riß sie sich los und sprang auf.

»Nein, es ist schon spät ... Es wird besser sein, wenn du jetzt gehst.«

»Na klar, du Hure. Was hast du denn gedacht, was ich mache? Dich so schnell wie möglich aus den Augen verlieren, das werde ich machen.«

Er sprang aus dem Bett, zog sich rasch an und lief zum Fenster, und Maruja, die sah, daß er schon mit einem Bein draußen war, rannte zu ihm.

»Warte! Willst du so gehen? Wann seh ich dich wieder?«

In der rechten Hand hielt sie ein Schmuckkästchen aus geschnitztem Holz, gerade hatte sie sich ein Paar Ohrringe angesteckt, ein Schmuck, mit dem sie den Jungen zweifellos überraschen wollte. Aber er war schon aus dem Fenster gesprungen und stand mitten in dem Blumenbeet. Während er sich sein Hemd in die Hose steckte, sah er mit ängstlichem Blick auf das Meer hinaus. Dann strich er sich das Haar mit der Hand zurück. Maruja stand halb angezogen am Fenster und sah ihn mit traurigen Augen an. Hinter ihm strömte der Pinienwald noch immer eine drückende nächtliche Stille aus, die nur vom Zischen der Wellen am Strand unterbrochen wurde. Es war völlig windstill, und nichts kündigte den Sonnenaufgang an. Das Gesicht des Pijoaparte war jetzt angespannt, er wandte sich nach hinten, dem Dienstmädchen zu, aber noch ohne sie anzusehen. Seinem Gesichtsausdruck nach schien er einen heftigen Erdstoß oder weit entfernte, verlorene Stimmen wahrzunehmen, die die Brandung jetzt zurückwarf und zitternd in der frischen Morgenluft schwingen ließ. Dann richtete er seinen Blick plötzlich auf Maruja, und ein Lächeln erhellte sein Gesicht.

»Sind das Juwelen? Wo hast du die her? Hat die Señora sie dir geschenkt?«

»Diese Ohrringe, nein. Ich hab sie vor einer Woche gekauft. Sie sind hübsch, nicht? Du, wann sehen wir uns wieder?«

Der Pijoaparte starrte auf das Schmuckkästchen.

»Schon bald. Mach's gut, Hure!« rief er ihr zu, drehte sich um und entfernte sich in Richtung Pinienwald.

Das Motorrad war noch da. Er bog mit ihm in die Landstraße ein und fuhr in atemberaubendem Tempo in Richtung Barcelona. Während der ganzen Fahrt hatte er nur ein Bild vor Augen: Immer wieder sah er Maruja am Fenster stehen, wie sie das Kästchen mit ihrem armseligen Schmuck in den Händen hielt.

Er erreichte die Stadt, als die Sonne die Spitze des Carmelo schon in Rosa tauchte, in genau dem Augenblick, als die Lola bei sich zu Hause in der Calle de Muhlberg aus dem Bett sprang, um zur Arbeit zu gehen, verärgert und deprimiert, zum x-ten Mal ernsthaft sauer auf sich selbst ... Dem Pijoaparte begegnete sie, als sie zur Plaza Sanllehy hinunterging, in einer der Kurven der Straße des Carmelo. Er schien entspannt, gedankenverloren, entrückt, seine schwarzen Haare flatterten wie die Flügel eines riesigen Vogels im Wind, wie die Flügel eines Adlers wegen seiner gebieterischen Ausstrahlung und der teuflischen Geschwindigkeit, mit der er fuhr; die Umrisse des Murcianers durchdrangen das grelle Morgenlicht wie eine Galionsfigur. Das einzige, was das Mädchen, in den betäubenden Krach der *Ossa* gehüllt, sehen konnte, war das fliegende Profil eines Raubvogels über dem Lenker, für den Bruchteil einer Sekunde von einem erstaunten Augenblinzeln aufgehalten.

Während der Pijoaparte den Carmelo hinauffuhr, kam ihm zum ersten Mal die Idee mit dem Juwelenraub in der Villa. Lola sah er erst, als er schon an ihr vorbeigefahren war: Der Motorradspiegel fing für einen Augenblick ihren Rücken ein, verzerrte und verkleinerte ihn in seinem kalten und konkaven Universum und entließ ihn schließlich ganz ins Nichts.

Im Grunde riskierte der Gangster sein Leben, damit die Platinblonde weiter Kaugummi kauen konnte.

Aus einer »Geschichte des Films«

Von der Spitze des Monte Carmelo aus kann man im Morgengrauen unter dem Nebel manchmal eine unbekannte Stadt auftauchen sehen, weit entfernt, fast wie im Traum: Nebelschwaden und träge nächtliche Schatten schweben noch über ihr wie der ekelhafte Staub, der unseren Blick trübt, wenn wir aus Träumen erwachen, und erst viel später beginnt irgendwo, so als öffne sich am Himmel ein großer Vorhang, feierlich ein grelles Licht zu wachsen, das auf einmal zerfällt, sich im Meer spiegelt und direkt zu den Hängen des Hügels gelangt, um sich in den Fensterscheiben zu brechen und das Blech der ärmlichen Hütten zum Funkeln zu bringen. Die Meeresbrise kann den Hügel nicht erreichen, viel früher schon flaut sie ab, erstickt und verläuft sich in dem grauen Dunst, der über den verwinkelten Vierteln des Hafens und der Altstadt liegt, und in dem Rauch der Fabrikschornsteine. Aber wenn sie es könnte, wenn die zurückzulegende Entfernung geringer wäre – dachte er gerade wehmütig, während er auf dem Rasen des Parque Güell neben dem Motorrad saß, das er kurz zuvor gestohlen hatte –, dann würde sie über die letzten flachen Dächer des Viertels La Salud hinaus aufsteigen, über die Tennisplätze und den Cottolengo hinweg und die Straße zum Carmelo hinauf, natürlich ohne deren Serpentinen zu folgen (so wie die Leute aus dem Viertel, wenn sie eine Abkürzung nehmen), dann würde sie in den Parque Güell hineinwehen und die Montana Pelada erklimmen, um sich schließlich, jetzt ohne Würze, ohne Schwung, ohne jene Kraft, die wohl weit entfernt über dem Mittelmeer geboren wurde und die sie tage- und nächtelang auf den schäumenden Wellen reiten ließ, in der Ruhe des Valle de Hebrón niederzulassen, in einer greisenhaften Sanftmut, die den Verdacht der Armut erregt.

Er fühlte sich sehr einsam und sehr traurig. Müdigkeit und Erschöpfung überwältigten ihn; er hatte gesehen, daß das Licht der Laternen an der Ostseite des Carmelo nach und nach erlosch, sich in sich selbst zurückzog vor dem nahe bevorstehenden Tagesanbruch. Aus seinem rosa Hemd und seinen Jeans schwand die Feuchtigkeit, die das Gras im Laufe der letzten Stunden übertragen hatte, und er dachte, daß ein Tag am Strand letzten Endes das Beste sei. ›Unter den Pinien liegt es sich gut, kann auch sein, daß Lola doch nicht so zimperlich ist, wie ich dachte, verflixt, ein Weiberpack ist das in meinem Viertel. Sie schläft wohl noch, gestern abend wird sie glücklich gewesen sein, für mich kochen zu können, ich sehe sie vor mir, wie sie die Stunden zählt, die noch fehlen ... Aber bestimmt kann man mit ihr nur herumfummeln!‹ Er dachte bei sich, daß Bernardo, obwohl er bereits ins Netz gegangen war, zumindest in diesem Punkt die Hosen anbehalten hatte, er hatte doch etwas mehr bei ihm gelernt, als Autotüren aufzubrechen und Motorräder zu klauen, Bernardo, guter Junge, trotz allem, ein wirklicher Freund, ein Pfundskerl, mit seinem häßlichen Gesicht. ›Im Grunde genommen war es sehr günstig, daß der Kardinal das Geschäft nicht sofort abwickeln, nicht einmal das Motorrad in seinem Haus unterstellen wollte. So ausgetrickst zu werden, das hat Bernardo einfach nicht verdient.‹

Er hatte ihn noch vor Augen, wie er vergangene Nacht auf einer der Bänke der Ramblas neben ihm gesessen hatte, zusammengekauert, die Knie umschlingend, aufmerksam auf das kleinste Zeichen wartend, das eine Order bedeuten konnte. Sollte das ihr letzter gemeinsamer Coup gewesen sein? Autos ausplündern langweile ihn, und der Kardinal sei auch nicht mehr der verläßliche Abnehmer von früher, brachte Bernardo vor, wenn er nicht arbeiten wollte, aber der Pijoaparte wußte, daß der eigentliche Grund, aus dem er es immer stärker ablehnte, mit ihm zusammenzuarbeiten, ein ganz anderer war: Der Grund war Rosa, dieses alberne Verhältnis mit Rosa, das Bernardo jetzt Liebe nannte, während ihn selbst ein besonderer Sinn für die Grade der Leidenschaft daran hinderte, es mit Liebe zu verwechseln. Er ahnte, daß Bernardo zu diesen gutmütigen Kerlen gehörte, bei denen alles darauf hindeutet, daß sie unwiderruflich dazu verdammt sind, nur einen billigen Abklatsch von Liebe mit einem Abklatsch von Frau zu erleben, noch dazu umgeben von der lärmenden Fröhlichkeit einer Vorstadtfamilie, die letztlich nichts anderes wäre als ein Abklatsch von Familie und Fröhlichkeit. Der Pijoaparte erinnerte sich an ihr Gespräch vom Vorabend, und er versuchte, die erbärmliche Hoffnung zu ergründen, die zaghaft in den Worten von Sans mitschwang, diese abstoßende Hochzeitsillusion eines kleinen Angestellten, die ihn nach und nach auf so schäbige Weise um einen guten Freund brachte, um den einzigen, den er hatte. Es mußte schon nach Mitternacht gewesen sein, die beiden saßen vor dem Dancing Colón an den Ramblas, und der Murcianer beobachtete mit heftiger Ungeduld die schrecklichen Grünschnäbel, die überwiegend in metallisch glänzendes Leder gekleidet waren und ihre Motorräder auf dem Bürgersteig oder mitten auf der Promenade abstellten, zu beiden Seiten der Bank, auf der die beiden saßen. Das eigenartige Verhältnis von metallischem Glanz, das labile Gleichgewicht, das diese Jugendlichen der Ramblas zwischen ihrer Kleidung und den schnellen Maschinen herzustellen wußten, ließ den Pijoaparte das Gesicht zu einer unendlich mitleidigen und verächtlichen Grimasse verziehen, so als sei er sich tatsächlich der Nutzlosigkeit und Vergänglichkeit gewisser menschlicher Bemühungen bewußt. Aus denen wird nie etwas, dachte er. Mancher kam mit seiner kleinen Nutte, die diese Nacht glücklicherweise noch frei war, und wenn sie von den Motorrädern abgestiegen waren und sich ansahen, ergab sich zwischen den Pärchen schnell eine Atmosphäre tiefster Zufriedenheit. Nach und nach reihten sich immer mehr Motorräder aneinander, aufgestellt mit einer eindrucksvollen ästhetischen Strenge, die wohl die natürliche

Ausweitung desselben irgendwie erotischen Gefühls war, das ihre glänzenden, dynamischen Formen bei ihren milchbärtigen Besitzern hervorriefen.

»Armselige Würstchen«, hatte der Murcianer gesagt. »Was meinst du zu dem Wagen, den wir auf der Plaza del Pino gesehen haben?«

»Nein«, beeilte sich Bernardo zu antworten. »Kommt nicht in Frage. Außerdem, womit willst du arbeiten? Wir haben weder eine Taschenlampe noch einen Schraubenzieher und auch sonst nichts dabei.«

»Ich hab das Taschenmesser mit.«

»Egal. Ich bin dagegen. Wir hatten ausgemacht, daß ich dir nur bei den Motorrädern helfe, und das unter der Bedingung, daß wir gleich morgen mit den Mädchen zum Strand fahren.«

»Für solche Aktionen brauche ich dich nicht, da weiß ich mir schon selbst zu helfen.«

»Ich will aber auch eine haben, ich brauche sie.« Er schwieg einen Augenblick und fügte dann hinzu: »Manolo, überleg doch, wie gut die Lola ist, und vergiß diesen Wagen.«

»Du wirst nie auf einen grünen Zweig kommen«, knurrte der Pijoaparte.

Von diesem Moment an verstärkte sich die Niedergeschlagenheit, die ihn beherrschte. Er knetete die Hände, und seine Augen, tiefschwarz wie in Tinte getaucht, starrten auf einige amerikanische Matrosen, die zwei Mädchen aus dem Cosmos hinter sich herzogen und das Colón betraten. Seine Augen leuchteten träge, er senkte den Kopf und schnalzte mit der Zunge: Ihn ekelte der allgemeine Mangel an Ehrgeiz und Wünschen an, den er in seiner Umgebung feststellte, die große Resignation, die ihn wie ein Leichentuch zu ersticken drohte. Die Stimme von Sans hatte jetzt einen leicht wehleidigen Tonfall:

»Ich bin nicht so wie du, ich denke auch an andere Dinge. Was soll's, ich denke an Rosa, zur Zeit tue ich nichts anderes, als an Rosa zu denken.«

»Du bist ein Blödmann, du glaubst, du hättest dich verliebt. Ha, ha!«

»Man sollte ein neues Leben anfangen, ich hab es satt.«

»Du wirst es nie zu etwas bringen, mein Junge.«

Später wurde es auf den Ramblas immer leerer, einige blieben mitten auf der Promenade stehen, nachdenklich und unschlüssig, die Hektik, die sie von einem Ort zum anderen getrieben hatte wegen weiß Gott was für geselliger Verpflichtungen, hatte sich gelegt, und die letzten Energien hatte man auf den Kampf um die Taxis verschwendet. Die beiden warteten noch etwas länger. Sie hatten sehr aufmerksam, aber ohne Interesse oder innere Unruhe zu zeigen, sondern wie mit einer durch Geistesabwesenheit und Regungslosigkeit hervorgerufenen zufälligen Fixierung der Pupillen die hastigen Bewegungen eines Typen verfolgt, der wie ein Provinzler beim sonnabendlichen Kneipenbummel aussah, sein Motorrad unentschlossen und ungeschickt neben einem Baum parkte und dann zu einigen Freunden lief, die etwas oberhalb des Colón aus einem Taxi stiegen. Die Männer im Sonntagsstaat klopften sich gegenseitig auf die Schultern, bevor sie sich in Richtung des Cosmos entfernten. ›Bestimmt‹, dachte der Pijoaparte, als er sah, daß jeder eine Zigarre rauchte und ein verdauungsförderndes Völlegefühl mit sich herumschleppte, ›bestimmt haben sie in einem Restaurant in Barceloneta gegessen und sind jetzt auf der Suche nach einer Nutte. Mein Junge, die Nummer wird dich teuer zu stehen kommen.‹ Währenddessen beobachtete er den, der gerade sein Motorrad abgestellt hatte, weiter.

Der Pijoaparte trug ein Paar schwarze Lederhandschuhe an seinem Gürtel; jetzt zog er sie sich langsam an. »Okay«, sagte er, »du fängst an.« – »Ich warte noch einen Augenblick«, entgegnete Sans. »Nichts da, es ist genau der richtige Moment.« – »Es ist besser, sich noch mal zu vergewissern«, beharrte Sans. »Wenn ich nicht gewesen wäre, hätten sie dich doch schon wer weiß wie oft geschnappt.« – »Halt's Maul, Bernardo, du gehst mir heute auf den Wecker.« – »Ist ja in

Ordnung ...« – »Du machst den Mund nur dann auf, wenn ich es dir erlaube, und vergiß nicht, wer hier das Sagen hat!« – »In Ordnung, aber überleg doch mal ...« – »Nun mach schon, worauf zum Teufel wartest du?«

Er mußte ihn geradezu wegstoßen. ›Nicht daß der Junge Angst hätte‹, sagte er sich, während er sah, wie Sans sich entfernte, ›Bernardo hatte niemals vor etwas Angst. Aber wie ihn diese Hure verändert hat! Sie hat ihn fest im Griff.‹

Er blieb auf der Bank sitzen, und in seinen Augen, die in den Höhlen rollten, ohne auch nur die geringste Bewegung der sich in seiner Nähe herumtreibenden Typen zu übersehen, war plötzlich ein lebhaftes Funkeln. Er sah, wie Sans auf das Motorrad zuging: Hände in den Taschen, langsam, wie ein Affe auf seinen krummen Beinen schaukelnd, komisch und harmlos, geradezu rührend; und plötzlich empfand er eine tiefe Zärtlichkeit für ihn. Das war ein Moment der Unachtsamkeit und Schwäche – aus gutem Grund versuchte er immer, ihn zu vermeiden, da er sie sehr teuer hätte zu stehen kommen können. Als er sich wieder unter Kontrolle hatte und aufsah, war Sans schon auf das Motorrad gestiegen und im Begriff, eine große Dummheit zu begehen. Er schien sorglos. Weder hörte er den ersten Pfiff des Pijoaparte, noch sah er ihn wie von der Tarantel gestochen von der Bank aufspringen. Blödmann, wo hast du deinen Kopf? Noch ein warnender Pfiff, aber es war schon zu spät: Bernardo hatte sich auf die falsche Maschine gesetzt – die beiden funkelnden *Ossas* standen dicht nebeneinander, liebevoll gepflegt und poliert –, auf eine Maschine, deren Besitzer, ein mageres und tadellos gekleidetes Bürschchen, sie gerade dort abgestellt hatte und sich im letzten Augenblick – er entfernte sich bereits – noch einmal umdrehte, um über die Schulter weg sein Motorrad mit demselben unterwürfigen und schmachtenden Blick anzusehen, mit dem er sich von seiner Freundin verabschiedet hätte (zweifellos – wenn man bedenkt, wie die Zeiten sich ändern – von einem dunklen sexuellen Verlangen bewegt, das vielleicht mehr Befriedigung beim Motorrad als bei der Freundin fand).

Genau in diesem Moment schwang sich Bernardo, der seinen Irrtum nicht bemerkte, auf den Motorradsitz. Mit überraschtem Gesichtsausdruck wies der Unbekannte Sans zurecht, der zur Salzsäule erstarrte. Von seinem Platz aus konnte der Pijoaparte nicht verstehen, was sie sprachen. Bernardo war von dem Motorrad abgestiegen, breitete entschuldigend die Arme aus und lachte; schließlich überzeugte er den geschniegelten *ramblero* davon, daß es sich nur um eine Verwechslung gehandelt habe, um so mehr, als er auf die andere Maschine stieg. Der Junge ging auf das Venezuela zu, und der Pijoaparte setzte sich mit einem erleichterten Seufzer wieder auf die Bank.

Sans allerdings, zweifellos um seiner gekränkten Berufsehre Genugtuung zu verschaffen, oder einfach, weil er den Reiz des Risikos wiederentdeckt hatte, stieg, als er den Jungen verschwinden sah, von dem anderen Motorrad ab und bestieg wieder »sein eigenes«, ließ das Schloß aufspringen, gab langsam Gas – der Pijoaparte konnte trotz der Entfernung sein äffisches Grinsen erkennen – und startete mit einem jähen Ruck. Er schnellte von der Promenade auf die Fahrbahn, wobei er mit den Füßen den Boden streifte, sehr geschickt, vom Höllenlärm des Motors umgeben, und fuhr geduckt wie eine Katze die Ramblas hinauf, bis er jenseits der Plaza del Teatro verschwand.

Immer empfänglich für Vorzeichen und Symbole, wieder einmal Opfer jener Gedankengänge, die für labile Naturen wie ihn einem Fluch gleichkommen, sah der Pijoaparte in dieser spektakulären Flucht von Sans den Schwanengesang einer Etappe seines Lebens, die wohl in der Tat als abgeschlossen zu gelten hatte. Schon das mißlungene Rendezvous mit dem wunderbaren Mädchen von der *verbena* hatte die Welt seiner Träume bis zum Rand gefüllt, und die Erinnerung daran schien neuen Träumen den Weg zu versperren. Er begriff, daß auch Bernardo ihn schließlich allein lassen würde wie alle aus der Bande, keiner hielt es länger als sechs Monate aus, und sie wagten kaum etwas, verloren den Mut, schwängerten blödsinnigerweise ihre Freundinnen, heirateten, suchten sich eine

Arbeit, zogen es vor, in Werkstätten und Fabriken zu versauern. Bernardo sprach vom Aufhören. Aber wozu aufhören? Um den Lohn eines Arbeiters zu bekommen, um eine weißgekleidete Hure zum Altar zu führen, um sich sein ganzes Leben lang aussaugen zu lassen? Der Murcianer verlangte nicht viel für den Anfang: Schenkt mir ein Paar himmelblaue Augen, in denen ich mich spiegeln kann, und ich werde die Welt aus den Angeln heben, hätte er sagen können, aber jetzt überfiel ihn wieder Mutlosigkeit, er dachte an den Mercedes auf der Plaza del Pino und an all das, was er darin gesehen hatte, an das, was ihm entgangen war. Und was ihn morgen erwartete, war nicht verlockender: der Strand, diese Scheißidee, an den Strand zu fahren, und die blöde Lola mit ihren breiten Hüften, die erste Klasse sind, angeblich. Er hob den Kopf: Vier betrunkene Amerikaner handelten auf dem Bürgersteig vor dem Sanlúcar hinter einer Reihe parkender Autos mit einer mageren, zwergenhaften Mieze. Plötzlich spürte er die verdächtige Reglosigkeit eines Unbekannten, der links neben ihm, nur wenige Meter entfernt, stehengeblieben war, ihm das Profil zuwandte und ebenfalls die Motorräder im Blick hatte – er beobachtete ihn, ohne ihn anzusehen. Er entdeckte etwas unverwechselbar Vertrautes in seinen Pupillen, die wie die einer schläfrigen Katze glänzten, und in dem leicht vorgeschobenen Kinn, etwas, das die kurz bevorstehende Ausführung eines Plans ankündigt. Der Pijoaparte stand mit einem Ruck auf und sah ihm in die Augen, während er an ihm vorbei direkt auf das Motorrad zuging. Er stieg gemächlich auf, ohne den Unbekannten aus den Augen zu verlieren, brach das Lenkradschloß auf (dazu verfügte er über eine ebenso einfache wie wirkungsvolle Technik, die darin bestand, den Lenker abrupt zur Seite zu drehen; man hörte ein Klick!, und das Schloß sprang ohne weiteres auf), er gab Gas und brachte die Maschine ohne weitere Vorsichtsmaßnahmen in Gang, ohne an etwas zu denken, außer an den Unbekannten. Dieser betrachtete ihn mit einem leichten Lächeln um die Mundwinkel, aufmerksam beobachtete er seine Bewegungen, beurteilte sie mit den Augen eines Experten, jedoch nicht unbedingt als Rivale, dem ein anderer zuvorgekommen ist – schon seit einiger Zeit war der Wettbewerb sehr hart –, sondern lediglich als Kollege, der die Arbeit eines anderen mit gelassenem und belustigtem Kennerblick begutachtet. Mehr noch: Einen Moment lang erforschte er mit einer flinken Bewegung seiner Pupillen den Umkreis des Geschehens, als wollte er auf diese Weise die Flucht des Pijoaparte decken, der, da er sich in dieser Nacht besonders niedergeschlagen fühlte, sogar den Wunsch verspürte, ihn dafür zu umarmen. Das Motorrad beschrieb einen Kreis, während die Füße des Pijoaparte noch den Boden berührten, um das Gleichgewicht zu halten, und erst als der Murcianer wieder den Kopf hob, sah er das Warnsignal in dem Katzenblick, der Unbekannte schloß seine Augenlider, drehte sich um und ging weg. Der alte einarmige Wächter hatte sie gesehen und kam auf sie zu, zwar ohne sich zu beeilen, aber mit neugierigem Blick und einem Fragezeichen im Gesicht. Der Murcianer hatte verstanden und preschte vor, ließ ihn in genau dem Augenblick hinter sich, als er seine Stimme zu hören glaubte. ›Gut gemacht‹, dachte er. Deshalb entschied er sich im letzten Moment, die Promenade zu überqueren und in der Gegenrichtung hinunterzufahren, an den Ständen mit antiquarischen Büchern vorbei, und anstatt die Ramblas hinaufzufahren, wie es Bernardo getan hatte, raste er auf die Puerta de la Paz zu und dann den Paseo de Colón entlang in Richtung des Parque de la Ciudadela.

Entgegen seiner Befürchtung hörte er keinen Pfiff, auch folgte ihm niemand. Er fuhr den Paseo de San Juan entlang, General Mola, General Sanjurjo und die Calle Cerdeña, überquerte die Plaza Sanllehy und nahm dann die Straße zum Carmelo hinauf. In der Kurve am Cottolengo nahm er das Gas weg, glitt vorsichtig nach links, so daß er die Straße verließ, und bremste vor dem Seiteneingang des Parque Güell. Ohne vom Motorrad abzusteigen, richtete er das Scheinwerferlicht in den Park. Die Dunkelheit der Nacht zerriß, er sah einige Pinienstämme, Gras, und am Ende des Lichtstrahls einen glänzenden schwarzen Ball, der zurücksprang und sich zwischen dem Gestrüpp davonmachte – eine Katze. Von Sans keine Spur. Sie hatten ausgemacht, sich hier zu treffen. ›Er wird etwas essen gegangen sein‹, dachte er. Einen Augenblick lang wußte er nicht, was er machen sollte. Dann gab er wieder Gas und fuhr in gemäßigtem Tempo die Straße hinauf. In den Rechtskurven ergoß sich das Scheinwerferlicht über die Leere und Dunkelheit der Schlucht; in der Ferne funkelten die Lichter der Stadt; das Lichtermeer von Montjuich, das im Sommer von dort aus wie eine Explosion symmetrischer Blitze die Nacht durchschneidet, war schon erloschen. In den Linkskurven Gras und Felsen, die ersten Ausläufer des Monte Carmelo. Oben angekommen, beschleunigte er in der letzten Kurve, bis er die Calle Gran Vista erreichte, wo er anhielt und abstieg. Die Geschäfte und Häuser, die auf den Parque Güell schauen, waren geschlossen und dösten unzugänglich und ungastlich im gedämpften Licht der sechs Laternen, die entlang der einzigen Häuserreihe standen: Die dunklen Zonen verliehen der Straße eine Tiefe, die sie in Wirklichkeit nicht besaß. Keine Menschenseele war zu sehen, es herrschte absolute Stille, aber für den Jungen aus dem Süden lagen unangenehme Dinge in der Luft, ein vertrauter menschlicher Pulsschlag, skeptische Hoffnungen. Zu dieser nächtlichen Stunde ist der Monte Carmelo wie ein riesiger träger Furunkel, der in seine eigenen unsichtbaren, fiebrigen Ausdünstungen gehüllt ist, in seine täglichen Schmerzensstiche, in seine vielfältige, sinnliche Aura.

Er stieg den Abhang hinunter, an dem getünchte Häuser standen, die beinahe in der Luft hingen und deren außergewöhnliche, erzwungene Lage an dem zerklüfteten Hang ein verworrenes Netz von Gassen mit Treppen, Wegbiegungen und kleinen Auffahrten bedingte. Hüpfend lief er im schwachen Licht schmutziger Glühlampen immer durch die spielzeugartigen Straßen hinab, bog mal rechts, mal links um die Ecke, mit fast derselben spätkindlichen Freude seiner ersten Streifzüge durch das Viertel. Obwohl es nicht mehr das sonnige Labyrinth war, wo einmal alles möglich schien, bewahrte es immer noch etwas von dem, was er sich vor vielen Jahren aus seinem Dorf mitgebracht hatte; ein gewisses Selbstvertrauen, das aus der Hinfälligkeit seiner Umgebung resultierte, aus dem provisorischen Charakter, mit dem die Dinge seines Viertels immer behaftet gewesen waren, und aus der Atmosphäre der Armut, die sie umgab. Als er schon sehr weit hinabgestiegen war, ging er um die Mauer eines verfallenen Gartens herum und blieb vor einer kleinen Holztür stehen, die ihn einst gefangengenommen hatte: Sie unterschied sich von den anderen Türen, weil sie besonders alt war und weil verworrene geschnitzte Motive sie zierten, die der Regen fast völlig ausgewaschen hatte, vor allem aber wegen des außergewöhnlichen Türklopfers, einer gedrehten Hand, winzig und zart – eine Frauenhand, dachte er immer –, die eine Kugel umschloß. Im Viertel gab es keine vergleichbare Tür. Sie gehörte zu einer zweistöckigen Villa, klein und verfallen. Gegenüber erstreckte sich das freie Feld, auf dem die Grillen zirpten. Der Pijoaparte betätigte den Türklopfer dreimal, dann trat er zurück, um zu sehen, ob oben das Fenster aufleuchtete. Noch war es tiefe Nacht, und die Sterne schienen besonders hell zu leuchten. Drinnen im Haus hörte er Stimmen und das Rücken eines Möbels. »Wer ist da?« fragte eine heisere Stimme. »Ich bin's, *Cardenal*, mach auf.« Kurz darauf öffnete sich die Tür, und der völlig weißhaarige und ungekämmte Kopf eines Mannes erschien. Die langen, seidigen Haare ließen trotz ihrer Unordnung die edlen und schönen Konturen des Hauptes erkennen, und das Gesicht, obwohl noch vom Schlaf zerknittert, wies die Makellosigkeit feiner und freundlicher Gesichtszüge auf, den Ansatz zu einer Hakennase und bläuliche, bewundernswert glattrasierte Wangen. Die braune Stirn stand in angenehmem Kontrast zum weißen Haar. ›Warum bloß nennen sie ihn Kardinal?‹ dachte er immer.

»Was gibt's?« fragte der Mann. »Was willst du noch so spät?«

»Ich hab wenig Zeit. Sie steht weiter oben, ich kann sie dir sofort bringen. Eine *Ossa*, ganz neu. Also, was ist?«

Der Kardinal sah ihn an, kniff die schwarzen, mit langen Wimpern besetzten Augen zusammen. Hinter seinem Kopf drang durch die angelehnte Tür ein Lichtstrahl aus dem Hausinneren, so daß seine leuchtendweißen Haare von einer wilden Flamme ergriffen schienen, als er den Kopf bewegte.

»Komm näher.«

Der Junge bewegte sich nicht; er keuchte noch vom Laufen und blieb etwas abseits, von der Dunkelheit eingehüllt. Vor dem Kardinal hatte er Respekt. Er hielt ihn für den intelligentesten Mann des Viertels, für den einzigen, der in den Augen der anderen lesen konnte.

»Hast du mich nicht verstanden? Komm näher!« Der Junge gehorchte. Der Geruch von Talkpuder und Cognac nebelte ihn ein. »Wo ist Bernardo?«

»Keine Ahnung ...«

»Hast du mit deinem Bruder gesprochen?«

»Die Werkstatt ist abgeschlossen. Ich bin gerade erst gekommen.«

»Du weißt, daß ich nichts mit euch zu tun haben will. Die Geschäfte mache ich mit deinem Bruder. Also geh schlafen!«

Er wollte die Tür schließen. Aber der Pijoaparte stützte sich mit einer Hand gegen sie, wobei er zufällig den Türklopfer mit den Fingern berührte.

»Warte, *Cardenal.* Du bist ein Mann mit Geschmack, das sagen alle. Warum willst du mir nicht helfen?«

»Was zum Teufel hat das damit zu tun ...?« Ein versöhnliches Lächeln erhellte plötzlich das rosige Gesicht des Kardinals, das ihn überraschend jugendlich erscheinen ließ. »Du bist raffiniert, mein Junge, ich wußte ja, daß du es noch zu etwas bringen würdest. Aber du solltest mir mehr Beachtung schenken.«

Es war nicht ganz klar, was der Kardinal meinte. Wahrscheinlich ist es nicht zu gewagt, obskure sexuelle Veranlagungen zu vermuten – über die man im Viertel allerdings sehr hitzig und keineswegs in abstrakten Begriffen sprach –, aber für den Pijoaparte, der am Kardinal gerade das feine Gespür für Anstand und Takt bewunderte, war das nichts als ein weiteres geheimnisvolles Purpurgewand, das sich zu vielen anderen hinzugesellte, die eine so ehrwürdige Person bereits schmückten.

»Ich schenke dir doch immer Beachtung, *Cardenal*. Das ärgerliche ist, daß alles über meinen Bruder läuft. Ich kann die Maschine jetzt nicht nach Hause bringen, ich weiß nicht, wo ich sie abstellen soll, und ich bin total pleite. Laß mich bitte nicht im Stich. Nimm sie und gib mir dafür, was du willst ...«

»Aber was verbietet dir denn, sie bei dir zu Hause abzustellen?«

Der Mann kam etwas näher, der Junge spürte seinen Atem auf dem Gesicht. Warum bloß nennen sie ihn den Kardinal?

»Mein Bruder ist ein Idiot«, knurrte der Murcianer. »Er sagt, erst mal Schluß mit den Motorrädern, bis ein neuer Auftrag kommt ... Findest du das richtig, *Cardenal*?«

»Das ist völlig in Ordnung. Ich habe ihm dazu geraten, es muß etwas Zeit vergehen.« Er machte eine Pause und sah dem Jungen in die Augen, dann senkte er den Blick und trat zurück, um die Tür zu schließen. »Du bringst sie in die Werkstatt und nimmst sie auseinander.« Er zeigte wieder seinen üblichen aristokratischen Gesichtsausdruck, freundlich, aber distanziert. »Ich werde sehen, was sich machen läßt, aber merk dir eins: Wenn du etwas auf eigene Faust machen willst, mußt du lernen, es auch allein zu Ende zu bringen. Ich weiß nicht, was mit dir los ist, aber in letzter Zeit gelingt dir nichts.« Der Pijoaparte senkte den Kopf. »Sei vorsichtig, Manolo, die Motorräder wurden nicht erfunden, um damit kleine Mädchen spazierenzufahren, der Sommer ist gefährlich.« Er gab ihm eine freundschaftliche Kopfnuß. »Aber jetzt, Kopf hoch! Hortensia fragt ständig nach dir, sie ist krank. Willst du sie nicht einmal besuchen kommen? Wir könnten Kaffee trinken und miteinander plaudern. Und jetzt geh, los, sei ein lieber Junge!«

Sehr langsam schloß er die Tür. »Gute Nacht«, murmelte der Junge.

Oder besser ›Guten Morgen‹, ein milchiges Licht breitete sich am Himmel des Carmelo aus. Während er zur Calle Gran Vista hinaufstieg, dachte der Murcianer darüber nach, ob er lieber nach Hause gehen oder am vereinbarten Ort auf Sans warten sollte. Er entschied sich für letzteres, schwang sich auf das Motorrad und raste die Straße hinunter, von leisen und lästigen Gewissensbissen geplagt. Der Kardinal besaß die außergewöhnliche Gabe, sein Gewissen wachzurütteln. Andererseits war da das Versprechen, das er Sans gegeben hatte, mit den Mädchen an den Strand zu fahren, und der Eindruck, sich in eine Sackgasse zu begeben, verstärkte sich in dem Maße, wie der Tag anbrach.

An den Hängen des Monte Carmelo brannte jetzt kein Licht mehr. ›Starker Typ, der *Cardenal*‹, dachte er und betrachtete das Motorrad, das neben ihm im Gras lag. ›Bernardo wird die Mädchen abholen.‹ Glitzernde, flinke Staubpartikel durchfluteten die Vegetation des Parks, endlich war es Sonntag. Er nickte ein.

Bernardo Sans fuhr mit seiner *Ossa* in atemberaubendem Tempo zum Parque Güell hinunter, legte sich rasant in die Kurven. Als er in den Park hineinfuhr, ging er mit der Geschwindigkeit runter und rollte langsam ein Stück weit zwischen den Bäumen hindurch, wobei er sich mit den Füßen abstieß. Mit einem angebissenen Apfel im Mund legte er sich neben seinen Freund.

»Ich hatte Hunger«, sagte er. »Die Mädchen kommen gleich. Die hab ich vielleicht erschreckt!« Er brach in Lachen aus und zeigte auf einen Stein. »Guck mal, so wie der hier, einen Brokken wie diesen habe ich an Rosas Fenster geworfen ... Bist du die ganze Zeit hier gewesen?«

»Bringen die was zu essen mit?«

»Natürlich. Schon gestern abend haben sie alles vorbereitet. Und, wie war's?«

Der Pijoaparte sagte nichts. Er lag auf dem Rücken im Gras und hatte die Arme vor den Augen verschränkt. Wenig später brüllte er:

»Jetzt sitzen wir in der Scheiße, aber wenn wir vom Strand zurück sind, schließe ich die Motorräder sofort in der Werkstatt ein, und wir holen sie nur raus, um sie direkt zum Kardinal zu bringen, verstanden?«

»Wie du willst. Bei einem Ausflug an den Strand wird schon nichts passieren, nur keine Angst ...« Er schwieg einen Augenblick. »Sag mal, schläfst du?«

Man hörte nur das Zwitschern der Vögel. Der Murcianer wälzte sich von einer Seite auf die andere, als ob er ins Bett gemacht hätte, sein Atem ging stoßweise, bis er das Gesicht wieder dem Himmel zuwandte, die Arme über der Stirn verschränkt. Dann, mit schläfriger, lustloser Stimme, gestand er Sans, daß er gegen ihre Vereinbarung versucht hatte, das Motorrad loszuwerden, der Kardinal ihn aber abgewimmelt hatte. Er entschuldigte sich nicht ausdrücklich, beschränkte sich vielmehr darauf, ihn mit offenbar unbeteiligter Stimme, allem Anschein nach von Heiserkeit angegriffen und von Müdigkeit überwältigt, über die Sache zu informieren, als spräche er im Traum und mit der Stimme eines Fremden über eine Angelegenheit, die ihn nicht im geringsten interessierte. Er faßte sich kurz, sparte sich lange Reden, aber bedeutungsvolle Pausen konnte er nicht vermeiden: Sans wußte das Vertrauen seines Freundes herauszuhören und es ihm zu danken. Er klopfte ihm freundschaftlich auf die Schulter. »Schweinehund«, sagte er. Der Pijoaparte schwieg. Bevor er endgültig einschlief, hörte man ihn in einem durch Akzent und Melancholie verfremdeten Katalanisch sagen: »Wir sind doch alle Hurensöhne.«

Mit der Zeit war er unbewußt dazu übergegangen, unter seinen Erinnerungen eine fast mechanische Auswahl zu treffen, nach denselben vagen Kriterien vorgehend wie jemand, der jährlich eine Auswahl unter den in seinem alten Adreßbuch notierten Namen von Freunden trifft, die er dann in das neue überträgt: Es blieben ihm nur einige wenige, die treuesten, die geliebtesten.

Manolo Reyes – nehmen wir einmal an, dies sei sein richtiger Name – war der zweite Sohn einer schönen Frau, die jahrelang die Fußböden des Palastes des Marqués de Salvatierra in Ronda wischte und die den Jungen empfing und zur Welt brachte, als sie schon Witwe war. Seine früheste Kindheit verbrachte er zwischen einer ärmlichen Hütte im Viertel Las Penas und den luxuriösen Gemächern des gräflichen Palastes, wo er stundenlang am Rockzipfel seiner Mutter hing, wie erstarrt, und seine Einbildungskraft über die glänzenden Fliesen schweifen ließ, die sie wischte.

Es kursierte eine bemerkenswerte Geschichte, derzufolge seine Mutter, kurz nachdem sie Witwe geworden war, ein Verhältnis mit einem jungen melancholischen Engländer hatte, der einige Monate lang Gast des Marqués de Salvatierra war. Der Junge wurde genau zu dem Zeitpunkt geboren, den hämische Berechnungen böser Zungen vorausgesagt hatten. Aber Manolo griff die angebliche Authentizität dieser Geschichte immer an, und der Eifer, den er entwickelte, um sie zu widerlegen, überraschte sogar seine eigene Mutter: Wild schlug er sich mit seinen Spielkameraden, wenn sie sich über ihn lustig machten und ihn *el inglé* nannten, und er stürzte sich auf die Erwachsenen, um sie fertigzumachen, und beleidigte sie grob, wenn sie in seiner Gegenwart einen höhnischen Kommentar wagten. Seien wir ehrlich, diese frühreife Hysterie beruhte weniger auf der Absicht, die Ehre seiner Mutter zu verteidigen, als auf dem ungewöhnlichen, triebhaft und tief empfundenen Bedürfnis, daß man ihm die Gerechtigkeit widerfahren lasse, die sein eigenes Selbstverständnis verlangte. Der Junge kämpfte gegen diese Geschichte, weil sie die Existenz einer anderen gefährdete oder sie zumindest in Zweifel zog, die seine Phantasie weit mehr entflammte und für ihn die Möglichkeit einer edleren sozialen Herkunft bot: Sohn des Marqués de Salvatierra höchstpersönlich zu sein. In der Tat, alle Begebenheiten, die mit seiner Geburt verknüpft waren – der Sohn von jemandem zu sein, der sich aufgrund seiner sozialen Stellung in Ronda nicht zu erkennen geben konnte, in einem Zeitraum gezeugt worden zu sein, als seine Mutter praktisch im Palast des Marqués lebte, und vor allem der Umstand, für ihn der entscheidendste, in einem Bett des Palastes geboren zu sein (in Wirklichkeit war das auf die Frühgeburt zurückzuführen, die beinahe auf den Fliesen stattgefunden hätte, die die schöne Witwe wischte, so daß es notwendig wurde, sie im Palast zu versorgen) –, alle diese Begebenheiten nahmen, während er heranwuchs, in seinem Kopf eine solche Gestalt an, daß er schon von klein auf sein ureigenes, ganz besonderes Selbstbewußtsein herausbildete.

In gewisser Weise war es eine der Lügen, die infolge des verworrenen moralischen Zustandes unserer Welt gut als Wahrheiten durchgehen können, wenn sie, von der Phantasie beflügelt, noch schlimmere Lügen ersetzen. Manolo Reyes war entweder der Sohn des Marqués oder, wie Gott, Sohn seiner selbst; etwas anderes konnte er nicht sein, nicht einmal Engländer.

Als er, um seine Mutter finanziell etwas zu unterstützen, Gepäckträger am Bahnhof und gelegentlich auch Fremdenführer in Ronda wurde, wobei er sehr auf sein Äußeres und seine Umgangsformen achtete, begannen seine Freunde ihn »Marqués« zu rufen. Der Spitzname, zweifelhaft oder nicht, fand allgemeine Anerkennung. Niemand erfuhr jemals, daß er der Schöpfer seines eigenen Spitznamens war, und niemand ahnte die Schlauheit, die er entwickelte, um ihn zu verbreiten. Manolo war weit davon entfernt, dies als seinen ersten beruflichen Erfolg zu werten – da sich der Charakter dieses »Berufs« noch nicht am Horizont seiner Zukunftspläne abzeichnete –, aber zum ersten Mal genoß er seine Macht. Sehr bald erkannte er aber, daß dies alles vorläufig belanglose Kindereien waren und daß es zu warten galt.

Dies waren im Grunde die einzigen Spielzeuge seiner Kindheit, Spielzeuge, die er weder zerbrechen noch in die Rumpelkammer verbannen mußte. Der Junge wuchs heran, hübsch und aufgeweckt, mit einem außergewöhnlichen Hang zu Lüge und Zärtlichkeit. Seine Mutter zwang ihn, die Abendschule zu besuchen, so lernte er lesen und schreiben. Er hatte einen älteren Stiefbruder, der auf den Baumwollfeldern arbeitete und Jahre später nach Barcelona auswanderte. Von seiner Mutter sollten ihm vor allem ihre feuchten Hände in Erinnerung bleiben, immer feucht, rot und weich (seit er seinen Verstand gebrauchen konnte, bestimmten jene abgearbeiteten schmierig-nassen Hände, die ihn an- und auszogen, die Vorstellung, die er von Knechtschaft und Abhängigkeit hatte: Sie waren wie zwei riechende Scheiben Fleisch, nicht vollkommen rücksichtslos, nicht ohne Leben, aber ohne Wärme und Freude). Er liebte seine Mutter sehr, bis sie sich mit einem Mann einließ, und er litt bei dem Gedanken, sie nicht aus ihrem Elend befreien zu können. Der tägliche Umgang mit dem Hunger hinterließ ein wildes Funkeln in seinen Augen und eine besondere Art, den Kopf zur Seite zu neigen, was nur Dummköpfe mit Unterwürfigkeit verwechseln. Sehr bald entdeckte er die anmaßendste und nützlichste Wahrheit des Elends: daß es nicht möglich ist, sich von ihm zu befreien, ohne das eigene Leben aufs Spiel zu setzen. So brauchte er von klein auf die Lüge genauso wie das Brot und die Luft, die er atmete. Er hatte die häßliche Angewohnheit, oft auszuspuken; trotzdem, wenn man ihn aufmerksam beobachtete, entdeckte man in der Art, wie er es machte (die Augen plötzlich starr auf einen Punkt am Horizont gerichtet, absolut desinteressiert an der Spucke und dem Ort, wo sie landen würde, eine tiefsitzende, verborgene Ungeduld im Blick), die feste und unwiderrufliche Entschlossenheit, eine Ausgeburt der Wut, welche oftmals die Gesichter der Bauern, die wegzuziehen bereit sind, genauso erstarren läßt wie die einiger Jungen aus der Provinz, die sich bereits entschieden haben, eines Tages in die Großstädte zu fliehen.

An dem Tag, an dem er sich pfeifend, die Hände in den Taschen, dem Wohnwagen der Moreaus näherte, um seine Dienste als Fremdenführer anzubieten und sie gleichzeitig darauf hinzuweisen, daß sie, falls sie sich am Stadtrand niederließen, sich vor Hausierern und Landstreichern in acht nehmen müßten, war Manolo Reyes noch der Sohn des Marqués de Salvatierra; aber schon eine Woche später war er es nicht mehr, oder genauer, interessierte ihn das nicht mehr: Eine Woche später, so niedrig der neue Status, verglichen mit dem Titel eines Marqués, auch erscheinen mochte, war Manolo Reyes Student in Paris, Gast und zukünftiger Schwiegersohn der Familie Moreau. Ein *charmant petit andalou*, würde Madame sagen. Elf Jahre war er alt, sein Stiefbruder in Barcelona schickte sich an zu heiraten, seine Mutter hatte einen Brief bekommen und eine Fotografie, auf der man den Monte Carmelo sah. Ihr Ältester triumphierte. »... ich heirate ein Mädchen aus Málaga, die einen Vater hat, der ein Fahrradgeschäft hat, dort bei dem Kreuz auf dem Foto, das ich dir schikke, Mutter ...«, so stand es in dem Brief, den Manolo ihr laut vorlas, ohne ihm aber größere Beachtung zu schenken. Seine Gedanken kreisten um die Touristen, die mit dem Wohnwagen gekommen waren.

Die Moreaus waren sogleich von dem Charme Rondas und dem des Jungen eingenommen. Der Tajo und der Puente Nuevo, Manolos Liebenswürdigkeit und seine schwarzen Augen, die Stierkampfarena mit ihrer sakralen Atmosphäre und die Casa del Rey Moro hielten sie eine Woche lang in der Stadt fest. Manolo verbrachte den ganzen Tag mit ihnen, begleitete sie überallhin und amüsierte sie mit Geschichten, die von seinen Erfahrungen als Fremdenführer handelten, größtenteils erfunden. Jeden Morgen holte er sie vom Wohnwagen ab, kümmerte sich um die Post, den Einkauf, die Wäsche und anderes mehr. Als sie ihn eines Tages zum Essen in den Wohnwagen einluden, erzählte er ihnen die Geschichte seiner Geburt, wobei er peinlich darauf bedacht war, seine tatsächliche Herkunft in rätselhaftem Dunkel zu lassen. Damals (immer würde er sich daran erinnern: Er hatte die Tochter der Moreaus angesehen, sie saß im Gras, den Rock über die Knie geschoben, und sonnte sich, es war ein trüber, windiger Nachmittag, lange, weiße Wolkenfetzen jagten über den Himmel, um sich hinter den Bergen zu verstecken) fragte ihn Madame Moreau, während sie ihm eine Tasse Nescafé anbot, zum ersten Mal, ob es ihm gefallen würde, mit ihnen nach Paris zu gehen, zu studieren und es im Leben zu etwas zu bringen. Der Junge senkte den Blick und antwortete nicht. Am folgenden Tag wurde Madame plötzlich traurig, als sie zerlumpte Kinder auf der Straße spielen sah, und wieder richtete sie an Manolo dieselbe Frage; eine Frage, die sie nicht etwa stellte, um eine Antwort zu bekommen – welchen Inhalts auch immer, sie war nicht allzusehr daran interessiert –, sondern um im Überschwang der Gefühle ihrem Egoismus auf sehr eigenwillige, schwer bestimmbare Weise Ausdruck zu verleihen. Aber diesmal antwortete *le petit andalou* mit sonderbarer Stimme: »Ich werde es mir überlegen«, und natürlich hörte Madame das nicht einmal.

Nachts saß er stundenlang, ohne von ihnen bemerkt zu werden, in einiger Entfernung zum Wohnwagen auf einem Stein und starrte, das Kinn auf die Hand gestützt, durch seine schönen langen Wimpern auf das Licht, das von Zeit zu Zeit das kleine Fenster erleuchtete. Und er wurde auch nicht müde, das Auto anzusehen: Die dicke, getrocknete Schlammschicht an den Seiten hatte im Mondlicht die greisenhafte, schicksalsergebene Heiterkeit würdevoller Falten und ruhmreicher Narben, Erinnerungen an weit entfernte Wege, unbekannte Landstraßen, leuchtende Strände und riesige Städte, an herrliche Orte, die der Junge nie gesehen hatte.

Am Vorabend ihrer Abreise wurde sehr viel Wein getrunken, und Madame – wer weiß, was für ein erregendes Lebensgefühl sich plötzlich bei ihr ausbreitete – begann Manolo zu betätscheln und sein Gesicht mit Küssen zu bedecken. Außerdem entschied sie mit dem Einverständnis ihres Mannes – der wie meistens kaum ein Wort herausbrachte: ein großer, schwermütiger und wortkarger Mann mit hohler Stimme –, den Jungen nach Paris mitzunehmen. Während sie noch lachten und einander zuprosteten, veranlaßte Madame Moreau, daß ihre Tochter und der Junge ihre ewige Freundschaft mit einem Kuß besiegelten. Es lag ein Hauch von Ausgelassenheit in der Luft, deren Ursache kaum verständlich war, Touristen aber von den Stunden des Abschieds wohlvertraut sein dürfte, diese kleinen Herzensergüsse, die lediglich Teilnahmslosigkeit und gespielte Rührung kaschieren und gegen die der Junge mangels Erfahrung noch nicht gefeit war.

Manolo entsann sich einer sehr einfachen und wirkungsvollen kindlichen Methode, die sich normalerweise im Zuge der ersten mühsam errungenen mütterlichen Zustimmungen zu Streifzügen durch das Viertel herausbildet und die darin besteht, das Gesprächsthema zu wechseln, sobald man die Erlaubnis erhalten hat, und er nahm sich vor, die Frage seiner Reise nach Paris in der Schwebe zu lassen (bevor die Moreaus ihr Angebot bereuen würden), und begann, über seinen älteren Bruder zu sprechen, der in Barcelona verheiratet und Besitzer eines florierenden Geschäftes war. Dann stand er plötzlich auf, bedankte sich, sagte auf Wiedersehen und ging.

Eine halbe Stunde schon saß er hinter Büschen auf einem Stein, als er die Tochter der Moreaus aus dem Wohnwagen kommen sah. Ihre Eltern schliefen. Das Licht hinter dem kleinen Fenster war vor geraumer Zeit erloschen, die Nacht absolut ruhig. Die kleine Französin trug einen Seidenpyjama, der im Mondlicht metallisch glänzte. Vor ihr öffnete sich eine Lichtung, die sie nun bedächtig und traumwandlerisch durchschritt, auf die Büsche zu, hinter denen er sich verbarg. Sie war in Sternenlicht getaucht, das ihre Umrisse durch das Funkeln der Seide auf ihrem Körper aufzulösen suchte und ihre wirkliche Gestalt in eine bloße Schimäre oder eine Beschwörung ihrer selbst zu verwandeln schien; teilnahms- und schwerelos schritt das Mädchen, völlig unberührt von dem gefühlvollen und hilflosen Traum, den ihre Füße mit jedem Schritt vor den erstaunten Augen des Jungen aufwirbelten wie glitzernden Staub. Manolo sah, wie sie auf ihn zuging, als sei sie tatsächlich gekommen, um ihn zu treffen, wobei sie ihn suchte, ohne ihn zu kennen, und mit jedem Schritt seinen Namen beschrieb, als sei diese Verabredung schon seit Anbeginn aller Zeiten getroffen, als sei die helle Lichtung, die sie durchquerte, nichts als die letzte Etappe eines langen Weges, der sie von Anfang an, ohne daß sie es gewußt hätte, hierhergeführt hatte, gleichgültig der Welt, ihren Eltern, ihrem schönen und wohlhabenden Land und auch ihrem eigenen Schicksal gegenüber. Sie schien nicht zu wissen, daß sie allein war, nicht einmal, daß es Einsamkeit gibt; in den Augen des Jungen ging sie voller Lebenskraft, sie war Überbringerin des Lichts. Aber plötzlich, als das Mädchen nur noch wenige Meter von ihm entfernt war, wich es unverhofft nach rechts aus, ging in den Wald hinein und auf eine mit Thymian übersäte Stelle zu (die Madame Moreaus Feingefühl mit Blick auf die Dringlichkeit gewisser Bedürfnisse als die geeignetste ausgewählt hatte), und jetzt erst verstand der Junge.

Die Enttäuschung war ihm ins Gesicht geschrieben, als er sich erhob. Trotzdem reagierte er schnell: Ohne ihr Zeit zu lassen, das zu tun, weswegen sie zweifellos gekommen war, ging er auf sie zu und sagte artig guten Abend; er erzählte ihr, daß er zurückgekommen sei, um zu sehen, ob alles in Ordnung sei, und fragte sie dann unvermittelt – einfach, weil er die von ihm erhoffte Antwort provozieren wollte –, warum sie den Wohnwagen noch zu so später Stunde verlassen habe. Etwas verwirrt, aber lachend antwortete sie, natürlich um frische Luft zu schnappen. So schlug Manolo ihr vor, sie ein Weilchen zu begleiten, nahm sie bei der Hand und ging mit ihr spazieren. Er versuchte, ihr zu verstehen zu geben, daß er sich dazu entschlossen habe, gleich morgen mit ihnen nach Paris zu gehen, und fragte sie, was sie von dem Versprechen ihrer Eltern halte. Würden sie sich morgen noch daran erinnern, würden sie ihn mitnehmen? Er redete viel, blieb auch plötzlich stehen, nachdenklich, die Arme verschränkt. Sie betrachtete ihn belustigt, dachte über die Bedeutung seiner Worte nach und nickte zustimmend. Sie hatte eins der hübschesten Gesichter, das Manolo je gesehen hatte, mit warmem, bräunlichem Teint und strahlendblauen Augen. Plötzlich blieb der Junge vor ihr stehen und nahm ihre beiden Hände. Er lehnte seine Stirn an die des Mädchens, das den Blick senkte und rot wurde. Dann umarmte er sie etwas ungelenk und küßte sie auf die Wange. Die Berührung mit dem feinen Stoff des Pyjamas rief eine ungeahnte Empfindung in ihm hervor, eine der überwältigendsten, die er in seinem Leben verspüren sollte, eine Empfindung, die vollkommen mit der Zärtlichkeit des ersten Kusses übereinstimmte oder sie vielleicht erst begründete und ausmachte, so als dringe das erregende Gefühl, wie die Ausstrahlung des Seidenstoffes, durch die Fingerspitzen in ihn ein. Einen Augenblick lang blieb das Mädchen ruhig stehen, mit erhitzten Wangen und zitternder Brust, den Kopf zur Seite geneigt, doch dann riß sie sich los und lief zum Wohnwagen. Manolo verharrte mit herunterhängenden Armen und geöffneten Händen, noch immer spürte er die Berührung des feinen Stoffes in den Fingerspitzen.

In jener Nacht konnte er nicht schlafen, plante er doch seine Abreise aus Ronda in allen Einzelheiten.

Als er am nächsten Morgen zum Standort der Franzosen kam, war von dem Wohnwagen nichts mehr zu sehen. Vergeblich suchte er sie in der ganzen Stadt. Wie sie gekommen waren, so waren sie auch verschwunden: Dieselbe dunkle Unruhe, dieselbe schäbige Leidenschaft, dieselbe verdorbene Begeisterung, die sie hergelockt hatte, entführte sie für immer. Die Moreaus gehörten zu jener Sorte Touristen, die sich der Träume der Einheimischen als einer Brücke zu einer Märchenwelt bedienen, die sie, wenn sie sie nicht mehr brauchen, hinter sich abbrechen.

Als es dunkel wurde, kehrte Manolo völlig erschöpft nach Hause zurück und warf sich auf sein Bett. Zwar waren es nur Traumbilder, aber diese vereitelte Reise in ein fernes Land, dieses künstliche Mondlicht, das in dem Pyjama des Mädchens funkelte, dieses trügerische Rendezvous mit der Zukunft, die Erregung, der verrückte Traum auszuwandern, die Berührung mit der Seide und der stechende Schmerz blieben in ihm zurück. Und jetzt, genau wie damals, als ihn liebe und vertraute Stimmen riefen, die ihn beständig davon überzeugen wollten, wie gefährlich es sei, vom gemeinsamen Weg aller abzukommen, erwachte er aus einem tiefen Traum. Diesmal war es allerdings nicht die weinerliche Stimme seiner

Mutter und ihr immer noch schönes Gesicht, das sich näherte und an einem Ende des durchs Fenster der Hütte einfallenden Lichtkegels sich über ihn beugte, wobei sie ihm zuflüsterte: »Wach auf, mein Junge, hier, das ist dein neuer Vater« (ihm blieb kaum Zeit, das stolze Profil eines Zigeuners zu sehen, leicht abgewandt, mit viel Brillantine im wohlfrisierten Haar; denn er, Manolo, plante bereits, in einem Güterzug nach Barcelona zu fliehen und sich in das Haus seines Bruders zu flüchten). Diesmal war es das Gesicht eines Mädchens, das in der prallen Sonne des Parque Güell lächelte, trotz des Lächelns aber schon im voraus offenbarte, wie wenig es zu bieten hatte – ein mühseliges sonntägliches Herumgefummel, und auch das mußte sich erst noch zeigen –, Lola, hinter ihr Rosa und Sans, mit Badetaschen und Verpflegung bepackt. Bernardo klopfte sich das Gras von der Hose. Neben ihm die gestohlenen Motorräder. »Na, du Faulpelz«, sagte Lola, hielt eine Hand vor den Ausschnitt ihres Sommerkleids und beugte sich über sein Gesicht, als wollte sie von dessen Zügen trinken. »Wir fahren doch an den Strand! Wer wird sich denn da schlafen legen ...?« Aber vielleicht weil seine Augen immer noch die tiefe Enttäuschung der wachgerufenen Erinnerungen widerspiegelten oder weil er in dem Alter war, in dem der Schlaf, anstatt seine Spuren im Gesicht zu hinterlassen und es zu zerknittern, es vielmehr schöner macht, so wie Trinkgelage es mit einer kindlichen Sorglosigkeit versüßen, bemerkte Lola in seinem Blick etwas, das sie erschreckt haben mußte, denn sie streckte ihm nicht die Hände entgegen, als er sie darum bat, ihm aufzuhelfen. ›Um so schlimmer‹, sagte er sich. Als er schon wieder auf den Beinen war, rief er etwas in unverständlichem Katalanisch, und das erste, was er dann mit äußerst skeptischem Blick prüfte, waren Lolas Hüften. »Also los«, knurrte er, »ab zum Strand, verdammt noch mal!«

Ein Sommer von Tigern,
auf der Lauer nach einem Meter kalter Haut,
auf der Lauer nach einem Ast unerreichbarer Epidermis.

PAPLO NEURUDA

Sie liebten sich zum Rauschen der Wellen.

»Es wird schon hell, Manolo. Du mußt jetzt gehen.«

»Noch nicht.«

»Ich habe Angst«, beharrte sie. »Was wir tun, ist unvorsichtig, Liebling, verrückt ... Wir sind nicht allein im Haus.«

»Hör mal, meine Süße«, sagte er lachend, zog sie an sich und starrte an die Decke, vielmehr durch die Decke hindurch, »entweder haben wir hier alle unseren Spaß oder keiner ...«

Der Pijoaparte spürte wie manche Croupiers an den Spieltischen eine heimliche Sehnsucht in den Fingern: Nichts von dem, was durch seine Hände ging, gehörte ihm, abgesehen von dem Mädchen, vielleicht. Wenn er sie Nacht für Nacht behutsam und bedächtig liebte, sorgsam und beflissen wie ein Scherenschleifer, lernte er es, auf der Haut des Mädchens fremde Berührungen und Gefälligkeiten, die heitere Atmosphäre anderer Orte, anderer Kreise zu unterscheiden, etwas, das jenseits der vier Wände ihres Dienstmädchenzimmers lag. Manchmal hatte sie – vor allem dann, wenn sie das Abendbrot im Garten serviert hatte – eine Eukalyptusblüte im Mund oder ein Pfefferminzblatt (sicher ein Brauch ihres Dorfes), und dann schmeckten ihre Küsse blumig-süß, so daß der Murcianer sich beinahe der täglichen Abfolge von Müßiggang, Baden, Lektüre und Siesta zugehörig fühlte, die der reizende Schatten einer Frau von irgendeinem Teil der Villa aus liebenswürdig dirigierte. Er war wirklich zu der Überzeugung gekommen, daß dieses Spiel für ihn keine andere Gefahr berge als die, von der Herrschaft überrascht zu werden. Denn Maruja stimmte momentan allem bereitwillig zu, ohne Anstalten zu machen, im Gegenzug Forderungen an ihn zu stellen, abgesehen von der nach einer kleinen gefühlsmäßigen Entschädigung, unmittelbar und anscheinend folgenlos; allerdings schwächt es, den Austausch der Gefühle in die Länge zu ziehen, und das wissen die Frauen; sie können gar nicht genug auf den Spielregeln bestehen, die noch immer die sittsame und schwere spanische Kost beherrschen und zu deren strengen moralischen Konsequenzen immer Verantwortung und Bezahlung gehören, die man nicht vergessen darf. Denn es geschieht häufig, daß man zum Beispiel das Lehramt der Nacktheit, das man als bloßen Ausdruck der rebellischen Persönlichkeit ausübt, oder die verstohlene Intimität von Bettlaken, die man ausgiebig mit einer Frau teilt, nur um eine Sehnsucht, eine liebenswerte Selbsteinschätzung, einen Mangel zum Ausdruck zu bringen, früher oder später mit seiner Selbstachtung, mit der Einsamkeit oder dem Verlust eines gewissen Machtwillens bezahlen muß, der sich nach und nach in ein Gefühl von Mitleid und Dankbarkeit auflöst, was der Nimbus vermeintlichen männlichen Prestiges zuvor verhinderte.

»Ich liebe dich, ich liebe dich, ich brauche dich ...«

So regte sich nach vielen (noch folgenden) Nächten im Bett des kleinen bereitwilligen Dienstmädchens der riesigen Villa am Meer in dem Jungen aus dem Süden gegen seinen Willen eine vertrauliche und ununterdrückbare Zärtlichkeit für sie und ihr zerbrechliches Glück und dazu eine gefährliche Bereitschaft, ihre gesellschaftliche Stellung zu akzeptieren, oder genauer: Mitleid mit ihr zu haben; gefährlich, weil er darin etwas Brüderliches fühlte, etwas Blutsverwandtes, das Erbe eines vorherbestimmten Schicksals, mit dem sich der Pijoaparte eben um keinen Preis abfinden wollte. Vielleicht ist es zuviel gesagt, daß er dabei war, sich zu verlieben; zu der Zeit verliebte er sich in Symbole, nicht in Frauen. Aber bestimmt entwickelte sich da etwas Ähnliches (eine gewisse natürliche Neigung, sich in das Geflecht erotischer und gefühlsmäßiger Beziehungen zu verstricken, wozu ihn seine unterdrückte provinzlerische Gutmütigkeit oft gegen seinen Willen brachte), so daß höhere und bedeutendere Absichten in den Hintergrund gedrängt wurden. Diese instinktive Verbundenheit in gemeinsamem Elend und in der Armut, die der Körper des Mädchens, ihre verzweifelten Umarmungen, ihre Küsse oder einfach ihre wohltuende Nähe verströmten und die er schon auf der *verbena de San Juan* beunruhigt wahrgenommen hatte, die Einsamkeit und Hilflosigkeit, dieses dringende Verlangen nach Liebe, das viel mehr fordert als Liebe oder Lust, diese Augen eines verlorenen Vogels, die ihn nachts aus der Mulde des Kopfkissens ansahen, aus einer primitiven Welt, die nur Dankbarkeit kennt, aus einer körperlichen Hörigkeit (ihre sanften Augen, ihre traurigen Augen, gerötet und kränklich, fast ohne Wimpern, wieso hatte er ihnen nicht gleich die wirkliche gesellschaftliche Stellung des Mädchens angesehen? Wieso hatte er nicht gemerkt, daß es dieselben fiebrigen Augen waren, die ihn bei der *verbena* durch die Hecke angestarrt hatten?). Augen, die ihn, immer wäßrig von einer sonderbaren Mischung aus Unterwürfigkeit und Besonnenheit, stumm und liebevoll dazu aufforderten, alle Ambitionen aufzugeben außer der, hier und jetzt glücklich zu sein, und denen es mehrere Male gelang, sich seines Willens zu bemächtigen, im Verlauf der betörenden Sommernächte und sogar noch im darauffolgenden Winter, als Manolo schon freier war, sich stärker des subtilen Kräfteaustauschs zwischen den Geschlechtern bewußt war, der unbemerkt herbeigeführt wird, und er deshalb seltener kam und sogar wochenlang verschwand.

Die eindringliche Stimme des schwachen Geschlechts, dieses ausdauernde, kluge und besonnene Summen, den das zum Schweigen gebrachte Weib manchmal ertönen läßt, verrät etwas von der zutiefst mütterlichen Sorge, die sich jede Frau im Hinblick auf die Zukunft des Mannes macht; entgegen allen Erwartungen sprach das Dienstmädchen plötzlich mit dieser uralten Stimme, und der jugendliche Missetäter erschrak: Die schonungslose Enthüllung seiner Straftaten, seiner Motorraddiebstähle, war für das Mädchen nicht nur kein herber Schlag, sondern verstärkte in ihr wieder jene Willenskraft, ihn zu retten, die sie erstmals schon in seinen Armen erlangt hatte.

Der Winter kam, und in der Stadt, weit entfernt von der Villa und ihren einschläfernden Klängen, drängte die Angst, Manolo endgültig zu verlieren, das Mädchen dazu, ihn immer wieder in seinem Viertel aufzusuchen. Er wollte nie sagen, wo er wohnte, aber sie fand sehr schnell heraus, wie sie ihn finden konnte: in der Bar Delicias, neben dem Ofen, wo er mit drei alten Rentnern – von denen seine Jugendlichkeit beunruhigend abstach – *manilla* spielte. Nachdenklich vergaß oder verachtete er wer weiß was für Vergnügungen zugunsten der Weisheit der Karten und der der Alten, huldigte mit ihnen diesem feierlichen Kult des Schweigens und der Sparsamkeit in Gesten und Blicken, der dem Jungen aus dem Süden besonders entgegenkam, vor allem im Winter, und dessen Gründe nicht nur im täglichen Umgang mit Kälte, Arbeitslosigkeit und Armut zu suchen waren, die sich in den Vorstädten rasch ausbreiteten und an die er von klein auf gewöhnt war, sondern auch darin, daß seine ungeheure Abenteuerlust, die der Winter teilweise unbefriedigt ließ, für den Augenblick durch ausdrucksstarke Zeremonien verdrängt werden konnte. Mit den Karten in der Hand oder auf dem Sperrsitz eines stickigen Vorstadtkinos überwinterte er wie eine umgepflanzte Blume, rief sich Begebenheiten sonnigerer und erfreulicherer Tage ins Gedächtnis. Während er die Karten in der Hand hielt und den nächsten Stich bedachte, erschienen vor seinem inneren Auge manchmal die gestreifte Dienstkleidung, die Schürzen und Hauben, die an einem Kleiderständer hingen, getaucht in das rosa Licht eines Sonnenaufgangs an der Küste.

An ihren freien Nachmittagen, donnerstags und sonntags, nahm Maruja den Autobus bis zur Plaza Sanllehy und ging dann zu Fuß die Straße des Carmelo hinauf, am Parque Güell vorbei, bis sie vor der letzten Kurve eine Abkürzung nahm, vorbei an verbrannten Stoppelfeldern und einem Schuttplatz, der Kindern als Rutschbahn diente, und keuchend, mit geröteten Wangen und vom Wind tränenden Augen oben ankam.

Die Bewohner des Carmelo gewöhnten sich bald daran, in ihren Straßen diese scheue Gestalt zu sehen, unter einem blauen Regenschirm in einen karierten, aus der Mode gekommenen, kurzen Mantel gehüllt, ein granatrotes Samtband im Haar. Ihre vorgetäuschten Spaziergänge waren ihnen bald ebenso vertraut wie ihr geduldiges Weggehen und Wiederkommen, wenn sie Manolo nicht finden konnte. Jedes Mal, bevor sie das Delicias betrat, rückte sie ihr Haar und den zu kurzen Rock zurecht, und drinnen dann blieb sie gleich neben der Tür stehen, in angemessenem Abstand zum Spieltisch, still, verschämt, die Knie eng zusammengepreßt, wartete, herrlich obszön, entzückend trivial – dreist verlangte sie danach, zu jemandem zu gehören, dort war er, genau wie auf der *verbena*, als sie in einer Ecke des Gartens auf ihn wartete und beobachtete, wie er sich von den *señoritos* befreite –, bis Manolo auf sie aufmerksam wurde. Draußen regnete es manchmal, und durch die vom Dunst der Kneipe beschlagenen Fenster sah man die verschwommenen, gebeugten Silhouetten der Anwohner, die gegen den Wind ankämpften. Und drinnen suchte Manolo Schutz, schweigsam, trübsinnig, schmutzig, verwahrlost, vom Winter besiegt und zusammengerollt wie eine Schlange, die, im Dickicht versteckt, strahlende Sommertage herbeisehnt. Aber er hatte immer noch eine gewisse goldbraune Blässe auf der Haut, immer noch; wie die rostigen Karosserien, die einst funkelnde, majestätische Automobile waren und jetzt auf den Autofriedhöfen schlummern, war er eingehüllt von der Einbildung einer glänzenden Vergangenheit und unzähligen Traumbildern seiner Streifzüge. Immer spielte er noch eine letzte Partie, wenn auch nur deshalb, um Maruja genau das Weilchen warten zu lassen, das ihn vor den Alten entschuldigte – deren verschmitztes Grinsen er zu übersehen vorgab –, aber nie war er abweisend oder ließ sie lange warten. Allerdings zeigte er auch keine Begeisterung; er billigte lediglich ihre Gegenwart, stand auf, nahm sie bei der Hand, und sie gingen hinaus. Er gestattete diese Treffen mit einer sonderbaren Nachgiebigkeit, leicht resigniert wie jene

Menschen, die – irrtümlich oder nicht – meinen, sie seien jederzeit ihres eigenen Glückes Schmied, und die deshalb gewisse Begleiterscheinungen des Schicksals mit einem feinen Verantwortungsgefühl zu akzeptieren wissen, ganz so, als seien diese Treffen der Beweis für irgendeinen geheimnisvollen Pakt mit den verborgenen Gesetzen des Lebens.

Und wohl auch deshalb, weil er allein war: Bernardo Sans hatte zu Beginn des Winters Rosa geheiratet, die schon bald ein Kind bekommen würde (der endgültige, niederschmetternde Todesstoß), und seine schon auseinanderbrechende Bande von Gelegenheitsdieben hatte sich schließlich ganz aufgelöst. Von seiner Beziehung zum Kardinal und vor allem von seinem Familienleben wußte Maruja nur das, was er ihr erzählt hatte, sehr wenig also, und über sein Zuhause hatte er einmal gesagt: »Wenn es regnet, wird es dunkel«, das war alles. Ihre Fragen zu diesem Thema regten ihn außerordentlich auf, und mehr als einmal drohte er ihr, sie sitzenzulassen, wenn sie ihn weiter bedränge. Er schien darauf bedacht zu sein, als Waise zu gelten.

»Manolo, hast du nie daran gedacht ...«, begann sie.

»Nein, ich denke nicht daran, ein neues Leben zu beginnen. Nun komm schon, laß uns spazierengehen.«

Den Carmelo kennenzulernen bedeutete für das Dienstmädchen eine hoffnungsvolle Bestätigung von Prinzipien. Derselbe würde- und willenlose Stoff, aus dem ihre Liebe gemacht war, hatte anscheinend auch dieses fast vergessene Viertel geformt, drängte es an den Rand, verbannte es aus der Stadt und reduzierte alle seine Träume auf einen einzigen – zu überleben. Sie gingen auf der Westseite entlang, unter den Pinien und Tannen des Parque Guinardó, stiegen den Hügel hinauf und blieben oben stehen, um die Kinder zu beobachten, die ihre Drachen steigen ließen; sie blickten auf den Valle de Hebrón, auf Horta, den Tibidabo, den Turó de la Peira und den Torre Bart, die wegen der Entfernung und der winterlichen Dunstschwaden grau wirkten. Schweigend gingen sie nebeneinanderher oder stritten miteinander (dort auf dem Carmelo sprach sie zum ersten Mal von Heirat), und fast immer endete es damit, daß sie zusammen hinter einem Busch lagen. Manchmal trieb sie Kälte oder Regen in kleine stickige Vorstadtkinos oder ins Gedränge sonntäglicher Tanzfeste, wohlriechend und warm wie in einem Schrank, und Maruja war den ganzen Winter über eifrig darum bemüht, den goldenen Glanz unstillbarer Sehnsucht und das Schnurren eines prächtigen, eifersüchtigen Katers, das aus dem Innern des Pijoaparte kam, abzuschwächen und ihrem Körper zu unterwerfen.

Ansonsten, von dem echten Berufspech des kleinen Verbrechers einmal abgesehen (dem Verlust von Bernardo Sans, seinem allerletzten Kumpanen), ereignete sich nichts Erwähnenswertes in diesem Winter, ausgenommen vielleicht, daß sie Teresa Serrat manchmal flüchtig in der Stadt sahen. »Guck mal, die Señorita«, sagte Maruja und wies mit dem Finger auf sie: ganz kurz aus einer Straßenbahn heraus erspäht (die Señorita vor dem Portal der Universität, im Parka, mit einem karierten Schal und Büchern unter dem Arm, eine Zigarette rauchend, im Gespräch mit anderen Studenten) oder vom Bürgersteig der Vía Augusta aus, an dem Tag, als er das Mädchen nach Hause begleitete (Teresa, die mit ihrem Auto vor einem Café langsam am Bordstein entlangrollte und jemandem ein Hupsignal gab), oder bei der Premiere eines Films, vom Rang aus (sie in Begleitung eines jungen, athletischen Schwarzen, das leichte, mit Teppich ausgelegte Gefälle des Parketts hinunterschreitend). Ein anderes Mal zeigte sie ihm ein Foto von ihr, das in der Zeitschrift *Hola* erschienen war und sie in einer fröhlichen Runde von jungen Männern im Smoking und Mädchen in Weiß zeigte. »Eine Freundin der Señorita wurde in die Gesellschaft eingeführt«, klärte ihn das Dienstmädchen auf und fügte etwas hinzu, was dem Murcianer unverständlich blieb: »Teresa war wütend, daß sie auf dem Foto zu sehen war, und wollte von niemandem darauf erkannt oder auf das Fest angesprochen werden, das ging so weit, daß sie die Zeitschrift zerriß. Aber ich habe eine neue gekauft.«

Die erste Begegnung mit Teresa Serrat fand an dem Gittertor zum Garten des Serratschen Hauses in San Gervasio statt. Es war an einem Donnerstag, so gegen zehn Uhr abends, und das eigenartige Verhalten der Studentin sollte den Murcianer derart aus der Fassung bringen, daß er sich wieder einmal jener Pein, nichts zu begreifen, ausgesetzt sah, dem Eindruck einer geistigen Verwirrung, der ihn häufig quälte, wenn er hörte, wie die Reichen redeten. Während der fünf Minuten, die die Szene dauerte, blieb Teresa Serrat in einiger Entfernung stehen, in das erhabene Dunkel ihres Gartens getaucht und augenscheinlich unberührt von jedem bewundernden Blick, den ihre hochmütige Erscheinung auslösen konnte (die ganze Zeit unbeweglich, den Körper leicht nach hinten geneigt, als müsse sie Rücksicht auf einen unsichtbaren Lichtstrahl nehmen), so daß er kaum etwas in diesem schönen, gebräunten Gesicht lesen konnte. Vielleicht gerade deshalb und nicht so sehr wegen des unverschämten Tons einer Tochter aus reichem Hause, den Teresa anschlug, um Maruja auf sich aufmerksam zu machen, verhielt sich Manolo ihr gegenüber besonders unhöflich. Außerdem hatte er gerade einen stürmischen Nachmittag mit Maruja hinter sich, wieder hatte er sich geweigert, ihre Beziehung zu legalisieren, und das Mädchen hatte geweint, so daß ihn sein schlechtes Gewissen dazu anhielt, sie nach Hause zu bringen. Er hatte sich schon verabschiedet und ging gerade weg – Maruja sah ihm noch nach, verweint, eine Hand am Gittertor, unentschlossen, ob sie eintreten solle oder nicht –, als er Teresas Stimme hörte, die vom Garten aus dem Dienstmädchen zurief:

»Maruja! ... Maruja, was machst du denn da? Es ist entsetzlich spät. Paß nur auf, Mama ...«

Sie hörten Teresas eilige Schritte auf dem Kies, da kam sie auch schon angelaufen. Doch dann blieb sie abrupt stehen, einige Meter vom Gittertor entfernt unter einem Baum: die Arme verschränkt, einen schneeweißen Gabardinemantel achtlos über die Schultern geworfen, darunter ein Kleid mit Glockenrock, das kupferfarben schimmerte. Sie war etwas unwirsch, und als sie stehenblieb, wurde ihre schlanke Gestalt, die graziös fröstelte, von dem Licht verklärt, das eine im Vorhof hängende Laterne und die im Erdgeschoß gelegenen Fenster ausstrahlten. Ihre ganze Erscheinung verströmte einen warmen Duft, den sie sicherlich in einem hellerleuchteten, überfüllten Saal aufgesogen hatte, und ein Zittern, ein rhythmisches Beben war in ihren Beinen, die jugendliche Erregung, die von einem Fest oder einer freudigen Überraschung kündet und ihn an diese verrückten Mädchen erinnerte, die man gelegentlich in amerikanischen Filmen sah, wie sie erhitzt und außer Atem eine Familienfeier verlassen, um im nächtlichen Garten etwas frische Luft zu schnappen und mit ergreifender Ruhe dem Papa ihr Glück und ihre Lebensfreude zu verkünden. Sie lief herbei, von einer individuellen Unordentlichkeit umgeben, die gediegenen, echten Komfort verrät – der Gürtel des Gabardinemantels löste sich, so daß die Schnalle über den Boden schleifte, ein rotes Seidentuch hing aus einer Manteltasche, die blonden Haare fielen ihr ins Gesicht, und mit nervösen Bewegungen schlüpfte sie wieder richtig in den Schuh, der ihr beim Laufen halb vom Fuß gerutscht war – diese entzükkende Unachtsamkeit im Detail, die ein untrügliches Zeichen für den sorglosen Umgang mit Geld, für das Vertrauen in die eigene Schönheit und für ein intensives, leidenschaftliches und verheißungsvolles Innenleben sind: ein weiterer Reiz dieser von der Natur und dem Schicksal verwöhnten Wesen.

Doch was sie plötzlich dazu veranlaßte, stehenzubleiben und vor allem ihren pikierten Tonfall abzuschwächen, war nicht nur der Umstand, daß sich ihr Schuh gelöst hatte, sondern auch der, daß sie die unerwartete Anwesenheit des Freundes des Dienstmädchens entdeckt hatte. Offensichtlich überrascht, senkte Teresa die Stimme, um Maruja darauf hinzuweisen, wie spät es schon sei, und sie in vertraulichem, vorwurfsvollem Ton daran zu erinnern, daß man Gäste zum Abendessen habe und Mama sehr viel zu tun habe. Maruja stammelte eine Entschuldigung und schickte sich an einzutreten, als sich der Pijoaparte, die Hände in den Taschen und mit hochmütigem Blick, umdrehte und ihr zu warten befahl. Dann schritt er gemächlich auf das Gittertor zu, blieb stehen, schlang seinen groben Schal mit einer lässigen Bewegung nochmals um den Hals und hob den Blick, um Teresa anzusehen. »Also bitte, was soll diese Hetze, brennt das Haus?« fragte er und beging dann den ersten Fehler: Wenn sie es so eilig hätten, sollten sie sich das Abendessen von der Köchin servieren lassen, schlug er vor. Die Sicherheit, in der Mannesstolz mitschwang und die den Unsinn nur noch offensichtlicher machte, und die Ernsthaftigkeit, mit der er das sagte, brachten Teresa zum Lachen. Es war ein helles, herzliches und spontanes Lachen, keineswegs höhnisch, eher solidarisch, das allerdings – selbst er bemerkte es – äußerst berechtigt war.

Verwirrt wandte der Murcianer den Blick von Teresa ab und murmelte:

»Ich hätte gern gewußt, weshalb diese dumme Ziege lacht.«

Erstaunlich war allerdings, daß sie durchaus nicht in dem angemessenen und beleidigten Ton antwortete, den er erwartet – und erhofft – hatte, sondern sogar eine kaum hörbare Entschuldigung stammelte, den Kopf senkte (die Haare, die wie Honig flossen, teilten sich sanft im Nacken) und auf ihre Fußspitzen blickte, so wie eine Schülerin, die man beim Schwänzen erwischt hat. Dem Pijoaparte gefiel das, aber nicht sehr: So dumm war er nicht zu glauben, er habe die Señorita beeindrucken können, nur weil er sie hart angefaßt hatte, und so wechselte er einen fragenden Blick mit Maruja, weswegen ihm das unmerkliche Lächeln, das jetzt Teresa Serrats Mundwinkel umspielte, entging, ein leichtes Zucken nur, ein Zeichen geheimnisvoller Heiterkeit.

Als Antwort heftete Maruja ihre unglücklichen, kränklich geröteten Augen vorwurfsvoll auf Manolo und sagte:

»Ich komme sofort, Señorita.«

»Moment mal«, versetzte der Pijoaparte und hielt sie am Arm fest. »Heute ist dein freier Tag, oder?«

»Ach, ich bin halb erfroren ...«, begann Teresa jetzt mit veränderter Stimme, plötzlich verletzlich, mit einer Stimme, die

die beiden zu beeinflussen suchte. Sie blieb ruhig stehen, die leicht zitternden Beine eng zusammen, die geschlossenen Fäuste unter den Achseln, und redete über das Wetter. Manolo wußte einige Blicke, die er anscheinend ohne jedes Interesse über den Boden schweifen ließ, vorteilhaft einzusetzen, um festzustellen, daß das Mädchen noch immer diese aparte tabakfarbene Haut und diese wunderschönen blauen Augen hatte, die ihn damals mitten ins Herz getroffen hatten. Trotz des spärlichen Lichts konnte er die Konturen ihres Mundes erkennen, einen rosa Nebelfleck, die leichte Wölbung der Oberlippe – die beiden Spitzen, die sich anmutig erhoben, als habe sich die zierliche Nase ihnen entwunden –, die ihrem Gesicht ein verwöhntes Aussehen verlieh, eine gelangweilte Naivität, eine Mischung aus aristokratischem Mißmut und kindlichem Starrsinn.

Schließlich sagte Teresa lächelnd:

»Wir haben ganz unerträgliche Gäste, und Mama ist etwas unpäßlich. Furchtbar! Es muß jemand zur Apotheke gehen, Maruja.«

In ihren blauen Augen, die eine seltsame Trägheit der glatten und makellosen, halbgeschlossenen Lider schläfrig erscheinen ließ und die ihr ein sonderbar statuenhaftes Aussehen gaben (während sie sprach, starrten ihre Pupillen auf den groben Wollschal, den Manolo lässig um den Hals geschlungen hatte), und auch in ihren Worten war jetzt etwas, was sich halb scherzhaft dafür zu entschuldigen schien, Maruja entführen zu müssen, mehr noch, der Versuch, sich ihn zum Verbündeten zu machen, eine Art Bund mit einer dunklen Macht, die sie rechtfertigen könnte und von der sie sicher annahm, daß auch der Junge sie kannte, eine Verbündungsstrategie, deren Geheimnis nur sie beide kennen sollten und das die arme Maruja ausschloß, ja mitleidig über sie hinwegging: etwas, dessen Bedeutung er vorläufig noch nicht verstehen sollte und das sich einstweilen infolge eines der Geheimnisse der weiblichen Psyche an seinem groben Wollschal entzündete (ein Schal, den, entgegen der Vermutung der reichen Studentin, nicht die bescheidenen, emsigen Hände einer liebevollen Mutter gestrickt hatten, sondern der vielmehr ein delikates und schlaues Geschenk des Kardinals war).

An sich wäre diese Begegnung bedeutungslos gewesen, hätte sie nicht bereits den Keim dessen, was Monate später geschehen sollte, in sich getragen. Aber der Pijoaparte dachte an anderes, während er diese matte, gleichgültige und ein wenig näselnde Stimme hörte, deren seltsamer katalanischer Akzent keineswegs schlechter Aussprache zuzuschreiben war, sondern einer frechen Demonstration der eigenen Persönlichkeit. Manolo, dem diese unsichtbaren Gegebenheiten völlig fremd waren, ahnte nur, daß es tatsächlich eine sehr schwierige und wichtige Kunst ist, sich in angemessener Weise über die Dienerschaft zu ärgern. Auch schien ihm, daß die schöne Blonde mit einer merkwürdigen Selbstverachtung und mit der Geringschätzung ihrer Pflichten als Señorita prahlte.

»... kurz und gut, dieses reizende Fest ist ein einziger Krampf, aber was soll man machen«, schloß Teresa, die noch immer auf den Schal des Jungen starrte.

»Klar«, sagte er in belanglosem Tonfall, den sein Instinkt, jetzt etwas verwirrt, aber immer wachsam, als den geeignetsten erkannt hatte. »Es wird nicht lange dauern, ich habe ihr nur etwas Wichtiges zu sagen, etwas Privates.«

Natürlich hatte er Maruja nichts Privates zu sagen und sprach auch kein einziges Wort mit ihr; er beschränkte sich vielmehr darauf, seinen Arm um ihre Schultern zu legen und sie beiseite zu nehmen, wobei er aus den Augenwinkeln weiter Teresa beobachtete, die sich schließlich mit gesenktem Kopf langsam auf dem Absatz herumdrehte und entschlossen schien, sich zu entfernen. Erneut erstaunte ihn die unterwürfige Haltung des Mädchens, aber, obwohl sie in den nächsten Sekunden noch Verwunderlicheres tun sollte, glaubte er, sie letztlich doch (das wäre doch gelacht!) beeindruckt zu haben.

Teresa Serrat aber hatte sich umgedreht und sprach jetzt, ihn anblickend, diese geheimnisvollen Worte, die ihm für einige Tage den Schlaf rauben sollten:

»Halten Sie mich nicht für geschmacklos und schlecht erzogen«, begann sie zunächst, um dann in bedeutungsvollem Ton mit merkwürdig gebrochener Stimme hinzuzufügen: »Wir alle stehen auf Ihrer Seite.«

Woraufhin sie sich umdrehte, durch den Garten lief und verschwand, das rote Seidentuch flatterte, der Gürtel ihres weißen Gabardinemantels schleifte über den Boden, und die Metallschnalle klirrte auf dem Kies. Als das Geräusch ihrer Schritte schon verhallt war, lähmte den Pijoaparte noch immer eine Verwirrung, die ihm trotz allem voller guter Vorzeichen schien. Fragend schaute er Maruja an, aber das Mädchen hatte sich schon aus seinem Arm gelöst, stellte sich auf die Zehenspitzen, um ihm einen flüchtigen Kuß auf die Wange zu geben, und betrat eilig den Garten.

An den darauffolgenden Tagen fragte Manolo Maruja mehrmals, welche Bedeutung jene Worte der Señorita haben könnten. Aber er brachte nichts aus ihr heraus.

»Ich weiß nicht. Die Señorita ist sehr sonderbar ...«, antwortete sie ihm an einem Nachmittag, als sie gerade das Roxy-Kino verließen, mit gleichgültiger Stimme, die der Verkehrslärm auf der Plaza de Lesseps verschluckte. »Sie ist so sonderbar geworden, früher war sie ganz anders.«

»Was hast du ihr von uns erzählt?«

»Ich? Nichts. Daß wir befreundet sind. Und da sie ein herzensguter Mensch ist, wird sie wohl gemeint haben ... na ja, daß es sie für uns freut.«

»Red keinen Unsinn! Du bist zu blöd, dich legen sie aber auch immer herein ... Was ich will, ist, daß man mich respektiert. Weißt du nicht, daß diese Töchter aus reichem Hause nicht mal vor Gott Respekt haben?«

»Teresa ist sehr gut zu mir.«

Mitleidig blickte Manolo auf seine Freundin und zog sie an sich. Wie immer hatten ihre Worte einen beunruhigenden Beigeschmack, es sprach eine von Einsamkeit verletzte oder bedrohte Zärtlichkeit aus ihnen, das Ergebnis jener Mischung aus enttäuschter Jugend und verdorrten Fähigkeiten, die sich manchmal in ihr Gesicht verirrte, in ihr Lächeln oder in ihre Stimme. Es war ihre ständige Angst, daß das einzige, was sie besaß, nicht anerkannt oder nicht ernstgenommen werden könnte: ihre Dankbarkeit, eine Dankbarkeit für Gottweißwas und eine natürliche Veranlagung, nicht an die Schlechtigkeit dieser Welt zu glauben, wie sie Menschen eigen ist, denen es, nachdem sie jahrelang als Hauspersonal behandelt wurden, an wirklichem Sinn für das Böse fehlt, genau wie manchem gütigen Pfarrer.

Dann sprachen sie nicht mehr von dem Vorfall am Gittertor der Serratschen Villa, und erst viel später, als es leider schon zu spät war, um Maruja zu beweisen, daß ihre Dankbarkeit von niemandem erwidert wurde (der geheimnisvolle Grund ihres Todes wie auch der ihres bescheidenen Lebensweges war letztlich nichts anderes als ihr übertriebener Ausdruck von Dankbarkeit), sollte Manolo das tatsächliche Ausmaß der Gleichgültigkeit erfassen, die in Teresas Worten enthalten war.

Im Oktober des Jahres 1956 gab es an der Universität Barcelona Studentenunruhen und Demonstrationen. Von der führenden Rolle, die Teresa Serrat und Luis Trías de Giralt, ein enger Freund von ihr, Student der Wirtschaftswissenschaften, dabei spielten, erfuhr Manolo nur flüchtig und auf Umwegen aus einem Gespräch mit dem Dienstmädchen der Serrats.

»Kann sein, daß wir uns für einige Tage nicht sehen können«, eröffnete Maruja ihm eines Sonntags, als sie an einem Rondell im Parque Güell saßen und er langsam einnickte. Es war ein lauer, sonniger Morgen, ein paar Alte wärmten sich auf den Parkbänken, und Kinder spielten Ball. »Weißt du, daß die Señorita neulich, als die Demonstrationen waren, mitten in der Nacht mit zerrissenem Kleid nach Hause gekommen ist? Die Polizei muß sie wegen dieser Studentengeschichten verhört haben, sieht so aus, als sei sie eine der ersten gewesen, die Krawall gemacht haben. Wenn du ihre Mutter gesehen hättest, wie die arme Señora sich aufgeregt hat! Teresa hat gesagt, daß man sie vielleicht von der Universität werfen würde, ganz kühl hat sie das gesagt! Ihr Vater ist wütend und will sie für einige Tage mit der Señora und mir nach Blanes schicken, er meint, das sei das vernünftigste ... Sieht so aus, als sei die Señorita sehr tief in diese Geschichten verwickelt.«

Der Murcianer – der mit dem Ausplündern eines Wagens auf der Plaza Real eine anstrengende Nacht verbracht hatte – legte den Kopf in Marujas Schoß und gähnte. Anfangs interessierte ihn diese verworrene Geschichte kaum, nur Teresas Bild flimmerte manchmal in grellen Farben vor seinen halbgeschlossenen Augen, als zerrinne es im Licht eines Regentages, blieb aber vollkommen bedeutungslos. Für ihn waren die Studenten zahme Luxustiere, deren Demonstrationen bewiesen, daß sie total blöd und undankbar waren; dem Wirbel, den sie auf der Straße veranstalteten, hatte er nie einen höheren Sinn – und natürlich viel weniger Bedeutung – beigemessen als dem Unfug, den sie am Tag der Heiligen Lucia mit den Lehrmädchen trieben, obwohl er ahnte, daß dahinter auch politische Motive stehen könnten. Maruja dagegen wagte wieder einmal eine Bemerkung darüber, wie sonderbar Teresa geworden sei, seitdem sie zur Universität gehe und mit diesem Studenten befreundet sei; diesmal zeichnete das Dienstmädchen ein naives und pittoreskes Bild von ihrer Señorita, zweifellos übertrieben – zumindest ihm, der ihr, in einen leichten Halbschlaf versunken, zuhörte, erschien es so –, als sie in sehr bestimmtem Ton, den sie selbst nicht zu erklären gewußt hätte, beschrieb, daß Teresa ... »Wenn du wüßtest, der Señorita gefällt es außerordentlich, mit ihren Freunden in Kneipen zu gehen, um etwas davon mitzukriegen, wie das Leben ist, um mit Arbeitern und sogar mit deren Frauen zu reden, du verstehst schon, sie ist nämlich sehr ... so revolutionär. Hui, wenn du hören könntest, wie sie manchmal zu Hause spricht, ich sage dir, die Señorita nimmt kein Blatt vor den Mund ...!«

Sie erzählte ihm auch, Teresa verkehre häufig mit merkwürdigen Typen und Existentialisten – das waren die Worte, die das Dienstmädchen benutzte, beinahe ehrfurchtsvoll –, seltsame Leute, bärtige Studenten, die ihr Leben damit zubrächten, sich gegenseitig anzurufen, sich miteinander zu verabreden und Bücher auszutauschen; manchmal schließe Teresa sich mit einigen Freundinnen in ihrem Zimmer ein und verbringe mit ihnen dort den ganzen Nachmittag, und wenn sie, Maruja, ihnen Kaffee oder Getränke bringe, komme sie immer in einen verqualmten Raum, in dem die Mädchen zwischen Kissen und Schallplatten erhitzt über Politik, das Land und andere sonderbare Dinge diskutierten.

Wieder war in ihrer Stimme dieses bewundernde und respektvolle Zittern, das Manolo deprimierte, und so zog er es vor, jeden Kommentar zu unterlassen, der das Dienstmädchen zu weiteren konfusen und zweifellos übertriebenen Schilderungen hätte ermuntern können. Zudem besiegte an diesem Morgen der Schlaf beinahe das Interesse, das normalerweise allein Teresas Name in ihm weckte. Vielleicht aber war es die instinktive Auflehnung gegen den leidenschaftslosen Schleier, der uns allmählich in den Schlaf sinken läßt, welche in seinem Geist einem Bild Gestalt verlieh: dem Bild dieses sonderbaren Mädchens, auf dessen goldenem Haar sich das Licht brach, während es mit einigen verwahrlosten Elementen in einer Spelunke plauderte und ein Glas Rotwein trank, und an dem – abgesehen davon, daß es sicher die bloße Laune eines Mädchens aus reichem Hause zum Ausdruck brachte (sich hin und wieder mit dem »niederen« Volk auf eine Stufe zu stellen) – Manolo diesmal etwas offenkundig Dreistes, Geiles entdeckte und das deshalb für ihn verständlich war, verwundbar an einem Punkt, den er noch nicht kannte. Sie stand da, das Glas in der Hand, besorgt, aufmerksam, faßbar, und ihr Bild grub sich ihm mit dem süß-sauren Beigeschmack erster, nicht voll ausgekosteter sexueller Erfahrung ins Gedächtnis, mit derselben Kraft wie Erinnerungen, die nicht deshalb im Gedächtnis bleiben, weil etwas gewesen ist, sondern weil etwas hätte sein können, und die wir uns im Laufe der Jahre immer wieder vergegenwärtigen und analysieren müssen, um zu erkennen, wo und in welchem Moment wir den Fehler gemacht haben, genau wie die Erinnerung an jene Nacht, in der er das Mädchen in dem im Mondlicht funkelnden Seidenpyjama umarmt hatte, eine Nacht, die sein Leben hätte verändern können.

Aber gerade in diesen Tagen voller Aufregung an der Universität Barcelona, voller edler und heldenhafter Entschlüsse – die freilich noch nicht in den beschämenden Lauf der Geschichte eingreifen würden, ebensowenig wie wir dem Volk den besten Teil unserer Jugend opfern können, wie Teresa Serrat einmal ihrem Kampfgenossen gestand –, sollte sich unerwartet noch eine andere Gelegenheit ergeben, die das neu gewonnene Bild einer ganz anderen Teresa, immer noch sonderbar und fremd, aber schon an einem Punkt verwundbar, unverhofft vertiefte und in seiner ganzen Tragweite vor Augen führte. Es war in den letzten Maitagen bei einem Besuch, den Manolo im Pueblo Seco machte, um einen dringenden Auftrag des Kardinals zu erledigen (er mußte einen schweren Koffer übergeben, der rostfreies Besteck im Wert von 15 000 Pesetas enthielt). Es war Marujas freier Nachmittag, und so hatte sie darauf bestanden, ihn zu begleiten.

Es wurde dunkel. Sie gingen durch eine schmutzige, übelriechende, ausgestorbene Straße, dicht an einer langen Fabrikmauer entlang, als Maruja plötzlich einen verwunderten Schrei ausstieß, der Teresas Floride galt, die vor einem kleinen Fabriktor parkte. Maruja stellte wieder Betrachtungen über die eigenartigen Freundschaften ihrer Señorita an. Manolo sagte nichts. Als sie sich dem Wagen näherten, wurde das Getöse der Maschinen, die wie ein gewaltiger Puls hinter der endlosen Mauer hämmerten, immer lauter, ein dumpfer Fabriklärm. Manolo verlangsamte seinen Schritt und befahl Maruja, still zu sein. Als sie am Tor vorbeikamen, drehte er, ohne stehenzubleiben, den Kopf zur Seite und sah in den Torweg: Teresa Serrat stand im Schatten, sie lehnte mit einer schwachen, hingebungsvollen Gebärde an der Mauer und umarmte einen Jungen. Der Unbekannte, der ihnen den Rücken zuwandte, hatte sehr lange Haare und trug einen roten Rollkragenpullover; er küßte sie mit jener Freudlosigkeit, die Unerfahrenheit in der Liebe und Unbeholfenheit verrät: Er schien zu ringen, weniger mit ihr als mit sich selbst oder mit seinem eigenen Schatten. Teresa ließ sich küssen. Das war alles: ein flüchtiges Bild, das Manolo nachts schon dutzendemal in seinem eigenen Viertel aufgefangen hatte, ohne sich für dessen Einzelheiten interessiert zu haben. Aber es war unbegreiflich, daß sich ein Mädchen wie Teresa in einer solchen Umgebung küssen ließ, in einer Art Büroeingang, bei ohrenbetäubendem Lärm. Ebenso bot ihr hübscher, schneller Wagen, der vor dem Fabriktor parkte, gleich neben einer Pfütze, in der Farbstoffe und Rückstände von chemischen Produkten schwammen, ein fast ungewohntes Bild. Der Eindruck war sehr kurz, aufregend und verwirrend wie eine gespenstische Erscheinung: Im Halbdunkel zeichneten sich nur Teresas sonnengebräunte Knie ab, die die Beine des Unbekannten umschlangen – mit einer Leidenschaft, die dieser angesichts seiner plumpen Umarmung gar nicht verdiente –, ihre Hände, die über seinen Rücken glitten, und ihr Gesicht, das mit geschlossenen Augen über der Schulter des Jungen aus der Finsternis herausragte. Als sie am Fabriktor vorbei waren, fragte Manolo seine Freundin, ob sie wisse, wer der Unbekannte sei. Maruja, die sich plötzlich an seinen Arm gehängt hatte und ihre Überraschung mit einem nervösen, fast komplizenhaften Lachen zum Ausdruck brachte, antwortete, sie habe kaum Zeit gehabt, sich ihn anzusehen, aber er habe von hinten wie einer der seltsamen Typen ausgesehen, mit denen die Señorita manchmal verkehre. Was tat die Señorita hier? Nun, das lag auf der Hand ... Warum ausgerechnet in dieser dreckigen und verkommenen Straße im Pueblo Seco, einem Viertel, das sich so stark von ihrem eigenen unterschied, in einem Fabriktor und mit einem Unbekannten, der wie ein *chulo* aussah? Das war schwer zu beantworten. Ein Zufall. Hat deine Señorita schon viele Männer gehabt? Freunde, meinst du? Nein, einen festen Freund, wie man so sagt, noch nie.

Eine ganze Zeit lang gingen sie schweigend weiter. Manolos Gedanken schweiften umher, der höllische Fabriklärm dröhnte immer noch in seinem Kopf, und in seinen Pupillen bewahrte er Teresas sanfte und unterwürfige Haltung, als ihm plötzlich – wohl zum ersten Mal, seitdem er in der Stadt wohnte – etwas in den Sinn kam, was ihm wie eine Erleuchtung schien. Es war nur eine flüchtige Verkettung von Zufällen, die kaum einen roten Faden erkennen ließ – das entging auch ihm nicht –, ein enttäuschender Verdacht, der jedoch von diesem Tag an sein Bild von Teresa Serrat und ihrer Welt bestimmen sollte. Solch eine Treue zu einer bitteren Vermutung, zu einem Gedanken, den er nur schwer dulden konnte, und die Kraft, die er aufbieten mußte, um ein Mädchen von Teresas gesellschaftlichem Rang moralisch zu bewerten, zeigten andererseits, wie weit der Murcianer noch von einer idealen Kampfhaltung entfernt war. Das heißt: Der Junge weigerte sich zu akzeptieren, daß eine Señorita wie Teresa ein ganz gewöhnliches schamloses Weibsstück war. Und das nicht etwa, weil er die Schamlosigkeit dieser Welt nicht kannte – von ihr hatte er seit seiner Kindheit genügend Proben erhalten –, sondern weil für ihn die sozialen Klassen zu lange mit bestimmten Werten verbunden gewesen waren. Wie dem auch sei, wir müssen ihm die momentane Wohltat jener Überzeugung gönnen, fragwürdig zwar, aber doch anerkennenswert wegen der Anstrengung, die sie kostet; und wir müssen dem Pijoaparte gerecht werden, indem wir bis zum Schluß behaupten, daß ihm mit oder ohne Unterstützung durch diesen Zwischenfall an einem Frühlingsabend die wahre Erleuchtung gekommen wäre, weil ihn der Gedanke nicht losgelassen hätte. Also gerade weil sein wachsendes Interesse an der schönen und rätselhaften Studentin – Teresa Serrat brach stoßweise und launenhaft in seine Welt ein – gegenwärtig nichts von dem skrupellosen, routinierten Gemüt eines Mitgiftjägers hatte, mußte sich der Murcianer wirklich anstrengen, um einen Gedanken wie diesen akzeptieren zu können: daß Teresa Serrat schlicht und einfach ein geiles, launisches und verantwortungsloses Weibsstück war, dem es aus reiner Lebensgier gefiel, sich Vorstadtgaunern in die Arme zu werfen (zu denen er sich natürlich nicht zählte).

So verspürte er eine leichte Enttäuschung, und gleichzeitig tummelten sich in seinem Kopf ungeahnte Perspektiven. Zuallererst riet ihm sein Instinkt, den Vorfall für sich zu behalten mit dem fernen Ziel, eines Tages, wenn sich die Gelegenheit dazu ergab, möglichen persönlichen Nutzen daraus zu ziehen.

»Hör mal«, sagte er plötzlich zu Maruja. »Komm bloß nicht auf die Idee, deiner Señorita zu sagen, daß wir sie gesehen haben. Auch nicht im Scherz, weil du meinst, ihr wärt miteinander so vertraut. Sie könnte sich darüber ärgern ...«

Kurz und gut, wenn auch die Charakterzüge Teresa Serrats, die er erfaßt hatte, noch nicht die ganze Wirklichkeit ausmachten, mit der er bald in Berührung kommen sollte, gab der Pijoaparte – wider alles Erwarten – erste Kostproben jener Intelligenz, die ihn noch sehr weit bringen sollte.

II

Wie soll man sich diese reine Form der Poesie zu eigen machen, wenn sie sich nicht im Orgasmus auflöst?

LLORENÇ VILLALONGA

Jener Winter voll vager Vorzeichen ging vorüber, und als der Sommer kam, siedelte die Familie Serrat mit ihrer Dienerschaft wieder in ihre Villa nach Blanes über. Manolo nahm seine verrückten nächtlichen Besuche im Zimmer des Dienstmädchens wieder auf. Immer kam er mit einem Motorrad, das er vor seiner Abfahrt gestohlen hatte und bei der Rückkehr nach Barcelona in irgendeiner Straße abstellte. Er erreichte die Villa, ein Gefühl von Gefahr verbreitend, von dem er selbst nichts zu wissen schien: Seine schrägen schwarzen Augen und sein pechschwarzes Haar waren wie elektrisiert, Sehnsucht erfüllte seine Blicke und Gebärden; doch von der Gefährlichkeit und dem jugendlichen Glanz dieser Liebesnächte würde letztlich nur der vermessene, ehrgeizige Traum bleiben, der es dazu hatte kommen lassen. Denn es war nicht nur das Verlangen, das hübsche Dienstmädchen noch einmal zu besitzen, was ihn in Windeseile an die Küste trieb, er war nicht nur der kühne Frauenheld, der aus einem Fenster der imposanten Villa sprang und sich wie ein Dieb in der Dunkelheit verbarg: Manche Nacht hatte er Angst, zu Hause zu schlafen, das war alles.

Vielleicht weil es wieder Sommer wurde, überkam ihn besonders heftig die weitverbreitete kollektive Glücksneurose, nahm ihn der goldene Zauber des Geldes gefangen, der sich wie goldgelber Honig über die ausgelaugten Mittelmeerküsten ergießt, der wie ein Keim des wirklichen Lebens in der Sonnenglut schwimmt und in sehr heißen, endlosen Nächten wie Alkohol ins Blut dringt. Was er wirklich in Marujas

Armen suchte, war all das, was ihr anhaftete, wenn sie zu ihm herunterkam von den erleuchteten Terrassen oder den großen, schon in nächtliche Stille versunkenen Salons, wenn ihre Arbeit beendet und die Gäste gegangen waren oder schliefen. Wenn er nackt auf dem Bett lag, erfaßte er tatsächlich etwas Unsagbares, das der Körper des Mädchens ausstrahlte, so wie man etwas von der Weite des Raumes erfaßt, wenn man die Flügel eines Vogels streichelt: Leidenschaftlich nahm er mit dem Salzgeschmack ihrer Haut Reste eines Tages am Strand auf, ein süßes Verlangen, das dem Müßiggang entspringt, bedeutungslose Wortfetzen, körperliche Hingabe und eine leidenschaftslose Zärtlichkeit, unsichtbare Realitäten, die frei waren – glücklich, wer so reich ist – von jeder Trauer über all das, was niemals in diesem Leben erreicht, was niemals Wirklichkeit werden wird.

Manchmal, wenn er im Bett lag und Dunkelheit ihn umgab, mußte er stundenlang auf das Dienstmädchen warten. Über seinem einsam auf das Kissen gesunkenen Kopf war immer Stimmengewirr und Gelächter, so daß er sich ein Fest ausmalte; dann hörte er das Gebell von Hunden, die man sich prächtig, hochgewachsen und majestätisch vorzustellen hatte. Ein andermal war es Kindergeschrei. Nie würde er sie sehen. Maruja erzählte ihm von diesen teuflischen Kleinen, auf die sie aufpassen mußte: die Kinder der Schwester der Señora, jeden Sommer verbrachten sie vierzehn Tage in der Villa. »Sie machen mir arg zu schaffen«, sagte Maruja, »und abends wollen sie nicht ins Bett, aber sie sind so süß, so blond! Hörst du sie nicht herumrennen, wenn sie mir entwischen? Ihr Zimmer liegt genau über diesem.« Tatsächlich hörte Manolo oft die nackten Füßchen auf und ab rennen, das Gekreische, ihre unermüdliche Fröhlichkeit, und wenn es ruhig wurde (ein Zeichen dafür, daß Maruja sehr bald herunterkommen würde, falls man an dem Tag keine Gäste hatte), dachte er an die Kinder, die in riesigen Betten schliefen, mit gegenwärtigen und zukünftigen Annehmlichkeiten zugedeckt. Manchmal schlief er gleichzeitig mit ihnen ein, als hätte die fröhliche

Geschäftigkeit der Ferien auch ihn erschöpft. Erst Stunden später fuhr er aus dem Schlaf auf, schlechtgelaunt, unzufrieden mit sich selbst, und fragte sich, was zum Teufel er im Zimmer eines Dienstmädchens zu suchen habe. Dies passierte ihm besonders dann, wenn er einige der bunten Bilder aus seiner heißgeliebten Privatsammlung (von jeher ohne Album) hatte Revue passieren lassen, in denen die wohlhabende Studentin eine immer herausragendere Rolle spielte: Feuer, ein entsetzliches, verheerendes Feuer, die Villa steht in hellen Flammen, er springt aus dem Bett, stürzt sich in die Rauchwolke, stürmt die Treppe hinauf, die hinter ihm zusammenbricht, rennt und entreißt die Blonde mit den himmlischen Augen den Flammen (bewußtlos liegt sie am Fußende des Bettes in einem glänzenden Seidenpyjama, den man ihr sofort ausziehen muß, denn er hat bereits Feuer gefangen) und trägt sie schließlich auf seinen Armen zu ihren Eltern; oder, in einer anderen Nacht, als er nach seiner Ankunft das Motorrad unter den Pinien versteckt, sieht er sie allein am Strand entlanggehen – nur ein großer Wolfshund folgt ihr –, verträumt, traurig, gelangweilt, die blonden Haare wehen im Wind, und da beginnt die Erde zu zittern, die Pinien stürzen um, am Strand brechen riesige Erdspalten auf, ein Erdbeben, schnell, Señorita!, mit dem Boot aufs Meer (eine präzise Dialogführung war ihm nicht wichtig, dafür widmete er sich den Bildern bis ins kleinste Detail); drei Monate treiben sie auf hoher See, allein, ohne Nahrung, dem Tode nah, und sie in seinen Armen ... Natürlich endete es immer damit, daß er sie küßte. Aber es waren keine erotischen Träume, oder zumindest liefen sie nicht in erster Linie darauf hinaus, das Mädchen zu besitzen; im Grunde waren es kindliche Träume, in denen Heldenmut und eine leise Melancholie über alles andere triumphierten, wenigstens am Anfang; das erotische Moment schlich sich immer erst am Ende der Geschichte ein, wenn er die Schöne schon gerettet und mehr als ausreichend seine Ehrenhaftigkeit, seine Tapferkeit und seine Intelligenz unter Beweis gestellt hatte, wenn er sie auf den Armen trug und sich anschickte, sie vor einem bewundernden und erstaunten Publikum ihren Eltern zu übergeben. Genau in diesem Moment dann verspürte er das dringende Verlangen, Zeit und Handlung anzuhalten, und er dehnte diese Szene so lange wie möglich aus, als ginge er auf einem Erdball, der sich unter seinen Füßen in entgegengesetzter Richtung dreht. Denn er wußte, ahnte, daß er dieses Finale nicht überleben würde, er erriet, daß er unwiderruflich dazu verurteilt war, in den Schatten zurückzutreten, und erst in diesem Augenblick, gleichsam als Trost oder vielleicht als Rache dafür, daß er sich von ihr trennen mußte, küßte er sie sanft auf den Mund. Wie süß, fast wie in der Hochzeitsnacht, diese Straflosigkeit so vieler Abenteuer, die er als Kind jede Nacht zu neuem Leben erweckte, während er auf dem harten Lager seiner Hütte in Ronda kauerte! Immer war ein Mädchen mit blauen Augen dabei (lange Zeit ein und dasselbe: die Tochter der Moreaus), das sich vom Puente Nuevo zu stürzen drohte; nach der unvermeidlichen Übergabe in die Obhut der zutiefst bewegten Eltern kam er sehr schnell an den Ausgangspunkt zurück. Wieder rief das Mädchen, das an einem Busch über dem Tajo hing, gefährlich in der Luft baumelnd, um Hilfe, und er bahnte sich einen Weg durch die Menschenmenge, trotzte dem Abgrund, riß die kleine Französin in seine Arme und trug sie zu ihren Eltern ... Doch bevor er sie übergab, zog er es vor, von neuem zu beginnen, aber schließlich schlief er ein. Am Abend des darauffolgenden Tages hatte er kaum den Kopf auf das Kissen gelegt, als er schon wieder Figuren und Landschaften ordnete (tiefe Schluchten, alles verschlingende Flammen, tosende Wellen, Erdbeben, Kriege): und auf ein neues.

Von diesem seltsamen Spiel aus Kindertagen bewahrte er noch heute sein tiefstes Geheimnis: das versprochene Stelldichein. Wenn er in Marujas Bett lag, sagte er sich oft, um seine momentan erlahmte Aktivität zu rechtfertigen: ›Ich bin hier, weil das Weib einen erstklassigen Körper hat, das ist alles.‹ Oder auch: ›Worauf ich wirklich warte, ist die passende Gelegenheit, um mit den Juwelen abzuhauen ...‹ Doch sobald er das Mädchen besaß, beging er mit seinen überaus feierlichen und phantasievollen Küssen und Umarmungen, mit dem rührenden, sozusagen unbekümmerten Umgang mit der Begierde Verrat an diesen kühlen Überlegungen eines harten Mannes.

»Ich liebe dich, ich liebe dich, Süße, ich liebe dich ...«

Zufall war es schließlich, was ihn auf sehr überraschende Weise von seiner Trägheit befreite. Als er eines Nachts Anfang Juli sein Motorrad unter den Pinien abgestellt hatte (eine glänzende, karmesinrote *Guzzi*, die er gern behalten hätte) und zu Marujas Fenster hinaufkletterte, fiel ihm die absolute Stille auf, in die die Villa versunken war. Es war schon nach Mitternacht und Maruja noch nicht heruntergekommen. Er legte sich aufs Bett, griff gewohnheitsmäßig zu der Fotografie, die auf dem Nachttisch stand (das Gesicht Teresas, das stets im Schatten ihrer Hand lag, und das Marujas, das stets diese Sorge um unwichtige Dinge widerspiegelte), und betrachtete sie lange. Irgend etwas schien sich ihm im Laufe der Zeit verändert zu haben; das Bild Teresa Serrats verströmte jetzt diese Fadheit, Zahmheit und Durchschaubarkeit von Körpern, die man schon lange kennt und besessen hat. Ihn überfiel eine sonderbare Mutlosigkeit. Plötzlich hörte er das Geräusch eines Wagens, der sich der Villa näherte, ein Bremsen, das Schlagen der Türen, dann Stimmen – er glaubte, Marujas und Teresas Stimmen neben der eines Mannes zu erkennen – und schließlich Schritte, die auf den Haupteingang zugingen.

Wenig später öffnete sich die Tür des Zimmers, und Maruja trat ein. Sie trug keine Dienstkleidung und hatte auch nicht den gequälten Gesichtsausdruck, der ihr zu dieser Stunde normalerweise anhaftete wie eine feine und spröde Glasur. Vielmehr trug sie eine blaue Hose und einen weiten, legeren Sportpullover, der viel zu lang für sie war, dazu äußerst seltsame Sandalen. Manolo sah sie überrascht an, sie lief zum Bett und warf sich in seine Arme. Auf die Vorsichtsmaßnahmen, die sie gewöhnlich traf – das Fenster anlehnen, das Licht löschen und die Tür abschließen –, verzichtete sie diesmal.

»Ich hatte schon Angst, du kämst heute nicht«, sagte sie, nachdem sie ihn geküßt hatte.

Dann legte sie sich zu ihm aufs Bett. Ihre Augen waren feucht und glänzten, sie schwitzte, die Wangen glühten, und ihr ganzer Körper verströmte eine fiebrige Hitze. Ihre kranken, scheuen Augen, auf denen immer der Schatten eines bevorstehenden Unglücks lag und die zu dieser Stunde für gewöhnlich völlig glanzlos waren, schienen hinter den halbgeschlossenen Lidern zu brennen.

»Was ist mit dir los?« fragte er. »Fühlst du dich nicht gut? ... Warum läufst du in diesen Sachen herum?«

»Heute nachmittag hab ich mich ganz toll amüsiert, sie haben mich im Motorboot mitgenommen ...«

»Wer?«

»Teresa. Und Señorito Luis, ich glaube, das ist ihr Freund ... Es war wunderbar. Teresa hat mir diese Hose und die Sandalen geschenkt. Gefallen sie dir?«

Manolo fühlte ihr die Stirn.

»Du bist ja ganz heiß, Kleine. Weißt du, was ich glaube? Du bist krank.«

»Ich bin nur sehr erschöpft und sehr müde ... Aber laß mich erzählen ...«

Die Schwere der Augenlider milderte den Glanz ihres Blicks. Neben ihm liegend, mit trockenen, verschmierten und fiebrigen Lippen und zitternder Brust erzählte sie ihm, daß Teresa und ihr Freund sie eingeladen hätten, ein paar Runden mit dem Motorboot zu drehen, und daß sie hinterher mit dem Auto nach Blanes in ein nettes Tanzlokal gefahren seien. Es fiel ihr schwer, die richtigen Worte zu finden, sie kämpfte mit einer geistigen Verwirrung, die sich im Laufe der Nacht noch verschlimmern sollte und die Manolo zunächst nur der Müdigkeit und der Hitze zuschrieb. Dennoch – oder vielleicht gerade deshalb – war das Mädchen in dieser Nacht schöner denn je.

»Ich habe aber nicht getanzt«, sagte sie. »Die beiden haben sich befummelt. Besonders die Señorita ihn ...! Aber denk nur nicht, ich hätte mich gelangweilt. Im Gegenteil. Es waren auch ein paar Ausländer da. Und Teresa hat französisch mit mir gesprochen. Mit mir! Zu komisch ...!«

»Und wo sind sie jetzt, sind sie nicht mit dir zurückgekommen?«

»Sie werden am Strand sein, oder sie machen einen Spaziergang durch den Wald. Ich weiß es nicht. Ich sag dir ja, die Señorita ist heute sehr fickerig.«

Manolo hörte ihr teils verwundert, teils belustigt zu. »Komm«, sagte er. Sie lachte laut auf, wurde aber plötzlich ernst und stützte nachdenklich den Kopf auf die Hand. Ein Zittern durchfuhr sie. Dann schmiegte sie sich an ihn, umschlang seine Taille mit ihren Beinen und flüsterte: »Küß mich.« Er begann sie zu küssen und bemerkte das Fieber und ihr Zähneklappern. Unvermittelt stieß sie ihn zurück, um sich auszuziehen, zunächst die Hose. Manolo stand auf und sah aus dem Fenster. Maruja sagte: »Weißt du, daß sie uns heute nacht allein gelassen haben?«

Sehr schnell wußte er die Bedeutung dieser Mitteilung zu ermessen und drehte sich abrupt herum. Maruja hatte den Pullover schon über den Kopf gezogen, aber die Arme steckten noch in den Ärmeln. Bewegungslos und ganz ausgestreckt lag sie auf dem Bett, als ob sie schliefe. Mit schwacher Stimme fügte sie hinzu, daß die Herrschaften auf einem Fest in Barcelona seien und nicht vor morgen zurückkämen und daß die Señorita Teresa und der Student ja draußen spazierengingen, und angesichts der vielsagenden Blicke, die sie den ganzen Nachmittag ausgetauscht hätten, werde der romantische Spaziergang wohl recht lange dauern; die alte Köchin schlafe, die Verwalter auch, so daß sie praktisch allein seien.

»Komm mit«, sagte Manolo und wandte sich zur Tür. »Laß uns nach oben gehen. Ich will alles sehen.«

»Warte«, sagte sie. Sie richtete sich auf, wobei sie sich auf einen Ellenbogen stützte, und sah ihn mit angsterfüllten Augen an. »Komm erst mal zu mir ...«

»Was ist los?«

»Ach, Manolo!«
Er trat ans Bett und fragte:
»Hast du Angst?«
»Das nicht ... Aber du ... Warum denkst du immer nur an das eine?«
»An das eine? Drück dich klarer aus, Kleine.«
»Du verstehst mich schon. Ich weiß genau, woran du jetzt denkst.«
»Ich denke an gar nichts. Na los, zieh dir was über und komm mit! ... Worauf wartest du?«
»Ich würde so gern mit dir reden, Manolo!«
»Hör auf mit dem Quatsch.«
»Bitte ...«
»Die Leute schlafen doch alle, niemand wird uns sehen. Ich möchte nur eine kleine Runde drehen, ein bißchen herumschnüffeln. Hab keine Angst, wir sind gleich wieder zurück.«
Maruja knipste die Nachttischlampe aus und legte sich wieder hin, nicht unbedingt, um ihn zu locken. Eigentlich war es nur ein Ablenkungsmanöver.
»So geht das nicht weiter, Manolo. So kann das nicht weitergehen.«
»Was zum Teufel fällt dir jetzt wieder ein? Was kann so nicht weitergehen?«
»Alles, wir, das hier ... Versteh doch, das geht nicht.«
Der Murcianer setzte sich neben sie. »Liebst du mich nicht mehr, Maruja?«
»Aber das weißt du doch, mehr als alles in der Welt!«
»Und? ...«
»Ach, Manolo. Wir sollten heiraten.«
Er versuchte sie zu beruhigen.
»Es gibt keinen Grund zu heulen.«
»Wer heult denn hier? Wir sollten heiraten und fertig, so kann das nicht weitergehen ...«
»Hör mal, bist du schwanger?«
»Nein. Aber ich sage dir, so kann das nicht weitergehen.«
»Ist ja gut«, sagte er. »Hinterher reden wir darüber. Das ver-

spreche ich dir. Ja, wir werden Pläne schmieden. Aber jetzt zieh dir was über und komm mit ... So ist's recht, braves Mädchen. Und trockne dir die Tränen, du Heulsuse.« Er küßte sie auf die Wange. »Los, beeil dich. Ich will doch nur sehen, wie deine hochherrschaftlichen Hurensöhne leben.«

»Bitte, sprich nicht so.«

Maruja stammelte etwas, zog sich das erstbeste Kleidungsstück an, das ihr in die Hand fiel, Manolos rosa Hemd, und folgte ihm. Im Dunkeln betraten sie den Flur, das Mädchen legte erst den Finger auf den Mund, nahm dann den Jungen bei der Hand und zog ihn hinter sich her. Barfuß gingen sie den Korridor entlang, bogen rechts ab und betraten die Eingangshalle. Das Mondlicht tauchte die Halle in ein blasses Grün, und es schien, als befände sich alles in einem Aquarium. Durch die riesigen, vergitterten Fenster des Erdgeschosses drang das Meeresrauschen. Maruja wagte nicht, das Licht anzuknipsen, aber er redete ihr ein, sie brauche keine Angst zu haben.

Für den Jungen aus dem Süden war es vor allem eine Art sentimentaler Entdeckungsreise. Den linken Flügel der Villa, zu dem die Zimmer der Dienerschaft, die Küche, die Garage, der Schuppen für die Reparatur der Boote und ein Anbau für die Hausverwalter (ein kinderloses Ehepaar aus Blanes) gehörten, wollte er gar nicht sehen. Im rechten Flügel lagen Salon und Bibliothek mit Parkettfußboden, deren große Glastür auf den Pinienwald und das Meer hinausging. Schließlich gab es im Erdgeschoß noch ein Eßzimmer, es lag im hinteren Teil der Villa und war über eine mit Natursteinplatten gepflasterte Terrasse mit dem Garten verbunden. Zwischen den Platten wuchs gelbliches, vertrocknetes Gras. Von der Eingangshalle führte eine breite, mit einem Teppich belegte Treppe nach oben zu den Zimmern der ersten und zweiten Etage, wo sich ebenfalls zwei Terrassen befanden, eine mit Blick auf Steilküste und Bootssteg. Das Innere der riesigen Villa entsprach überhaupt nicht der Vorstellung, die sich der Murcianer aufgrund ihrer Außenansicht gemacht hatte, aber es beeindruckte ihn: Der schlanke Bau, der mit seinen Seitenflügeln wie ein Schloß aus einem Feenmärchen anmutete, verwandelte sich hier drin in ein weitläufiges, klosterähnliches Gebäude mit schneeweißen Gewölbedecken, Bögen und getünchten Wänden, alles sehr geometrisch und steril, ohne die Würde und den Zauber, den sein Äußeres versprach. Nur ein Teil des Mobiliars, der gediegenste und solideste, schien jene geheimnisvolle Vorstellung von Luxus zu bewahren – alte Konsolen und Betten aus Olot, Flügeltüren, alte gerahmte Landkarten an den Wänden, mallorquinische Stühle und vor allem die beiden Armsessel in der Bibliothek, deren Lehnen und Füße mit Löwenpranken besetzt waren.

Aber sehr bald erkannte er seinen Irrtum: Das Parkett duftete nach Wachs und knarrte verführerisch unter seinen Füßen (Parkettfußboden war für ihn seit jeher ein eindeutiges Zeichen für Reichtum), und die Atmosphäre führte ein unauffälliges Eigenleben, das von unsichtbarer Dienstbeflissenheit bestimmt war, als gäbe es einen zuvorkommenden Diener, der einem immer zur Verfügung steht, aber niemals zu sehen ist. Und selbst Maruja, die im Salon erschöpft auf das Sofa gesunken war und ohne Interesse in Zeitschriften blätterte, schien mit ihrem rosa Hemd, das ihr bis zu den Hüften ging und ihre braunen Oberschenkel unbedeckt ließ, perfekt in diese Ordnung zu passen.

Als er den weiträumigen Salon betrat, hatte Manolo automatisch und kaum wahrnehmbar seinen Schritt verlangsamt: Ihn überkam das unbestimmte Gefühl, schon einmal hier gewesen zu sein. Unbeweglich stand er inmitten des Schauspiels, das die großen, hellerleuchteten Flächen boten, die glatten Oberseiten und die Möbel, die weder im Weg standen noch zu altern schienen. Er spürte, daß hier die Zeit stehengeblieben war, eine Zeit, die wie unter einer Glasglocke schwebte und nichts mit der bei ihm zu Hause oder in seinem Viertel zu tun hatte, die tagtäglich die Dinge angriff, um sie plötzlich entwürdigt und gealtert zurückzulassen, sondern vielmehr mit einer vergangenen Zeit, von der er nicht wußte, wann und wo er sie erlebt hatte, so als habe er schon im Bauch seiner Mutter im Palast der Salvatierras in Ronda hundertmal genau diese Salons und luxuriösen Gemächer durchquert.

Langsam ging er um Maruja herum, die Hände auf dem Rücken, einmal, noch einmal, und in einem bestimmten Augenblick, als er gerade hinter ihr war, streckte er die Hand aus und streichelte ihr Haar und ihren Nacken: Hier konnte man an die Zukunft denken, die Zukunft lieben und den Nächsten wie sich selbst. Zwar spürte er die Langeweile (die stockende Luft erzählte von totgeschlagener Zeit und einbalsamiertem Müßiggang), aber es war eine würdige, anständige und fruchtbare Langeweile. Doch sehr schnell verwandelte sich die Schwermut, die seine Blicke und Gesten befallen hatte, in schlechte Laune. Er setzte sich auf das Sofa, packte Maruja an den Schultern und starrte sie mit seinen schwarzen Augen an.

»Wo ist das Zimmer der Señora?« fragte er.

Maruja erriet sofort seine Absichten und wollte aufstehen. »Nein ... Das kommt überhaupt nicht in Frage, Manolo ...«

»Nun komm, fang nicht schon wieder an«, sagte er. »Ich will nur mal sehen, was alles so da ist.«

Da gebe es nichts zu sehen, protestierte sie, den Tränen nahe, da gebe es keine Juwelen, kein Geld, überhaupt nichts, was ihn interessieren könnte. »Ich bitte dich, schlage dir diesen Unsinn aus dem Kopf, so etwas geht immer schief, sie würden mir die Schuld zuschieben, begreifst du das denn nicht? Sie würden mich dafür verantwortlich machen, und früher oder später würden sie die Wahrheit aus mir herausbekommen ...« – »Hör mal zu ...« – »Bitte, ich will nicht hören, was du sagst, ich will es nicht hören.« Sie begann zu zittern, heulte, stand kurz vor einem hysterischen Anfall. Die Nerven, an denen die ganze Zeit gezerrt worden war, gingen jetzt mit ihr durch. Sie schrie. Manolo faßte sie fest an den Schultern. Obwohl er den Hauptgrund ihres Ausbruchs ahnte – das Mädchen war immer wütend geworden, wenn er von dem Schmuck gesprochen hatte –, begann er ernsthaft darüber nachzudenken, ob es auch noch andere Gründe geben könnte. Aber es ging alles viel zu schnell: Was anfangs nur ein Schluchzen schien, mündete in eine Art Nervenzusammenbruch. Aus Angst, jemand könnte ihre Schreie hören, zwang er sie, vom Sofa aufzustehen, und schleppte sie in ihr Zimmer. Er legte sie aufs Bett, ging in den Salon zurück und löschte das Licht.

Als er zu ihr zurückkam, fand er sie tränenüberströmt und in einen tiefen, unruhigen Schlaf versunken, aus dem sie allmählich erwachte. Wieder fragte er sie, ob sie sich unwohl fühle, und sie antwortete, nein, sie habe nur Kopfschmerzen.

»Warte«, sagte Manolo und ging zum Nachttisch. »Hast du Aspirin?«

»In meiner Tasche, im Schrank ...«

Manolo ging in die Küche, um ein Glas Wasser zu holen.

Als er zu ihr zurückkehrte und ihr das Glas reichte, sah ihn Maruja einen Augenblick unschlüssig an, als wollte sie ihm etwas sagen, aber offensichtlich überlegte sie es sich anders und schwieg. Er versuchte sie mit Liebkosungen und Streicheln zu beruhigen, wollte sie davon überzeugen, daß sie keine Angst zu haben brauche und alles gut werden würde. »Es kann doch nichts passieren, du Dummerchen, diese Leute wissen doch nicht einmal, was sie alles besitzen, die werden bestimmt nichts merken ...« Als Antwort fing sie wieder leise an zu weinen und preßte die Hände an die Schläfen. Manolo wurde immer ärgerlicher, die Zeit verging, und es gelang ihm nicht, dem Mädchen mehr als unzusammenhängendes Gestammel zu entlocken. Er legte sich zu ihr und entfaltete seine pijoaparte Galanterie, die ihn noch nie im Stich gelassen hatte. Alles vergeblich. Eine Stunde verstrich. »Du liebst mich nicht«, sagte sie schluchzend. »Du hast mich nie geliebt, nie!« Er wartete darauf, daß sie ruhiger würde, aber als er keine Geduld mehr hatte, gab er ihr einige leichte Ohrfeigen, notgedrungen. Das Mädchen umarmte ihn fest, sie zitterte wie Espenlaub und war in Schweiß gebadet. Sie weinte nicht mehr. »Bitte, schlag mich nicht«, sagte sie. »Komm ...« Mit zitternden, ungeschickten und blutleeren Händen, die von einem Mechanismus gelenkt schienen, den ein fremder Wille weit entfernt bediente, zog sie sich langsam das Hemd aus, blieb dann ruhig liegen, sah ihn an und atmete dabei schwer. Sie hatten kein Licht gemacht: Mondlicht fiel durch das Fenster und verbreitete sich milchig auf dem zurückgeschlagenen Laken, das ans Fußende des Bettes gerutscht war. Marujas Körper und ihre Augen glänzten im Halbdunkel. Manolo erschien sie plötzlich wunderschön. Ihre Haut glühte. Er küßte sie und raunte ihr neue liebesheiße Worte ins Ohr, wobei er sie sehr zärtlich streichelte, so daß er erneut – er bemerkte es selbst – das festgesetzte Maß zu überschreiten und seine Pläne zu durchkreuzen drohte. Plötzlich erschrak er: Hinter ihren Küssen verbarg sich etwas, das heftig darum rang, ans Tageslicht zu treten, dann dieser unbeschreibliche, fast metallische Geschmack ihrer Lippen, der ihn alarmierte, und der Schatten eines bevorstehenden Unglücks, der ihren kränklichen Blick immer verschleiert hatte, jäh brach es hervor und riß das Mädchen mit der Gewalt eines Hurrikans aus seinen Armen, ohne daß er Zeit gehabt hätte zu verstehen, was geschah. Sanft hatte er sich zwischen ihre Beine gedrängt, als Marujas Arme plötzlich von seinem Hals glitten und wie schwere, gefällte Baumstämme auf das Bett sanken; gleichzeitig spürte er, wie die Kraft aus allen Poren dieses Körpers wich. »Mein Kopf, Manolo, mein Kopf«, stöhnte sie, und es gelang ihr noch, mühsam ihre entsetzlich geweiteten und von einer schrecklichen Zukunftsvision zerrissenen Pupillen auf ihn zu richten, während ein Schauder ihren ganzen Körper schüttelte – er hatte ihren Kopf ein wenig aus dem Kissen gehoben, so als ahne er das Ende voraus, vielleicht wollte er auch, einem vergeblichen Reflex seiner Zuneigung folgend, vermeiden, daß sie sich stoße –, ein Muskelkrampf, gleichzeitig stieß sie einen Schrei aus und verlor unmittelbar darauf das Bewußtsein.

Mit zurückgesunkenem Kopf hing sie in seinen Armen, wie eine Puppe aus Lumpen und Sand, die zerfällt. Manolo, starr vor Schrecken, versuchte sie mit einigen Schlägen ins Gesicht wieder zu Bewußtsein zu bringen.

»Maruja ...! Maruja, antworte! Was ist los mit dir, sag doch etwas, ich bin doch hier ...!«

Er stand auf und trug sie auf seinen Armen; sein erster Gedanke war, sie an die frische Nachtluft zu bringen, er machte blindlings einige Schritte, ohne zu wissen, was zu tun war, und legte Maruja wieder aufs Bett. Dann trat er auf den Flur hinaus, entschlossen, um Hilfe zu rufen, aber er hatte Angst, einen Skandal auszulösen, sagte sich, es sei vielleicht nur eine vorübergehende Ohnmacht. Als er wieder ins Zimmer trat, dachte er, Maruja sei tot: Das Mädchen lag schräg auf dem Bett, ihr Kopf schien gewaltsam zur Seite gedreht, und die Beine hingen gleich neben dem Nachttisch über die Bettkante. Er schlug ihr auf die Wangen. »Mari, Marujita ... Komm zu dir!« Er kam auf die Idee, ihr etwas Wasser einzuflößen oder besser ein stärkeres Getränk, aber die Panik hatte ihn schon ganz gepackt, er fühlte sich schuldig, schuldig vom ersten Moment an, schuldig seit dem ersten Tag, an dem er dieses Zimmer betreten hatte, und ohne genau zu wissen, was er tat, ertappte er sich dabei, wie er sich eilig anzog. Vom Fenster aus, bevor er hinaussprang, schaute er ein letztes Mal auf Maruja. Als er draußen war, rannte er sofort zu den Pinien. Er hatte Mühe, das Motorrad zu finden, erinnerte sich nicht mehr daran, wo er es abgestellt hatte. Er drehte sich um, betrachtete die in Mondlicht getauchte Villa und fuhr sich mehrmals mit der Hand übers Gesicht. Der Gedanke, Maruja sei tot, hatte sich bereits in seinem Kopf festgesetzt. ›Junge, hau ab‹, sagte er zu sich. Schließlich fand er das Motorrad, schob es laufend und stolpernd aus dem Pinienwald, schwang sich auf den Sitz und startete die Maschine.

Er befand sich hinter der Villa auf dem Weg, der zur Landstraße führte. Dreimal mußte er das Gaspedal treten, er bediente die Kupplung mit so ungeschickter und zitternder Hand, daß er den Motor abwürgte. Die glänzende *Guzzi* nieste und rülpste erst eine Weile und soff dann ab. ›Du bist ein Schuft, mein Junge‹, sagte er zu sich. Beim dritten Mal schoß ihm das Motorrad mit einem höllischen Lärm unter den Füßen weg, und er wurde mitgerissen wie ein Hampelmann. Als er richtig saß, raste er davon, taumelnd vor Entsetzen.

Sieh, die Zeit naht, Tauben fliegen zu lassen,
mitten auf den Plätzen, wo Standbilder stehen.
Kommen wird unsere Stunde. Von einem Augenblick
zum andern werden Glocken läuten.

JAIME GIL DE BIEDMA

In der Ferienzeit war jede Motorradfahrt eine verzweifelte Flucht: Die Haare und die Zipfel des Hemdes flatterten im Wind, wie eine Raubkatze lauerte er auf der dahinbrausenden Maschine, den Blick verloren nach vorn gerichtet, augenscheinlich voller Verachtung für die Lustbarkeiten, die sich in schwindelerregendem Tempo im Kreis drehten und zurückblieben. Der Murcianer fraß Kilometer um Kilometer, immer die Küste entlang, umgeben von einem Hauch von Herausforderung und Genugtuung, von einer festen Vorstellung von begonnenen und nie befriedigten Liebkosungen, und wie ein Selbstmörder überholte er Autos und Reisebusse mit Touristen, fuhr durch Dörfer und über Plätze, wo man Volksfeste feierte, und ließ lärmerfüllte Terrassen, erleuchtete Villen, Hotels und Campingplätze hinter sich. Die Schenkel fest an den Motorradtank gepreßt, beherrschte und lenkte er das Vibrieren in Metall und Blut, kontrollierte mit leichten Bewegungen von Taille und Knien die blinde Gewalt der Maschine – mit der dunklen Vorstellung, daß es sein eigener Wille und seine Ungeduld seien, die er bändigte –, so als wären das Metall, die Muskeln und der Staub auf beidem ein und dieselbe Materie, dazu verdammt, ruhelos durch die Nacht zu schweifen. Wo die Ziellinie war, wußte er nicht. Oft tauchte vor ihm, mitten aus der Nacht, am Ende des Lichtstrahls, den der Scheinwerfer auf die Straße warf, die Dienstmädchenkleidung auf, die an dem Kleiderständer in Marujas Zimmer hing. Doch trotz der gespenstischen Erinnerungen, die die Geschwindigkeit heraufbeschwor, war er sich immer des bunten

Treibens um ihn herum bewußt. Es war, als führte man links und rechts des Motorrads rasend schnell zwei Filme vor, zwei Bildsequenzen, die er aus den Augenwinkeln verfolgen konnte: eine flüchtige und verwirrende Verkettung hübscher Momentaufnahmen, die die Nacht an der Küste, vom Tourismus befruchtet, gebar und die bei ihm Bewunderung und Haß zugleich auslöste.

Gewissenlose, atheistische Urlauber und gläubige, verliebte Einheimische amüsierten sich noch, doch er sah bei seiner verrückten Fahrt nur, wie die Nacht über sie alle ihre kalte, graue Zärtlichkeit breitete, wie überall der greise Lebenssaft des Schweigens gerann. Er sah, wie über den Wipfeln der Bäume traurigblau der Mond aufging, wie er blinzelte über dem Meer, das einer mattsilbernen Pfütze glich, und wie er über die Strände, die Chalets und Hotels, über die Gärten, die Terrassen und die Sonnenschirme kroch und über die nach Westen ausgerichteten Liegestühle, die mit einem Rest ihrer Erregtheit vom Tage immer noch in eine unsichtbare Sonne schauten.

Eine sanfte, seichte Musik, wie ein Frösteln sonnengebräunter Haut im Meereswind, eine Musik, die nirgendwo herzukommen scheint, die so etwas wie die Herzensmelodie aller ist, verbreitet sich jede Nacht an der Küste, gleichzeitig mit einer Art Invasion bunter Termiten, die mit sich häutenden Schultern und heißen Herzen aus Hotels und Pensionen kommen, um Bars, Tanzlokale und Terrassen zu füllen. Trotz der Geschwindigkeit macht er die Einheimischen unter ihnen aus, erkennt sie an ihrem Blick: Unterschwellig beleidigt, aber würdevoll überqueren sie die Fahrbahn, die Hände in den Taschen, und werfen ihm, während das Motorrad auf sie zurast, einen arroganten Blick über die Schulter zu (einen überraschend törichten, bestürzten Blick, der ihre gespielte Würde entlarvt, ihr klägliches Bemühen, sich noch immer als die Herren des Bodens unter ihren Füßen zu fühlen), und dann drehen sie sich im Kreis wie Puppen auf der Bühne, um unverzüglich im Nichts zu versinken, von der Nacht verschlungen.

Doch weit größer ist die Zahl der Touristen. Das hier sind diejenigen Reichen, die sich zeigen, denkt er, die, die man gelegentlich sogar berühren darf und von denen man zumindest sagen kann, daß sie existieren; die, die es noch zulassen, freilich nicht ohne Abscheu, daß die ungestümen Einheimischen, die an den Wochenenden in Schwärmen mit dem Zug oder dem Motorrad an die Küste kommen, ihre edlen, sonnengebräunten Körper und ihr beneidenswertes Lebensglück mit den erbärmlichen Blicken geprügelter Hunde ansehen. Seine Landsleute, immer im Sonntagsstaat – wie für einen Sonntag, der noch nicht gekommen ist –, konnte das Phantom auf dem Motorrad manchmal dabei beobachten, wie sie in kleinen Gruppen die Terrassen und Tanzflächen umstanden, um Schwedinnen mit feuergoldenem Haar und großen, leuchtenden Mündern zu belauern. In ihren in der Dunkelheit funkelnden gelben Augen schimmert spät in der Nacht schon, wie jahrealter Edelrost, die unbeschreibliche Pein eines Montags in Büro oder Werkstatt. Ihre Blicke sind ehrfurchtsvoll oder vor Staunen starr wie sie selbst, sie gleichen denen von Kindern, die von den eigenen Kameraden vom Spiel ausgeschlossen wurden und jetzt in der Ecke stehen, man hat sie aus einem Grund vergessen, den sie nicht zu kennen scheinen, da stehen sie, ganz in der Nähe, für den Fall, daß man sie ruft. Ihre Sehnsucht ist uralt und quälend, auf jeden Fall aber viel moralischer als der Wunsch, Geld anzuhäufen, sie gilt nur der günstigen Gelegenheit einer schnellen, heimlichen Liebe, einem Tanz, den man wegen seiner Unverschämtheit bekommt, und dem Herumwälzen hinter einem Boot.

Die Geschwindigkeit verwischte die Konturen und ließ ein Bild das andere jagen: gemütliche alte Ehepaare aus nördlichen Ländern mit frischen Gesichtern und blonden Kindern, schön wie Blumen, Schwärme bezaubernder und rosiger alter Damen mit reizenden, bunten Hüten, mit dem Reisebus gekommen, strahlende Schwedinnen, paradiesschön und unnahbar, eckige Französinnen, erhitzt aus den Seiten der Zeitschriften aufgetaucht (*cet été vous changerez d'amour*, hieß es im

Horoskop von *Elle*), überhebliche Engländerinnen, die mit Tüchern und weiten, rauschenden Kleidern zum Tanz gehen wie zu einem Empfang und sich schließlich abküssen lassen werden von Fischern und Kellnern, die ihren freien Tag haben usw. Sie alle lassen sich bewundern, sind schön, und ihre Berührung erregt manchmal ein sehnsuchtsvolles Kribbeln, das aber nicht sehr stark ist.

Aber da sind die noch Reicheren, die sich nur ganz selten zeigen, die wirklich Unnahbaren. Man könnte fast sagen, daß es sie gar nicht gibt, wenn sie nicht gelegentlich in der Öffentlichkeit gesehen worden wären. Bei ihren seltenen Besuchen im Ort belächeln sie mit gleichgültiger Miene die Pärchen, man sieht, daß sie an das Glück gewöhnt sind, daß ihre Leidenschaften woanders liegen. Ihr Charme und ihre Ruhe künden von abgelegenen, vergnügten Orten, ihre Körper scheinen auf dem Weg von Goldstaub bedeckt worden zu sein – wenn sie teilnahmslos kamen und sich einen Augenblick zu uns auf die Terrassen setzten –, und ewig ziert die kühle Gelassenheit einer ganzen Sippe ihre Gesichter, unterscheidet sie von den anderen, begleitet sie überallhin und bewahrt sie vor allgemeiner Neugierde, vor Vergessenheit und Verachtung, unter ihnen sind einige reifere Männer, die den rasanten Motorradfahrer besonders beeindrucken. Es sind weder Touristen noch Einheimische. Sie leben in Villen, die nur der Erholung dienen, und die man ebenfalls kaum sieht, denn sie sind umgeben von Gärten und Pinienwäldern, von Schweigen und rauschendem, zum Müßiggang einladendem Grün, sie schauen uns an, ohne uns wahrzunehmen, ihr Blick ist vom Geld verdorben, und ihren machtvollen Geist schmücken alte Narben von schmutzigen Geschäften. Ganz wie Verbrecher im Ruhestand entspannen sie sich unbehelligt an versteckten Swimmingpools, die hinter den Hecken kaum zu sehen sind, neben Tennisplätzen, auf denen Mädchen spielen, die ihre Töchter sein könnten, was sich aber nie mit Bestimmtheit sagen läßt, genausowenig ob sie dort wohnen oder eingeladen worden sind, ja nicht einmal, ob sie wirklich so jung sind, wie sie aus der Entfernung scheinen. Zu ihnen gehörte Teresa Serrat mit ihrem Freund Luis Trías de Giralt, den man eingeladen hatte, das Wochenende in der Villa zu verbringen. Es stimmt zwar, daß Teresa sich an diesem Abend mit ihrem Freund und ihrem Dienstmädchen in Blanes hatte sehen lassen, normalerweise aber verließ sie selten das Grundstück, und wenn sie es tat, dann fast nie, um ins Dorf zu fahren, sondern in die Stadt. Daß man heute die junge Studentin auf einmal in Blanes gesehen hatte, lag an einem günstigen Umstand (der Abwesenheit ihrer Eltern), am Drängen ihres Freundes und an gewissen Zwängen, die sie jetzt verärgert zu analysieren versuchte.

Draußen zerriß ein erster Knall des Motors der *Guzzi* die nächtliche Stille, erfüllte die Luft mit einer Verzweiflung, die eine wilde Flucht ankündigte. Sein Nachhall übertönte das Rauschen der Wellen und drang durch das geöffnete Fenster in Teresas Schlafzimmer; sie lag dort auf dem Bett, starrte ins Halbdunkel und dachte nach. Langsam legte das Mädchen den Kopf auf das Kissen, mit einem Ausdruck von Schwermut und Kummer. Als Teresa Serrat ein zweites Mal den Motor knallen hörte, den der Murcianer nicht starten konnte, erhob sie sich, stieg aus dem Bett und ging gemächlich auf die Terrasse, die an das Schlafzimmer grenzte. Ihre Bewegungen waren nur scheinbar die einer heiratsfähigen, schmachtenden Frau. Nach jeder geringschätzigen Beugung der Knie zeigte sich in der plötzlichen Streckung der Kniekehlen und in der katzenartigen Lässigkeit ihrer gemessen an den Schultern etwas vorgeschobenen Hüften eine seltsame Aggressivität, eine bewußt beleidigte oder erbitterte Art. Sie war barfuß, knöpfte sich im Gehen die Bluse zu, mit schlaffen Händen, abgeknickt wie gebrochene Stengel. Die kurzen gelben Shorts hatten sich in die Leisten geschoben, und sie zog mit Daumen und Zeigefinger nervös den Saum nach unten, die anderen Finger abgespreizt, so als berührte sie einen verseuchten Stoff und befürchtete, sich zu infizieren. Und als sie die Augen schloß, erschien auf ihren blassen Lippen ein verächtliches Lächeln. Nicht ihren eigenen Körper spürte sie, sondern die unangenehme Gegenwart, die ein anderer Körper den ihren immer noch fühlen ließ. Als sie die Glastür erreichte, bewegte ein Windstoß ihr langes, glattes Haar, entblößte ihren vornehmen, makellosen Hals, und als sie in das Mondlicht eintauchte, das wie weißer Schaum von der Terrasse in das Zimmer strömte, erstarrte ihr Gesicht für einige Augenblicke wie nach einem überraschenden Blitzlicht.

Wenn es stimmt, daß man die Rasse einer Frau an ihrem Hals erkennt, dann war Teresa Serrat ein außergewöhnliches Exemplar der allerbesten Rasse: Von ihrer Mutter hatte sie einen schönen schlanken Hals, einen einzigartig prädestinierten Mund und soviel herzliche Fröhlichkeit geerbt, daß ihr eine bezaubernde, mythische Gestik eigen war. Seht doch nur ihre besondere Art, den zerzausten Kopf zur Seite zu neigen und auf die Geräusche der Nacht zu lauschen: Sie hat die Seele eines Schmetterlingsfisches, und es ist ihre Bestimmung, inmitten vollkommener Harmonie von Licht und klarem blauem Wasser zu leben, im seichten Gewässer der Tropen. Doch Teresa sehnt sich nach einer stürmisch finsteren See, wo stolze, prächtige und kriegerische Wesen hausen, nach ärmlichen, ozeanischen Vorstadtvierteln, wo Genossen heimlich wie Helden kämpfen. Sie seufzt wie eine verwöhnte Katze, die es nach Dächern und Mondlicht verlangt, sie langweilt sich. Ihre frechen und reizenden nackten Füße, ihr ganzer Körper mit all den Eigenarten ihrer Schönheit, das himmlische Funkeln ihrer Augen, ihre etwas knabenhaften Hüften, das gediegene Gold ihres Haares, der Nacken wie Honig und Seide und auch der jugendlich schmächtige Rücken, all das enthüllt das Erbe der Mutter, deren Familie auch in Zeiten der Not erlesene Speisen genoß, ob die fortschrittliche Studentin das nun richtig findet oder nicht, dieses privilegierte Leben einer bestimmten sozialen Klasse, das ihr Hals, schlank wie der eines Rehs, schon von Kindesbeinen an verhieß, und vor allem der eigentümliche Zug um ihren Mund; denn die trockenen und leicht vorgewölbten roten Lippen waren es (besonders die Oberlippe mit ihren beiden Spitzen, die sich, der Murcianer hatte es schon einmal beobachtet, in einer anmutigen Bewegung voller Geringschätzung der Nase entgegenstreckten), sie waren es, die Ursprung und Geheimnis jenes Ausdrucks bargen, der, ein wenig kindlich, verwöhnt und zugleich äußerst aggressiv, sich wie ein Sommernebel auf die feindliche Fülle ihrer sonnengebräunten Glieder legte und das etwas zweideutige Wesen des Mädchens ausmachte – eine Mischung aus Unschuld und Unverschämtheit, aus rosa Mattigkeit und sonnengebräunter, reifer, abgehärteter Aufsässigkeit.

Teresa, in fahles Sternenlicht getaucht, stützte sich mit den Ellenbogen auf die Brüstung. Auf der Terrasse schliefen Sonnenschirme und Blumenkübel, in denen Pflanzen mit riesigen glatten Blättern wuchsen, ein Tischchen und zwei Liegestühle. Ein kleines Transistorradio, auf einem Korbstuhl vergessen, quäkte ein gefühlvolles Lied, das gerade in Mode war:

... der Mond bekannte mir,
daß er noch nie geliebt,
daß er stets ganz allein
geträumt hoch überm Meer ...

Von seinem Platz aus konnte das Mädchen den Bootssteg sehen, und rechts daneben kam über der Hecke das Metallnetz des Tennisplatzes zum Vorschein. Auf der anderen Seite der Villa, irgendwo in der Nähe des Waldes, versagte der Motor der *Guzzi* immer noch seinen Dienst, und sein beschwerliches Keuchen und Husten durchdrang die Nacht wie ein Alarmsignal. Gleichzeitig hörte Teresa Schritte in ihrem Schlafzimmer. ›Was will er jetzt, was hat er vor?‹ Wieder hörte sie ein Knattern, diesmal heftig, und daß das Motorrad sich zur Landstraße hin entfernte, begriff sie genau in dem Moment, in dem Luis Trías de Giralt die Terrasse betrat, was sie um jeden Preis gern verhindert hätte. Der ruhmreiche Student wischte sich das Gesicht, das wie die Haare noch feucht war – er kam gerade aus dem Badezimmer –, mit dem Unterarm ab. Wehmütig lächelnd lehnte er an der Tür und starrte auf

Teresas Rücken. Er trug einen weiten weißen Frotteepullover und eine helle Leinenhose.

»Ach, hier bist du?« fragte er dümmlich. »Wie warm das Wasser ist …« Er horchte auf das Motorradgeräusch, das in der Ferne leiser wurde, und setzte hinzu: »Hörst du? Unser Freund, der *xarnego,* hat mal wieder zugeschlagen …«

Teresa drehte ihm noch immer den Rücken zu. Das ist wenigstens noch ein Mann, im Gegensatz zu dir, dachte sie. Instinktiv preßte sie die Schenkel zusammen, und zum ersten Mal wurde sie sich der Beleidigung bewußt, die man ihrem Körper zugefügt hatte, und ärgerte sich. Auch stellte sie erbittert fest, daß es viele Arten von Dummheit gibt und daß Luis Trías de Giralt, wer hätte das gedacht, einer jener Dummköpfe war, die mit allen Mitteln zu verhindern suchen, einer zu sein. Sie drehte sich zu ihm um, nahm die Ellenbogen zurück und lehnte sich wieder an die Brüstung, jetzt mit dem Rücken. Ihren Freund schien sie nicht wahrzunehmen: Sie sah mit einem verschleierten Blick, der sich in der Nacht verlor, über seinen Kopf hinweg, während er sich mit gequälter Miene das rechte Knie rieb.

»Er ist charmant«, sagte Teresa. »Er erinnert mich an viele Freunde, die ich schon vergessen hatte.«

Der Doppeldeutigkeit des Satzes war sie sich überhaupt nicht bewußt, und ihr beleidigter und geringschätziger Blick verlor sich noch immer in der Nacht.

»Wer? Der Freund des Dienstmädchens?« fragte Luis. Und nach einer Pause fügte er hinzu: »Du, was unsere Sache angeht, da reden wir noch mal in Ruhe darüber …«

»Da ist nichts zu bereden.«

Er begann wieder, sein Knie zu massieren, und sagte mit überraschend harter Stimme, daß er sich gerade furchtbar am Badewannenrand gestoßen habe und daß er sehr bald gehen werde, sowie die Schmerzen nachließen.

Jetzt sah ihn Teresa zum ersten Mal an. ›Kann sein, daß sich der Idiot sogar geduscht hat …‹ Ja, wer hätte das gedacht: Hinter der eindrucksvollen Fassade des Studentenführers, des feurigen Zukunftspropheten, verbarg sich nicht mehr als eine weichliche, widerwärtig weichliche und unerfahrene Männlichkeit. Diese Hände eines glühenden Redners hatten ihre Erdbeerbrüste, wer hätte das gedacht, zitternd umfaßt: das schlechte Gewissen eines Bourgeois. Und diese hellen Augen eines Apostels, die immer in höheren Sphären schwebten und Zukunftsvisionen schauten, waren schamhaft und kleinmütig über ihren Körper geglitten. Seine Stimme prahlte jedoch noch immer mit jener Unfähigkeit zu staunen, welche die Gelehrten und die an Ruhm und Erfahrung reichen Alten auszeichnet; er schien darauf bedacht, so zu tun, als habe er nichts verstanden und messe dem, was heute nacht zwischen ihnen beiden geschehen war, keinerlei Bedeutung bei. So vermutete Teresa, daß diese Stimme selbst in den historischen Augenblicken, in denen sie ohne ein Zittern die denkwürdigen Anweisungen erteilt hatte, nichts anderes zum Ausdruck gebracht hatte als eine grenzenlose Unwissenheit.

»Wann kommen deine Eltern zurück?« fragte Luis.

»Morgen, das habe ich dir doch schon hundertmal gesagt ... Oder vielleicht auch heute nacht. Das wäre das beste.«

»Tere, du weißt sehr gut, daß es dafür eine logische Erklärung gibt, und zwar folgende«, begann er in aller Seelenruhe. »Du bist kein Tugendapostel und ...«

»Ja, natürlich. Aber bitte, bemühe nicht noch deine Dialektik für eine so jämmerliche Geschichte. Das wäre einfach lächerlich. Halt den Mund, ich bitte dich darum.«

Das Ansehen, das Luis Trías de Giralt zu dieser Zeit an der Universität genoß, war grenzenlos. Zweimal schon war er im Gefängnis gewesen, und ihn begleitete immer das bedrückende Gespenst der Folter (mit ihr schien er manchmal sogar, in vielsagendes Schweigen versunken, Zwiesprache zu halten). Und in den Hörsälen erzählte man sich, er sei einer der Größten, ein seltsames Lob, das, wenn es überhaupt etwas besagte, schlicht wörtlich zu verstehen war. Ein Jahr vorher hatte Teresa Serrat, dieses göttergleiche Ansehen vorhersehend oder erahnend, sich dazu gedrängt gefühlt, bei zahlreichen kulturellen und nichtkulturellen Aktivitäten mit ihm zusammenzuarbeiten: Man nahm an, Luis Trías de Giralt habe »gute politische Verbindungen«. Ein begabter Student der Wirtschaftswissenschaften, Enkel von Mittelmeerpiraten, Sohn eines äußerst klugen Geschäftsmannes, der zu Beginn der fünfziger Jahre mit dem Import von Kleidern Millionen verdient hatte, das war Luis Trías de Giralt, hochgewachsen, hübsch, aber mit den schlaffen, unredlichen Gesichtszügen eines Politikers, mit rosiger Haut, dünnem Kraushaar und einem zwar offenen, aber unverbindlichen Blick. Er glich einem verblödeten *Capeto* mit Kropf (ein gewitzter Bengel aus dem Barrio Chino, mit dem ihn eine einzigartige, unsägliche Freundschaft verband, eine anrüchige Liebe, nannte ihn Isabelita, was ihm, nebenbei gesagt, ein peinliches Vergnügen bereitete, genauso unerklärlich wie seine Schwäche für den Jungen), und er machte den etwas verwirrten Eindruck eines gutmütigen Seminaristen in Ferien, dessen Kopf leicht hin und her wackelt, des theologischen Höhenrausches oder des transzendentalen Gewichts seiner Gedanken wegen, oder auch nur aufgrund eines schlaffen Halses, ganz so, als dürfe er gnadenhalber noch mit gebrochenem Genick herumlaufen.

Teresa wandte den Blick von ihm ab und hoffte, er werde endlich gehen. »Es ist schon spät«, sagte sie. Das Geräusch des Motorrads war schon vor einer ganzen Weile in der Ferne verklungen. Einfältige, glückliche, gewöhnliche Freunde gewöhnlicher Dienstmädchen, euch gehört die Welt! ›Wenn er jetzt zu mir käme und mich fest in die Arme nähme‹, dachte sie, ›aber sehr fest, vielleicht wäre dann doch noch nicht alles verloren ...‹

Die beiden standen sich regungslos gegenüber, drei Meter voneinander entfernt. Luis wagte keinen Schritt, das war klar. Er steckte sich eine Zigarette an und schrie fast: »Möchtest du auch eine? Sie sind sehr gut (wie bedauerlich: Du weißt doch, daß sie gräßlich schmecken), es sind echt russische (noch schlimmer: ein ganz ungeeigneter Moment, deine sprichwörtliche Solidarität zu demonstrieren), Jacinto hat mir einige

Schachteln vom letzten Jugendfestival in ... (hör auf, Mensch, halt den Mund).« Er fing an zu rauchen, nervös, als täte er es heimlich, verteilte mit der Hand den Rauch, den man im Licht der einzigen Lampe, die auf der Terrasse brannte, dicht über seinem Kopf schweben sah. Teresa beobachtete ihn und fand ihre gerade gewonnene Erkenntnis bestätigt, Zeugin eines Bluffs zu sein. Der berühmte Führer war noch immer darum bemüht, von der Prosa des Alltags sein Leben nur am Rande beeinflussen zu lassen, als wären gewisse Tätigkeiten seines hohen Amtes unwürdig: Tanzen, Schwimmen, Lieben und sogar, wie er gerade jetzt bewies, Rauchen. Er sog den Zigarettenrauch zwar ein, rauchte aber nicht auf Lunge, sondern ließ ihn teilweise aus dem Mund hervorqualmen, so daß er sich widerlich wie Schaum auf den Lippen verteilte, und Teresa entdeckte, daß sie immer schon an der Moral von Leuten, die nicht auf Lunge rauchen, gezweifelt hatte.

»Es wird wohl besser sein, wenn du jetzt gehst, Luis«, sagte sie und senkte den Blick. Gern hätte sie hinzugefügt: »Nach dem, was vorgefallen ist, verbindet uns nur noch das, was höher steht als unsere Gefühle und unsere persönlichen Interessen.« Aber für die banale Situation erschien ihr das zu pathetisch. Trotzdem, ein hübscher Satz, den sie gerne gesagt hätte. So behielt sie ihn im Kopf. Als Rationalistin erkannte sie außerdem jetzt haarscharf, daß selbst ihre bloße körperliche Nähe unmöglich geworden war; aufgrund einer phantasievollen, lang gehegten Erregung, die sie in diese peinliche Lage gebracht hatte, wer hätte das gedacht, hatten sie heute einen herrlichen Nachmittag verbracht, aber ihr Verhältnis hatte sich seit einiger Zeit zugegebenermaßen mit einer unerträglichen, sonderbaren Bedeutung aufgeladen, eine elektrische Ladung, die ständig zu explodieren drohte. Die Gefühle und Begierden waren unablässig gegenseitig geprüft, seziert, analysiert und bewertet worden, so wie es einer Lebensauffassung entsprach, die leider, sosehr sie das auch mit prophetischen Worten bestreiten mochten, nicht mehr gültig war und folglich von der Lebenswirklichkeit ihrer sozialen Klasse weit entfernt (»Das mußt du zugeben, Luis, mein Freund, du linker Bourgeois«). So stellten sie mit der Zeit fest, daß sich zwischen ihnen genau das Gegenteil von dem ergeben hatte, was ihre avantgardistischen Ansichten nahezulegen schienen: ein abscheulich eheähnliches Verhältnis, das so rasch gewachsen war, daß sie nicht einmal Zeit gehabt hatten, gewisse sexuelle Hemmungen, erkleckliche Reste ihrer Erziehung, zu überwinden, und jede Geste, jedes Wort, jeder unbedeutende Blick, jede belanglose Handlung (zum Beispiel, eine dieser entsetzlichen russischen Zigaretten zu rauchen), immer noch Sinnbilder all dessen, was sie von Anfang an verbunden hatte, all das blähte sich mit unnützer erregender Bedeutung auf, wuchs vor ihren Augen und verwandelte sich in ein Monstrum, das ein Eigenleben führte mit Gemütsbewegungen und unabhängigem Bewußtsein, so daß es die sentimentalen Bande zerstörte, die sie, auf eine heilige Solidarität bauend, gerne zu leidenschaftlichen gesteigert hätten.

Jetzt drehte Teresa ihm wieder den Rücken zu und lauschte auf das Schweigen der Nacht; noch immer versuchte sie das Echo des Motorrads aufzufangen, während das Lied im Radio aus einer zitternden Ferne, aus vergnüglicheren Gefilden weiter bekannte:

... er sagte mir, die Nacht
bewahr' in ihrem Dunkel
das Echo andrer Küsse ...

Luis Trías dagegen verstand ihre Geste als eindeutige Aufforderung, sich zu verabschieden, und hielt es für angebracht, nach Hause zu fahren – Jahre später erst würde er erfahren, daß er noch einen Versuch hätte machen können, durchaus mit Erfolgsaussichten, wenn er sich getraut hätte, sie zu umarmen. Aus irgendeinem Grund sah er inmitten seiner geheimen Traurigkeit und seiner Unfähigkeit, die Dinge in die Hand zu nehmen, vor dem nächtlichen Himmel plötzlich das höhnische Mäusegesicht seines Freundes, des Bengels aus dem Barrio Chino, das ihn vor granatrot verhängtem Hintergrund angrinste.

»Also, Tere, ich gehe jetzt«, sagte er. »Kann ja sein, daß deine Eltern doch schon diese Nacht zurückkommen ... Ich glaube, wir haben wirklich zuviel getrunken, das kommt schon mal vor, was soll's, andererseits ist es auch wieder nichts Besonderes ... ein durchaus bekanntes Phänomen (ob er jetzt Freud zitierte?). Beim nächsten Mal ... (ein nächstes Mal gibt es nicht, wird es nicht geben, das weißt du ganz genau). Sehen wir dich morgen in Lloret ... oder in Barcelona?«

Luis verbrachte den Sommer mit seiner Familie in Lloret, und manchmal nahm Teresa den Wagen und machte dort einen Gegenbesuch; auf dem Weg schaute sie bei Freunden vorbei, auch Studenten, die dort zusammen Ferien machten. Gelegentlich verabredeten sich die beiden in Barcelona. Aber jetzt ...

»*Adiós.*«

Minuten später, endlich allein, hörte Teresa, wie der Seat 600 vor dem Haupteingang anfuhr. Sie schloß die Augen. Dann nahm sie plötzlich die Hände vors Gesicht, um eine ihr unerklärliche Welle (dein Weinen, Teresita, dein Lach-Weinen einer *femme-enfant*, hatte es Luis einmal in einem Brief genannt, den er ihr aus dem Gefängnis geschrieben hatte), um eine Welle der Erregung einzudämmen, die in ihrer Brust immer höher stieg und sie zu ertränken drohte. Entsetzt hatte sie gerade festgestellt, daß sie eigentlich gehofft hatte, er bliebe und versuche es noch einmal.

›Hau ab, hau ab, du blödes Schwein!‹ schrie sie innerlich, lief in ihr Schlafzimmer und warf sich aufs Bett.

Schlafen konnte sie nicht. Jetzt mit der Analyse des Vorfalls zu beginnen, ihre Schuld an dem, was geschehen war, einzugestehen fiel ihr nicht leicht. Sie beschloß, wie immer eine möglichst objektive Erklärung zu finden, die gleichzeitig gewisse ideologische Überzeugungen unangetastet ließ, die hoch über ihr und Luis und ihren kleinen gegenseitigen Gemeinheiten standen. Als sie sich noch einmal vor Augen führte, was sie heute gemacht hatten, schien ihr, daß der Keim des

Unglücks, das schließlich alles verderben sollte, sich schon am späten Nachmittag gezeigt hatte, in dem Moment, als sie auf dem Steg die Vertäuung des Motorbootes löste. Luis sprach gerade von Maruja, wie hübsch und zurückhaltend (das waren seine Worte) sie geworden sei, seit sie einen Freund habe, als sie sich plötzlich vergnügt, ohne auch nur ein einziges Wort darüber gewechselt zu haben, einig waren, das Dienstmädchen einzuladen.

»Genau das wollte ich dir gerade vorschlagen!« rief Luis und sprang auf den Steg. »Eine ausgezeichnete Idee!«

»Sie langweilt sich so sehr, die Ärmste«, sagte Teresa. »Sie wird sich bestimmt freuen. Ich guck mal, wo sie ist.«

»Ich warte auf dich.«

Die beiden waren von ihrer Idee begeistert. Schon seit dem frühen Morgen, als sie erfahren hatten, daß Teresas Eltern die nächste Nacht nicht in der Villa verbringen würden, war ihr Schweigen, als sie allein waren, sonderbar bedrückt. Im Grunde luden sie Maruja ein, damit sich ihre nervöse Spannung legen konnte, sie brauchten eine dritte Person, um ihre Gefühle ausdrücken zu können, da kam Maruja wie gerufen, denn sie ermöglichte ihnen, sich ihr gegenseitiges Verlangen mitzuteilen, kraft einer besonderen Ausstrahlung, die das Mädchen für sie hatte: diese Liebesnächte mit dem Murcianer, diese Liebe, die Teresa im vergangenen Sommer entdeckt hatte und derentwegen die beiden sie heimlich beneideten und bewunderten.

Teresa kam nach kurzer Zeit zum Steg zurück und erklärte, Maruja komme sofort; sie sei eben dabei, das Zimmer für Luis herzurichten, für den Fall, daß er über Nacht bleiben wolle. Sie fügte hinzu, sie habe Maruja eine Hose geschenkt und ein Paar Sandalen, die zwar schon etwas aus der Mode, aber noch ganz neu seien, und das Mädchen sehe darin richtig süß aus, einfach entzückend. Das war der Moment – und als sie sich jetzt dessen entsann, begriff Teresa, daß es kein Zufall gewesen war –, in dem sie sich den ersten Kuß gaben. Sie warteten im Boot auf Maruja. Der Nachmittag war völlig wolkenlos und, obwohl es schon ziemlich spät war, sehr heiß, und sein

Licht blieb unentschlossen. Kraftlos schien die dunkelrote Sonne auf die in den Fels gehauenen Stufen, die bis zum Bootssteg hinunterführten und die Maruja herunterkommen mußte. Den Sturz des Mädchens konnten die beiden genau beobachten, ein wirklicher dummer Sturz – sie blieb mit einer Sandale hängen und stolperte –, hätte er sich an einem weniger gefährlichen Ort ereignet, auf dem Steg zum Beispiel, hätte er sie zum Lachen gereizt. Geradezu verzweifelt rannte sie die Stufen hinunter – bestimmt fürchtete sie, sie habe sie zu lange warten lassen –, und sie winkte ihnen etwas albern zu (»Huhu, huhu!« rief sie), da wirbelten plötzlich ihre Beine und ihre nackten Füße (die federleichten Sandalen hatten sich als erstes davongemacht) einen Moment lang wild durch die Luft, so als strampelte sie, bevor man deutlich hörte, wie ihr Kopf auf die letzte Stufe schlug. Überrascht schrien die beiden auf, sprangen an Land und liefen zu dem Mädchen. Maruja blieb so lange auf dem Boden liegen (für einige Sekunden beunruhigend reglos), bis Luis bei ihr war, dann stand sie hastig auf. Sie lachte verschämt und rieb sich den Kopf (»Wie dumm von mir, Señorita!«), ›die Ärmste‹, dachte Teresa und ließ ihre Augen auf der Suche nach den Sandalen über die Treppe wandern, sie war doch so glücklich damit.

»Die haben dich zu Fall gebracht, Maruja«, sagte Teresa. »Du bist nicht daran gewöhnt. Wenn ich das gewußt hätte, hätte ich sie dir nicht geschenkt.«

»Aber sie sind doch so hübsch ... Ich werde mich schon daran gewöhnen.«

»Hast du dir wirklich nicht weh getan?« fragte Luis besorgt.

»Nein, nein.«

»Du hättest dich umbringen können, Kind«, sagte Teresa.

»Es ist doch nichts passiert ... ich hab mich nur gestoßen, weiter nichts. Weil ich so gerannt bin. Aber beim Bettenmachen ist mir die Zeit davongelaufen, und ...«

›Wenn ich jetzt darüber nachdenke, wäre es vielleicht das beste gewesen, sie zurück ins Haus zu schicken; erstens, weil ich sicher bin, daß sie sich sehr weh getan hat – sie hat sich bemüht, es zu verbergen, die Ärmste, aber es war so ein heftiger Aufprall –, und zweitens, weil dann vielleicht für Luis und mich alles anders gelaufen wäre. Das ahnten wir da natürlich noch nicht, da glaubten wir noch, Marujas Unterstützung zu brauchen, und außerdem waren wir nicht bereit, auf das Vergnügen zu verzichten, dem Mädchen ein bißchen Abwechslung zu bieten ... Oder war es das gar nicht? Ich weiß es nicht ...‹

Maruja ihrerseits (›Das stimmt, ich erinnere mich genau daran, ganz genau!‹) beteuerte, sie habe sich nicht verletzt, man könne ruhig losfahren. So sprangen sie alle drei ins Boot und fuhren fast eine ganze Stunde an der Küste entlang, badeten in einer kleinen, einsamen Bucht und aßen frisches Obst, das Maruja (das dienstbare Wesen) praktischerweise für sie mitgebracht hatte. Während sie im Sand lagen und aßen, bemutterten Teresa und Luis das Dienstmädchen geradezu, fragten sie nach Manolo, zeigten Interesse an der Entwicklung ihrer Liebesbeziehung und gaben ihr mit einer Art väterlicher Fürsorge und erotischer Anteilnahme kluge Ratschläge, die vage auf Empfängnisverhütung abzielten (und die für das Dienstmädchen völlig belanglos waren). Mit ihren Fragen suchten, ja forderten sie regelrecht die Bestätigung jener bezaubernden Vorstellung, die sie sich von der heimlichen Liebe zwischen einem Dienstmädchen und einem Arbeiter gemacht hatten. Und Maruja log, sah sich dazu gezwungen zu lügen, um sie zufriedenzustellen, sie verschwieg die schreckliche Reizbarkeit und die nicht weniger schreckliche beständige schlechte Laune ihres geliebten Manolo, während sich die beiden mit einer sonderbaren, blinden Beharrlichkeit vor ihren Augen aneinander rieben und sich streichelten, so als drängte sie besagte phantasievolle Erregung beinahe unwillkürlich dazu, ohne daß es ihnen letztlich gefiele, es geschah wohl nicht mit eigentlich erotischer Absicht, sondern auch, sagen wir es einmal so, um sich zu erforschen, um festzustellen, daß sie noch da waren.

Als sie zur Villa zurückkamen, entschieden sie sich, mit Luis' Wagen zu dritt nach Blanes zum Abendessen zu fahren und hinterher irgendwo tanzen zu gehen. Maruja war erstaunt; nicht wegen der Großzügigkeit der Señorita, die sie ihr gegenüber schon häufig genug unter Beweis gestellt hatte, sondern weil sie wußte, daß ihr Blanes nicht gefiel, vor allem aber, weil die ungeduldigen Blicke, welche das Paar sich während der Bootsfahrt ständig zugeworfen hatte, sie annehmen ließen, man würde sich ihrer entledigen, sobald sie wieder an Land waren.

In Blanes war sehr viel los. Teresa und Luis, die mal Hand in Hand gingen, mal um die Taille gefaßt, gaben auf der Straße und auf den von Touristen überfüllten Terrassen eine perfekte Lektion, wie man sich verhält, wenn man zu den Auserwählten der Nation gehört: Sie befummelten sich nicht. Nachdem sie an der Theke einer Bar eine Kleinigkeit gegessen hatten – Maruja stolperte natürlich ständig über ihre Sandalen, aus denen sie herausrutschte, und sie schämte sich –, tranken sie in einer Tanzbar einen *Cuba libre* (Luis trank seine ersten beiden Gläser Rum pur) und tanzten. Maruja blieb die ganze Zeit sitzen, und obwohl sie sie mehrmals zum Tanzen aufforderten, willigte sie niemals ein (›Wenn ich jetzt darüber nachdenke, weiß ich gar nicht mal, ob sie wohl aus alberner Treue zu ihrem Freund nicht tanzen wollte oder aus Angst, die Sandalen zu verlieren, jedenfalls war die Entschuldigung, die sie vorbrachte – »Ich habe etwas Kopfschmerzen, danke, ich möchte nicht tanzen« – natürlich nur eine Ausrede ...‹). Nur ein einziges Mal erwähnte sie ihren Freund, bedauerte, daß er nicht hier bei ihr sein könne. Luis und Teresa versprachen ihr, man werde demnächst einmal zu viert ausgehen. Die Überzeugung, diese Nacht sei die vom Anbeginn aller Zeiten für sie bestimmte, bemächtigte sich unterdessen ihrer Blicke, ihrer Umarmungen und vor allem ihres Trinkverhaltens. Lange tanzten sie eng umschlungen vor Maruja und sahen sich in die Augen. Sie bemerkten schließlich, daß sich das Mädchen nicht nur schrecklich langweilte, sondern daß ihr auch die Augen zufielen (wohl vor Müdigkeit; »immer dieser Murcianer, der muß ja ganz schön rangehen«, hatte Luis gewitzelt. »Ein Arbeiter mit all dem sozialen Bewußtsein, das du dir wünschen kannst, Tere, aber das muß sich erst noch zeigen, ein bißchen zurückhalten könnte er sich allerdings schon und das Mädchen mal eine Nacht in Ruhe lassen ...«), da beschlossen sie, andere Lokale aufzusuchen, von denen sie meinten, sie würden Maruja besser gefallen und seien ihr vertrauter – genauso wie ihnen: imitierte Weinkeller und kleine Tavernen, wo man Wein trinken und mit Fremden plaudern konnte. Doch Maruja schien zwar glücklich, aber es gelang ihr nicht, ihre starke Benommenheit abzuschütteln; sie war abwesend, starrte ins Leere, beachtete weder die beiden noch ihr Geschmuse: Längst war sie nicht mehr die Antriebswelle ihres Glücks. Sie beschlossen, zur Villa zurückzufahren.

Auf dem Rückweg sangen sie (wie albern kam ihr das jetzt im nachhinein vor) Volkslieder aus der französischen Resistance und Partisanenlieder (*»Ah, compagnon ...!«*), die sie nach einer Schallplatte von Yves Montand, die Teresa besaß, gelernt hatten. Vor dem Haupteingang stiegen sie aus dem Wagen und verabschiedeten sich von Maruja, die sich zwar schläfrig, aber sehr zufrieden bei ihnen bedankte, sie selber machten einen kleinen Strandspaziergang. Jetzt, da sie allein waren, geschah etwas Seltsames: Luis' lebhafte Geselligkeit verschwand plötzlich, und an ihre Stelle trat eine Art feierliche Klarheit, unübertragbar, die sich der beiden für den Rest der Nacht zu bemächtigen drohte. (›Warum, zum Teufel, mußte es mir gerade in diesem Augenblick einfallen, von Paco Lloveras und Ramón Guinovart zu reden, den letzten, die nach Paris ins Exil gegangen waren?‹) Sie sprachen über einen Gedichtband von Nazim Hikmet, der an der Universität von Hand zu Hand ging und den Teresa Luis zu leihen versprochen hatte. Nahe am Ufer betrachtete sie im Mondlicht das Erinnerungen heraufbeschwörende, ernste Profil des ruhmreichen Studenten, der im Gefängnis gewesen war, und sie dachte an Hikmet:

Tu es sorti de la prison
et tout de suite
tu as rendu ta femme enceinte

– das paßte gut zu der süßen Erregung, die das Gleiten der Fingerknöchel über die Hüften hervorgerufen hatte, sie wartete, hoffte auf eine Reaktion von ihm (*Tu la prends par le bras – Et le soir tu te promènes dans le quartier*), zu der es nicht kam. Luis hüllte sich weiter in ein Schweigen, das seinen engsten Freunden wohlvertraut war, das mußte die Folter sein. Ihr kam es in den Sinn zu sagen: »Denk nicht mehr daran«, mit einer sonderbar fremden Stimme, und eine peinliche Situation entstand. Zweifellos um die Situation zu retten, benahm sich Luis plötzlich etwas eigenartig, gab Kostproben einer kindischen, albernen Fröhlichkeit, die sie wütend machte, wie ein kleiner Junge nutzte er jede Gelegenheit: »Sieh mal, da, es brennt Licht in der Villa«, sagte er, während er sich an ihre Schulter schmiegte, sich daran rieb und auf die erleuchteten Fenster des Hauses wies: »Guck mal! Siehst du's? Siehst du's? Wer wird das sein? Diebe, hm?« – »Wer soll das schon sein? Maruja, die noch etwas zu tun haben wird ... Mensch, laß doch den Unsinn, du wirst ja ganz albern ...« Und etwas später, als sie unter den Pinien waren: »Guck doch mal, du hast ein Tier auf dem Knie!« Und dann betätschelte er sie verstohlen. Wirklich peinlich. So hatte sie sich das nicht vorgestellt. Was war passiert? Sie befanden sich in einer tiefen Grube voller großartiger Exilanten, angeführt von Nazim Hikmet. Das intellektuelle Alibi hielt nicht lange: In einem geeigneten Moment warf Teresa sich ihm an den Hals und zwang ihn, sie richtig zu küssen. Für einen Augenblick verschwanden die ehrwürdigen Schatten von Paco Lloveras und seinen Freunden, und Paris mit ihnen. Da, als er schon im Begriff war, den Kopf zu verlieren, meinte Teresa, es sei besser, sie gingen zur Villa zurück, redeten dort weiter und tränken etwas dabei. Das war ein Fehler. Diese plötzliche Entscheidung, sagte sie sich jetzt, war wahrscheinlich ihre Schuld an dem, was geschehen war, ihr Beitrag zu dieser gescheiterten und beschämenden Nacht. Denn wenn Luis widersprochen und sie beharrlich weitergeküßt hätte (eigentlich hätte er sie nicht erst jetzt, sondern schon früher nötigen müssen, sich neben ihn in den Sand zu setzen, anstatt immer weiter herumzulaufen), hätte sie nur sanften Widerstand geleistet, aus Gründen der Bequemlichkeit (hätte etwa gesagt: »Hier nicht, hier ist es zu feucht«), was schon eine vorläufige Zustimmung dazu beinhaltet hätte, zusammen ins Bett zu gehen, und damit hätte sich vielleicht dieser verdammte Schleier von Unsicherheit aufgelöst, der sie umgab. Aber Luis sagte nichts, und auf dem Rückweg ging er einige Meter vor ihr her und hüllte sich in unangenehmes Schweigen, das alles noch schwieriger machen sollte.

»Schau mal, deine Diebe haben schon das Licht ausgemacht«, sagte sie lachend, bemüht, wenigstens den Humor zu bewahren.

Luis beschleunigte seine Schritte und trat im Gehen nach den Büschen.

Teresa kam mit einer Flasche Gin, Eis und Gläsern auf die Terrasse, und sie legten sich in zwei Liegestühle, neben ihnen dudelte das Radio. Sie waren so frustriert, daß sie – diesmal beide – noch einen Fehler machten: Sie fingen an, über Politik und die Studentenbewegung zu reden. Zunächst bemerkten sie es gar nicht, alles war noch immer nur ein Reflex jener nervösen Spannung, die sie veranlaßt hatte, Maruja einzuladen, ihr Sandalen zu schenken, überstürzt nach Blanes zum Essen zu fahren, zu tanzen, am Strand spazierenzugehen und zu noch anderen nutzlosen Artigkeiten. Und siehe da (innere Geheimnisse jener Studentengeneration von Helden), diese Diskussion über so ernste Themen nahm sie seltsamerweise und unausweichlich mehr und mehr gefangen, ohne daß sie es wollten, und plötzlich entdeckten sie, daß sie in eine neue Falle gegangen waren.

»Ja, Tere, meine Liebe, ich stimme dir zu«, sagte er etwas gereizt, »daß sich die gegenwärtige Situation des Sozialismus in bezug auf den Kapitalismus auf der ganzen Welt verändert hat, aber es ist eine qua-li-ta-ti-ve Veränderung, keine quantitative, verstehst du? Außerdem, warum willst du jetzt unbedingt darüber reden?«

»Wer? Ich? Ach was! Du sollst nur wissen, daß ich es sehr wohl verstehe, du Alleswisser, und daß ich deshalb eine der ersten war, die im Oktober auf die Straße gegangen sind ... Reichst du mir bitte mal die Flasche ... Ich verstehe es, ja, und deshalb war ich häufiger in der Fabrik deines Vaters als ihr alle zusammen, wenn es auch nicht viel genützt hat, und deshalb habe ich mehr Versammlungen, mehr Kontakte, kurzum mehr Einigkeit gefordert. Und deshalb sitze ich jetzt mit dir hier und rede über all das ... Natürlich, ich weiß schon, daß man das von außen immer häufiger als Friedenspolitik bezeichnet, ohne daß es auch nur im entferntesten einen Rückzug im Kampf um das Endziel bedeutet (›Wo habe ich das bloß gelesen?‹), aber man muß auch die Verhältnisse berücksichtigen ... Du, hör auf zu trinken, du machst die Flasche ja ganz alleine leer, und nachher weißt du nicht, wohin mit deinen Händen ... (sie dachte dabei natürlich ans Autofahren, aber der Studentenheld lächelte, jetzt allerdings sehr matt, über das, was er für eine aufreizende Anspielung hielt). Wo war ich gerade? Ach ja ... Na gut, lassen wir das.«

Aber diesmal ließ er nicht locker:

»Ich rede niemals einfach so über Politik, Tere. Ich sag dir nur eins: Die Rückwirkungen der allgemeinen Krise des Kapitalismus können wir Bürgersöhne aufgrund der leidigen Perspektivgebundenheit nicht immer ermessen, aber in fünf Jahren wird man es ganz deutlich sehen können. Es hat doch alles gerade erst angefangen.«

»Krise?« fragte sie erstaunt. »Du bist gut, mein Junge! So eine Krise gibt es doch gar nicht. Der Mangel an Initiative und die Unbeweglichkeit der bürgerlichen Opposition, nehmen wir einmal an, es gäbe eine solche Opposition, denn ich kenne nur eine Handvoll Leute, und du bist einer davon ...«

»Danke, meine Süße.«

»... bedeutet nicht, daß wir uns in einer Krisensituation befinden. Schau dir zum Beispiel Papa an. Du weißt ganz genau, daß er sich nur in dem Maß in der Opposition engagieren würde, wie er seine Einnahmen sinken sähe. Aber sie sinken nicht, sie steigen, und so wird es noch viele Jahre weitergehen.«

»Aber was redest du da, das ist doch schrecklich konfuses Zeug! Es ist zum Verzweifeln, Tere, du bringst aber auch alles durcheinander! Aber sag mal, was für eine Vorstellung hast du überhaupt von den Oppositionsparteien? Und willst du vielleicht den Ernst der wirtschaftlichen Lage bestreiten?«

»Ernst, für wen? Für Papa nicht. Merkst du was? Du verwechselst den allgemeinen Lebensstandard mit der Kaufkraft einer privilegierten Klasse und ...«

Das klang mehr als je zuvor nach irgendwo angelesenen Phrasen, mit Stahl und Zement zu leblosen Blöcken gegossen und gefroren vor Kälte wie die Referate in den Arbeitsgruppen. Leere Worte. Sie ahnten vage, daß nichts von dem, was sie da redeten, zu ihrer Wirklichkeit in Beziehung stand (›Warum, warum nur gerade in dieser Nacht?‹), und das war es, was sie ärgerte, nicht daß sie sich nicht einigen konnten; und dazu hatten sie das Gefühl, sich immer mehr voneinander zu entfernen. Und das schlimmste war, daß sie sich außerdem – das war wirklich kühn von ihnen – einander gegenüber statt nebeneinander gesetzt hatten, und jetzt, wie Lungenkranke in ihre Liegestühle versunken, in die Dunkelheit der Nacht gehüllt, konnten sie sich nicht mal auf die Schulter klopfen, um ihre Verstimmung zu verbergen; sie sahen sich kaum und hatten auch nicht die Kraft, sich zu rühren. Mit einer unwirschen Kopfbewegung schüttelte Teresa das Haar. Sie seufzte. Jede Minute Schweigen barg eine ganze Ladung Sprengstoff: Sie konnten nicht vermeiden, daß die Pausen bedeutungsvoller waren als ihre Worte. Teresa dachte, vielleicht sei nur sie sich der unangenehmen Situation bewußt, in der sie sich befanden. ›Ob ich ihm wohl nicht gut genug gefalle, ob ich Unsinn geredet habe wie eines dieser bürgerlichen Dummchen, die er nicht ausstehen kann?‹ Luis schien mit seinem weißen Pullover aus der Nacht aufzutauchen und jedesmal, wenn er sich in den Liegestuhl zurückfallen ließ, wieder in ihr zu versinken. Jetzt hatte er sich ganz flach ausgestreckt. Trotzdem konnte er Teresas übereinandergeschlagene Knie sehen, die sich vom gelben Hintergrund ihrer Shorts abhoben; sie waren wie zwei blankpolierte schwarze Äpfel, noch schwärzer als die Nacht.

»Hör mal«, sagte er, »du weißt ganz genau, wenn ich über diese Dinge rede, bin ich kein Gefühlsmensch. Nicht mal ein Intellektueller. Neulich erst habe ich zu Modolell und Jordá gesagt: ›Ich habe den Vorteil, keinen künstlerischen Ehrgeiz zu besitzen.‹«

»Mein Junge, ich verstehe nicht, worauf du hinauswillst.«

»Will sagen, daß ich Realist bleiben will. Du sprichst davon, Arbeitsgruppen zu bilden, mehr Kontakte aufzubauen, und zwar mit unten (so hatte er es nicht sagen wollen, aber nun war es heraus; ›Hoffen wir, daß sie es nicht falsch versteht‹). Na gut, ich sehe das anders. Hundertmal hab ich dir schon gesagt, daß die Universität Leute braucht, die jeden Tag dazu bereit sind, auf die Straße zu gehen, die sich nicht zusammensetzen, um heilige Texte zu lesen, was immer damit endet, daß man nebensächliche Diskussionen über die verdammte Sexualität führt (das hatte er auch nicht sagen wollen) und Platten mit Partisanenliedern hört. Nein, liebe Tere, nein, mein Schatz ... Die Studenten fangen endlich an, die Augen aufzumachen, wir gehen nicht mehr auf die Straße, bloß um Krach zu schlagen, wir gehen für eine Sache auf die Straße, im Namen einer Sache. Ist dir das zu wenig?«

»Das habe ich nicht gemeint. Jedenfalls, du siehst ja, was es gebracht hat: Alles wird wieder genauso sein wie früher. Ich glaube ...«

»Es ist nicht mehr wie früher. Wir haben uns organisiert, zum ersten Mal wissen wir, was wir wollen.«

»Noch nicht richtig. Ich glaube, man müßte lernen, lernen und noch mehr lernen. Vor allem die Mädchen.«

»Da irrst du dich.«

Während Luis das sagte, kniff er die Augen zusammen: Teresa hatte gerade die Hand in den Ausschnitt ihrer Bluse geschoben. Sie bemerkte seinen Blick, und plötzlich kam ihr der

Gedanke, daß vielleicht, wenn sie aufstünde und ihn bäte, ihr beim Zuknöpfen zu helfen, wenn sie sich dazu entschließen könnte ... (eins – zwei – und ...).

Auf einmal sagte er: »Kam mir so vor, als hätte ich unter den Pinien das Motorrad deines hübschen *xarnego* gesehen.«

Teresa schwieg eine Weile. Sie hörte auf, an sich herumzufummeln, ihr war kalt, sie schlug sich den Kragen ihrer Bluse hoch und seufzte schließlich.

»Es ist nicht *mein xarnego*«, sagte sie. »Und was sein Aussehen betrifft, er ist in der Tat sehr hübsch, es ist geradezu ... erschreckend, wie hübsch er ist.«

»Aha!« entfuhr es dem Studentenhelden. »Erwischt! Jetzt hab ich dich erwischt! Du bist verrückt nach ihm, genau wie Maruja, aber als achtbare Señorita bist du ihr gegenüber erheblich im Nachteil.«

»Genau, mein Junge, meine Bestimmung ist es zu leiden«, murmelte Teresa ironisch.

»Du solltest eigentlich wissen«, dozierte er jetzt, »daß es absurd ist, von Bestimmung zu reden, ohne sie mit dem sozialen Kontext in Zusammenhang zu bringen, in dem man lebt.«

»Bitte red nicht noch mehr Blödsinn, Luis.« Auch sie ließ sich in ihren Liegestuhl zurückfallen, und es war, als hätte die Nacht sie plötzlich verschluckt. »Ich hab den Jungen nur ein einziges Mal gesehen, letzten Winter, als er Maruja einmal nachts nach Hause brachte, und ich hab dir gesagt, daß er auf mich großen Eindruck gemacht hat. Spaß beiseite, was Maruja mir über ihn erzählt hat, ist nicht uninteressant, das konntest du ja selbst feststellen.«

»Maruja hat kein einziges vernünftiges Wort über ihren Freund gesagt.«

»Mach dich bitte nicht über sie lustig. Was willst du, das arme Mädchen hat nur eine sehr vage Vorstellung von allem. Natürlich hat sie sich verhaspelt, als sie es mir erzählt hat, aber ich hab sofort verstanden, daß Manolo ausgezeichnet vorbereitet ist, auf seine Weise vielleicht besser als wir. Wenigstens hat er richtige Kontakte mit unten ...«

»Das glaube ich nicht.«

»Warum nicht?«

»Weiß ich nicht, aber ich glaube es einfach nicht. Meinst du, nur weil er bei *Marítima y Terrestre* arbeitet?«

»Ich weiß nicht, wo er arbeitet, das konnte Maruja mir nicht sagen, du weißt ja, daß sie Namen nie behält. Aber damals hättest du ihn sehen sollen. Die schlechte Laune, die der hatte, vergißt man nicht, und auch nicht seinen Blick, er ist einer von denen, die mit beiden Beinen fest auf der Erde stehen. Er hatte diesen Ernst, diesen Stolz der Arbeiterklasse, verstehst du? Etwas, was du und ich nie haben können.«

»Ach was!« winkte Luis ab. »Er wird einer von *Felipe* sein oder ein Anarchist, und auch das muß sich erst noch herausstellen. Die Sorte kenne ich. Sehr theatralisch. Sie sind zwar guten Willens, aber es fehlt ihnen an Bewußtsein und Methode. Überzeug dich doch selbst und sprich mal mit ihm, dann wirst du merken, wie konfus seine Gedanken sind. Er gefällt dir halt einfach, weil er ein hübscher Junge ist, und warum auch nicht, aber gib es wenigstens zu, verdammt.«

»Luis, du wirst unerträglich, wirklich!«

Der Held wurde wach, richtete sich auf und stieg wieder aufs hohe Roß.

»Schon gut, nimm's nicht so ernst«, sagte er mit angestrengt würdevoller und sehr politisierter Stimme. »Du weißt doch, daß mir diese verdammte Uneinigkeit große Sorgen macht. Ich bewundere sie alle, wirklich, ich sehe ja ein, daß sie tun, was sie können. Ich wollte nur einen Witz machen.«

Teresa setzte sich wieder so hin wie vorher: mit übereinandergeschlagenen Beinen, eine Sandale an ihrem Fuß baumelnd, mit verschleierten Augen, starr auf ihren Freund gerichtet. Es entstand eine bedrückende Stille. Man hörte die Zeit tröpfeln, die Sekunden, wie Wassertropfen aus einem nicht richtig zugedrehten Hahn. Themawechsel. Noch immer quälten sie sich lustlos herum mit irgendwelchen Meinungen über das, was sie zuletzt gelesen hatten: Teresa war von einem Roman von Juan Goytisolo begeistert *Trauer im Paradies* (»Ich leih ihn dir, erinnere mich nachher daran ... Er liegt auf meinem Nachttisch«), und Luis sprach von »Ich bitte um Frieden und um das Wort« von Blas de Otero. Sie goß sich noch einen Gin ein. Luis faselte jetzt von sexuellen Problemen der spanischen Jugend (noch ein Fehler, sehr schwerwiegend diesmal), er hatte den Oberkörper wieder vorgebeugt und unterstrich seine Worte mit weit ausholenden Gesten, sein Kopf war auf die Brust gesunken, als belaste ihn das Gewicht der Sterne. Sie diskutierten. Ihre Augen schienen sich gegenseitig zu rufen, aber ihre Münder redeten immer weiter, über Dinge, die sie längst auswendig wußten. Vielleicht unter der Wirkung des Alkohols gewann Teresa den Eindruck, daß andere Personen in ihr waren und sich ihres Willens bemächtigt hatten. Sie begriff, daß sie dieser Sackgasse niemals entfliehen würden, wenn nicht einer von ihnen sofort etwas unternähme. Es hätte zum Beispiel genügt, daß er ihre Hand genommen hätte, als sie ihm die Ginflasche reichte, oder daß er auf die Idee gekommen wäre, ihr die Sandale anzuziehen, die sie von ihrem Fuß hatte rutschen lassen, oder irgend etwas anderes, das körperliche Nähe bedeutete. Da er aber anscheinend nicht zu einem ersten Schritt in der Lage war, beschloß sie, ihn selbst zu tun; schon zärtlich gestimmt durch ihre eigenen Gedanken, bedauerte sie, zu dem Jungen vielleicht etwas zu hart gewesen zu sein, er war doch so schüchtern wie alle Helden und brauchte in Schlachten wie dieser Unterstützung. Sie stand lächelnd auf und nahm Luis die Ginflasche aus der Hand.

»Ich denke nicht daran zuzulassen, daß du dich betrinkst, hörst du?« sagte sie und nutzte die Gelegenheit, ihm mit der Hand durchs Haar zu fahren, einmal, zweimal, dreimal, ihren Körper an seine linke Schulter schmiegend. Gleichzeitig, mit einer gewissen Beklemmung über den Mißklang zwischen ihren Worten und den Bewegungen ihrer Hand (wie Musik, die nicht mit der Entwicklung eines Ballettanzes übereinstimmt), sagte sie, um die Kühnheit dessen, was sie da tat, abzuschwächen: »Man muß doch einsehen, Luis, daß in diesem Land noch viel geschehen muß. Und es wird dir nicht gelingen, alles von heute auf morgen zu verändern. Nicht mal wenn wir den größten Teil unserer Jugend opfern, wird es uns gelingen, den Lauf der ...«

Als sie den Eindruck hatte, er schicke sich an aufzustehen, drehte sie sich um und ging in ihr Schlafzimmer, um die Flasche Gin da hinzustellen. Ihre Beine fingen an zu zittern, als sie hinter sich seine Schritte hörte. Und als sie sich umdrehte, Überraschung vortäuschend, lag sie schon in seinen Armen.

Obwohl ihr das jetzt alles nur noch grotesk erschien, vor allem wegen des eigentümlichen Gehabes eines Halbgottes, das Luis Trías de Giralt an sich hatte, war es doch ein langer, schwieriger Weg gewesen (und der falsche, wie sie gerade verbittert feststellen mußte), der Weg, den das Mädchen bis dahin zurückgelegt hatte. Teresa Serrat war, und das ist durchaus ernst gemeint, eine jener entschlossenen und leidenschaftlichen Studentinnen, die irgendwann in jenen Jahren festgelegt hatten, daß ein Mädchen, das mit zwanzig noch nichts von Männern versteht, niemals irgend etwas verstehen wird. Und man muß dieser Überzeugung das Verdienst zugestehen, Treue zu einer Idee und Hingabe daran, jugendlichen Großmut und ein empfindsames Wesen ausgebildet zu haben (was freilich übel zugerichtet werden würde, man denke nur an dieses Land und an unser aller Untreue gegenüber unseren Ideen). Hätte aber jemand, und sei es einer, dessen Standfestigkeit Teresa stark beeindruckt hätte (wie etwa Luis, der sie bis heute bezaubert hatte), ihr vor Augen geführt, daß ihre Solidarität mit einer bestimmten Ideologie, die ganze Geschäftigkeit, die sie in und außerhalb der Universität entfaltete, um Demonstrationen zu organisieren und anzuführen, und vor allem die herausragende Rolle, die sie bei den berühmt gewordenen Ereignissen im Oktober gespielt hatte, daß all das in Wirklichkeit nicht mehr war als der in andere Bahnen gelenkte Ausdruck eines tiefen, verschütteten Verlangens, sich in einer Nacht wie dieser in den Armen eines Helden wiederzufinden und sich in eine moderne Frau zu verwandeln, dann hätte sie das natürlich nicht geglaubt, nicht einmal verstanden. Aber es war genau das: ein unbewußtes und mühsames Hinarbeiten darauf, daß man sie ein für allemal von einem Komplex befreie, eine Operation, von der sie immer sagte, eine Frau müsse sich ihr eigentlich mit derselben ruhigen Gleichgültigkeit unterziehen, mit der man sich einer Blinddarmoperation unterzieht, denn es handelt sich dabei um ein nutzloses und störendes Organ, das nur Schwierigkeiten macht. Und trotz einer gewissen natürlichen Veranlagung, die man nicht vergessen darf (Maruja hatte es zwar vulgär, aber sehr treffend ausgedrückt: »Die Señorita ist heute sehr fickerig«), siegten die geistigen Bedürfnisse über die fleischlichen, das sei der Unschuld und der bedrängten Keuschheit unserer jungen Studentinnen zu Ehren gesagt.

Deshalb – aus reiner Kameradschaft, würde sie später in einer köstlichen und beinahe vollkommenen Zusammenfassung sagen – ließ sich Teresita Serrat jetzt zur Schlachtbank führen, widerstandslos und etwas verwundert, als sie entdeckte, daß auch der Held zitterte. Er nämlich, vielleicht um dem Moment seine Feierlichkeit zu nehmen, ein Überbleibsel ihrer beider bürgerlichen Erziehung, die sie niemals genug würden verfluchen können, er gähnte mit kläglich vorgetäuschter Sicherheit, während er ihre Taille umfaßte und sie zum Bett zog. Sie sprach immer noch über einen Studenten, der im Gefängnis war (wer hätte gedacht, daß der Ärmste selbst in diesem Schlafzimmer der edlen Sache der Zukunft dienen würde), mit erbärmlich gekünstelter Stimme ... Nichts. Sie bemerkten sofort das Fehlen eines bestimmten Rituals, die Notwendigkeit eines heiligen Feuers, verstanden jetzt erst den Grund für gewisse scheinbar nutzlose Zeremonien ... Unter keinen Umständen hätte das aber etwas geholfen. Denn schon bei den ersten Umarmungen, als sie noch angekleidet vor dem Bett standen, ahnte sie, daß er sie nicht würde befriedigen können; sie hätte jetzt niemand Bestimmtes lieben wollen, weder Luis noch irgend jemanden sonst, sondern einfach ein Wesen ohne Persönlichkeit, ohne Gesicht, ein bloßes Gewicht, süß und fremd, von dem sie geträumt hatte, natürlich am besten das

Gewicht von jemandem, der auch für die gemeinsame Sache kämpfte, aber kaum bekannt war, nur ein starker Körper, ein Stöhnen im Dunkeln, liebevolle Worte, ein Streicheln über ihr Haar, mehr nicht, mehr verlangte sie nicht. Und was den Akt als solchen betrifft: ein verschwommenes Bewußtsein davon, wie im Traum, ohne ihn ganz in der Wirklichkeit zu erleben, ohne Schmerz, eine richtige Blinddarmoperation. Paradoxerweise ähnelte ihr Traum ein wenig dem jener ältlichen, immer noch jungfräulichen Prinzessin, von der man sich die Anekdote erzählt, daß sie in Kriegszeiten voll heimlicher Vorfreude darauf wartet, daß der Palast von einem einfallenden Heer gesichtsloser Soldaten gewaltsam erobert würde. Doch in Wirklichkeit hatte dieses Bett weder etwas von dem zweckmäßigen, narkotisierenden Charakter eines Operationssaals noch von der entschuldbaren Schutzlosigkeit gewisser Paläste, und Teresa entdeckte jetzt, daß sie auf der Seite lag – noch immer angezogen –, bei vollem Bewußtsein neben einem scheuen, aber sehr konkreten Wesen, das anscheinend nicht einmal Zeit haben würde, sich auszuziehen, Luis Trías de Giralt, der ersehnte Führer, der erwählte Chirurg, schwitzend jetzt, zitternd, verängstigt, Maruja, verängstigt, unglaublich unbeholfen und steif, Manolo, steif – ›Señor, wer hätte das gedacht?‹ – und schließlich völlig aufgelöst.

Kurz vor dem Ende, nach einigen vereinzelten Reaktionen, rief die extreme Baisse auf beiden Seiten Mutlosigkeit und Erschöpfung hervor, und es herrschte Niedergeschlagenheit bis zum Börsenschluß.

Staatliche Börsennachrichten

Sie konnte jetzt nicht mehr einschlafen, kämpfte vergeblich darum, es zu vergessen. Sie wußte nur, daß es so gewesen war, als ob jemand sich in ihren Armen übergeben hätte oder gestorben wäre. Ihr war kaum Zeit geblieben, die Bluse aufzuknöpfen. Ebensowenig hatte sie Zeit gehabt, sein Gewicht zu spüren. Er lag auf der Seite, wie ein Vogel an ihren Schultern festgekrallt und sein feuchtes Gesicht an ihrem Hals verbergend, als befürchte er eine Strafe des Himmels, da begann er plötzlich zu zittern, und seine Finger bohrten sich entsetzlich tief in ihre Arme (›Was macht er da, dieser Trottel, was macht dieser Trottel bloß?‹), er wurde ganz klein, stieß einen leichten Kaninchenschrei aus und machte sich klammheimlich davon.

Und das war alles. Sie, unberührt, befremdet, gedemütigt, sterbend vor Scham, drehte sich wieder auf den Rücken (›Nie wieder, nie wieder‹), und nach einer Weile, während der nicht einmal eine Fliege zu hören war, merkte sie, daß er nicht mehr neben ihr lag – bis dahin war ihr die Stimme noch nicht ins Bewußtsein gedrungen, die kleinmütig verkündet hatte: »Ich gehe ins Bad« –, und sie hörte, wie im Badezimmer das Wasser lief. ›Wenn er zurückkommt, wird er mit Freud anfangen!‹ dachte sie. Dann, sehr viel später – auch wieviel Zeit vergangen war, wußte sie nicht –, hörte sie das Motorrad von Marujas Freund, und da befiel eine unendliche Traurigkeit ihren ganzen Körper, eine seltsame Sehnsucht nach der Kindheit, eine plötzliche, süße Schläfrigkeit wie die, welche sie als Zehnjährige empfunden hatte, welche sie witterte und zärtlich aufspürte in der Wärme und im Geruch des Kopfkissens; scheu und zusammengekauert saß sie da, aus einem Gefühl von Einsamkeit und Hilflosigkeit heraus ließ sie den Kopf auf die Brust sinken wie ein verletztes Tier. Sie wußte, daß das Fenster offen war, daß die Sterne wunderschön am Himmel leuchteten, daß die Brandung sie die ganze Nacht vergeblich in den Schlaf wiegen würde und daß unten, irgendwo im Pinienwald, gerade ein Junge mit schwarzem Haar und seltsam verzerrtem Blick, glühend noch vom Ungestüm anderer Küsse, mit seinem Motorrad weggefahren war. Was für eine Lüge, was für eine unerträgliche Lüge, ihre Nächte an der Küste, diese Ferien einer schwindsüchtigen Señorita, dieses langweilige, feudale Schloß, das die Villa war!

Da sie jetzt wußte, daß sie nicht würde schlafen können, stand sie wieder auf, zog sich den Bademantel über und verließ das Zimmer. Sie durchquerte den Korridor im ersten Stock, knipste das Licht an und ging die Treppe hinunter. Gern hätte sie mit jemandem geredet, mit Maruja zum Beispiel. Erstaunlich, was ihr jetzt für Gedanken kamen: Da im Erdgeschoß, in dem kleinen, schäbigen Dienstmädchenzimmer, hatten sich zwei Wesen, zwei gesunde Kinder gesunder einfacher Leute, wieder einmal glücklich gemacht, hatten sich ohne Umschweife geliebt, ohne sich mit langen Vorreden und Nebensächlichkeiten zu quälen, ohne *arrière-pensée* und anderen Unsinn. Wie schafften sie das bloß? Waren sie verliebt? Vielleicht. Sie schliefen zusammen und verschworen sich, das war alles. Eine ideale Mischung. Und sie wußte, daß es nicht das erste Mal war, seit dem letzten Sommer wußte sie es. Eines Nachts war sie aus irgendeinem Grund in die Küche hinuntergegangen, da sah sie unter der Tür von Marujas Zimmer Licht. Sie hörte Stimmen. Der Versuchung, durch das Schlüsselloch zu gucken, konnte sie nicht widerstehen. Das Bild, das sich ihr bot, war von einer Schönheit, die sie nie im Leben vergessen würde: Maruja lag mit geschlossenen Augen und sanftem Lächeln auf dem Bett, und der Junge, der mit nacktem Oberkörper auf der Bettkante saß, ein dunkler Typ, ungekämmt, beugte sich langsam über sie, um sie zu küssen.

Sie erinnerte sich jetzt weder daran, daß sie auch in jener Nacht lange nicht hatte einschlafen können, noch an die genauen Einzelheiten des merkwürdigen Gesprächs, das sie am nächsten Tag mit Maruja gehabt hatte; vielleicht war es der letzte Tag am Strand gewesen: Die Rückkehr nach Barcelona und der Beginn der Vorlesungszeit standen unmittelbar bevor, das Wetter war nicht mehr sehr freundlich, es war wolkig und windig geworden, und zum Baden gingen nur noch sie und die Kinder, ihr Cousin und ihre Cousine, die immer von Maruja beaufsichtigt wurden. Gegen zehn Uhr vormittags war sie dem Dienstmädchen und den Kindern hinterhergegangen, dem Pinienwald zu, in demselben Bademantel, den sie auch heute trug, und mit einem Buch von Simone de Beauvoir, das ihr Luis Trías geliehen und das sie von der ersten Zeile an aufgewühlt hatte (»Es ist allgemein bekannt: Die heutige Bourgeoisie hat Angst«). Sie las im Gehen, die anklagenden Worte hüpften vor ihren Augen in der Sonne, und sie verspürte einen angenehmen Kitzel im Gewissen. Aus dem Pinienwald hörte sie vertraute Stimmen: Sie wußte, daß Onkel Javier, der vor ein paar Tagen aus Madrid gekommen war, um seine Frau und die Kinder abzuholen, mit ihrem Vater und dem Verwalter im Wald war; auf Bitten seiner Frau hin hatte Herr Serrat sich endlich, wenn auch ungern, bereit erklärt, einen Blick auf den Zaun zu werfen, der beschädigt worden war von »diesen Leuten, die sonntags hierherkommen, um ihre Freßgelage auf deinem Grund und Boden zu veranstalten und sich paaren wie die Hunde«, so Frau Serrat. Einige Meter vor Teresa ging Maruja mit Tante Isabels Kindern, die bei den ersten Pinien plötzlich losrannten, ohne daß das Dienstmädchen, das sich unbeobachtet glaubte, etwas getan hätte, um sie zurückzuhalten, außer lustlos ihre Namen zu rufen und irgend etwas vor sich hin zu murmeln, ein gelangweiltes und verärgertes Gebrumme, das mehr an sie selbst als an die Kinder gerichtet schien. Wenn Maruja ohne die Serrats mit den Kindern an den Strand ging, lief sie oft barfuß und trug ein weites, geblümtes Strandkleid, ärmellos und sehr kurz, das Teresa entsetzlich fand. An diesem Nachmittag machte Teresa, die ihr in zehn Metern Entfernung folgte, das Buch zu, lächelte wissend und beobachtete das Dienstmädchen aufmerksam. Der schleppende, müde Gang des Mädchens schien ihr jene deutlichen Spuren aufzuweisen, die, wie sie dachte, eine Liebesnacht auf den Körpern hinterläßt: Maruja ging mit ein wenig zurückgelegtem Kopf, der auf dem zarten Hals keinen festen Halt hatte, und ihre dunkelbraunen runden Arme hingen schlaff herunter, bewahrten noch etwas von der verschlungenen Erregung des Vorabends. Teresas Blick blieb lange, ohne daß sie gewußt hätte, warum, an den Kniekehlen haften, die sich gleichgültig beugten und die geringschätzige Wollust einer verheirateten Frau verströmten. Der Herbstwind preßte Maruja vorne das weite Strandkleid an den Körper, es war ein seliges Reiben des Rocks an ihren Schenkeln, und dann ließ er es in ihrem Rücken flattern wie ein loderndes Feuer: Für einen Moment sah Teresa vor sich das in Flammen stehende Morgen, die ungewisse fremde Zukunft des Mädchens, das einige Meter vor ihr ging. ›Woran wird sie wohl denken?‹ fragte sie sich. ›Früher hat sie mir alles erzählt ... Sie hat kein Vertrauen mehr zu mir.‹ Sie beschloß, als erstes zu fragen, ob der Junge, den sie in ihrem Zimmer empfing, ihr fester Freund sei. ›Ach was, wie albern. Was spielt das für eine Rolle, ob er es ist oder nicht?‹ Sie wußte nicht, wie sie anfangen sollte. Sie ging hinter ihr her wie damals, als sie noch Kinder waren.

Sie sah ihr fröhliches, braunes Gesicht, ein wenig über das ruhige Wasser des Staubeckens gebeugt; die Augen träumerisch halb geschlossen, als läse sie auf der von der Sonne glitzernden Wasseroberfläche ihr Schicksal als Frau, bedeckte sie ihre nackten kleinen Brüste mit den Händen: Jene Maruja, die als kleines Mädchen in einem Sommer in den vierziger Jahren in einem Bewässerungsbecken badete, war das Bild, durch das in gewisser Weise das Erstaunen von Teresas Kindheit beschlossen und der Weg freigemacht wurde für die aufregenden Wunder der Jugend. Sie würde es ebensowenig vergessen wie das, was das Mädchen damals gesagt hatte (»Eines Tages werde ich auch in Barcelona leben, Teresa, so wie du«), denn seitdem sie an jenem Tag zusammen gebadet hatten, war sie, so als hätte man plötzlich einen Lichtschalter an ihrem Ohr gedreht, empfänglich für ein gewisses elektrisches Summen, das das Leben aussendet: das Selbstbewußtsein. Das war vor sechs Jahren gewesen, als Teresa mit ihrer Mutter in die Sommerfrische auf das Landgut fuhr, das die Serrats in der Nähe von Reus besaßen (die Villa hatten sie damals noch nicht, und sie wohnten auch noch nicht in San Gervasio, sondern am Paseo de San Juan in Gràcia), und zwischen den beiden Mädchen eine enge Freundschaft bestand. Marujas Eltern bewirtschafteten das Gut und wohnten in einem Haus neben dem Gehöft, mit den Kindern und einer Großmutter, die ständig Blumen hin und her trug und das kleine Haus verwaltete, als wäre es ein Gutshof. Sie waren Andalusier, die aus einem Dorf in der Provinz Granada ausgewandert waren und schon auf dem Gut arbeiteten, als Teresas Vater den Besitz in der Absicht kaufte, ihn in eine der größten Hühnerfarmen Kataloniens zu verwandeln. Teresa war von den Ferien auf dem Landgut begeistert und fühlte sich vom ersten Augenblick an zu der sympathischen Wirtschaftersfamilie hingezogen (ganz andere Gefühle hegte sie für den Verwalter, einen »vermaledeiten Katalanen«, wie Marujas Großmutter sagte, einen schweigsamen Mann, der immer mit einem wie eine Beleidigung glänzenden Motorrad kam, dessen Reifen Teresa gerne aufschlitzen wollte, als hätte sie sich schon damals um diesen gespenstischen Lehrstuhl für Umsturz und Sabotage beworben, den sie heute an der Universität mit ihrem Freund Luis Trías innehatte). Die beiden Freundinnen spielten zusammen und pflegten sich alle ihre Geheimnisse und Wünsche zu erzählen. Marujas drei Jahre älterer Bruder arbeitete mit ihrem Vater auf dem Feld, und Teresa kam kaum mit ihm in Berührung. Damals war Maruja ein fröhliches und halbwegs wildes kleines Mädchen, das sich, wenn sie zusammen ins Dorf einkaufen gingen, über die Jungen lustig machte und Teresa ulkige und merkwürdige Sachen erzählte, die sie nach der Schule heimlich mit ihnen gemacht hatte. Die Señorita war erstaunt und voll Bewunderung. Maruja war ein Jahr älter als sie, ein Unterschied, der, was das gewisse Staunen betrifft, damals – in den vier Jahren zwischen Teresas elftem und ihrem fünfzehnten Geburtstag – viel spürbarer war als heute. Marujas natürliche Lebhaftigkeit und besonders ihr Aussehen, das sie zwei Jahre älter erscheinen ließ, beeindruckten Teresa, damals ein zartes Kind mit rosa Gesichtsfarbe und lieblichen, großen blauen Augen, die bei solchen Dingen und bei dem ungeheuren Wissen ihrer naseweisen Freundin nur Neugier und Schüchternheit ausdrücken konnten. Sie bewunderte die Tochter der Wirtschafter, denn Maruja war für sie das Sinnbild des Lebens schlechthin, mit ihren fröhlichen, funkelnden Augen, die frech in die Welt schauten, mit ihrer braunen Haut und ihren wunderbar unzüchtigen Körperbewegungen, mit ihrem schwarzen Haar, das ihre Mutter ihr jeden Tag andächtig kämmte (allein das Haar ihrer kleinen Tochter schien der Fürsorge jener hochgewachsenen, ernsten, schweigsamen – sie litt schon an der Krankheit, die sie drei Jahre später dahinraffen sollte – und überraschend vornehmen Andalusierin würdig zu sein, was Frau Serrat, die gewisse Obliegenheiten des Gutshofes vernachlässigt sah, außerordentlich mißfiel). Später, als Marujas Mutter starb und Frau Serrat vorschlug, das Mädchen mit nach Barcelona zu nehmen, damit es ihr bei der Hausarbeit helfe, war Teresa hocherfreut. Aber in Barcelona zerriß Marujas neue Stellung, die besondere Behandlung, die ihre Tätigkeit als Dienstmädchen verlangte, sehr bald das unsichtbare Band, das sie früher verbunden hatte, und durch Teresas Studium und den Gang der Zeit verschärften sich die Unterschiede, die seinerzeit schon das Geld geschaffen hatte, heimlich, ungeachtet jener Versprechungen, die ihnen das Leben eines Nachmittags, als sie im Stausee badeten und sich stolz ihre erblühenden Brüste zeigten, ins Ohr geflüstert hatte. Jetzt verband sie nichts mehr.

Maruja schien die Veränderung gar nicht wahrzunehmen, nur Teresa mit ihrem scharfsichtigeren und gebildeteren Verstand, tagtäglich neue Theorien aufnehmend, die in die Hörsäle der Universität vorgedrungen waren, bedauerte sie zutiefst. Sie liebte Maruja wie eine Schwester, gab ihr Ratschläge, schenkte ihr Kleider, sagte ihr, wie sie sich zu frisieren, zu kleiden und in dieser oder jener Situation zu verhalten habe. Einmal, vor einigen Monaten, bestand sie sogar darauf, das Mädchen ihren engsten Freunden vorzustellen (»Das ist Maruja, als Kinder spielten wir zusammen«), bei einem Fest junger Leute im Haus ihrer Eltern: Maruja kümmerte sich nicht nur wie gewöhnlich um die Getränke, wobei ihr Teresa half, sondern sie nahm, als das Fest schon zu Ende ging, auf ihre Weise auch daran teil, an der Seite der Señorita, in einem etwas zu engen Kleid und mit einem etwas einfältigen Lächeln. Glücklicherweise forderte man sie oft genug zum Tanzen auf, wie um ihre Gefühle nicht zu verletzen: einerseits wohl, weil das Mädchen zweifellos begehrenswert war (man konnte sie an sich drücken wie keine andere, und außerdem sagte sie nichts; sie war ein Engel), und andererseits, weil es in diesem Strauß milchbärtiger *señoritos* tatsächlich noch nicht die soziale Verkommenheit einer bestimmten Klasse gab. Das verhinderte aber nicht, daß sich das Mädchen – das nicht wußte, daß es dort für die Studentin einen neuen romantischen Mythos verkörperte, eine neue goldene Legende falsch verstandenen fortschrittlichen Denkens: die Kameradschaft um jeden Preis, ohne gesellschaftliche Schranken – schrecklich unwohl fühlte. Auf der anderen Seite wunderte viele das Vertrauen, das ihr ihre Señorita entgegenbrachte, zumindest am Anfang. Selbst Luis Trías de Giralt, der sich doch nie über irgend etwas wunderte und dessen gedankenverlorene Blicke (er war gerade aus dem Gefängnis gekommen) große, nahe bevorstehende Ereignisse schon ankündigten, sah sich damals zu der Frage genötigt: »Wer ist das hübsche Mädchen da?«, und als man ihn darüber aufklärte, daß es sich um das Dienstmädchen der Serrats handle, war er ganz bestürzt (für einen Moment befürchtete er wohl, Teresa und das Proletariat hätten die Revolution ohne ihn gemacht). Aber diese edelmütigen Bemühungen Teresas, Maruja in ihren Lebenskreis zu integrieren, zumindest bei gewissen privaten Festen – mehr konnte sie für sie im Moment nicht tun –, scheiterten einige Monate später endgültig aufgrund eines Vorfalls, der sich während der *verbena de San Juan* ereignete, bei der sie in Begleitung von Luis und Maruja erschien und wo man (wie man ihr später erzählte, denn sie hatte, angewidert von soviel Geistlosigkeit, das Fest verlassen, um mit Luis und ihrer Freundin Nené einen Spaziergang zu machen) Maruja, die eigentlich nur dort war, um dem Dienstpersonal zu helfen, dabei hatte beobachten können, wie sie in einer Ecke des Gartens einen Straßenjungen küßte, der sich selbst eingeladen hatte und den man nur deshalb nicht hinauswarf (wie der Sohn des Hauses mit verspätetem Schneid, der zunächst von dem schwarzen, majestätischen Blick des Murcianers gebannt worden war, im nachhinein erklärte), weil man glaubte, er sei einer jener Freunde Teresas, die niemand kannte. Nachdem man den Vorfall mit Maruja geklärt hatte, die vorgab, diesen unverschämten Kerl nicht zu kennen (wenn er ihr auch so übel nicht zu sein schien) und auch nichts mehr von ihm wissen zu wollen, brach Teresa angesichts des Wutanfalls, den der Sohn des Hauses bekam, in Lachen aus und nutzte die Gelegenheit, um sich einmal mehr über gewisse kleinbürgerliche Ängste lustig zu machen und die offensichtlichen Lücken im Verteidigungsapparat jener widerlichen Gesellschaftsschicht aufzuzeigen, der sie selbst angehörte ... Luis bremste diesmal seinen rhetorischen Drang und brachte die Mädchen nach Hause. Teresa sagte Maruja nicht nur, sie könne tun, was sie wolle, sondern auch, sie habe ihrer Meinung nach durchaus recht daran getan, sich inmitten so vieler heuchlerischer Freundinnen von einem Unbekannten küssen zu lassen. »Man muß ihnen zeigen, wie das Leben wirklich ist«, sagte sie. »Du warst großartig, Maruja, ich sehe, du lernst ständig dazu ...« Maruja, die neben ihr im Wagen saß, sagte nichts. Teresa fühlte sich von einer sonderbaren Erregung ergriffen. Sie sah die glühenden Wangen ihrer Freundin, den

Mund ohne Lippenrot, der geschwollen schien, so beneidenswert entjungfert, und in demselben Augenblick sagte ihr plötzlich eine innere Stimme, die ihre ganze Begeisterung störte, daß Maruja ihr niemals so fremd gewesen sei wie jetzt: Die einzige, die hier ein fortschrittliches Dasein führte, war jenes schüchterne und benommene Wesen. Das war eine so deutliche und einfache Wahrheit, daß Teresa, als sie sie entdeckte, eine unaussprechliche Traurigkeit verspürte. Maruja hatte sich nie von ihren avantgardistischen Ideen ins Schlepptau nehmen lassen, sondern war ihr immer voraus gewesen, unbemerkt und auf eigene Faust, sie brauchte keine Theorien irgendeiner Klasse zu verfechten, und es war offensichtlich, daß sie ihr schon ein schönes Stück voraus war – zumindest in sexueller Erfahrung; wer weiß, ob sie sich nicht längst von der verfluchten Jungfräulichkeit befreit hatte, dachte sie damals. Und jetzt, soviel bewies das, was sie gestern nacht bei dem Blick durch das Schlüsselloch entdeckt hatte, ein für allemal, konnte sie feststellen, daß ihr Verdacht berechtigt gewesen war. Sie empfand aufrichtige Zuneigung für das Mädchen und freute sich, daß es von jemandem geliebt wurde, aber gleichzeitig war sie überrascht und verwirrt, und all das blieb letztlich doch eine verborgene Quelle von Erregung und Neid. In ihrer Nähe fühlte sie sich genauso wie damals, als sie noch Kinder waren.

Teresa beschleunigte den Schritt, *schloß* zu Maruja *auf* und hängte sich freundschaftlich an ihren Arm. »Na, du stilles Wasser«, sagte sie. Das Dienstmädchen, das leicht erschrocken war, brach in Lachen aus. »Ja, das sind schon ein paar Teufel«, fügte Teresa hinzu und meinte die Kinder. »Aber du hast es bald geschafft, morgen fahren sie ab.« Maruja lachte von neuem, sagte, daß sie ihr eigentlich fehlen würden, es sei sehr lustig mit ihnen gewesen und sie habe sich nicht so allein gefühlt. »Da hast du wohl recht, Maruja«, stimmte Teresa ihr zu, »langsam langweilen mich diese Sommerferien auch, die gar nicht zu Ende gehen ... Aber in Barcelona langweile ich mich genauso. Weißt du was? Ich freue mich richtig, daß die Vorlesungszeit wieder anfängt.« Arm in Arm, mit übertriebener Aufmerksamkeit darauf, wo sie mit ihren Füßen hintraten (plötzlich war ihnen der Gesprächsstoff ausgegangen), drangen sie in den Wald vor, immer in der Nähe der Kinder. Im Hintergrund, mehr zur Villa hin, hörte man die Stimmen der Männer.

»Ziehst du dich nicht aus?« fragte Teresa, als sie an den Strand kamen; sie selbst legte den Bademantel ab.

»Heute bade ich nicht.«

Maruja verteilte die kleinen Schaufeln und die Spielzeugeimer unter die Kinder, die damit sofort zum Wasser liefen. Die Sonne versteckte sich hin und wieder hinter einer Wolke, und es wehte eine etwas unangenehme Brise. Teresa legte sich auf das Handtuch, das aufgeschlagene Buch auf dem Bauch (»Wir begannen uns mit der ungeheuren Frage auseinanderzusetzen: Sollte es möglich sein, daß unsere Zivilisation nicht die Zivilisation schlechthin ist?« schrieb Sartres Lebensgefährtin, Soustelle zitierend), sie sah Maruja an.

»Maruja, ich würde dich gerne etwas fragen ...«

Sie vergewisserte sich, daß die Kinder weit genug von ihnen weg waren, und tat etwas – vielleicht ein unbewußter Reflex jenes unbändigen Verlangens, über das sie mit Maruja reden mußte –, was sie schon oft getan hatte, allein, hier oder auf der Terrasse, aber nie im Beisein anderer: Sie ließ die Träger des Badeanzugs herunter, um ihre Brüste von der Sonne liebkosen zu lassen. Marujas Augen, die den am Strand entlanglaufenden Kindern folgten, blieben plötzlich auf den rosa Brüsten der Señorita haften, ohne daß sich ihr Gesichtsausdruck veränderte; ihre Gedanken waren ganz woanders. Als sie es dann bemerkte, huschte ein schwaches Lächeln über ihre Lippen, und sie sah Teresa an, die ebenfalls lächelte.

»Das macht mir Spaß, Maruja«, sagte Teresa und nahm das Buch wieder zur Hand. »Erinnerst du dich daran, wie wir als Kinder im Sommer im Staubecken des Landguts gebadet haben ...?«

Geistesabwesend hob Maruja eine Handvoll Sand vom Boden auf.

»Ja ... Du wolltest mich etwas fragen?«

(»Ob Proletarier oder Intellektueller,« schrieb Simone, »beide sind sie meilenweit von der Wirklichkeit entfernt. Ihr Bewußtsein erlebt Gedanken, Bilder, Gemütszustände, die der Zufall ihm eingibt, nur passiv; mal ist es die Außenwelt, die sie rein mechanisch hervorruft, mal entwirft sie das Subjekt selbst, das in den Wahnvorstellungen seiner Einbildungskraft gefangen ist.«) Teresa entschloß sich, in wenigen Worten und heiterem Ton eröffnete sie Maruja, was sie gestern nacht entdeckt hatte. Weder wollte sie die Gefühle des Mädchens verletzen, noch angesichts eines Verhaltens, das sie im Grunde billigte, die Schamhaftigkeit einer Unerfahrenen durchblicken lassen. So tat sie nur ihr Mißfallen und ihre Verwunderung darüber kund, daß die beiden ihre Rendezvous in der Villa stattfinden ließen, was sie als selbstmörderisch bezeichnete.

»Du Kindskopf, begreifst du nicht, daß man euch eines Tages bestimmt erwischen wird? Wenn nicht ich gestern nacht in die Küche gegangen wäre, sondern Mama oder Tante Isabel, stell dir mal vor, was dann los wär! Wer ist es denn, wenn man fragen darf?« Maruja begann zunächst leise zu weinen (sie hatte nicht begriffen, daß die Zurechtweisung nicht dem galt, was sie getan, sondern dem Umstand, daß sie es in ihrem Zimmer getan hatte), sie stammelte eine Reihe von Entschuldigungen – auch für ihren Freund –, welche die Studentin im Moment verunsicherten, sie aber sehr bald in Staunen und Begeisterung versetzten, denn sie deutete sie im Licht der sonderbaren Vorstellung, die sie von jungen Arbeitern hatte, die sich ein Leben lang abschuften (sie hatte entschieden, daß es sich bei dem Freund des Dienstmädchens nur um einen Arbeiter handeln konnte.)

»Wir werden heiraten, Señorita ...«, begann Maruja.

Teresa lächelte. Sie richtete sich auf, glitt zu ihrer Freundin hin und umarmte sie herzlich.

»Aber davon rede ich doch gar nicht, Mari. Warum weinst du denn? Bist du verliebt?«

Maruja nickte. »Du ... du wirst doch nichts sagen, nicht wahr? Du wirst mich nicht verraten, oder?« Manchmal duzte sie Teresa, wenn sie allein waren, niemals aber vor anderen, schon gar nicht vor der Familie; jedoch fiel Maruja, obwohl sie alles tat, das zu vermeiden, häufig ins Sie zurück, eine Willkürlichkeit aufgrund eines albernen Respekts, der Teresa aufregte.

»Ich sage bestimmt nichts«, versprach Teresa. »Wie lange trefft ihr euch schon hier in deinem Zimmer?«

»Einige Wochen. Wir werden heiraten ... Sag bitte nichts, Teresa, ich werde ihn bitten, nicht mehr hierherzukommen. Er ist nun mal so, wie er ist, aber ein guter Kerl, er ist so wie Sie, manchmal ist er so sehr – revolutionär, regt sich über jede Kleinigkeit auf ... Aber das schlimme dabei ist ... ich glaube, er muß sich manchmal verstecken, und deshalb kommt er zu mir. Nur deshalb.«

»Wie meinst du das?«

»Ach, ich weiß gar nicht, ob ich das erzählen darf, Señorita ... Ich trau mich nicht. Versprich mir, daß du es niemandem weitersagst!«

(»Eine Frau, die blutet und ein Kind gebiert, wird einen tieferen ›Instinkt‹ vom Leben haben als ein Biologe. Ein Bauer hat eine genauere Vorstellung vom Ackerboden als ein Diplomlandwirt«, hatte Simone ihr klargemacht.)

»Komm, stell dich doch nicht so an, sind wir etwa keine Freundinnen mehr? Warum sollte sich dein Freund verstecken, und vor wem?«

Sie war sich fast sicher, daß sie es wußte, wollte aber eine Bestätigung. Sie tat, als interessiere es sie nicht besonders, und ihr Blick blieb zwischen den Zeilen des aufgeschlagenen Buches hängen. Tatsächlich las sie zwischen den Zeilen, aufmerksam gegen jedes Wort von Marujita de Beauvoir, der beneidenswerten Genossin von Manolo Sartre oder Jean Paul Pijoaparte, ganz wie's beliebt.

»Nun ...«

»Es ist eine Sache, für die man sich wirklich schämen muß«, sagte Maruja. »Aber wenn er eines Tages herausbekommt, daß ich es dir gesagt habe, kriegt er einen Wutanfall. Und außerdem, daß man nichts dagegen machen kann, das ist das Unglück ...«

»Ist ja gut, Mari, beruhige dich, du sprichst doch nicht mit Mama! Nun erzähl mal, vielleicht kann ich dir ja helfen ...«

Maruja schluckte, sah die Señorita zweimal an und schüttelte zweimal den Kopf. Teresa, die in der einen Hand das Buch hielt und mit der anderen den Badeanzug an die Brust preßte, seufzte und legte sich wieder auf den Rücken, offensichtlich betroffen vom mangelnden Vertrauen ihrer Freundin. »Wie du willst, Maruja.« (»Jeder Bourgeois hat in Wirklichkeit ein Interesse daran, den Klassenkampf zu verschleiern«, flüsterte Simone ihr ins Ohr.)

»Es ist albern!« rief sie, ohne Maruja anzusehen. »Weißt du was? Du hast eine Menge dummer Vorurteile, Mari.«

Sie schob sich den Badeanzug wieder herunter. Die Sonne schien jetzt kräftig. Sie spürte eine behagliche Wärme, eine Injektion von Sanftmut ins Innere des Busens, aber plötzlich bedeckte sie nervös ihre Brüste mit den hohlen Handtellern. Das geschah mit besonderer Eile, aus Selbstverteidigung, aber ohne daß sie sich dabei etwas dachte. Sie wußte nicht, daß sich in Wirklichkeit eine seit langem herbeigesehnte Sinnlichkeit ihres Körpers und ihrer Gedanken bemächtigt hatte – sie ahnte nur vage, daß jener Junge, jener namenlose Arbeiter, in gewisser Weise die Entwicklung der Gesellschaft symbolisierte, wenn er die Villa und ihren eigenen müßigen Lebenswandel umschlich. Sie schloß die Augen, wollte mit den Händen die Wärme der Brüste bewahren, und ihre Brustwarzen, die frühreifen lila Trauben glichen, lugten durch ihre Finger. Und auf einmal war sie sich sicher; sie wußte nicht, ob es das jähe Einbrechen des Arbeiters in ihre Gedankenwelt war oder die sie liebkosende Sonne, was sie bis zu den Haarwurzeln erzittern ließ, aber etwas zwang sie dazu, sich aufzurichten; vielleicht war es das, was Maruja ihr gerade mit gespielter Entschlossenheit in der Stimme von ihrem Manolo beichten wollte; aber das Dienstmädchen kam schon am Anfang ins Stocken, traute sich nicht, das schreckliche Wort (Dieb) auszusprechen, das alles erklärt hätte, und der Gedanke an den geplanten Raub von Frau Serrats Juwelen entlockte ihr, wenn darüber auch noch nicht entschieden war, ein Schluchzen, das die Heldenphantasien der reichen Studentin endgültig entfesselte.

»Ich war mir sicher«, sagte Teresa, als spreche sie mit sich selbst. »Ich weiß nicht, wieso, aber ich war mir sicher. Wie hast du ihn kennengelernt?«

»Auf der *ver* ..., bei einem Treffen mit Freunden (›Der werde ich doch nicht sagen, daß es der von der *verbena* ist, sonst denkt sie noch, er hätte sich auch hier eingeschlichen, um etwas zu stehlen‹). Ja, bei jemandem zu Hause.«

»Er ist Arbeiter, nicht wahr? Ich war mir sicher.« Die Antwort interessierte sie gar nicht. In der Stimme der schönen Studentin schwang jetzt eine leise Niedergeschlagenheit mit, ein Anflug von Sehnsucht, wie in ihrer Kindheit, als sie ihre Freundin über gewisse Einzelheiten ihrer erregenden Streifzüge mit den Jungen ausfragte. Aus irgendeinem Grund, vielleicht weil sie plötzlich die übermenschliche Gegenwart des jungen Arbeiters spürte, zog sie hastig die Träger des Badeanzugs hoch. »Nimmt er dich oft zu diesen Treffen mit?«

»Eigentlich nicht ... Ach Teresa, ich sage ihm immer, ich flehe ihn an, daß er es lassen soll, daß es sehr gefährlich ist, daß es das beste wäre, wenn wir heiraten würden und unsere Ruhe hätten, aber er ...«

»Wo arbeitet er?«

Maruja, überrascht von dem Verlauf, den das Verhör nahm, wollte antworten, daß er leider nirgendwo arbeite, als Teresa schon hinzusetzte:

»Etwas anderes: Hilfst du ihm?«

Maruja wurde rot vor reiner, heiliger Empörung.

»Ich?! Um Gottes willen! Er ist verrückt, undankbar, erinnert sich nur an mich, um ...! Satt hat er mich, satt, satt!«

»Ist ja gut, beruhige dich«, sagte Teresa nachdenklich. »Und sag nicht so was. Es gibt Dinge, die du nicht verstehst, Mari.«

»Ich ...? Was kann ich denn schon machen? Ich liebe ihn, ich liebe ihn ... Und Sie, Sie wissen das Schlimmste ja noch gar nicht, Señorita, den Unsinn, den er sich jetzt in den Kopf gesetzt hat!«

Sie wollte das mit den Juwelen erzählen. Aber die Señorita schien ihr gar nicht zuzuhören; das heißt, sie hörte ihr schon zu, sah sie aber sehr merkwürdig an, ihr Gesichtsausdruck war der einer Musikliebhaberin: Durch das Blendwerk phantasievoller Schwärmerei sah sie das Dienstmädchen an, ohne es wahrzunehmen, und sie achtete weniger auf ihre Erklärungen als auf eine gewisse Musik, die sie aus ihren Worten heraushörte. Plötzlich lächelte sie, legte den Arm wieder um Marujas zitternde Schultern (»Es kommt alles wieder in Ordnung, Mari, mach dir keine Sorgen«) und sah dann verträumt aufs Meer hinaus. Sie dachte gerade daran, es Luis zu erzählen. Eine Überraschung: Die Situation im Land ist nicht so schlecht, wie einige denken, das Leben nicht so eintönig, wie man meint, in unserer Sommerfrische, dieser süßsauren Mandel und mit dem schlechten Gewissen einer Señorita. Es tut sich was, man arbeitet, man konspiriert ... Sie seufzte. Maruja wußte nicht, was sie jetzt tun sollte (nachher würde sie sich an eine merkwürdige Übereinstimmung erinnern: Eines der Bücher, das sie auf dem Bett der Señorita fand, als sie ihr Zimmer aufräumte, trug den Titel: *Was tun?*), und sie entschied sich dafür, sich wieder mit dem Rücken in den Sand zu legen und sich die Tränen zu trocknen. In diesem Moment hatte sich eins der Kinder, das ältere, von hinten angeschlichen und entleerte sein mit Wasser gefülltes Plastikeimerchen über Teresa.

»José Miguel, du Lümmel!« kreischte Teresa. »Komm bloß nicht in meine Nähe, oder du fängst dir eine! Guck mal, was du gemacht hast!«

Alles war naß geworden: der Bademantel, das Handtuch, die Zigaretten, das Buch von Simone de Beauvoir, Teresas blondes Haar und ihre sonnengebräunten Brüste. Sie war wütend. Ihr Cousin stand vor ihr, den Eimer in der Hand, rührte sich nicht vom Fleck und lachte. Teresa zog sich jetzt endgültig die Träger des Badeanzugs hoch. Maruja winkte den Jungen zu sich.

»Komm mal her, José Miguel.« Als er vor ihr stand, putzte sie ihm die Nase, zog ihm die Badehose über das Bäuchlein und entließ ihn mit einem zärtlichen Klaps auf den Po. »Paß gut auf deine kleine Schwester auf, daß sie nicht zu tief ins Wasser geht. Oder komm lieber mit ihr her. Wir machen ein Pfänderspiel.«

Teresa trocknete sich ab und sah dabei ihre Freundin traurig an. Schweigend drehte sie das Handtuch um und streckte sich wieder darauf aus. Maruja ließ sich rücklings in den Sand fallen. Ihr Kopf war kaum eine Handbreit von Teresas entfernt, und manchmal konnte sie aus den Augenwinkeln das so hübsche Profil der Señorita sehen, so sanft jetzt mit dem nassen blonden Haar und dem blauen Blick, der sich im Himmel verlor. Woran sie wohl denkt? Ob sie nicht noch mehr von Manolo wissen will? Natürlich. Ihr konnte niemand helfen.

»Nimm eine«, sagte Teresa und hielt ihr die Zigaretten hin. Ihre Köpfe, die sie zueinander geneigt hatten, um den Wind abzuschirmen, berührten sich über der lila Streichholzflamme. Für einige Sekunden schien es, als läsen die beiden in demselben Buch oder als teilten sie dieselbe müßige Neugier. »Wo wohnt er?«

»Wer? Manolo?«

»Ja.«

»Auf dem Monte Carmelo.«

»Monte Carmelo ...? Ach ja, ich erinnere mich.«

Plötzlich lächelte sie, als wäre ihr gerade etwas Lustiges eingefallen, und als sie weiterreden wollte, hörte sie hinter sich die Stimmen ihres Vater und die von Onkel Javier; nach deren Lachen zu urteilen, sprachen sie beide nicht über die Beschädigung des Zauns durch unzüchtige Liebespaare, die sonntags in Privatgrundstücke eindringen. Bevor die beiden bei ihnen waren, stand Maruja auf und ging zu den Kindern. Teresa begriff, daß sie wegging, damit sie nicht sahen, daß sie geweint hatte.

Das alles war nur das Ergebnis verworrener und unkontrollierter Gefühle. Maruja bereute das Geständnis, das sie der

Señorita gemacht hatte, und antwortete von da an nur ausweichend, wenn Teresa sie nach ihrem Freund fragte. Sie merkte, daß die Señorita sie nachgiebiger und sozusagen verständiger behandelte, als es ihrer Stellung im Haus entsprochen hätte. Oft ertappte sie Teresa dabei, wie sie sie bei ihren üblichen Verrichtungen (den Tisch zu decken zum Beispiel oder sich am Telefon zu melden) beobachtete, mit sonderbar starrem Blick, als forsche sie in ihren Bewegungen nach weiß Gott was für einem inneren Wesenszug, mit einem Blick, der sich, sobald Maruja ihn bemerkte, in ein freundliches Lächeln verwandelte oder in ein Augenzwinkern, das ein gewisses geheimes Einverständnis ausdrückte. Was dabei in jenem blonden Köpfchen vor sich ging, blieb für das Dienstmädchen ein Rätsel. Monate später, im Winter in Barcelona, als es das Schicksal wollte, daß Teresa den hübschen Murcianer aus der Nähe betrachten und durch das Gittertor des Gartens einige Worte mit ihm wechseln konnte, setzte sich jene vermessene Vorstellung, die sie sich schon an dem Tag am Strand beim Verhören Marujas von dem jungen Arbeiter gemacht hatte, wie ein Dogma in ihrem Kopf fest. Vorher war es die glückliche Möglichkeit gewesen, die über sie glitt wie die Sonnenstrahlen über ihre nackten Brüste: Eine geträumte Liebkosung; aber nachdem sie den Jungen kennengelernt hatte, war sie überzeugt. Luis Trías wollte ihr nicht glauben, als sie ihm von ihrer wunderbaren Entdeckung erzählte, natürlich sehr detailliert (sie schmückte ihre Version mit reizvollen Schilderungen einer angeblich aktiven Arbeiterschaft, die die arme Maruja sehr verwundert hätten), und um sich zu vergewissern, wollte der berühmte Student – der, *tout à fait* Zentralkomitee, bei solchen Problemen der Identifizierung mit seiner großen Verantwortung prahlte, was Teresa außerordentlich beeindruckte – das Dienstmädchen erneut befragen, das bei dieser Gelegenheit den endgültigen Beweis, wenn nicht für ihre Intelligenz, so doch für jenen Selbsterhaltungstrieb lieferte, der – nach Teresas Meinung – für die Mitglieder geheimer politischer Vereinigungen charakteristisch ist: Sie hatte so getan, als ob sie die politische Bedeutung der Fragen nicht verstünde. Zweifellos hatte ihr Freund ihr sicherheitshalber verboten, mit jemandem über seine Tätigkeiten zu reden! Wollte Luis einen besseren Beweis?

Daran und an ähnliche Dinge, die mit Marujas glücklichem Schicksal zusammenhingen – das im Gegensatz stand zu dem erbärmlichen, das ihr selber diese Nacht widerfahren war –, dachte Teresa Serrat jetzt, als sie die Treppe der Villa hinunterging, noch ohne sich dazu entschließen zu können, Maruja aufzuwecken, um mit ihr ein Weilchen zu reden. Unten angekommen, durchquerte sie die Eingangshalle, machte im Salon Licht, legte sich auf das Sofa und griff zu einem Exemplar von *Elle*. Dann warf sie die Zeitschrift auf den Boden, stand wieder auf, ihre Augen wurden feucht, als sie sich an etwas erinnerte (nie wieder, nie), ging in die Küche (unter Marujas Tür drang kein Licht hervor), nahm sich einen Fruchtsaft aus dem Kühlschrank, dem Weinen nahe, die Stille des Hauses ging ihr auf die Nerven, sie preßte die Schenkel zusammen, lief wieder den Flur entlang (kein Licht unter Marujas Tür), betrat den Salon und legte sich, das Glas in der einen Hand, die *Elle* in der anderen, wieder auf das Sofa, mit angezogenen Knien, die sie aus wachsender Nervosität hin und her bewegte. Das Rauschen der Wellen hörte man kaum. Jenseits der vergitterten Fenster, am Meereshorizont, wurde es rosarot. Der Bademantel öffnete sich vom einförmigen Hin und Her der Knie. Teresa lag auf dem Rücken, darum bemüht, ihre gekränkte Weiblichkeit in die einladende, glänzende Welt von *Elle* zu tauchen, in Seide und wirklich zärtliche Haut. Unbewußt paßte sich das sanfte Pendeln ihrer glühenden Beine dem Rhythmus der Wellen an. Bald würde es Tag werden. Plötzlich, als sie schon begonnen hatte, sich für das, was sie da las, zu interessieren (das Horoskop), wurde sie von etwas abgelenkt: Es war die Reibung ihrer eigenen Haut. Ganz ruhig blieb sie liegen. Ihre himmelblauen Augen wurden feucht, verbargen sich hinter einem Rauhreifschleier. Und dort, zusammengekauert auf dem Sofa, das Kinn auf der Brust und die Haare vor dem Gesicht, zitternd und beleidigt wie ein kleines Mädchen, vergoß sie über den Tod eines großartigen Mythos bittere Tränen, die auf das glatte Papier der glänzenden Seiten von *Elle* tropften, deren Horoskop tatsächlich verkündete: *Cet été vous changerez d'amour.*

Das böse und ehebrecherische Geschlecht
fordert ein Zeichen; doch soll ihm
kein Zeichen gegeben werden.

MATTHÄUS 16,4

Oriol Serrat betrat die Balmes-Klinik, grüßte vertraulich den Pförtner, stieg die Treppe mit einer seinen fünfzig Jahren unangemessenen Behendigkeit hinauf und ging dann durch den mit Stuck bekleideten Flur im ersten Stock, bis er die Tür von Zimmer 21 erreichte. Bevor er eintrat, hielt er einen Moment lang inne, trocknete sich mit einem Taschentuch den Schweiß von der Stirn, dann öffnete er die Tür, wobei er sich mit der Hand die Seite hielt, als schmerze ihn eine Niere, und trat ein: ›Mir reicht's jetzt.‹ Es war elf Uhr morgens.

Seine Frau und seine Tochter, in das milchige Licht getaucht, das durch die schräg gestellten weißen Jalousien drang, saßen in dem kleinen Besucherzimmer neben dem Raum, in dem Maruja lag, und sprachen leise miteinander.

»Wie geht es ihr?« fragte er.

»Unverändert«, sagte Frau Serrat, die gerade Tücher und einige Kleidungsstücke aus einer Tasche nahm. »Sie ruft ununterbrochen nach einem gewissen Manolo ... Hast du gefrühstückt?«

»Und wer ist das?«

»Das kannst du dir wohl denken. Hast du gefrühstückt?«
»Aber ja, Frau.«

»Das ist ihr Freund, Mama«, mischte sich Teresa ein, buchstäblich in den Ledersessel versunken. »Ihr Freund, das hab ich dir schon gesagt. Wir sollten ihn verständigen.«

»Schön und gut, aber soviel ich weiß, hat Maruja keinen Freund und auch noch nie einen gehabt.«

»Du hast keine Ahnung, Mama.«

»Na gut, mach, was du willst. Mich soll das nicht weiter

kümmern. Wen man verständigen muß, und zwar sofort, das ist ihr Vater.«

Während sie das sagte, sah sie ihren Mann an, als erwarte sie verdiente Anerkennung für ihren Vorschlag. Doch Herr Serrat ging, ohne darauf zu achten, auf die Tür von Marujas Zimmer zu. Seine Schuhe quietschten auf den hellgrünen Fliesen. Er öffnete die Tür einen Spalt und sah hinein: Der Kopf des Mädchens guckte mit geschlossenen Augen, halboffenem Mund und vorgeschobenem Kinn zwischen den Bettlaken hervor, so als versuche sie, aus einer unsichtbaren Schale zu trinken. Ihre Stirn, weiß wie Marmor, war schweißbedeckt. Neben dem Fenster saß eine Krankenschwester auf einem Stuhl und las in einer Zeitschrift, sie hob für einen Moment den Kopf und sah zur Tür. Herr Serrat lächelte flüchtig wie zum Gruß und schloß die Tür wieder. Gut, die Krankenschwester war bei ihr, alles lief ausgezeichnet, ganz wie er es erwartet hatte. Er setzte eine vorwurfsvolle Miene auf, die seine Familie von ihm kannte, drehte sich um, sah Frau und Tochter an, die noch immer leise miteinander sprachen, und ging wieder quer durch das Zimmer, diesmal zum Sessel. In seinen blauen Sommeranzug gezwängt, erhitzt, atmete er geräuschvoll durch die Nase; die Handflächen beim Gehen ganz nach hinten gekehrt, bewegte er die Hände nicht mit gewohnter Lässigkeit, sondern mit diskreter Zurückhaltung, als befürchte er, die verseuchte Krankenhausluft aufzuwirbeln. Seine Armbewegungen waren von einer gewissen mechanischen und funktionellen Starrheit, wie sie für eine frisch geölte, einsatzbereite Maschine kennzeichnend ist. Oriol Serrat war hochgewachsen und kräftig, mit silbergrauen Schläfen und einem dünnen weißen Schnurrbart. Das lange braune Gesicht mit den endlosen Wangen eines Hühnerhundes und dem wohlgeformten Kinn, etwas unnachgiebig oder streng (von einer zufälligen Strenge, die vom Pfeifenrauchen herrührte, das seine Kinnladen so verzerrt hatte, daß er so aussah, als würde er im nächsten Moment ausspucken oder fluchen), bewahrte noch immer Reste einer männlichen Schönheit, die in den dreißiger Jahren in Mode gewesen war, eine Art schwache katalanische Ausgabe von Warner Baxter. Der unsichere Ausdruck eines Leutnants der Reserve lag manchmal auf seinem Gesicht und schloß ihn aus rein ästhetischen Gründen in diesen verdienstvollen Haufen tadellos gekleideter, namenloser älterer Herren ein, die man nicht voneinander unterscheiden kann und die mit einem schmalen, eleganten, gut gepflegten und sorgfältig gestutzten iberischen Schnurrbart angeblich ihre jugendliche Zustimmung zum Sieg verewigen wollen. Doch abgesehen von jeder ironischen Bemerkung, zu der die mittelmäßige Attraktivität seines Gesichtes verleiten könnte, zeichnete Oriol Serrat ein kleines, spitzes Mündchen aus, das immer diesen verschlagenen Zug aufwies, den man bei Wiederkäuern und bei gewissen katalanischen Geschäftsleuten findet, ein wirklich bemerkenswertes Mündchen, spekulativ, eigenwillig, bereit, sich angesichts einer jeden Kostprobe dessen, was er als nutzlosen Intelligenzbeweis bezeichnete (zum Beispiel das Reden über Politik), rasch und skeptisch zuzuspitzen. Bevor er sich setzte, sah er seine Frau an und hielt sich die Seite. Frau Serrat kannte diese Geste, die fast immer einem Ausbruch schlechter Laune voranging.

»Marta«, sagte er, während er sich in den Sessel fallen ließ, »ich mache dich darauf aufmerksam, daß deine Schwester heute nachmittag aus Madrid kommt und du in Blanes sein solltest, um sie zu empfangen ... Hier können wir jetzt nichts mehr tun, und es sieht nach einer langwierigen Angelegenheit aus. Ich finde das absurd, daß du hier stundenlang müßig herumsitzt, obwohl du sehr gut weißt ...«

»Oriol ...«

»... daß wir schon alles getan haben, was man tun konnte. Eine Krankenschwester ist Tag und Nacht bei ihr. Was willst du mehr? Fahr zur Villa zurück, ich komme morgen oder übermorgen nach, sobald ich einige Dinge erledigt habe. Du kannst sie ja hin und wieder besuchen ...«

»Oriol, bitte, sprich leiser«, bat sie, sah ihn an und machte dabei eine lange Pause, die tatsächlich deutlich werden ließ, wie wohltuend die Stille für Maruja war. Man wird das Beste für sie tun, aber in aller Ruhe.« Sie drehte sich zu ihrer Tochter um. »Teresa, was gedenkst du zu tun? Aber das Kind ist ja todmüde!«

Von der Müdigkeit besiegt, döste Teresa vor sich hin.

»Ich bleibe«, murmelte sie.

»Noch eine, die Dummheiten macht«, brummte ihr Vater. »Du solltest nach Hause fahren und dich schlafen legen.«

»Mir geht's gut, Papa.«

»Drei Nächte hat sie nicht geschlafen, sie ist mit den Nerven am Ende«, sagte ihre Mutter und versuchte erfolglos, mit der Hand ihre Stirn zu fühlen.

»Ach, Mama, laß mich, mir geht's gut.«

Ihre blauen Augen, die betrübt zwischen den zarten, glatten Lidern hervorschauten, blickten abweisend. Vor drei Tagen war Maruja in die Klinik eingeliefert worden, in besorgniserregendem Zustand, der andauerte, und genauso viele Nächte, plus der vorhergehenden, von der ihre Eltern nichts wußten, hatte Teresa kaum geschlafen. Sie wich nicht von der Seite ihrer Freundin seit dem Morgen, als die Schreie der Köchin sie geweckt hatten – sie war auf dem Sofa im Salon eingenickt (vor Stunden schon war ihr die *Elle* aus der Hand gefallen). Tecla war es gewesen, die alte Köchin, die Maruja bewußtlos in ihrem Bett fand, als sie sie, verwundert über ihr Ausbleiben, wekken wollte. Mit ihrer Hilfe und der des Verwalters, der die ganze Zeit von verdorbenem Magen und Sonnenstich redete, hatte Teresa, angsterfüllt und von undeutlichen Gewissensbissen geplagt, Maruja sofort in ihren Wagen gelegt, eingehüllt in eine Decke, und sie in die Poliklinik nach Blanes gefahren; von dort brachte man das Dienstmädchen mit einem städtischen Krankenwagen in eine Privatklinik nach Barcelona, wo Herr Serrat, von seiner Tochter telefonisch verständigt, alles Nötige veranlaßt hatte und nun gemeinsam mit seiner Frau und Doktor Saladich, Chefarzt und Freund der Familie, wartete. Teresa fuhr mit ihrem Auto hinter dem Krankenwagen her. Doktor Saladich wollte wissen, was Maruja am vorigen Tag gemacht hatte, und Teresa berichtete ihm von dem Sturz auf der Treppe zum Bootssteg. »Aber sie hat sich nicht weh getan«, sagte sie. »Zumindest glaubten wir das in dem Moment. Sie war den ganzen Nachmittag mit mir zusammen, und abends sind wir nach Blanes gefahren. Sie war sehr müde und ist früh zu Bett gegangen ... Wann, glauben Sie, hat sie das Bewußtsein verloren?« – »Vielleicht, während sie schlief oder heute morgen beim Aufstehen, das ist schwer zu bestimmen«, mutmaßte der Chirurg und behauptete, es sei sehr häufig, daß zwischen dem Unfall und dem Eintreten der Bewußtlosigkeit ein zeitlicher Abstand bestehe, daß manchmal sogar ganze Tage dazwischen lägen. Aus chirurgischer Sicht gab es nichts zu tun. Absolute Ruhe. »Operieren kann man nicht«, fügte er hinzu, »ein diffuses Bild, kein Bluterguß, nur winzige hämorrhagische Suffusionen, die sich über das ganze Gehirn verteilen« (winzige Verletzungen, die man nicht operieren kann, erläuterte der Chirurg und sah dabei die aufgelöste Frau Serrat an, die nun völlig die Fassung verloren hatte). Es sah sehr ernst aus, aber man konnte nichts anderes tun, als abzuwarten. Maruja kam nicht wieder zu Bewußtsein, und nur ab und zu gab sie etwas von sich, unverständliche Worte, ein Gemurmel. Diese und die nächste Nacht verbrachte Teresa in einem Sessel am Kopfende des Bettes ihrer Freundin. Von Zeit zu Zeit stöhnte Maruja leise im Schlaf und hauchte Manolos Namen. Nur ein einziges Mal öffnete sie die Augen und sah Teresa starr an, aber so, als ob sie sie nicht wahrnähme. Das war in der zweiten Nacht. Seither befand sie sich in einem noch tieferen und beunruhigenderen Schlaf. Doktor Saladich ordnete an, es müsse ständig eine Krankenschwester bei ihr sein. »Hast du gesehen?« sagte Frau Serrat, die die Tagesschwester wiedererkannt hatte, mit gezwungenem Lächeln zu ihrem Mann. »Das ist das Mädchen, das Saladich uns vergangenen Sommer in Palma vorgestellt hat, im Hotel ...« Ihr Mann fiel ihr ins Wort, da irre sie sich wohl, sagte er. Teresa hingegen glitt mit ihren feuchten Augen immer wieder über Marujas kraftlosen Körper, der regungslos unter dem weißen Laken lag. Ihre Mutter blieb die ersten beiden

Nächte bis Mitternacht da, um sie zum Schlafen zu bewegen. »Entweder wir beide verlassen gemeinsam diesen Ort«, antwortete Teresa, »oder ich alleine, wenn das Schicksal es so will. Bis dahin gehe ich nicht hier weg, bestimmt nicht.« In der dritten Nacht, so gegen vier Uhr, ahnte Teresa Marujas Tod voraus und fühlte sich plötzlich so einsam, daß sie in den Armen der Krankenschwester in Tränen ausbrach. »Maruja, Mari ...«, schluchzte sie. Sie sah sie noch vor sich, wie sie oben auf den Felsen winkte, wie ihre Beine herumwirbelten, diese verfluchten Sandalen durch die Luft flogen, und als sie sich an Luis Trías erinnerte, an das Gespräch mit ihm, an die Küsse, schluchzte sie noch heftiger und erregte das Mitleid der Krankenschwester, einer liederlichen Mallorquinerin mit Adlernase, rotem Mund und breiten Hüften, die zufälligerweise erst kürzlich und von Doktor Saladich persönlich am Blinddarm operiert worden war (mit vollem Erfolg). Die Krankenschwester nahm sie fest in die Arme (»Weinen Sie nicht, vertrauen Sie dem Doktor«) und riet ihr, nach Hause zu fahren, aber Teresa bestand darauf zu bleiben. Sie sah Marujas leidendes Gesicht, ihre schweißbedeckte Stirn, die Lippen, die sich ab und zu bewegten, um immer denselben Namen zu murmeln: »Manolo.« Heute um neun Uhr morgens hatte Teresa das Zimmer verlassen, um einen Kaffee zu trinken, und als sie zurückkam, traf sie ihre Mutter – die nicht sehr auf das zu hören schien, was ihr Mann ihr gerade sagte:

»Schluß jetzt, Marta. Nimm den Wagen, ich brauche ihn nicht.«

Er wußte zwar, daß Marta nach leichtem Widerstand gehorchen würde, aber er scheute auch eine Auseinandersetzung. Er sah seine Frau an. Sie trug ein Baumwollkleid mit aufwendigen roten und blauen Lederapplikationen und hatte eine Strandtasche bei sich, im gleichen Stil und farblich abgestimmt. Kerzengerade saß sie in ihrem Sessel, die Beine dicht zusammen, mit dem Rücken zur Jalousie. Das gedämpfte, schwebende Licht schmeichelte ihr sehr. Sie hatte sich gut gehalten, viel besser als er. Mit ihren 45 Jahren hatte sie noch immer erstaunlich feste Muskeln, die wunderbarerweise nicht sichtbar von Erschlaffung bedroht waren, und wenn man sie im Bikini am Strand entlanglaufen sah, gefolgt von ihren Hunden und den Kindern ihrer Schwester, mit ihrer vom Wasser und der Sonne braunen Haut, hatte der entzückte Herr Serrat wieder einmal die Gelegenheit, die geheime Kraft dieses Körpers zu ermessen, und dabei erkannte er plötzlich, daß das Leben nicht nur Wohlklang ist: Er war ein schrecklich eifersüchtiger Mann. Andererseits beruhigte ihn jedesmal ein Blick auf die Beine seiner Frau, ohne daß er genau gewußt hätte, warum. Marta Serrat hatte stramme, etwas dicke Beine, die sie selbst verfluchte, mit unförmigen, roten Knöcheln, von der Sonne verbrannt. Sie hatte auch ein schmales, ovales Gesicht, das durch das zierliche Kinn, die Sommersprossen und die wasserblauen Augen leicht englisch wirkte, und außerdem strohblondes, jugendliches Haar, das es ihr erlaubte, fast dieselbe Frisur wie ihre Tochter zu tragen, und das ihr jene Ausstrahlung eines eleganten Mädchens bewahrte, die Herr Serrat in seiner Jugend (einer schweren, pijoaparten Jugend, seinen heutigen Freunden wohl kaum bekannt) so bewundert hatte und die noch immer Ursache geheimer Ängste war. Aber, das durfte man nicht vergessen, seine Frau besaß wirklich katalanische Beine, kräftig, vertraut, gemütlich, beruhigend, Beine, die trotz möglicher kleiner Hirngespinste vom gesunden Menschenverstand ihrer Besitzerin zeugten und von deren unverbrüchlicher Treue zu den Annehmlichkeiten eines Heims und zum Gehorsam gegenüber dem Mann, kurzum, Beine voller Unterwürfigkeit und sogar voll geheimem Einvernehmen in Gelddingen, Symbole eines starken Sinns für das Praktische und der soliden Tugendhaftigkeit einer montserratinischen Nonne. Und die Beine sagten: ›Wie du willst, Oriol.‹

Da sie in einem verwelkten Garten dickleibiger Enzyklopädien und kluger Bücher aufgewachsen war (ihr Vater, aus vornehmer Familie, aber heruntergekommen, war vor dem Krieg Französischlehrer am Instituto de Palma de Mallorca gewesen), neigte Marta Serrat dazu, manchmal erstaunliche

Sachen zu billigen – zum Beispiel den studentischen Widerstand, den ihre Tochter im Namen der Kultur leistete –, doch alle Entscheidungen überließ sie ihrem Mann. »Saladich wird uns telefonisch auf dem laufenden halten«, sagte dieser, »und außerdem kannst du ja gelegentlich herkommen. Teresa soll machen, was sie will.«

»Ich bleibe hier, Papa.«

»Und wo wirst du essen?« fragte ihre Mutter. »Vicenta nehme ich mit, ich brauche sie, die arme Tecla würde nicht mit allem fertig werden, und jetzt schon gar nicht, wo Isabel mit den Kindern kommt.«

Außer Maruja und der Köchin gab es noch ein anderes Dienstmädchen, eine alte Valencianerin, die bis August in Barcelona blieb, um Herrn Serrat zu versorgen, der aus beruflichen Gründen nur die Wochenenden in der Villa verbringen konnte. Er protestierte: »Vicenta brauche ich hier.« – »Einige Tage«, sagte sie, »kannst du im Restaurant essen.« Herr Serrat hatte jetzt wirklich genug. Er stand auf. »Das ist keine Frage von Tagen, Marta, du hast doch gehört, was Saladich gesagt hat: Das Mädchen kann ebensogut eine Woche wie sechs Monate in diesem Zustand bleiben ...« Plötzlich hörten sie ein ersticktes Schluchzen vom Fenster her: Teresa war wütend aufgestanden und kehrte ihnen den Rücken zu. Ihre Honigschultern, die das rosa Kleid unbedeckt ließ, zitterten im streifigen Licht, das die Jalousie warf.

»Teresa, Kind!« rief ihre Mutter und trat zu ihr. »Nun komm, komm, hör auf zu weinen ...«

»Wie könnt ihr über all das reden, wo sie nebenan liegt?« sagte die politisierte Blonde anklagend.

Ihre Mutter zog sie an den Schultern zu sich und zwang sie dazu, sich neben sie zu setzen. Sie sah ihren Mann an, als wolle sie sagen: Siehst du, was du erreicht hast? Aber statt dessen sagte sie:

»Nein, wieviel Kummer uns diese Person machen wird, du wirst es schon sehen.«

»Ist Saladich schon dagewesen?« brüllte ihr Mann.

»Vor einer halben Stunde. Ich bitte dich sehr, sag deiner Tochter, sie soll nach Hause fahren und sich schlafen legen ...«

Was Herrn Serrat jetzt beunruhigte, war nicht das Geschluchze seiner Tochter; ihn beunruhigte, daß er seit drei Tagen überall mit halbstündiger Verspätung hinkam.

»Und was hat er gesagt?«

Während sie Teresa ein Taschentuch hinhielt, seufzte seine Frau:

»Was soll er schon sagen, dasselbe wie gestern. Daß man abwarten muß, daß man nichts tun kann. Mein Gott, ich verstehe nicht, wie dieses Mädchen sich so einen Schlag versetzen konnte! Sie muß doch schon irgendeine Verletzung am Kopf gehabt haben.«

»Beruhige dich, Marta.«

»Ich finde, man muß Lucas verständigen.«

»Das halte ich im Augenblick nicht für erforderlich. Es wird doch alles Nötige getan. Es kann nicht schaden, noch ein bißchen zu warten, und wenn man diesem Mann Kummer ersparen kann ...«

Dieser Mann, Lucas, war Marujas Vater, der auf dem Gut in Reus lebte. Keuchend vor Hitze ging Herr Serrat zur Tür. »Auf jeden Fall«, fügte er hinzu, »werde ich versuchen, einen Abstecher nach Reus zu machen. Und jetzt gehe ich zu Saladich. Wenn ich zurückkomme, bringe ich dich nach Hause.« Er ging hinaus und schloß vorsichtig die Tür. Teresa hatte sich wieder erhoben und stand vor der Jalousie, die Arme verschränkt und mit dem Rücken zu ihrer Mutter.

»Hast du noch immer vor, zum Carmelo zu fahren?« fragte ihre Mutter sie.

Mit einem Ausdruck von Verärgerung schloß Teresa die Augen. Anfangs hatte Frau Serrat nichts dagegen gehabt, Marujas Freund zu verständigen, hatte sich sogar gefreut, zu erfahren, daß das Mädchen in festen Händen war und daß es jemanden gab, der geeigneter war, dieses Unglück zu teilen; aber dann, als sie erfuhr, wo er wohnte, änderte sie ihre Haltung gründlich.

»Auf dem Monte Carmelo! Ich bin Marujas Vater gegenüber verantwortlich«, sagte sie, »und du hättest mich auf ihre Beziehung zu diesem Kerl aufmerksam machen müssen.«

»Er ist ihr Freund, Mama.«

»Ihr Freund! Einer dieser schamlosen Bengel, die Dienstmädchen ausnutzen, das wird er wohl sein. Und dann wohnt er auch noch auf dem Carmelo. Komm, mein Kind, vergiß das. Man weiß nie, was in diesem Viertel alles passieren kann ...«

Für Frau Serrat war der Monte Carmelo so etwas wie der Kongo, ein fernes, menschenunwürdiges Land mit eigenen, andersartigen Gesetzen. Eine andere Welt. Mitten durch die blaue Festbeleuchtung ihres gegenwärtigen Lebens überfiel sie noch manchmal der Gedanke an ferne rote Mündungsfeuer: eine alte Flak, die von der Spitze des Carmelo feuerte und im ganzen Viertel die Fensterscheiben klirren ließ (damals, während des Krieges, wohnten sie im Stadtteil Gràcia, und die Leute nannten diese schreckliche Kanone den »Großvater«). Auch erinnerte sie sich an die lärmenden, dreckigen Horden kleiner Jungen – die in den ersten Nachkriegsjahren hin und wieder vom Carmelo, aus Guinardó und Casa Baró herunterkamen und mit ihren Seifenkisten, Karbidknallern und Steinschlachten wie zähflüssige Lava in die vornehmen, friedlichen Viertel eindrangen – richtige Banden. Es waren Söhne von Kriegsflüchtlingen, Strolche, mit Gummizwillen und ledernen Steinschleudern bewaffnet, und sie zerschossen Laternen und hängten sich an die Straßenbahnen. Daran dachte sie, als sie jetzt zu ihrer Tochter sagte:

»Du wirst dich nicht mehr daran erinnern, aber als du noch klein warst, hätte so ein Rohling vom Carmelo dich beinahe umgebracht ...«

Teresa lächelte sonderbar. Eine Sekunde lang atmete sie wieder die Feuchtigkeit jener dunklen Ecke im Treppenflur ihres Hauses nahe dem Paseo de San Juan, hörte den stockenden Atem, hatte den beißenden Ketongeruch in der Nase, der aus der Kleidung des Jungen strömte, und spürte, wie seine dreckige Hand sie an den Zöpfen zog, sie dazu zwang, langsam den Kopf zu drehen und mehrmals dieses eigenartige Wort auszusprechen (»Sag *zapastra,* los, sag's!« – »*Zapastra.*«).

»Natürlich erinnere ich mich, Mama.«

»Nimm wenigstens Luis mit.«

»Ich habe dir gesagt, daß ich keine Begleitung brauche.« Lächelnd drehte sie sich um, setzte sich neben ihre Mutter und legte den Arm um ihre Schultern. Das sei doch alles zu einer Zeit geschehen, als es allen schlecht ging, und sie sei noch ein ängstliches kleines Mädchen gewesen, heute sei alles ganz anders, auf dem Carmelo gebe es keine Strolche mehr, sagte sie und küßte ihre Mutter auf die Wange; mit dem Kuß gab sie zu verstehen, daß sie auf jeden Fall machen würde, was sie wollte. Sie würde allein fahren. Und jetzt sah sie ihre Mutter an mit einem Blick zwischen heiter und trotzig, der bedeutete, das alles sei mehr als eine bloße Laune eines verwöhnten kleinen Mädchens. Als sie vor acht Monaten Probleme mit der Polizei gehabt hatte und von der Universität verwiesen zu werden drohte, bedachte sie ihre Mutter mit demselben Blick. Und genau wie damals sagte diese jetzt etwas besorgt: »Kind, du bist genauso wie dein armer Großvater«, und genau wie damals täuschte sie sich auch jetzt.

Als ihr Mann kam, um sie abzuholen, stand Frau Serrat auf.

»Ich hoffe«, ermahnte sie Teresa, »daß du keinen Unsinn machst und bald nach Blanes zurückkommst. Leg diese Wäsche in den Schrank.« Sie öffnete die Tür zu Marujas Zimmer, warf einen Blick auf das Bett (»Bis bald«, sagte sie zu der Krankenschwester) und schloß dann wieder die Tür. »Und halt mich über alles auf dem laufenden, ruf mich morgen an ... *Adiós,* benimm dich anständig.«

Teresa ging in Marujas Zimmer und legte die Wäsche in den Schrank. Die Krankenschwester lächelte: »Davon braucht sie nichts.« – »Das ist eben Mama«, antwortete Teresa und trat an das Kopfende des Bettes. Maruja lag immer noch reglos da und hielt die Augen ausgesprochen hartnäckig geschlossen, als wären die Augenbrauen zusammengewachsen, von irgendeiner Idee oder Vision besessen. Er muß sie sehen, unbedingt, sagte sich Teresa. Immer wenn sie diese totenblasse Maske ansah, nahm sie eine ungeheure Leere wahr. In Marujas wächsernen Augenlidern, in dem leidenden, wegen irgendeiner inneren Stimme oder Vision bedrückten Gesicht, den geschlossenen, aschgrauen Lippen suchte Teresa stundenlang vergeblich andere Zeichen als die der verlorenen Jungfräulichkeit, der Liebe und des Todes, solche, die das Dienstmädchen zu etwas Besonderem machen würden, Zeichen dafür, daß es gewisse nicht anerkannte Wahrheiten zumindest gestreift hatte und in gewisse unbekannte Regionen der Zukunft vorgedrungen war, sie suchte die Erklärung dafür, daß dieses sonderbare, hilflose graue Wesen ihr immer einen Schritt voraus war, schneller, leidenschaftlicher und intensiver lebte als sie ...

»Hören Sie«, sagte sie plötzlich und sah die Krankenschwester an. »Kann sie ein Freund besuchen?«

Die mallorquinische Krankenschwester gurrte einschläfernd wie eine Taube, sehr berufsmäßig.

»Der Doktor will nicht, daß sich mehr als zwei Personen im Zimmer aufhalten.« Und nach einer kurzen Pause: »Wenn es allerdings nur für einen Moment ist ... Um wen geht es?«

»Um ihren Verlobten.«

Die Krankenschwester senkte den Blick. In den weißen Strümpfen wirkten ihre Beine dick.

Zärtliche, schmachtende Mädchen,
die Automobilen entsteigen,
rufen mich.

Pedro Salinas

Sie fuhr mit der Floride langsam den Carmelo hinauf, wobei sie sich den Anschein einer freundlichen, müßiggängerischen Inkognitoreisenden gab (die blonden Haare mit dem roten Tuch zusammengebunden, die blauen Augen hinter der Sonnenbrille versteckt). Und schon in der Kurve am Seiteneingang des Parque Güell konnte sie völlig ungestraft auf dem sonnigen Platz neben dem Cottolengo, wo Kinder Fußball spielten, die seltsame statuenhafte Gruppe beobachten, die Reste von etwas, was zweifellos eine Militärkapelle gewesen war, immer noch diszipliniert und gedemütigt (sie standen stramm), zwei alte Trommler und einer mit einem verbeulten Horn, die inmitten der schroffen Landschaft ein endloses, eintöniges Wecken bliesen, wie Blinde oder Verrückte, die endlich eine Beschäftigung hatten, einen Grund zum Leben. Es waren magere Burschen in weiten Hosen mit Plastikgürteln und in verschossenen Militärhemden, den kurzgeschorenen Kopf erhoben, mit rührend soldatischem Benehmen Befehlen gehorchend, die von weither kamen. Es war nur ein Augenblick, ein Zeichen, ein Blinzeln der Sonne auf dem blanken, verbeulten Messing des Horns, eine unbekannte Schwingung in der neurotischen Traurigkeit der Trommler, aber es genügte ihr und ließ sie freudig und dunkel versprechen: ›Von heute an ...‹ Sie fuhr den Carmelo ganz hinauf, und erst, als sie bremste (zufälligerweise ganz in der Nähe der Fahrradwerkstatt) und die halbnackten, spielenden Kinder und ein paar Neugierige sah, die näher kamen, wurde ihr klar, daß es zunächst einmal besser gewesen wäre, das Auto unten stehenzulassen und zu Fuß hinaufzugehen, um kein Aufsehen zu erregen. Die Mittagssonne stand senkrecht, kein Wind war zu spüren, und es schien, als tönten von überallher das Horn und die Trommeln.

Die Kombination Automobil – Mädchen war wunderschön, fast unwirklich, sie löste sich vor den Augen auf wie ein Nachmittagstraum. Nicht nur die Kinder, die gleich einen Kreis um sie bildeten, sondern auch einige Nachbarinnen sahen von den Hauseingängen aus zu, wie sie in ihrem teuren rosa Trägerkleid und mit den hochhackigen weißen Schuhen dem Auto entstieg. Einen Moment lang war sie unschlüssig, dann fragte sie einen kleinen Jungen: »Hör mal, Kleiner, kennst du einen Manolo?« Die Antwort kam aus dem Eingang einer Bäkkerei, ein zweifaches breites Grinsen, vielleicht auch zwei von der Hitze geschmolzene Gesichter, zwei dicke, noch junge Frauen, die ihre Augen mit den Händen vor der Sonne schützten. »Hier, Sie, in der Werkstatt«, sagte die eine und blickte finster auf die nackten Schultern des Mädchens. Aber der Junge wies die Straße hinunter in Richtung Wallfahrtskapelle: »Nein, er ist am Brunnen.« Teresa bedankte sich und machte sich auf den Weg, angeführt von einem spontan gebildeten Heer von Kindern, begleitet vom Klang der Trommeln und des Horns. Als sie an der Bar Delicias vorbeikam, schnappte sie anzügliche Komplimente auf, deren Derbheit einen wehmütigen, traurigen Unterton nicht verbergen konnte, in der Tür standen zwei Jungen im Unterhemd, die sich die Arme um die Schultern gelegt hatten und sich so gegenseitig aufrecht hielten, während sie ihr hinterherblickten. Ein Stück weiter sah Teresa um den Brunnen herum noch einen Haufen Kinder, der kaum den kupferroten Schimmer sehen ließ, das Stück eines nackten, feuchten Rückens, der sich unter den Wasserstrahl beugte. Alle Köpfe drehten sich zu ihr um. Sie näherte sich langsam, knotete das Tuch auf (die Sonnenbrille wollte sie nicht abnehmen), und ihr offenes Haar leuchtete golden. Kinder liefen mit kleinen, schnellen Schritten neben ihr her, fuchtelten vergnügt mit den Armen und klebten mit ihren kleinen Köpfen beinahe an dem anmutig flatternden Rock, als wären sie Lotsenfische, die sie führten oder beschützten. Als Teresa einige Meter vor dem Brunnen stehenblieb, trat ein Sonderberichterstatter freiwillig aus dem Heer und wies mit dem Finger auf einen Jungen: »Das ist Manolo.« Der hielt noch immer den Hals unter den Wasserstrahl, und sein nackter Oberkörper schwankte leicht (sie sah ihn vor sich, wie er sich in jener Nacht über Maruja gebeugt und sie geküßt hatte), die Kinder fingen jetzt an, ihn zu rütteln. Er schien eingeschlafen oder betäubt. Teresas Gruß hörte er nicht, wohl aber ihre schüchterne Frage (»Du erinnerst dich doch an mich, oder?«), und er drehte sich für einen Augenblick zu ihr um, sah sie an und dachte: ›Maruja ist tot‹, dann bespritzte er sich weiter mit Wasser und richtete sich schließlich auf. »Ja, hallo.« Das Wasser lief an ihm herunter, ohne eine Spur auf seiner Haut zu hinterlassen, die in der Sonne glänzte wie dunkle, staubige Seide, prustend schüttelte er den Kopf, straff der kräftige Hals, die Haare naß. Er streckte die Hand aus, tastete ins Leere und verlangte den Nicki, den ihm ein kleiner Junge hielt; sein Bauch, schwarz und muskulös wie ein Schildkrötenpanzer, verspürte den Rhythmus einer gewissen Kraft, ein beinahe tierisches Zucken. Er war erschrocken.

»Sie hier?«

»Ich bringe schlechte Nachrichten«, begann sie. »Von Maruja.«

»Von wem?«

»Von Maruja, deiner Freundin ...«

Manolo blickte mit halbgeschlossenen Augen in die Sonne, neigte den Kopf zur Seite und massierte sich den Hals. Den Nicki hatte er noch in der Hand, er zog ihn sich nicht an. Wollte er sich weiter abtrocknen oder nur eines jener leuchtenden Bilder zum Leben erwecken, die er seit seiner Kindheit sammelte? Wahrscheinlich war es das, nicht ohne Grund sahen ihn die Kinder erwartungsvoll an: Instinktiv erfaßten sie das Abenteuer, das den Pijoaparte immer umgab, selbst wenn er allein und gelangweilt durch das Viertel schlich. Jetzt riefen dort unten die Trommeln und das Horn zum Generalappell.

»Ich hab keine Freundin«, sagte er plötzlich. »Ich kenne keine Maruja.«

Im ersten Moment war Teresa verblüfft. Dann lächelte sie und sagte: »Verstehe«, während der Murcianer nachzudenken schien, die Augen auf den Boden gerichtet, die Hände in die Seiten gestemmt. Er sah das Mädchen an. Diese dunkle Brille. Es hatte ihn immer schon geärgert, mit Leuten zu reden, die ihre Augen hinter dunklen Brillengläsern verstecken. Drei schreckliche Tage, zum Verzweifeln, ohne daß er wußte, ob er Maruja lebend oder tot zurückgelassen hatte, und jetzt mußte er das durch diese verdammte dunkle Brille hindurch herausfinden. »He, Jungs, los, haut ab!« rief er den Kindern zu, die sich kaum von der Stelle rührten.

»Verstehe«, wiederholte Teresa. »Aber du hast nichts zu befürchten.« Und in demselben bedeutungsvollen Ton, in dem sie ihm gesagt hatte: »Wir alle stehen auf Ihrer Seite«, fügte sie hinzu: »Mach dir keine Sorgen, ich weiß Bescheid.«

Er drehte ihr wieder den Rücken zu und streichelte plötzlich den Lockenkopf des Jungen, der am nächsten bei ihm stand: Er war immer noch erschrocken. Was hatte die Blonde vor? Was wußte sie?

»Es geht ihr sehr schlecht«, sagte sie. »Sie ist auf dem Bootssteg ausgerutscht. Sie hat sich am Kopf verletzt und ist schon seit einigen Tagen bewußtlos. Sie ruft nach dir ...«

Der Murcianer war dabei, sich den Nicki anzuziehen (schwarz, mit sehr kurzen Ärmeln und einer Windrose auf der Brust), er hatte sich ihn schon über den Kopf gezogen und angelte nach den Ärmeln; die Seiten seines Oberkörpers und die Unterseiten seiner Arme waren hellbraun, fast weiß. »Wie ist sie hingefallen?« fragte er, schon etwas ruhiger. Doch sie schien plötzlich niedergeschlagen und redete von etwas anderem: »... es war wirklich ganz allein meine Schuld, denn wenn ich ihr nicht diese Sandalen geschenkt hätte, wenn ich sie nicht so zur Eile gedrängt hätte ... Sie ist so eifrig, du kennst sie ja ...«

»Wo ist sie jetzt? In der Villa?«

»Nein, hier, in einer Klinik. So ein Unglück aber auch! Ich hab gedacht, daß man dir Bescheid geben muß, daß du sie sehen willst ...«

»Ja, natürlich.«

»Sollen wir gleich hinfahren?«

Er tat einige Schritte zur Straße hin, die Kinder machten Platz, er ging an Teresa vorbei und blieb stehen. Noch verstand er nichts, gar nichts. Er sah den Sportwagen, der in etwa fünfzig Metern Entfernung parkte, von Neugierigen umringt (auch Bernardo war da, er war Rosa für ein Weilchen los – Zeit für einen Wermut in der Bar Delicias –, neugierig wie ein Affe, aber schon völlig harmlos bewunderte er die glänzende Karosserie des Autos), und ein bißchen weiter stand sein Bruder am Eingang seiner Werkstatt, die er gerade schließen wollte.

»Jetzt?« überlegte er. »Haben wir denn jetzt Zeit dazu?«

»Wenn du willst«, schlug Teresa vor und trat neben ihn, »komme ich gleich mit.«

»Macht dir das nichts aus?«

»Oh nein, überhaupt nicht. Ich hab den ganzen Tag zur freien Verfügung.« Und etwas sehr Persönliches, das dem Jungen aus dem Süden nicht entging, lag in ihrer Stimme, als sie hinzufügte: »Ich bin sozusagen allein in Barcelona. Das erste Mal, daß mir das in den Ferien passiert.« Und um irgendein geheimnisvolles, erschreckendes Gefühl auszugleichen: »Pah! Früher wär ich ganz aus dem Häuschen gewesen, aber jetzt weiß ich nicht ... Es ist mir egal. Außerdem mache ich mir Sorgen um Maruja.«

Das Autopolster verströmte einen süßlichen Geruch. Der arme Bernardo war einfach niedergeschmettert, als er zur Seite trat, um Manolo vorbeizulassen: In einiger Entfernung schlich er einmal um die Floride herum, wie ein alter, kranker Wolf um die Herde, die er nicht mehr erbeuten kann. Der Pijoaparte machte die Tür nicht richtig zu (was er befürchtet hatte), eine Ungeschicklichkeit, die sie, anders als er dachte, entzückend fand. »Laß, ich mach das schon«, sagte Teresa und beugte sich über ihn (ihre duftende Schulter streifte sein

Kinn), um die Tür wieder aufzumachen. »So, siehst du, feste«, und mit einem Schlag war die Tür zu. Der Wagen fuhr los, und die Kinder liefen hinterher bis zur ersten Straßenbiegung, wo sie stehenblieben, um zuzusehen, wie er sich langsam die Straße hinunterschlängelte.

Noch bevor sie den Parque Güell erreichten, hatte Teresa ihm von Marujas Sturz auf dem Bootssteg erzählt, und davon, wie man sie am nächsten Tag bewußtlos in ihrem Bett gefunden hatte, fünfzehn Stunden nach dem Unfall. Erst später wollte sie ihm sagen, daß sie wußte, daß er, Manolo, in einer Nacht bei Maruja gewesen war. Mit ernster Miene hörte er ihr zu und sah geradeaus, die Arme vor der Windrose verschränkt. Das war alles ziemlich kompliziert. Er schloß die Augen und sah wieder Maruja vor sich, wie sie erschöpft, mit fiebrigem, schläfrigem Blick in ihr Zimmer trat. Na also, da war sie schon krank gewesen, ihn traf keine Schuld. Er verstand nicht, wie Teresa und ihr Freund ein Dienstmädchen zu einer Bootspartie einladen konnten und warum sie sie nach dem Sturz nicht ins Haus zurückgeschickt hatten (eins war klar: Aus irgendeinem Grund, vielleicht aus Fahrlässigkeit, hatte man Maruja übel mitgespielt). »Du dumme Gans, dich legen sie aber auch immer herein«, hatte er ihr doch mehr als einmal gesagt. Sie tat ihm wieder leid, und gleichzeitig war er erleichtert, denn er hatte schon geglaubt, sie wäre tot gewesen, als er sie in jener Nacht auf dem Bett im Stich ließ. Unterdessen steuerte Teresa ihren Wagen mit reizenden, märchenhaften Handbewegungen, schmückte sich am Lenkrad mit der feierlichen Gestik, die der Moment, der Begleiter und das herrliche Panorama der Stadt, das sich unter ihnen auftat, erforderten. In jeder Kurve kam im Quietschen der Reifen und im Schalten ihre tiefe Genugtuung zum Ausdruck, und ohne es zu merken, fuhr sie immer schneller. Manolo beobachtete die Straße und Teresas Profil. Während er sie von der Seite ansah, fing der Junge aus dem Süden wieder an, seine kostbare Sammlung bläulicher Ansichtskarten zu mischen: ein Unfall, Teresa schwerverletzt, der Wagen brennt, er rettet sie ...

»Du bist sehr schweigsam«, sagte sie. »Die Sache mit Maruja nimmt dich mit, stimmt's?«

»Ja.«

Sie kamen an dem Platz vorbei, wo in der Sonne immer noch die übel zugerichtete Kapelle spielte.

»Guck mal, wie herrlich!« entfuhr es Teresa. »Ich finde dein Viertel toll. Warum spielen die da? Was sind das für Leute?«

Der Pijoaparte sah sie aus den Augenwinkeln an.

»Gehirnkranke. Söhne von Syphilis, Hunger und all so was. Von da drüben, aus dem Cottolengo. Arme Teufel.«

»Hm.«

»Woher wußten Sie ..., woher wußtest du, wo ich wohne?«

»Von Maruja. Das weiß ich schon lange. Ich weiß einiges über euch ... Hör mal, warum hast du vorhin behauptet, sie sei nicht deine Freundin?«

»Weil es die Wahrheit ist ... Der Schein trügt eben oft. Ich hab keine feste Freundin, nie eine gehabt, das kann ich nicht. Ich weiß nicht, was sie dir erzählt hat, aber wir sind nur ... gute Freunde.«

Teresa nutzte ein flaches, gerades Stück, um den Jungen anzusehen und in den dritten Gang zu schalten. »Verstehe«, sagte sie und gab Vollgas. Der Ruck warf Manolo nach hinten. ›Ja, mein Herr, ein modernes Mädchen, ganz anderer Stil‹, dachte er. Aber er sagte:

»Nur Freunde. Wie das heute unter jungen Leuten so ist.«

»Mensch, mach mir doch nichts vor«, sagte Teresa. »Ich hab dir doch gesagt, daß ich Bescheid weiß.«

Der Murcianer beschloß, das Thema zu wechseln.

»Maruja geht es also schlecht?«

»Ich kann dir nichts Genaues sagen, sie ist bewußtlos. Aber ich glaube, sie leidet sehr ...«

Sie hatte wohl recht, denn als er das Zimmer betrat (die Krankenschwester kam ihnen entgegen und sagte, sie müsse mal telefonieren) und Maruja dort so blaß liegen sah, berührte ihn das viel mehr, als er erwartet hatte. Aus ihrer Nase kam ein dünner Gummischlauch, der mit einem schmalen Heftpflaster auf der Stirn und mit einer Klammer an dem Zipfel des Kissens befestigt war. Sie schien nicht nur tot, sondern mißhandelt, geschändet und dann vergessen, so als wäre sie schon Jahre dort. Was war das für eine seltsame Krankheit? Sie litt wirklich (man brauchte sich nur ihr düsteres Gesicht anzusehen), aber es war weniger die Erfahrung dieses Leids und dieser Verlassenheit, weniger der Umstand, daß sie ein unglückliches, geistig beschränktes Mädchen war, weniger sogar das Wissen darum, daß aus ihr niemals etwas werden würde, vielmehr schien es jetzt, als habe man ihr etwas Schreckliches angetan, etwas Unbestimmtes und Namenloses. Sie lag da, in ihr Schweigen versunken, unschuldig und zerbrechlich, sie schwitzte und schwitzte, traurigen kalten Schweiß, und sie schien mit niemandem verbunden, losgelöst von der aufregenden Zukunft, die sie sich für sie beide erträumt hatte, von der Hoffnung, von der Liebe, selbst von ihm (›Hatte er sie einmal geliebt?‹ fragte er sich), nichts, das ihr auf irgendeine Art treu geblieben wäre. Inwiefern hatte auch seine Hand, die sie geohrfeigt hatte, sie in dieses Bett gebracht?

Überrascht stellte er fest, daß er auf einem Stuhl saß und Marujas Hand streichelte. Ihm wurde ganz heiß. Er bemerkte einen duftenden rosa Fleck, der sich hinter seinem Rücken still und leise bewegte: Teresas Rock. Er schwieg lange, und auf Teresas leise Frage: »Warum versuchst du nicht, sie anzusprechen?«, schloß er die Augen. Eine Sekunde lang sah er diesen zerzausten und nassen kleinen Kopf wieder vor sich, aber in ein anderes Kissen versunken, und er hörte das Rauschen der Wellen, das Stöhnen vereinter Körper. »Marujita, kleines Mädchen, was hat man dir getan?« Dann spürte er Teresas Hand auf seiner Schulter. Und aus Angst, Rührung oder Mitleid könnten ihm schließlich einen bösen Streich spielen, richtete er seinen Tatendrang, den Furcht und Gewissensbisse drei Tage lang unterdrückt hatten, auf einen zornigen Gefühlsausbruch. Teresa, die ruhig hinter ihm stehengeblieben war, mit dem Rücken an die Tür gelehnt, sah, wie er plötzlich aufsprang und sich wild auf sie stürzte. »Was ist mit dir los?«

Sie sah in seinem Gesicht die Entschlossenheit, mit der Straßenjungen ihre Kämpfe anfangen: Ehe er sie mit festem Griff am Arm packte, wischte er sich die Hand an seiner schäbigen Jeans ab (ein Straßenbengel würde es nicht anders machen, ihr blieb Zeit, über sich nachzudenken, und sie erinnerte sich verschwommen an einen Sommer in ihrer Kindheit, der Sohn eines Kriegsflüchtlings hatte sie in die Ecke unter der Treppe gedrängt, sie geschlagen und verletzt, bevor sie entkommen konnte), und als er tief durchatmete, blähte sich die Windrose auf seiner Brust. Teresa bemerkte sofort den leichten Schweißgeruch des Jungen, einen Bittermandelgeruch, der sich mit dem ihres Parfüms mischte, plötzlich alles durchdrang und sie beide einhüllte. Sein Gesicht war kaum eine Handbreit von ihrem entfernt, aber sie sah ihn nicht deutlich, hörte nur, wie er schrie, während er sie am Arm rüttelte: »Warum hat man mir nicht eher Bescheid gesagt?! Sag, warum? Warum hast du sie nicht sofort zum Arzt gebracht? Wozu, verdammt noch mal, mußte sie mit aufs Boot? Antworte!« Teresa sah ihn erstaunt an. »Bitte laß das, du tust mir weh!« Hinter ihrem Rücken tastete sie nach dem Türgriff. »Schrei bitte nicht so rum, laß uns nach draußen gehen ...« Aber sie konnte sich nicht bewegen, sie konnte nichts anderes machen als zu versuchen, diese unvernünftige Gewalt in Schranken zu halten. Sie war erschrocken und fasziniert vom Anblick seines Gesichts, diesem Fleck brauner Haut, in dem weiße Zähne und wütende Augen leuchteten, von der Strähne seines schwarzen Haars, die ihm ins Gesicht fiel, und von den albernen Flüchen und Beschimpfungen; er kam ihr immer näher, überrascht sah sie ihre Hand auf der Windrose, die näherkommende Brust nicht zurückdrängend oder bremsend, sondern einfach dort liegend, als sei sie da gern. »Beruhige dich bitte, Maruja geht es sehr schlecht ...« Von diesem Moment an hörte sie nur die Flut seiner Anschuldigungen: »Was machst du immer zwischen den Beinen deiner Freunde, in dem Fabriktor? Na los, sag schon!« Aber sie wollte ihn erst mal aus dem Zimmer haben. Es gelang ihr, die Tür einen Spaltbreit zu öffnen, sie stemmte sich gegen ihn, um ihn nach draußen zu schieben, und als sie sich aus seinem Griff herauswinden wollte, verlor sie den Halt, und einen Moment lang waren sie beide zwischen Tür und Rahmen eingeklemmt, konnten weder vor noch zurück, eingehüllt in die blaue Welle des Mandelgeruchs. »Laß mich los, du spinnst wohl!« Die Tür knarrte. Teresa schlug um sich wie in einem Alptraum, aus der Fassung gebracht durch den heftigen Ton und die hitzigen, unbegreiflichen Fragen, die sie anklagten und hinter denen weniger die angebliche Liebe zu Maruja stand (das merkte Teresa sogar, obwohl sie immer hitziger miteinander rangen), sondern eher Zorn und Wut. Aber woher wußte er davon, wer hatte ihn über ihre Treffen mit einem Arbeiter aus der Fabrik von Luis' Vater informiert, und vor allem über ihre zeitweilige Nachlässigkeit und Leichtfertigkeit? Wie eine Offenbarung waren die Achtung und die Angst, die er ihr auf einmal einflößte, und die große moralische Autorität, die sie jetzt in ihm sah. Und ihr tat der Arm weh, und ihre Augen füllten sich mit süßen Tränen, so süß, wie sie es sich nie im Leben hätte träumen lassen. Völlig erschöpft hatte sie gerade ihren Kopf an die Brust des Jungen gelegt, als plötzlich die Krankenschwester durch die Tür des Besucherzimmers trat. Sie zeigte keinerlei Überraschung, als sie auf sie zukam (mit leiser Stimme, als spräche sie zu sich selbst, sagte sie: »Was macht dieser Bengel da? Der Doktor will keinen Ärger ...«). Zuerst zog sie sie weg von der Tür zu Marujas Zimmer und machte diese dann von außen zu. Die beiden ließen schnellstens voneinander ab. Zu dritt waren sie in dem kleinen Raum. Die Schwester kümmerte sich um Teresa. »Es ist nichts passiert«, murmelte die leise. Manolo lief jetzt wie ein Tier im Käfig auf und ab, er sah sich um, als suchte er etwas, was er kaputtschlagen könnte, hämmerte gegen Wände und Möbel, vor sich hin fluchend auf Gott und die Welt, während die Krankenschwester hinter ihm herlief und ihn vergeblich festzuhalten suchte. Wahrscheinlich hätte das alles für ihn ein äußerst groteskes, demütigendes Ende genommen (wie kann man dieses Feuerwerk anders löschen als mit Entschuldigungen, mit denen man sich lächerlich macht?), wenn nicht, völlig unerwartet – durch eine jener Fügungen des Schicksals, mit denen das Leben manchmal phantasievolle, mutige Geschöpfe belohnt – Liebe und Blut zutage getreten wären, eine allmächtige, allgegenwärtige Verbindung: Ungeheuer erregt hatte Manolo mit der Faust gegen die Jalousie geschlagen, leise wie im Todeskampf »Maruja, Marujilla ...« gemurmelt und sich dabei tief in die Hand geschnitten. Das Blut und die Stille entspannten die Situation. Es zeigte sich, daß die Krankenschwester nüchtern, aber praktisch veranlagt war: »Holen Sie mir Alkohol und Mullbinden von nebenan«, befahl sie Teresa, während sie das Handgelenk des Jungen festhielt. Die faszinierte Blonde gehorchte auf der Stelle. Der Schnitt lag so, daß er schlecht heilen würde. Und in einen Sessel gesunken, von der Natur besiegt, würdevoll, blaß und abwesend, ließ der Pijoaparte sich umsorgen und seine Hand verbinden.

Der mallorquinischen Krankenschwester genügte ein tiefer Blick in die Augen des Jungen, um zu verstehen, was passiert war. Sie hatte ihre eigenen Vorstellungen von unglücklichen Liebespaaren, die gegen Leid und Tod aufbegehren, und ihre eigene Art, mit ihnen zu reden. Deshalb fuhr sie ihn an:

»Dummkopf! Siehst du, wo das hinführt? Ich verstehe ja, wie dir zumute ist, aber es nützt nichts, wenn du verzweifelst und hier geschmacklose Szenen aufführst.« Sie unterschätzte nicht nur das Schauspiel (ihr fehlte die Phantasie, wie ihre Arztfreunde hatte sie ein empfindsames, musikliebendes Gemüt, und sie war auch niemals in einen wirklichen Bittermandelgeruch gehüllt gewesen), vielmehr sollte sie auch in dem irren, was sie jetzt mit Blick auf Teresa hinzufügte: »Und du kannst schon gar nicht jemandem die Schuld geben, der nichts damit zu tun hat. So ein Unglück geschieht immer auf seltsamste Weise, deine Freundin ist von selbst gefallen, und niemand konnte wissen, daß das solche Folgen haben würde. So ein Schwachsinn, wirklich. Wenn das noch mal passiert, sage ich dem Doktor Bescheid und lasse dich nicht mehr zu ihr. Siehst du denn nicht, daß sie sehr krank ist? Und dich selbst hast du ziemlich verletzt, und wofür?« Nachdem sie ihm die Hand verbunden hatte, ging sie zu Marujas Zimmer und drehte sich, bevor sie die Tür öffnete, noch einmal um: »Verstanden? Mal sehen, ob du dich benehmen kannst …«

»Tut mir leid, das wollte ich nicht.«

»Es ist doch nichts passiert«, mischte sich Teresa ein. Ihre Stimme zitterte. »Die Nerven …«

Die Krankenschwester blinzelte ihr zu, als Zeichen, daß sie sie bestens verstand. Wer kennt sich schließlich nicht mit der Liebe aus? Dann ging sie in Marujas Zimmer.

Teresa ordnete sich Kleid und Haare. Manolo saß immer noch deprimiert im Sessel, das Gesicht in die Hände gestützt.

»Entschuldigung«, murmelte er, »ich wollte dich nicht anschreien. Es war meine Schuld. Hab ich dir weh getan?«

»Nein.«

»Doch, ich habe dir weh getan. Tut mir leid.«

Teresa setzte sich ihm gegenüber und holte eine Schachtel Zigaretten heraus. »Um mich mach dir mal keine Sorgen.« Ihre Hände zitterten. »Willst du auch eine?« Sie beugte sich zu ihm, und der Pijoaparte gab ihr Feuer. Sie hörten das metallische Geräusch eines Servierwagens, der über den Flur geschoben wurde. Es war Essenszeit. »Scheiße«, murmelte er und stand auf. Teresa sah auf seinen Verband.

»Tut's weh?«

»Nein. Gehen wir.«

Raschen Schrittes verließ er das Zimmer, gefolgt von Teresa. Als er die Treppen hinunterging, schienen seine Schultern gramgebeugt. Draußen, als Teresa (die ihn immer im Blick behielt, als fürchtete sie, er bräche jeden Augenblick vor Kummer zusammen) vorging, um das Auto aufzuschließen, blieb er auf dem Bürgersteig stehen.

»Ist dir schlecht?« fragte Teresa.

»Steig du zuerst ein.«

»Es ist zwar nicht der richtige Augenblick«, sagte Teresa, »und wir kennen uns kaum, aber ich möchte dir etwas sagen, Manolo … Soll ich dich zum Carmelo bringen?« Sie ließ den Motor an und sah dann zu ihm hin. »Es geht um Maruja und dich.« Manolo setzte sich neben sie. Diesmal machte er die

Tür richtig und fest zu. Er wollte etwas sagen, aber Teresa kam ihm zuvor: »Nein, eure Nächte in der Villa meine ich nicht (er sah verstohlen zu ihr hin, überrascht). Ich weiß schon lange Bescheid, aber mach dir keine Sorgen, das weiß keiner von uns außer mir. Nein, ich meine das andere ...«

»Das andere?«

»Na, du weißt schon.«

Der Murcianer wußte nicht, worauf sie hinauswollte, aber er hatte einen guten Riecher für Gefahren.

»Ein andermal«, schlug er vor, »wenn du nichts dagegen hast, reden wir ein andermal darüber.«

Der Wagen fuhr scharf an.

»Maruja hat mir viel von dir erzählt«, sagte Teresa, während sie in den zweiten Gang schaltete. »Aber sei ihr nicht böse deswegen ...«

»Über dich hat sie auch gesprochen, da sei mal sicher. Wir wissen, zu welcher Sorte Studenten du gehörst, auf die Barrikaden gehen und so ... Kannst du nicht schneller fahren? Ich hab's eilig.«

»Ich möchte, daß du weißt, was ich in dieser Fabrik im Pueblo Seco gemacht habe. Nicht daß du glaubst, ich hätte mich amüsieren wollen ...«

»Interessiert mich nicht. Das kannst du mir ein andermal erklären.«

Den Blick gesenkt, betrachtete er die braunen Knie der jungen Studentin.

»Kommst du Maruja morgen besuchen?« fragte sie.

»Mal sehen.« Und nach einer Weile: »Kommst du jeden Tag?«

»Natürlich.«

Als sie schon auf der Straße zum Carmelo waren, sah Teresa auf die verbundene Hand des Jungen und fragte noch einmal:

»Tut's weh?«

Diesmal konnte sich der Pijoaparte nicht mehr beherrschen: »Ja. Jetzt fängt's an.«

Du errätst die Leiber!
Wie ein von Verboten versehrtes Insekt
errätst du des Blutes Mitte, und du bespähst
die Muskeln, die das Frührot aufhalten.

Pablo Neruda

Maruja lag noch immer in der Klinik. Sie sah schlecht aus, atmete aber gleichmäßig. Alle drei Stunden bekam sie Flüssignahrung aus Kraftbrühe und passiertem Fleisch. Sie schlief immerzu, und manchmal hatte sie einen gequälten Gesichtsausdruck wie von einem vorübergehenden Schmerz. Die Besuche des Ehepaares Serrat am Bett der Kranken waren zunehmend mehr von abwartender Resignation bestimmt, verliefen geordnet und gewohnheitsmäßig. Die Serrats wünschten aufrichtig Marujas Genesung, das war alles, was sie für sie tun konnten. Nur Teresa kam täglich in die Klinik, meistens am frühen Nachmittag. Gekleidet mit herausfordernder, bedrohlicher Eleganz, wie ein Korsar (schwarze Bluse, schwarze Hose, rotes Kopftuch), lief sie durch die Gänge, die Augen hinter einer Sonnenbrille versteckt, ein Buch unter dem Arm, mit gelassener Entschlossenheit im Gesicht. Eine äußerliche Traurigkeit würzte ihre jugendliche Schönheit, verlieh ihr Würde und ließ sie zum ersten Mal den heißen Sommer der Stadt mit einem neuen, ungewohnten Bewußtsein ihres Körpers erleben, unbeirrbar und verwegen, wie manche Menschen ihre Jugend verbringen: als ginge sie niemals vorüber. Es machte ihr nichts aus, daß sie ihre Ferien an der Küste hatte abbrechen müssen. Ihr Vater, der in Barcelona arbeitete und nur die Wochenenden in der Villa verbrachte, tauchte an dem einen oder anderen Morgen in der Klinik auf, immer in Eile, mehr um sich mit Doktor Saladich zu unterhalten als um das Dienstmädchen zu besuchen. Teresa sah er nur bei den Mahlzeiten. In der ersten Woche besuchte Frau Serrat Maruja zweimal, einmal zusammen mit ihrer Schwester Isabel. Sie beunruhigte nicht nur der Zustand der Kranken, sondern auch der ihrer Tochter (verschlafen, dunkle Ringe unter den Augen, merkwürdig gekleidet: »Du Dickkopf, jetzt hast du ja doch gemacht, was du wolltest, und dir diese entsetzliche Hose gekauft«), und sie wollte sie mit nach Blanes nehmen. »Dräng mich nicht, Mama. Ich bleibe hier, bis es Maruja wieder besser geht.«

Auch der unbeherrschte und betrübte Freund des Dienstmädchens kam täglich in die Klinik, so gegen fünf Uhr nachmittags, schweigsam und würdevoll, mit einem Ausdruck von besonderer Bitterkeit und allgemeinen Vorwürfen. Immer wenn er ins Zimmer kam, klappte Teresa das Buch zu, das sie gerade las, um sich nichts von dem Schauspiel entgehen zu lassen, das mit jedem Tag an Überzeugungskraft gewann: Der Junge näherte sich ehrfürchtig Marujas Bett und blieb unbeweglich am Kopfende stehen, niedergeschlagen; seine verletzte Hand (deren übertrieben aufwendigen Verband, ein verklärender Ausdruck heldenhaften Lebensgefühls, täglich jemand erneuerte) hing dabei schlaff und ergeben wie ein Liebesopfer neben Marujas Kissen, ganz dicht am ausgezehrten Gesicht der Kranken, und wurde sozusagen mit ihr solidarisch. Der braune Arm stach von der schaumweißen Mullbinde ab, mit der er fast bis zum Ellenbogen umwickelt war. Ansonsten spiegelten das finstere, verschlossene Gesicht und die starre Haltung des Murcianers, der vor Maruja stand und sie ansah (vier oder fünf Minuten lang), nichts anderes als seine edle Gesinnung. Der Junge wandte sich dann langsam vom Bett ab, schob die Daumen in die Gesäßtaschen seiner Hose und erkundigte sich nach dem Zustand der Kranken; er sprach nur wenig, mit merkwürdig tiefer Stimme, richtete alle Fragen an die Krankenschwester und sah Teresa kaum an. Schließlich verabschiedete er sich und ging. Mehrere Tage lang änderte sich sein Verhalten nicht. Teresa Serrat fragte sich ständig, inwiefern der Junge sie immer noch für das verantwortlich machte, was geschehen war.

Eines Nachmittags kam Manolo früher als Teresa. Er trat ins Zimmer, ohne jemanden anzusehen, brummte leise »Tag«

(es saßen Leute im Vorzimmer, vage erkannte er eine elegante Frau, die bei seinem Eintreten verstummte) und stellte sich vor Marujas Bett. Wenig später hörte er Schritte hinter sich und die Stimme der Krankenschwester, die jemanden darüber informierte, daß Maruja morgens, wenn sie neu gebettet wurde, meistens erbrechen mußte. Dann hörte er sie leise sagen: »Das ist ihr Freund.« Da bemerkte er neben sich eine zarte, nach Parfüm duftende Person und das Geklimper von Armreifen. Es entstand eine lange Pause, aber der Junge rührte sich nicht und sagte auch nichts, noch immer sah er Marujas Gesicht an (er dachte finster, daß es mit jedem Tag einer Maske ähnlicher wurde), gleichzeitig bemerkte er, daß auf der linken Hälfte seines Gesichts der freundliche Blick einer Frau ruhte, die interessiert sein Profil betrachtete; wahrscheinlich war es die Unbekannte. Teresas Mutter, dachte er.

Als er den Kopf zur Seite wandte, war die Frau verschwunden, und die Krankenschwester saß am Fenster. In diesem Augenblick kam Teresa herein.

»Hallo«, begrüßte sie ihn, »Mama hat gerade nach dir gefragt.«

»Ich habe es ihr schon erklärt«, sagte die Krankenschwester.

Manolo wandte sich um und sah sie mit merkwürdig zweifelndem Blick an, als wollte er seine Verwunderung darüber zum Ausdruck bringen, daß Krankenschwestern sprechen können. Dann ging er zur Tür. Teresa ging bis zum Flur mit und fragte ihn, ob er ihr immer noch böse sei.

»Ich? Warum?« antwortete er und stützte sich mit der verbundenen Hand an der Tür ab, neben den blonden Haaren des Mädchens, das wieder den Duft von bitteren Mandeln wahrnahm.

»Weiß ich nicht ... Ich hatte so den Eindruck«, sagte Teresa. »Ich möchte, daß du weißt, daß niemand an Marujas Unfall schuld ist, und ich schon gar nicht ... Und darüber wollte ich mit dir reden, du müßtest mir nämlich auch mal einiges erklären. Ich kann dich nach Hause bringen, wenn du willst.«

Dem Jungen schien das nicht zu passen.

»Danke. Aber eigentlich ... Ich geh jetzt nicht nach Hause. Ein andermal.« Und nach kurzem Nachdenken setzte er kühl hinzu: »Ich habe heute noch was Wichtiges vor.«

Eine Woche nachdem er mit seiner Bluttaufe für Überraschung gesorgt hatte, gab Marujas betrübter Freund wieder Anlaß zu Verwunderung, als er unerwartet, den Arm in einer Schlinge, mit einem prächtigen, perlgrauen Anzug erschien, neu, sehr gut geschnitten. Ehrfurchtsvoll und tadellos gekleidet stand er vor Maruja, ganz in jene beinahe religiöse Haltung versunken (tatsächlich hatten seine Besuche etwas von Heiligenverehrung), Teresa konnte den Blick nicht von ihm abwenden. Wie beeindruckend war die neue Form seiner Schultern, wie geheimnisvoll sein gerader Rücken, so gebieterisch und unerwartet elegant. Und der Arm in der Schlinge, hatte sich die Wunde entzündet? Das schokoladenbraune Seidentuch, in dem seine verbundene Hand ruhte, hatte Teresa sofort wiedererkannt: Sie hatte es Maruja vor einiger Zeit geschenkt. Als Teresa ihn jetzt das erste Mal so schick angezogen sah, wurde sie unruhig, ohne zu wissen, warum; zwischen dem bewundernswerten feierlichen Ernst dieses Körpers und dem schicken Anzug, der ihn kleidete, gab es ein neues und sonderbares Verhältnis, als hätten die beiden – die sich bis dahin nicht kannten – einen Pakt geschlossen, der irgendwie beunruhigend erschien und Gefahr bedeutete. Das Abenteuer war abzusehen.

»Was ist passiert?« fragte sie ihn und wies auf die Armschlinge. »Dina ist für einen Augenblick rausgegangen ...«

»Wer ist Dina?«

»Die Krankenschwester. Sie ist sicher gleich zurück. Warum zeigst du ihr nicht die Hand?«

»Es ist nichts«, sagte er. »So ist es nur bequemer für mich.« Er blieb einen Moment lang neben Teresa sitzen und blätterte zerstreut Zeitschriften durch. Obwohl er heute hoffte und wünschte, daß Teresa ihm anböte, ihn nach Hause zu fahren, wurde er nicht mal zur Tür gebracht. ›Sie wird wohl noch zu tun haben‹, dachte er.

Es geschah am nächsten Tag. Gemeinsam verließen sie die Klinik, und da es noch früh war und er nichts vorhatte (»Ich habe Ferien«, sagte er), schlug er dem Mädchen vor, unterwegs anzuhalten, um etwas trinken zu gehen. Sie schien nicht gerade begeistert, sagte aber auch nicht nein. Sie war für eine Kneipe auf dem Monte Carmelo, was Manolo wunderte.

»Bei uns gibt es nichts Besonderes«, sagte er. »Aber ich kenne ein Lokal in der Nähe, wir kommen daran vorbei.«

Das Tibet unten am Carmelo war ihm eingefallen. Ein kitschiges Lokal (eine imitierte Hütte, angestrichene Baumstämme, Strohdach, gedämpftes Licht) auf der Terrasse einer alten Villa aus den dreißiger Jahren, aus der man ein Gasthaus und Restaurant gemacht hatte. Aus einem Lautsprecher kam leise Musik. Es war ein ruhiges, einsames Lokal, das Teresa sehr gut gefiel. Sie setzten sich an einen Tisch neben der Veranda, die zur Straße hinausging, auf der anderen Seite sah man Gärten und Johannisbrotbäume, einen Tümpel, der in der Sonne wie ein Spiegel glänzte, und einen alten Gutshof, den die Stadt schon vor Jahren in Besitz genommen hatte. Bei Sonnenuntergang würden sie beobachten können, wie hinter dem Hügel Tres Cruces der Himmel über dem Parque Güell in Flammen aufging. Teresa stand lange neben Manolo, die Ellenbogen auf die Verandabrüstung gestützt, und bewunderte die Landschaft.

»Dein Viertel gefällt mir.«

»Siehst du die Tennisplätze da unten zwischen den Bäumen?« Manolo wies mit dem Arm darauf. »Das ist der Tennisclub La Salud. Als Kind habe ich auf Tennisplätzen gearbeitet, als Balljunge, wie Santana ... Hier wirst du wohl nie gewesen sein.«

»Da irrst du dich«, sagte sie und sah zum Carmelo hinauf. »In gewisser Weise ist mir das alles vertraut. Ich hab nicht immer in San Gervasio gewohnt. Als ich klein war, wohnten wir an der Plaza de Joanich in Gràcia. Das war nach dem Krieg, ich erinnere mich, daß ich zum Spielen auf die Straße lief, da gab es ein paar rotzfreche Bengel, aber ich hatte vor ihnen keine Angst.« Sie lachte auf. »Mama war über meine Kühnheit entsetzt, und sie ist es noch heute, ihrer Meinung nach habe ich mich überhaupt nicht geändert. Dort war es, wo mich ein Junge vom Carmelo mal im Treppenhaus an den Zöpfen gepackt hat. Er nahm mich gefangen und hielt mich eine ganze Weile hinter der Tür fest, bis ich das Kennwort aussprach, die geheime Losung.« Vergnügt lächelnd sah sie den Jungen an. »Wer weiß, vielleicht warst du dieser Junge.«

»Nein«, lachte er, »da hab ich noch nicht in Barcelona gewohnt.«

»Woher kommst du denn, Manolo?«

»Aus Málaga ... Sag mal, sind deine Eltern Katalanen?«

»Nur mein Vater. Mama ist zur Hälfte Mallorquinerin, aber aufgewachsen ist sie hier.«

»Setzen wir uns? Na komm. Was willst du trinken?«

»Ich weiß nicht, einen *Cuba libre*. Erzähl mir von Maruja, von euch beiden ... Du arbeitest in einer Fabrik, ja?«

Sie setzten sich einander gegenüber. Manolo machte ein überraschtes Gesicht:

»Ich, in einer Fabrik? Nicht ums Verrecken! Wer hat dir denn diesen Schwachsinn erzählt?«

Obwohl Teresa lächelte, schien sie die Sache nicht gerade komisch zu finden. Sie war verunsichert.

»Maruja.«

»Dieses Mädchen werde ich nie verstehen. Ich arbeite im Geschäft meines Bruders. Gebrauchtwagenhandel. Die schlechten Zeiten sind vorbei.«

Er log natürlich, und Teresa Serrat glaubte zu wissen, warum. ›Übertriebene Vorsicht? ‹ dachte sie. ›Wie albern. Ich hab ihm doch keinen Anlaß gegeben, mir zu mißtrauen, im Gegenteil.‹ Aber sie hatte sich schon entschlossen, die Sache auf sich beruhen zu lassen und die geheime Stellung von Marujas Freund zu akzeptieren. Sie hatte sich etwas anderes vorgenommen.

»Erinnerst du dich«, begann sie, lehnte sich auf ihrem Stuhl zurück und setzte die Sonnenbrille auf, »daß ich dir am ersten

Tag, an dem wir in der Klinik waren, auf der Rückfahrt gesagt habe, ich hätte etwas Wichtiges mit dir zu besprechen ...? Also, ich hab es mir anders überlegt. Es scheint dir ja nicht zu passen, daß ich mich in deine Angelegenheiten mische.«

»Stimmt«, versetzte er, schon Gefahr witternd.

»Aber es gibt etwas, was du wissen sollst, etwas, was mit dem zu tun hat, was du mir gesagt hast, als du mich in dem Zimmer erwürgen wolltest.« Sie brach in Lachen aus und er dann auch. »Du hast mir meine Beziehung zu dem Jungen vorgehalten, der in der Fabrik von Luis' Vater im Pueblo Seco arbeitet. Woher weißt du davon?«

»Großes Geheimnis«, grinste er.

»Na ja, wundert mich auch nicht, bei den Beziehungen, die du haben mußt ... Aber du kennst nicht die ganze Wahrheit, sonst hättest du mich nicht so angeschrien. Und das muß mal geklärt werden, ich mag keine Mißverständnisse. Was sie dir alles über mich und den Jungen und über unsere Treffen erzählt haben, ist mir eigentlich ganz egal. Aber da laufen viele Reaktionäre rum, die sich progressiv geben, das sage ich dir, Manolo. Ich verkehre, mit wem ich will, und bin niemandem Rechenschaft schuldig.«

»Ich hab dich nicht danach gefragt, Teresa. Gut, der *Cuba libre*.«

»Andererseits«, fügte die junge Studentin hinzu und senkte den Kopf, »habe ich beschlossen, daß das jetzt vorbei ist. Mit diesen Spinnern von meiner Fakultät will ich nichts mehr zu tun haben ... und auch sonst mit keinem. Es gibt Wichtigeres zu tun.« Bei diesen Worten sah sie ihn sehr ernst an, solidarisch, und führte das Glas zum Mund. »Glaubst du nicht?«

»Na ja, kommt drauf an.«

»Vor kurzem hab ich eine dieser Erfahrungen gemacht, die man nie im Leben vergißt.« Durch die Sonnenbrille waren Teresas Augen kaum zu sehen. Plötzlich bekam ihr Mund einen beleidigten Zug. »Wenn ich dir das erzählen würde«, murmelte sie.

»Na los, erzähl schon«, sagte er.

»Ich möchte lieber nicht darüber reden.«

Sie trank sehr langsam, während Manolo sie schweigend beobachtete. Dann zog sie eine Schachtel Chester heraus, und sie rauchten. Teresa fügte hinzu, ihr werde schon bei dem bloßen Gedanken daran schlecht, und es brauche sicher noch Jahre, bis sie wieder jemanden an sich heranließe. »Aber das ist meine persönliche Entscheidung und ändert nichts am Wert der Sache selbst«, sagte sie in resolutem Ton. »Worauf ich hinauswollte: Den Jungen, der dich anscheinend so interessiert, den, mit dem ich mich vor dem Büroeingang getroffen habe, kenne ich durch Luis Trías. Er heißt Rafa, er ist sehr sympathisch ...« Von da an bemühte sich Manolo mit allergrößter Aufmerksamkeit darum, irgendwie die merkwürdige Verteilung von Sympathie und Antipathie zu verstehen, die in den Worten der Studentin mitschwang. Der Bericht war arg verworren. Wie sie sagte, hatte sie ihm das nicht deshalb erzählt, weil sie ein schlechtes Gewissen hatte, sondern, damit er nicht wie andere glaube, sie habe sich mit Rafa nur angefreundet, um mit ihm herumzuknutschen. Sie fügte hinzu, der Junge sei eine Art Geschäftsführer der Kulturabteilung des Betriebs, er kümmere sich um die Bibliothek und leite eine Theatergruppe. Der Ärmste sei dafür zwar kaum ausgebildet, habe aber viel guten Willen, und in mancher Hinsicht tauge er mehr als einige ihr bekannte Studenten aus guten Familien. »Eine meiner Freundinnen und ich«, fuhr Teresa fort, »wir haben ihm geraten, er solle versuchen, ein Stück von Brecht aufzuführen. Kennst du Brecht?« – »Erzähl weiter«, sagte er. Teresa versicherte, der Junge habe sich sehr für die Idee interessiert, obwohl es nicht einfach gewesen sei, sie in die Tat umzusetzen. Sie habe ihm Bücher und Zeitschriften geliehen, und sie hätten sich häufig getroffen, um darüber zu reden. Eines Tages sei sie auf die Idee gekommen, daß man nach den Proben Arbeitsgruppen einrichten könnte. Zum Beispiel um Brecht wenigstens zu lesen, wenn man ihn schon nicht aufführen konnte (»Ich weiß nicht, ob du mitgekriegt hast, was hier mit Brecht passiert«, begann sie. »Erzähl weiter«, drängte

Manolo). »Leider ist nichts daraus geworden«, fügte das Mädchen hinzu, »das lag zum Teil an Luis Trías, der sehr schnell das Interesse verlor ... Aber das ist eine andere Geschichte. Meine Idee war schon gut, obwohl vielleicht verfrüht. Wenn du wüßtest, wie man mich kritisiert hat, aber ich meine noch immer, daß es sinnlos ist, Brecht in der Universität aufzuführen, dagegen in einem Arbeiterverein, stell dir mal vor ...«

»Ja, aber was war jetzt mit Rafa?« fragte Manolo.

»Nichts. Wir haben uns ein paar Wochen lang getroffen, ich habe dir schon gesagt, daß er sehr sympathisch und nett war. Aber dann fing das Gerede an, und darauf wollte ich hinaus: Das einzig Wichtige an dieser ganzen Geschichte ist doch nur das, was wir erreichen wollten, auch wenn wir's nicht geschafft haben, und alles andere, was zwischen mir und dem Jungen war, eigentlich nichts, ich verstehe das nicht, was wollen die eigentlich, wir haben doch schließlich nicht die Revolution gefährdet!« rief sie empört. »So viel Dogmatismus ist doch absurd! Findest du nicht?« – Manolo dachte nach. Er drückte die Zigarette im Aschenbecher aus.

»Ich meine nur, daß man Pflicht nicht mit Zuneigung vermischen darf. Alles hat seine Zeit, verstehst du? Nun sag mal, was wolltest du von Rafa, ihm Bücher leihen oder ihn küssen?«

Teresa stutzte einen Moment, dann fing sie an zu lachen.

»Dumme Frage! Ist es denn so interessant, was ich tue oder lasse? So daß, das muß man ja mal festhalten, Mensch, daß sogar du davon erfahren mußtest!« Sie schloß für einen Moment die Augen, aber ihre Lippen umspielte noch ein Lächeln. »Womöglich gibt es sogar ein Dossier über mich und meine Liebhaber. Das wär ja lustig! Entschuldige, daß ich immer wieder darauf zurückkomme, aber du hast mich ganz neugierig gemacht: Wie hast du das erfahren?«

Er lächelte schwach. ›Los, mein Junge!‹ sagte er sich, streckte langsam den Arm über den Tisch aus, nahm ihr die Sonnenbrille ab, sah ihr in die Augen und sagte:

»Alles kommt einmal an den Tag. Ich war dir näher, als du glaubst. So gefällst du mir besser.«

»Ich meine das ernst, Manolo.«

»Ich auch. Aber es ist doch jetzt vorbei, lassen wir das.«

»Aber neulich in der Klinik hast du mich wie ein richtiger Politkommissar behandelt. Ich hab noch immer den Abdruck auf dem Arm, guck mal. Und es war nur deshalb, gib's zu. Jawohl!«

Dem Murcianer fiel nichts Besseres ein, als zu grinsen. Teresa sah ihn starr an, beugte sich vor und fügte hinzu:

»Warum spielst du immer den Dummen? Mann, du hast doch nichts zu befürchten, ich frag dich schon nichts, was dich in Verlegenheit bringen könnte. Reden wir von etwas anderem, wenn du willst. Von deiner Familie, deinen Freunden ...«

Sie lehnte sich wieder zurück, reckte die Arme und räkelte sich, lachend und wollüstig. ›Das ist die fröhliche, reizende Teresa, die echte, die sich so einfach lieben läßt!‹ denkt er und redet ihr zuliebe über sein Viertel. Dunkel liest er aus der verwunderten Aufmerksamkeit, die das Mädchen ihm jetzt schenkt, nicht nur eine Sehnsucht nach der Vorstadt heraus, sondern auch einen gewissen kulturellen Konflikt, dessen Charakter ihm noch fremd ist. In ihren unergründlichen blauen Augen, verträumt und voll Vertrauen, wohnt das klare, schwebende Licht des Nachmittags. Was für sonderbare Befürchtungen und Hoffnungen, was für Gefühle und Empfindungen liegen in diesem warmen, unwiderstehlichen Blau ihres Blicks? Manchmal hört sie ihm zu wie eine strebsame, eifrige Schülerin, die Ellenbogen auf den Tisch gestützt und das Kinn auf die Hände, ein andermal mit dieser rosa Mattigkeit der erregenden Zerstreuung, der flüchtigen Erinnerung, die schon vorüber ist, immer mit heiterer, unschuldiger Miene, ihn starr ansehend; ihre meditative, leicht entrückte Haltung steht im Widerspruch zur Schlichtheit des Themas und zu den (natürlich unbeabsichtigten) Unstimmigkeiten, in die sich der Murcianer verwickelt: Teresa sucht nicht genau den Sinn seiner Worte, sondern das, was unter ihnen oder um sie herum schwebt, eine Grundströmung oder ein feines Netz von Gedanken und Gefühlen, das sie, ohne es zu wissen, mit ihren

Fragen selbst knüpft; sie sucht einen Gleichklang, der zunehmen und sich in der Luft verstärken wird, in der Mitte zwischen ihnen – in dem kleinen freien Raum über dem Tisch (immer kleiner), der sie voneinander trennt –, und der ihre Köpfe schließlich einhüllen wird wie ein unsichtbares Wölkchen. Sie stellt viele Fragen, aber es sind rein sinnliche, sie suchen nicht die Wahrheit, sondern eher ein ideales Klima für die Wahrheit; sie gehorchen keinem Wissensdrang, sondern einem Herzenswunsch nach Bestätigung, denn Teresa Serrat weiß es schon, hat schon ihre Ansicht und ihr süßes Urteil über das Leben eines Jungen wie diesem in einem Vorstadtviertel. So trugen ihr gewisse verworrene Meinungen, die sie begeistert äußerte (»Das Leben eines KPlers muß in deinem Viertel jedenfalls großartig und sogar lustig sein, die Sommernächte mit den Genossen, die Diskussionen im Café ...«), den direkten und entschiedenen Widerspruch des Murcianers ein (»Was für Caféler und was für Sommernächte, hier gibt es doch nur Elend und Langeweile!«), doch dieser Widerspruch glitt ohne weiteres an ihrem glücklichen Lächeln ab, bewirkte keine Meinungsänderung und nicht die geringste Verschiebung auf ihrer Werteskala; ihr strahlender, fröhlicher Blick versicherte weiterhin: ›Ja, wie wunderbar, dein Viertel.‹

Diese Blindheit kam dem Jungen aus dem Süden in den Momenten nicht wenig zugute, in denen er sich, ungeachtet seines freundlichen Bemühens, jene Sehnsucht nach der Vorstadt zu befriedigen, die aus den träumerischen Fragen des Mädchens sprach, das wirkliche, schmutzige Gesicht seines Viertels und seines Zuhauses ins Gedächtnis rief und plötzlich sein uralter Jähzorn hervorbrach und seine Stimme, überdrüssig, etwas vorzutäuschen, diese kleine Wolke voll erregendem Geknister aufzulösen drohte, die sie beide einhüllte. All das verhinderte aber nicht, daß die beiden sich glänzend amüsierten. Ab und zu berührten sich ihre Knie unter dem Tisch, und diese bloße Berührung bewirkte, daß die Welt plötzlich bei weitem wirklicher und zusammenhängender schien als das, was die Worte auszudrücken suchten. Gern überließen sie sich allmählich dem Schweigen. Ohne daß sie es bemerkt hatten, waren mehr als zwei Stunden vergangen. Teresa trank jetzt Gin mit Eis. Der Murcianer hatte sein kühnes Selbstvertrauen wieder zurückgewonnen, nichts ließ eine Rückkehr zum Thema Verschwörung erwarten, ein immer glitschiges Terrain, als plötzlich ein Zwischenfall, das Unglück, das ihn verfolgte (diesmal in Gestalt einer Tasse heißen Kaffees, die die zittrige Hand eines Kellners ausbalancierte), unerwartet wieder die Frage nach der sonderbaren Persönlichkeit aufwarf, die Teresa Serrat ihm beharrlich anzudichten schien, wodurch zuletzt der politische Charakter des kulturellen Konflikts der Studentin an den Tag kam. Der Kellner (ein kränklicher, fluchender Alter, der Selbstgespräche führte, ein rabiater Kerl, aber entzückend, in Teresas Augen) stolperte, als er an Manolo vorbeikam, und verschüttete den Kaffee auf dessen neuen Anzug. Die heiße Flüssigkeit verbrühte dem Jungen den Hals, und er sprang auf.

»Trottel! Kannst du nicht aufpassen?«

»Oh je, ich falle ...«, sagte der Alte.

Tatsächlich hatte er sein Gleichgewicht noch nicht wiedererlangt, und wenn Manolo ihn nicht am Kragen gepackt hätte, wäre er gefallen und mit dem Gesicht auf die Tischkante aufgeschlagen.

»Scheiße, Opa, was machst du für Scherze?« rief der Murcianer.

»Guck mal, was du mit meinem Anzug gemacht hast, ich scheiß auf deine Toten!«

Die ganze Verwandtschaft des Alten marschierte auf. Manolo war jetzt so richtig in Fahrt gekommen und konnte den Wortschwall nicht mehr stoppen, sogar Teresa hatte er vergessen, und erst als er mit seiner langen Litanei von Beschimpfungen zu Ende war (der arme Mensch hatte sich in der Zwischenzeit brummend, sich das Knie reibend, zurückgezogen, nachdem er das Jackett des Jungen mit Wasser bespritzt hatte) und Teresa ansah, bemerkte er ihren vorwurfsvollen Blick.

»Wie?« sagte er und rieb sich das Revers mit dem Taschentuch ab. »Hab ich nicht recht? Wenn ihm die Hände zittern, sollen sie ihn in Rente schicken. So seh' ich das. Guck doch, wie er mich zugerichtet hat, der Witzbold. Und du kannst sicher sein«, log er frech, »daß ich das nicht wegen dem Anzug sage, nein, es geht mir ums Prinzip ...«

Sie hatte die Augen gesenkt, das Glas in der Hand, dessen Inhalt sie hin und her bewegte, während sie ihn ansah, als enttäusche sie sein Anblick zutiefst.

»Was soll's«, fügte der Murcianer hinzu, obwohl er ahnte, daß es schon zu spät war. »Ist schon vergessen.«

»Dieser Mann arbeitet«, sagte die fortschrittliche Studentin.

»Ja und?« erwiderte der Motorraddieb. »Wir arbeiten alle.«

»Eben, Manolo. Bei einem anderen hätte mich das nicht gewundert, aber bei dir schon.«

»Warum?«

»So benimmt sich ein *señorito*.«

Etwas verärgert rieb Manolo sich weiter das Revers mit dem Taschentuch ab. Er sah Teresa nicht an.

»Vielleicht bin ich ja ein *señorito*. Besonders wenn man mich schlecht behandelt, wenn man mir den Hals verbrüht ... Vielleicht hab ich die Nase schon gestrichen voll.«

»Ich nehme an, du meinst das nicht ernst.« Teresas Stimme wurde lehrerhaft. »Du wirst doch nicht behaupten, daß du keine Prinzipien hast, so zynisch wirst du nicht sein, nehme ich an. Es war die Schuld des Alten, einverstanden, aber man kann die Dinge unterschiedlich angehen und ...«

Er sah sie an, beugte sich über den Tisch zu ihr, runzelte die Stirn (zwei leichte, verschwommene Falten, kaum zu erkennen, erschienen plötzlich auf seiner braunen Stirn und verliehen ihr eine feine geistige Schärfe, eine Fähigkeit, die er wahrscheinlich gar nicht besaß: Vorzüge der Schönheit). Dank der Nähe seines Gesichts konnte Teresa auch die bittere Vollkommenheit des Mundes erkennen, die seltsame Härte der Mundwinkel. Manolo unterbrach sie:

»Moment mal. Das wollen wir doch mal sehen. Ich kenne nur eine Art, wie man die Dinge anzugehen hat: sie richtig angehen. Und dieser Herr hat mich beschmutzt und verbrüht, und ihr

Frauen seid manchmal, entschuldige, aber manchmal seid ihr wirklich Spinatwachteln. Ich weiß, daß er ein armer alter Kerl ist, aber darf man sich denn nicht mal mehr beschweren?«

»In gewisser Hinsicht nicht.« Und schließlich kam aus dem Erdbeermund, diesem sehnsüchtigen rosa Schaum, in dem die Verschwörung immer wieder ertrinken würde, eine Formel, die den Pijoaparte auf die richtige Spur bringen mußte: »Nicht wenn man Klassenbewußtsein hat, Manolo.«

Der Junge vom Carmelo spürte ein Frösteln von innen her (›So schlecht war ich bisher angezogen?‹ war das erste, was er dachte, und dann: ›Ach, darum geht es! Wo soll das noch enden, Manolito? Aber halt den Mund und spiel weiter den Dummen!‹). Teresa redete immer noch:

»... und hier sollte man anfangen, bei den Umgangsformen, das ist doch wirklich wichtig, und nicht, daß man sich in einem Fabriktor küssen läßt. Aber in diesem Land gibt es noch eine Menge zu tun, hier geht alles drunter und drüber, sogar in der Opposition, wie María Eulalia meint ...«

»Wer?«

»Eine Freundin von der Universität.«

Manolo, den das Lieblingsthema der Studentin langweilte, hielt den Moment für gekommen, sich der außergewöhnlichen Fähigkeiten zu bedienen, die ihm verliehen waren.

»Wir reden nicht mehr darüber, ja? Es ist gefährlich.« Es war die Musik voll vager Versprechungen, die ihn vorsichtig eine Hand näher an ihre schieben ließ. Teresa glitt nachdenklich mit dem Finger an den Falten der Tischdecke entlang und sagte nichts. »Sieh mal, Teresa, wenn wir Freunde werden sollen, wirst du mir einen Gefallen tun: Lassen wir diese Sache erst mal beiseite. Wenn ich kann, werde ich dir später einiges von mir erzählen, was dich überraschen wird ... Aber jetzt frag mich nichts, erinnere mich an nichts, einverstanden? Deutlicher kann ich nicht werden, Mädchen.«

Sie sah ihn eine Sekunde lang an und senkte dann wieder den Blick. »Verstehe«, murmelte sie. Sie war wunderschön in der Unterwürfigkeit (›Gehorsam steht ihnen allen gut‹, dachte er, ›aber besonders den Töchtern aus reichem Hause‹), mit der sie hinzufügte: »Du hast recht. Geh nicht weiter darauf ein.«

Manolo lächelte freundlich und drückte ihre Hand.

»Immer mit der Ruhe. Du bist sehr impulsiv, Teresa.«

»Ich bin nervös, ich weiß nicht, was in letzter Zeit mit mir los ist. Es sind so viele Dinge auf einmal passiert, ich tue nichts anderes als nachdenken, nachdenken, nachdenken ...«

»Du studierst zuviel.«

»Ich studiere überhaupt nicht.«

»Wie alt bist du?«

»Fast neunzehn. Und jetzt frag mich bloß nicht, ob ich einen Freund habe, das kann ich nicht ertragen.« Lächelnd fügte sie hinzu: »Ich glaube, ich trinke noch einen Gin, mal sehen, ob mich das aufmuntert. Du bist übrigens heute so elegant. Warum? Steht dir gut, aber in Jeans und Sporthemd gefällst du mir besser.«

»Ein bißchen Abwechslung kann nicht schaden, oder? Aber wenn du meinst ... Einmal hab ich in Marbella am Strand versehentlich eine Deutsche bei der Hand genommen, im Wasser ...«

»Du bist an der Costa del Sol gewesen?« unterbrach ihn Teresa.

»Eine Saison lang. Die Deutsche ...«

»Hast du da gearbeitet? Als was?«

»Zeitweise. Die Deutsche hat mir ein rosa Hemd abgenommen.«

»Sie hat dir ein rosa Hemd abgenommen?«

»Ja, ich schwör's dir«, sagte er lachend. »Am Strand. Ein verschossenes Hemd. Sie sagte, es gefiele ihr. Dann hat sie mir hundert Pesetas dafür gegeben. War nichts wert.«

»Die Deutsche oder das Hemd?«

»Das Hemd natürlich.«

Sie lachten. Teresa lehnte sich auf dem Stuhl zurück, sah den Jungen eine Weile an und sagte dann unverschämt, mit ironischem Unterton:

»Ich spüre, daß ich eines schönen Tages was ganz Ungeheuerliches machen werde. Ich kenne mehr als ein Mädchen von meiner Fakultät, die es längst gemacht hätte ... Hat man dir nie gesagt, daß wir Studentinnen furchtbar geil sind?« Eine sonderbare Heiterkeit strömte jetzt durch ihre Adern, und sie dachte dunkel, das sei immer noch komisch, was ihr da passierte, zumal sie kaum etwas getrunken hatte; aber mit einem Arbeiter wie diesem etwas zu trinken war zweifellos etwas ganz anderes als mit Luis Trías, das wurde ihr langsam klar. »Hm? Hat man dir das nie gesagt? Dann weißt du es jetzt ...« Sie brach in Lachen aus und änderte den Ton. »Nun krieg bloß keinen roten Kopf. Ich mach doch nur Spaß.«

›Wie schlecht du mich kennst‹, dachte er. ›Ich krieg höchstens 'n roten Arsch.‹ Aber er sagte:

»Du willst mich wohl beeindrucken, Kleine, machst einen auf intellektuell, was?« Sie war außerordentlich verwirrt: Er hatte den Nagel auf den Kopf getroffen. Teresa zwang sich zu einem Lächeln, und er fügte hinzu: »Ich weiß nicht, ob ihr nun sehr ... so seid, mir scheint, ihr seid wie alle, wenn es euch überkommt; ich finde nur, ihr seid sehr schlau. Sieh dir dagegen an, wie dumm Maruja ist, sie hatte keine Zeit, dir alles zu erzählen. Dumm und ohne einen Heller.«

»Sprich bitte nicht so über Maruja. Wir sind gute Freundinnen. Aber glaub nur nicht, sie hätte sich getraut, mit mir über euch zu reden, das mußte ich mir fast alles selbst zusammenreimen. Ich wußte, ihr schlieft zusammen, in ihrem Zimmer ... Hab ich jemals was gesagt? Jemand anders an meiner Stelle hätte ein Riesentheater gemacht, das mußt du zugeben ... Aber ich habe klare Vorstellungen und versuche danach zu leben.« Sie seufzte, sah auf den Ausschnitt ihres Kleids. Sie ließ die Haare ins Gesicht fallen und warf sie dann heftig zurück, den Kopf schüttelnd. »Du wirst doch nicht bestreiten, daß das im letzten Jahr, im Oktober, beeindruckend war.«

»Nein, nicht schlecht«, gab er zu, ohne zu wissen, worum es ging. Von neuem versuchte er, das Gesprächsthema zu wechseln: »Wirklich gut, der *Cuba libre*. Möchtest du auch einen?«

»Sag mal ehrlich, Manolo: Hast du sie geliebt?«

»Maruja? Sie lebt doch noch, oder? ... Ja schon, wir haben uns geliebt, aber auf unsere Weise. Wir wollten immer frei sein, verstehst du?«

»Sie ist sehr verliebt in dich. Das weißt du doch, oder?«

»Man darf auch nicht übertreiben. Sie ist sehr lieb, die Arme. Aber zwischen uns war es nur eine Bettgeschichte. Na ja, gewisse Dinge brauche ich dir wohl nicht mehr zu erklären, du bist ja schon eine Frau.«

»Du brauchst kein Blatt vor den Mund zu nehmen, Manolo.«

»Sieh mal, ich bin da ganz offen. Ich mache es gerne, wenn es gemacht werden muß, aber jetzt denk bloß nicht, das wär das einzige, was ich von den Frauen will ... Nein, im Gegenteil. Ich hab 'ne ganze Menge Flittchen kennengelernt, Teresa, und es hat mir nie Spaß gemacht, mit ihnen meine Zeit zu vertun.« Und seine Stimme bekam einen drängenden Ton, als er, ohne es zu wissen, Fray Luis nachahmte: »Aber ein intelligentes Mädchen, das keine Angst vor dem Leben hat, gut erzogen und gebildet, ist ein Schatz, und wenn man sich in sie verliebt, ist man gleich für das ganze Leben reich. Das ist so wahr, wie ich hier sitze.«

Er sah in Teresas Augen. Es wurde dunkel. In ihrem Rücken, jenseits der Veranda, schimmerten im Hintergrund die Lichter der Stadt. Nachdenklich senkte Teresa den Blick und eroberte ihre dunkle Brille zurück.

»Du mußt mir mal ein Buch leihen, Teresa«, sagte er.

»Ja, natürlich, wann du willst.« Sie schien nicht sonderlich interessiert und sah auf ihre Uhr. »Es ist spät. Geh'n wir? Wo wir ganz bei dir in der Nähe sind, bringe ich dich nicht extra nach Hause. Macht dir das was aus?«

»Wenn's sein muß ...«

Als sich die beiden am Wagen verabschiedeten, etwas verlegen (ein leichter Händedruck, vielsagendes Schweigen), machten sie diesen matten und schlaffen Eindruck wie nach einer heißen Dusche oder nach einem Fest junger Leute, der von dem Gefühl herrührt, weder mit der Frisur noch mit dem Gesprächsthema das Richtige getroffen zu haben. »Wie langweilig das Leben ist, nicht?« sagte sie, als sie sich hinters Steuer setzte. »Man vermißt den Strand, bei dieser Hitze ...« Als der Wagen anfuhr und Teresa den Kopf zu ihm umwandte, winkte Manolo heftig mit der verbundenen Hand.

Niemals war er fortgegangen.
Aber er hatte eine verbrannte und derbe Haut
und den vagen Wunsch, zur See zu fahren;
in Cuba gewesen zu sein, zum Beispiel,
und reich zurückzukehren.

MIGUEL BARCELÓ

Das Geheimnis des heldenhaften Verbands hieß Hortensia, im Viertel besser bekannt als die Jeringa, und auch der Geruch nach Bittermandeln (Kräuterbonbons aus der Apotheke, in der sie arbeitete), der aus den Taschen ihres weißen Kittels entwich.

»Ist es dir recht so, Manolo?«

»Wickel noch ein paarmal herum, los. Es könnte sich sonst entzünden ...«

Jeden Nachmittag nach dem Essen ging Manolo zu ihr, damit sie ihm den Verband wechselte. Die Jeringa war Kardinals Nichte, ein ernstes Mädchen, fünfzehn Jahre alt, blaß, schweigsam und zurückhaltend, mit blaugrauen Augen und stumpfem, schmutzigblondem Haar. Sie redete wenig und stockend, betrachtete die Dinge mit Mißtrauen, als wäre sie kurzsichtig, und man sah sie immer allein. Der Kardinal behauptete, sie habe das einfältige und leichtsinnige Wesen ihrer Mutter geerbt. Aber diese aschgrauen Augen und dieses Haar, das heute eine sonderbare, ruhige und leblose Sprödigkeit aufwies wie Disteln, hatten einmal geleuchtet, und offensichtlich stimmte es, wie ihr Onkel sagte: Wer hat, der hat. Denn seit kurzem betrachtete Manolo unentwegt ihr Gesicht, ohne zu wissen, was ihn daran anzog, bis er eines Tages, während sie ihm die Hand verband, plötzlich entdeckte, wie sehr (und auf welch sonderbare, beunruhigende Weise) sie Teresa Serrat ähnlich sah. Und das merkwürdige für ihn war, daß er diese Beobachtung nicht umgekehrt gemacht hatte, obwohl er Hortensia viel länger kannte. Das heißt, das natürlichste wäre gewesen, daß ihn Teresa an die Nichte des Kardinals erinnert hätte. Warum war es nicht so gewesen?

Als der Murcianer seine Besuche im Haus des Kardinals aufnahm, war Hortensia neun Jahre alt. Er spielte mit ihr im Garten, nahm sie zu Spaziergängen in den Parque Güell mit und ließ sie auf den Mieträdern fahren. Diese Beschäftigung, der er sich mit Körper und Seele verschrieb – er zögerte nicht, sich in ein Kindermädchen zu verwandeln, so wie er später nicht zögern sollte, einen Plattenspieler und das erste Motorrad zu stehlen, um die Zuneigung und das Vertrauen des Kardinals zu gewinnen –, gefiel dem kleinen Mädchen sehr, außer in den Momenten, in denen er, übereifrig darum bemüht, den Alten zu verführen (dessen empfängliche Pupillen eines einsamen, willigen Weibes angesichts des geschmeidigen Ganges des Knaben schon mehrmals in Aufregung geraten waren), sie im Beisein ihres Onkels für sonderbare Spiele benutzte. Hortensia brach schließlich in Tränen aus. Erriet sie schon damals seine Sehnsucht zu fliegen, las sie in seinem Gesicht den zukünftigen Verrat? Zum Beispiel, im Sommer badeten sie oft in dem zum Wäschewaschen angelegten Becken, das, heute trocken und voller Steine und ausgeblichener Lumpen, am Ende des Gartens lag; die Kleine war entzückt, wenn Manolo Wassereimer über ihrem Kopf entleerte, sie planschten und balgten herum, und ihr lieber, kleiner Freund war einfach zu drollig, wenn er sich »ertränken« ließ. Aber bald machte es sich ihr Onkel zur Gewohnheit, diesen unschuldigen Spielen von Schaum und Bronze beizuwohnen. Von der verfallenen Gartenlaube aus, wo er in einem abgetragenen Hausrock auf einem wackeligen, orangefarbenen Korbstuhl saß, die Hände auf den elfenbeinernen Knauf seines Stocks gelegt, beobachtete sie der Kardinal schweigend und mit dem sehnsüchtigen Blick eines Tänzers, der sich von der Bühne verabschiedet hat, durch einen lichten Nebel hindurch, anständig und rechtschaffen; mit der hohen Würde eines Ballettmeisters, der im jugendlichen Strauß seiner Schülerinnen nach zukünftigem

Ruhm forscht, nahm er unbeschreibliche Vorzeichen wahr: die plötzlich katzenhafte Anmut eines Körperteils, das geschmeidige Funkeln unter einer Achsel, das kurze Spiel eines Rückenmuskels. Und Manolo, der gewöhnlich sanft mit dem Mädchen umging, behandelte sie plötzlich rücksichtslos, genauso wie sie vor den Augen ihres Onkels eine alte Puppe behandelte, wenn sie eine neue haben wollte. Sie wurde fortgestoßen, beiseite geschoben. »Guck mal, *Cardenal*, guck mal!« hörte sie ihn rufen und sah, wie er von der Gartenmauer über ihren Kopf hinweg ins Wasser sprang – sein gelenkiger und glatter Körper schien für einige Sekunden unbeweglich in der Luft zu schweben und leuchtete in der Sonne wie das Bild auf einer Medaille –, und dann tauchte er stürmisch wieder auf, um auf sie zu klettern und sie kräftig zu umarmen, bis es ihr weh tat, er reizte sie und machte sie mit Bissen irre, er wand sich, sie keuchten vereint, er erfand tausend Figuren und Stellungen, überspannt, aber natürlich ohne Wollust. Mitten in seiner improvisatorischen Begeisterung – er ließ die Kleine unfreiwillig Wasser schlucken und brachte sie zum Weinen – erschuf er, so unschuldig, wie es ein kleines Mädchen tun könnte, das etwas frech kokettiert, eine ganze Welt – fern und für immer verloren – neu, zu Ehren von jemandem, der gleich dort mit dem Tode rang, einige Meter entfernt, hinter den langen Wimpern, die vorspiegelten, einen Jünglingstraum (das sehnsuchtsvolle Fließen des Río de la Plata, die leuchtenden Sonnenstrahlen auf der jungen Haut, die fröhlichen und fernen Schreie eines anderen Sommers, den die Zeit verschlungen hat) als verspätet zu verachten, und der jetzt nur noch auf das mit dem Tode ringende Schlagen seines einsamen alten Herzens lauschte: der Kardinal, ein vornehmer Herr, der dem Murcianer den Schlüssel zur Stadt und zur Zukunft geben sollte.

»Streck mal deine Hand aus. So. Tut das weh?«

»Nein, nein ...«

Sicher hatte sich in jenen Tagen dieser zürnende Reif auf ihre Augen gesenkt und die Traurigkeit auf ihr Haar. Sie lebte von Geburt an bei ihrem Onkel in der alten Villa, die etwas abseits des Viertels lag, in einer Einbuchtung des Hügels, und niemand schien viel von den beiden zu wissen. War sie wirklich die Tochter einer Schwester des Kardinals, die bei Hortensias Geburt im Frühjahr 1943 im Krankenhaus gestorben war? Oder stimmte es, wie andere behaupteten, daß ihre Mutter mit einem jungen Galicier, einem engen Freund des Kardinals, durchgebrannt war und die Kleine bei jenem zurückgelassen hatte? Im Viertel, wo der Humor immer unter der Gürtellinie schwebte wie gewisse Körpergase (»Der mußte aber seine Hosen runterlassen!« war lange der Lieblingsspruch), stellte man alle möglichen Vermutungen an, von denen einige Manolo in beachtlich entwickeltem Zustand erreichten. »Rechne immer mit dem Schlimmsten, und du wirst recht behalten«, hatten sie ihm in der Bar Delicias gesagt, die in vielerlei Hinsicht zweifellos eine Halunkenkneipe war. Manolo war damals fünfzehn Jahre alt, und es gefiel ihm, vor dem Kardinal den Unwissenden zu spielen. Einmal fragte er ihn: »Stimmt es, daß du in Buenos Aires gelebt hast?« – »Ja«, lächelte der Alte. »Und daß du Carlos Gardel auf dem Klavier begleitet hast?« Das würdevolle Haupt des Kardinals schwankte leicht hin und her, wie von einem über den Rücken laufenden Schauer bewegt. »Mag sein, mag sein« (es muß nicht besonders betont werden, daß die Sache mit Gardel ein ganz persönlicher Beitrag des Jungen zu der Legende war, die behauptete, der Galicier sei Antiquitätenhändler und Pianist in Argentinien gewesen). »Und daß du einen Haufen Geld gehabt und dich prima amüsiert hast, stimmt das auch, Kardinal?« – »Auch das ist nicht gelogen, mein Sohn«, antwortete der alte Fuchs mit Purpurstimme. Früher hatte Manolo ihm sehr gerne zugehört: Die rote und schwarze Seide gewisser Freundschaftsbande, von der Zeit zerrissen, eine unbeschreibliche Zärtlichkeit für die Freunde, die zum Teil aus dem Gedächtnis der Zeit verloren waren, halbwegs gekannt, halbwegs verstanden, eine Sehnsucht, ein vages Verlangen nicht nur nach all dem, was wir in dieser Welt vollbracht haben, sondern auch nach dem, was wir nicht vollbracht haben und was uns vielleicht niemals gelingen wird, das alles flatterte immer in seinen Worten wie ein Vogel im Käfig. Manchmal war etwas beinahe Feierliches in seiner Stimme, die hochmütig und bescheiden zugleich sein konnte, wie auch in seiner Haltung. Vielleicht nannten sie ihn deshalb »Kardinal«.

Aber das war lange her. Auf dem Carmelo geriet der Alte in manch unangenehme Lage, es kamen schlechte Zeiten, die sich nachts mehr oder weniger ertragen ließen, aber nicht tagsüber. Manchmal sah man ihn frühmorgens in den Straßen des Viertels auf dem Nachhauseweg, kaum wiederzuerkennen, so schief, so traurig und so unscheinbar ging er, auf seinen Stock gestützt; auch das wird dazu beigetragen haben, daß Hortensias Augen trübe und farblos wurden, verschleiert von dem Schrecken, den ihr anfangs jene unterschiedlichen, aber sich doch so ähnlichen Gesichter einjagten: Sie kamen, um irgend etwas zu verkaufen, schreiend, lachend, vom Bett aus hörte sie Motorradlärm, es waren jugendliche, einfältige Gesichter, nächtliche, kurzlebige Engel, die in ihr Zimmer eindrangen und sie anlächelten und die am nächsten Tag, während ihr Onkel noch schlief, mit einem plötzlichen, merkwürdig tierischen Frösteln im Körper weggingen, nachdem sie in der Küche eilig eine Tasse aufgewärmten Kaffee getrunken hatten. Waren damals ihre Augen und ihr Haar verdorben worden? In groben Pullovern und kaputten Stiefeln tat ihr Körper, als sie zwölf war, einen außerordentlichen und entscheidenden Schub. Sie ging in eine Klosterschule in der Calle Escorial, wo Nonnen sie den ganzen Tag beaufsichtigten und ihr für eine Peseta etwas zu essen gaben. Wenn sie abends nach Hause kam, stieß sie auf neues Diebesgut und auf immer geheimnisvollere Zusammenkünfte. Ihr Onkel schickte sie in den Garten. Dort zuckte sie die Achseln, ging die ausgespülten roten Backsteinwege entlang, zwischen den ihr verhaßten wilden Blumen, deren Namen sie nicht kannte, und sie lächelte, unterhielt sich (worüber? mit wem?). All die Traurigkeit des verlassenen Gartens, des ganzen Viertels, all die Traurigkeit des nutzlos von der Sonne beschienenen Hügels, der sich vergeblich vor dem jubelnden, blauen Himmel abzeichnete, all der tagtägliche Vorstadtkummer wurde dann feucht in der erloschenen Asche ihrer Augen. Eines Tages näherte sich Manolo dem Gittertor mit einem riesigen Plattenspieler unter dem Arm, und sie wollte ihn nicht hereinlassen. »Sind wir denn keine Freunde mehr, Hortensia?« fragte er. »Ich habe keine Freunde.« Da dachte er sich schnell eine Geschichte aus. Diesen Plattenspieler habe er für sie gekauft, um ihn ihr zu schenken und mit ihr das ganze Leben lang zu tanzen und sich zu vergnügen. Das war auch eine seiner Gemeinheiten: Er spannte sie für seine Zwecke ein, wieder einmal – und das Leuchten in ihren Augen war vielleicht, wenn er jetzt darüber nachdachte, das letzte, an das er sich erinnern konnte. Die Kleine öffnete ihm das Gittertor, führte ihn zu ihrem Onkel und hörte ihn dann sagen: »Für dich, *Cardenal*. Gefällt er dir?« Einen Monat lang sprach sie kein einziges Wort mit ihm. Einige Zeit später, im Winter, als er ganze Nachmittage im Delicias verbrachte und in der Nähe des Ofens mit den Alten Karten spielte, kam sie manchmal herein und bestellte an der Theke einen Kaffee mit Milch; sie trank sehr langsam, im Stehen, ihre halboffenen, leeren Augen starrten auf den Spieltisch, und über den Tassenrand hinweg sah sie ihn an (er befürchtete stets, sie würde die Tasse schließlich auf den Boden schmeißen, zu Hause tat sie das oft), und zuletzt kam sie zu ihm und sagte: »Beeil dich, mein Onkel will dich sprechen«, und wenn sie zusammen auf die Straße traten, fügte sie hinzu: »Stimmt gar nicht« und lief davon. An anderen Tagen, wenn es doch stimmte, beschränkte sie sich darauf, in einem Meter Abstand hinter ihm herzugehen, ständig die Frage wiederholend: »Manolo, wann nimmst du mich mal auf dem Motorrad mit?« Mit ihm Motorrad fahren, die Arme fest um seine Taille schlingen, die Wange an seine Schulter pressen und sehen, wie sein Schlips vor seinen Augen flattert, die Haare im Wind ... »Morgen«, sagte er. Aber auch dieses Versprechen hatte er nicht gehalten.

»Wenn dich die Binde zu sehr drückt, mußt du es sagen.«
»Nein, nein. Es ist sehr gut so.«

Er hatte sie zwar nie häßlich gefunden, aber er war auch nicht darauf gekommen, daß und auf welche Weise sie hübsch sein könnte. Jetzt, wo er Teresa kannte, wußte er es: Hortensia war so etwas wie ein Entwurf, eine unvollendete und schlecht ausgeführte Zeichnung von Teresa. Man brauchte sie nur mit halboffenen Lidern anzuschauen. Was man dann sah, in milchiges Licht getaucht, erschien als eine unscharfe Fotografie der schönen Blonden, ein anmutiges, katzenhaftes Gesicht ohne Linien und mit mattem, dunkelblondem Haar (ja, das war die Gestalt jener Teresa, die eingerahmt auf Marujas Nachttisch stand, neben ihrem Auto), die verschwommene, fast gespenstische Silhouette jener anderen strahlenden und glücklichen Person, die in den Wohnvierteln der Reichen von selbst gedeiht und die hier auf dem Carmelo aus irgendeinem Grund keine Zeit oder keine Möglichkeit gehabt hatte, sich zu entfalten. Eine minderwertige Ausgabe der schönen Studentin, eine anmaßende Nachahmung, bleich, enttäuscht oder vielleicht erniedrigt; wenn man heute neben ihr stand, war es, als stünde man neben einer duftenden Heilpflanze. Manolo schmeckten ihre Bonbons nicht, aber ein altes Schuldgefühl (das in den Spielen von Schaum und Bronze in dem Wäschebecken wurzelte) und ein herzliches Gefühl dafür, daß es eines Ausgleichs bedurfte, zwangen ihn dazu, sie anzunehmen, jedesmal, wenn Hortensia ihm die Hand verband, gebückt vor ihm, sehr sorgfältig bei ihrer Arbeit. Ihr Gesicht war reizend schief, und etwas, eine puppenhafte Eigenschaft, eben die sonderbare Sprödigkeit des Haars, bewirkte, daß dieses unecht erschien, es war offenes, langes Haar, das golden hätte sein können. Ein seidiger Flaum ließ ihr Gesicht schmal wirken, und obwohl ihre Augen in manchen Momenten – je nachdem, wie das Licht in ihre Pupillen fiel – blau erscheinen mochten, war es doch immer ein schmutziges Blau, perlmutterfarben und kurzlebig.

»Möchtest du Bonbons?«

»Na gut.«

Jetzt war sie fast damit fertig, seine Hand zu verbinden. Sie saßen auf dem Sofa im Eßzimmer, neben ihnen die Schultasche, die Hortensia als Verbandskasten benutzte. Das Mädchen hob kurz den Blick und sah den Jungen an. Ihre zarten Nasenflügel führten wie die Teresas ein merkwürdiges, sehnsüchtiges Leben, und wie bei jener fiel auch bei ihr die kindliche Feierlichkeit der hohen Wangenknochen auf. In ihrem Rücken überflutete die Sonne die Veranda, die zum Garten hinausging. Im Garten standen zwei Eukalyptusbäume, ein Apfelsinenbaum, der kleine, gelbliche und bittere Früchte trug, und eine Kirsche, die im Februar blühte. Manolo hatte die Villa des Kardinals von Anfang an sehr gefallen, sie war groß, still, hatte hohe Decken; einige dunkle, schlecht gelüftete Zimmer, die man selten benutzte, einige Truhen, aufs Geratewohl geöffnet, bewahrten immer noch einen undeutlichen Duft nach samtgefütterten Kästchen, diesen geheimen Geruch nach Reichtum, der ihm vom Palast der Salvatierras in Ronda in Erinnerung geblieben war. Oben befand sich ein tapeziertes Zimmer, das von Hortensia, und es hatte eine Zeit gegeben, in der das Haus voll gewesen war mit Spiegeln, alten, beschmutzten Spiegeln mit blinden Stellen, und mit schweren Gardinen, schallschluckenden Teppichen, seltenen Schmuckgegenständen und Möbeln aller Art (die seit einiger Zeit verschwanden), meistens schweren und alten, und der Kardinal hatte in fast allen Zimmern ein Radio, außerdem Rasierapparat, Kühlschrank und Plattenspieler. Aber derzeit, sicher weil viele Sachen verkauft worden waren und anderen dasselbe Schicksal bevorstand (in manchen Ecken standen verpackte Gegenstände und geöffnete Koffer), erweckte das Haus einen nüchternen, provisorischen Eindruck, bot es den Anblick der Veränderung, die der Leere vorangeht.

»Nimm dir selbst«, hörte er Hortensia sagen, die ihn noch immer nicht ansah. »In der oberen Tasche des Kittels.«

Allem Anschein nach war der Kardinal Möbelkenner gewesen. Manolo erfuhr niemals, wo er das aufbewahrte, was er nicht verkaufen konnte, aber er vermutete, daß es ein Hinterzimmer gab, oben, neben dem von Hortensia, das stets verschlossen war. Die obere Tasche des Kittels befand sich links neben der Brust des Mädchens, und während er nach einem Bonbon angelte (er wollte es nicht, aber es erwies sich als unmöglich, es zu vermeiden), streifte er immer mit Zeige- und Mittelfinger die kleine, harte Kirsche ihrer Brust. ›Ein Teufelsmädel‹, dachte er beunruhigt. Der gewissenhafte, aufwendige Verband und die Bonbons waren wohl der schüchterne und stumme Ausdruck eines verborgenen Gefühls. Der Eindruck, die Jeringa führe etwas im Schilde, verstärkte sich besonders, als er ihren aschgrauen Blick genau an der Gurgel spürte.

Der Kardinal saß am Tisch und trank Cognac aus einem dickbauchigen lila Glas. Manolo stellte fest, daß er das Essen kaum angerührt hatte, das vor ihm auf dem Tisch stand (ein riesiges Schnitzel mit Pommes frites aus einer Imbißstube). ›Nur noch saufen‹, dachte er. Der Kardinal trug einen scharlachroten, etwas zerknitterten Hausrock mit weit offenen lila Aufschlägen, die graues Dickicht sehen ließen, und während er den Cognac genoß, wandte er seinen melancholischen Blick nicht ab von den beiden gesenkten jugendlichen Köpfen, die sich berührten und in deren Haaren die Nachmittagssonne funkelte wie ein Feuer.

»Hortensia«, sagte er, »nun mach mal endlich Schluß. Ich muß mit Manolo reden.« Er sah, daß dieser die verbundene Hand hochhob. Die Finger, durch die die Sonne drang, waren feuerrot wie Karmesin. »Hörst du, Kleine? Der hat doch gar nichts an der Hand, dieser Angeber. Ich kenne ihn.« Er lächelte sanft, wie für sich. »Und du bist eine dumme Gans, jawohl, eine dumme Gans, und du weißt schon, warum ich das sage ...«

Das Mädchen schnalzte verärgert mit der Zunge, ohne jedoch den Blick von ihrer Arbeit abzuwenden. Manolo betrachtete ihr Gesicht: Durch ihre papiernen Augenlider schien die allertiefste Verachtung hindurch. Hortensia knotete die Binde zu, schnitt das Übrigbleibende mit einer Schere ab und hob Manolos Hand in die Höhe seiner Augen.

»Geht es so, bist du zufrieden?«

»Oh ja, sehr schön, danke.« Schwerfällig stand er auf und hielt sich das Handgelenk, als schmerze es ihn. Die Jeringa suchte ihre Sachen zusammen und ging ans andere Ende des Zimmers. Er trat langsam auf den Kardinal zu, überlegte, wie er ihn am besten anpumpen könnte.

»Setz dich hierher, Manolo«, lud ihn der Alte ein. »Hierhin, mir gegenüber, damit ich dich sehen kann. Denn mit dir stimmt etwas nicht. Hast du heute zu Hause gegessen? Deine Schwägerin hat mir gestern gesagt, daß du dich überhaupt nicht mehr blicken läßt, höchstens zum Essen und Schlafen. Das ist nicht gut so.«

»Die kriegt doch gar nichts mit. Ich gehe spät ins Bett und stehe früh wieder auf.«

»Ach ja? Ich dachte, du arbeitest nicht. Und was machst du, wo gehst du jeden Nachmittag hin, mit wem bist du zusammen ...? Wie dünn du bist!«

Unterhalb der Adlernase, auf den wulstigen, gutmütigen Lippen, war das Lächeln des Kardinals noch herzlich und tröstend, beobachtete Manolo, aber wie hatte sich der Rest des Gesichts in so kurzer Zeit derart verändern können, wie sonderbar glänzend und aufgedunsen war es geworden! Seine von der Einsamkeit geschrubbten und geohrfeigten Wangen zitterten traurig wie rohes Fleisch.

»Ich bin in der Werkstatt gewesen«, setzte der Alte hinzu. »Dein Bruder bekommt dich auch nicht mehr zu Gesicht, er macht sich Sorgen ... Aber setz dich erst mal. Möchtest du etwas essen?«

Manolo setzte sich unwillig und stützte die Ellenbogen auf dem Tisch auf. »Nein, danke«, sagte er. Über der blaßgelben Wachstuchtischdecke hing eine Lampe mit roten Fransen. Der Kardinal hatte den Blick gesenkt und schien nachzudenken. Manolo sah, wie die Jeringa auf den Plattenspieler, der auf einem Ecktisch stand, eine Platte legte, und sofort setzte die Musik ein. »Mach das aus«, befahl ihr Onkel. »Du kannst noch den ganzen Nachmittag Musik hören.« Das Mädchen gehorchte widerwillig und ging dann in die Küche. Unmittelbar darauf hörte man das Klirren eines Tellers auf dem Boden. Der Kardinal zuckte nicht einmal mit der Wimper.

»Du trinkst einen Kaffee«, entschied er plötzlich und hob den Kopf: »Hortensia, einen Kaffee für Manolo!« »Baaaaaa ...!« hörte man aus der Küche.

Der Kardinal sah Manolo an:

»Wir kleiden uns sehr elegant in letzter Zeit.« Er benutzte oft den Plural, wenn er mit Manolo redete: Das war eine der wenigen Frivolitäten, die er sich ihm gegenüber erlaubte, welcher jetzt an sich heruntersah, erstaunt über das, was der Alte hinzufügte: »Ich dachte an den Anzug, den du dieser Tage zum ersten Mal anhattest. Deine arme Schwägerin erzählte mir davon.«

»Ach so. Der ist in der Reinigung.«

»Tja, tja«, machte der Kardinal. »Wie es scheint, geht es uns gut.«

»Man schlägt sich so durch.« Der Murcianer fuhr sich mit der Hand durchs Haar. »Man schlägt sich eben nur so durch, Kardinal. Genau darüber wollte ich mit dir reden ... Ich brauche einen Vorschuß.«

»Was haben wir denn für Pläne?«

»Pläne? Ich hab keinen Plan.«

»Nun komm schon, Onkel Fidel kannst du doch alles erzählen. Was ist los, haben wir diesen Sommer Sonderausgaben? Wie dünn du bist ... Warum haben wir aufgehört zu arbeiten? Fahren die Leute nicht mehr Motorrad? Eine gesunde Gesichtsfarbe hast du ja, aber ich könnte schwören, daß du dünner geworden bist, bist wohl gewachsen. Was ist, fahren die Touristen dieses Jahr Panzerwagen? Vielleicht ist es aber auch alles viel einfacher, vielleicht haben wir uns verliebt.«

»Hör auf mit dem Scheiß«, fuhr Manolo dazwischen. Ein weißer Fleck bewegte sich von hinten sachte auf ihn zu, einen Stuhl hinter sich herschleifend. Hortensias Arm kam mit hochgeschobenem Ärmel über seine Schulter und stellte eine Tasse Kaffee vor ihn hin. Der Geruch von Bittermandeln hüllte ihn völlig ein. Er fügte hinzu: »Sieh mal, ich wollte schon seit Tagen mit dir reden ... Ich hab nachgedacht. Es hat sich alles verändert, ich erklär dir das noch, aber vorher brauche ich dringend Geld von dir, dreitausend oder so.«

»Du willst uns wohl verlassen?« fragte der Kardinal.

»Darum geht es nicht, verdammt, ich erklär dir das noch.«

»Ist nicht nötig, ich habe schon begriffen, daß du etwas planst. Warum hast du das nicht gleich gesagt, du Hund?«

»Noch hat sich nichts entschieden. Es ist ja gar nicht für lange, kann dir also egal sein, ich meine, du kommst auch ganz gut ohne mich aus, du hast ja noch andere Geschäfte (er wußte, daß das nicht stimmte), und dann hast du ja auch noch die anderen, den Paco, den Fermin Pas und die Sister-Schwestern (das stimmte ebensowenig: Der Paco wollte nichts mehr mit dem Alten zu tun haben, und die anderen, Bernardo eingeschlossen, ließen sich schon seit langem nicht mehr blikken). Sie arbeiten doch noch für dich, oder?«

»Nun spiel mal nicht den Unschuldsengel. Die Dinge laufen gar nicht gut, und das ist zum Teil deine Schuld. Dem Paco hast du übel mitgespielt, damit hat alles angefangen. So unfair verhält man sich zu seinen Freunden nicht, mein Sohn, das habe ich dir schon tausendmal gesagt. Aber lassen wir das. Warum willst du nicht mehr arbeiten?«

»Es gefällt mir nicht. Man kennt mich zu gut, ich habe Angst ...«

»Du und Angst? Daß ich nicht lache! Du hast dir eine Freundin angelacht, das ist es.« Er dachte an jenes schüchterne Mädchen, das im vergangenen Winter auf der Suche nach ihm den Carmelo hinaufgekommen war, immer donnerstags, in einem erbärmlichen, karierten Mantel und mit einem Regenschirm. Er dachte, daß die anderen schon eher Angst bekommen hatten oder die Ware woanders absetzten, oder man hatte sie geschnappt, oder sie hatten beschlossen, er sei jetzt zu alt und werde kindisch ... Wie auch immer, Manolo schwieg. Er schien plötzlich verwirrt: Vielleicht weil er oft vor den Nachtwächtern hatte fliehen müssen, die ihm auf den Fersen waren, hatte er sehr häufig und schnell das beklemmende Gefühl, sich unfreiwillig in eine Sackgasse zu begeben. Und jetzt erschrak er außerdem. Die Jeringa, die sich stillschweigend mit einer Tasse Kaffee neben ihn gesetzt hatte, betrachtete mit eiskalten Blicken sein Profil. Der Kardinal goß sich einen Cognac ein und fuhr fort:

»Überhaupt, warst du es nicht, der sich über Bernardo krankgelacht hat?«

»Bernardo hat geheiratet.«

»Diese Entschuldigung hat er zumindest. Aber du bist wohl verrückt geworden. Wovon willst du denn leben? Deine arme Schwägerin hat kein Geld übrig. Und dein Bruder hat schon wieder so langsam die Nase voll von dir, wie damals. Erwartest du, daß sie dich umsonst ernähren? Oder hast du vielleicht vor, dich in einen *chorizo* zu verwandeln?«

»So was kommt nicht in Frage, du«, sagte der Junge würdevoll.

»Was willst du dann machen?« Der Kardinal führte das Glas an die Lippen und leerte es in einem Zug. Er schwitzte stark. Manolo sah in seine verweinten und schläfrigen Augen. »Sag, was willst du machen?«

»Das weiß ich noch nicht. Vielleicht ... (war es wirklich das Knie der Jeringa, das sich unter dem Tisch an seinem rieb?). Vielleicht suche ich mir eine Arbeit. Ja, eine richtige Arbeit. Ich habe neue Freunde gewonnen, bin dabei, mir Beziehungen aufzubauen ... Na ja, es ist noch zu früh, darüber zu reden, aber ich will vorbereitet sein.«

»Was du nicht sagst.«

»Du kriegst es bis auf den letzten Centimo zurück, oder besser, ich bringe dir so bald wie möglich ein Motorrad und fertig. Aber jetzt brauche ich Ferien, um die Fühler auszustrecken, und etwas für die dringendsten Ausgaben. Darüber wollte ich mit dir reden, *Cardenal,* also, was meinst du?«

»Ich meine überhaupt nichts, du Ratte.« Die sonderbarsten Schimpfnamen kamen ihm über die Lippen, wenn er sich stärker betrank, aber seine Nichte und der Murcianer waren schon daran gewöhnt. »Ich verstehe dich nicht, so sieht die Sache aus. Erzähl mir von deinem Mädchen ...«

»Ich hab kein Mädchen«, fuhr der Pijoaparte dazwischen. »Mich krempelt doch nicht irgendein Flittchen um (von diesem Moment an und wohl für die ganze Zeit, die er dort noch saß, verwandelte sich die feuchte Asche in Hortensias Augen in eine Art Saugrüssel wie von einem gierigen Insekt; gleichzeitig verstärkte sich in seinem Innern dunkel der Eindruck, sich in eine Sackgasse zu begeben). *Cardenal,* ich schwöre dir, es stimmt. Bitte leih mir was, und wenn es nur tausend sind ... Und laß mich nicht noch mehr Zeit verlieren.«

»Mich würde mal interessieren«, sagte der Alte, »wie du das hinkriegst zu leben, ohne zu arbeiten. Sicher besorgst du dir hin und wieder das Nötige, mit einem ›Reißer‹, nicht viel, sagen wir mal für Zigaretten, Kino und das Eis für dein Dämchen. Das große Leben, du Rammler! Und natürlich läuft nichts mit Motorrädern; Motorräder nur, um mit ihr an den Strand zu fahren ...«

»Sie hat ein Auto, damit du's weißt«, entfuhr es ihm (Hortensias Blick neben ihm zuckte eine Sekunde, um sofort wieder jene undurchdringliche Reglosigkeit und seinen sonderbaren Grauton anzunehmen). »Aber, na ja, das ist alles nicht wichtig. Ich bin völlig abgebrannt, wenigstens fünfhundert ... Du hast 'ne Menge durch mich verdient, diesen Gefallen kannst du mir nicht abschlagen ...«

Entmutigt starrte er auf den Boden der Kaffeetasse. Da bemerkte er, daß die Jeringa seine Aufmerksamkeit auf sich lenkte, indem sie mit dem Knie gegen sein Bein stieß. Er sah sie an: ein leichtes Lächeln, ein langsames Niederschlagen der Augenlider, das vielleicht etwas bedeutete. Aber er hatte jetzt die Nase voll. Er stand auf. Der Kardinal murmelte vor sich hin: »Ja, hin und wieder mal ein Reißer, das hat euch allen immer schon gefallen. Barbaren.« Der Murcianer wußte, daß der Alte immer etwas gegen die Methode des »Reißers« (vom Motorrad aus einer Frau die Tasche wegreißen und mit Vollgas abhauen) gehabt hatte, weil sie, wie er behauptete, sehr gefährlich sei. Eigentlich, und das wußte Manolo, war es aber deshalb, weil er dabei nicht steuern konnte, was geklaut wurde, und weil er es auch nicht für absetzbar hielt. Auf jeden Fall praktizierte Manolo diese Methode nicht mehr, seitdem er Maruja kennengelernt hatte.

Plötzlich stand der Kardinal auf und verließ mit schnellen Schritten das Eßzimmer. Manolo ging ihm nach. Im Hausrock, mit den Pantoffeln schlurfend, lief der Alte erst durch das Erdgeschoß und ging dann durch die Zimmer im ersten Stock. Dem Murcianer waren diese Rundgänge des Alten wohlvertraut. Früher gehorchten sie im allgemeinen einem plötzlichen, dunklen Verlangen, den ordnungsgemäßen Zustand des Hauses zu überprüfen, waren sie wie Inspektionen (die er nutzte, um einige Sachen wieder an ihren Ort zu stellen, um Staub zu wischen, um festzustellen, ob etwas fehlte, usw.), aber jetzt wurden sie immer eiliger und formeller, er ging im Sturmschritt, einem langen Schritt, beeindruckend und majestätisch, so daß der Junge fast hinter ihm herrennen mußte, wenn er gehört werden wollte:

»Hörst du mir zu oder nicht, *Cardenal?*«

»Nein. Sage mir, mit wem du umgehst, und ich sage dir, wer du bist«, deklamierte der Galicier, während er durch die Flure eilte und die würdevoll weiten, langen Rockschöße seines scharlachroten Hausrocks hinter sich her wehen ließ. »Aber in was für einer Welt lebst du denn, mein Schmetterling? Es geht nichts darüber, daheim zu bleiben, Manolo, ich weiß sehr gut, daß einem nichts entgeht, wenn man zu Hause bleibt.«

»Ich kann alleine für mich sorgen. Hör mir doch mal zu ...«

»Bitte, ich höre.«

»Bist du böse auf mich? Wenn du es bist, sag es bitte. Kannst du mir das Geld wirklich nicht leihen? Oder willst du nicht?«

Der Kardinal sagte nichts. Nach einer Weile erklärte er die Inspektion für beendet, kehrte ins Eßzimmer zurück, Manolo immer hinter ihm her, setzte sich an den Tisch und goß sich noch ein Glas Cognac ein. Mit seinen lächelnden Augen fixierte er erst den Jungen, der sich ebenfalls gesetzt hatte, dann seine Nichte, und seine Hand, die auf der Tischdecke tastend etwas suchte (den Flaschenstöpsel), stieß gegen ein Glas Wasser, das umkippte. Manolo stand auf, »ich gehe«, ging zur Glastür der Veranda und sah in den Garten. ›Heute ist wirklich nicht mein Tag‹, sagte er sich. In diesem Moment holte Hortensia ein Taschentuch hervor und schneuzte sich geräuschvoll die Nase. Ihr Onkel sah sie gekränkt an:

»Schneuz dich nicht am Tisch, das gehört sich nicht.«

Sein Blick sollte zweifellos Respekt einflößen. Aber das Mädchen, das ihn seinerseits mit zürnenden Augen über das Taschentuch hinweg ansah, schneuzte sich erneut und noch heftiger. Der Kardinal schlug ihr plötzlich mehrmals mit den Fingerspitzen auf die Hände, kraftlos, wie in kindlichem Zorn, biß sich auf die Zunge und brachte sie schließlich dazu, das Taschentuch fallenzulassen. Sie lächelte und blickte ihn weiter an, wie ein scheues Insekt. »Unverschämte Göre«, sagte ihr Onkel. Er war rot vor Zorn. Da der Kardinal über wunderliche mittelständische Umgangsformen verfügte, riß ihm oft der Geduldsfaden, vor allem bei Tisch, und mit einer Würde, die wirklich die eines Kellners war (ein Beruf, den er in seiner Jugend ausgeübt hatte), legte er stolz eine übertriebene Liebe zu guten Manieren an den Tag, die er zwar niemals genau kennengelernt hatte, die er aber kurz und bündig in zwei oder drei Grundregeln zusammenfaßte (sich vor den Mahlzeiten die Hände waschen, beim Essen weder singen noch lesen, sich links neben ältere Personen setzen) und zu denen er seine Nichte streng, aber erfolglos anhielt. Er konnte verrückt werden, wenn sich jemand bei Tisch die Nase schneuzte, ohne den Kopf zur Seite zu drehen. Das Mädchen hob in aller Ruhe das Taschentuch auf, steckte es sich in den Ausschnitt und, leise vor sich hin trällernd, stand sie auf, um den Tisch abzuräumen. Von diesem Moment an sank der Kardinal rasch in sich zusammen. »Wo sie so ein artiges Kind war«, murmelte er.

»Nun«, sagte Manolo, als er an ihm vorbeiging. »Tust du mir den Gefallen, ja oder nein?«

»Denk erst noch einmal darüber nach, mein Sohn. Ich kann eine Zeit überbrücken, ohne zu arbeiten, aber du nicht.«

»Reg dich mal nicht auf«, sagte der Junge und klopfte ihm auf die Schulter. »Du kannst mir das doch nicht antun.«

»Ich meine es nur gut mit dir«, sagte der Alte zuckersüß. »Und es ist jammerschade ...«

»Soll ich dir mal was sagen, *Cardenal?* Du bist ein riesengroßes Arschloch!«

Die Stimme des Alten wurde zuerst weinerlich, dann flüsterte er:

»Es ist jammerschade, jedes Jahr, wenn der Sommer kommt, machst du dasselbe, es ist ein Jammer, du läßt dich auf irgendeine Weibergeschichte ein, läufst eine Zeitlang in deinen neuen Anzügen herum und läßt dich an der Nase herumführen, sonst hat es ja nie lange gedauert, aber diesmal sehe ich ganz schwarz, du undankbarer Kerl, du bist kein kleiner Junge mehr, Manolo, sieh doch mal, ich bin alt und kenne das Leben, die legen dich doch rein, die machen sich nur lustig, du bist nie gerissen genug gewesen, um dich zur Wehr zu setzen ...« Plötzlich verstummte er, als hätte man ihm den Mund gestopft. Manolo, von einer sonderbaren Unruhe ergriffen (aber eher wegen Hortensia: Sie war plötzlich regungslos in der Tür zum Eßzimmer stehengeblieben, sah ihren Onkel an, erwartete etwas), beschloß abzuhauen und es ein andermal zu versuchen. Aber der Kardinal hatte schon eines jener tauben Gespräche begonnen, die Manolo so fürchtete:

»Kannst du wirklich nicht noch ein Weilchen dableiben?«

»Ich komm ja wieder.«

»Dann iß etwas, mein Sohn, eines Tages kippst du noch um vor Schwäche.«

»Darum geht es doch gar nicht, *Cardenal* ... Guck mal, mit fünfhundert käme ich schon zurecht.«

»Warum? Hast du heute nachmittag noch etwas Wichtiges vor?«

»Damit käme ich zurecht, hörst du, verdammt noch mal!«

»Wie abgemagert du bist ...«

Er stierte auf die Tischdecke, den Kopf gesenkt, vom Alkohol besiegt, und während er redete, stellte er alles sorgfältig beiseite, was sich vor ihm befand, die Gläser, den Cognacschwenker, das Besteck und die Flaschen, strich mit der Hand die Tischdecke glatt, als hätte er vor, den frei gewordenen Platz für etwas äußerst Wichtiges zu benutzen. Hortensia und Manolo beobachteten aufmerksam seine Bewegungen, sie befürchteten, er würde etwas zerbrechen. Aber er zerbrach nichts. Als schon alles Blut aus seinem Gesicht gewichen, als dieses nur noch eine totenbleiche Maske war, wiederholte er mit schwacher Stimme: »In was für einer Welt lebst du, mein Schmetterling«, und fiel sacht mit dem Gesicht auf den Tisch. Seine weißen Haare standen wie eine Flamme über seiner Stirn, und zwei steife, verklebte Haarbüschel erhoben sich wie zwei grünliche Flügel eines kleinen Vogels über seinen Ohren. Mit der Stirn auf dem Unterarm blieb er liegen. Manolo eilte zu ihm, Hortensia folgte ihm. Sie faßten ihn unter den Armen und hoben ihn gemeinsam vom Stuhl hoch. Manolo stellte fest, daß das Mädchen sehr geschickt mit ihrem Onkel umging, so als sei sie an diese Zwischenfälle ganz und gar gewöhnt; wahrscheinlich hatte sich die Anzahl der Anfälle in den letzten Monaten verdreifacht. Er wollte ihn auf sein Bett legen, aber Hortensia bestimmte mit fast harter Stimme: »Nach draußen, in den Garten, los!« Sie setzten ihn in einen Korbstuhl in der alten, jetzt nicht mehr von Schlingpflanzen umrankten Gartenlaube, die nur noch ein Skelett aus morschen Gittern mit abgeblätterter Farbe war, durch das die Sonne hindurchschien. Auf dem Boden lagen im Regen angefaulte Kissen und leere Flaschen, und neben dem Stuhl stand ein wackliges Nachttischchen mit einer bunten Vielfalt von Arzneifläschchen und Tabletten. Regungslos, immer untadelig, wie auf einem Mausoleum in Marmor gehauen, lag der Kardinal da, diagonal getroffen von den Sonnenstrahlen, die durch das bläuliche Gitter der Laube fielen. Hortensia stand neben ihm, während sie das Kissen aufschüttelte, und starrte Manolo mit ihren graugrün schimmernden Pupillen an. Sie schien gelassen. »Könntest du mir dieses Fläschchen da geben?« bat sie und zeigte auf den Nachttisch. »Ich hole ein Glas Wasser.« Sie verschwand im Haus. Manolo nahm das Fläschchen und versuchte, den Deckel aufzuschrauben. Er saß sehr fest. Der Kardinal seufzte tief, bewegte den Kopf und murmelte etwas. Sein Lieblingseckchen roch nach Staub und Feuchtigkeit und nach verschwitzten Kleidern, und während der Junge sich mit dem Verschluß abmühte und den Alten ansah, dachte er dunkel daran, wie schnell die Zeit, in kaum mehr als einem einzigen Jahr, hier den Verfall herbeigeführt hatte, genauso wie im ganzen Haus und in dem, was vom Garten übriggeblieben war, bei den Möbeln, auf dem edlen Gesicht des Kardinals und in Hortensias Augen. Verfluchtes Elend!

Auf der Suche nach etwas, womit sich der Deckel aufschrauben ließ, öffnete er die Schublade des Nachttischchens und sah einige Tausend-Pesetas-Scheine, die unter einem alten Paß und einem mit einem rosa Bindfaden zusammengeschnürten Bündel Briefe hervorguckten.

»Das nicht«, sagte Hortensias Stimme hinter ihm; gleichzeitig riß sie ihm das Fläschchen aus der Hand und gab ihm ein anderes: »Das. Nimm dir einen. Nur einen.«

»Wie?«

»Du sollst dir einen Schein nehmen, wenn du willst. Er wird es nicht merken.«

Der Murcianer zögerte keine Sekunde. Der Schein wanderte in seine Tasche, und er machte die Schublade mit einem Ruck zu. Er wußte nicht, was er sagen sollte. Beinahe war er erschrocken. Er konnte nichts Besonderes in den Augen des Mädchens entdecken, als er die Tabletten auf ihre flache Hand hüpfen ließ, aber er hatte auf einmal den Eindruck, in irgendeine Falle gegangen zu sein: Etwas Ähnliches hatte er manchmal in Marujas Armen empfunden. Der Kardinal schlug plötzlich mit schelmischem Gesichtsausdruck die Augen auf und machte sie wieder zu.

»Anscheinend geht's ihm schon besser«, sagte Manolo.

»Ja, es ist nichts.«

»Gut, na dann, *adiós.*« Er drehte sich um. »Bis bald.«

Das Mädchen, das dem Onkel die Tabletten in den Mund schob und ihm das Glas Wasser an die Lippen setzte, wandte sich für einen Moment um und sah Manolo an. Bevor er ins Haus ging, sagte er:

»Gib ihm viel Kaffee, wenn er wach wird.«

Er durchquerte das Eßzimmer, betrat den langen, dunklen Korridor, und als er den Hausflur erreicht hatte, holte Hortensia ihn ein und ging vor, um ihm die Tür zu öffnen. Damit hatte er nicht gerechnet. Das Mädchen blieb ganz ruhig stehen, gegen die Kante der geöffneten Tür gepreßt, die sie in einer ihr unbewußten Haltung besitzergreifend mit beiden Händen festhielt. Der zweitoberste Knopf ihrer Bluse war jetzt offen, und das Gewicht der Bonbons in der linken oberen Tasche bewirkte, daß der Kragen des Kittels sich weiter öffnete und einen flüchtigen bläulichen Schatten sehen ließ, den winzigen Fischschwanz zwischen ihren Brüsten. Manolo beugte sich ein bißchen zu ihr, um ihr lachend zuzuflüstern:

»Jeringa, du Süße, ich werde nicht vergessen, was du gerade für mich getan hast.«

Das Mädchen zuckte nicht mit der Wimper. Als er hinausgegangen war, gab sie der Tür einen Schubs, schloß sie aber nicht ganz: Ein graugrünes, ausdrucksloses Auge blickte ihm nach, während er sich in der Sonne entfernte. Sie war es, die nicht daran dachte, es zu vergessen.

Sie liebte mich,
weil ich Gefahr bestand.

OTHELLO

Anfangs waren es nur unkoordinierte, verlegene Schritte, ein zögerndes Streifen der Hüften während kurzer Abendspaziergänge.

Alles begann an einem heißen Nachmittag im Juli, an dem sie beschlossen, die Klinik früher als sonst zu verlassen. Marujas Zimmer hatte sich für sie bereits in eine Art in Trümmern liegender Liebestempel verwandelt (mit einer unumstrittenen Priesterin: Dina, die mallorquinische Krankenschwester), der wegen des besorgniserregenden Zustands der Kranken Schweigen, dunkles Gedenken und übertriebene Rücksichtnahme gebot: keine Reaktion, keine Besserung, kein Lebenszeichen, das den bleiernen Schlaf durchbrochen hätte und das Schweigen (Marujas tiefes Schweigen, wie sonderbar, wie beeinflußte man ihr Schicksal, wenn man ihr Gesellschaft leistete? Was könnte man für dich tun, arme, süße Freundin, was könnten wir noch für dich tun?), das sie irgendwie beunruhigte und sie hemmte. Bis jetzt hatten Teresa und Manolo die meiste Zeit damit verbracht, in den Sesseln im Nebenzimmer zu sitzen und über Maruja zu reden und Zeitschriften anzugucken, dazwischen lag langes Stillschweigen (das von Zeit zu Zeit durch das Funkeln eines verstohlenen Blicks zerrissen wurde), und erst am Abend glaubten sie, weggehen zu dürfen. Manolo verhielt sich vorsichtig und zurückhaltend, ließ sie alles bestimmen: Die feurige Sonne der Entschlossenheit und Kühnheit strahlte noch nicht in ihrem vollen Glanz am pijoaparten Himmel. Manchmal war es Dina, die Krankenschwester, mit ihrem geheimnisvollen Lächeln, hinter dem dunkle, romantische Blumen welkten, die ihre verzauberten Körper in ein lauwarmes grünes Bad von unsäglicher tropischer Wärme tauchte: »Das ist mir eine Jugend! Wenn ich an eurer Stelle wäre, Ferien und ein Auto hätte, würde ich, anstatt hierherzukommen, um zu schwitzen und nichts zu tun – denn ihr beiden wißt ganz genau, daß ihr nichts für sie tun könnt, da macht euch mal nichts vor –, also ich würde, anstatt die Zeit zu vertrödeln, nach Sitges fahren.« Aus der Art, wie die Mallorquinerin Sitges aussprach (ein Schnalzen, ein Schillern von Perlmutt, und das Wort zerging in ihrem gewaltigen Mund wie eine frische Meeresfrucht), mußte man zwangsläufig schließen, daß sie recht hatte. In der Tat, was sollte man mit diesen drückend heißen Nachmittagen in einer schläfrigen, wie verpesteten Stadt anfangen?

Teresa brachte ihn meistens in ihrem Wagen zum Carmelo, und gewöhnlich hielten sie an einer Kneipe, um etwas zu trinken. Dann ließen sie sich ein Weilchen treiben, über die Ramblas und ins Barrio Chino; die Studentin drängte nach links, sie zog es natürlich zur Calle Escudillers und zu gewissen dicht bevölkerten Tiefen verschiedenster Art. Das Abenteuer hatte noch nicht begonnen, aber es ließen sich schon eine ganze Reihe zärtlicher Aufwallungen des Blutes nennen, kleine einseitige Erregungen, die mit vom Zufall bestimmten Unterbrechungen von einem Körper zum anderen pendelten; manchmal, wenn sie an der dicht umdrängten Theke einer Kneipe standen – es zeigte sich, daß die Studentin nicht wenige merkwürdige Kneipen kannte, und es gefiel ihr sehr, sie eilig abzulaufen, so als wollte sie nur feststellen, ob sie noch da waren, immer noch voll von Erinnerungen an ihre Besuche mit Freunden von der Universität und mit derselben deprimierenden andalusischen Fauna, demselben guten Wein (›Widerlich‹, dachte Manolo, sagte aber nichts) und denselben Prostituierten und Lotterieverkäuferinnen –, ganz nah beieinander und in diesen vermeintlich folgenlosen geselligen Lärm gehüllt, streiften sich unwillkürlich ihre Hüften. Manolo konnte es nicht wissen, aber jene Erregung, die sein grober Wollschal bei Teresa in einer Winternacht vor dem Gartentor ihres Hauses in San Gervasio ausgelöst hatte, kam jetzt wieder über das

Mädchen, durch die Berührung von Fingerknöcheln und Hüften oder durch ein paar Worte, die er an einen Straßenbahnfahrer richtete, an einen fliegenden Händler oder an einen Alten, einen mutmaßlichen Republikaner, der heute Gitarre spielte. Für sie war es etwas mehr als nur die bloße Verwirrung, die zum Beispiel sein fester Griff verursachte, wenn er sie am Arm faßte, während sie, zwischen den Autos hindurchlaufend, eine Straße überquerten, obwohl sie dem keine Bedeutung beimaß, natürlich nicht: eine moderne Studentin, eine von denen, die 56 dabei waren, dialektisch geschult und objektiv, Expertin im Erfassen der Realität.

Aber die Realität war noch ein Fötus, der zusammengerollt im süßen Bauch der Jungfrau schlummerte: Kulturelle Vorläufer von anerkannter und furchtbarer ideologischer Stärke hatten sie auf geheimnisvolle Weise gezeugt, und Teresa, edelmütig, leichtfertig, erkenntnisschwanger und solidarisch, suchte jetzt bei ihrem neuen Freund eine gewisse moralische Befriedigung unter fortschrittlichem Vorzeichen, die sie zeitweise mit Begierde verwechselte. Aber manchmal genügte schon irgendeine gefühlvolle, banale Musik, eine Platte, die sie zufällig in einer Kneipe hörten, damit der samtweiche Blick des Murcianers (der sie ansah, von Gott weiß was für einer anderen Solidarität verzehrt) sie für einen kurzen Augenblick die Existenz einer höheren Realität ahnen ließ, unmittelbarer und drängender, jene unsägliche tropische Wärme nämlich, die die Priesterin Dina ihnen empfohlen hatte. Es waren zweifellos nur flüchtige Eingebungen, Hirngespinste eines unterdrückten und unbefriedigten Töchterchens aus bürgerlichem Hause – sagte sie zu sich selbst, sehr um Selbstkritik bemüht –, kleine egoistische Regungen des Fleisches, die jetzt, einem echten Aktivisten gegenüber, unwürdig und lächerlich erschienen. Darum, wegen dieser mehrdeutigen Anziehungskraft, die der Murcianer auf sie ausübte (dreifache Verlockung: Verschwörung, Liebe und Tod), dauerte eine gewisse emotionale Verwirrung noch an, die sehr merkwürdig, beinahe komisch war und diese ersten Nachmittage grellrosa färbte; zum Beispiel an dem Tag, als sie im silbrigen Halbdunkel eines Vorstadtkinos saßen, in das Teresa aus einer Laune heraus unbedingt gehen wollte: Marlon Brando, der in der Hochzeitsnacht neben seiner jungen Frau auf dem Bett saß, schüttelte listig und verführerisch den Kopf (›Schau's dir gut an, mein Junge‹), mit dem berühmten nackten Oberkörper von Emiliano Zapata und dessen schwarzem Schnurrbart, während Teresa in ihrem Sessel so weit nach unten rutschte, bis sie den Kopf auf die Rückenlehne legen und kapriziös einen beachtlichen Teil ihrer sonnengebräunten Oberschenkel entblößen konnte. Sehr kindlich, entspannt und zufrieden, während sie die unnahbare Schönheit der Kinnlade des Stars betrachtete, erhaschte sie aus den Augenwinkeln einige ungestüme Blicke, die Manolo auf ihr Profil warf. Die Szene, die sich auf der Leinwand abspielte (beeindruckendes Bild des Volkshelden: der revolutionäre Analphabet, der im Bewußtsein seiner Verantwortung gegenüber dem Volk in seiner Hochzeitsnacht von seiner hübschen Ehefrau Grammatikunterricht statt Lust verlangt), war so ausdrucksstark, daß Teresa, im Glauben, der Junge erfahre dieselbe Befriedigung wie sie und seine Blicke drückten ähnliche Empfindungen aus, oft den Kopf zu ihm wandte und ihn anlächelte; sie biß sich auf die Lippen, wurde nachdenklich, pflichtete mit den Augen Gott weiß was bei, bis sie schließlich, als sie sich zu dem Jungen hinüberbeugte, um das Klassenbewußtsein der mexikanischen Bauern zu loben, plötzlich diesen tropischen Dampf einatmete, der sehnsüchtiger Haut entströmt, und in seinem Blick Bewunderung für sie wahrnahm, unverhohlene Bewunderung für ihre Beine und ihren Hals und ihr Haar, weshalb sie nichts sagte, verwirrt, und sich wieder auf den Film konzentrierte. Gleichzeitig bemerkte sie, daß sich etwas unter ihrem Kopf bewegte und dieser plötzlich seine Stütze verlor: So entdeckte sie, daß er die ganze Zeit über nicht auf der Rükkenlehne des Sessels gelegen hatte, sondern auf seinem starken, geduldigen und behutsamen Arm. Selbst bei guten Filmen verliert man den Sinn für die Realität.

Weil wir gerade bei diesen ersten kleinen einseitigen Abenteuern sind: Das schrecklichste und lächerlichste ereignete sich bei einer teuflischen, selbstmörderischen Autofahrt, zu der sich Teresa eines Nachts verleiten ließ, als sie mit der Floride auf der Autobahn von Castelldefels in die Stadt zurückkehrten. Sie wollten am späten Nachmittag zwar nur eine kleine Spazierfahrt machen, aber Teresa hatte Lust bekommen, weiter weg zu fahren, und als sie zurückkamen, war es schon Nacht. Teresa trug eine gestreifte Bluse mit kurzem Kragen und ein rotes Seidentuch, das mit ihren Haaren im Wind flatterte. Sie hatte das Radio eingeschaltet, und ein Cha-Cha-Cha erklang. Der Murcianer, der noch nie den Geschwindigkeitsrausch in einem Sportwagen erlebt hatte, beobachtete abwechselnd den Lichtkegel der Scheinwerfer auf dem Asphalt, den Tachometer (die Nadel hatte die 120 schon überschritten) und Teresas anmutiges Profil, während er sich mit einer Hand fest an die Windschutzscheibe klammerte und den anderen Arm auf die Lehne des Fahrersitzes legte. »Macht es dir Spaß, schnell zu fahren?« schrie Teresa. Er nickte flüchtig. An den Schläfen spürte er das Hämmern unter dem kohlrabenschwarzen Haar und im Gesicht die Heftigkeit des Windes, der sich fest auf die Haut legte wie eine heiße Maske, während sich irgendwo ein süßes Summen verstärkte, das alles ausfüllte. Die Geschwindigkeit wurde immer höher und das Summen immer heftiger und feiner, es dehnte sich aus, dehnte sich auf seinen Bauch aus, dann auf seine Brust, und mit einemmal überschwemmte es seine Sinne und löste sich in eine geräuschlose Flut auf, in ein Sternenmeer, in ein kindliches Empfinden des Mondlichts, der Schwerelosigkeit ... Doch Manolo mißtraute den mechanischen Gefühlen (er erinnerte sich dunkel daran, daß der Kardinal ihm einmal von bestimmten Spielautomaten in den Vereinigten Staaten erzählt hatte, die einem, wenn man Geld einwirft, einen hochholen: wohl ein Scherz) und argwöhnte, alles habe sich verschworen, um ihn zu betäuben: Der Mond und die Sterne und die tiefblaue Nacht überschütteten ihn mit falschen Versprechungen. Seine übliche Unverschämtheit dem weiblichen Geschlecht gegenüber hatte diesen heimtückischen Angriff nicht vorausgesehen, diese Betäubung der Sinne, und zum ersten Mal im Leben fühlte er sich schwach, klein, verwundbar und irgendwie schmutzig, im voraus besiegt von dieser schönen, geballten Kraft (automobil-reiche-muchacha-cha-cha), die ihn in schwindelerregendem Tempo durch die Nacht fuhr. Er wußte nicht, wie es kam, ob durch Teresas bewundernswertes Profil mit den leicht geöffneten Lippen und den blonden Haaren, die, mit dem roten Tuch verflochten, im Wind flatterten (eine lodernde Flamme in der Nacht), oder durch die glühendheiße Berührung ihrer Hüften oder vielleicht durch die Geschwindigkeit selbst, dieses heftige Summen, das der Höhepunkt von irgend etwas war. In einem bestimmten Moment lösten ein stiller Jubel, eine süße Leere im Mark (›Halt an, du Verrückte, langsamer!‹), eine Erregung, wie er sie nie zuvor gespürt hatte, und eine stechende Hitze unvermittelt den zweiten, endgültigen Sinneswandel aus: ein plötzlicher Druck auf die Ohren, während er in irgendeine himmlische Region eindrang, den Kopf leicht nach hinten beugte (›Halt an, Kleine, halt an!‹) und das Firmament betrachtete, und die Musik des Cha-Cha-Cha hüllte seinen Kopf ein, und er schwebte und erbebte und glaubte sich an Ort und Stelle aufzulösen ... genau in dem Augenblick, als Teresa (›Oh, du undankbares Mädchen!‹) mit einem Ruck auf dem Seitenstreifen bremste, erschöpft, auch sie, den zerzausten Kopf auf das Lenkrad legte und einen tiefen Seufzer ausstieß.

»Uff! Da bin ich aber erleichtert!« sagte sie. »Wir haben noch mal Glück gehabt, sie kommen nicht hinter uns her.«

»Wie ...? Was ...?« stammelte der Murcianer, der in dem Moment noch aus Regionen herabstieg, die an den Wahnsinn grenzen, so daß sogar eine verirrte Hand, ein trunkener Nachtfalter, auf die glänzenden Knie des Mädchens glitt und sich erschöpft auf ihnen ausruhte.

»Was machst du da?« Teresa sah ihn lächelnd, aber beunruhigt an. »Hast du Angst gehabt? Als ich die Streife sah, hab ich befürchtet, sie würden mich anhalten. Den Bullen sollte man besser aus dem Weg gehen, ich hab dabei vor allem an dich gedacht ... Verstehst du?«

Der Schmetterling flatterte auf: Die Blüte war geschlossen, und zufrieden, majestätisch, sich des eigenen Glanzes nicht bewußt, der größer war als der der Sterne, startete Teresa Serrat die Floride wieder und fuhr geradewegs in die Stadt, ohne zu ahnen, welch doppelte süße Fracht sie jetzt beförderte.

Der Ring um ihre Herzen öffnete sich also langsam und verworren, erst waren es kurze Spaziergänge in der Umgebung der Klinik (Paseo de la Bonanova, Gärten mit Palmen und Pinien, verschieferte Villen mit Spitzdach, endlose Zäune und Bürgersteige voll von schnatternden Dienstmädchen und eiligen Priestern mit entschlossenem Blick), eine andächtige lokale Wallfahrt, die sich um die daniederliegende Maruja herum ausdehnte wie Wellenringe im Wasser. Dann, dank der Floride und der Schläfrigkeit jener Sommernachmittage, die andererseits schon den Keim einer vom Winde verwehten Asche in sich trugen (der Ring würde mit den ersten nächtlichen Septemberwinden verschwinden), kreisten sie einen Nachmittag nach dem anderen die ganze Stadt und die Außenbezirke ein, von neumodischen Kneipen und Cafés in der Innenstadt bis zu unerwartet auftauchenden Tavernen, kleinen Kiosks und bescheidenen Straßencafés in den Vororten, ständig begleitet von dem Wagen (ein beruhigendes Gefühl, zurückkehren zu können) und von wunderlichen Bildern von Eiscreme, Erfrischungsgetränken und Scheiben von Wassermelonen, zufällig gegessen, im Schatten eines Sonnendaches am Straßenrand (ein heißes Versprechen: Teresas milchweiße Zähne, die in die karmesinroten Fasern beißen), zwischen Fliegen und kleinen Kindern mit flinkem, gefährlichem Verhalten (Teresa, mit halbnackten kleinen Teufeln einen Bahndamm in der Vorstadt fröhlich hinunterrutschend: ein Riß in der Jeans), um schließlich in dem rötlichen Halbdunkel gewisser Schmuselokale zu landen, in Ledersessel versunken, gewiegt von einer erlesenen, für reiche, gebildete

Paare bestimmten Musik. Teresa las viel, dem Anschein nach, und anfangs nahm sie beständig und mit sonderbarer Beharrlichkeit (so als wehrte sie sich dagegen, diese kulturelle Vertäuung zu kappen, mit der sie noch in ihrer gemütlichen Bucht vor Anker lag) auf all ihren gemeinsamen Unternehmungen immer ein Buch mit, das, wenn es nicht gewissen vorverliebten Nachlässigkeiten seiner Besitzerin zum Opfer fiel (Teresa, nach seiner Hand tastend, um barfuß auf den Hafendamm und die großen Betonblöcke zu springen, ein Stolpern, das Buch landet im Wasser), vergessen und gähnend hinter dem Sitz der Floride liegenblieb und in der Sonne vergilbte. Das Mädchen schwamm fröhlich im tropischen blauen Gewässer, Ausflüge planend, die nie unternommen werden würden (»Einen Nachmittag möchte ich nach Somorrostro fahren, aber alleine«), und der Pijoaparte machte Gebrauch von seiner wertvollsten Fähigkeit: sich in die anderen hineinversetzen zu können (»Ich erlaube nicht, daß du alleine fährst«). Und nachdem einmal die Gefahren, die diese merkwürdige Vorstadtsehnsucht in sich birgt, verdeutlicht worden waren, fuhren sie natürlich nicht. Sie stellten weise zusammen: Rotwein und Vorstadt- oder Meereslandschaft (Teresa Moreau, zwischen den blaugestreiften Hemden junger Fischer Garnelen knabbernd) und Gin Tonic mit Musik von Bach in weichen Ledersesseln und geistvoller Atmosphäre (Teresa de Beauvoir, in der Cristal-City-Kneipen-Buchhandlung in Büchern blätternd), sie fuhren an stickigen Kinos vorbei, wo es Reprisen gab (»Wann lassen sie uns *Panzerkreuzer Potemkin* sehen?«), und durch Arbeiterviertel, die die Fiesta Mayor feierten; sie trafen zufällig auf Touristen, die sich verfahren hatten (Teresa, französisch sprechend mit dem jungen, halbnackten und braungebrannten Paar, das mit seinem Wagen neben der Floride hielt: *Regarde ce garçon-là, oh, comme il est beau!*), und fuhren durch die salzige Brise am Hafen; dann der sommerliche Lärm der Ramblas, Bier und Tintenfisch auf der Plaza Real, langsame Spaziergänge durch den Parque Güell, glühende Sonnenuntergänge, vom Monte Carmelo aus betrachtet, das Auto am Straßenrand geparkt, im Moment des Abschieds.

Dort forschte der Murcianer in dem durchsichtigen blauen Blick der Freundin jeden Tag nach einem Zeichen, jetzt noch vergeblich. Denn nicht immer ging es gut aus. Sie hatten einige Auseinandersetzungen. Teresa war eine nimmermüde und schwierige Gesprächspartnerin. Mit Vorliebe redete sie über die Liebe, so als handle es sich um einen toten Verwandten, den man nie besonders gemocht hatte. Eines Abends, als sie Manolo auf dem Carmelo absetzte, fragte sie ihn plötzlich:

»Wärst du imstande, für eine große Liebe zu sterben, Manolo?«

»Ja.«

Sie brach in Lachen aus.

»Ich wußte es. Was für ein Unsinn!«

»Ich wüßte nicht, warum«, sagte er und umfaßte sie mit einem heißen Blick. »Glaubst du nicht an die Liebe?«

»Es geht nicht darum, zu glauben oder nicht. Mir flößt die Begierde mehr Vertrauen ein, das ist ein würdigeres, ehrlicheres Gefühl. Natürlich nur, wenn sie auf Gegenseitigkeit beruht und keinerlei moralische Verantwortung nach sich zieht.«

»Ach, du verlangst viel zuviel.«

»Ich nicht, die Zeiten.«

»Das verstehe ich nicht.«

»Aber Junge, das ist doch ganz einfach«, seufzte Teresa nachdenklich. »Wir befinden uns in einer Übergangszeit, meinst du nicht? Ich denke an die moralischen Werte, die eine Krise erleben ...« Die Arme auf dem Lenkrad verschränkt, mit einem Blick, der sich in der Nacht des Monte Carmelo verlor, begann die Studentin, ihre Theorie über die gegenwärtige Krise der Liebe zu entwickeln. Manolo, der ihr mit einem leichten, nachsichtigen Lächeln zuhörte oder, besser gesagt, vor allem ihre Stimme bewunderte, schwieg, da er es genoß, sie reden zu hören. Dann versuchte er vergeblich, sie durch kindische Spielereien wieder in die Wirklichkeit zurückzuholen: Er schaltete die Autoscheinwerfer an und aus; er rückte etwas näher an sie heran, während sie immer noch ungereimtes Zeug redete; er entfernte mit dem Finger eine blonde Haarsträhne, die ihr vors Auge gefallen war, beugte sich schließlich über ihr Gesicht; doch dann, unbegreiflich für sie (die schon verstummt war, unruhig, und angesichts der Nähe des Jungen ahnte, welches die glühende Antwort sein würde, die ihre ganze Theorie zunichte machen würde), hielt Manolo inne, wich zurück, ließ sie, so wie sie war, sitzen, und stieg aus.

»Du machst einen auf intellektuell, auf belesenes Mädchen, stimmt's?« sagte er und schlug die Tür zu. »Na dann, bis morgen.«

Und er entfernte sich auf der Straße in Richtung Bar Delicias, pfeifend, die Hände in den Hosentaschen.

Diese überraschenden Reaktionen hatten nicht nur eine grundlegende Festigung seiner Macht zum Ziel: Sie konnten sicher auch seine liebenswürdige Begleiterin verärgern, und das war natürlich ein Risiko, aber er sah keine andere Möglichkeit, sich zu verteidigen und den kulturellen Abgrund zu überbrücken, der zwischen ihnen lag. Am besten war da eine Radikalkur. Mit dieser einfachen Strategie, die er bis zur Vollendung anwendete, hoffte der Murcianer, die komplizierte Studentin, Freundin belangloser Diskussionen, allmählich zurückzudrängen, um nur noch das fröhliche und bezaubernde achtzehnjährige Mädchen vor sich zu haben, dem es gefiel, mit ihm die Nachmittage zu verbringen, und das sich unter jedem beliebigen Vorwand amüsierte. Diese Taktik der Zurückweisung und Distanzierung erwies sich als wirkungsvoll auch gegenüber gewissen Anzeichen eines Exhibitionismus oder Snobismus, den Teresa trotz ihrer leidenschaftlich fortschrittlichen Ideen manchmal nicht vermeiden konnte; gewisse spontane und aberwitzige Szenen eines modernen, freien und angeblich entjungferten Mädchens (wie es ihr gefiel, den Arm auf Manolos Schulter zu legen und sich an ihn zu schmiegen, in der Öffentlichkeit, für den »Hühnerstall« eine kühne sexuelle Intimität demonstrierend, die sie noch lange nicht zugestehen sollte!) brachten ihren Freund zur Weißglut.

Trotzdem dauerte keine Verstimmung länger als vierundzwanzig Stunden, und oftmals legte Manolo den Streit bei, indem er das Mädchen anrief, um sich zu entschuldigen. Dann bestand die Studentin hartnäckig darauf, daß es nur ihre Schuld gewesen sei, und warf sich vor, ein Snob zu sein. In dieser Situation kam dem Murcianer der Gedanke, daß er sich vielleicht übertrieben vorsichtig verhielt. Eines Nachmittags, als sie in dem Aufenthaltsraum der Klinik saßen, öffnete sich die Tür, und Herr Serrat trat ein. Eine vor Schreck nicht wiederzuerkennende Teresa (sie saß ganz dicht bei ihrem Freund, als die Tür aufging; die Köpfe über die Zeitung gebeugt, gingen sie zusammen das Kinoprogramm durch) stellte ihrem Vater Manolo vor. Der, plötzlich ernst, stand auf und streckte die Hand aus, wobei er vergeblich versuchte, etwas in den Augen des katalanischen Industriellen zu lesen. Herr Serrat, der kaum stehenblieb, schnaubte durch die Nase, ließ zum Gruß einige kehlige Laute vernehmen, drückte die Hand des Jungen und ging unverzüglich in Marujas Zimmer. Er hatte es sehr eilig: Er war, unter anderem, gekommen, um Teresa zu sagen, daß er übers Wochenende an die Küste fahren werde und daß sie dem Gärtner, der morgen nach Hause kommen würde, einige Anweisungen geben solle, denn auf Vicenta, das weiß man ja, kann man sich nicht verlassen, die denkt an nichts. Teresa folgte ihm in Marujas Zimmer. Manolo blieb im Nebenzimmer zurück, konnte aber hören, was Herr Serrat sagte, weil die Tür nur angelehnt war: »Kleine, wer ist dieser Junge?« Und etwas in Teresas Stimme, abgesehen von dem künstlich kalten und gleichgültigen Ton, den sie anschlug, etwas, was schon in der Pause mitschwang, die sie machte, bevor sie die Frage ihres Vaters beantwortete, offenbarte ihm dann jene verborgenen Motive ihres emotionalen Interesses an ihm, die einer bestimmten Sehnsucht entsprangen und die die Studentin hartnäckig mit ungeheurem politischen Unsinn verwechselte. »Ich kenne ihn nur flüchtig, Papa, er sagt, er sei Marujas Freund, und kommt sie jeden Tag besuchen«, war die unklare und lustlose Antwort, und sie fügte hinzu: »Er tut mir leid, der arme Junge« (an dieser Stelle eine Art Grunzen von Herrn Serrat), als Manolo sich auf Zehenspitzen zur Tür schlich und dachte: So sah also, Teresa zufolge, ihre Lage von außen betrachtet aus; er war nicht mehr als der angebliche Freund des kranken Dienstmädchens, der bei seinen täglichen Besuchen in der Klinik auf die Señorita trifft und liebenswürdigerweise mit dem Auto nach Hause gebracht wird. Sehr schön. Nichts Besonderes, all das passiert in einem unvorhergesehenen Sommer, der nicht immer andauern wird; die beiden haben Ferien, sind praktisch von der Familie unbeaufsichtigt, allein, umständehalber vereint durch Marujas Unglück, aber ihre Herkunft ist so unterschiedlich, daß hier nichts passieren wird. Er tut mir leid, der arme Junge. Gut, das versteht sich von selbst, es gibt keinen Grund, über unsere heimlichen Autotouren zu reden. Wegen dieser eigentümlichen Mischung aus Wahrheit und Lüge, die Teresas Worte enthielten (sie log nicht, sagte aber auch nicht die ganze Wahrheit), verstand Manolo jedoch plötzlich, daß seine Vorsicht übertrieben war und daß er schneller und entschlossener handeln konnte und mußte.

Als er Marujas Zimmer betrat, sah die Situation wie folgt aus: Leicht über den Nachttisch gebeugt, bereitete Dina eine Serumspritze für die Kranke vor; Herr Serrat, der neben ihr stand, beobachtete ihre Vorbereitungen; von der anderen Seite des Bettes aus beantwortete Teresa mit auf dem Rücken verschränkten Armen und Unschuldsmiene weiterhin einige zerstreute Fragen, mit denen ihr Vater sich erkundigte, wie sie ihre Zeit nach den Besuchen bei Maruja verbringe: Überhaupt schien Teresa übertrieben darauf bedacht, zu zeigen, daß sie den Jungen bisher kaum beachtet hatte. Dieser trat jetzt an das Bett, langsam (niemand sah ihn an, aber man schwieg), stellte sich stillschweigend neben Teresa und legte zerstreut die Hand auf den Ständer des Tropfes, der am Kopfende des Bettes stand, so daß er mit den Fingern Teresas Rücken fast berührte. Teresa trug an diesem Nachmittag ein leichtes grünes Kleid ohne Ärmel und Gürtel, sehr schlicht und enganliegend, mit einem Reißverschluß auf dem Rücken, der vom Nacken bis zum Po ging. Mit zerstreuter Miene beobachtete Manolo genau wie die anderen die Handgriffe der Krankenschwester, während er, anscheinend, um sich irgendwie zu beschäftigen, die Hand an der Metallstange auf und ab gleiten ließ, den Rücken des Mädchens streifend, bis er bei einer der Abwärtsbewegungen, ohne die Stange des Tropfes loszulassen, Daumen und Zeigefinger über dem Reißverschluß von Teresas Kleid schloß, wie ein Vogel den Schnabel, und ihn ihr im Nu ganz herunterzog. Der Stoff öffnete sich wie eine Haut und legte goldenen Glanz frei; vor seinen Augen schimmerte plötzlich ein glatter und sanft gerundeter Rücken, schlank, sehr schmal, fast kindlich, mit einer Bräunung, die kein Streifen unterbrach (er wußte bereits, daß die kühne Studentin zu denen gehörte, die fast nie einen BH trugen), großartig zog sich die Linie in der knabenhaften Taille in einer weichen Rundung nach innen zurück, um dann wieder mit neuem Schwung unter dem schwachen Glanz des Nylonstoffes, der den Po bedeckte, hervorzutreten. Alles kam so schnell und unerwartet, daß Teresa verblüfft mit offenem Mund dastand; das Vorderteil des Kleids wurde von einigen Häkchen an den Schultern gehalten, was, wie zu erwarten gewesen war, die andere Seite von des Murcianers aberwitzigem Traum völlig zunichte machte (nämlich: daß diese lügnerische und launische Person für einen Augenblick mit entblößtem Busen vor den Augen ihres Vaters und der Krankenschwester stehen würde). Herr Serrat, der in diesem Moment etwas zum Thema lokale Betäubung und Vollnarkose sagte, hob den Blick zu seiner Tochter, aber da er an ihr nichts Ungewöhnliches bemerkte (außer daß sie sich selbst umarmte, als hätte sie Schüttelfrost), richtete er seine Aufmerksamkeit wieder auf Dinas Tätigkeit. Teresa wurde feuerrot und warf Manolo einen wütenden Blick zu, während sie gleichzeitig versuchte, sich unauffällig den Reißverschluß hochzuziehen. Sie schob sich ganz langsam rückwärts zur Tür und ging hinaus.

Hinterher schimpfte sie den Jungen aus (erschrocken, aber nicht wirklich verärgert) und wollte wissen, warum er vor ihrem Vater so etwas Verrücktes gemacht habe. »Wenn ich das nicht gemacht hätte, würdest du ihm immer noch Lügen über dich und mich erzählen.« Und er packte sie am Arm, als wollte er es ihr noch genauer erklären, aber woanders, und schleifte sie aus der Klinik.

An diesem Abend lud er sie zu einem Glas ins Jamboree ein. Teresa begeisterte die Vorstellung, sich in Begleitung des Murcianers in dem Weinkeller an der Plaza Real sehen zu lassen (man traf dort, wie Fische in einem Aquarium herumschwimmend, immer einige ruhmreiche studentische Verschwörer – unter ihnen Luis Trías –, die halb im Untergrund praktische Erfahrungen sammelten, in einem grünlichen Licht; das ans Exil erinnerte, an Paris). Eine einzigartige, urtümliche spanische Jazzband mit Instrumenten aus Knochen trat auf, der »María's Julián Jazz« (der Kiefer eines Esels, in Klang und Philosophie verwandelt, stand im Programmheft), langweilige, dreiste Scharlatane, deren Musik, da sie niemand ernst nahm (abgesehen von einem aufmerksamen, bebrillten Pärchen, beide kurzsichtig, Studenten der Geisteswissenschaften, die Teresa erkannten und versuchten, das Mädchen und ihren Begleiter an ihren Tisch zu holen), zumindest den Vorzug hatte, daß man dazu tanzen konnte, ohne Angst haben zu müssen, die wahre Kunst des Jazz zu entehren. Und im rötlichen Halbdunkel des Lokals tanzte die Studentin engumschlungen mit ihrem neuen Freund vor den gedankenverlorenen Blicken der Hochschüler (die sie verachtete, weil sie konservativ und reaktionär seien, wie sie Manolo ins Ohr flüsterte) und ließ ihn zum ersten Mal ihre Schläfen und ihr Gesicht mit den Lippen streifen.

Als sie am nächsten Tag die Klinik verließen, schlug Manolo vor, an den Strand zu fahren. Es war früher Nachmittag und sehr heiß. Schon selbstsicherer, sann der Murcianer über gewisse günstige Gelegenheiten nach, obwohl andererseits das Damoklesschwert erneut nur wenige Zentimeter über seinem Kopf schwebte: Er würde bald ohne Céntimo dastehen und sah keine Möglichkeit, etwas Geld aufzutreiben, ohne sich in allzu große Gefahr zu begeben. Die Entscheidung, an den Strand zu fahren, war ganz spontan getroffen worden: Sie hatten beide keine Badesachen dabei, so daß Teresa auf die Idee kam, bei ihr zu Hause vorbeizufahren.

»Wir finden bestimmt eine Badehose von Papa für dich.«

Sie ließ nicht zu, daß er draußen im Wagen auf sie wartete, und bat ihn, mit hineinzukommen.

»Ich muß mich umziehen«, sagte sie, während sie durch den Garten gingen. »Es dauert nicht lange. Das macht dir doch nichts aus?«

»Nein, nein.«

Manolo ging auf dem Kiesweg hinter ihr her, im Schatten der dichtbelaubten Bäume (plötzlich wurde es Nacht, und es war Winter, er trug seine Lederjacke und seinen Schal, die Señorita Teresa lief auf die Explosionen von Licht und Musik zu, die aus den Fenstern drangen, lief mit ihren feinen, hochhackigen Schuhen und dem über die Schulter geworfenen schneeweißen Gabardinemantel, der Gürtel schleifte über den Boden, das rote Seidentuch hing aus der Manteltasche ...), Teresa schloß die Tür auf und ließ ihn in einen großen, hellen Salon eintreten.

»Mach's dir bequem«, sagte sie und zog sich die Schuhe aus. »Und nimm dir was zu trinken, wenn du magst, da vorne steht alles. Es dauert nicht mal 'ne Minute. Schau dir bloß nicht die Bilder an, die sind schrecklich.«

Sie verschwand durch den Flur, die Schuhe in der einen Hand und mit der anderen sich das Kleid an der Seite aufknöpfend. Man hörte ihre Stimme, während sie die Treppe hinauflief: »Vicenta, ich bin's.« Manolo ging im Salon auf und ab. An den Wänden hingen schweizerische Landschaften, die er so schrecklich nicht finden konnte, und das Porträt einer Frau, die ihn aus blauen, heiteren Gefilden zufrieden ansah; ihr schlanker rosa Hals erhob sich aus lila Seide, die ihre zarten Schultern bedeckte. Das mußte Mama sein. Wie hübsch, wie anmutig ihr Gesichtsausdruck. Das Haus war in absolute Stille versunken, eine Stille, die jedoch unvergleichlich war: Die Stille der Häuser reicher Leute hatte für ihn eine schlafende Suggestivkraft, der Stille eines abgestellten Ventilators ähnlich oder dem undeutlichen unterirdischen Geräusch einer Heizung. Ein großes Bild hing über dem Kamin: Jagdhunde. Nun, auch das war nicht schlecht, im Winter wahrscheinlich eine sehr angenehme Gesellschaft, wenn man sich nach einem Tag voller erschöpfender Geschäfte ans Feuer setzte ... Er nahm auf dem Sofa vor dem Kamin Platz, schlug die Beine mit wollüstiger Langsamkeit übereinander. Plötzlich hörte er links neben sich ein fröhliches Tappen von Pfoten auf den glänzenden Fliesen näherkommen: Ein kleiner Foxterrier mit dunklem, dichtem Fell betrachtete den unbekannten Besucher, den Kopf leicht zur Seite geneigt, seine argwöhnischen Augen, die hinter dem Vorhang kaum zu erkennen waren, starrten ihn traurig an. Manolo beobachtete ihn eine Zeitlang freundlich und streckte dann die Hand aus, um ihn zu streicheln, aber das Tier hob den Kopf, wich zurück und trottete ein paarmal um das Sofa herum. Sein mißtrauischer Blick verschärfte sich sonderbar, als er sich, vor einer zweiten freundschaftlichen Geste zurückscheuend, auf die Hinterbeine setzte, den Kopf zur Tür des Salons wandte und darauf wartete, daß einer der Hausbewohner hereinkäme, offensichtlich desinteressiert oder vielmehr von ernsten Zweifeln an der Person des Eindringlings beherrscht. Jetzt konnte Manolo erkennen, daß es sich um eine Hündin handelte. Ihren drolligen Kopf, der so aussah wie der eines leichtfertigen, aber gewitzten kleinen Mädchens, hatte sie noch immer geringschätzig zur Seite geneigt, und nur gelegentlich ließ sie sich urplötzlich – als wollte sie einen Vorwurf zurückweisen, noch bevor er überhaupt ausgesprochen war – dazu herab, den verdächtigen Unbekannten anzublicken. »Komm her, du Köter, komm, komm, hier ...«, knurrte Manolo. Die Hündin kam langsam auf ihn zu, ohne ihn anzublicken, beschnüffelte gründlich die Hosenbeine seiner Jeans, die Schuhe aus Gummi, die dunkle Hand, die sie zu streicheln versuchte, und dann drehte sie sich um, den Kopf gesenkt – als hätte die Prüfung ihre Zweifel nur verstärkt –, und kehrte an ihren Platz zurück. Manolo legte müde den Kopf auf die Lehne des Sofas und betrachtete erneut die leuchtenden Bilder an den Wänden und die stille Gemütlichkeit des Kamins mit einer irgendwie unbefriedigten und bohrenden, aber sehr angenehmen Neugier. Er hatte Lust, eine Zigarette zu rauchen.

Dieses Gefühl von Sicherheit, das er hier empfand, inmitten dieser Ordnung und dieser behaglichen Ruhe, erschien ihm merkwürdig, verglichen mit der Unbeholfenheit und der immer größer werdenden Mühe, mit der er sich seit kurzem in seiner gewohnten Umgebung zurechtfand, bei sich zu Hause und selbst in der Bar Delicias oder beim Kardinal und seiner Nichte (er erinnerte sich an seinen letzten Besuch bei ihnen und daran, auf wie üble Weise er an Geld gekommen war); es war, als hätte er einen Teil seines Einflusses und seiner Macht ihnen gegenüber verloren, aus Nachlässigkeit, aus Unachtsamkeit, ein Gefühl übertriebener Eile, der Eindruck, in der Hektik etwas vergessen, einen Fehler gemacht zu haben, an den man ihn bei seiner Ankunft (Ankunft, wo?) erinnern und über den man von ihm Rechenschaft verlangen würde. Vielleicht deshalb, sozusagen als Warnung, tauchten jetzt unerwartet die Sister-Schwestern auf, um ihres Amtes zu walten. Der Nachmittag sollte reich an Überraschungen sein.

Man mußte es gelassen hinnehmen, wie eine Ironie des Schicksals. Nachdem er sich endgültig die Unterwürfigkeit der Hündin gesichert hatte, stand er mit dem Rücken zu dem geöffneten Fenster, das zum Garten hinausging, vor dem Klavier (er konnte sich nicht dazu entschließen, ein bißchen darauf herumzuklimpern), so daß er die beiden Gestalten unter den Bäumen jenseits der doppelten Geranienreihe nicht sehen konnte, wie sie in der Nachmittagssonne in diesem Moment von der Straße her durch das Gittertor auf das Haus zutraten. Es waren zwei Mädchen in Technicolor (schokoladenbraune Arme und Beine, lila Lippen, Augen mit blauen Rändern, die bis zu den Schläfen gingen wie winzige Gesichtsmasken), mit toupierten, steifen Frisuren, die Funken sprühten, in leichten Sommerkleidern, schreiendbunt und hauteng. Ihre runden

Gesichter hatten jene zu intensive und zu dunkle Bräune, die den übermäßigen Gebrauch öliger Substanzen und unmäßig viele Sonnenbäder auf der Terrasse verrät. Ihr schnelles, nervöses Trippeln zeugte von einer dringenden, aber gespielten Entschlossenheit, die im Kontrast zu dem gleichgültigen und sogar gelangweilten Ausdruck ihrer Mondgesichter stand. Eine der beiden, die kleinere, trug einen riesengroßen Korb aus Palmzweigen mit bunten Mustern und hielt sich die Hüften, als befürchtete sie, in der Eile ihre Unterwäsche zu verlieren. Manolo hörte das Klingeln. Niemand lief zur Tür, um zu öffnen. Er hatte die beiden Mädchen nicht kommen sehen. Hätte er sie gesehen, hätte er ihre Absichten sofort erraten und sie im Garten abfangen können. Glücklicherweise ließ sich die alte Hausangestellte mit dem Öffnen der Tür jedoch Zeit: So beschloß der Junge genau in dem Moment, in den Flur hinüberzugehen, als sie hastig herbeieilte, schwerfällig ihre breiten Hüften in der grauen Dienstkleidung bewegend. Im Vorbeigehen warf sie Manolo ein leichtes konventionelles Lächeln zu. Sie öffnete. Zunächst war es nur ein Lichtstrahl, der ihn für einen Augenblick blendete. Als er, in der Tür zum Salon stehend, halb dessen Innerem zugewandt (er war im Begriff, wieder hineinzugehen, schon beinahe entschlossen, ein wenig auf dem Klavier zu klimpern), die beiden Flittchen erkannte, erstarrte er: Das konnte doch nicht wahr sein, das war zweifellos ein schlechter Witz, das Pech, das die Armen verfolgt, kein bloßer Zufall, sondern vielleicht ein Wink, eine Warnung, die ihn aus seinem eigenen Viertel erreichte.

Eigentlich hätte seine Überraschung so groß nicht sein dürfen, denn er wußte sehr gut, daß die Sister-Schwestern bevorzugt in den Wohnvierteln der Reichen arbeiteten, und zwar während der Ferien, um die Dienstmädchen alleine anzutreffen. Manolo hatte sie seit dem vergangenen Winter nicht mehr gesehen, er wußte, daß sie zwar keinen Kontakt zum Kardinal mehr hatten, aber immer noch ihren ganz speziellen Trick anwandten, eine Methode, die als die »Masche mit der Intimwäsche« bekannt war.

Er war sich auch der Gefahr bewußt, die dieser unerwartete und ungelegene Besuch bedeutete (eine Begegnung mit der wirklichen Verschwörung, jener, von der die Studentin nichts ahnte); er drohte alles zu verpfuschen: ›Wenn mich diese Flittchen vor Teresa erkennen, dann gute Nacht.‹ Denn genau in diesem Augenblick kam Teresa in den Flur, die Badetasche über der Schulter, in weißer Hose und weißen Sandalen. »Wer ist denn da, Vicenta?« fragte sie. Die Hündin lief zu ihr und wedelte mit dem Schwanz. »Ruhig, Dixi.« Unterdessen setzten die beiden Schwestern in der Tür (was für obszöne Kleider, wie durchsichtig, dachte er erschrocken) ihre unschuldigsten Gesichter auf, offensichtlich verwirrt durch Manolos Gegenwart. Für einen Augenblick entstand eine peinliche Situation. Das Dienstmädchen wartete darauf, daß die Besucherinnen das Wort ergriffen, diese wechselten besorgte Blicke mit Manolo und der wiederum mit Teresa, welche feine Schwingungen wahrnahm, eine gewisse Beziehung zwischen dem Arbeiter und den beiden Mädchen, und sie zu einer schnellen und edelmütigen Folgerung verleiten ließ, deren momentanes Ergebnis nur dieses war: ›Entweder sind es Nutten oder Mädchen aus seiner Fabrik oder beides zugleich.‹ Manolo dagegen dachte, die Sisters würden jetzt nichts mehr wagen und sich mit irgendeiner Entschuldigung verabschieden. Aber er sah mit Schrecken, daß sie nicht bereit waren kehrtzumachen, denn eine der beiden (die Spezialistin für kurzweilige Gespräche) fing an, die Platte mit dem Gummi des Slips ihrer Freundin aufzulegen, das ihr auf der Straße gerissen sei, eine Sache, die ... Daraufhin stürzte er, ohne ihnen zum Reden Zeit zu lassen, zur Tür, wobei er Teresa zurief:

»Laß, das ist für mich.«

Den Sister-Schwestern blieb das Wort im Halse stecken, als sie sahen, wie der Junge über sie herfiel. Eine der beiden stammelte:

»Du ...«

»Das ist für mich, bemühen Sie sich nicht«, wiederholte Manolo, diesmal zum Dienstmädchen gewandt, das er beinahe umgerannt hätte. Die gute Frau trat von der Tür zurück, wobei sie ihre Señorita resigniert ansah. Manolo packte die beiden Schwestern fest am Arm und ging mit ihnen in den Garten, so weit wie möglich vom Haus weg. Die drei redeten alle zur gleichen Zeit:

»Verdammt noch mal, ihr Flittchen ...!«

»Manolillo, was für eine Überraschung aber auch!«

»Los, haut ab!«

»He, nun mal langsam!« protestierte die andere. »Was zum Teufel machst du hier? Die ist ja wirklich erste Klasse. Laß mich los, Kleiner! Du bist hier wohl zu Hause, was?«

»Halt die Schnauze, oder ich brech dir den Arm«, sagte er. »Und guck nach vorn, wenn du gehst. Erzähl dein Märchen woanders, Stupsnase. Sich auch noch totlachen! Was fällt euch ein? Gerade heute! Habt ihr denn nicht das Auto auf der Straße gesehen, ihr dummen Weiber, daran sieht man doch schon, daß jemand da ist ...?«

»Was ist denn los? Wenn wir die Hausherrin antreffen, ziehen wir eben wieder ab und fertig. Aber wer hätte denn gedacht ...«, begann die mit dem kaputten Slip. »Laß endlich los, Schätzchen, du tust mir doch weh. Was hast du hier überhaupt zu suchen? Glaubst du, du kannst hier rumkommandieren?«

»Ich hab jetzt keine Zeit, euch das zu erklären. Haut ab.«

»Hände weg, ja? Und erklär mal, was das soll ...«

»Ja, genau«, sagte die andere. »Darf man fragen, was du hier machst, darf man das noch fragen?« Vielleicht, um die schlechte Wirkung der Wiederholung abzuschwächen, fügte das Mädchen mit gleichem Geschick hinzu: »Was für ein Zufall, dich zu sehen, hör mal, nachdem wir uns so lange nicht gesehen haben ...«

Manolo schob sie zum Tor.

»Weg hier, und zwar sofort. Das werd ich dem Kardinal erzählen.«

Die Ältere machte sich frei und trat ihm entgegen:

»Hör mal, du, hier wird nicht gedroht. Weder mit dem Kardinal noch mit sonstwem. Diesem alten Geizhals sind wir gar nichts schuldig ...«

»Ich will nicht diskutieren. Verduftet, da sind Leute.«

»Bist du denn immer noch bei ihm? Ich hätte nicht gedacht, daß du noch so grün hinter den Ohren bist, mein Sohn. Ein toller Kerl, der Kardinal! Eines schönen Tages haut er dich doch in die Pfanne, Manolo, das sage ich dir! Aber laß mich los, verdammt!«

»Schrei nicht so rum, du dumme Kuh.«

»Keine Beleidigungen, mein Süßer.«

Sie standen am Tor. Ihm war klar, daß er sie so nicht hinauswerfen konnte.

»Ist ja gut, ich erklär euch das ein andermal ... Wie geht's euch eigentlich? Wie geht's Paco? Trefft ihr euch noch immer auf der Terrasse? Und Xoni ...?«

»Sehr nett, viel netter als du, du unverschämter Kerl. Und du wirst schon noch sehen, wie der Paco dich verprügeln wird. Wir warten nämlich immer noch darauf, daß du bezahlst, was du uns schuldig bist, du Hund!«

»Pssst ...! Ich bin euch gar nichts schuldig!«

»Mal sehen! Bist du es gewesen oder der Kardinal?«

»Mensch, der war's«, sagte ihre Schwester. »Guck ihn dir doch nur mal an!«

»Gut, und jetzt verduftet ...«

»Hab ich dir nicht gesagt«, beharrte die andere, »daß der Kardinal dich aussaugt, siehst du das denn nicht?«

»Ja, ja.«

»Wir«, mischte sich die Kleinere ein und klopfte ihm auf die Schulter, »haben jetzt einen anderen Händler. Rafael heißt er. Kennst du ihn? Seine Frau hat gerade Zwillinge bekommen, auf einen Schlag, an einem Tag. Nun gut, macht es dir was aus, uns mal zu sagen, was du hier treibst, wenn es dir nichts ausmacht?« Die Jüngere der Sisters sagte ständig sehr ungewöhnliche Sachen, denn ihre Zunge war viel schneller als ihr Verstand, aber Manolo hatte heute weder Zeit noch Lust, sich darüber zu amüsieren. »Oder macht es dir was aus?«

»Ja, es macht mir was aus. Verduftet, bitte. Ich erzähl euch das alles ein andermal ...«

Teresa wartete am Fenster des Salons und beobachtete sie, die Badetasche über der Schulter, während sie sich mit einem Kamm durchs Haar ging. »Ruhig, Dixi«, befahl sie der Hündin, die sich an ihre Beine schmiegte. Sie konnte sie nicht hören, sah aber, wie Manolo wütend wurde, gestikulierte und die beiden auf die Straße schob. Die verabschiedeten sich, fett lachend, küßten ihn auf die Wangen (unglaublich: Die Größere versuchte plötzlich, ihn auf den Mund zu küssen, Teresa sah, wie sie gierig und schamlos nach diesem suchte, mit seinen Haaren spielte, seinen Hals mit diesen negerbraunen, drallen Armen umschlang, während er sich wehrte und sie auf die Straße schob), und gingen schließlich.

»Was wollten die?« fragte sie, als er ins Zimmer trat. Und ohne mit dem Kämmen aufzuhören, durch Gesichtsausdruck und Tonfall eine bestimmte Art Verhör witzig nachahmend, die ihm vertraut sein mußte, scherzte sie, den Finger auf ihn gerichtet: »Hand aufs Herz, Sie, junger Mann, sagen Sie mir: Kennen Sie diese Mädchen?«

Manolo drehte ihr den Rücken zu und ging nachdenklich zu einem Sessel.

»Waren Sie es, den die beiden suchten?« bohrte Teresa lachend weiter. »Wie merkwürdig ... Ihr seid doch alle Revoluzzer, eine rote Bande, wir sind gut informiert. Hand aufs Herz, lügen Sie nicht: Woher wußten die beiden, daß Sie hier waren?«

Der Murcianer wandte brüsk den Kopf. Er erlaubte sich nicht, auch nur eine Sekunde zu zögern:

»Bitte, ich wäre dir dankbar, wenn du mich nichts fragen würdest!« Er schlug einen freundlicheren Ton an. »Ich hatte zu Hause gesagt, daß man mich, wenn etwas Dringendes wäre, in der Klinik oder hier erreichen könne ... Eine Versammlung, heute abend. Also entschuldige bitte, daß ich so frei war.«

Sie sah ihn erschrocken an und senkte den Kopf.

»Um mich brauchst du dir keine Sorgen zu machen. Ich verstehe das. Ich wollte nur ein bißchen Spaß machen.«

»Also spar dir deine Späße«, sagte er kurz angebunden, aber es tat ihm in der Seele weh: Teresina war wirklich ein entzückendes Wesen, das mußte man zugeben. »Und entschuldige bitte, ich habe kein Recht, dich anzuschreien, aber die Sache ist ernster, als du denkst. Ich will dich nicht in all das mit reinziehen, dazu besteht keine Notwendigkeit.«

Teresa steckte den Kamm in die Tasche und ging langsam auf Manolo zu. Sie sah, wie er in den Sessel sank und die Hände an den Kopf legte, erschöpft, besorgt, aus irgendeinem Grund bedrückt. Wie kann man sich entziehen, wenn man diese dunklen und starken Hände sieht, dieses Gesicht mit weichen und gleichzeitig harten Zügen, fast mongolisch, wie kann man sich dem Einfluß einer Zukunft voller Würde entziehen? Die Vorstellung, daß hinter all diesen Dingen eine Verschwörung steckte, lebte in ihr in dieser Zeit so stark, daß es ihr genügte, ein leichtes, angstvolles Zittern in diesen Händen und in diesen tiefschwarzen Haaren zu vermuten, um bereitwillig in die vermeintliche Gefahrenzone einzudringen: »Läuft irgend etwas nicht gut, Manolo?« Sie stand vor ihm, sehr ruhig, die Beine in der weißen, elastischen Hose. Er raufte sich noch die Haare, hob den Blick bis zu den Hüften des Mädchens (›Welch ein peinigendes Verlangen, dieses bezaubernde Dreieck, die süße kleine Wölbung des Zentrums‹), schloß die Augen wieder und sagte:

»Nichts. Laß uns fahren.« Er stand auf. »Laß uns an den Strand fahren, ich bitte dich, ich muß mich etwas ablenken.«

Im Auto, während der Fahrt Richtung Castelldefels, spürte Teresa das dringende Bedürfnis, ein Urteil über die beiden Mädchen abzugeben, ein einziges, im Interesse der Sicherheit der Gruppe:

»Irgendeiner von euch könnte sie davon überzeugen, daß sie sich nicht so anmalen sollten. Sie sehen aus wie Nutten.« Dann fügte sie hinzu: »Ich hab eine Badehose gefunden, ich hoffe, sie paßt dir.«

»Bestimmt. Und jetzt fahr schneller, noch schneller ...! Überhole sie alle ...!«

O que ma quille éclate! O que j'aille à la mer!

RIMBAUD

Teresa Simmons, im Bikini am Strand seiner Träume entlanglaufend, im Sand liegend, sich unter tiefblauem Himmel räkelnd, um ihre Taille das Wasser, die Arme nach oben ausgestreckt (ein goldener Glanz in ihren Achseln, flimmernd wie unter einer Brücke die Spiegelbilder im Wasser), dann schwimmend in phantastischem Stil, ihr jauchzender Körper mit seinen schlanken, behenden Hüften, aus den schäumenden Wellen auftauchend und schließlich vom Wasser her auf ihn zukommend wie eine lebendige, klingende Bronzestatue, ihr kleiner Bauch sehnsüchtig zuckend, ihr ganzer Körper gischtbedeckt und funkelnd. Jean Serrat, ihn anlächelnd, von weitem grüßend mit erhobenem Arm, ihn grüßend, den dunklen Murcianer, diesen geschmeidigen, katzenhaften, auf der Lauer liegenden Haufen von Ansprüchen und Begierden und unaussprechlichem glühenden Verlangen und schmerzlichen Befürchtungen (›Ich werde sie verlieren, es darf nicht sein, sie ist nicht für mich, ich werde sie verlieren, bevor ihr mir Zeit gelassen habt, ein Katalane zu werden wie ihr, Scheisssssskerle!‹), der jetzt, ganz so, als lebte er auf Zeit in einem fremden Haus, in der Sonne lag, auf einem großen bunten Handtuch, das ihm ebensowenig gehörte wie die Badehose, die er anhatte, die Sonnenbrille und die Zigaretten, die er rauchte: Was tust du hier, Junge, was erwartest du von dieser flüchtigen und eigenartigen Freundschaft zwischen zwei Stationen, wie in einem Zugabteil, nur Launen eines reichen und verwöhnten Mädchens und dann *adiós*, aus den Augen, aus dem Sinn? Nur um sie so zu sehen, langsam gehend, halbnackt und selbstbewußt, sich abhebend vor dem Hintergrund von Palmen und unerforschtem Wald – war dieser Sommer vielleicht nicht die verlorene Insel? –, lohnte es sich, und sie gehörte ihm, gehörte ihm im Augenblick mehr als ihren Eltern oder jenem Ehemann, der sie irgendwann erwartete, mehr als irgendeinem der vielen Liebhaber, die sie morgen bewundern und besitzen könnten. Die spezielle Sammlung seidenglänzender Bilder öffnete sich in seiner Hand wie ein goldschimmernder Fächer: er und sie verloren auf der goldenen tropischen Insel, allein, sonnengebräunt, wunderschön, frei, glückliche Überlebende eines entsetzlichen Atomkriegs (bei dem wir natürlich und mit Recht ums Leben gekommen sind, lieber Leser, so konnte das nicht weitergehen), sie bauen sich eine Hütte wie ein Nest, laufen den endlosen Strand entlang, essen Kokosnüsse, fischen Perlen und Korallen, betrachten Sonnenuntergänge wie Feuer und Smaragd, schlafen zusammen in Betten aus Blumen, liebkosen sich und lernen, sich ohne metaphysische Besitzängste zu lieben, während das Scheißleben anderswo weitergeht, weit weg, jenseits dieser verschwommenen Behendigkeit sonnengebräunter Glieder (Teresa kam noch immer langsam über den Sand auf ihn zu), die sich jetzt in leichtem Rückstand zum Traumbild dahinschleppt, mit einer Trägheit des Unterleibs, die nicht vorankommt: der Eindruck, daß sie sich im Nebel nicht vorwärtsbewegt, ein schmerzliches Versprechen, das sich ihren Schultern entreißt und sich um ihre Hüften windet, sich geschmeidig die Beine hinunterzieht, um befreit über ihre Füße zu fließen, sich zerstreuend wie das Licht, bis zum letzten Pochen jedes Schrittes. Sie kam mit ihrem leuchtenden Lächeln und einer Kokosnuß, die sie zwischen Taille und Arm gefangenhielt, keuchend und naß, brachte etwas von dem kühlen Grün der Meeresregionen mit, ließ sich gemächlich neben ihm nieder, wobei sie die wunderschönen Knie beugte und die Kokosnuß fallen ließ. Ihr Körper schien so sehr daran gewöhnt, an Stränden entlangzulaufen und zu liegen, als wäre sie dort aufgewachsen und von der Natur in besonderer Weise dafür ausgestattet, hier zu leben, immer, in der Sonne ...

»Gehst du nicht mehr ins Wasser?« fragte sie, als sie bei ihm war.

Teresa hatte den Gummiball fallen lassen. Sie saß auf ihren Füßen, den Kopf zur Seite gedreht, und suchte jetzt in ihrer Tasche die Sonnenbrille. Die Haare verdeckten das halbe Gesicht, und eine sinnliche Anmut lag auf ihren nassen Hüften und auf ihrem aufrechten Rücken über der schmalen Taille. Was für ein peinigendes Verlangen, dieser eingesunkene Unterleib, kindlich, zu einer Faust zusammengeballt, weißer Liebling der umherwandernden Augen des Murcianers.

»Wo zum Teufel hab ich meine Brille hingelegt?« fragte sie. »Hast du sie gesehen?«

»Nein«, log er amüsiert (er hatte sie im Sand vergraben). »Leg dich hierhin, los, und vergiß die Brille. Ich muß mit dir über etwas reden, dich um einen Gefallen bitten.«

»Einen Gefallen?«

»Ja ...«

Auf dem Bauch liegend, das Kinn auf den Unterarm gestützt, beobachtete er aufmerksam Teresas Bewegungen. Er dachte nach. Sein glattes schwarzes Haar fiel ihm schräg in die Stirn. Wenige Leute am Strand (am belebtesten war er bei den Pinien), wenige und in der Ferne im dunstigen Licht nur undeutlich zu erkennen. Sie lagen an dem einen Ende, ganz für sich, dort, wo ein langer Streifen von Sumpfpflanzen begann, der sich in der Ferne verlor. Hinter ihnen, auf einem stoppligen Gelände, gleich neben der Straße, schlief die weiße Floride in der Sonne wie ein Luxushündchen. Teresa hatte sich ein Buch mitgebracht und darin bis jetzt gelesen, zwischen dem ersten und dem zweiten Bad. Genau da, als er sie mit jener etwas häuslichen Ruhe lesen sah (den Kopf auf dem Ball und die Knie übereinandergelegt, leicht hin und her schwankend), fühlte er sich wie ein erbärmlicher Gelegenheitsdieb, und blitzartig schoß ihm jener Gedanke durch den Kopf, der bald zu einer fixen Idee werden sollte: ›Versuchen wir, einen Schlußstrich zu ziehen und ein neues Leben anzufangen, hier ist die Gelegenheit – Teresa (und mit Teresa ihr Vater) –, eine Stelle zu bekommen, eine richtige Anstellung, vielleicht eine fürs ganze Leben, mit der Möglichkeit zu ...‹

»Einen Gefallen?« wiederholte Teresa. »Was für einen Gefallen?«

Nachdenklich zog Manolo mit dem Finger Kreise in den Sand.

»Noch nicht«, sagte er. »Es ist noch Zeit. Wir haben Ferien. Später sage ich dir, worum es geht. Ich möchte nur, daß du weißt, daß es sehr wichtig für mich ist. Hast du Vertrauen zu deinem Vater?«

»Ja, natürlich. Also, das ist wirklich zu komisch.« Sie meinte die Sonnenbrille, die nicht zum Vorschein kam. Jetzt leerte sie den Inhalt der Tasche auf dem Handtuch aus. »Hatten Sie sie nicht, junger Mann?«

»Nein, Señorita.«

Teresa durchwühlte den Sand um sie herum. Nach einer Weile bemerkte sie Manolos nachdenklichen Gesichtsausdruck.

»Woran denkst du, Manolo?«

»Woran soll ich schon denken? An dich.«

»Sag bloß. Du bist wirklich ein sonderbarer Kerl. Eins würde mich mal interessieren ...« Sie lächelte geheimnisvoll. Ein Lächeln, das kaum zu erkennen war unter den Haaren, die ihr ins Gesicht hingen, weil sie auf allen vieren kriechend im Sand wühlte. Sie hatte schon bei früheren Gesprächen eine starke, unersättliche Neugier in bezug auf die Vergangenheit ihres Freundes an den Tag gelegt, hatte sich aber nicht für sein Gefühlsleben interessiert (wenn man von der Geschichte mit Maruja absieht), das ihr noch immer ein Rätsel war. »Ich denke mir, daß ein Junge wie du ... Hast du mit den beiden Mädchen irgendein Abenteuer gehabt? Wenn du nicht willst, brauchst du es mir natürlich nicht zu sagen.«

»Mit denen, die heute vorbeigekommen sind ...? Wenn ich ehrlich sein soll, ich kenne sie kaum. Warum fragst du?«

»Ach, nur so. Ich bin eben neugierig.«

»Außer bei der Arbeit kann ich nichts mit ihnen anfangen.«

»Also, es schien so, als ob sie ... Guck mal, ein Flugzeug.«

»Hast du uns beobachtet? Ich sehe sie sehr selten, aber sie

sind für mich wie Schwestern. Verstehst du? Ich wollte schon immer eine Schwester haben, schon als ich klein war.«

Teresa lachte. »Gut, daß du so naiv bist«, sagte sie und beobachtete dann weiter das Flugzeug, das in geringer Höhe über der Brandung dahinglitt.

»Würde es dir gefallen, wenn ich deine Schwester wäre?« fügte sie lachend hinzu. »He, Sie, würde es Ihnen gefallen, wenn ich Ihre Schwester wäre? Ich bin immer allein gewesen, mir hätte es auch gefallen, einen netten, lustigen Bruder zu haben.«

Was hatte sie gesagt? (In diesem Moment flog das kleine silberne Flugzeug mit grollendem Dröhnen über sie hinweg und ließ Reklamezettel herunterregnen, die die Meeresbrise zu ihnen herüberwehte.) Manolo drehte sich auf die Seite und erhaschte ein Flugblatt, und als er sich wieder zurückfallen ließ, faßte er nach einem von Teresas Füßen. Aber sie schaute immer noch zum Himmel, schützte die Augen mit der Hand vor der Sonne und sah zu, wie sich die Maschine entfernte. ›Paß auf, du Idiot‹, sagte er sich, ›das ist Blödsinn, was du da machst; Teresa ist ein intelligentes Mädchen, das keine Angst hat, die Dinge beim Namen zu nennen.‹

»Nein«, sagte er und ließ ihren Fuß los. »Als Schwester möchte ich dich nicht haben. Dafür bist du zu gut.«

Der Sand um sie herum war mit Flugblättern übersät. Teresa las eins und warf es dann fort. Sie fragte:

»Ich bin zu was?«

»Du bist für was anderes gemacht.«

»Für was denn, wenn man fragen darf?« Und gleich darauf: »Aber wo zum Teufel habe ich die Brille hingelegt?«

Noch immer suhlte sie sich auf den Knien.

»Vielleicht hast du sie verloren, deine Brille. Für die Liebe, du bist für die Liebe gemacht, Teresa.«

»Nun werd mal nicht romantisch, ja?«

»Ich werde, was ich will, wenn es der Señorita nichts ausmacht.«

»Gut gebrüllt, Löwe. Vor einer Weile hast du sie auf der

Nase gehabt, ich hab dich doch damit gesehen. Wo hast du sie hingetan?«

»Guck mal, ein Boot ...«

»Um auf die Mädchen zurückzukommen ...«

»Was willst du wissen? Die Ältere ist verheiratet und ... lebt getrennt, es ist ihr sehr schlecht ergangen, sie hat ein ganz süßes Kind, würde dir bestimmt gefallen, blond wie die Sonne, so wie du.«

»Und die andere?«

»Achte mal auf das Boot. Da sitzt ein alter Mann am Ruder, guck dir das mal an. Hierher kommen nur wenige Leute, nicht wahr? Nun leg dich schon hin, vergiß die Brille.«

»Ich brauche sie zum Lesen.«

»Es gehört sich nicht, in Gesellschaft zu lesen. Aber die Señorita ist eben ein launisches und verwöhntes Weibsbild und verdient eigentlich eine Tracht Prügel. Ich würde dir schon Beine machen ...«

»Apropos Beine machen«, sagte sie, »du bist wohl noch nie zwischen Leuten hergerannt, den Knüppel eines Polizisten eine Handbreit von deinem Kopf? Da hast du was verpaßt ...«

Glücklich eingehüllt, immer noch, in jenen Kreis von Gefahren, in die feste Annahme heimlicher Verbindungen und Kontakte, die ihren Ursprung in der dunklen Haut des Murcianers hatten (nebenbei: wie gut sich die alte und verwaschene granatrote Badehose von Papa auf dieser seidigen Haut machte), fing sie an, ihm von den Gefahren zu erzählen, die der studentische Kampf mit sich bringt:

»... ein anderer Student lief vor mir her«, schilderte eine seltsame Teresa Simmons, die endlich die Suche nach der Sonnenbrille aufgab und sich auf der freien Hälfte des Handtuchs auf den Rücken fallen ließ, »aber in der Calle Pelaye haben wir uns getrennt. Gefährlich bei diesen Demonstrationen, die andererseits auch wieder sehr lustig sind, ist es, bei einer Einkesselung den Anschluß zu verlieren. Das ist genau umgekehrt wie bei euch, ihr tretet ja am besten einzeln auf ... So bin ich zum Gros der Demonstranten zurückgelaufen, dem es gelungen war, sich wieder zusammenzuschließen, und dann griffen die Polizisten noch mal mit den Pferden an, und plötzlich lag ich auf dem Boden, ich hab noch die Narbe am Knie, guck mal. Jemand hat mich aufgehoben, es war ein ganz junger Polizist, ich entsinne mich, daß er sehr helle grüne Augen hatte, kam bestimmt vom Land, er schien mehr erschrokken als ich, schob mich aber sanft zum Bereitschaftswagen, ich hab mich gewunden, ihn geschlagen, ihn getreten, ich verstehe heute noch nicht, warum er mir nicht eins mit dem Knüppel übergezogen hat, und ich hab's geschafft, mich von ihm loszumachen, aber es gab keine Möglichkeit zu entkommen bei dem Chaos, das da herrschte, in der einen Ecke waren wir mindestens hundert Studenten, alle übereinandergestapelt, man sah nur Ellenbogen und Beine, die nach allen Richtungen ausschlugen, wir dachten nur noch daran, abzuhauen ... Sag mal, hast du genug Platz? Willst du ...? Warte, zieh das Handtuch zu dir rüber, so, jetzt hast du reichlich, Mensch, komm doch näher. Willst du 'ne Zigarette?«

»Ja, gerne.«

»Also, wie ich dir gesagt habe ... Es interessiert dich bestimmt, es ist eine Seite des Kampfes, die du nicht kennst. Steck dir erst mal deine an ... Also, wir dachten nur noch daran, zu ...«

Manolo hielt ihr das Streichholz hin. »Hier.«

Der Duft ihrer goldenen Haare, plattgedrückt auf ihrem süßen Kopf, eine weitere Qual: Die Flamme erlosch in seiner hohlen Hand, weil er es so wollte, nur um noch einmal jene Fernen aus der Nähe einzuatmen, jenen unsäglichen Geruch einer verlorenen Jugend – wo verloren, wußte er nicht. Er streifte mit seinen Lippen wieder das glatte Gesicht, das sich über die rosa Flamme des Streichholzes beugte, dann wich sie zurück und sah ihn mit einem sonderbaren Ernst in ihren blauen Augen an, hielt aber dem Blick des Jungen nur einen Augenblick lang stand.

»Ja, also so sah es aus, als ich geschrien habe, es sei das beste, sich in die Universität zu flüchten, aber ich nehme an, daß mich niemand gehört hat. Es war der einzige Ausweg, und in gewisser Weise hatten wir unser Ziel ja erreicht. Aber die Leute standen im Weg, anstatt zu helfen, das darf man nämlich nicht verschweigen, viele haben nur zugeguckt, ohne einen Finger zu rühren, und in der ersten Reihe haben sogar einige gelacht, die alten ... Und schließlich haben sie mich richtig fest gepackt, mein Kleid war zerrissen, und von Luis und den anderen habe ich nichts mehr gesehen, bis sie mich zum Präsidium gebracht haben. Sie haben uns verhört ... Es war etwas grotesk, was soll ich dir das erzählen, stell dir vor ...«

Ihre weit aufgerissenen Augen starrten in den Himmel – von einer dieser Krisen des Idealismus befallen, nach denen sie sich Jahre später, in monotonem und leichtem, ehelichem Seegang treibend, so sehr sehnen würde –, und in ihren blonden Haaren schwang das Licht kleine, blitzende goldene Degen. Manolo betrachtete ihr Profil vor dem dunstigen Hintergrund von Sand und Meer, und während er ihr zuhörte, nickte er ab und zu schweigend mit dem Kopf und erschuf wieder flüchtige Illusionen (Teresa, unter die Hufe eines Pferdes der Bullen geraten, mit zerfetztem Kleid, Teresa, schreiend an der Spitze einer Studentendemonstration, dann im Verhör bei schurkischem Licht, dann von ihrem Vater auf dem Präsidium freigekauft), und er rückte näher an sie heran, jetzt wußte er nicht genau, ob er es tat, um den Geruch ihres Haars aus größerer Nähe einzuatmen oder um einen tiefen und geheimen Wunsch zu ergründen, den sie hinter ihrem endlosen Bericht verbarg (erinnerte er nicht ein wenig, in anderer Form, an Lolas Wortschwall?). Aber er wußte, daß dieser Wunsch, welcher auch immer es war, ruhig und glücklich in ihrem weiblichen Gemüt oder in ihrer mädchenhaften Brust wachsen konnte, denn früher oder später würde er sich erfüllen. Es könnte bloß sein, daß er nicht in ihrer Nähe sein würde, um es mitzuerleben.

»Und du hast niemals Angst gehabt?« fragte er sie. »Du bist ein mutiges Mädchen.«

»Manolo, ist dein Paß in Ordnung?«

»Warum fragst du mich das? Ja, natürlich.«

»Man muß vorbereitet sein. Du weißt ja: für den Fall, daß du plötzlich abhauen mußt, über die Grenze. Du wärst nicht der erste.«

»Aber Mädchen, was fallen dir bloß für Sachen ein. Ich würde sterben.«

»Was sagst du?«

»Ich würde sterben, wenn ich hier wegmüßte.«

»Das verstehe ich nicht ...«

Teresa beharrte auf dieser erdachten Flucht, drehte sich plötzlich auf die Seite und sah ihm ins Gesicht. Mit einer kindlichen Geste legte sie beide Hände unter die Wange, wie ein kleines Mädchen vor dem Einschlafen, und sah ihren Freund fest an: »Was willst du damit sagen?« Ihre Augen, in denen ein fröhliches Licht flackerte, begegneten einem unerwartet sehnsuchtsvollen Blick des Jungen. Die fahle Nachmittagssonne spielte mit einigen an der makellosen Schulter klebenden Sandkörnchen und entlockte ihnen ein regenbogenfarbenes Funkeln. Als sie ihn so ganz aus der Nähe sah (er schielte ein wenig), dachte Teresa daran, wie sie zum Wasser gegangen waren, nachdem sie sich im Auto ausgezogen hatten, sie ging ein paar Meter hinter ihm und musterte ihn, wie ihm die alte Badehose stand, sah seinen schlanken Rücken, die kräftige Kontur seiner Schultern, und dachte finster: ›Das mir so liebe stille Wasser hat in diesen Armen gezittert, viele Nächte lang, während ich über ihnen in meinem Zimmer die Beauvoir gelesen habe, allein ...‹ Da hatte sie geglaubt, auf dem dunklen Rücken des Jungen, in seinen Bewegungen ein Muskelspiel wahrzunehmen, das sie für den Ausdruck gewisser verrückter Hoffnungen hielt. Jetzt strich er ihr mit der Hand die Haare zurück, und Teresa schlug die Augen nieder. Die Hand (es war natürlich die verletzte) legte sich dann auf den Hals des Mädchens, einen leichten Druck auf ihren Nakken ausübend. Teresas schlanker Hals pochte unter seinen Fingern wie ein verängstigter Vogel. »Du bist sehr hübsch, und es würde mir sehr weh tun, wenn ich plötzlich fliehen müßte, weshalb auch immer, und dich zurücklassen würde. Keiner dieser politischen Scherze wird mich dazu bringen können, dich zu vergessen ... (›Schlecht, du machst es schlecht, du Blödmann‹, sagte er sich).« Er rückte näher an sie heran und streifte ihren glühendheißen, halbgeöffneten Mund, aus dem milchweiße Zähne blitzten. »Bitte, was machst du da ...«, murmelte Teresa mit gesenktem Blick. Sie schien intensiv nachzudenken, ganz auf sich selbst konzentriert: Ihr Dahinschmelzen war meisterhaft.

»Ich wußte, daß das passieren würde«, fügte Teresa flüsternd hinzu. »Ich wußte es ... Das Leben ist ekelhaft.«

»Red keinen Unsinn.«

»Ich red keinen Unsinn. Und selbst wenn du mich küßt, ich warne dich, schlag dir den Gedanken aus dem Kopf, mit mir ins Bett zu gehen. Ich bin ganz offen, Manolo, du kennst mich noch nicht. Ich habe gerade eine Erfahrung gemacht, und ich denke nicht daran, sie zu wiederholen.«

»Wer redet denn davon? Bei mir brauchst du keine Angst zu haben«, war seine zweideutige Antwort.

»Nie wieder, verstehst du?« betonte Teresa, die Augen dabei immer geschlossen.

»Sag mal, wenn ich plötzlich wegmüßte, würdest du mich vermissen?«

»Wenn dir etwas passieren würde, meinst du?«

»Genau.«

»Ja, natürlich.«

»Warum?«

»Ja, weil ... Ich weiß nicht«, seufzte sie. »Wie seltsam das alles ist, nicht wahr? Du und ich hier, so friedlich, und vor einem Monat haben wir uns nicht mal gekannt ... Was für ein sonderbarer Sommer das ist. Wenn sie zu Hause, wenn meine Freunde wüßten, daß ich mit dir zusammen bin ...« Sie kicherte nervös und vergnügt. »Aber du, es stimmt, weshalb habe ich so viel Angst davor, es auszusprechen: Es täte mir sehr weh, wenn dir etwas passieren würde.«

»Du würdest mich schnell vergessen.«

»Ich, warum?«

»Du bist sehr jung, fast noch ein Kind, du würdest mich vergessen; du wirst irgendeinen Schnösel heiraten ...«

»Kann sein, daß ich dich vergesse; im Leben ändert sich manches. Aber niemals heirate ich einen Schnösel, egal, wieviel Geld er hat.«

»Du wirst es ja sehen.«

»Wie schlecht du mich kennst!«

»Das ist doch normal.« Er streichelte ihre Haare, die sanfte Linie der Schultern, den Nacken. »Es ist so leicht, dich zu lieben, so einfach. Die einfachste Sache der Welt. Du bist hübsch, intelligent ...«

»Aber was redest du da?«

»Ja, daß du dazu gemacht bist, daß man dich bewundert (›Schlecht, sehr schlecht, du Versager, was ist los mit dir?‹). Du bist ein Engel.«

Ihre Körper berührten sich. Teresa hielt den Blick noch immer gesenkt.

»Bitte ... Wir sollten nicht vergessen, daß Maruja ...«

Die neblige Luft zitterte über dem Sand, so als hüllte Dampf ihre dicht beieinanderliegenden Körper ein. Teresa sah ihn an, und er sah sich in dem farblosen Kreis der durchsichtigen, arglosen Pupillen des Mädchens. Von der Meeresbrise bewegt, flatterten die Reklameblätter (»Treten Sie ein in die herrschende Schicht mit Badeanzügen von K!«) um den verwirrten Kopf des Murcianers. Teresa richtete sich mit einem Ruck auf, so als wäre sie gerade aufgewacht.

»Kommst du mit ins Wasser?«

»Gleich ...«

»Du Faulpelz!«

Und sie entwischte ihm, lief zum Wasser. Es geschah, als sie zurückkam: Er hatte gerade über die wegen der Unerreichbarkeit geradezu unmenschliche Grausamkeit einer gewissen Anregung durch die Körperformen nachgedacht: die geringschätzige Beugung des Oberkörpers, das flüchtige und berauschende Leben des Pos, die sonderbare Abwechslung von Liebkosungen und Zurückweisungen, die jene etwas groben Knöchel versprachen, jener lustlose, träge Rhythmus der Kniekehlen; er wußte auch, daß er die Zeit sehr schlecht nutzte, die man ihm heute zugestand, und die Vorteile, die die Nähe bot, und er dachte noch, daß er sie vielleicht, wenn ihr beim Schwimmen etwas passieren würde – eine Ohnmacht –, aus dem Wasser holen würde, auf seinen Armen, und sie naß und besiegt in den Sand legen ... Aber natürlich passiert so etwas nicht: Er stützte sich auf den Ellenbogen und spielte mit der (wieder ausgegrabenen) Sonnenbrille, während er Teresa, die aus dem Wasser kam, aufmerksam beobachtete; er sah, wie sie einen Moment am Rand des Wassers stehenblieb, sich zur Seite neigte und ihre blonden Haare schüttelte, mit den Fingern die neckischen Strähnen glattstreichend. Die Sonne funkelte kupferfarben auf ihrer Haut. Manolo setzte sich die dunkle Brille auf und legte sich bäuchlings auf das Handtuch. Dann sah er Teresa direkt auf sich zukommen, langsam und vorsichtig auf den Sand tretend, ohne nach rechts oder nach links zu schauen, in einer blauen Nacht, und etwas trat an die Stelle des Dampfes, den der glühendheiße Sand ausströmte, etwas den Nebelschwaden in einem Wald Ähnliches; und in dieser wunderbaren blauen oder grünen Nacht (waren nicht die Brillengläser grün?) sah er sie auf sich zukommen, so als setze das Mädchen einen an einem weit zurückliegenden, aber dem Gedächtnis noch nicht entfallenen Tag eingeschlagenen Weg fort: Es war derselbe unwirkliche, schwerelose Gang, den das kleine Mädchen in jener Nacht begonnen hatte, als es durch die mondbeschienene Lichtung ging; es war, als wäre jene vor dem nebligen, sehnsuchtsvollen Hintergrund eines Traums geborene Freundschaft schon auf ihn zugekommen, als ginge sie jetzt mit Teresas langsamen und gemessenen Schritten weiter. Und diesmal ging sie nicht vorbei, sondern kam auf ihn zu und setzte sich neben ihn. ›Küßt du mich nicht?‹ fragte sie mit schüchterner Stimme (in Wirklichkeit sagte sie: »Badest du nicht?« und fügte hinzu: »Hattest du also doch meine Brille versteckt, hm?!«) und blieb da, und ihre

Haare ließen Tropfen aus Licht auf die Schultern des Murcianers fallen, eine Handbreit von seinem Mund entfernt saß sie mit zusammengepreßten Schenkeln auf dem Handtuch, in einer ihr kaum bewußten Haltung von Selbstverteidigung, so als erahne sie die unsichtbare Bedrohung. Aber über ihr, hoch über ihrem jungfräulichen Kopf, oben am Himmel brannte schon die stechende Sonne des Verlangens und die Besessenheit (Verbrüderung, die die pijoaparte Welt bewegt), brannte schließlich mit all ihrer Gewalt, und der Junge packte sie plötzlich an den Schultern und warf sie auf den Rücken, nicht grob, aber gebieterisch; während er sich in ihren Augen sah, die so tief waren wie das Meer, murmelte er etwas vor sich hin, was sie nicht verstand (trotzdem schien es ihr, daß es sich um einen dieser finsteren Flüche handelte, die die zu voller Stärke erwachte Männlichkeit diktiert, die Stimme des Geschlechts höchstselbst, die sich einen Weg bahnte durch die Zimperlichkeiten und Verlegenheiten eines bourgeoisen Töchterchens); sie war besorgt, weil sein Kopf, der schon die Sonne ganz verdeckte, so schnell hinuntersank. Sie hätte zwar das Gesicht nach rechts oder nach links drehen können (wie sie es einmal mit ihren Ansichten gemacht hatte, gewissermaßen, um Zeit zu haben, über irgend etwas nachzudenken), aber sie tat es nicht und ließ zu, daß er sie lange auf die salzigen Lippen küßte. Mit einer Überraschung, nicht weniger köstlich als die, die ihr dieser Mund verursachte, der sich auf ihrem abmühte und dessen kühnen Manövern zu folgen sie nicht umhinkonnte, spürte sie auf ihrem Unterleib den Magen von Ebenholz, und mit glühenden Wangen, fühlend, wie plötzlich Leben in ihren Armen aufstieg, hob sie die Hände, packte Manolos Kopf und wühlte in seinem Haar mit einer verzweifelten Zärtlichkeit: Ihre ersten Küsse waren, genauso wie ihre ersten Schritte durch die Studentenrevolte, furchtbar wüst, durch und durch hysterisch.

Dann überließ sie ihm die Initiative ganz, und ohne Vorsichtsmaßnahmen zu treffen und ohne daß es ihr etwas ausgemacht hätte, von den weiter weg liegenden Badenden beobachtet werden zu können, ließ sie zu, daß sich seine kühnen Hände unter den nassen Stoff schoben, der ihre Brüste bedeckte, und erlaubte auch, mit einer leichten Bewegung (undeutlich vortäuschend, sich aus einer unbequemen Stellung befreien zu wollen, in der sie sich aber keineswegs befand), daß er sich besser auf ihr bettete. Aber mehr nicht; eine Zeitlang würde sie ihm jenen blonden Dunst schenken, der um ihren Mund schwebte, sie würde sogar einige hinterlistige Zärtlichkeiten erlauben – das tun alle Mädchen –, aber mehr nicht: Sie durfte nicht zulassen, daß er sie für ein leichtfertiges Bürgertöchterchen hielt, leicht zu verführen und ohne Bewußtsein von anderen (dringenderen) Realitäten, die über jugendlichen Spielereien stehen. Trotzdem, einige Minuten später, als es ihr schon schwerzufallen begann, die wirkliche Dringlichkeit zu begründen, konnte sie es nicht vermeiden, daß sich der Winkel ihrer Beine verstohlen einige Grade mehr öffnete. Glücklicherweise tauchten in diesem Augenblick zwei dicke Männer auf, in schrecklichen schwarzen Badehosen, die über ihre weißlichen, mit rosa Pickeln übersäten Hintern gerutscht waren, ließen sich in einigen Metern Entfernung nieder und beobachteten sie scharf. Sanft stieß Teresa ihren Freund zurück, der sah sich um, suchte den Grund der Störung. Sein Blick mußte irgendeine geheime Kraft besitzen, denn Teresa sah, wie sich die beiden aufgeblasenen Herren rücklings in den Sand fallen ließen, die Knie anzogen und sich plötzlich für einige Wölkchen interessierten, die am Himmel vorüberzogen. Dann schloß Teresa die Augen. Der Junge kehrte mit neu gewonnenem Ungestüm zu ihrem noch glühenden Mund zurück, und sie leistete keinen Widerstand. Die Bestimmtheit und die Macht seines dunklen Auftrags, der plötzlich eine Hitzewelle auf sie übertrug, ihr heimtückisch nahelegte, sich zu entspannen, erstaunten sie jedoch weniger als die Kühnheit seiner Hände, die sie jetzt, nachdem sie sich ihrer Taille bemächtigt und den Arm unter sie geschoben hatten, zu sich heranzogen, sie sanft an die Schulter lehnten und unter dem Gummizug forschten wie in einem Sack Äpfel. Das andere

Teil des Bikinis hatte seinen ursprünglichen Sitz verloren, und Teresas Brüste saugten gierig an der breiten Brust des Murcianers, wie an eine Fensterscheibe gepreßte, ernste Kindergesichter, während sie sich inmitten einer schillernden Lichterexplosion immer noch schwor, sich nicht hinzugeben, genau in dem Moment, als er sie plötzlich losließ, so als hätte er ihre Gedanken erraten. »Man beobachtet uns«, sagte Teresa, in einem vergeblichen und verspäteten Versuch, die Initiative zu behalten. Aber er war es gewesen, der entschieden hatte, nicht weiterzugehen, und das erstaunte sie natürlich. Ohne daß zwischen den beiden irgendeine weitere Erklärung gewechselt worden wäre, trafen sich ihre Hände auf der Zigarettenschachtel, und sie brachen in Lachen aus. Dann, schon ruhiger (und vor allem glücklich, glücklich, glücklich), ließ Teresa zu, daß er sich artig um sie bemühte wie ein zärtlicher und zuvorkommender Liebhaber: Vor ihr kniend, steckte Manolo ihr die Zigarette zwischen die Lippen und gab ihr Feuer, säuberte ihren Rücken vom Sand, räumte dann die um sie herumliegenden Sachen zusammen, stand auf, schüttelte das Handtuch aus und legte es wieder hin, damit sich das Mädchen bequem hinsetzen konnte.

Sie saßen ganz dicht beieinander, rauchten und schauten aufs Meer, schweigend, und es fing schon an, dunkel zu werden, als sie beschlossen zu gehen. Diesmal blieben die fetten und trübsinnigen Gaffer enttäuscht zurück.

... der Duft des Gartens in dieser Nacht, die auf der Rollschuhbahn tanzenden Paare, die Musik und die Raketen in der Nacht von San Juan, sie war sehr erschrocken; es war während einer kleinen Pause, nachdem sie noch eine Platte mit Schnittchen angerichtet und verteilt hatte (›Ich hab ja gleich gewußt, daß es nicht reichen würde‹), also, da hab ich mir gesagt, guck mal, setzen wir uns ein Weilchen auf den Beckenrand, um ihnen beim Tanzen zuzusehen, wir bleiben bei der Señorita, die jetzt allein ist, immer die Schönste des Festes, die Interessanteste und Begehrteste, aber auch die am meisten Kritisierte, und plötzlich sah sie ihn auf sie zugehen; das Glas in der Hand, ruhig und entschlossen: Kein einziges Mal mußte er stehenbleiben oder ausweichen, es schien, als machten die Paare auf der Tanzfläche von selbst den Weg frei für einen Anwesenden, der immer schon da war und der sich nicht anzukündigen brauchte. Er schien von nichts Notiz zu nehmen, so selbstsicher ging er, geradezu unverschämt (wer hätte gedacht, daß er sich so viel herausnehmen würde), und das Herz schlug ihr bis zum Hals, als sie sah, daß er auf Teresa zuging, aber als er bei ihnen war ... – Schon damals hab ich gedacht, es geht nicht, zusammen mit den anderen auf der Bahn zu tanzen, das geht nicht, Liebster, verstehst du? Unser Platz war in der dunkelsten Ecke des Gartens – ... er legt seinen Kopf in meinen Schoß und betrachtet durch das offene Fenster den Pinienwald und den mondbeschienenen Strand, und er redet und redet, bis er einschläft, flüstert mit seinem schönen Wolfsmund und mit einem süßen Trillern in der Stimme, einem Zittern, einem ich weiß nicht was aus Verwunderung und Hilflosigkeit, das sein Nacken meinem Herzen überträgt, er erzählt und hört nicht auf, von dieser anderen Küste und davon, wie und warum er eines Tages hier in die Stadt gekommen ist, vor einigen Jahren, um so zu enden, so töricht, in den Armen einer Minna, in einer Mausefalle, glaub ich, hat er gesagt, ich entsinne mich nicht ganz genau. Besser erinnere ich mich an sein Schweigen, an die Dinge, über die er nie sprach, an die geheimnisvollen Freunde und die dreisten Mädchen aus dem Viertel, die in seinen Augen schlafen, an den brutalen täglichen Umgang mit der Straße, mit dem Gesindel und seiner eigenen Familie. Denn er hat so getan, als gäbe es das alles überhaupt nicht: Nie hat er von seinen Leuten erzählt, er weigerte sich sogar, ihre Namen auszusprechen, den seines Stiefbruders, den seiner Schwägerin und die der Kinder. Die Seinen sind nur Schatten hinter ihm, gesichtslose Wesen, verschwommene Gestalten einer Geschichte, die zu ignorieren er immer bemüht war. Und trotzdem, er muß doch ein Zuhause haben, und bestimmt gibt es irgendwo ein Paar Frauenhände, die sich für ihn abmühen, die seine hübschen Hemden mit den Taschen waschen und bügeln und ihm jeden Tag das Essen auf den Tisch stellen ... Und dieses Häuschen auf dem Carmelo, wie nah ist es und doch so fern: Wenn es regnet, geht das Licht aus, war das einzige, was zu erklären er bereit war, immer war er schlecht gelaunt, wenn seine Maruja ihn nach seinem Zuhause fragte, und sie konnte sich nur eine trübe Glühbirne in einem kleinen Eßzimmer vorstellen, die plötzlich ausgeht, wenn es draußen regnet; der Regen prasselt auf den Asbest und das Blech der Hütten, so dunkel und umklammernd muß das Elend wohl sein, so unerträglich das Leben eines Jugendlichen im Kreis der Familie. Denn die Liebe der Armen ist deren einziges Gut, er wird niemals lernen, die zu lieben, die ihn lieben. Das weiß ich; eine wie ich ist, wie sie ist, Señorita, ist ungebildet und versteht nur wenig von Männern; aber das bißchen, was sie von ihnen weiß, das hat sie bei ihnen im Bett gelernt, seine wunderschönen Haifischzähne gehören mir, und mich konnte er nicht täuschen, in jener Nacht auf der *verbena:* Nur ein armer Schlucker ist in der Lage, ein schlichtes, hübsches Gesicht mit Reichtum zu verwechseln und so dringlich zu küssen, als wolle er die Welt mit dem Mund einsaugen. Man konnte sich nicht einmal vorstellen, daß er Eltern hatte oder Geschwister, eine Familie, die er liebte und die ihn an irgendeinem Ort erwartete, denn anfangs war es auch unmöglich, sich sein Zuhause auszumalen, sein Zimmer, sein Bett, den Spiegel, in dem er sich jeden Morgen beguckt und kämmt; er schien wirklich niemanden zu brauchen, der sich um ihn kümmerte, keine Frau, er schien sich selber helfen zu können, und sein ständiges Vagabundieren durch die Stadt erweckte auch den sonderbaren Eindruck eines fehlenden Zuhauses, der sich noch verstärkte, wenn sie ihn Motorrad fahren oder mit den Alten Karten spielen sah. All das sieht man in seinem Gesichtsausdruck, wenn er schläft, wenn er an meiner Schulter verstummt ist, und in der Luft schwebt immer noch dieses Traumbild seiner ersten Schritte auf mich zu, von weit her: Da ist er, streift alleine durch Marbellas Straßen, eine Badetasche über der Schulter, gerade aus Ronda abgehauen. Er bleibt stehen, sieht sich die Schaufenster an, lauscht der Musik der Straßencafés, der Sprache der Touristen. Er geht zum Strand hinunter und badet seine Füße im Meer, beobachtet mit halbgeschlossenen Augen die Fahrt eines auf den Wellen reitenden Bootes, und dann kommt sein hageres schwarzes Gesicht zum Vorschein, verkniffen von sich jagenden Wellen der Verwunderung und Entschlossenheit, im Hintergrund halbfertige Gebäude, ein Donner aus Eisen und Ziegelsteinen stürzt auf ihn herab, und mitten in einer Staubwolke tritt er kühlen Augen gegenüber, die unter der schäbigen Krempe eines Polierhuts hervorschauen. Wir wollen Arbeit, Landsmann, wir brauchen Arbeit. Ein Jahr als Hilfsarbeiter beim Bau: Die braunen, schwieligen Hände, die für mich bestimmt waren, mit Fingerknöcheln, die schön sein sollten wie Mahagoni, transportieren mit der Schubkarre Eimer voll Wasser und Ziegelsteine und Sand hin und her, gehorchen Befehlen und Schreien, die vom Baugerüst fallen wie von der Sonne der Gerechtigkeit betörte Vögel, und nachts ruhen sie wie rostige Haken auf dem Bett in dem Zimmer, das er mit einem Kellner aus Mijas teilt, der die Ersparnisse der Saison im Futter seiner Jacke aufbewahrt. Sein Körper streckt sich, wird kräftiger, und diese Hände, die ihn täglich an- und ausziehen, die Samstag abends das Geld ausgeben, das sie in der Woche verdient haben, während sie ein ums andere Mal an den von Touristen überfüllten Straßencafés vorbeispazieren, noch immer nach Zement und Gips riechend, diese Hände sind dieselben, die sich an einem strahlenden Sonntag am Strand verzweifelt im Wasser auf eine andere Hand stürzen, vortäuschend, sie hätten sich in der Person geirrt. Denn so fing alles an: Blitzschnell entschuldigen sich, überlegen lächelnd, seine Augen, fünfzehn Jahre ist er alt und sieht aus wie achtzehn, die harte Arbeit und die Sonne haben diesen Oberkörper geformt, über den jetzt ein wunderbares grünes Augenpaar spaziert, ich sehe sie vor mir: eine kleine Frau, etwas rundlich, aber mit zierlicher Taille und herrlicher brauner Haut. Sicher ist sie liebenswürdig, die Dame, da ist Neugier, Angst und etwas wie eine unendliche Geduld in der weichen Rundung ihres Munds; da ist eine Zärtlichkeit in ihrem weichen, reifen, sonnengebräunten Bauch, die sich nur im Sommer entfalten kann. Die Dame ist Schwedin, Deutsche? Wie viele Tage badet er wohl schon an diesem Strand, immer zur gleichen Zeit, ganz in ihrer Nähe, sie bespitzelnd, im Sand liegend wie eine Eidechse? Sicher (o ja, sicher) war das rosa Hemd mit den kleinen Taschen, das er an jenem Tag trug, der Vorwand: Sie war ganz versessen auf das Hemd, als sie ihn beim Weggehen darin sah, und wollte es ihm abkaufen, denn so ausgeblichen von der Sonne war es sehr hübsch und originell, etwas Ausgefallenes wie die blauweiß gestreiften Hemden, die die Señorita eines Sommers ganz billig in einem Geschäft in Blanes entdeckte und die sie bei ihren Freundinnen in Mode brachte ... Was danach kommt, ein Dienstmädchen weiß ja nicht, ob er es ihr erzählt hat oder ob sie es einfach nur geträumt hat (warte, Liebster, geh noch nicht, verlaß mich nicht, es wird doch noch lange nicht hell), aber ein Dienstmädchen geht darüber hinweg und würde gern die nutzlosen Mühen des Tages vergessen, die gierigen roten Münder der Nacht und die eingecremten, geschwollenen Gesichter, die bei Tagesanbruch, schläfrig und dankbar, wie durch einen stockfinsteren Tunnel zu ihm zurückkehren: Denn der neue Tag sagte ihm wieder, wie Jahre später, als er hier neben mir aufwachte, daß das Leben woanders stattfindet. So wird der Bau fertig, auf dem er jetzt arbeitet, und den ganzen September über tut er gar nichts, hängt nur an den Theken der Kneipen herum und gibt seine Ersparnisse aus. Die reife, traurige Deutsche fährt in ihr Land zurück, der Herbst kommt, und die Aussicht, wieder einen Winter lang Sand und Ziegelsteine zu fahren, wird unerträglich. Langsam die Küste hinauffahrend (Torremolinos: Küchenjunge in einem Restaurant, dann Kellner), erreicht er schließlich Málaga (zwei Wochen Arbeit in einer Tankstelle), und in seinem Kopf hallt das Pfeifen der Züge wider, bis er beschließt, nach Barcelona zu fahren, zu seinem Bruder ... Hier verliert sie den Faden der Geschichte, richtet sich im Bett etwas auf, stützt den Ellenbogen auf das Kopfkissen und beugt sich über deinen nackten starken Körper, der schweißnaß ist vom Schlaf. »Schläfst du, Manolo?« Der Mond hatte sich vor einer Weile versteckt, und sie war immer noch wach, dir zugewandt, wird nicht müde, dich anzusehen. Eine Vergangenheit voller Schweigen und Dunkelheit: Weil du dich schämst, davon zu erzählen, oder weil der Schlaf dich übermannt, wirst du nicht darüber sprechen, wer dich hierhergebracht hat, und auch nicht darüber, wie du sie kennengelernt hast – bestimmt an der Tankstelle, wo er gearbeitet hat. Ebensowenig hat er sich zu der Fahrt und zu den Dingen, die er erlebt hat, geäußert, er sagt nur, daß man beim Trampen zu leben lernt. Und mit dreihundert Pesetas in der Tasche, der Badetasche über der Schulter und mit sehr hübschen Sandalen, die einem Engländer gehört hatten (noch eine Geschichte, die er mir nicht erzählen wollte), steigt er Mitte Oktober 1952 auf der Plaza de España aus einem Auto mit ausländischem Kennzeichen. Barcelona, grau im Regen, Nebelschwaden über der Straßendecke der Fahrbahnen, unterirdische Geräusche unter dem Asphalt, man wäre gerne schon zwanzig, nicht wahr? Sie kennt nur das Ende dieser Fahrt, ein Kuß, an den sich der Reisende wehmütig erinnert: Ein Kopf streckt sich aus dem Fenster des ausländischen Wagens, der ihn hierhergebracht hat, ein schöner, schlanker Kopf mit ganz kurzen roten Haaren, und der Junge bleibt zurück, steht da, winkt, während sich das Auto entfernt, weiterfährt nach Frankreich. Er geht auf einen Polizisten zu und fragt ihn nach dem Monte Carmelo, und dann streift er durch die Stadt, ohne Eile, die Badetasche immer noch über der Schulter, schließlich kann er der harmlosen Versuchung nicht widerstehen, in eine Straßenbahn zu steigen; bestimmt lächelt er hinter der Scheibe, eingeklemmt zwischen den Leuten, sieht sich alles mit erstaunten Augen an; noch erkennt er nichts in der Menge, noch ist er weit davon entfernt, seine Unschuld zu verlieren, zu lernen, sich einen Weg zwischen diesen eleganten und arroganten Paaren zu bahnen, er kommt auf mich zu, der Arme, weiß nicht, wer ich bin, weiß nicht, daß ich gerade das Tablett abgestellt habe, daß ich gesehen habe, wie er gekommen ist, aber wenn er mich zum Tanzen auffordert, sag ich nicht nein, auch wenn sie uns in hohem Bogen rausschmeißen, auch wenn sie mit dem Finger auf uns zeigen, nur ist es besser, daß sie uns nicht sehen, mein Liebster, laß uns dahin gehen, wo es dunkel ist, am dunkelsten ...

Un beau corps triomphera toujours
des résolutions les plus martiales.

BALZAC

»Ich komm raus.«

Ein schlechtes Kartenblatt forderte ihn immer geradezu magisch heraus. Vielleicht deshalb und wegen seiner phantasievollen Konzentrationsfähigkeit beim Spiel, wegen seiner Ernsthaftigkeit, seiner Geduld, seiner Passion für das Schweigen hatten ihn die der *manilla* verfallenen Alten gern in ihre Tischrunde in der Bar Delicias aufgenommen, damals schon, als er noch sehr jung gewesen war. Aus Lust am Spiel hatte Manolo mit ihnen gespielt, nicht um Geld zu gewinnen; er schmeichelte den Alten, wenn er behauptete, *manilla* sei das edelste aller Kartenspiele. Aber seit einiger Zeit bevorzugte er den lauten Tisch der Junggesellen über dreißig, die mit hohem Einsatz spielten (manchmal um eine Peseta pro Stich), *ramiro* oder *julepe* oder *cuarenta y dos.* Nie wieder setzte er sich an den Tisch der Alten. Und mit einemmal war alles anders: Hinter ihm stand immer eine Gruppe von Zuschauern, die sein Blatt studierten und kommentierten, so als sähen sie in seinem farbigen Quintett eine Fülle von Möglichkeiten schimmern, die sehr viel größer war als die der anderen Spieler. In manchen Nächten hatte er einiges gewonnen, wenn er vom Tisch aufstand. Er mischte und bediente sorgfältig und schnell, aber widerwillig, so als wollte er die Karten so schnell wie möglich loswerden und sich davonmachen. Dieser geduldige Sinn fürs Austeilen, diese ruhige und ernste Art, die bei einem Jungen seines Alters so überraschte, diese bedächtige Zeremonie, die er erlernt hatte, umgeben von der Wärme der Alten und des Ofens, die ganz schwierige und dunkle Wissenschaft des Wartens, die von den runzligen, kaffeebefleckten und nikotingelben Fingern der Alten ausging, wenn sie die Karten mischten, eine Zigarette weichdrehten, sich die Asche von den Revers klopften oder einen durch Willenskraft und nicht durch Glück (die Alten verachteten die Glücksspiele) gewonnenen Stich über den Spieltisch zu sich heranzogen, all das war vollkommen aus seinen Händen verschwunden: Jetzt hatte er keine Zeit mehr zu verlieren. Von ihrem stillen und besonnenen *manilla*-Tisch aus beobachteten ihn die Alten mit einer Neugier, die nicht frei war von einer gewissen Wehmut: Sie vermuteten vage, daß die Distanzierung des Jungen ein weiterer Beweis für die Zurückgezogenheit sei, zu der sie das Alter verdammte. Aber in Wahrheit war alles viel einfacher: Er brauchte Geld, um mit Teresa auszugehen, und das gab es am Tisch der Alten nicht.

Im übrigen sah man ihn jetzt sehr selten im Viertel, und wenn, dann immer im Eilschritt, so als hätte er etwas Dringendes zu erledigen. Das Gefühl, in der Eile etwas vergessen zu haben, nicht mehr dort zu leben, und vor allem jene gestörte Stille anderer Umgebungen – unterirdische Geräusche –, die er vor einigen Tagen im Salon des Serratschen Hauses zum ersten Mal wahrgenommen hatte, das alles hatte ihn in den letzten Tagen begleitet und war eines Nachmittags auf eigentümliche Weise zutage getreten, als er in die Klinik kam und Teresa dabei beobachten konnte, wie sie sich, eine Zeitschrift in den Händen, in den Sessel setzte. Es war wie eine doppelte Offenbarung (aus irgendeinem Grund dachte er in diesem Augenblick nicht nur daran, daß Teresa ein reiches Mädchen war, sondern auch daran, daß er gerade völlig pleite war), die ihn zu dem finsteren Gedanken verleitete, daß die Mädchen aus reichen Familien, die sich einem gegenübersetzen und die Beine übereinanderschlagen, das zwar sehr fein tun, aber auf eine Art, die etwas verweigert: Über dieser so kindlichen Bewegung ihrer sich übereinanderlegenden Knie schwebte der Schatten einer nicht weniger kindlichen Entscheidung, die unbegründet, aber auf jeden Fall negativ war.

»Es ist aus. Ich fahre nach Blanes«, sagte Teresa, ohne ihn anzusehen, während sie die Zeitschrift aufschlug und an ihrem

Rocksaum zupfte, was sie sonst in seiner Gegenwart nicht tat. Manolo war weder von ihrer Entscheidung noch von ihrer Haltung allzusehr überrascht. Schon vor Stunden hatte der Boden unter seinen Füßen zu beben begonnen: Die Probleme, die ihm der Geldmangel ständig bereitete (er war nicht willens, weiterhin zu stehlen: Jede Unachtsamkeit bedeutete derzeit, alles zu verlieren), beunruhigten ihn sehr. Eine Nacht Glück beim *julepe* brachte drei oder vier sorgenfreie Tage ein, aber anschließend stellte sich das Problem von neuem. Erst heute noch, um drei Uhr nachmittags, als er an der Theke des Delicias einen Kaffee bezahlen wollte, hatte er entdeckt, daß ihm nur noch fünf Pesetas blieben. In diesem Moment erblickte er den gutgekleideten jungen Mann, etwa dreißig Jahre alt, mit dichten schwarzen Augenbrauen und viel Brillantine im Haar (er arbeitete als Vertreter für elektrische Haushaltsgeräte, eine Sache mit großer Zukunft, wie er selbst versicherte, und man nannte ihn den Boogie-König), der ihn vom anderen Ende der Theke aus ansah, vor sich ein Glas Cognac. Manolo lächelte ihm zu: »Wie geht's, Jesús?« Auch zwei Angestellte der Metro, die an einem Marmortisch neben der Tür saßen, sahen ihn sehr aufmerksam an; sie schlugen mit den Händen nach den Fliegen und fächelten sich gelangweilt mit ihren Dienstmützen Luft zu. Er ging auf den jungen Mann zu: »Hast du mal 'n Moment Zeit, ja? Ich muß mit dir reden ...« Er schob ihn nach draußen in die Sonne, und der andere setzte sich gemächlich auf einen Stuhl auf der Terrasse. Er schlug die Beine übereinander, als wollte er sich von vornherein ganz verschließen. »Was willst du? Manolo, du Hund, du läßt dich auch nicht mehr blicken«, sagte er. »Das Leben, alter Junge«, war die Antwort des Murcianers. »Tja«, machte der andere. »Hör mal, Jesús, ich bin etwas in Verlegenheit. Kannst du mir dreihundert Pesetas leihen?« Er kannte den Boogie-König seit Jahren, und obwohl sie nie enge Freunde gewesen waren, rechnete er auf seine Wertschätzung. Aber er sah ihn höhnisch grinsen. »Soso«, sagte der Boogie-König und verschränkte die Arme vor der Brust. Trotz seines Spitznamens, der einen gewissen jugendlichen Glanz verbreitete und den er vor zwölf oder fünfzehn Jahren erworben hatte (er hatte Boogie-Wettbewerbe in Schwimmbädern, Sporthallen und verschiedenen Tanzsälen gewonnen, Wettbewerbe, über die im Radio – das schwor er bei seiner Mutter – von dem berühmten Reporter Gerardo Esteban berichtet worden war, der ihm einmal die Hand geschüttelt hatte), erlaubte es ihm der Altersunterschied nicht mehr, häufiger mit dem Pijoaparte zu verkehren, den er für einen möglichen, aber sonderbaren Nachfolger hielt. »Was führst du im Schilde, Manolo, wenn man fragen darf? Wo gehst du sonntags zum Tanzen hin, was für Mädchen schleppst du ab, du Halunke?« fragte er ihn manchmal, doch immer, ohne etwas in Erfahrung zu bringen. Zu seiner Zeit trugen die Mädchen sehr kurze Röcke und glitzernde Taschen aus rotem, blauem und grünem Plexiglas. Er wußte nur, daß man jetzt Rock tanzte. Wenn der Boogie-König an den Sommerabenden mit den verheirateten jungen Männern im Eingang der Delicias saß, ließ er seinen Blick in die Ferne schweifen, zu den Ramblas und zum Barrio Chino, die verborgen waren unter dem leuchtenden Staub, den die Stadt abends aufwirbelte. Und dann dachte er oft an Manolo, konnte sich aber nie vorstellen, daß sich dieser auf dieselbe Weise amüsierte, wie er selbst sich amüsiert hatte, und ebensowenig, daß er in denselben Lokalen verkehrte und daß er einen draufmachte. Deshalb, obwohl es seltsam erscheinen mag, vermutete der Boogie-König schon seit geraumer Zeit, Manolo sei schwul. »Soso«, sagte er jetzt geheimnisvoll lächelnd. »Sieh mal an, der Manolito.« – »Mensch, tu mir doch den Gefallen, ich bin völlig blank«, drängte der. »Ja, mein Junge, tut mir leid, aber bei mir ist auch Ebbe. Frag doch den Kardinal.« – »Sieh mal, mit zweihundert komm ich zurecht.« – »Wie seltsam, dich ohne Geld zu sehen ...«, meinte Jesús. »Hundert, nun komm«, sagte Manolo schließlich. Der Boogie-König brach in Lachen aus: »Lutsch dem Alten einen, das kannst du doch.« Manolo sah ihn stirnrunzelnd und mit zusammengebissenen Zähnen an. Plötzlich packte er ihn am Kragen und riß ihn vom Stuhl. »Sag das noch mal!« – »Nimm die Hände weg, du Tunte!« Manolo spuckte ihm ins Gesicht, ohne ihn loszulassen. Der Boogie-König wehrte sich nicht, sagte nur: »Mir kannst du keine Angst machen, du schwuler Sack! Das ganze Viertel weiß, daß du schwul bist. Dich kann doch keiner ausstehen.« Manolo spuckte ihm noch mal ins Gesicht und ließ ihn dann los, plötzlich bestürzt. Im Grunde war ihm Jesús' Meinung egal, in moralischer Hinsicht, und wenn sie auch vom ganzen Viertel geteilt wurde. Das schlimme war nur, daß dies alles seinen Eindruck von Entfremdung bestärkte, sein Empfinden, daß sich die Ereignisse im Viertel seit einiger Zeit überschlügen, ohne daß er es mitbekam. Während ihm das durch den Kopf ging, rutschte ihm, als ahne er irgendeine dunkle Gefahr, plötzlich seine Hand aus, mitten ins Gesichts des entthronten Boogie-Königs, der eine unerwartete schallende Ohrfeige bekam. Etwas fiel ihm aus der Hand, ein Kaugummipapier. Manolo erinnerte sich an eine merkwürdige Eigenart des Boogie-Königs; er war einer dieser Scheißer, die es anwidert, Nutten auf den Mund zu küssen, und die aromatisiertes Kaugummi kauen, nachdem sie mit ihnen zusammen waren.

Bevor der Boogie-König Zeit fand zu reagieren, zeigte Manolo ihm die kalte Schulter und ging weg. Er würde es woanders versuchen: Zuerst bei seiner Schwägerin (fünfundzwanzig Pesetas, ein schmutziger Schein, der nach Fisch roch, für den er sich aber aufrichtig bedankte), dann bei Sans, den er bei seiner Arbeit aufsuchen mußte (er reinigte jetzt Straßenbahnen im Depot an der Plaza Lesseps, in hohen Gummistiefeln, mit einer schmutzigen, ins Affengesicht gezogenen Mütze und einem Wasserschlauch), und schließlich wandte er sich an den Kardinal, der eigentlich der einzige war, an den er sich nicht wenden wollte. Als er die Treppen hinunterlief, die die Calle Gran Vista mit der Calle del Doctor Bove verbinden, stieß er, als er um eine Ecke bog, unerwartet mit Hortensia zusammen. Das Mädchen schien es genauso eilig zu haben wie er, und die Wucht des Zusammenpralls warf sie gegen die

Wand. Die Sonne blendete ihre graugrünen Augen. Er hielt sie am Arm fest, während er eine Entschuldigung stammelte. Von einer Dachterrasse aus, die unterhalb von ihnen lag, auf der ersten Böschung des Hangs, beobachtete sie vergnügt lächelnd eine Frau mit großen schwarzen Augen, die jugendlich aussah, in gewisser Weise gedemütigt; sie badete ein kleines Kind in einer Schüssel aus gelbem Plastik, durch das die Sonne hindurchschien. Die Jeringa, mit zerzaustem Haar, die abgeschabte Schultasche, die ihr als Verbandskasten diente, in der Hand, lehnte sich mit dem Rücken gegen die Wand und hob ihren glasigen Blick zu Manolo.

»Wohin willst du so eilig?«

»Zu dir nach Hause«, sagte er. »Zu deinem Onkel.«

»Ich komme mit.«

Sie trug weiße, hochhackige Schuhe, mit denen Manolo sie noch nie gesehen hatte. Die Sonne brannte auf die rückwärtige Mauer des Gartens, als sie um die Villa herumgingen, das Mädchen lief schweigend neben ihm her, mit gesenktem Kopf und etwas wacklig auf den hohen Absätzen. Die Tasche trug sie vorbildlich am Griff, den gestreckten Arm dicht am Körper, wie in ihrer Schulzeit. »Ich bin bei Luisa gewesen, um ihrem Jungen eine Spritze zu geben«, sagte sie. »Ach ja?« – »Ja, es war schon die zweite. Es ist ganz einfach.« – »Das ist ja gut, sieh mal an«, sagte Manolo, »eine gute Arbeit ... Und sie gefällt dir, ja?« Er fühlte sich unsicher, aber erst, als sie ihn ins Eßzimmer treten ließ, wurde ihm klar, warum: Der Kardinal war nicht zu Hause.

»Als ich gegangen bin, war er ...«, begann das Mädchen.

»Na ja, er wird wohl weggegangen sein«, kam er ihr verärgert zu Hilfe. »Ich komme ein andermal wieder.«

»Warte, laß uns im Garten nachsehen. Hast du's eilig?«

Er folgte ihr zur Gartenlaube, aber schon von weitem sah er den leeren Korbstuhl mit dem über den Armlehnen liegenden Stock. Hortensia wandte den Blick nicht von dem Jungen. Sie nahm den Stock weg und setzte sich lachend, legte die Hände in den Nacken, räkelte sich und ließ die Beine baumeln.

»Manolo«, sagte sie, »du hast versprochen, mich mal auf dem Motorrad mitzunehmen.« Unter ihrem Körper knarrte der altersschwache Korbstuhl, ein fast menschliches Seufzen. Manolo war fünfzehn Meter vor der Gartenlaube stehengeblieben, näher brauchte er nicht heranzugehen, um zu sehen, daß der Alte nicht dort war. »Ja, in den nächsten Tagen ...« Er beschloß, ein Weilchen zu warten, und setzte sich auf den Boden, kreuzte die Beine und starrte gegen die Sonne das Mädchen an, beobachtete sie neugierig. Sie blieb nicht ruhig. »Hast du dich schon mal verliebt, Manolo?« fragte sie lachend. »Nein ...«, sagte er. Und als er die Art und Weise sah, in der sie ihre Aufmerksamkeit plötzlich auf etwas im Garten richtete (sie drehte den Kopf zur Seite, leicht erschrocken, als hätte sie im Gras um sie herum, das man wild wachsen ließ, mit einemmal irgendein Tier entdeckt), stellte er wieder einmal ihre außerordentliche Ähnlichkeit mit Teresa Serrat fest. Diese Beine, die in der Luft zappeln, die verzweifelt die Sonne zu treten scheinen, bedürften nur etwas Strandbräune, um die Teresas zu sein. Die Augenlider halb geschlossen, beobachtete Manolo das Mädchen genau: Sie war einfach reizend, und er verspürte dunkel das Bedürfnis, sich erneut zu fragen, warum er sich nicht, bevor er sich in Teresa verliebte, in sie verliebt hatte. Die Liebe ist unvernünftig und blind, sagt man, aber er hatte den Verdacht, daß auch dies ein verfluchter Schwindel war, den man erfunden hatte, um die einfachen Gemüter zu täuschen; denn wenn er Hortensia zum Beispiel am Steuer eines Sportwagens kennengelernt hätte wie Teresa, wäre es ihm ein Leichtes gewesen, sich in sie zu verlieben. Das wäre dann keine Liebe mehr gewesen? Doch, und zwar die ganz große.

Hortensia, die weiter mit den Beinen schaukelte, legte den Kopf auf die Rückenlehne des Sessels.

»Du trägst ja keinen Verband mehr«, sagte sie.

»Nein, nicht mehr.«

»Warum nicht?«

»Ich bin wieder in Ordnung.« Auf einmal wandte er das Gesicht ab, sah sie nicht mehr an.

»Manolo, was ist los mit dir? In letzter Zeit kommst du mir ziemlich dumm vor, du bist nicht mehr der alte.«

»Guck mal, Jeringa, ich habe 'ne Menge Probleme.« Er legte sich mit dem Rücken ins Gras und fügte hinzu: »Ich kann dir das Geld noch nicht zurückgeben ... Hat der Alte was gemerkt?«

»Natürlich.«

»Und was hat er gesagt?«

»Ach, er hat mich geschlagen. Ja, er hat mir eine Ohrfeige gegeben. Und er ist sehr sauer auf dich.«

»Ich geb es dir bestimmt zurück«, sagte er. »Bis auf den letzten Céntimo geb ich's dir zurück ... Ich will keine Schulden bei dir haben.«

»Du hast Angst«, sagte sie und brach in Lachen aus. »Wie komisch, das hätte ich nie gedacht! Und außerdem bist du ein Dummkopf geworden.«

»Hör mal, Kleine ...«

»Die Kleine arbeitet schon, klar?«

»Das ist gut so.« Er stand auf. »Ja, das ist wirklich sehr gut. Also dann, ich hau ab. Ich komme ein andermal wieder.«

Als er an ihr vorbeiging (er wollte lieber durch das hintere Gartentor hinausgehen), streifte er mit den Fingern ihr Kinn. Er hatte gedacht, sie würde ihn begleiten, aber nein, Hortensia blieb, wo sie war, bequem im Sessel zurückgelehnt. Manolo spürte den metallischen Blick des Mädchens in seinem Rükken, bis er durchs Tor gegangen war. ›Es sieht noch schlechter für mich aus als vorher‹, sagte er sich, als er an den Zorn des Kardinals dachte. Auf dem Weg zur Klinik gewann er allmählich seine Sicherheit zurück: Schließlich fühlte er sich nur in seinem Viertel unwohl, und das war immer so gewesen, es gab keinen Grund, darüber nachzugrübeln.

Dina war gerade in Marujas Zimmer gegangen, und Teresa saß in ihrem Sessel genauso wie Hortensia in dem Korbstuhl, aber sie nahm jene Haltung ein, die der Selbstverteidigung diente, die Beine übereinandergeschlagen, und blickte ihn nicht an. Sie sah aus, als hätte sie schlecht geschlafen: »Ich fahre nach Blanes.« Die luxuriös aufgemachten Seiten der Zeitschrift knisterten in ihren Händen. Er begriff sofort, daß auch in diesem blonden Köpfchen etwas Neues brodelte.

»Was ist los, Teresa?«

»Nichts. Außer daß es der armen Maruja immer schlechter geht und daß ich ... erschöpft bin, nervös. Ich hole Mama ab.«

»Aber sie ist doch vorgestern erst dagewesen.«

»Dann soll sie eben noch mal kommen. Und zwar sofort.«

Sie blätterte die Seiten der Zeitschrift mit erstaunlicher Schnelligkeit um. Zweifellos konnte sie weder etwas ansehen noch etwas lesen, aber das schien sie auch gar nicht zu wollen.

»Kommst du bald zurück?« fragte er.

»Weiß ich nicht.« Und nach einer kurzen Pause, so als setze sie ein Gespräch fort, das sie mit einer anderen Person begonnen hatte: »Außerdem hast du wegen mir kein Geld mehr.«

»Was sagst du da?«

»Junge, bist du taub?«

›Du hättest es wissen müssen: Keinem Mädchen gefällt es, mit jemandem zu gehen, der kein Geld hat‹, dachte er. Er hörte sie murmeln: »Ich hab heute nacht darüber nachgedacht. Wir sind vielleicht Schafsköpfe ...«

»Hör doch auf mit dem dummen Geschwätz«, unterbrach er sie mit überraschend leiser Stimme. »Und sag mir, was mit dir los ist, nun mach schon.«

Teresa hatte die Zeitschrift durchgeblättert, aber sie drehte sie unwirsch herum und begann wieder von vorn.

»Nichts. Nichts ist mit mir los.«

Manolo ging vor ihr auf und ab, mit gesenktem Kopf, die linke Hand in der Gesäßtasche (ganz genauso wie gestern nachmittag in einer Bar im Viertel La Trinidad, die voll von lärmenden Lastwagenfahrern war; er wollte Teresa gerade einen Strauß Veilchen überreichen, den eine Alte verkaufte, als er auf dem Grund der Hosentasche auf ein trauriges Häuflein Kleingeld stieß. »Laß mal, ich hab schon«, hatte sie gesagt, als sie seine Verlegenheit bemerkte, »so hab ich auch mal die Gelegenheit zu zahlen.«).

»Hör mal«, sagte er jetzt, »ich seh keinen Grund dafür, daß du dich so anstellst. Das ist doch überhaupt nicht wichtig ... Ich erwarte nämlich gerade eine Zahlung ...«

»Natürlich ist das wichtig, Manolo. Was hast du gedacht, was ich bin? Eine dumme, schlechterzogene Ziege, die nicht weiß, was das alles kostet? Glaubst du, ich kann diese Ausgaben zulassen? Ich kenne solche Jungen wie dich, ihr seid viel zu gut, viel zu dumm. Ihr versteht Freundschaft falsch. Was mich so wütend macht, ist, daß ich bis gestern nicht darauf gekommen bin ... Du hast bestimmt schon dein ganzes Urlaubsgeld ausgegeben.«

»Ich glaube aber, daß du nicht deswegen wegfährst. Du fährst weg, weil du Angst hast.«

»Angst, wovor? Nun ja, Maruja geht es sehr schlecht. Ich mache mir Sorgen um sie. Außerdem muß ich nachdenken.« Er verschränkte die Arme, seufzte.

»Du denkst viel nach, Mädchen.«

Teresa fing an zu lachen.

»Wie witzig du bist, Manolo. Ein Schatz.« Und jetzt schien sie doch etwas höchst Interessantes in der Zeitschrift gefunden zu haben, denn sie richtete ihre ganze Aufmerksamkeit auf eine bestimmte Seite, während sie sagte: »Aber laß uns vernünftig sein und offen miteinander reden, wofür sind wir denn Freunde? Laß uns doch mal sehen, was ist denn zwischen uns beiden? Freundschaft und mehr nicht, oder? Nun, was meinst du?«

Dina, die sie im Nebenzimmer belauschte, verstand sofort, was da vor sich ging, und lächelte, während sie der Kranken den Puls fühlte: Teresa versucht, die Gefühle ihres Freundes für sich auf eine Formel zu bringen. Wir lernen auch nichts dazu, wir Frauen, dachte sie. Dina verstand viel von der Liebe. Sie wußte zum Beispiel, daß die Liebeserklärung des gefährlichsten Typs von Liebhaber darin besteht, die Existenz der Liebe stets abzustreiten, sich nicht lieben zu lassen; aber sie wußte auch, daß etwas an diesem Typ, etwas in seiner ruhigen, nichts preisgebenden Stimme, in seinem stechenden, spöttischen Blick und in seinen eigennützigen, flinken Händen gleichzeitig daran erinnert, daß er nur darum hier ist, um geliebt zu werden. Und auch der Murcianer mußte etwas davon verstehen, denn in den letzten Tagen hatte er, obwohl er sich Teresa gegenüber zärtlich und bedächtig zeigte (Dina hatte sie mehr als einmal im Aufenthaltsraum dabei erwischt, wie sie geradezu miteinander turtelten), stets diese stille Abneigung aufrechtzuerhalten gewußt, die so notwendig war, damit sich die blauen Augen seiner Freundin mit Zweifel und Interesse füllten.

Jetzt wandte sich der Junge Marujas Zimmer zu.

»Es ist nur Freundschaft«, versetzte er. »Und Schluß jetzt mit dem dummen Geschwätz, bitte. Maruja geht es schlechter, sagst du?«

Und ohne weiteren Kommentar, sein Herzklopfen mit mehr oder weniger gelungener Gleichgültigkeit überspielend (niemals würde er erfahren, wie sehr ihn seine Augen verrieten, wie sehr sie seine harten Worte Lügen straften), ging er ins Nebenzimmer. Die Tür ließ er offen. Dina war gerade dabei, Maruja eine Spritze zu geben. Er wußte, daß der Arzt normalerweise um diese Zeit vorbeikam, hatte ihn aber noch nie gesehen, da er und Teresa immer früher weggingen. Maruja schien sich in den letzten vierundzwanzig Stunden wirklich aufgebraucht zu haben: Ihre blassen, durchsichtigen Wangen waren eingefallen, die Stirn war unverhältnismäßig groß, auch der Mund. Ihr Gesichtsausdruck war noch düsterer geworden, so als würde der böse Traum, der sie von innen her zerfraß, immer quälender.

»Geht es ihr sehr schlecht?« fragte Manolo.

Ohne ihn anzusehen, zog die Krankenschwester die Nadel aus dem Arm und legte ein Stück Watte darauf.

»Nein. Geh nach draußen. Ihr Bett wird jetzt frisch bezogen.«

»Aber wie geht es ihr denn?«

»Sie hat sich wundgelegen, das ist alles.« »Und, ist es schlimm?«

»Ich bitte dich, geh nach draußen. Gleich kommt der Arzt.«

Als er in den Aufenthaltsraum zurückkehrte, war Teresa verschwunden. Etwas ratlos wandte er sich zur Krankenschwester um: »Sie holt ihre Mutter«, sagte er und blieb ruhig in der Tür stehen, als erwarte er, daß Dina seine Worte bestätige. Doch die Krankenschwester konzentrierte sich ganz auf ihre Arbeit; sie winkelte Marujas Arm an und steckte ihn vorsichtig unter das Laken. »Pech gehabt«, sagte sie. »Geh nach Hause und komm morgen wieder.« In der Tat, er wurde vom Pech verfolgt: zum Beispiel bei der Geschichte mit dem letzten Motorrad, das zu stehlen er sich entschlossen hatte, um seine wirtschaftliche Lage etwas zu festigen, als Teresa gerade in Blanes war. Es geschah an dem Tag, nachdem er seine Schwägerin dazu überredet hatte, ihm seinen Anzug aus der Reinigung zu holen (wenn Teresa mit ihrer Mutter zurückkäme, sollten sie ihn wenigstens nicht im Aufzug eines Straßenjungen sehen). Es war genau am 18. Juli. Um vier Uhr nachmittags ging er die Straße des Carmelo hinunter und überholte in der Nähe des Parque Güell zwei Liebespaare aus dem Viertel. Er hörte sie hinter seinem Rücken über ihn tuscheln, worauf er plötzlich stehenblieb, als hätte er etwas vergessen, und seine Hosentaschen abtastete. Er holte alles Geld hervor, das er besaß, Ein-Pesetas-Stücke und anderes Kleingeld. ›Das darf ja wohl nicht wahr sein, du bist am Ende.‹ Er betrat den Parque Güell. Damals vermutete er gleich, daß der Entschluß nicht plötzlich kam, sondern schon seit einigen Tagen in seinem Kopf schlummerte: Wenn es nicht anders ginge, würde er es tun, aber es würde natürlich das letzte Mal sein. Das Motorrad für den Kardinal, und mit dem, was der ihm dafür geben würde, könnte er Schulden begleichen, und mit etwas Umsicht würde es bis zum Ende von Teresas Ferien reichen. Gleichzeitig würde er den Alten zufriedenstellen und ihn mit Blick auf weitere Vorschüsse bei Laune halten. Und auch einen »Reißer« würde er machen (diesmal endgültig den letzten), für sofortige Ausgaben.

Gleich hinter dem Eingang des Parks, hinter den staubbedeckten Hecken, parkten wild durcheinander Autos und

Motorräder mit Beiwagen. Unter den Bäumen Geschrei von Kindern und Vögeln. Paare betraten engumschlungen den Park mit langsamen, andächtigen Schritten und machten ihn ungeduldig: Er hatte bereits ein Auge auf das Motorrad geworfen. Es war eine ganz neue *Montesa*, glänzendrot, die ihn durch das Gebüsch anstarrte wie eine rachsüchtige Wespe. Er mußte mehr als eine Dreiviertelstunde warten, saß auf einer der großen Steinkugeln, die entlang der Palmenpromenade aufgereiht waren, und rauchte eine halbe Schachtel Chester (die er in der Bar Delicias hatte anschreiben lassen); aber dann ging alles sehr schnell: Er nutzte einen Moment, in dem niemand vorbeikam, schwang sich auf den Sitz und startete die Maschine, nachdem er das Schloß hatte aufspringen lassen. Unter ihm gab der Ständer nach wie eine Falltür. Er gab Gas, verließ in Windeseile den Park und raste mit Vollgas den Ramiro de Maeztu und dann die Avenida Virgen de Montserrat entlang. Er fuhr mit sehr weit abgewinkelten Beinen: Seine einzige Sorge war es, sich den Anzug nicht dreckig zu machen.

Zweites Projekt: eine Damenhandtasche in einer günstigen Gegend (in der Nähe von Horta, eine ausgestorbene, nicht asphaltierte Straße, von Baustellen flankiert), eine große schwarze Tasche, sie schlug gegen die Hüfte einer schlanken älteren Frau, die, ganz in Schwarz und mit dunkler Sonnenbrille, aus einem Hauseingang gekommen war und sich auf dem Bürgersteig entfernte. Dicht am Bordstein fuhr er langsam hinter ihr her. Auf der Straße hallten Schläge von Spitzhacken und Stimmen von Maurern wider. Die etwas muskulösen Beine in den großen flachen Schuhen hatte er schon begutachtet, die schmalen Hüften, den männlichen, in eine schwarze Bluse gezwängten Rücken und über dem Nacken den Knoten im Haar, aber jetzt war sein Augenmerk auf etwas anderes gerichtet: Niemand kam die Straße entlang. Er fuhr näher an die Frau heran, und als er auf ihrer Höhe war (ein strenges Profil, ungeschminkte Lippen, über der oberen leichter schwarzer Flaum) und die Geschwindigkeit ihrem

Schritt anpaßte, drehte sie ihm unvermittelt das Gesicht zu. Die Gelegenheit war nicht günstig: Die Tasche hing jetzt vor ihrem Bauch, was der Dame dazu verhalf, vor ihrem Untergang in den Genuß pijoaparter Zuwendung zu kommen. »Entschuldigen Sie«, sagte der Junge mit seinem schönsten Lächeln, »können Sie mir sagen, wie spät es ist?« Ruhig und mit ausdruckslosem Gesicht winkelte sie den Arm an (an dem die Tasche vorteilhaft baumelte, wie ein Pendel), und ohne stehenzubleiben, sah sie auf ihre Armbanduhr, die kaum unter dem engen Ärmel der Bluse hervorschaute. In diesem Moment streckte der Pijoaparte blitzschnell seine Hand aus und griff nach der Tasche: ein heftiger Ruck, den sie vorhersah und abzuschwächen versuchte, indem sie den Arm hob (während sie einige kehlige Laute ausstieß), so daß der lederne Griff einige Sekunden lang am Armband ihrer Uhr hängenblieb, aber ein zweiter Ruck war ausschlaggebend, und im Nu befand sich die Tasche unter dem Jackett des Jungen, der Vollgas gab (»Haltet den Dieb! Haltet den Dieb!«) und in Richtung der Plaza de la Fuente Castellana davonraste, um dann die Calle Cartagena hinunterzufahren. Toll, wie die Montesa beschleunigte, blitzschnell. Aber die Schreie der Unbekannten hallten noch eine ganze Weile in seinen Ohren nach. Fünf Minuten später, hinter dem Hospital de San Pablo, durchsuchte Manolo die Tasche: Augenbrauenstift, ein nach Parfüm duftendes Taschentuch mit einem eingestickten blauen M (Margarita, Margarita), ein Portemonnaie mit Pesetas und anderem Kleingeld, ein Führerschein, ein Ausweis der Sozialfürsorge, Notizbuch, Kugelschreiber, eine alte Fotografie einer Basketball-Damenmannschaft (plumpe Röcke, gepeitscht vom Wind, Knie und blaß lächelnde Gesichter auf einem trostlosen Sportplatz, ein Kreuz mit Tinte über dem Kopf eines katzenhaften Mädchens), ein Kamm, ein Röhrchen Aspirin, ein kleines Buch (*Irrende Seelen* oder so ähnlich) und tatsächlich (seine Befürchtungen waren berechtigt) nur ein Hunderter und noch ein Fünfziger. Pech. Der Junge ließ alles außer dem Geld und dem nach Parfüm duftenden Taschentuch in der Tasche. Er fuhr weiter und warf dann, ohne anzuhalten, die Tasche über eine Gartenmauer. Man würde sie finden und zurückgeben. Es war zehn nach fünf. Er würde es so einrichten, daß Teresa, scheinbar ohne Absicht, dieses Taschentuch zu Gesicht bekäme: ›Ach nichts, ein Andenken an Margarita, die Tochter eines Exilanten, eine Liebe, die durch den Krieg gestorben ist, eine Wunde ohne Narben‹ ... Nein, wie albern (er warf auch das Taschentuch weg). Keine Eskapaden.

Er stellte das Motorrad gegenüber der Klinik ab, halb versteckt zwischen zwei Autos. Es standen noch andere Motorräder da, und ein Junge in einem karierten Hemd spazierte über den Bürgersteig (dessen schiefe Blicke sollte er erst zu spät verstehen; siehe da, es zeigten sich – natürlich zur Unzeit – die ersten Konsequenzen seiner in eine einzige Richtung gelenkten, übergroßen Anstrengung: Er erkannte seine eigenen Kollegen nicht mehr). Ihn interessierte vor allem Teresas Floride, die ganz in der Nähe parkte. ›Sie ist zurück‹, dachte er erfreut. Oben im Zimmer sah er im Halbdunkel als erstes den grauen, an die Sessellehne gelehnten Kopf eines Mannes. Er schien zu schlafen. Die Jalousien waren heruntergelassen. Manolo ging lautlos an ihm vorbei und betrat Marujas Zimmer. Dina saß am Kopfende des Bettes und las einen Roman. »Wie geht's ihr heute?« fragte Manolo leise. »Besser«, sagte sie, ohne von dem Buch aufzublicken. »Ihr Vater ist da, hast du ihn nicht gesehen?« – »Ach, ihr Vater. Und Teresa?« Er bekam keine Antwort. Jemand stand hinter ihm und heftete die Augen auf seinen Nacken. Er drehte sich um. Es war der grauhaarige Mann. Manolo grüßte ihn mit einem Kopfnicken, während der andere ihn mit müden Augen ansah, die kaum zu erkennen waren unter den unzähligen Falten seiner Lider. Sein dunkles Gesicht schien irgend etwas auszuweichen, einem unangenehmen Licht (seine dichten Augenbrauen hatten sich auf diese bäuerliche Miene festgelegt, die das Sonnenlicht meidet), und obwohl er nicht so groß war wie Manolo, schien er auf ihn herabzusehen. Er hatte etwas an sich, was dem Jungen nicht gefiel. Langsam löste der Mann den Blick von Manolo und richtete ihn auf seine Tochter. Neben ihrem Kopf auf dem Kissen lag die angeklemmte Sonde wie eine kleine, gefährliche Schlange. Maruja stöhnte schwach; über dem Weiß ihrer Augen flatterten für eine Sekunde die dünnen, mit Pusteln übersäten Lider, überraschend abgezehrt, ohne Wimpern, und für einen kurzen Augenblick zeigte sich das glühende Schwarz ihrer Pupillen, ihrer großen, erschrokkenen Pupillen, die in keins der dort anwesenden Gesichter sahen; aber es war unzweifelhaft ein Blick (ein Blick, der niemandem mehr besonders galt), und er schien sie übermenschliche Anstrengung zu kosten. Dann schloß sie die Augen. Man hörte den Mann husten. »Sehen Sie«, sagte die Krankenschwester in demselben Ton, in dem sie auch mit einem Kind sprechen würde, »es geht ihr viel besser.« Manolo ging ins Nebenzimmer zurück und verstellte die Jalousie, damit etwas Licht hereinkam. Minuten später gesellte sich Marujas Vater zu ihm. Er hatte einen sehr abgetragenen braunen Anzug an.

»Sind Sie ein Freund von Señorita Teresa?«

Er musterte Manolo aufmerksam. Manolo antwortete:

»Ja ... Und von Maruja. Es scheint ihr besser zu gehen, nicht?« sagte er, um irgend etwas zu sagen.

»So Gott will, denn mir scheint, man macht mir etwas vor. Mal sehen, ob der Junge im nächsten Monat vom Militärdienst entlassen wird ...« Er blickte ihn mit seinen müden Augen an, und jetzt, als er ihn so nah vor sich sah, begriff Manolo, daß dieser Mann nur Müdigkeit und völliges, absolutes Desinteresse an allem an den Tag legte. Er sah, wie er die Hand hastig in die Hosentasche steckte, wahrscheinlich, um ihm eine Zigarette anzubieten. Er war so peinlich berührt, daß er ihm den Rücken zukehrte. Glücklicherweise erschien in diesem Moment Teresa; sie betrat den Raum sehr entschlossen, und ihr erster Blick (ein Aufleuchten unaussprechlicher Freude, das sich nicht wieder zeigen sollte, bis sie mit ihm allein war) galt Manolo. »Ach«, sagte sie, »kennen Sie sich schon?« Sie stellte sie vor: »Señor Lucas ist Marujas Vater ... Manolo, ein Freund.« Der Junge streckte die Hand aus und stieß auf ein lebloses Stück Holz (darin eine Zigarette, die wohl für ihn bestimmt gewesen war, die der Mann aber nicht rechtzeitig wegnahm und die in der Mitte durchbrach). »Der junge Mann hier«, sagte Marujas Vater und bot ihm eine neue Zigarette an, »findet auch, daß sie munterer aussieht. Und ich sage ja: eine Frage der Zeit. Nun gut«, fügte er mit einem Blick zur Tür hinzu, »und Doña Marta?« – »Beim Doktor, sie kommt sofort«, sagte Teresa. »Papa ist unten.« Der Mann machte eine Bewegung auf die Tür zu, drehte sich aber um, ging in das Zimmer seiner Tochter, sagte etwas zur Krankenschwester, kam wieder heraus, verabschiedete sich von ihnen und ging dann hinaus, wobei er die Tür nicht sehr vorsichtig schloß. Dann stellte sich Teresa vor Manolo hin, ganz nah, und hob das Gesicht, um ihm in die Augen zu sehen.

»Hallo«, sagte sie mit ihrer schmeichelnden Stimme, die immer ein bißchen näselte, als hätte sie Schnupfen; in dieser Stimme lag das feuchte Versprechen heimlicher Liebkosungen.

»Wann bist du gekommen?« fragte er.

»Heute morgen. Wir sind seit drei Uhr hier, die ganze Familie«, fügte sie hinzu, ohne den Blick von ihm abzuwenden. »Mama wird gleich kommen. Es ist nichts Schlimmes mit Maruja. Ich habe mir ohne Grund Sorgen gemacht ...«

»Und wie fühlst du dich heute?«

»Blendend, wie neu geboren.« Ihr fiel sein Anzug auf. »Nein, wie elegant!«

Im Flur hörten sie Schritte. Sie traten etwas auseinander, und Manolo richtete unwillkürlich den Knoten seiner Krawatte. Er konnte einen amüsierten Blick von Teresa auffangen, als die Tür aufging und Frau Serrat eintrat, von weiteren Personen gefolgt; sie kam laut redend über den Flur und flüsterte plötzlich, als sie über die Schwelle trat, so als beträte sie ein Zimmer, in dem Totenwache gehalten würde: »... und Teresa war völlig außer sich, als sie ankam, sie sagte, Maruja gehe es sehr schlecht, sie habe sich schrecklich wundgelegen, sie würde uns noch sterben, und sie hat es geschafft, alle Welt nervös zu machen! Ich wollte noch anrufen, bevor ich losfuhr. Aber schließlich ist es besser, daß es falscher Alarm war ... Und Lucas, ist er schon gegangen?« fügte sie mit einem Blick auf Teresa hinzu. »Mit Papa.« Manolo hatte sich zum Fenster zurückgezogen und wartete ab. Mit Frau Serrat war Doktor Saladich hereingekommen (hochgewachsen, braungebrannt, sehr attraktiv, mit einer Art professioneller Zurückhaltung in seinen schönen grauen Augen) und eine andere Frau, sicher Tante Isabel, die sich sofort hinsetzte, sehr erhitzt und offensichtlich erschöpft. Teresa trat zu Manolo. »Komm«, sagte sie, aber ihre Mutter kam schon auf sie zu. »Dein Vater erwartet uns unten, er will unbedingt den Chauffeur der Gesellschaft auftreiben, der Lucas nach Reus bringen kann. Deine verflixten Nerven, mein Kind ...« (da bemerkte sie Manolo). »Ach, Sie sind wohl der junge Mann ...« Teresa stellte ihn vor: »Er besucht Maruja jeden Tag.« Frau Serrat schien ihm keine besondere Aufmerksamkeit zu schenken (sie reichte ihm nicht die Hand, die damit beschäftigt war, das grüne Tuch festzubinden, das ihre Haare zusammenhielt), aber dafür beobachteten ihn die andere Frau und der Arzt, denen er gleichfalls von Teresa vorgestellt wurde. An Frau Serrats Haltung (während Teresa Doktor Saladich ihre gestrigen Befürchtungen in bezug auf Maruja zu erklären versuchte) war nichts Besonderes, außer dem kühlen, unschlüssigen Blick, einem forschenden Blick, der nicht direkt ihm galt oder zumindest nicht nur ihm, sondern der auch ihre Tochter mit einbezog: Frau Serrat hatte das Gesicht leicht zu Teresa gewandt, die gerade redete, aber eigentlich sah sie den Jungen an, der zuhörte.

»Das ist doch Unsinn, Teresa«, sagte sie plötzlich. »Maruja geht es viel besser.«

Zwar zeigte sich Doktor Saladich keineswegs optimistisch, aber er versicherte, Teresas Befürchtungen seien wirklich unbegründet. Als sie gerade gehen wollten, begann Frau Serrat mit ihrer Schwester und mit Teresa ein kompliziertes Gespräch darüber, was jetzt zu tun sei: Sie fahre mit ihrer Schwester in deren Wagen gleich zur Villa zurück (sie hatte Gäste), während ihrem Mann, »dem es natürlich nicht gelingen wird, den Chauffeur der Gesellschaft aufzutreiben, weil heute Feiertag ist«, wie sie meinte, nichts anderes übrigbleiben werde, als Lucas mit dem anderen Wagen nach Hause zu bringen. »Oriol«, fügte sie hinzu, »wollte dieser Tage sowieso auf dem Gut vorbeifahren.« Tante Isabel schlug vor, Teresa könne Lucas nach Hause bringen und Oriol mit ihnen nach Blanes fahren, aber Oriol hatte in der Stadt zu tun und Teresa protestierte, sie sei todmüde und außerdem müsse sie die Floride zur Reparatur in die Werkstatt bringen. Manolo wartete unbeweglich und taktvoll am Fenster, und das einzige, was er am Ende mitbekam (und andererseits das einzige, was ihn interessierte), war, daß Teresa ohne Verpflichtungen in Barcelona blieb.

»Aber mach keinen Unsinn«, befahl ihre Mutter, ganz ohne Autorität in der Stimme. »Du wirst noch zur Bohnenstange. Mal sehen, ob nach Maruja jetzt du anfängst ... Ich werde deinen Vater davon überzeugen, daß du nach Blanes kommen mußt, um dich wenigstens mal eine Woche auszuruhen.«

»Ach nein, Mama, das langweilt mich zu Tode. Und du weißt doch, daß ich bei Maruja bleiben möchte, einer muß es tun.«

»Schon gut, schon gut«, winkte ihre Mutter ab, die diese Frage zweifellos nicht berühren wollte. Sie nahm ihre Tochter einen Moment beiseite, und Manolo konnte Teresa sagen hören: »Mama, du mußt mir etwas Geld geben.«

Die Damen verabschiedeten sich, und Saladich begleitete sie liebenswürdigerweise. Es war sechs Uhr, Teresa ließ sich seufzend in einen Sessel fallen und streifte die Sandalen von den Füßen. »Uff, endlich.« Sie trug eine sehr enge, orangefarbene Hose mit Gummibändern, die die Fußsohlen umspannten. »Was machen wir«, sagte sie ohne jeden fragenden Tonfall. Die beiden sahen sich an. »Fahren alle zur Villa zurück?« fragte er, und gleich darauf meinte er lachend: »Da hast du ja einen schönen Aufstand gemacht.« Noch immer lachend ging er zu ihr hin, nahm ihre Hand und zog sie sanft, damit sie aufstünde. »Komm, du Faulpelz.« Teresa wehrte sich lachend, mit gespreizten Beinen, die Füße fest gegen den Boden gestemmt: Ihre Ungeduld konnte sie kaum verbergen. »Manolo, warst du gestern sauer, weil ich weggegangen bin, ohne dir etwas zu sagen?« – »Nein.« Er zog einmal kräftig, und Teresa landete in seinen Armen. Sie taumelten eine Zeitlang hin und her wie Marionetten, lachten leise, wurden müde, als hätten ihre Kräfte sie verlassen, und dehnten den Genuß dieser schwankenden Bewegung aus, bis sie gegen die Tür von Marujas Zimmer stießen. Das Lächeln verschwand von ihren Gesichtern, und an seiner Stelle blieb eine sehnsuchtsvolle Spannung zurück. Sie küßten sich auf den Mund, sehr hastig und zitternd.

»Dina ist nebenan«, flüsterte sie. »Was für eine Erleichterung, daß nichts mit Maruja gewesen ist, nicht wahr?«

»Ja«, sagte er. »Komm, laß uns gehen.«

»Warte ... Ich ...«

»Laß uns irgendwo hingehen, wo wir allein sind. Ins Tibet.«

»Ja. Aber ...« Sie lächelte, ließ den Kopf auf die Brust sinken und seufzte. »Manolo, ich möchte, daß niemand davon erfährt. Niemand soll wissen, daß wir zusammen gehen, es soll so etwas wie ein Geheimnis zwischen dir und mir sein, verstehst du?«

»Hast du viel nachgedacht in der Villa?« fragte er.

Teresa zögerte.

»Bitte ziehe keine zu egoistischen Schlüsse (der Junge blinzelte verwirrt). Sag nichts, ich bitte dich darum.« Sie legte ihm den Finger auf die Lippen. »Weißt du, unter meinen Papieren habe ich den Brief gefunden, den mir ein Freund aus dem Gefängnis geschrieben hat, ein Student. Wenn du wüßtest, was er schreibt, wie er es schreibt, das hat mir meine Ruhe wiedergegeben ... Wir sind doch Feiglinge, Manolo, ja, das glaube ich, wir sind Feiglinge, weil wir uns nie trauen, die Dinge zu tun, die gut sind und zu denen wir Lust haben. In dem Brief stand auch was von Mauricio.«

Ein geliebter Schatten, ohne Zweifel. Er hatte schon beobachtet, daß Teresa, immer wenn sie sich auf irgendeinen ruhmreichen, geliebten Schatten berief, die Augen niederschlug, mit dem aufnahmebereiten Eifer einer strebsamen

Schülerin: Ihre Phantasiewelt voller Leidenschaft, Zuneigung und Bewunderung war nicht nur weitreichender und edler als seine, sondern auch zu einer mythischen Solidarität fähig, die in die Nähe von Magie kam und Gefahr bedeutete. Erst später, als sie schon im Wagen saßen, den Teresa natürlich nicht zu starten vermochte – sie hatte nicht gelogen, als sie von einem Defekt gesprochen hatte –, nahm er die neuen Zeichen wahr, die Frucht vernünftiger Überlegungen, die dem kleinen Mädchen während der vierundzwanzig Stunden in der Villa gekommen waren, dem Anschein nach banale Einzelheiten, auf denen jedoch bereits das Luxusetikett mit Preis und genauen Anweisungen klebte (Murcianer: Nicht anfassen!). »So inkognito herumzufahren ist lustig, findest du nicht?« sagte Teresa. »Auf jeden Fall werde ich dich einigen Freunden vorstellen, die dich kennenlernen wollen. Es sind Studenten.« – »Aha.« Er begriff, daß sich die Dinge hoffnungslos verkomplizieren würden, und das war nur natürlich: Er konnte ja nicht verlangen, mit Teresa unter einer Glasglocke zu leben oder so, als wäre dieser Sommer wirklich eine glückliche, verlorene Insel. Man mußte eben dem trotzen, was von dieser Seite kam, und sogar versuchen, es auszunutzen, um so mehr, als auf der anderen Seite, seinem eigenen Terrain, dem Viertel, jene Karmeliter-Rache immer schrecklicher wurde; man sehe nur, wie die Geschichte des letzten gestohlenen Motorrads endete: Als er seinen Blick ringsherum schweifen ließ – Teresa war es gerade gelungen, die Floride zu starten –, um zu überprüfen, ob das Motorrad noch da war (›Heute abend hole ich's ab‹), war ihm, als sähe er an eben der Stelle den Kardinal höchstpersönlich lachend auf dem Bordstein sitzen und sich über ihn lustig machen ... Es war aber nur Marujas Vater (der sicher auf den Wagen wartete, der ihn nach Reus bringen sollte), doch Manolo war kurz davor, aufzuschreien und Teresa anhalten zu lassen. Die Montesa nämlich war zusammen mit dem Jungen im karierten Hemd verschwunden.

Auf jeden Fall war er auch heute mit dem linken Fuß zuerst aufgestanden. Sollte so eine Hundsgemeinheit möglich sein?

Noch mehr Ärger, Schrecken und kleine Alarmsignale kamen auf ihn zu, so häufig wie Verkehrszeichen, die vor Kurven und Kreuzungen warnen: Es war an einem anderen ungeplanten Nachmittag am Strand (eine kleine Bucht bei Garraf mit Strandimbiß und *parking*, er und sie lagen neben dem Skelett eines im Stich gelassenen Bootes, dessen abgenagte Rippen zum Himmel wiesen), als unverhofft ein neues Zeichen erschien, in der Person eines strahlenden Mädchens mit Zöpfen, das sich die Fußsohlen verbrannte, als es auf Teresa zulief, den Oberkörper vorgebeugt, in ein rotes Handtuch gehüllt (ein richtiges S vor dem gelben Hintergrund des Sands: gefährliche Kurve!). Sie erreichte die Studentin, die auf dem Weg zum Imbiß war. Vorher hatte sie ihren Namen gerufen, bis sie fast heiser war. Sie war mit einem Jungen da, der im Hintergrund geblieben war. Manolo, der neben dem Boot lag, sah, wie sich die beiden Freundinnen umarmten und küßten. Zwei- oder dreimal wandten sie den Kopf, um ihn anzusehen, lachten und tuschelten; er dachte, es werde ihm nicht erspart bleiben, vorgestellt zu werden, wobei er sich irrte (die beiden begutachteten nur diesen makellosen Oberkörper mit seinen rhythmischen Bewegungen). Teresas Freundin grinste die ganze Zeit mit ihrem kleinen braunen Mondgesicht und war nicht einen Augenblick lang still, krümmte sich in ihrem Handtuch. Er konnte nicht hören, was sie sagten, wußte aber, daß sie katalanisch sprachen (das schloß er aus den drolligen Schnuten, die Teresa jetzt zog, er hatte gelernt, darin zu lesen), das und ihr Lachen, das immer ausgelassener wurde, reichte, um ihn zu beunruhigen. Zur Bestätigung seines Verdachts trug der Wind ihm das schreckliche Wort zu (*xarnego*), von Teresas Freundin ausgesprochen, und dann ihr Lachen: Jener furchtbare und scharfsinnige katalanische Sarkasmus trat wieder in Erscheinung, argwöhnisch, verkörpert von diesem fröhlichen Mädchen (›Was für ein geheimnisvolles Lächeln!‹), wie eine Drohung. Worüber sie wohl reden, warum ruft Teresa mich nicht und stellt mich vor? Andere zusammenhanglose Worte drangen an sein Ohr, unklare Fragen: »Arbeitet er?«, »Ferien?«,

»Mädchen, paß auf«. Ihm fiel die zwanglose Harmonie zwischen den beiden und der Landschaft auf, er ahnte, wie sich die Elemente unterordneten: Die Sonne, schon untergehend und tiefrot, leuchtete genau über den beiden verrückten Köpfen, und ihr Licht zerstreute sich auf Teresas blonden Haaren und entlockte ihm sanfte Träume von Würde (etwas, das sich Bildung oder Fortschritt nannte oder erfülltes Leben) und von unzähligen Liebkosungen, die man sich verdienen müßte, indem man seinen Verstand anstrengte ... Kurz und gut, sie waren beide Katalaninnen, hübsch und außerdem reich. Sie gaben sich noch einen Kuß zum Abschied.

»Wer ist das?« fragte er, als Teresa zurückkam.

»Leonor Fontalba, eine Freundin von der Universität. Sie ist sehr nett.«

»Warum habt ihr so gelacht?«

Teresa machte mit den Füßen eine Pirouette und legte sich neben ihn.

»Wir haben über dich gesprochen«, sagte sie. »Stört das den Herrn? Leonor verbringt die Ferien in Sitges. Sie hat sich mit einem Freund heimlich davongemacht. Hör mal, sie meinte übrigens, heute abend wären alle im Saint-Germain. Hättest du Lust, sie kennenzulernen? Wir können doch etwas trinken gehen. Ich stelle dich vor.«

»Was sind das für Leute?«

»Freunde.«

»Aber was für Freunde?«

Als wäre das die natürlichste Sache der Welt, antwortete sie: »Studenten aus der linken Szene.«

III

Gehöre ich dazu? Gehöre ich wirklich dazu?
Und gehört er wirklich dazu? Und wenn jemand mich
mit ihm reden sieht, wird er denken, daß ich dazugehöre
oder daß ich nicht dazugehöre?

LIONEL TRILLING

Das Wesen der Macht, die sie ausüben, ist zweifelhaft wie das Wesen unserer Situation selbst: Man kann von ihnen nur sagen, daß sie entgegengesetzter Meinung sind. Ihre erste und noch jugendliche studentische Unruhe hatte etwas von einem einsamen Laster. An unserer Universität, wo es das nicht gab, was Luis Trías de Giralt so gern die demokratische Kopulation nannte – in einer Großkotzigkeit, die weniger rhetorisch war, als man denken könnte –, entstand das politische Bewußtsein unglücklicherweise aus einer heftigen, fröhlichen Erektion und einem einsamen ideologischen Herumgefummel. Daher der schlüpfrige, undurchsichtige, sibyllinische und zutiefst heimliche Charakter jener Generation von Helden, wie er bei ihrem ersten Kontakt mit der Subversion zutage trat. Zunächst schien niemand das Kommando zu haben. Und plötzlich, 1956, sieht man sie herumlaufen, als hätte man sie aufgezogen, wie steife Puppen, die einen Eid geschworen haben, mit im Ärmel verstecktem Dolch und unwiderruflicher Entschlossenheit im starren Blick.

Beeindruckend und von sich selbst beeindruckt, geheimnisvoll, geschätzt und sich selbst schätzend, schreiten sie langsam und ernst durch die Gänge der Universität, ausländische Bücher unter dem Arm, das Gewissen von wer weiß was für Befehlen belastet, im Vorbeigehen schlagen sie unsichtbare Wellen von Gefahr, von Parolen, von verschlüsselten Botschaften und geheimen Zusammenkünften, sie rufen Bewunderung hervor, Zweifel und Schauer auf weiblichen Rücken, zusammen mit überwältigenden Visionen einer würdigeren Zukunft.

Ihre edlen Stirnen, vom Gewicht ungeheurer Verantwortung und radikaler Entschlüsse zerfurcht, dringen in die Hörsäle ein wie in die Rauchwolke ihrer eigenen Schüsse gehüllte Panzer, sprengen Zentren des Widerstands, schleudern den Bannstrahl gegen Gemurmel und Neid, zermalmen feindliche Theorie und Kritik und gebieten Schweigen; in diesen Momenten kann man sie manchmal hören, wie nach dem überraschenden Ende eines Konzerts, diese ahnungslose Stimme, bei größter Vertraulichkeit ertappt, scheinbar ein einziges langes, unanständiges Wort stotternd:

»... kape – ichglaubergehörtzurkape!«

Oft sah man zwei oder drei an einem etwas abseits stehenden Tisch in der Cafeteria der Fakultät, sie sprachen leise, lasen und schoben sich Broschüren zu. Teresa Serrat war immer dabei, unermüdlich, hitzig, überspannt, von innen her erleuchtet von ihrem rosa Licht wie ein Lampenschirm. Gewisse rechte Elemente behaupten immer wieder, die schöne politisierte Blonde ginge mit ihren Freunden ins Bett, zumindest mit Luis Trías de Giralt. Aber alle Welt weiß, daß davon, obwohl es Zeiten des Tastens nach oben und nach unten sind, noch nicht die Rede sein kann.

Aufgerieben zwischen dem wunderbaren historischen Geschehen und Papas verabscheuenswerter Fabrik, opferbereit, wehrlos und resigniert, schleppen sie mit demütig niedergeschlagenen Augen das schlechte Gewissen reicher Bürgerkinder mit sich herum wie die Kardinäle ihr Purpurgewand, strahlen heldenhafte Auflehnung gegen die Familie aus, einen bitteren Haß auf vermögende Väter, Verachtung für geschäftstüchtige Schwäger und Cousins und für fromme Tanten, während sie paradoxerweise ein salesianischer Duft von Liebkosungen einer reichen Mutter und von Frühstück mit Cremespeise einhüllt; darunter leiden sie sehr, vor allem dann, wenn sie in Gesellschaft von gewissen Lahmen und Buckligen aus dem Barrio Chino Rotwein trinken. Von zwei Seiten beschossen, dazu verdammt, sich von oben und unten kritisiert zu sehen, bleiben sie in den Hörsälen zurückhaltend, undurchschaubar, reden nur unter sich und überhaupt wenig, denn sie haben dringende und besondere Aufträge zu erfüllen, gequält brüten sie ausdrucksstarke Blicke aus, liebkosen das endlose Schweigen, das sie wie einen Baum vor sich wachsen lassen, wie kluge Jagdhunde wittern sie Gefahren, die nur sie wahrnehmen, sie bereiten Versammlungen und Protestmärsche vor, verabreden sich am Telefon wie besessene Liebespaare und leihen sich verbotene Bücher.

Die Gruppe der Auserwählten ist nicht sehr groß, die einzelnen einem Rang zuzuordnen ist nicht einfach, Luis Trías scheint ihr Führer zu sein. Hochgewachsen, schweigsam, den Kopf ein wenig zur Seite geneigt, berauscht von seinem eigenen Rosenduft, sieht er, wenn man ihn auf den Gängen und in den Hörsälen zu Gesicht bekommt, wie eine lebendige Ampel aus, die den Verkehr der Ideen und subversiven Pläne regelt. Aber die Massen fragen sich: Hat er wirklich Verbindungen? Die Ampel blinkt unergründlich, wenn Teresa sie ansieht.

Eigentlich fing alles ganz einfach an: Die Unruhe und der studentische Widerstand, der 1957 mit kulturellen und politischen Forderungen auf die Straße gehen sollte (und den guten Samen ausstreuen, der vielleicht Jahre später aufgehen würde, das sei gesagt, um das Gewissen der noch lebenden Märtyrer zu beruhigen, von denen einige bereits auf dem Direktionssessel des Familienbesitzes Platz genommen haben), wurden schon seit einiger Zeit von drei bezaubernden Mädchen von der Geisteswissenschaftlichen Fakultät ausgebrütet, von Teresa und zwei anderen Studentinnen der Schönen Künste, die vor zwei Jahren mit zusammengefalteten Hosen unterm Arm zu den Vorlesungen gekommen waren und sich hinterher in einer bestimmten Wohnung in der Calle Fontanella einfanden, deren herzliche und gebildete Besitzerin wohl eine aus einem Kloster entlassene Nonne war, und dort schlüpften sie in die Hosen, steckten sich Zigaretten an, legten sich auf Kissen auf den Boden und beschleunigten ihren Pulsschlag, indem sie mit einem Feuereifer über die neuen Theorien diskutierten, der dem der Prostituierten angesichts der bevorstehenden Ankunft der Sechsten Flotte glich. Einige Zeit später hatten die immer zahlreicheren und erregteren Hörer der Geschichtsvorlesungen eines gerade aus Frankreich zurückgekehrten Assistenten Gelegenheit mitzuerleben, wie in schöner Regelmäßigkeit vor ihren staunenden Augen ein Wunder geschah: Während der Vorlesung kreiste der magische Vortrag des Dozenten, seine erschöpfende und dialektische Darlegung gewisser Realitäten des Lebens, um ihn selbst (im Grunde sprach er über nichts anderes als über sich selbst, sagten seine Verleumder später), wie ein wunderschöner exotischer Vogel, der ihn mit dem Schnabel von seiner Kleidung befreite und ihm andere anzog, oder wie die langsame Verwandlung durch den Zauberstab einer Fee, bis der Vortragende ganz und gar in Milizkleidung, mit Overall und Revolver und Patronengürtel und allem vor den geblendeten Augen seiner Schüler stand. (Allerdings stellten diejenigen, denen die wahre Persönlichkeit eines Milizsoldaten vertraut war, nur eine entfernte und groteske Ähnlichkeit fest.) Ein schwärmerischer Schauer lief durch den Hörsaal, von Taille zu Taille, die Mädchen hörten dem Dozenten mit offenem Mund und geschlossenen Augen zu, ein bekannter Fummler mit langen, flinken Fingern verstieg sich zu der Behauptung, er habe deutlich gewisse Seufzer gehört, andere hörten Glocken läuten, die Zeit ist da, laßt die Tauben fliegen, Freunde, ich werde Vater; es ist dies die Geschichte einer Mehrlingsgeburt von Halbwüchsigen, es gibt Großmut und Opferbereitschaft, aber auch Nachlässigkeit und Verwirrung, nicht alle Kinder würden später von ihrem Vater anerkannt werden, so ist das Leben, alle sind wir einmal jung gewesen, es passiert so viel.

Die Ereignisse überstürzten sich: Es genügte, daß Luis Trías eine Stippvisite in Paris machte, damit bei seiner Rückkehr das Gerücht in Umlauf kam, auch er sei Mitglied geworden (die Neuigkeit, die Luis Trías mit einem Schlag zur geeignetsten Person für die Führung der entstehenden Geheimorganisation machte, rührte in Wirklichkeit von einem der Mädchen her, die an den Versammlungen in der Wohnung in der Calle Fontanella teilnahmen, nach einer Nacht in der Bar Saint-Germain, mit Gin und großen Reden und dem Studentenführer höchstpersönlich, in der man zusammen vage Verbindungen mit geheimnisvollen dunklen Mächten ausgebrütet hatte). Die Universität Barcelona mußte mit der Madrids gleichziehen, die in solchen Kämpfen immer ernsthafter, konsequenter und erfolgreicher gewesen war. »*Im Februar 1956, nach der Aufhebung einer Studentenversammlung, waren die Gemüter in Madrid erregt, es kam zu Zusammenstößen, es fiel ein Schuß, und ein Junge stürzte schwerverletzt zu Boden.*« Luis Trías, der zu der Zeit in Madrid war (er war dabei, sich in ein vorteilhaft allgegenwärtiges, aalglattes und erstaunliches Wesen zu verwandeln), wurde festgenommen und saß ein halbes Jahr im Gefängnis.

Teresa bekam seine Briefe, die sie auf den Gängen der Universität las, etwas abseits von den anderen, aber nicht so weit, daß ihr entgangen wäre, daß sie beobachtet und beneidet wurde. Dann wirkten die unerschrockene Blonde und ihre Freunde bei einem Streikversuch von Arbeitern mit, der leider fehlschlug. Es war das erste Mal, daß sich die Studenten einer Arbeiterbewegung anschlossen, und in den Hörsälen wuchs das Ansehen der vier Frauen in Hosen mit all dem Verdienst, der Ehre und der Gefahr, die das mit sich brachte. Eine Sondernummer von *Les Temps Modernes,* der Linken gewidmet, ging von Hand zu Hand. Verblüffende Neuigkeiten machten die Runde. Gleichzeitig tat sich an der Geisteswissenschaftlichen Fakultät ein ägyptischer Student hervor, von prophetischem Aussehen und außergewöhnlich hübsch, der über sagenhafte schwarze Augen und eine apokalyptische Sprache verfügte (»Ich bin gekommen, um euch zu verkünden, daß diese Scheiße aufhören wird!«) und der die Kategorie »gute Verbindungen« verdiente, ohne daß jemand jemals erfahren hätte, dank wem, wenn man auch vermutete, dank einem fünften brütenden Mädchen, das sich im letzten Augenblick dem kleinen Zentralkomitee angeschlossen hatte. Luis Trías de Giralt kehrte zurück (nicht allein, wie man schon weiß: Ihn begleitete das Gespenst der Folter), jetzt der unumstrittene

Führer (Kategorie: allerbeste Verbindungen), und fortan sah man ihn jederzeit und an jedem Ort mit Teresa Serrat, die während seiner Abwesenheit nicht nur tapfer seine Arbeit fortgesetzt hatte, sondern ihm auch treu geblieben war. Damals organisierten sie zusammen so vieles, was sie mit Ansehen und Ruhm bedecken sollte. Einmal, als sie von bewaffneter Polizei umstellt waren, ohne den Hörsaal verlassen zu können, in dem sie bereits einige Stunden aushielten, ohne ihre Notdurft zu verrichten, erreichten die beiden durch eine mitreißende Rede, daß alle Studenten, Jungen und Mädchen, ihre kleinbürgerlichen Komplexe vergaßen und sich entschlossen, dortselbst zu urinieren, ohne Scham; das Schauspiel nahm eine Art von Solidarität an, deren Einzelheiten und Reize (einige übrigens, offen gesagt, göttlich) immer noch vielen in Erinnerung sind. Ihr Wirken erreichte seinen Höhepunkt mit der berühmten Oktoberdemonstration; danach wurde die Universität von der Behörde für eine Woche geschlossen und gegen eine ganze Reihe von Studenten – darunter Teresa und Luis – ein Verfahren eingeleitet, andere wurden von der Universität verwiesen oder verhaftet. Es wäre nicht gerecht, eine gewisse edle und tapfere Opferbereitschaft zu verschweigen, die, an Tollkühnheit grenzend, das uneigennützige Handeln von Teresa Serrat und ihren Freunden kennzeichnete. Das Wesen dieser Opferbereitschaft war und ist immer noch Gegenstand der Diskussion.

Heute, nachdem fast zwei Jahre vergangen sind und sich an der Universität alles wieder normalisiert zu haben scheint, glimmt im Verborgenen noch immer die edle demokratische Glut, vielleicht heftiger denn je, auch wenn man, um genau zu sein, auf eine gewisse bedauerliche Verschiebung hinweisen muß, die dieser Glut im Inneren der jugendlichen Körper zunehmend widerfuhr. Einfacher ausgedrückt: Sie ist noch etwas weiter zu den dunklen und feuchten Regionen der Leidenschaft hinabgestiegen. Infolgedessen sind einige schon vom Sockel gekippt (es stellte sich heraus, daß der Ägypter, der in allem ein Vorreiter gewesen war und sich, vielen vorgreifend, eine gute Scheibe der weiblichen Gunst abgeschnitten hatte, nicht nur keine Verbindungen gehabt hatte, sondern noch dazu gar kein Ägypter war), während andere sich auf ihrem wenigstens für den Moment behaupten konnten, wie Teresa Serrat und Luis. Von den Mädchen schaffte es nur eine, sich ganz und gar mit der geheimen Macht zu verbinden, was sie aber bedauerte, wer weiß, ob nicht fürs ganze Leben: Es war das fünfte der Mythen ausbrütenden Mädchen, ein Sühneopfer (des Ägypters, wie man später erfuhr), das mitgerissen wurde von dem anderen Strudel, der unterirdischen Bewegung, die auch die Oberfläche erschütterte, und das, nachdem es seine Familie verlassen hatte, in Paris landete, mit halbfertigem Studium, halb Mutter, halb enttäuscht, und in einer *pâtisserie* arbeitete. Ein dichtender Student (der Jahre später im Ausland mit dem Gedichtband »Ich lege den Finger auf die Wunde« berühmt werden sollte) schrieb, aus jedem Tropfen jungfräulichen Blutes, den sie vergossen habe, würden Blumen der Freiheit und der Kultur wachsen.

Freilich, nicht alle waren auf der Höhe des Geschehens. Wegen der anfänglich geringen Zahl derer, die es waren, und wegen deren eingefleischtem Hang zu Mythos und Folklore wird man ihre Namen in der zukünftigen Chronik verschweigen und schließlich vergessen (man wird allerdings vermerken, und das wehmütig, daß sie einen glorreichen und fruchtbaren Frühling erlebten); nicht so in dieser Geschichte, die sich vor die mühsame Aufgabe gestellt sieht, sie mit der gebotenen Rücksicht (noch immer gibt es offene Wunden) einen Moment lang herbeizuzitieren und um Teresa Serrat herumzugruppieren, damit sie den moralischen Charakter des Konflikts besser zu erklären helfen, der die schöne Studentin in die Arme eines Murcianers trieb. Und auch, um ihnen zugleich Gerechtigkeit widerfahren zu lassen; denn zehn Jahre später würden sie immer noch die Konsequenzen zu tragen haben, würden immer noch mühsam und verdrießlich einen gewissen nutzlosen Ruhm mit sich herumschleppen, den sie in jener glorreichen Zeit erworben haben, eine große, unnütze

Klarheit, ein helles Licht, das sich in die traurige Nacht des Abschwörens und der Trägheit verirrt hat, während sie nach und nach in modischen Kneipen ihre Integrität verlieren, die andere Integration im Blick (die europäische, deren Segnungen, wenn sie eines Tages bis hierhin vordringen sollten, ihnen und ihren vornehmen Familien als ersten zugute kämen), sie oxydieren wie Falschgeld, geben geifernd eine wertlose politische Reife von sich und sind peinlich darauf bedacht, weiter ihre alte Rolle mehr oder weniger geachteter Aktivisten oder Verschwörer zu spielen, eine Rolle, die angebliche dogmatische Verirrungen heute zu Unrecht im Straßengraben zurückgelassen haben. Allerdings auch das zu ihren Gunsten, weit davon entfernt, ihnen zu schaden: So sind sie doppelte Märtyrer, Veteranen zweier Fronten, beide verherrlicht, beide enttäuschend. Aber die Jugend stirbt, wenn ihr Wille zur Verführung stirbt, und müde, seiner selbst überdrüssig würde sich dieses prächtige Gespenst der Folter mit der Zeit in das Gespenst der eigenen Lächerlichkeit verwandeln, in einen traurigen, ausgestopften Papagei, vollgepumpt mit Alkohol und vom Lippenstift reicher Mädchen beschmiert, in die erbärmlichen Überreste dessen, was einmal der unvergängliche Geist der jüngsten Universitätsgeschichte gewesen war. Und launisch und unterschiedlich waren die Stimmen des Chors, vielstimmig das Urteil: Einer sagte, all das sei nicht mehr gewesen als ein Kinderspiel mit Verfolgungsjagden, Spitzeln und Holzpistolen, aus denen plötzlich eine wirkliche Kugel abgefeuert wurde; andere würden sich in hochtrabenderen Worten ausdrücken und von einem verdienstvollen und respektablen Versuch sprechen; wieder andere schließlich würden sagen, die wirklich Wichtigen, die man respektieren müsse, seien nicht diejenigen gewesen, die am meisten geglänzt hätten, sondern jene, die im Schatten gestanden hätten, aber hoch über allen anderen. Jedenfalls hat das Geschehen, dieses Durcheinander von Schein und Wirklichkeit, abgesehen von dem edlen Trieb, der die Ereignisse ins Rollen brachte, nichts Besonderes an sich. Was kann man von den spanischen

Studenten anderes erwarten, wenn selbst die Männer, die behaupten, der wahren Sache der Kultur und der Demokratie dieses Landes zu dienen, Männer sind, die ihre legendäre Jugend bis ins vierzigste Lebensjahr hinter sich herschleppen?

Mit der Zeit würden einige zu Schwindlern werden und andere zu Opfern, die Mehrzahl zu Dummköpfen oder zu Kindern, mancher vernünftig, keiner intelligent, und alle zu dem, was sie waren: Scheiß-*señoritos.*

Sie gingen oft in die Bar Saint-Germain-des-Prés im Barrio Chino. An jenem Abend, nach dem Essen, mit Augen, die noch geblendet waren vom plötzlichen Durchbruch der Sonne durch die Wolken, und mit durch pijoaparte Nähe und Berührung glühender Haut fuhr Teresa Serrat mit Vollgas zur Plaza Sanllehy, wo sie Manolo abholen sollte. Bis heute hatte sie darauf gebrannt, ihn ihren Freunden vorzustellen, und jetzt beunruhigte sie die Idee auf einmal. Nicht daß sie eine dieser frechen Anspielungen von Leonor Fontalba gefürchtet hätte oder irgendeine Unverschämtheit von Luis Trías, aus einer Verärgerung heraus; Sorge machte ihr vielmehr der Umstand, den Jungen in ein intellektuelles Milieu einzuführen, in jene Kreise, die leicht erregbar waren und gern theoretisierten (und die sie, offen gesagt, langsam satt hatte, sie glaubte jetzt, Manolo gut zu verstehen), was – je nachdem, ob sich die Gruppe im Zustand der Niedergeschlagenheit oder der Überspanntheit befand – seinen Ausdruck finden würde in dem Wunsch, den Jungen aus der Fassung zu bringen oder ihn in Bewunderung zu versetzen. Würde sie sie daran erinnern müssen, daß der Junge ein Arbeiter war, also jemand, der für dialektische Bravourstückchen nichts übrig hat, ein Mensch mit ganz anderen Problemen? Gerade als ihr das durch den Kopf ging, wurde sie ruhig und stolz: Sie vertraute ganz auf den Jungen, auf seinen natürlichen Charme, auf sein Auftreten, auf seine eiserne Gleichgültigkeit, etwas zynisch, aber rücksichtsvoll, und vor allem auf eine gewisse Modernität seines Verhaltens, etwas, das nicht einmal die urtümlichen Anklänge an einen stattlichen Zigeuner zunichte machen konnten, die sie oft um seinen stolzen Kopf schimmern sah, so als blinzelte die Nacht seiner Haare. Natürlich war der ästhetische Charakter seiner Modernität eher europäisch, nicht spanisch; das würde sie Leo Fontalba sagen, die ihn am Strand *xarnego* genannt hatte. Natürlich war sein Verhalten nicht zu vergleichen mit dem einer gewissen fröhlichen Jugend (das weder jung noch fröhlich ist: Es ist einfach sevillanisch), welches Luis Trías ideal fand für die Stammtischrunden im Barrio Chino, denn diese Sevillaner hatten eine rein verbale Persönlichkeit, es waren redselige und unterhaltsame Wesen, aber ohne Körper und deshalb ungefährlich (das sagte Luis mit einer sonderbaren großen Erregung, und er erinnerte daran, wie unheilvoll doch der Ägypter für alle gewesen sei, diese Persönlichkeit mit dunkler Haut); das Reich des Murcianers war zwangsläufig ein anderes, oder etwa nicht, was willst du, entweder ist das Reich der Murcianer ein physisches, oder es existiert überhaupt nicht, auch das würde sie Leo sagen, denn in diesem Sinn, im ästhetischen, mag der Murcianer europäischer sein als der Katalane, und schließlich war sein förmliches Verhalten auf jeden Fall nur insofern iberisch, als er stolz und selbstsicher war, und das war ja kein Fehler, im Gegenteil ... Von hinten legten sich zwei Hände vor ihre Augen, und sie erzitterte bis zu den Haarwurzeln.

»Manolo ... Oh, was machst du da. Wie pünktlich.«

Das stimmte nicht. Sie wartete schon über eine halbe Stunde im Wagen auf ihn, die Arme auf dem Lenkrad, mit den Gedanken ganz woanders, ohne zu merken, wie die Zeit verging. Wieder einmal schloß er die Tür sicher und fest.

»Natürlich, sie sind sehr klug«, erklärte sie ihm wenig später, während sie beim Fahren den Hals reckte und die Hände träge über das Lenkrad gleiten ließ, wie im Traum. Sie fuhren gerade die Ramblas hinunter, und Manolo sah sich aus reiner Gewohnheit die unter den Bäumen parkenden Motorräder an. »Aber wenn du sie albern findest oder falls sie dir auf den Wecker gehen, wenn sie über Literatur oder über unsere Sachen an der Uni reden ...«

»Ich rede nie über Politik«, baute er vor.

»... du brauchst mir bloß ein Zeichen zu geben, und wir hauen ab. Ich mag sie sehr, habe sie aber momentan ziemlich satt. Und diese Versammlungen in Encarnas Bar kenne ich in- und auswendig.«

Manolo, der Teresas Freunde natürlich nicht kannte (wohl aber die Kneipe, in der er vor drei Jahren häufiger gewesen war, mit Absichten, die Teresa nicht wenig überrascht hätten, wenn sie sie gekannt hätte), ahnte, daß an diesem Abend etwas Entscheidendes passieren könnte, etwas, was ihm, wenn es ihm gelang, es bei den Hörnern zu packen, vielleicht erlauben würde, einen guten Stich zu machen. Denn auch wenn Teresa an ihn zu glauben schien, war seine Position noch keineswegs gesichert. Bisher, mit dem Mädchen allein, war es ihm gelungen, sich durch die Sache durchzumogeln, jener sonderbaren Persönlichkeit zu entsprechen, zu der sie ihn so kühn ernannt hatte (›Das ist wohl so Mode‹, dachte er manchmal, ›die Zeiten ändern sich‹); aber ihm war klar, daß die Dinge sich naturgemäß verkomplizieren mußten, daß die Stunde gekommen war, Gefahren zu trotzen, deren Natur weiterhin dunkel blieb, wenn auch nicht mehr so sehr wie am Anfang. Kaum hatte er die Bar betreten, spürte er schon den eiskalten Hauch der Gefahr im Gesicht, die Druckwelle, die von einer Explosion herrührt (bei seinen Anfängen als Autodieb hatte er sie auch gespürt), und während er auf die Studenten zuging, nahm er sich vor, nicht mehr zu reden als unbedingt nötig: Er ahnte, daß er Ziel eines Angriffs sein würde, mochte der nun geplant sein oder nicht, wußte aber nicht, von welcher Seite er kommen würde.

Die Theke war ziemlich umlagert. Teresas Freunde saßen an zwei Tischen unter einem Bild von Dalí, dem mit der üppigen, ganz in Gaze gehüllten rosa Frau. Außer Luis Trías, der schon bei seinem vierten Gin war, gehörten zu der Gruppe zwei Mädchen und drei Jungen, von denen sich einer gerade verabschiedete und dabei etwas für sich herausschlug: Er hatte Luis Trías einen Fünfhunderter abgeluchst. »Morgen geb ich's dir zurück«, sagte er. Er hieß Guillermo Soto und war ein langer, schlaksiger Typ; er kam gerade aus Heidelberg zurück, wo er eine Zeitlang studiert hatte, und wußte nichts von den gegenwärtigen Studentenunruhen seiner Freunde, sie interessierten ihn auch nicht (»Diese Kinderkrankheiten habe ich schon hinter mir!«); die Gruppe hielt ihn für dekadent und für einen professionellen Schnorrer. Soto erging sich eine Weile in einem sonderbaren, aber mitreißenden Vortrag über die unheilvollen Sonnenbäder seiner Verlobten María José Roviralta, die deren Heiratsverlangen wachsen ließen; sie war an der Küste, mit ihren Eltern, die den Bau eines Hotels überwachten, und um sie von dort wegholen zu können, mußte er den Wagen tanken. Als er ging, drückte er, ohne stehenzubleiben, Teresa und Manolo die Hand, in der Linken immer noch den Fünfhunderter (da bemerkte er den raschen, unverwechselbaren Blick, den der Murcianer auf den Geldschein warf; er wiederum, auch das im Vorübergehen, heftete seine finsteren, müden Augen auf ihn, und als er seine Hand losließ, setzte er ein freundliches Lächeln auf, das nicht nur Wohlwollen, sondern auch ein geheimes Einverständnis ausdrückte, so als wollte er damit sagen: ›Es sind noch welche da‹), und verschwand durch die Tür. »Du bist blöd, Luis, dem Geld zu leihen«, hörte man eins der Mädchen sagen. María Eulalia Bertrán war groß, schlank, träge, sehr elegant angezogen, mit tiefem Ausschnitt, behängt mit Schmuck, Amuletten und seltsamen Dingen aller Art: Sie war eher möbliert als bekleidet. Mit niederträchtiger Aufmerksamkeit, wie ein von seiner eigenen Beute hypnotisierter Raubvogel, lauschte sie dem, was Ricardo Borrell ihr gerade vorlas, der neben ihr saß, ein zarter, blasser Junge, lenkbar und formbar, wie eine handliche, abgegriffene Puppe, die sich Jahre später beim Schreiben realistischer Romane wieder beleben sollte. Das andere Mädchen war Leonor Fontalba, die er schon vom Strand her kannte; klein war sie und witzig, sie zwinkerte mit den Augen, sprach mit teuflischer Geschwindigkeit und lächelte die ganze Zeit über vieldeutig mit den Grübchen ihrer Zelluloidwangen. Der vierte hieß Jaime Sangenís, er war betrunken, studierte Architektur und trug einen schwarzen Bart, wie ein Filmbösewicht, und ein khakifarbenes Militärhemd. Alle waren sie sehr braun, sie verbrachten den Sommer an verschiedenen neuralgischen Punkten der Küste (klares blaues Wasser, Konversation auf Französisch, seichte Musik: Das Gewissen schläft ruhig in ihren Bäuchen wie eine zusammengerollte Schlange in der Sonne), und sie waren gewissermaßen nur im Winter gefährlich, der häufige Kontakt, die Versammlungen, die unbändige Geschwätzigkeit und der Seelenzustand, in dem sie sich gewöhnlich befanden, wenn sie zusammen waren – eine dumpfe Mischung aus intellektuellem Jubel und Lebensverzicht –, all das führte dazu, daß sie moralische Urteile aller Art über ihre Freunde fällten. Der Murcianer erregte tatsächlich Aufsehen. Teresa stellte den Jungen vor, der jedem kräftig die Hand drückte und dabei bemerkte, daß die Begrüßung von Luis, dem letzten in der Reihe, unnötig lang, warm und herzlich ausfiel: Vielleicht würde der Angriff von dort ausgehen.

Sie setzten sich neben Leonor.

»Ihr seht blendend aus«, sagte Luis Trías. »Seid ihr am Strand gewesen?« Er wandte sich an Manolo: »So, du bist also der berühmte Manolo. Weißt du, daß Tere seit Monaten von nichts anderem mehr spricht? (Teresa durchbohrte ihn mit ihrem Blick.) Da hast du sie noch gar nicht gekannt. Monate schon ...«

»Jaaaahre«, sagte Jaime Sangenís.

»Ich würde sagen, Jahrhunderte«, setzte Leonor hinzu und beugte sich zu Teresa hin, um ihr etwas ins Ohr zu flüstern. Manolo warf beiden einen eisigen Blick zu: immer diese kleinen Geheimnisse, als gäbe es nicht schon genug davon!

»Erzähl mal, Tere, in was für verrückte Abenteuer bist du verwickelt, wenn man fragen darf?« bat María Eulalia lächelnd und beobachtete Manolo aus den Augenwinkeln.

»Teresa«, sagte der, »was trinkst du?«

»Hm, ich weiß nicht ...«

»Alles in Ordnung, Manolo?« fragte Luis Trías.

»Einigermaßen.«

»Wie geht es Maruja?«

»Schlecht.«

»Das geht jetzt schon eine ganze Weile so, nicht?«

»Fast einen Monat.«

»Ich wollte sie besuchen, aber Dofia Marta hat mir gesagt, daß die Ärzte keine Besuche erlauben. Das Mädchen hat aber auch Pech gehabt! So ein blöder Sturz ... Einfach unglaublich. Ich mag sie sehr, die Maruja. Nun, Teresa, was willst du trinken?« Und wieder zu Manolo: »Ich nehme an, du trinkst Wein.«

Manolo sah ihn mißtrauisch an. Dieser Luisito kämpfte mit Waffen, mit denen er nicht vertraut war, man würde vorsichtig sein müssen. Er lächelte.

»Im Moment hätte ich gern ein Glas Milch.«

Luis klopfte ihm auf die Schulter.

»Wie im Film, was? Junge, du bist ein ganz Harter!« María Eulalia lenkte flüsternd Teresas Aufmerksamkeit auf sich und zeigte dabei auf Manolo: »Hör mal, wo hast du den denn aufgegabelt?« – »Tja, Geheimnis.«

»Haben wir uns nicht schon mal irgendwo gesehen, Manolo?« fragte ihn Leonor.

»Ja, heute nachmittag.«

»Nein, ich meine vorher.«

»Kacke«, rief María Eulalia, »das wollte ich ihn gerade auch fragen.«

Auf einmal prasselten jede Menge Fragen auf ihn nieder, alle weibisch (sogar die eine von Luis Trías) und kindisch, und der einen wie der anderen Seite ließ er die schneeweiße Gleichgültigkeit seines Lächelns zuteil werden. Frech wurde sein braunes Gesicht abgeschätzt und beurteilt, gemustert auf der Suche nach jenem Merkmal, das Begabung oder Intelligenz verrät und das von der Schönheit der Gesichtszüge, die ihre Macht mißbraucht, oft davon abgehalten wird, sich zu zeigen. Aber er antwortete einsilbig und verfiel sofort wieder mühelos in sein geliebtes Schweigen, mit dem er sich besser ausdrücken konnte. Die allgemeine Aufmerksamkeit konzentrierte sich wieder auf das, was Ricardo Borrell vorlas, der schüchtern neben María Eulalia saß, die ihm durch einen mit Seide und Armbändern geschmückten Arm, ausgebreitet wie ein Flügel, immer mehr Platz wegnahm.

»Encarna!« rief Teresa und stand auf. »Einen Gin Giró und eine Milch.«

Man hörte eine hohle, abenteuerliche und herzliche Stimme: »Eine Milch, Kleine? Was ist denn das für ein Tier, das Milch trinkt? ...« Teresa ging lachend zur Theke. Leonor überschüttete Manolo mit ihrem nichtssagenden Vollmondlächeln.

»Du machst es richtig. Gin greift das Gedächtnis an.«

»Ja?«

»Ich denke schon. Wußtest du das nicht?«

Wieder hörte man die hohle Stimme, diesmal untermalt von Teresas munterem Lachen: »... nicht übel, dieser Typ. Wo hast du den denn her, du alte Gaunerin?«

»Trinkst du immer Milch, oder willst du hier eine Nummer abziehen?« fragte ihn Leonor.

Er sah auf seine Hände.

»Nummern und Zahlen mag ich nicht. Ich geh nicht mehr zur Schule.«

Das Mädchen blinzelte verwirrt, doch dann schien es, als würden ihre runden Wangen platzen vor Lachen. Manolo dachte, irgend etwas liefe nicht gut, und lächelte:

»Milch ist ein Gegengift.«

»Etwas absolut Fabelhaftes«, tönte Luis Trías' Stimme neben ihm, und Manolo überraschte sein forschender, bohrender Blick. ›Der wartet auf eine günstige Gelegenheit, dieser Schweinehund‹, dachte er und sah wieder zu Leo Fontalba, die ihn immer noch blöd anlächelte, als wollte sie ihn auffordern, weiterzureden oder sie zu küssen. In Wirklichkeit bedeutete es weder das eine noch das andere, und als das Mädchen in seinen Augen (für den Bruchteil einer Sekunde wurde sie von einer nächtlichen Welle umspült) den Irrtum aufleuchten sah, den ihr Zelluloidlächeln hervorrief, drehte sie den Kopf zur

Seite. Der Murcianer korrigierte seinen Irrtum und zog sich zurück: An diesem Abend sollte er verschiedene Dinge erst nach einer Weile verstehen. Zunächst das, daß jenes Lächeln des Mädchens gar kein Lächeln war, sondern etwas rein Zufälliges, ein eigentümlicher heiterer Effekt, den ihre unterhalb der Backenknochen in Falten gelegten Wangen hervorriefen. Schon bei anderer Gelegenheit, vor Jahren, war er dem gleichen Irrtum zum Opfer gefallen, bei einer traurigen Ausländerin in reiferem Alter, die er an der Costa del Sol kennengelernt hatte, aber mit dem Unterschied, daß jener Irrtum (den er eines Tages plötzlich entdeckte, in einer Situation, in der die Deutsche keinen Grund hatte, weiterzulächeln: als sie ihm nämlich das Verschwinden eines bestimmten Geldbetrages vorwarf) nie seine Gefallsucht gebremst hatte, auch nicht seine Pläne vereitelt, im Gegenteil. Im Laufe der Zeit sollte er so viele unerschütterliche Dauerlächeln wie dieses kennenlernen, daß er schließlich sogar denken würde, die Reichen vererbten neben dem Geld, der Intelligenz und der gesunden Hautfarbe auch dieses ewige Lächeln, genauso wie die Armen kaputte Zähne, plattgedrückte Gesichter und krumme Beine vererben. So mußte es wohl sein, denn jetzt hörte er auch noch einzelne Sätze, deren Bedeutung er kein bißchen verstand.

»... das war im Juli 53, ein richtiger Mord, eine Dummheit von ...«

»... Statthalter des neuen Regimes ...«

»... ein Hurensohn namens Greenglass, erinnerst du dich?«

»... und ein finsterer Tattergreis namens Macarci ...«

»... und diese Typen behaupten, daß alle Kommunisten Sünder sind und im Konkubinat leben ...«

»... das sagt auch dieser unverschämte Guillermo Soto, dieser Blödmann.«

»Der ist nicht so blöd, wie du denkst«, sagte Jaime Sangenís. »Er ist zwar rechts, aber gemäßigt.«

»Das ist es ja«, widersprach ihm Luis Trías. »Wenn einer rechts ist, sollte er's am besten ganz und gar sein, ohne jede Einschränkung.«

»Das ist doch Quatsch. Das ist so, als wolltest du die geduldige Mittelklasse in Lumpenproletariat verwandelt sehen, damit die Revolution so schnell wie möglich ausbricht. Man muß sich die Dinge mühsam erarbeiten, mein Freund. Was meinst du, Manolo?«

In solchen Situationen widmete sich Manolo der Betrachtung des Bildes mit der in Gaze gehüllten Frau, während er seine Antworten brummelte, bei denen er sich ganz klassisch gab:

»In diesem Leben wird jede Mühe belohnt.«

Er wußte, daß das so ein verfluchter Schwindel war, den sich irgend jemand ausgedacht hatte, und lächelnd (im Grunde seines Herzens war er ganz ernst) sagte er es nur, um kein Mißtrauen zu erregen. Plötzlich entdeckte er, daß die Frau auf dem Bild die Besitzerin der Kneipe war, nur jünger. »Geil«, entfuhr es ihm.

»Gefällt es dir?« fragte Leonor.

»Nicht schlecht ...«

»Es ist scheußlich.«

Der Murcianer steckte sich eine Zigarette an.

»Ich meinte die Frau«, präzisierte er.

»Ja, Encarna ist einfach entzückend, sogar auf diesem Bild.«

»Eben.«

Er verstand nicht, wie das Bild scheußlich sein konnte, wenn die Frau darauf entzückend war. Teresa setzte sich zwischen Luis und Jaime. Manolo saß ihr jetzt gegenüber, als sie ihn fragte:

»Hast du die Zigaretten eingesteckt, Liebling?«

Luis sah abrupt hoch. Manolo holte die Schachtel Chester hervor und warf sie auf den Tisch; einige Sandkörnchen fielen heraus, und Teresa, die sonderbar lächelte, als sie Manolo ansah, schob sie mit der Hand zusammen, bis ein kleines Häufchen entstand, das sie in der Mitte liegen ließ: ein öffentliches Denkmal zu Ehren ihrer Freundschaft. Ricardo Borrell und María Eulalia kapselten sich weiterhin ab. Hin und wieder hörte man die Stimme von Ricardo, der einige Passagen aus dem Buch vorlas oder sie lobend kommentierte. Es war ein literaturwissenschaftliches Buch, erst kürzlich erschienen, das an der Universität verschlungen wurde. Während eines allgemeinen Schweigens, auf Wunsch von María Eulalia gewährt, übermittelte die Stimme des Vorlesenden eine ungewöhnliche Meinung, eine dieser Offenbarungen, die einen Schriftsteller sein ganzes Leben lang bedrücken, ihn verfolgen, ihn des Nachts peinigen wie ein Alptraum: »Überhaupt kann man sagen, daß der Romanschriftsteller des 19. Jahrhunderts nicht sehr intelligent war.«

»Ganz richtig«, fügte Ricardo seine eigene Meinung hinzu. »Es wurde auch Zeit, daß jemand Balzac und Konsorten entlarvte.«

»Wie albern«, rief Teresa, die Manolo beobachtete und die Wendung fürchtete, die das Gespräch nahm.

»Kacke, das waren doch alles Reaktionäre«, sagte María Eulalia. »Genies, zugegeben, die sich aber etwas auf ihre Kreativität einbildeten«, fügte sie mit einem beunruhigten Blick auf Ricardo hinzu, weil sie wahrscheinlich fürchtete, etwas Dummes gesagt zu haben (sie hatte vergessen, daß sie es in dem Buch gelesen hatte), denn manchmal fiel es ihr schwer, sich mit Ricardo zu verständigen: Er war so rein, so sachlich, schien so gleichgültig, *détaché,* gegenüber der Innenwelt der Leute.

»Eins hängt mit dem andern zusammen, Schatz«, sagte Luis Trías geistesabwesend und nahm den sechsten Gin in Angriff.

»Ich muß gestehen, daß mich Rastignac mehr unterhält als Lopez Salinas«, versetzte Teresa, die ihnen an diesem Abend widersprechen wollte, ohne genau zu wissen, warum. Leider hielt man ihre Meinung für unerhört subjektiv und widerlegt.

»Was heißt das schon, daß es dich unterhält, du Mädchen von Welt«, sagte Ricardo, ohne vor dem Reim zurückzuschcuen (er war wirklich rein sachlich). »Außerdem, Rastignac ist nicht Balzac.«

Teresa hatte den Verdacht, daß so eine Behauptung von geistiger Zurückgebliebenheit zeugte, sagte aber nichts; das war noch eine weitere subjektive Meinung, die man verachtet hätte. Sie blickte Manolo an, der den Blick gesenkt hatte und seine Hände betrachtete (schon den ganzen Tag war er offensichtlich mit seinen Arbeiterhänden beschäftigt, als befürchte er, sie könnten dreckig oder häßlich sein), diese starken Hände, die sie an sich gedrückt hatten, hinter einem Boot, im Sand, noch an jenem Nachmittag. Wieviel schöner wäre es, sich wieder zu ihnen zu flüchten und von einfachen Dingen zu reden in dem süßen winzigen Zwischenraum, wo sich der Atem vermischt, anstatt seine Zeit hier mit diesen Besserwissern zu vertrödeln! Unbeweglich, verwirrend wie eine Wurzel oder ein unerwartet dekorativer Stein, mit jener eisernen Gleichgültigkeit, die sie so sehr bewunderte, erwiderte der Murcianer durch den Dunst des Lokals, die Gespräche und die Musik hindurch hin und wieder ihren Blick, es waren Blicke der Zuneigung und der Erlösung, kurze Blicke, die genau die richtige Dosis Sicherheitsbedürfnis enthielten, derer sie bedurfte, um sich selbst sicher zu fühlen. Luis Trías, der das Ginglas an seiner Wange rieb, wandte sich ihr zu und sagte:

»Ich hab dich gesucht.«

»Was ist denn los?«

»Nichts. Ich hab dich gesucht. Das ist alles.«

»Wird etwas vorbereitet zum Semesterbeginn ...?«

»Ja. Aber ich hab dich nicht deswegen gesucht. Im Augenblick brauchen wir dich nicht.«

Teresa schien den Seitenhieb nicht zu bemerken.

»Und weshalb dann?«

»Ich sage dir doch, nur so. Ich wollte dich sehen. Ich wußte, daß du nicht nach Blanes zurückgefahren warst, daß du hier bist ...«

»Einer mußte ja bei Maruja bleiben, oder?«

»Du brauchst dich vor mir nicht zu rechtfertigen.«

»Ich rechtfertige mich nicht, du Blödmann. Ich lüge dich an.«

Und sie stand auf, um zur Toilette zu gehen. Noch konnte niemand ahnen, daß die persönliche Beziehung zwischen Teresa Serrat und dem Anführer des studentischen Widerstands seit jener schmachvollen Nacht in der Villa eine spürbare Wendung genommen hatte: Teresa, die Luis in den Rang eines Studentenführers erhoben hatte, ließ ihn jetzt vom Sockel stürzen und war sogar dazu bereit, seine angebliche politische Macht in Zweifel zu ziehen. Der Niedergang des ruhmreichen Studenten hatte also begonnen.

Als Teresa zurückkam, setzte sie sich neben Manolo, der jetzt ein Feuerzeug in den Fingern hatte, mit dem er zerstreut herumspielte. »Sollen wir gehen?« fragte sie ihn. »Nein, noch nicht«, antwortete er. Teresa sah, daß María Eulalia ihr Zeichen machte und am anderen Ende des Tisches herumgestikulierte, ihre armbandbewehrten Arme bewegten sich über Ricardito Borrells Kopf, als wollte sie im nächsten Moment losfliegen. »Ich verstehe dich nicht!« schrie ihr Teresa zu.

»... wieso du dir nicht die Haare in die Stirn fallen läßt wie ich. Das gibt dem Blick mehr Tiefe!«

In diesem Moment legte Manolo den Arm um ihre Schultern (alle sahen es) und streifte ihre Schläfe mit der Wange. Teresa kam das ganz natürlich vor, es war, als wollte er sie verteidigen, als wollte er verhindern, daß sie auf María Eulalias Frage mit ähnlichem Schwachsinn antwortete. Luis bestellte noch einen Gin.

»Und warum gehen wir nicht woandershin?« fragte Jaime.

»Wolltest du nicht, daß Ricardo uns das hier vorliest?« entgegnete María Eulalia jedesmal, wenn jemand vom Gehen sprach. »Nehmt doch wenigstens etwas Rücksicht auf den Jungen, ja?«

»Ins Macarena«, schlug Luis Trías vor, der nur noch an einen jugendlichen und vollkommenen Oberkörper in einem enganliegenden gestreiften Nicki dachte, der auf einem bestimmten, rot bezogenen Sofa lag. Dann sagte er eine ganze Weile nichts, und als er sein Schweigen brach, schien er wie verwandelt.

»Wißt ihr, wer in Barcelona ist?« fragte er sehr ernst, und nach einer Pause: »Mauricio.«

»Hast du ihn gesehen?« fragte María Eulalia.

»Wer hat dir das gesagt?« wollte Leonor wissen.

»Ich bin sicher, daß er hier ist, ich weiß es aus guter Quelle.« Er wandte sich an Manolo: »Kennst du Mauricio?«

Da ist es, endlich! sagte er sich. Zwar war es noch nicht der Tiefschlag, den er erwartet hatte, aber wenn er kam, würde er von dort ausgehen. Es war das zweite Mal in weniger als fünfzehn Stunden, daß man ihm diese Frage stellte (noch heute nachmittag am Strand hatte Teresa ihn danach gefragt). Glücklicher Mauricio, wie sehr man dich liebt! Er ließ das Feuerzeug auf dem Tisch liegen, wechselte einen Blick mit Teresa (einen Blick, der nichts bedeutete, nur um nebenbei abzuschätzen, ob die anderen ihre Aufmerksamkeit auf ihn richteten), legte den Kopf ein wenig schräg und sagte in ganz natürlichem, eher traurigem Ton:

»Er hat mir von dir erzählt.«

Es wurde still.

»Von mir?« fragte Luis. »Was willst du damit sagen?«

»Nichts, Mann. Nur so.«

Leonor beugte sich zu Teresa, um ihr etwas ins Ohr zu flüstern. Alle sahen, wie die mit ihrem blonden Kopf nickte; Jaime klopfte Luis resignierend auf die Schulter. Unter María Eulalias zärtlichem Blick ließ das glückliche Autor-Leser-Binom erneut seine Stimme vernehmen:

»Also, hört euch das an: Der Autor, dem diese neuen Techniken ... «

Manolo stand auf. Alle sahen ihn an. Dem Anschein nach verärgert (in Wirklichkeit langweilte er sich), hatte er sich erhoben, um zur Toilette zu gehen. Luis Trías, der sich noch nicht wieder erholt hatte, bestellte bei Encarna mit viel Geschrei schwarzen Tabak. Aber es gab keinen schwarzen Tabak. Er schlug mit der Faust auf den Tisch.

»Es ist zum Kotzen, Encarna, nie hast du schwarzen Tabak! Empörend, wirklich.«

»Halt den Mund, mein Hübscher«, rief die hohle Stimme.

Am Tisch entstand eine Diskussion über die Empörung des

heutigen Menschen. Luis vertrat die Meinung, der Spanier habe seine beispiellose Fähigkeit verloren, sich zu empören, er nehme alles hin, empöre sich über nichts mehr. Jaime Sangenís gab ihm recht. Leonor machte sie darauf aufmerksam, daß es ihrer Meinung nach in Spanien noch immer eine gewisse Fähigkeit zur Empörung gebe, allerdings müsse man einräumen, daß sie nicht mehr männlich sei und nicht national. Sie sprach wie immer sehr schnell und ziemlich zusammenhanglos:

»Die Empörung des Menschen ist politischer Natur. Anders gesagt, die natürliche Empörung im Menschen ist im wesentlichen politisch oder sollte es sein. Allerdings, wenn die Menschen ihre Empörung gegen blödsinnige Dinge richten, gegen Albernheiten, wie dieser Verrückte aus Pamplona zum Beispiel, der ein Schaufenster eingeschlagen hat aus Empörung darüber, daß darin ein Bikini ausgestellt war, ihr habt das sicher gestern in der Zeitung gelesen, oder wie der andere, der Marilyns Ausschnitt auf einem Kinoplakat mit Farbe übermalt hat, auf dem Paseo de Gràcia, habt ihr das gesehen?, oder wie die, die zum Grölen ins Fußballstadion gehen, oder wie du jetzt selber (sie sah Luis an, der sofort eingeschnappt war und an diesem Abend langsam allen Grund dazu hatte) mit deinem verdammten schwarzen Tabak ...«

»Soll ich euch mal was sagen?« begann Teresa, die sich den dritten Gin hatte bringen lassen. »Ihr seid wirklich unerträglich, und ich finde das alles lächerlich ...«

Ihre Meinung – die zu uninteressant ist, als daß sie hier zitiert zu werden lohnte – wurde jedoch mit Interesse zur Kenntnis genommen, weniger weil sie von ihr geäußert wurde, als vielmehr weil sie über Lippen kam, die an diesem Abend auf besondere Weise entjungfert waren: Sie ließen an den Murcianer denken.

»Aber was ist heute bloß mit dir los?« rief Jaime.

»Teresa hat sich verändert«, urteilte Luis. »Sie hat sich diese herrliche proletarische Stinklaune zugelegt.«

»Warum hörst du nicht auf zu trinken, wenn du es nicht vertragen kannst, Luis?«

»Genau darum finde ich deinen Murcianer so entzückend«, fuhr Leonor fort, ohne sich geschlagen zu geben (während der Pijoaparte auf dem Klo pinkelte, und zwar sagte sie es genau in dem Augenblick, in dem er vor sich hin fluchte, weil er sich die Hose etwas bespritzt hatte), »denn bei ihm ist die Empörung männlich und immer politisch.«

María Eulalia, deren Möblierung im Laufe des Abends bedenklich zu Schaden kam, war es inzwischen schon fast gelungen, Ricardo schützend unter ihren Hennenflügel zu nehmen.

»Gefällt dir das Buch?«

»Man muß das alles sehr genau lesen«, sagte Ricardo. »Leihst du es mir ein paar Tage?«

»Aber das hab ich doch für dich mitgebracht, Schätzchen, ich schenke es dir.« Und mit einem Gackern ließ sie den Flügel endgültig zuschnappen.

Luis Trías sprach jetzt über einen gewissen Araquistain und dessen Einfluß auf das studentische Milieu. Manolo schenkte ihm nicht die geringste Aufmerksamkeit (er betrachtete von der Seite Teresas nackten Hals und den zarten Schatten, der zwischen ihren Brüsten zuckte wie der Schwanz eines kleinen blauen Fisches), weder ihm noch seinem Araquistain, dessen Name ihm völlig rätselhaft blieb. María Eulalia, die Luis zufälligerweise zuhörte, entschlüpfte ein verwirrtes Kichern, das eindeutig nichts mit dem Gespräch zu tun hatte, sondern eher mit einem günstigen heimlichen Vorstoß ihres Knies oder Arms in Richtung jener uneinnehmbaren Festung der Objektivität, die Ricardo war.

Manolo schwieg.

»Manolo, du bist sehr wichtig«, sagte Luis ironisch.

›Leck mich‹, dachte er. Gegen eins kündigte Luis mit einer gewissen Feierlichkeit an, er werde eine kleine Runde drehen. So 'ne halbe Stunde. Er brachte Jaime dazu, ihn zu begleiten, indem er ihm mit einer unauffälligen Kopfbewegung ein kurzes Zeichen gab. Als sie eine halbe Stunde später zurückkamen, schien Luis gelassener und sprach mit der Autorität und Entschlossenheit jener ereignisreichen Tage an der Universität, die ihn so berühmt gemacht hatten. Er hielt einen gelben Zettel in der Hand, von der Größe eines Briefumschlags, auf dem etwas Gedrucktes stand. Aus der Entfernung meinte Manolo, es sei ein Reklamezettel. Jaime und Luis setzten sich an das eine Ende der verlassenen Theke (Encarna war an den Tisch getreten und scherzte mit der Gruppe: »Du bist ja bestens ausgewiesen«, sagte sie und heftete ihre fröhlichen hellen Augen auf Manolos enge Hosen, wobei sie sich daran zu erinnern versuchte, wo und wann sie diesen Jungen schon mal gesehen hatte) und sprachen leise weiter, bis sie sich mit besorgten Mienen wieder zu den anderen gesellten. Encarna kehrte mit Manolo, der einen *Cuba libre* bestellt hatte, zur Theke zurück. Während in seinem Kopf die Musik des Plattenspielers dröhnte und diese großartige Frau, deren herzliche Gebärmutterstimme ihn rührte (»Mein Sohn, ich kenne dich und weiß nicht, woher«), ihm die an der Wand hängenden Fotos ihrer strahlenden Jugend zeigte, spitzte er die Ohren, um zu hören, was am Tisch geredet wurde: Luis hatte die Aufmerksamkeit aller verlangt, er konnte ihn schlecht verstehen, zunächst dachte er, er spräche über Straßenbahnen. Die anderen mischten sich ein. Es häuften sich die unvollständigen Sätze und die von Vorsicht oder Angst diktierten Unterbrechungen, und das Problem, das man besprach, fand nur mäßiges Interesse. Manolo verstand mehrmals das Wort Straßenbahn und so etwas wie »Lipotyne«. Eine »Lipotyne«, die beschlagnahmt worden war, Flugblätter, deren Druck und Verteilung eilte, ein Fehler, den jemand begangen hatte (den Luis als verantwortungslosen Idioten bezeichnete), und ein fester Termin, unaufschiebbar. Der Murcianer konzentrierte sich (obwohl er ahnte, daß die fotografische Biographie der Wirtin mit dem leuchtenden blonden Haar einer Marlene Dietrich persönliche Geheimnisse und Triumphe barg, die für ihn – der er sich schon als geistiger Sohn dieser abenteuerlichen Stimme fühlte – viel interessanter und nützlicher waren als die, die am Tisch der Verschwörer erörtert wurden; doch das würde er sich für ein andermal aufheben), er konzentrierte sich und stand kurz vor der Erleuchtung. Vielleicht war es das, worauf er den ganzen Abend gewartet hatte, ohne es zu wissen. Er faßte sich ein Herz.

»Schütt es mir bitte in das Glas da.« Er zeigte auf ein lilafarbenes, sehr hohes und schmales Glas. Und das ließ Encarna ihn plötzlich wiedererkennen: »Fast drei Jahre warst du nicht mehr hier! Schämst du dich nicht, mein König? Wo bist du gewesen?« Obwohl es ihm in der Seele weh tat, denn er schätzte diese Frau sehr, sagte Manolo, sie müsse ihn verwechseln (ein Spiegel von Ermüdung und Benommenheit warf ihm plötzlich ein Bild von sich selbst zurück, wie er vor drei Jahren an dieser Theke herumgehangen hatte: ein Grünschnabel, gut frisiert und traurig, dessen schwarze Augen eine ferne Gleichgültigkeit verströmten – er machte den abweisenden Eindruck dessen, der Sünden vergibt, die vor seiner Geburt begangen wurden – und auf dessen Nacken die Finger einer schon älteren und mitfühlenden Prostituierten ruhten oder die Blicke eines Theaterregisseurs, der behauptete, ein guter Freund eines Amerikaners namens Tennessee zu sein; aber diese Zeit war vorbei, gestorben und begraben). Hinter sich hörte er Teresas geliebte Stimme, die in ungeduldigem Ton über die »Lipotyne« redete:

»Das ist doch kein Problem, verdammt. Ich bin sicher, daß es in Barcelona mehr als eine gibt.«

»Und wer hat die?« fragte Luis.

Stille.

»Hört mal, es kann doch sein, daß Manolo jemanden kennt.« Das war Leonors fröhliche Stimme. »Hat Teresa nicht gesagt, daß der Junge ein ...?« Hier löste sich die Stimme in ein Zischen auf. »Er scheint Mauricio zu kennen.«

»Hmm!« machte jemand, wahrscheinlich Ricardo Borrell.

»Ach was, hört mir doch auf mit diesen Hirngespinsten«, sagte Luis. »Der gehört genauso zur Familie wie ich zur Römischen Kurie.«

»Da irrst du dich aber, mein Lieber«, entgegnete Teresa.

»So, genug jetzt. Zu unserem Problem. Du bist sicher, Teresa, daß es jemanden gibt, der sich darum kümmern kann. Mal sehen, wen denn?«

»Ich wollte sagen ...«, begann sie, »daß ich annehme ...«

»Tere, bitte«, unterbrach sie Luis schroff. »Bemüh dich, konkret zu sein, oder halt den Mund.«

Wahrscheinlich war er auf den Gedanken schon vorher gekommen, aber in diesem Moment entschloß er sich dazu, ihn in die Tat umzusetzen. Es kam ihm so vor, als spiele sich alles ganz langsam ab, aber in Wirklichkeit ging es sehr schnell, vielleicht zu schnell: Er ging von der Theke mit dem hohen Glas in der Hand zu ihnen (Teresa sah ihn als erste), blieb neben dem Tisch stehen und bückte sich, um eine Schachtel Zigaretten aufzuheben, die unter Luis' Stuhl gefallen war: »Ihr paßt aber auch gar nicht auf«, murmelte er, während er sich bückte (eine Sekunde lang konnte er Teresas reizende braune Beine sehen – sie lohnten die Mühe, wirklich), und nachdem er die Schachtel auf den Tisch geworfen hatte, blieb er unbeweglich stehen, in der Hand das hohe, auffällige lila Glas mit Coca-Cola, er rieb sich den Hals, den Kopf nachdenklich zur Seite neigend (Teresa bewunderte diese Geste), und sagte mit ganz natürlicher, eher müder Stimme:

»Gib her. Ich mach das schon.«

Gleichzeitig verschwand das Blatt aus Luis' Händen (vor der Nase des Studentenführers zögerten die dunklen, schnellen Finger des Murcianers auf ihrem Weg nach unten einen Moment) und gelangte in seine. »Hören wir auf herumzuspielen«, sagte Luis kopfschüttelnd und hob die geöffnete Hand, so als hoffte er, den Zettel durch Zauberkunst zurückzubekommen. Aber Manolo sah ihn nicht an; er stand immer noch auf derselben Stelle, behandelte das zerbrechliche dünne Glas mit der Würde eines Priesters und las das Blatt (eigentlich achtete er nur auf die großen Buchstaben, die über dem Text standen: »Barcelonenser!«). Er nahm einen Schluck aus dem Glas, faltete den Zettel und steckte ihn in die Hosentasche.

»Für wann, sagst du?« fragte er.

»So schnell wie möglich«, stammelte Luis. »Aber ist es auch sicher, daß du ...«

»Kein Wort mehr darüber«, unterbrach ihn Manolo. Er sah Teresa an. »Kommst du? Morgen muß ich früh raus.«

»Eine Sekunde«, bat Luis. »Ich wüßte gern, bei wem das landet.«

Der Murcianer zögerte nicht: »Kennst du Bernardo?«

»Nein ... »

»Also bitte! Laß uns gehen, Teresa!«

Teresa stand auf. »Wir gehen alle«, sagte jemand. Von ihrer eigenen Wichtigkeit überzeugt (und infolgedessen humorlos, unfähig zur Ironie), waren sie angesichts der möglichen Wichtigkeit eines anderen wie geknebelt. Trotzdem fühlte sich Luis Trías dazu verpflichtet, noch nicht lockerzulassen, und trat auf Manolo zu: »Willst du nicht wissen (er sah auf seine Lippen), welche Anzahl gebraucht wird?« – »Lassen wir jetzt die Einzelheiten, Teresa wird mir morgen alles erklären. Ich werde sie mitnehmen. Das Wichtigste ist ja schon geklärt, mach dir keine Sorgen.«

Als sie die Kneipe verließen, passierte das, was er anfangs befürchtet hatte, wenn es ihm jetzt auch nichts mehr ausmachte. Die Ursachen des bedauerlichen Zwischenfalls würde man nie genau erfahren, aber die, die Ricardo Borrell später herleitete, sollten allgemeine Zustimmung finden: Ihm zufolge hatte Luis Trías den Murcianer beim Verlassen der Kneipe gefragt, ob er schon mit Teresa schlafe, und der arme Junge (armer Junge: Man beachte Borrells unerwarteten Mangel an Objektivität), der das als eine Beleidigung für Teresa auffaßte (»Wir dürfen nicht vergessen, daß die Arbeiter in dieser Hinsicht ganz unversehrt sind, ich meine damit, daß sie immer noch dieses lächerliche Ehrgefühl besitzen und aus allem ein persönliches Problem machen«, erklärte Borrell), hatte sich dazu gezwungen gesehen, Luis Trías eine Ohrfeige zu verpassen. »Dieser Junge ist ein aufbrausender Subjektivist«, urteilte Borrell abschließend.

Aber kehren wir zu den Tatsachen zurück. Als sie die Bar verließen, deutete nichts auf das hin, was passieren sollte. »Kommst du wirklich alleine damit zurecht, kennst du jemanden ...?« hatte Luis noch gefragt, als sie sich von Encarna verabschiedeten. Allen erschien die Frage wirklich überflüssig. Luis und Manolo waren etwas zurückgeblieben, denn beide bestanden darauf zu bezahlen (hier wurde der Pijoaparte gründlich besiegt), dennoch hatten die anderen Gelegenheit, die letzten Worte von Luis aufzuschnappen, auf einmal voller Ironie, die niemand (außer dem Murcianer) herauszuhören wußte.

»Entschuldige bitte«, sagte er lächelnd (und sah wieder auf seine Lippen), »aber ich finde, du hast dich noch nicht klar ausgedrückt ... Wer ist Bernardo?«

Sie wußten nicht, ob Manolo ihm geantwortet hatte, sie konnten nichts mehr hören, weil sie schon auf der Straße waren. Dann, an der zweiten Straßenecke, an der Calle Escudillers, blieb auch Ricardo zurück, der sich für einen Augenblick der Wärme von María Eulalias Flügel entzog, um in einem dunklen Hauseingang zu pinkeln. Teresa, Jaime, Leonor und María Eulalia gingen vor. Es dauerte eine Weile, bis Ricardito wieder zu ihnen aufschloß, und María Eulalia sagte plötzlich im Ton tiefster Betrübnis: »Wie lange der pinkelt.« Aber er kam schon zurück, und sie seufzte erleichtert und wollte sich gerade an seinen Arm hängen, als Ricardo sich plötzlich abrupt umdrehte und wieder in Richtung Bar zurücklief. Er kam zu spät: Luis und Manolo standen sich an der Ecke gegenüber.

»Du hast dich noch nicht klar ausgedrückt«, sagte Luis zu Manolo. Das zwang ihn dazu, mit der schrecklichen pijoaparten Verblüffung fertigwerden zu müssen. Er wurde angesehen wie eine chinesische Hieroglyphe.

»Was willst du damit sagen?«

Ricardo bog gerade um die Ecke, die anderen kamen hinter ihm her, sie hörten ein bedrohliches Scharren von Fußsohlen auf dem Pflaster, Ricardo sagte: »Mann, benehmt euch doch nicht wie Hornochsen, hört doch auf«, aber noch bevor sie bei ihnen waren, stürzte ein Sack plötzlich rücklings auf sie zu und fiel vor ihre Füße. Es war Luis Trías, und es sah so aus, als wäre er bloß beim Gehen gestolpert. »Was ist passiert?« fragte Jaime Sangenís. Luis rieb sich das Kinn, er wollte nicht, daß ihm jemand aufhalf. Sein Kopf war endgültig zur Seite gefallen. Manolo kam aus dem Dunkel, ohne jemanden anzusehen.

»Kommst du oder nicht?« sagte er, ohne stehenzubleiben. Zweifellos meinte er Teresa, und alle sahen sie an. Der Murcianer ging weiter in Richtung Calle Escudillers. Sie wußten einen Moment lang nicht, was sie tun sollten. Wenn man einen über den Durst trinkt (sie dachten nicht mehr daran, daß Manolo kaum etwas getrunken hatte), passiert so etwas schon mal, das weiß man ja. Was sie natürlich nicht wußten, war, daß diese Ohrfeige des Murcianers den Anfang einer ganzen Reihe rasch aufeinanderfolgender und eindrucksvoller Ohrfeigen darstellte, die der ruhmreiche Studentenführer von diesem Tag an bekommen sollte, so als wäre er plötzlich in Ungnade gefallen, ohne ersichtlichen Grund und beinahe ohne zu wissen, woher sie kamen. Manchmal braut sich anscheinend das Unglück über einem zusammen, ohne daß eine konkrete Ursache besteht.

Manolo entfernte sich, die Hände in den Hosentaschen, den Kopf gesenkt. Die Schritte, die er zu hören hoffte, hallten schließlich hinter ihm. Er ging langsamer. Als sie bei ihm war, hängte sie sich an seinen Arm.

»Bist du auch auf mich wütend?« fragte sie.

»Ich bin auf niemanden wütend. Aber laß uns hier abhauen. Diese Saufereien nehmen immer ein schlimmes Ende.«

»Aber was ist denn passiert? Hat Luis dir vielleicht etwas von mir erzählt ...?«

Zum ersten Mal war er versucht, ihr die Wahrheit zu sagen. Aber er sagte nur: »Das geht bloß uns was an.«

Teresa taumelte leicht.

»Weißt du, ich bin auch ziemlich betrunken«, sagte sie und schloß die Augen. »Aber ich bringe dich nach Hause, auf deinen geliebten, wunderbaren Monte Carmelo. Sag mal, wer ist Bernardo?«

Er schwieg. Aber er mußte stehenbleiben, denn Teresa wurde plötzlich ganz still, als wäre sie in seinen Armen eingeschlafen. Der blonde, zerzauste Kopf lehnte an seiner Brust. Sie standen im Licht einer Laterne. Manolo strich Teresa, die ein Gurren von sich gab wie eine Taube, die seidenweichen Haare nach hinten und streichelte ihr Gesicht. Als er jetzt dieses bleiche, erschöpfte Gesicht eines vom Schlaf und wer weiß welchen Gefühlen besiegten kleinen Mädchens betrachtete, lächelte der Murcianer im gelben Licht der Laterne, lächelte traurig, mit einem plötzlichen Geschmack von Asche im Mund.

Sanft streifte er ihre halbgeöffneten Lippen, während sie langsam durch eine Seitenstraße zur Mole gingen (er wollte, daß das Mädchen etwas munterer würde, bevor sie sich ans Steuer setzte), aber sie, sich anschmiegend wie ein Kätzchen, schlang die Arme um seinen Hals und zwang ihn, wieder stehenzubleiben. Sie küßte ihn und sagte: »Ich bin glücklich.« Jetzt standen sie ganz im Dunkeln. Von irgendwoher hörte man Händeklatschen und Gitarrenarpeggios. Manolo dachte, es würde nur ein flüchtiges Knutschen werden, denn sie hielt sich kaum auf den Beinen, aber dieser rote und weiße Dunst aus ihrem geöffneten Mund (Erdbeeren mit Sahne) war unerwartet heiß, ein süßer feuchter Schwamm, der sich festsaugte und nachgab, und er zog das Mädchen an sich, erwiderte gierig ihre Küsse. Teresa, mit einem bläulichen, strahlenden Glanz in den Augen, ging langsam rückwärts, bis sie sich mit dem Rücken an die Wand lehnen konnte, wo seine Hände für einen Augenblick gefangen waren und mit den Fingern einen Sinnenrausch bewirkten: Es genügte, sie nach oben und unten gleiten zu lassen und das Fehlen des Streifens festzustellen, um sich noch einmal die bebende Nacktheit, die zitternde Freiheit der kleinen Brüste unter der Bluse auszumalen. Jetzt zog sie ihn an sich, die knabenhaften Hüften einer Schülerin mit einer anstößigen und reizend obszönen Bewegung nach vorne schiebend. Sie ließ seine Hände ihre Schenkel streicheln, höher hinaufklettern, und plötzlich füllten sich ihre Sinne, um überzufließen von berauschendem Honig. »Nein, hier nicht ...«, flüsterte sie, als sie seinen glühenden Mund auf ihren Schultern spürte, auf ihrem Hals. Und mit einem nervösen Ruck warf sie den Kopf nach hinten und kam aus dem Dunkel wieder zu ihm zurück, ihm mit pfeifendem Atem die zitternden Lippen bietend, während sie ihn mit den Augen anzuflehen schien (das hatte sie sich gerade vorgenommen), sie irgendwo hinzubringen, als Geliebte und die Seine bis in den Tod ...

›Hör auf, *charnego,* es empfiehlt sich, hier einzuhalten‹, sagte er sich. Ihr süßer Blick voll Unterwürfigkeit und Entzauberung schmerzte ihn sehr, aber er legte den Arm fest um ihre Schultern und brachte sie zum Wagen. Dort kauerte sie an seiner Brust, erstickte allmählich die Glut und lächelte glücklich, immer noch etwas berauscht. Es wehte ein zu kalter Wind. Er streichelte die blonden Strähnen ihres Haars, stellte jene beständige und brennende Vision des Morgen hintan – und wurde plötzlich wieder traurig, ohne genau zu wissen, warum.

Einer grausamen Wirklichkeit Strahl bricht hervor,
wie er hervorzubrechen pflegt, mitten aus
dem Herzen des Frühlings. Denn die Jugend ...

VIRGINA WOOLF

Jahre später, bei der Erinnerung an diesen flüchtigen Sommer, würden die beiden nicht nur die umfassende suggestive Wirkung des Lichts auf jedes Ereignis vor Augen haben (mit seiner goldenen Vielfalt von Reflexen und falschen Versprechungen, mit seinen zahlreichen Vorspiegelungen einer befreiten Zukunft), sondern auch die Tatsache, daß es im Zentrum der Anziehungskraft des einen auf den andern und sogar tief im Mark ihrer Küsse in der prallen Sonne ein Halbdunkel gab, wo schon die Kälte des Winters wohnte, der Tod eines Symbols.

»Bist du ehrlich zu mir, Manolo? Manchmal fürchte ich ...«

»Was fürchtest du?«

»Ich weiß nicht ...«

Von dem innerlichen Verfall des Mythos wurde jedoch Teresas wachsende Liebe zu dem Jungen nicht beeinträchtigt. Die wahre Persönlichkeit des Jungen aus dem Süden enthüllte sich ihr genau da (und drei Nachmittage genügten dafür), als ihr vollkommen bewußt wurde, daß sie nicht von einer Idee, sondern von einem Mann gefesselt war. Zunächst war es ein Gefühl geistiger Verirrung, das Bedürfnis, nach der Entdekkung unerwarteter Vereinigungen, unerhörter Umarmungen von Wirklichkeit und Illusion einige Vorstellungen über die erstaunliche Welt, in der wir leben, zu revidieren: An einem Sonntagnachmittag mit Sonne und plötzlichen Regenschauern (es war Ende August) wollte Teresa im Guinardó unbedingt in ein volkstümliches Tanzlokal gehen. Vor dem Regen waren sie zufällig in eine Bar geflüchtet, von der aus sie auf der gegenüberliegenden Straßenseite den Salón Ritmo sehen konnten, in dessen Eingang sich Jungen und Mädchen versammelten, die durch den Regen gelaufen kamen. Manolo sagte, dies sei vor Jahren mal sein Tanzlokal gewesen. »Warum gehen wir nicht hinein?« schlug sie vor, mit einem fröhlichen Leuchten in den Augen. »Es wird dir nicht gefallen, es ist voll von Strolchen«, warnte Manolo, aber sie drängte so sehr (»Wo es doch regnet und wir kein Auto dabeihaben, was können wir sonst machen?«), daß er keine andere Wahl hatte, als ihrer Laune nachzugeben. Was in dem Moment vom Himmel herunterkam, war wie eine Sintflut. Manolo zog sich das Jakkett aus und schützte damit das Mädchen, während sie über die Straße liefen. Teresa drängte sich an ihn und lachte. An der Kasse saß ein dicker Mann mit rosigem Gesicht, der *ideales* rauchte, und Teresa bat ihn um eine. »Sei nicht so unverschämt«, ermahnte Manolo sie zärtlich. »Sei still, Mensch. Wir werden uns glänzend amüsieren, wart's mal ab.« Jungen 25 Pesetas, Mädchen 15. Diskriminierung, verkündete die glückliche Studentin. Verzehr im Preis inbegriffen. Es spielten: Orquesta Satélites Verdes mit dem Sänger Cabot Kim (Joaquín Cabot), die Maymó Brothers (afrokubanische Rhythmen), Lucieta Kaná (jugendliche Interpretin des katalanischen Chansons) und andere derzeit herausragende Figuren. »Das hört sich gut an«, sagte Teresa. Von Anfang an zeigte sie eine sonderbare Erregung. Einmaliger Sonderauftritt des »Trío Moreneta Boys« (die hübschen Klänge der Sardana und der Modern Rock zu einer Musik verschmolzen). »Herrlich«, rief Teresa, als sie eintraten. »Das lasse ich mir nicht entgehen.« In dem überfüllten Lokal herrschte dichtes Gedränge, auf der Tanzfläche konnte man keinen Schritt tun. Jungen im Sonntagsstaat, mit sardonischem Blick und impertinentem Aussehen, liefen in dichten Gruppen von einer Seite zur anderen, die Mädchen belästigend, sich über sie beugend, in ihre Ausschnitte schielend und Schmeicheleien säuselnd. Fast alle waren Andalusier. Die heißen Blicke, die Teresa auffing, waren ausdrucksvoll genug, doch daß Manolo ständig an ihrer Seite war, schützte sie vor einer Belagerung, die es, wenn sie allein gewesen wäre, nicht bei bloßer Bewunderung hätte bewenden lassen. Der Zufall wollte es, daß sie an diesem Tag fast sonntäglich schlicht gekleidet war (weißer Faltenrock, blaue, hochgeschlossene Bluse und ein breiter schwarzer Gürtel), was zu der Umgebung gepaßt hätte, wären da nicht ihr glattes Haar einer Tochter aus reichem Hause und ihre von der Sonne des Müßiggangs gebräunte Haut gewesen, ein zweifacher Zauber, der sie verriet, obwohl sie gerne unbeachtet geblieben wäre. In den Logen und auf den Stühlen um die Tanzfläche herum sah man statuenhafte Gruppen von Mädchen, die hin und wieder tuschelten, und im Hintergrund, auf der kleinen Bühne, die Satélites Verdes mit ihren glitzernden Hemden und ihrem Sänger (zu melodisch, nach allgemeiner Auffassung), der mit einem schmalen schwarzen Schnurrbart und einer nasalen, gregorianischen Stimme glänzte. Das Lokal hatte einem alten Arbeiter-Bildungs- und Vergnügungsverein (Heim der Weber-Innung) gehört, der mit seinem ganzen Gesangverein, seiner Bibliothek und seinem heute zum Salón Ritmo umfunktionierten Theater zusammen mit der Republik untergegangen war. Feierliche und altmodische Dekoration: Die vier Wände waren oben prunkvoll gesäumt mit einem Fries aus Blumengirlanden, Büscheln von Weintrauben und Wappenreliefs aus Gips mit Gesichtern darin, unter denen berühmte Namen standen (Prat de la Riba, Pompeu Fabra, Clave), ruhmreiche Katalanen, herausragende Männer jener innig wieder herbeigesehnten Arbeiterbewegung von *orfeó i caramelles*, deren strenge Profile die sonntägliche Invasion andalusischer Analphabeten zu verachten schienen. Auf der Galerie im ersten Rang, inmitten des ranzigen Geruchs der Holzlogen, spukte noch immer das trübsinnige Gespenst eines Familien- und Handwerkergeistes herum, der einst hier geherrscht hatte und heute nur noch über einen einzigen Schlupfwinkel verfügte: die Getränke- und Gerümpelkammer, früher Bibliothek und Billardzimmer, jetzt voller verstümmelter und immer noch erschütternder Reste von Dostojewski und Proust, ins Katalanische übersetzt, neben Salgari,

Dickens, dem »Patufet« und Maragall sowie rostigen Trophäen und alten Fahnen des Heims der Weber, die alle gemeinsam den Schlaf des Vergessens schlummern.

Im Tanzsaal war es höllisch heiß, und es dominierte ein herrlicher Achselhöhlen-Schweißgeruch. Teresa zügelte ihren freimütigen Mitteilungsdrang. O sonntägliche Tanzvergnügen, euch gehört die Welt! Kulturlose und übervölkerte Inseln, stürmische Paradiese, geknechtete Zärtlichkeit, Gärten ohne Duft, wo trotzdem die Liebe wächst, euch gehört die Zukunft! Wie eine Braut bei Manolo eingehakt oder mit ihm im hinteren Teil einer Loge sitzend, den Körper entspannt, den Kopf aber in derselben aufmerksamen, wachen Haltung wie im Sessel eines Kinos (eine von Gespenstern bevölkerte Luft einatmend) und ihren wunderschönen nackten Hals zur Schau stellend, ließ sie sich keine Einzelheit der Darbietung entgehen und machte anerkennende Bemerkungen über die Paare, die sich dichtgedrängt auf der Tanzfläche drehten, unermüdlich, wie in einem Ameisenhaufen. Manolo erkannte einige berühmte Elemente aus dem Viertel wieder, die er ziemlich satt hatte: dieselben, die donnerstags in den Salón Price gingen, um mit den Mädchen zu tanzen, und auch ins Las Cafias, ins Metro, ins Apolo und in die Kinos Iberia, Máximo, Rovira, Texas und Selecto, kleine, verschwitzte Murcianer in gestreiften Hemden mit steifem Kragen und in Anzügen mit zweireihigem Jackett, die ihnen die Luft nahmen, gefühlvolle Tänzer, die nie eine Partnerin fanden, die immer wieder um die Tanzfläche herumliefen, mit Gesichtern, die zu den Logen hinaufschauten, mit den Augen die Mädchen verschlingend, die wie Sphinxen auf den Stühlen saßen und deren verächtliches Schweigen oder kategorisches Nein auf die Aufforderungen der Jungen (»Tanzt du, Kleine?« – »Nein.« – »Warum nicht?« – »Darum nicht.« – »Dann fick dich selbst, du schwindsüchtige Ziege.« – »Unverschämter Zwerg.«) natürlich, wie Teresa Manolo kundtat, ungerechtfertigt war und unendlich grausamer als die Beschimpfungen, die die Mädchen selbst hinnehmen mußten. Vielleicht deshalb, und auch, weil Manolo ihre Vergnügungslust heute nicht allzusehr zu teilen schien (das überraschte sie: Nur zweimal hatte sie es geschafft, daß er sie auf die Tanzfläche führte, und auch das nur widerwillig), wollte Teresa jenem Jungen einen Tanz nicht verwehren, der sich ihnen unverhofft angehängt hatte, hartnäckig darum bemüht, Manolo an eine bestimmte Sauftour zu erinnern, die sie vor langer Zeit gemeinsam gemacht hatten. Teresa wollte, daß Manolo ihn ihr vorstellte, und fragte ihn nach seinem Viertel und seiner Arbeit. Es zeigte sich, daß der Junge aus Torre Baró kam, einem abgelegenen Viertel; er behauptete, Elektronikfachmann zu sein. »Hätten Sie Lust zu tanzen?« fragte er sehr höflich. Teresa hatte sich noch nicht entschieden (sie sah Manolo ironisch lächeln, gleichgültig), aber dann geschah etwas, was sie dazu brachte, freudig ja zu sagen: Die drei standen in einer Ecke des Saals, alle Welt wartete darauf, daß die Band den nächsten Tanz spielte (gerade hatte Domin Marc gesungen, und angekündigt war der Auftritt des »Trio Moreneta Boys«), als plötzlich ein kleiner Tumult entstand, der sich mitten über die Tanzfläche schlängelte; man hörte weibliches Gekreisch, die Paare zappelten herum, und viele Köpfe wandten sich ihnen zu. Anscheinend lief dort irgendwo ein Witzbold herum, der die Mädchen zwickte. Teresa lachte, als wäre das die natürlichste Sache der Welt. »Wie lustig, das finde ich toll!« sagte sie. Sie stand Manolos Freund gegenüber, dessen duftender Kopf ihr bis zum Kinn reichte; trotzdem machte der Junge einen außerordentlich schlanken Eindruck, sehr straff, von zartem Körperbau, eingehüllt in einen schrecklichen Kölnisch-Wasser-Geruch, mit einem engen, karierten Jackett, den kleinen, traurigen Augen eines Japaners und einer mit Brillantine eingeschmierten Stirnlocke. Teresa sah ihn freundlich an, war aber immer noch unschlüssig, und in diesem Moment spürte sie ein meisterliches Zwicken in ihrem Po, sehr langsam, sorgfältig und geschickt. Sie sagte nichts, drehte sich aber verstohlen um, rot wie eine Tomate, und konnte gerade noch eine gebückte Gestalt sehen, die argwöhnisch eingezogenen Schultern eines ganz kleinen Kerls, der lachend zwischen den Paaren verschwand. Zugleich hörte sie neben sich die Stimme eines Mädchens, das zu seiner Freundin sagte: »Den kenne ich, er heißt Marsé, ein ganz kleiner Dunkler mit Locken, der läuft immer rum und befummelt die Frauen. Letzten Sonntag hat er mich gekniffen und mir dann seine Telefonnummer gegeben, für den Fall, daß ich etwas von ihm wolle, was sagst du zu diesem unverschämten Kerl?« – »Und, hast du ihn angerufen …?« fragte die andere. Teresa konnte die Antwort nicht verstehen, denn der galante Zwerg, den sie vor sich hatte und der immer noch verblüfft dreinschaute, ließ nicht locker: »Tanzen wir, Teresina?« (reizend und charmant, der Elektroniker). Die Band hatte losgelegt, und Teresa, noch immer das wohlige Brennen auf dem Po – wer weiß, ob sie sich nicht teilweise auf Drängen der unbekannten, verdienstvollen Arbeit von Knirpsen wie jenem rührte (anonyme Helden), oder vielleicht doch nur, weil sie von der Atmosphäre fasziniert war –, ergab sich lachend in die Arme des kleinen Murcianers aus Torre Baró und stürzte sich mit ihm kühn in das aufgewühlte Meer von Püffen, Ellenbogenstößen und Schweißausbrüchen. Das »Trio Moreneta Boys« übertraf sich selbst mit seinem momentanen großen Hit, einem Bolero, ideal für einen Tanz im Dämmerlicht. In diesem verworrenen Meer von Köpfen, die sich langsam im Halbdunkel drehten, gab es, anders, als Teresa gedacht hatte, weder eine besonders gesunde Fröhlichkeit noch eine von bürgerlichen Komplexen befreite: Man tanzte dichtgedrängt und schweigend, und eine sonderbare Ernsthaftigkeit lag auf den Gesichtern, es wehte ein unbeschreibliches Lüftchen von Rechtschaffenheit, seltsam romantisch und gesetzt, mehr noch, als es das bei einem von reichen, heiratslustigen Damen veranstalteten Gesellschaftstanz hätte sein können. Teresa folgte Manolo lange mit den Augen, sie sah seinen Rücken sich gelangweilt entfernen, sah ihn von weitem und über die Wellen hinweg, bis sie begriff, daß sie rettungslos unterging. Es war abscheulich, obwohl es ihr zunächst einigermaßen gefiel; daß sie einen leichten, luftigen Rock trug und keinen BH unter der Bluse, war ihr ebensowenig bewußt wie der Umstand, daß diese ungewöhnliche Entdeckung bei ihrem Partner ein Überfließen goldener Träume bewirken würde. Ergebnis: Der Elektronikfachmann entpuppte sich plötzlich als hemmungsloser Klammeraffe, als verzweifelter Krake mit fünfzig Händen, sein Mund keuchte in der Dunkelheit über ihrer linken Brust, er hatte die Sprache verloren, stieß sie mit dem Bauch, schwitzte und mühte sich in peinlicher Weise ab, was sie aus reiner Höflichkeit auszuhalten versuchte, bis sie, von den anderen Paaren mitten auf der Tanzfläche eingezwängt, keinen Schritt mehr tun konnten und auf einer Stelle stehenblieben, blockiert, er wippend (Teresa spürte die kleine und rauhe Hand, die wie eine Spinne über ihren Rücken lief) und nach hinten gebeugt wie ein eleganter und kühner Tangotänzer. Wo war die unmittelbare und gesunde Fröhlichkeit der Volkstänze? Ein Geruch nach Achselschweiß, das war alles. Um sie herum hatten die Paare aufgehört zu tanzen und standen still, die Gesichter zur Bühne gewandt, dem »Trio Moreneta Boys« lauschend. Die Hände unterhielten verzweifelte Verbindungen mit den Taillen, sonderbare und peinliche Komplimente an die Schatten. Teresa versuchte noch zu lachen, zum letzten Mal an jenem Tag. Plötzlich erstarrte sie: Der elektrisierte Winzling drückte sie derart an sich, daß sie praktisch in der Luft schwebte, ohne mit den Füßen den Boden berühren zu können. Schon vor einiger Zeit hatte sie Manolo aus den Augen verloren (›Ob er weggegangen ist und mich in den Händen dieser Wilden zurückgelassen hat?‹), und plötzlich erschrocken, im Glauben, sie sei allein zurückgeblieben und könne nicht mehr entkommen, warf sie ihrem Partner, der sich bereits in einem bedauerlichen Stadium der Auflösung befand, einen wütenden Blick zu. Das, was Teresa erriet, als sie seine kleinen Augen wahrnahm (viel später noch würde sie sich an jene winzigen, geröteten und traurigen Augen erinnern, die sie von unten anblickten wie die eines geprügelten Hundes: Das war ihr erster wirklicher Kontakt mit der Realität), diese Ahnung löste bei ihr beinahe eine

Nervenkrise aus, so daß sie sich plötzlich freimachte und sich mit den Ellenbogen einen Weg durch die Menge zu bahnen begann, weil sie spürte, daß sie keine Luft mehr bekam. Alles war Lüge: das melodische Trio, Manolos Arbeitskollegen, die Volkstänze ... Die Paare sahen sie an und lächelten, aber niemand schien bereit, ihr Platz zu machen, damit sie die Tanzfläche verlassen konnte. »Diese Zicke! Sie hat ihn einfach stehenlassen«, hörte sie ein Mädchen sagen. »Armer Junge. So was tut man doch nicht.« Schließlich gelangte sie dorthin, wo sie Manolo zurückgelassen hatte. Keine Spur von ihm. Bestürzt blieb sie in der Dunkelheit stehen. »Manolo«, murmelte sie schwach. Er konnte jeder der Schatten sein, die sie sah. Unbekannte Gesichter, sonderbar beleuchtet und verschwitzt, wie ein Alptraum, drangen schwankend auf sie ein in dem entsetzlichen Getöse von Geschwätz. »Manolo ...« Eine dreiste Hand zerrte an ihren feinen goldenen Haaren, und über Lippen, die rüpelhaft an ihrem zarten Ohr klebten, kamen geifernd obszöne Worte. »He, du Blonde, suchst du mich?« – »Na du kleine Fotze, siehst klasse aus.« – »Lauf nicht so schnell, Prinzessin, sonst verlierst du deinen Schlüpfer.« Ein kräftiges Mädchen mit roten Lippen verteidigte sie und beschimpfte die Flegel. Mit zitternden Beinen, beschämt und wütend zugleich, suchte sie Manolo verzweifelt im ganzen Lokal, sogar auf der Galerie im ersten Rang, wo in der Dunkelheit einige Paare engumschlungen tanzten. Dort, in einem Gang, glaubte sie Manolo gerade in einen Raum gehen zu sehen und stürzte hinter ihm her. Drinnen warf eine gelbliche, umgitterte Glühbirne, alte Freundin der Fliegen, sanft ein schmutziges Licht auf die Bierkästen, die neben angeschimmelten, spinnwebenübersäten Bücherschränken mit kaputten Scheiben gestapelt waren; auf dem Boden, mitten im Zimmer, staubbedeckte Bücher und alte Zeitschriften, wie für ein Lagerfeuer aufgeschichtet. »Manolo, bist du es?« flüsterte sie. Der Raum roch nach Feuchtigkeit. Ein ersticktes Husten hinter den Bierkästen. Teresas Füße stießen gegen den Bücherberg (sie glaubte, ein vergnügtes Frauenlachen zu hören) oder besser gesagt gegen einen einzelnen Band, der etwas abseits des Stapels liegengeblieben war, ein Buch mit rotem Einband, das auf einer Fotografie lag, die mit der Zeit vergilbt war und auf der ein weißer, ehrwürdiger Bart hervorstach: Madame Bovary und Karl Marx wälzten sich engumschlungen auf dem Boden, erhitzt, dem Berg von Wissenschaft und Weisheit entfliehend, der für das Feuer oder den Lumpensammler bereitlag. Sie hörte Seufzer in irgendeiner Ecke und ganz deutlich das unanständige Gekicher, das sich über sie lustig machte, über ihren Schrecken, über ihre Angst angesichts der Wirklichkeit. Plötzlich bewegte sich etwas hinter den Kisten: Ein dunkelhaariges Mädchen mit großen, träumerischen schwarzen Augen und mit Zöpfen wich in die Ecke zurück, während es sich den Rock glattstrich. Sie lächelte Teresa etwas verwirrt an, aber ohne mit der Wimper zu zucken, ohne sich zu zieren, aus Trägheit hinter dem Kistenstapel Zuflucht nehmend. Neben ihr richtete sich ein strammer, rothaariger Bursche in einer Kellnerjacke auf, eine Cognacflasche in jeder Hand. »Suchen Sie etwas?« Das Mädchen mit den Zöpfen ließ wieder ihr volles und träumerisches Lachen hören, die Augen jetzt auf ihren Freund gerichtet. Teresa senkte den Blick (sie betrachtete ein letztes Mal das ungewöhnliche Paar, das sich zu ihren Füßen wälzte, eingehüllt in den ruhmreichen Geruch nach von Feuchtigkeit zerfressenem Samt) und stammelte eine Entschuldigung, dann drehte sie sich um und lief hinaus. Sie kehrte auf die Galerie zurück, die auf die Tanzfläche hinausging. Man hatte die Lampen angeknipst. Von dort oben, über das Geländer gelehnt, übersah sie die ganze Tanzfläche und die Logen. Manolo war verschwunden. »Vielleicht hat er sich geärgert. Ich bin so blöd, so blöd ...« Als sie sich umdrehte, erschrak sie erneut: Der kleine Murcianer stand hinter ihr und sah sie an, die Hände in den Hosentaschen vergraben und lächelnd, eine undefinierbare Grimasse schneidend. Er wartete, respektvoll, bescheiden, ganz und gar verliebt. Laufend entkam Teresa ihm wieder, sie rannte die Treppe hinunter, nahm mehrere Stufen auf einmal. Schließlich ging sie hinaus ins Foyer, wo sich Garderobe und Bar befanden.

Manolo stand an der Theke bei einem Bier. Teresas erster Gedanke war, zu ihm zu laufen und sich in seine Arme zu werfen. Aber sie bemühte sich, ruhig zu werden, und näherte sich ihm langsam von hinten, mit gesenktem Blick. Als sie bei ihm war, stellte sie sich auf die Zehenspitzen und gab ihm einen Kuß auf die Wange. Manolo drehte sich um und sah sie zärtlich an: »Bist du das Tanzen schon leid?« Teresa nickte und sah ihn mit einer bestimmten erlernten, wiedererlangten Bescheidenheit an, bis sie plötzlich die Kräfte verließen und sie ihren Kopf an seine Schulter lehnte. »Mach das bitte nicht wieder, laß mich nicht wieder allein ...!« Sie bat ihn, sie sofort hier rauszubringen.

»In was für einer Welt lebst du, Liebling?« scherzte er zärtlich, als Teresa ihm alles erklärt hatte. »Ich hatte dir doch gesagt, daß das kein Lokal für dich ist.« Und er umarmte sie, streichelte liebevoll ihren Kopf, bis sie sich beruhigte.

Sie ließen den Festtag in der Cristal City Bar ausklingen, unter achtbaren und zurückhaltenden Paaren von Verlobten, die um neun Uhr zu Hause sein müssen, beschlossen ihn mit Küssen in aller Ruhe, auf einem für zügellose Murcianer und verstohlene Knirpse unerreichbaren Hügel, vor sich zwei Gin Tonic mit den dazugehörigen keimfreien Zitronenscheiben.

Auf diese Weise veränderte sich Teresas Gemütsstimmung in den nächsten Tagen langsam und gründlich. Eine weitere Kluft: gelassene und heiße Nächte auf dem Monte Carmelo, Freudengeschrei der Bewohner, hübsche Jungen im Unterhemd, romantische Spaziergänge im Mondlicht, Parolen, die bessere Arbeitsbedingungen forderten, in der berühmten Bar Delicias ... Seit einiger Zeit brannte die junge Studentin vor Verlangen, diese sprudelnde Lebensfülle kennenzulernen. Aber sie entdeckte und eroberte den Carmelo, ein mythisches Land (wie es seinerzeit Florida für die Konquistadoren gewesen war), zu spät. Das Viertel war für sie bisher nicht mehr gewesen als ein verschwommener Kreis von Schatten, die sie aus der Distanz bewunderte, da Manolo sich immer geweigert hatte, sie auf den Carmelo mitzunehmen und seinen Freunden vorzustellen. Aber ein Name war der Studentin sehr vertraut: Bernardo. Um sich davor zu hüten, von gewissen Abenteuern zu erzählen (er zog es vor, sie so zu nennen, obwohl Teresa einen spitzfindigen biologischen Ausdruck benutzte: Versammlungen der Zelle), die sie ihm komischerweise unterstellte, die er aber nie erlebt hatte, hatte Manolo vor einiger Zeit beschlossen, immer, wenn er über Bernardo sprach, diese geheimnisvolle Art zu imitieren, die er von den Studenten gelernt hatte, als er sie über Mauricio reden hörte. Das Ergebnis war, daß sich Bernardo in einen weiteren ruhmreichen Führer verwandelt hatte, in einen unnahbaren und unergründlichen Hüter der größten Geheimnisse. »Kennst du Bernardo? Hast du schon mal was von ihm gehört? Bernardo könnte dir besser als ich erklären, wie das funktioniert, ich hab keine Ahnung«, sagte er oft zu Teresa, wenn die Neugier des Mädchens ihn in Bedrängnis brachte. »Stellst du ihn mir irgendwann mal vor, Manolo?« – »Das wäre nicht klug«, erklärte er. So bewunderte Teresa Bernardo, noch ohne ihn zu kennen, teilweise wegen der Anziehungskraft, die Manolo auf sie ausübte, teilweise wegen ihres eigenen gewagten Moralbegriffs. Aber ihr Moralbegriff war so großmütig wie vermessen (Teresas moralischer Realismus rührte nicht von einer analytischen Anstrengung her, wie sie glaubte, sondern von der Liebe) und hielt deshalb noch einige Enttäuschungen für sie bereit.

Eines Abends, als sie Manolo bis oben auf den Carmelo brachte, schlug sie ihm beim Abschied vor, einen Spaziergang durch das Viertel zu machen. Zunächst weigerte er sich, aber der Wunsch, das Mädchen hinter irgendeinem Busch auf der anderen Seite des Hügels zu umarmen und mit ihr ernsthaft etwas zu besprechen, was ihm seit einiger Zeit durch den Kopf ging (die Möglichkeit, durch Vermittlung von Herrn Serrat eine gute Anstellung zu finden), ließ ihn schwach werden. »Also gut, machen wir einen Spaziergang, drüben auf der anderen Seite, ich zeige dir den Valle de Hebrón.« Sie ließen den Wagen an der Straße stehen. Den Arm um ihre Schultern gelegt, sie vor den Blicken einiger Anwohner verbergend, die in den Hauseingängen frische Luft schnappten, führte Manolo sie bis zur Calle Gran Vista. Hinter der Bar Delicias spielten einige Kinder mitten auf der Straße, und im Licht, das aus einem Hauseingang kam, sangen zwei kleine Mädchen, die sich an den Händen hielten:

Der Hof von unserm Haus
ist was Besonderes,
wenn's regnet, wird er naß,
so wie die andern auch ...

Teresa gesellte sich zu den beiden Mädchen, hockte sich hin und sang eine Weile mit ihnen mit. Ihre Gemütsstimmung stieg wieder gefährlich. Die Nacht war sternenklar und lau, der Mond, in einen grünen Schleier gehüllt, glitt träge über die flachen Dächer, und am Himmelsrand sah man das Abendrot. Es fehlte nur noch ein Radio, irgendein Radio, das sehr laut auf irgendeiner Terrasse dudelte und eine alltägliche und sehr kitschige Melodie in die Nacht entließ. Auf dem freien Feld am Ende der Calle Gran Vista begann der Fahrweg, der bis zum Parque del Guinardó führte. Sie setzten sich eine Weile auf eine brüchige, halbrunde Steinbank und gingen dann Hand in Hand den Hang hinunter, zwischen den kleinen Tannen des Parks hindurch. Man hörte das metallische Zirpen der Grillen. Teresa legte sich ins Gras. Heute abend waren ihre Lippen unverschlossen, ihre Augen ergeben, voller Großmut und Zärtlichkeit. Vielleicht ist das der Moment, dachte er, sich mit dem Mädchen auszusprechen, ihr zu sagen, daß ich keine Arbeit mehr habe, daß ich die Zukunft ganz schwarz sehe und ihr Vater mir vielleicht eine Arbeit verschaffen könnte, wenn sie ihn darum bäte, irgendeine Anstellung mit einer gewissen Verantwortung und mit Zukunft ...

»Hör mal, Kleines, dein Papa ... dein Papa, könnte dein Papa nicht mal ...?«

Ihr glühender Mund und diese winzigen, spitzen Erdbeerbrüste waren der Grund seines Stotterns, keineswegs Unentschlossenheit; dieses doppelte Universum, das er in seinen hohlen Händen hielt, war das, was ihn quälte, was ihn all diese süßen Zuckungen des Herzens von künftigem Ansehen und Wohlstand im voraus spüren ließ ... Er stand auf, um seine Gedanken ein wenig zu ordnen. Teresa sah ihn von der Erde mit verträumten Augen an. Und wieder einmal wandte er sich ihr zweifelnd zu: Sicher, er konnte sie zu der Seinen machen und eine Zeitlang ihr Geliebter sein, vielleicht viele Monate lang; aber was hätte er damit gewonnen? Was bedeutete dieses große Wort: Geliebter? Welches moderne Mädchen, ob nun Studentin oder nicht, jedenfalls reich und mit neuen Ideen, hat heute keinen Geliebten, ohne daß irgend etwas passierte? Und dann, aus den Augen, aus dem Sinn, es war wunderschön, aber nun *adiós,* flüchtige Leidenschaft und kurzfristige Vereinigung der Geschlechter, man kennt das ja, das Leben und so. Nein, mein Junge, deine Vorstellung von Teresa im Bett war nicht ganz richtig: Besitzen kann man zweifellos ein so bewundernswertes Geschöpf wie dieses, so gebildet und ehrbar (natürlich sind ihre moralischen Verteidigungsanlagen nicht so fest, wie es die Ehrbarkeit ihrer Klasse überall herumposaunt), aber nicht immer kann man die Welt besitzen, die dazugehört. Schau, man braucht nur ein einziges Mal dieses hübsche Goldhaar zu streicheln, diese braunen, seidigen Knie, man braucht nur ein einziges Mal dieses doppelte Universum von Erdbeeren und Perlmutt in der Hand zu halten, um zu verstehen, daß dies die prächtigen Kinder einer sozialen Kraftanstrengung sind und daß man sie sich mit einer ähnlichen Kraftanstrenung verdienen muß und daß es nicht genügt, seine zitternden Pranken auszustrecken und sie zu packen ...

Teresa stand auf, ging zu ihrem Freund und umarmte ihn von hinten. »Wie hübsch das alles von hier aussieht, nicht wahr?« sagte sie. Die Tannen und Pinien um sie herum dufteten stark. In der Ferne leuchteten die Lichter von Montbau und vom Valle de Hebrón, auf dessen Straße die Autos mit brennenden Scheinwerfern entlangglitten, eins nach dem andern in die Stadt hinein, wie bei einer Prozession. Teresa ließ ihn lachend los und lief ein paarmal um ihn herum. »Mir gefällt dein Viertel«, sagte sie. »Ich lade dich zu einem *carajillo* in die Bar Delicias ein.« – »*Perfumado* heißt das«, korrigierte er lächelnd. »Also gut, zu einem *perfumado*«, sagte sie. »Ich will einen Delicias-*perfumado*.« Manolo näherte sich ihr langsam, vor sich hin brummelnd, lächelnd, schwebend, wie im Traum, und küßte sie immer wieder, biß ihr in den Hals, badete sein Gesicht in ihren blonden Haaren (dein Papa, vielleicht könnte ja dein Pa-pa-Pa-pa-probieren ...), bis sie sich lachend wieder losmachte und sich von ihm verfolgen ließ. Manolo rannte ihr nach, stolpernd, erreichte sie, verlor sie. Du Süße, du machst mich ganz verrückt. »Ich will einen *carajillo*, ich will einen *perfumado!*« stimmte sie trotzig an. »Nimm mich mit ins Delicias, und hinterher kehren wir noch für ein Weilchen hierhin zurück, ja?« schlug sie mit einem unwiderstehlichen Lächeln vor. Und plötzlich lief sie den Hang hinauf bis zum Weg, wo sie einen Augenblick lang stehenblieb und sich umdrehte, um nach ihm zu sehen, dann rannte sie in Richtung Calle Gran Vista weiter. Manolo ging langsam hinter ihr her, den Kopf gesenkt und die Hände in den Hosentaschen. Der Gesang der Grillen brachte ihn zur Weißglut. Als er die ersten Häuser der Straße erreichte, ging er schneller. Teresa sah er nicht. Und da passierte es: Er hörte ihren Schrei, das Mädchen mußte ungefähr fünfzig Meter von ihm entfernt sein; die Dunkelheit der Straße erlaubte ihm nicht, etwas zu sehen, aber in dem Moment, als er zu Teresa hinzulaufen begann, erriet er, was geschehen war. Sie lehnte an einer Hauswand, mit dem Rücken zur anderen Straßenseite, und bedeckte ihr Gesicht mit den Händen. Ihre Schultern bebten.

»Was ist passiert?« fragte er.

Teresa bemühte sich, wieder ruhig zu werden, sie seufzte, die Arme in die Seiten gestemmt. Sie schien eher empört als erschrocken.

»Da«, murmelte sie, »in dem Hauseingang ... Da ist ein Mann ...«

Sie deutete auf einen im Dunkel liegenden Winkel, eine der Arkaden der an den Hügel geklebten Schutzmauer von Casa Bech, deren Inneres bewohnt war. Das spitz zulaufende Licht der einzigen Laterne, die diesen Teil der Straße beleuchtete, schaffte es nicht, bis in den Bogengang vorzudringen, aber es enthüllte etwas von dem Unbekannten: ein Paar alter Schuhe, auf die die beschmutzten Aufschläge einer viel zu langen Hose fielen. »Zu Tode hat er mich erschreckt, dieser Verrückte«, murmelte Teresa. »Er muß wirklich verrückt sein, plötzlich ist er aus dem Dunkel aufgetaucht und hat sich vor mich hingestellt, mit offenen Armen und mit ... allem offen, lachend hat er mich angesehen, ich kann es kaum glauben!« Aus dem Dunkel hörte man ein Keuchen, die Füße des Unbekannten bewegten sich. Manolo schoß wie ein Pfeil auf ihn zu, tauchte seine Hände ins Dunkel, stieß auf den klebrigen Kragen eines Hemds (seine Finger streiften einen drei oder vier Tage alten Bart und eine Riesennase, deren Berührung ihm vertraut vorkam), das unerträglich nach Wein stank. »Komm her, du Sau, damit ich dich sehen kann!« schrie er und riß ihn heftig zu sich heran: Was da aus der Dunkelheit auftauchte, taumelnd wie ein Hampelmann im schwachen Licht der Laterne, war niemand Geringeres als Sans, oder besser gesagt das, was von ihm übriggeblieben war nach fast zwei Jahren, die er der todbringenden Ehemaschine Rosa als Zielscheibe gedient hatte. »Schämst du dich nicht, du Nichtsnutz, als Familienvater!« sagte Manolo und schüttelte ihn, und von einer plötzlichen Wut befallen, begann er, ihn mit den Fäusten zu bearbeiten. Die Ferkelei von Sans war nichts Neues in einem abgelegenen und schlecht beleuchteten Viertel wie diesem, so etwas passierte ziemlich häufig, und Manolo wußte das. Trotzdem verpaßte er Sans eine solche Strafe (in Wirklichkeit trieb ihn ein Rachegefühl an, das weit über das hinausging, was die Beleidigung in Teresa an ihm geweckt haben konnte), daß sich selbst das Mädchen wunderte. »Schlag ihn nicht noch mehr, hör auf.« Aber Manolo machte weiter. »Der hat kein Recht zu leben!« schrie er. »Das hab ich ihm doch schon seit langem gesagt, ich hab ihn gewarnt! Nichtsnutz! Schau dir an, wie weit es mit dir gekommen ist.« Sans, völlig betrunken, durch die Mauer in die Enge getrieben, lachte traurig und schützte sein Gesicht mit den Armen. »Ich hab doch nicht gewußt«, wimmerte er und stammelte, die Vokale öffnend: »Ich hab dich nicht gesähen, ich schwör dir, ich hab dich wirklich nicht gesähen ...!« Schließlich gelang es ihm zu entwischen, und stolpernd, beinahe taumelnd, lief er davon. Manolo schrie noch hinter ihm her: »Rumtreiber, Schwein! So weit mußtest du es bringen, du Nichtsnutz, wehrlose Frauen zu erschrekken! Verschwinde, verreck doch, du hast kein Recht zu leben!« Er ging zu Teresa zurück, die ihn mit erstaunten Augen ansah, legte den Arm um sie und sagte entschuldigend: »Diese Viertel ... Ich hab es dir ja schon mal gesagt. Diese dunklen Straßen, die anständigen Mädchen können abends nicht allein nach draußen gehen. Manchmal nicht mal die verheirateten Frauen; meiner Schwägerin ist das auch mal passiert, eines Abends ist sie heulend nach Hause gekommen ... Hat er dir was getan?« – »Nein, nein ... Ist das ein Junge aus dem Viertel? Du scheinst ihn zu kennen.« – »Ich hätte ihn umgebracht, wirklich. War kein schlechter Kerl ...«, murmelte er nachdenklich. »Ein schlechter Kerl war er nicht, das mußt du nicht glauben. Er hat sich das Leben selber schwergemacht, bei dem sind viele Dinge schiefgelaufen, aber das ist allein seine Schuld. Ich hab's ihm immer gesagt, hab ihn gewarnt. Jetzt ist er am Ende, er trinkt und macht nur noch Dummheiten. Eines Tages wird man ihn hier irgendwo finden, mit eingeschlagenem Kopf.« – »Aber«, sagte Teresa, »wenn es ein Freund von dir ist, warum hast du ihn dann so geschlagen? Eigentlich hat er mich doch gar nicht angefaßt.« – »Hast du nicht zugehört? Weil er es verdient ... Er hat es nicht anders gewollt«, schloß Manolo schlechtgelaunt.

Natürlich hütete er sich davor, ihr zu sagen, daß dieser heruntergekommene, fiebrige Typ der berühmte Bernardo war, der andere anonyme Held des Carmelo. Aber das sollte ihm nichts nützen, denn als sie zum Wagen zurückkehrten, wollte das Mädchen etwas in der Bar Delicias trinken (wenn auch jetzt ohne die Begeisterung von vorher; sie behauptete, sie brauche das, um sich von dem Schrecken zu erholen). Als Manolo ihn bemerkte und ein Zusammentreffen vermeiden wollte, war Teresa schon in der Bar. Und da saß Bernardo, allein, an einem Tisch in der Ecke, immer noch keuchend, aus der Nase blutend und still wie eine erschrockene Ratte. Es ist möglich, daß Teresa niemals die Wahrheit geahnt hätte, wenn Manolos Bruder nicht auch dagewesen wäre. Alle drehten sich um, als Teresa hereinkam: zwei Omnibusschaffner, die mit dem Bruder des Pijoaparte redeten, die Ellenbogen auf die Theke gestützt, vier Jungen, die Domino spielten, und ein Alter, der neben dem Eingang saß. Manolos Bruder kam auf sie zu. Er lächelte mißtrauisch und stieß mit dem Kopf in die Luft. Er war ein Mann von etwa dreißig Jahren, groß, mit krummem Rücken, einem dunkelbraunen, plumpen und hölzernen Gesicht und großen gelben Zähnen, phlegmatisch, langsam, bäuerisch, ein Freund überschwenglicher Begrüßungen; als einziges Kleidungsstück trug er einen schmierigen Overall. Im Viertel hielten sie ihn für halb verrückt, und niemand kümmerte sich um ihn. Er war stets zu flotten Scherzen aufgelegt (es herrschte eine solche Dürre, eine solche Dürre, daß die Bäume hinter den Hunden herliefen, ha, ha, ha), aber paradoxerweise war er sehr weitschweifig und peinlich genau im Detail, wenn er von anderen Dingen erzählte, mit vielen pedantischen Abschweifungen, denen zu Unrecht kein Gehör geschenkt wurde; in der Kneipe floh man vor ihm. Gerade deshalb, weil man ihn oft mitten im Reden stehenließ, hatte er eine sonderbare, gebrochene Art zu erzählen: Er schien die Erzählung immer schon woanders begonnen zu haben, vor einer anderen Person (die ihm den Rücken gekehrt hatte, ohne das Ende abzuwarten), und plötzlich stand er da, nach Gesellschaft Ausschau haltend, entschlossen, mit der Geschichte fortzufahren. Da sich dieser Fall ziemlich häufig wiederholte, war das Ergebnis eine Art Fortsetzungsgeschichte, die nie zu Ende ging, gerecht verteilt auf verschiedene Bekannte, von denen anscheinend keinen der Anfang oder das Ende interessierte. Teresa jedoch sollte das Ende der Geschichte dieses Abends interessieren, da sie ausgerechnet von Bernardo handelte. Manolo hatte keine andere Wahl, als Teresa vorzustellen (»Eine Freundin«, sagte er. »Wir gehen gleich wieder.«), und sein Bruder bestand darauf, daß das Mädchen ein Gläschen *calisay* trank (»Der ist sehr gut für die Frauen«, erklärte er, ohne daß man genau wissen konnte, worin diese Qualität bestand), für das sich Teresa höflich bedankte. Sie fand Manolos Bruder sympathisch, diese Sanftmut im Gesicht, die ein bißchen an Pferde erinnerte, aber Augen hatte sie nur für Bernardo Sans, der zusammengekauert und beschämt in seiner Ecke saß. Manolos Bruder hatte sich wieder den Omnibusschaffnern genähert, die an der Theke Bier tranken; er fing an, ihnen etwas zu erzählen, aber da sie ihm weiter beharrlich den Rücken zukehrten, drehte er sich gekonnt auf dem Absatz herum und trat vor Teresa hin, um fortzufahren:

»... und man merkt gleich, daß sie ihn diesmal tüchtig verprügelt haben, sehen Sie sich ihn mal an, Sie können ihn sich ruhig ansehen, ja, er hat ganz schön einen in der Krone, aber Sie brauchen nicht zu glauben, daß er gefährlich ist, er hat bloß eine fürchterliche Frau, hier dieser Nichtsnutz (er zeigte auf Manolo) von meinem Bruder kann es Ihnen bestätigen, er und Bernardo (er zeigte auf Bernardo, und Teresa war sprachlos, als sie seinen Namen hörte) sind früher immer zusammen unterwegs gewesen, als die Dinge für alle noch gut liefen, als man noch Interesse an der Arbeit hatte und ein bißchen Würde, aber Bernardo hat halt Pech gehabt mit der Rosa, diesem Feldwebel. Die Rosa ist seine Frau«, erläuterte er abschließend, seine Genauigkeit unter Beweis stellend.

Er war am Ende der Platte dieses Abends. Teresa dachte, der Anfang müsse zweifellos weitere nicht weniger überraschende Enthüllungen enthalten, aber es war unmöglich, ihn jetzt wieder hervorzuholen, er löste sich wohl gerade im Gedächtnis der beiden Omnibusschaffner auf. Jedenfalls keimte der schreckliche Verdacht: Jener große Bernardo, von dem Manolo ihr so viel erzählt und den sie mit Mauricio (umherirrender, befruchtender Pariser Schatten) verglichen hatte, sollte der dieses menschliche Wrack sein, das da blutend in der Ecke saß? Ihr Verdacht verstärkte sich, als sie einen verstohlenen Blick von Manolo auffing, der sie von der Seite ansah, einen Blick, der ihre Gedanken erforschte, und plötzlich spürte sie wieder jene Übelkeit, jene Ernüchterung, die sich ihrer am Sonntag in dem Tanzlokal bemächtigt hatte. In diesem Moment sah sie, wie Bernardo aufstand, um zu gehen: Dieser arme Teufel, der durch den Raum schwankte, das Gesicht vorreckend, es starr vorschiebend wie ein Blinder oder wie ein gefährlicher Verrückter, dieser moralische und physische Krüppel, konnte das Bernardo sein, der große, der unbeugsame und unverwundbare Kopf, der in der Dunkelheit arbeitete? ... Wenn dieser Rücken nicht einen so kläglichen Eindruck gemacht hätte, dieses Schlurfen, diese bedrückte Jammergestalt vom Carmelo, wäre sie in Lachen ausgebrochen. Und so ein verantwortungsloses Subjekt, so ein Triebtäter sollte sich um den Druck der Flugblätter für die Studenten kümmern? Sie wußte es, sie hatte es immer schon geahnt: Der Monte Carmelo war nicht der Monte Carmelo, Manolos Bruder betrieb keinen Autohandel, sondern war Mechaniker, hier gab es gar kein Arbeiterbewußtsein, Bernardo war ein Produkt ihrer eigenen revolutionären Phantasie und Manolo selbst ...

Ohne genau zu wissen, was sie tat, bestellte sie einen *perfumado* (was bei Manolos Bruder lautstarkes Gelächter auslöste), während sie den Jungen fragend ansah, betäubt und deprimiert durch das, was ihr gerade durch den Kopf gegangen war. Aber in den schwarzen Augen ihres Freundes sah sie jetzt nur noch Bewunderung, keine geheime Macht mehr, keine heldenhafte Unterstellung von Gefahren, kein anderes Gefühl mehr außer jener Bewunderung für sie. Sie stürzte aus der Bar und ging zu ihrem Wagen. Man hörte sehr laut das Radio eines Nachbarn: Bezaubernde, aber unpassende Melodie, du wirst nicht mehr gebraucht, die hübschen Jungen der Vorstadt spazieren nicht mehr im Unterhemd im Mondlicht umher. Manolo ging neben ihr her, beobachtete sie, überwachte ihre Bewegungen mit einer gewissen väterlichen Fürsorge, als wäre sie wirklich ein kleines Mädchen, das seine ersten eigenen Schritte macht und hinfallen könnte (im Grunde habe ich mich wie ein stolperndes kleines Mädchen benommen). Er fürchtete sich vor Teresas Reaktion, vor der Flut von Fragen, die von einem Augenblick zum andern auf ihn niederprasseln würde. Aber Teresa hatte sich in ihr Schweigen eingekapselt. Sie ging sehr schnell, offensichtlich in ihrer Würde verletzt, beschränkte sich darauf, sich auf der Straße begleiten zu lassen, mitten in der Nacht. Beim Auto angekommen, setzte sie sich hinters Steuer und blieb still, nachdenklich, den Blick nach vorn gerichtet. Manolo glitt mit katzenhafter Geschmeidigkeit in den Wagen, so als wollte er ihre Gedanken nicht stören, betrachtete schweigend ihr Profil und streifte dann ihre Schläfe mit den Lippen.

»Schluß jetzt, Manolo, bitte«, sagte Teresa. »Hast du mich für ein dummes kleines Mädchen gehalten?«

»Ich habe oft versucht, dir zu erklären, was das für ein Viertel ist, du solltest dir nicht zu große Illusionen ...«

»Halt den Mund. Du bist ein Schwindler.«

Teresa wandte sich ihm zu und sah ihm fest in die Augen, streng. Auf beiden Straßenseiten hörte man das Zirpen der Grillen. Manolo hielt dem blauen Blick des Mädchens stand. Er bewunderte sie in diesem Augenblick mehr denn je: Ihm schien, daß Teresa binnen weniger Minuten zur Frau geworden war, zu einer erwachsenen Frau, die ihm entweder einen Dolch in die Brust stoßen oder ihm für immer einen Platz in ihrem Bett und in ihrem Leben einräumen konnte. Er überlegte: und wenn ich ein für allemal offen mit ihr reden würde, hier und jetzt, wenn ich ihr gestehen würde, daß ich eine absolute Niete bin, ein armer Schlucker ohne Arbeit, ein gottverdammter Vorstadtgauner, ein verliebter, unverschämter Kerl? ... Warte, schön ruhig bleiben.

»Ich würde nur gerne wissen«, sagte sie mit gebrochener Stimme, »wie das mit dem Kopierer aussieht und mit den Drucksachen, die du uns versprochen hast.«

Manolo fuhr sich mit der Hand durchs Haar: Er hatte diese sonderbare Verpflichtung, die er etwas unüberlegt eingegangen war, völlig vergessen, und jetzt fiel ihm nichts ein, um sich zu rechtfertigen.

»Steig aus«, befahl Teresa.

»Wie?«

»Du sollst aussteigen ...« Plötzlich versagte ihr die Stimme ganz. »Warum bist du nicht ehrlich zu mir? Ich finde ... ich finde, das ist das Mindeste, was ich verdiene.« Er wollte etwas sagen, aber Teresa hatte schon die Tür aufgemacht und stieg hastig aus. Sie schlug sie von außen zu, ließ ihn drinnen sitzen und blieb mit verschränkten Armen auf der Straße stehen. Hinter ihr zirpten die Grillen, schimmerten die Lichter der Stadt.

»Wie lächerlich«, rief sie. »Ich wünschte, Maruja würde sofort wieder gesund und ich könnte mit allem hier ein für allemal Schluß machen, könnte hier weg, könnte Schluß machen mit dem Sommer, mit den Ferien, mit diesen Spazierfahrten, mit allem. Ich hab's satt, einfach satt!«

»Entschuldige bitte, Teresa«, sagte er. »Ich werde dir alles erklären. Los, steig ein.«

Sie rührte sich nicht. Manolo öffnete die Tür.

»Nun mach schon, komm, steig ein«, bat er.

»Erst wenn du aussteigst, wenn es dir nichts ausmacht.«

Sie starrte in die Ferne, das Kinn auf der Brust und mit einer melancholischen Miene, die das reizende, geringschätzige Kräuseln ihrer Oberlippe noch mehr betonte. Er betrachtete sie eine Weile: Diese neue Teresa, die den Dolch erhoben hatte, erregte ihn außerordentlich, er fand sie entzückend in ihrer Verärgerung und sagte es ihr. »Scher dich zum Teufel«, murmelte sie. Sie hatte verweinte Augen. Als er das bemerkte, sprang er aus dem Wagen und ging zu ihr. Aber das Mädchen wich ihm aus, drehte sich um und setzte sich ans Steuer. »Teresa, hör mir doch zu ...«, bat er. Sie ließ den Motor an, fuhr aber nicht sofort los, sie schien Schwierigkeiten mit der Schaltung zu haben (der erste Gang ging nicht rein) oder so zu tun, vielleicht erwartete sie etwas von ihm. Manolo begriff, daß er sie nicht fahren lassen durfte, ohne ihr irgendeine Erklärung zu geben, welche auch immer. ›Es ist klar‹, dachte er finster, ›daß für dieses Geschöpf Liebe und Verschwörung immer noch ein und dasselbe sind.‹ Und dann kam ihm eine Erleuchtung.

»Also gut, wie du willst«, sagte er, vorsichtig eine Hand nach ihren Haaren ausstreckend (sie wich mit einer zaghaften Bewegung aus). Morgen muß ich die verdammten Flugblätter deiner Freunde abholen. Du kommst mit, klar? Ich erwarte dich um zehn Uhr morgens in der Klinik.«

Teresa heftete einen letzten traurigen Blick auf ihn, und der Wagen fuhr plötzlich los, mit jenem jugendlichen und verrückten Aufheulen, bei dem der Pijoaparte immer eine Gänsehaut bekommen würde. Der Junge entfernte sich langsam. Als er nach Hause kam, holte er eine weiße Hose aus dem Schrank und bat seine Schwägerin, sie ihm doch bitte für den nächsten Tag zu bügeln. Dann legte er sich auf seine Pritsche (sein Bruder rief nach ihm und beschimpfte ihn vom Eßzimmer aus, aber er kümmerte sich nicht darum) und entwarf in allen Einzelheiten einen Plan.

Teresa dagegen rief sofort, als sie zu Hause war, in der Klinik an. Maruja ging es gut, das hieß: unverändert. Dann duschte sie und setzte sich barfuß in Schlafanzugjacke und Slip an den Eßtisch, mit gesenktem Kopf, allein (ihr Vater war am späten Nachmittag nach Blanes gefahren). Vicenta brachte ihr das Abendessen, aber sie rührte es kaum an. Sie legte Platten von Atahualpa Yupanqui auf, trank zwei einfache Gin mit viel Eis und ging mit einem dritten zu Bett, mit von Zweifeln und umherschweifenden Gedanken berstendem Kopf. Sie stellte sich hundert ernste Fragen in bezug auf ihren jungen Freund, bis sie erstaunt bemerkte, daß sie nicht ehrlich zu sich selbst war. Der wonnevolle Schatten der Selbstkritik umschwebte sie: Die Veränderung, die sich in ihrer Gedankenwelt zu vollziehen begann, erschreckte sie. Sie war wütend über sich selbst, ihr Verhalten Manolo gegenüber erschien ihr lächerlich, blödsinnig aufgebauscht – ›gib zu, daß dir der politische Charakter des Jungen schon seit einiger Zeit nicht mehr wichtig ist, gesteh es dir ein‹, dachte sie jetzt, als sie auf dem Bett ihres blaugestrichenen Schlafzimmers lag, ohne schlafen zu können (ihr Unterleib zuckte im Rhythmus einer Gitarrenmusik), einen musikalischen Gin ausschwitzend, zwischen Puppen und Schallplatten und Büchern, und ihre Wange sanft an der nackten Schulter reibend. Die Freiheit, die Opposition, das Vaterland ... Was ist denn eigentlich die Opposition? Was bedeutet es, für eine Sache zu kämpfen? Der leibhaftige Kommunist, was ist das? (Stille: Teresas Schenkel schwitzen Honig aus, ein Motorrad rast durch die ruhige Nacht von San Gervasio.) ›Im Grunde‹, dachte sie, ›bin ich allein; bis gestern noch habe ich in einer Welt von Illusionen gelebt. Einsamkeit, Großmut, Sentimentalität, Neugier, Interesse, Bestürzung, Vergnügen;‹ sie konnte all diese Gefühle aufzählen, weil sie glaubte, bereits den Schlüssel gefunden zu haben, der das Verhalten des Jungen und ihr eigenes erklärte: Beide, jeder auf seine Art und Weise, haderten mit dem Schicksal. Doch die Neugier ließ sie nicht los. Welche Vorstellung von Freiheit kann ein armer Junge wie Manolo haben? Neben mir in der Floride zu fahren, mit mehr als hundertfünfzig Stundenkilometern, oder korrekt Mamas Hand zu küssen oder an der Costa del Sol mit einer reichen Touristin zu schlafen, oder vielleicht ist das nur ein Mittel, um Zeit zu gewinnen, um der Armut Zeit zu stehlen, dem Elend und dem Vergessen. Ja: Einer, der versucht, Zeit zu gewinnen, der mit dem Schicksal hadert, das ist Manolo, das sind wir alle. Aber seine Vorstellung von Freiheit? Ein Sportwagen. Ein schnelles, blitzendes Kabriolett. Eine weiße Floride für alle Welt (nicht aus der Reihe tanzen, sondern *in* der Reihe) anstatt einer Welt, in der eine Floride für alle möglich wäre. Ein Irrtum der Perspektive – das ist nicht seine Schuld –, und in gewisser Weise ist es egal, ich meine normal. Er ist intelligent, attraktiv, großzügig, aber gerissen, unverschämt und wahrscheinlich verlogen: Er verteidigt sich, so gut er kann. Was weiß ich denn schon von den eigentümlichsten Auswirkungen der Armut auf den

Geist! Was weiß ich von der Kälte, vom Hunger, von den wirklichen Greueln der Unterdrückung, die ein Junge wie er erleiden muß, wo ich ihn noch nicht einmal gefragt habe, was er am Tag verdient, wo wir immer darauf bedacht sind, nicht über den Tagelohn eines Mannes zu reden, sondern nur über sein Verhalten (also, Genossen, ich behaupte, daß das Verhalten eines Mannes von seinem Tagelohn abhängt), wo ich mich gerade heute wie eine dumme Marquise benommen habe, die vor ihrem Chauffeur einen hysterischen Anfall bekommt, und ihn gezwungen habe auszusteigen, wo ich ihn verhören wollte, anstatt ihm zu helfen, wo er doch so charmant ist, so hübsch, so höflich und geduldig mit mir! ... Hat er von mir jemals eine ideologische Legitimation verlangt? Nein. Und trotzdem verspricht er, daß die Flugblätter morgen fertig sind; es ist sehr gut möglich, daß das alles nur ein Haufen dummes Zeug ist. Es ist mir schnuppe. Hundert unnütze Fragen und hundert unnütze Antworten in bezug auf meinen Manolo: Ob's Wahrheit ist, ob Lüge, was für ein Klassenbewußtsein auch immer er haben mag, was für eine Zukunftsvision, die eigentliche Frage ist ... (ach Mama, ich kann immer noch nicht schlafen!).

Die entscheidende Frage lief auf folgendes hinaus: Wie weit ist er imstande, für mich zu gehen?

... bewaffnet
mehr mit Tapferkeit als mit Stahl.

GÓNGORA

Die Straße glich einem Flußbett: Schlamm, Gras und Steine. In weniger als einem Jahr war sie eingesunken, als wären die reißenden Fluten einer Überschwemmung über sie hinweggegangen, und Teresa fragte sich, was wohl aus diesem jungen Arbeiter mit dem unschuldigen Lächeln geworden war, der nie etwas von Bertolt Brecht gehört hatte. Die hohen Schornsteine ragten zum Himmel empor und verschmierten ihn mit Rauch. Am Ende der Straße sah man die ersten Ausläufer von Montjuich. Schweigend gingen sie auf dem übel zugerichteten Bürgersteig an der langgestreckten Fabrikmauer entlang, hinter der der dumpfe Lärm der Maschinen hämmerte wie ein Pulsschlag. Keine Menschenseele zu sehen, diese Straße hatte nie irgendwohin geführt. Es war vormittags, kurz vor elf, und die Sonne brannte heiß. Der Lärm der Fabrik erweckte in Manolo die winterliche Sehnsucht nach einem gewissen Spaziergang, nach dem aufregenden Anblick von Teresas Knien, die die Beine eines Unbekannten umschlossen; er erinnerte sich an Marujas Lachen, wie sie an seinem Arm hing, und an den schweren Koffer mit dem Besteck ... Ein paar Kinder kamen aus einem Hauseingang geschossen und verfolgten ihn mit Spielzeugpistolen. Am Ende der Straße blieb Manolo stehen.

»Hier ist es«, sagte er und zeigte auf einen kleinen Hauseingang. »Sie sind bestimmt auf der Terrasse. Es ist besser, du wartest hier auf mich, oder im Wagen, wie du willst. Sie mögen es nicht, wenn ich Fremde mitbringe ... Aber wenn du merkst, daß es zu lange dauert, komm rauf. Einverstanden?«

Teresa antwortete nicht, sie beobachtete die Kinder, die auf dem gegenüberliegenden Bürgersteig spielten, aber sie hatte

verstanden. Aus den Augenwinkeln sah sie Manolo den Eingang betreten. Als sie allein war, begann ihr Herz heftig zu klopfen. Sie hatte sich, seitdem sie sich vor einer halben Stunde in der Klinik getroffen hatten, nur einmal dazu herabgelassen, mit ihrem Freund zu reden. Sie war weniger über ihn verärgert als vielmehr verblüfft: Er war so entschlossen, was die Sache mit den Flugblättern anging, widmete sich so ganz und so aufrichtig der Wiedergewinnung ihrer Zuneigung und ihres Vertrauens. Andererseits war heute morgen in der Klinik etwas passiert, worüber sie noch immer irgendwie erschrocken war: Als sie zusammen am Bett der Kranken standen und Manolo die Hand ausstreckte, um Maruja eine gestutzte schöne Locke aus der Stirn zu streichen (sie hatten ihr das Haar ganz kurz geschnitten), öffnete die Kranke plötzlich ein Paar bestürzte und flehende fiebrige Augen, die sie für einige Sekunden auf Teresa heftete. Auch Dina war dabei, doch weder sie noch Manolo schienen etwas zu bemerken, oder sie maßen dem keine Bedeutung bei. Es war jedoch etwas mehr gewesen als ein bloßer nervöser Reflex der Augenlider, etwas mehr als das zufällige und blinde Verrutschen der beiden Pupillen einer lädierten Puppe oder zweier verschleierter Glasaugen: Sie hätte schwören können (zumindest in dem Moment), daß Maruja ihr etwas sagen wollte, daß sie sogar die Lippen bewegte, daß dies ein direkter und persönlicher Appell an ihr Einfühlungsvermögen und an ihre gesellschaftliche Stellung einer Señorita war, ein plötzliches Zeichen von Klarheit, das sie irgendwie darum bat, dem Jungen zu vertrauen und ihn nicht noch mehr Dummheiten machen zu lassen ... Oder war es ihr bloß so vorgekommen? Als sie aus der Klinik kamen und in den Wagen stiegen, wollte sie Manolo gerade davon erzählen, als dieser sie lakonisch darum bat, ihn ins Pueblo Seco zu fahren. Während der Fahrt redete er: »Wie großartig ist doch der Sommer, die besprengten Straßen, die Luft scheint parfümiert, die vornehmen Viertel scheinen eingeschlafen zu sein und leer, o Teresa, die Stadt gehört uns ...«
»Was ist mit dir los?« fügte er hinzu. »Bist du noch immer sau-

er?« Sie fuhr schnell, in Gedanken versunken, in dem ihr eigenen aufrührerischen Stil (wirklich hübsch: Sehr weit zurückgelehnt, mit straffen, ganz durchgestreckten und steifen Armen hielt sie das Lenkrad, das Kinn auf der Brust, der Blick herausfordernd – so mußte James Dean gestorben sein), sie achtete auf den Verkehr, maß ihm jedoch keine Bedeutung bei. Sie verbarg ihre große Neugier und jenes musikalische Vibrieren ihres Bauchs, das ihr noch vom Vorabend geblieben war, hinter einer Maske von Gleichgültigkeit. Der Murcianer war sehr schick erschienen: rosa Hemd mit Brusttaschen und langen Ärmeln, Basketballschuhe und sehr enge weiße Hosen, peinlich sauber, die ihm sehr gut standen. Was hatte er vor? Als sie auf dem Paralelo waren, befahl er Teresa, links in eine Straße zu biegen und sofort anzuhalten. Und als sie die Straße wiedererkannte, war sie aufs neue überrascht.

»Hier?« hatte sie verwundert gefragt.

»Ja. Hier lassen wir den Wagen stehen.«

Das war das einzige Mal, daß sie etwas gesagt hatte. ›Warum sträube ich mich so sehr gegen eine Enttäuschung, wo mir die Enttäuschung vielleicht das Beste von ihm offenbart?‹ fragte sie sich jetzt. Sie sah sich den Hauseingang genau an. Es war ein dunkles und schmales Treppenhaus mit einem Eisengeländer und einer einzigen Tür auf jedem Absatz. Teresa hielt es kaum fünf Minuten alleine aus (er hatte mit fünfzehn gerechnet): Geräuschlos, sich an den Wänden und am Geländer entlangtastend, stieg sie bis in den obersten Stock hinauf, den dritten. Von dort aus führten ein Dutzend Stufen zu einer goldenen Lichtexplosion: eine kleine wurmstichige Holztür, von den Sonnenstrahlen durchlöchert wie ein alter Sack, den man gegen das Licht hält, mit zwei geldstückgroßen Öffnungen, durch die sich zwei glühende Schwerter bohrten. Teresa stieg langsam hinauf, zitternd, sie näherte sich diesem Feuer und sah durch eins der Löcher hindurch. Im ersten Moment war sie von der Sonne geblendet. Dann sah sie den Boden einer mit feinem Sand bedeckten Dachterrasse, an Drähten aufgehängte Wäsche und ein süßes

Kind mit blonden Locken, das nackt herumlief. Fünf Jungen saßen im Hintergrund auf dem Boden, den Rücken an die Brüstung gelehnt, und lasen Zeitschriften und Comics. Teresa konnte den genauer erkennen, der in der Mitte saß und eine kleine schwarze Katze streichelte, die in seinem Schoß lag; er sonnte sich mit nacktem Oberkörper und trug eine dunkle Brille. Zu seinen Füßen lagen zwei Mädchen im Badeanzug auf einem Handtuch, auf dem Rücken, mit eingecremten Gesichtern (das emporgereckte Kinn verharrte in einer leidenschaftlichen Geste, wie um das Gleichgewicht zu halten oder einen Kuß zu geben); Teresa erkannte sie sofort: Es waren dieselben Mädchen, die eines Nachmittags bei ihr zu Hause aufgetaucht waren und nach Manolo gefragt hatten. Um sie herum auf dem Boden sah sie Romanheftchen und Illustrierte, Bierflaschen, einen Eimer Wasser und ein kleines Kofferradio, aus dem Tanzmusik dröhnte. Teresas Blickfeld wurde oft ganz von dem blonden Kopf des Kindes beherrscht, das zwischen Tür und Eimer hin und her lief und seine nassen kleinen Hände schüttelte. Der Junge mit der dunklen Brille schien jemanden anzustarren, den Teresa nicht sehen konnte (wahrscheinlich Manolo) und an den er ab und zu das Wort richtete, nach seinem Gesichtsausdruck zu urteilen, keineswegs freundlich. Sehr angeberisch winkte er ihn zu sich heran, aber wegen der Musik konnte Teresa nicht verstehen, was er sagte. Auf einmal erkannte sie Manolos Stimme, ganz in ihrer Nähe, und sah ihn langsam ins Blickfeld treten, mit dem Rücken zu ihr. Die Sonne glänzte auf seinen weißen Hosen. Sie preßte sich an die Tür, um ihn besser sehen zu können; daß sie in ihrer Situation keine Strafe zu befürchten hatte, reizte sie, diese Gelegenheit, die es ihr erlaubte zu sehen, ohne gesehen zu werden (dunkel wurde sie angezogen, man darf nichts verschweigen, von einer süßen Hand aus Licht, die in ihren Eingeweiden wühlte: der Sonnenstrahl), und dann gab es eine kleine Pause im Radio, die sie die Worte verstehen ließ, die Manolo ausspie: »... ich bin nicht hergekommen, um etwas zu erbitten, was mir nicht gehört, und wenn mich etwas auf die

Palme bringt, Paco, dann sind das die Lügen deiner Schwestern.« – »Wird er jetzt noch pampig, der Kerl?« hörte sie einen der Jungen sagen. »Ist er etwa nicht mit Forderungen angekommen, anstatt zu bezahlen, was er uns schuldig ist, er und diese verrückte Nichte des Kardinals ...?« Die Sister-Schwestern hoben schwerfällig ihre öligen Gesichter, um Manolo anzusehen. »Der ist doch nur gekommen, um uns zu beleidigen und zu provozieren, merkt ihr das denn nicht?!« schrie eine der beiden. Metallisch brach die Musik wieder los, kratzte am Trommelfell: ein Militärmarsch. Trotz des Tschingderassassas hörte Teresa sie über irgendeine Beziehung zwischen des Beschuldigten und einer gewissen Jeringa reden; die jüngere der Sisters sprach über ein intimes Fest im Haus des Kardinals: »Ich falle auf der Stelle tot um, wenn das nicht stimmt: Die Kleine war ganz nackig unter dem Unterrock (für Teresa klang das ein bißchen sonderbar), und dieser unverschämte Kerl hatte sie auf seinen Knien; ich erinnere mich genau, das war damals, als er ganz frech abgestritten hat, auch nur eine einzige Gabel aus dem Koffer angefaßt zu haben ...« Der Junge mit der dunklen Brille erhob sich langsam, das Kätzchen sprang von seinem Schoß und blieb wie angewurzelt stehen, fauchend, buckelnd und grimmig, in der vorbildlichen Stellung einer ausgestopften Katze. »Ich hab dir gesagt, Manolo, daß ich dir die Fresse poliere, wenn du dich noch einmal hier blicken läßt«, drohte er. Ein Windstoß bewegte die aufgehängte Wäsche, ganz dicht an Manolos Nacken, während sich dieses süße Gör mit dem nackten, kleinen rötlichen Hinterteil an seine Beine drängte und mit der kleinen Hand an der weißen Hose zerrte. Die Szene ließ Teresa schmunzeln. Als Manolo sich umdrehte, um das Kind beiseite zu schieben, starrten seine Augen plötzlich auf die Tür, auf das Loch (auf ihr ureigenstes spionierendes blaues Auge, das hätte sie schwören können). Aber nur für einen Augenblick. Dann kam es zu einem drolligen Sturz des Kleinen zwischen Manolos Beinen, zu Manolos bewundernswerter Rumpfbeuge, als er sich bückte, um dem Kleinen aufzuhelfen, und zu seinem trügerischen, freundlichen Lächeln: All das bewirkte einen plötzlichen Positionswechsel, den Teresa nicht mehr mitbekam; sie hatte das Auge vom Loch genommen, weil das Licht sie fast zum Weinen brachte. Als sie wieder hindurchsah, warf ein anderer Junge mit bedrohlicher Miene den Comic beiseite, den er gerade gelesen hatte. Zwei- oder dreimal übertönte Manolos Stimme die Musik und trug die Worte »Drucksachen und Lipotyne« zu ihr herüber (›War das ein Scherz, oder konnte er es nicht einmal richtig aussprechen?‹), und auch ihren Namen: Teresa. Aber sie kümmerten sich nicht um ihn; sie schienen nicht eben uninteressiert oder befremdet, sondern immer aufgebrachter. »Der hat se nich mehr alle«, sagte einer der Jungen. Sie tauschten ungeduldige Blicke, und der Junge mit der dunklen Brille machte eine beschwichtigende Handbewegung. Teresa war fasziniert. Sie hörte Flügelschlagen ganz in ihrer Nähe – vielleicht ein Taubenhaus. Sie sah, wie Manolo noch etwas mehr auf die Gruppe zuging, ohne mit dem Gestikulieren aufzuhören, er hatte die Hände aus den Hosentaschen genommen, trug aber dieselbe gleichgültige Haltung wie vorher zur Schau, gelassen provokativ. Was hat er jetzt vor?, dachte sie. Offensichtlich verlangte er etwas, was den Gesichtern seiner Zuhörer nach zu urteilen beleidigend war. Den Blick auf den Nacken des Jungen geheftet, preßte sie sich noch mehr an die Tür, an den Finger aus Licht, und beobachtete dabei gleichzeitig, daß eines der Mädchen aufstand (wie schrecklich, was für ein Birnenarsch), um den Kleinen beiseite zu nehmen. ›Hier passiert gleich was. Soll ich jetzt sofort die Tür aufstoßen und rausgehen? Er hat gesagt, wenn es zu lange dauert ... Aber es sind noch keine zehn Minuten um‹, sagte sie sich nach einem Blick auf ihre Uhr. Sie wollte keine voreiligen Schlüsse ziehen aus dem, was sie da in dieser ordinären Hausbadeanstalt beobachtete (nein, das war natürlich keine Geheimzelle, was für ein Einfall!, es schien eher eine Bande von Ganoven oder Arbeitslosen zu sein), auf dieser abgelegenen Terrasse im Pueblo Seco, die vor dem bedrohlichen Hintergrund von Fabrikschornsteinen und Dachgärten voller Wäsche schwebte, vor einem vom Rauch schmutzigen Himmel: Sie hatte beschlossen, sich an die Tatsachen zu halten. Folglich beobachtete sie das ungewöhnliche Schauspiel, ohne für irgend jemanden Partei zu ergreifen (abgesehen vielleicht von jener stolzen Gestalt in Weiß und Rosa, die der Sonne trotzte), und achtete mit peinlich genauer Objektivität auf gewisse Einzelheiten und deren unmittelbare Konsequenzen, wie es beispielsweise das Licht tat, das ihren Augen vielleicht nicht mehr so sehr wie vorher schadete, weil in diesem Moment Wolkenfetzen die Sonne verdeckten. Aber etwas Außergewöhnliches war im Gange: Das Profil des kleinen Jungen mit seinen goldenen Locken und seiner rotfleckigen Wange versperrte ihr plötzlich die Sicht, und sie begriff, daß die Grimassen des Kleinen die von Entsetzen erfüllte Widerspiegelung dessen waren, was er sah. Als er Platz machte (die Hand seiner Mutter zog ihn heftig), sah sie, daß Manolo eingekreist war, und begriff, daß die Prügelei unmittelbar bevorstand. Vermischt mit der Musik und den abgehackten, wütenden Beschimpfungen, die der Typ mit der dunklen Brille in seinen Bart brummte, hörte sie ganz deutlich Manolos Stimme wiederholen: »Ich lasse es nicht zu, daß du so von Teresa sprichst und daß du überhaupt ihren Namen in den Mund nimmst!«, und dann den dumpfen Schlag von Manolos Faust, ein Stöhnen. »Der ist verrückt«, sagte jemand. Wahrscheinlich auf eine drohende Gebärde hin, die sie nicht erspähen konnte, wichen die anderen einen Schritt zurück und sahen sich fragend an. Der, den sie Paco nannten, hatte sich auf Manolo gestürzt, ganz nah vor sich sah sie jetzt ein Stück nackten Rücken, hilflose Arme und Schultern, und dann schrie sie, drückte, trat gegen die Tür, aber die öffnete sich nicht. Jenseits des Lochs kämpfte Manolo mit zerrissenem Hemd, sein dunkler, muskulöser Bauch krümmte sich unter den Schlägen (da preßte sie sich mit ganz fest verschränkten Armen gegen die Tür, übte mit den Händen und mit dem von der Sonne erhitzten Unterleib Druck aus, aber es gelang ihr nicht, die Tür zu öffnen, es gelang ihr einfach nicht), und sie sah, wie er zurückwich, über die Beine eines der Mädchen stolperte und nach hinten fiel. Alle stürzten sich auf Manolo, der mit äußerster Anstrengung, den verschwitzten und kräftigen Hals gewaltsam verdrehend, den Kopf zu ihr wandte und mit herzzerreißender Stimme schrie: »Teresaaaaaa! ...« Sie glaubte zu sterben. Schluchzend drückte sie weiter vergeblich gegen die Tür (es schienen ihr Jahre zu vergehen), und als es ihr schließlich gelang, auf die Terrasse zu kommen, und sie zu ihm hinlief, hatten sie schon von ihm abgelassen, er lag auf dem Bauch, neben dem Radio, das Wunschmelodien spielte. Von ihrem plötzlichen Erscheinen waren alle überrascht, und sie machten Platz, beeilten sich, ihre Sachen zusammenzusuchen. Teresa würdigte sie keines Blickes, sie hatte nur geschrien: »Laßt ihn in Ruhe, laßt ihn doch in Ruhe!« und sich auf Manolo gestürzt. Er atmete schwer, drehte sich mit Teresas Hilfe um, öffnete ein geschwollenes Auge und sah sie an, zwang sich zu einem Lächeln. Eine Augenbraue war aufgeplatzt, eine Gesichtshälfte von Sand und Blut verschmiert, das Haar zerwühlt, die weiße Hose vollkommen verdreckt und das Hemd zerrissen, ohne einen einzigen Knopf, von oben bis unten offen. Zitternd half Teresa ihm, sich etwas weiterzuschleppen (unbegreiflicherweise, denn er schien überhaupt keine Kraft mehr zu haben, langte er verstohlen nach dem Radio und nahm die Musik mit), und lehnte ihn mit dem Rücken an die Brüstung. Als sie den Blick hob und sich umsah, waren alle verschwunden.

»Sie sind weg! Manolo, was haben sie dir getan! Warum haben sie dich so geschlagen?« fragte sie leise, ohne daß sie sein Gesicht zu berühren wagte. »Was hat dieser Wahnsinn zu bedeuten?«

»Sie wollten sich mit dir und deiner Mutter anlegen ...«

»Aber warum denn, was sind das für Leute? ... Warum sind wir hier hergefahren?« Sie hatte ein Taschentuch herausgeholt und säuberte ihm das Gesicht, streichelte ihn, strich ihm die in die Stirn gefallenen schwarzen Haarsträhnen zurück. Das Radio, das er absichtlich dicht neben Teresa abgestellt hatte, erfüllte seine Aufgabe tadellos und sendete eine sanfte Musik.

»Oje, wie sie dich zugerichtet haben! ... Bitte sprich doch, sag doch etwas! ...«

»Die ... die hatten mir Rache geschworen. Aber es sind die einzigen, die dir hätten helfen können, verstehst du?« Er hob den Kopf und blinzelte in die Sonne, hinter der physischen Anstrengung sein intensives Nachdenken verbergend: Vor sich hatte er jetzt noch, wenn nicht den gefährlichsten Teil (die Prügel waren schlimm gewesen, schlimmer, als er erwartet hatte, Paco, dieser Scheißkerl), so doch den mißlichsten und heikelsten. »Ich wollte ... wollte versuchen, diese Lipotyne für deine Studenten zu beschaffen.«

Teresas Entsetzen wuchs, um dann sofort in Jubel überzugehen.

»O Gott, Manolo! Aber, was sagst du da? Bist du verrückt?«

»Nein ..., du siehst ja, wir haben es versucht, es war der Mühe wert ... Aber man kann eben keine Wunder vollbringen. Ich hatte versprochen, euch zu helfen ... nur, weil ich dich liebe, nur wegen dir ... um deinetwillen.«

»Ich wußte es, ich wußte es, aber jetzt sei still, mein Liebster, vergiß die Studenten, die Flugblätter, alles ... Lipotyne, Lipotyne sagt mein Schatz!«

Erschöpft umarmte sie ihn, umschlang seinen nackten Oberkörper mit den Armen, rieb ihre Haare an seinem Hals. »Was kümmern sie uns?« sagte sie. »Lipotyne, Lipotyne«, wiederholte sie inmitten ihres Lach-Weinens, dem einer Kindfrau (neben ihnen erklang aus dem Kofferradio jetzt ein Lied – selige Erinnerung –, das ein Soldat für seine Freundin gewünscht hatte), während Manolo sich ganz langsam auf den Boden gleiten ließ und sagte: »Komm, komm her, leg dich neben mich, so, nimm mich fest in die Arme ... Und jetzt hör zu, Teresa.«

»Sag nichts, du brauchst mir nichts zu erklären«, murmelte sie und zog seinen Kopf zu sich heran. »Tut es weh, Liebster?« Mit zitternden Fingern tastete sie seinen Mund und die Schwellung der Augenbraue ab. »Das muß dir doch weh tun, laß uns nach Hause fahren, ich verbinde dich ...«

Sie wollte ihn hochziehen.

»Warte«, sagte er. »Es liegt sich so gut in der Sonne. Und außerdem muß ich dir alles erklären, das muß ich einfach.« Unauffällig stellte er mit dem Finger das Radio lauter: *Gestern abend sprach ich mit dem Mond und klagte ihm mein Leid – und erzählte ihm von der Sehnsucht – die ich hab, dich zu lieben.* »Ich muß dir gestehen, daß ...«

»Das ist nicht mehr nötig«, unterbrach sie ihn. »Es ist mir egal, ganz egal, verstehst du? Ich liebe dich, ich liebe dich, oh ja, ich liebe dich!« Sie bedeckte sein Gesicht mit Küssen, es kaum berührend, um ihm nicht weh zu tun, was köstlich erregend war.

»Ich bin in großer Verlegenheit, Teresa«, sagte er plötzlich.

»Was ist denn los?« Sie sah ihn erschrocken an. »Hast du was angestellt?«

»Nein, nein ... Ich hab keine Arbeit.«

»Keine Arbeit?«

»Ja, keine Arbeit. Das heißt: Ich hab auch noch meine Stelle verloren ...«

»Ach so«, seufzte sie. »Ich hab gedacht, es wäre was Schlimmes.«

Sie schmiegte sich an ihn, erleichtert. Jetzt lagen sie beide praktisch auf dem Boden der Terrasse, an die Brüstung gelehnt, sie mit dem Kopf auf Manolos Brust, überwältigt, die Augenlider betäubt.

»Für mich ist es das auch. Wie soll ich dir ins Gesicht sehen können, ohne Arbeit?« fragte der Murcianer erklärend. »Du bist mein Engel, Teresina, meine Süße, aber was würden deine Eltern sagen und deine Freunde?« fügte er hinzu, während er eine Hand zwischen die Knie des Mädchens schob.

»Das ist mir egal«, seufzte Teresa, »das ist mir alles ganz egal. Sieh dir bloß an, was sie mit dir gemacht haben.« Sie beugte das Gesicht über ihn und ließ ihre Haare hinunterfallen und Manolos aufgeplatzte Lippe streifen. »Und alles ist unsere Schuld, meine und die meiner Freunde. Nein, Liebling, mit diesem Spiel ist jetzt Schluß. Sie könnten dich verhaften, wegen Zugehörigkeit zu einer verbotenen Vereinigung und illegaler Propaganda, verstehst du? Du hast schon genug getan, mehr als du konntest, mehr als die Universität verdient.«

»Nicht der Rede wert«, war die höfliche Antwort des Jungen, dessen unruhige Hände dies übrigens auf sehr überzeugende Weise unterstrichen. »Später werden wir große Dinge tun, wart's nur ab. Ich werde für dich das sein, was du verlangst, ich werde so werden, wie du es dir wünschst, weil ich dich liebe.«

»Du liebst mich, Manolo? Schwör es.«

»Ich liebe dich mehr als alles in der Welt, ich bete dich an, ich brauche dich.«

Teresas Lippen landeten auf seinem Mund wie ein Insekt aus Licht. Dann sagte sie:

»Warte ab, was wir tun werden, mein Herz: Wir werden uns um dich kümmern, mach dir keine Sorgen, ich werde dir helfen, die Arbeit zu finden, die du brauchst. Ich muß nur mit Papa reden, er kennt eine Menge Leute. Es wird ganz einfach sein, du wirst schon sehen, laß mich mal machen.«

»Sag ihm, daß ich eine Menge kaufmännische Erfahrung habe, und daß ...«

Teresa hatte sich hinuntergebeugt und küßte ihn wieder. Die ganze Luft war erfüllt von *Gestern abend sprach ich mit dem Mond – er sagte mir so viel – daß er vielleicht in dieser Nacht – wieder mal mit dir spricht ...* Berauscht von der Sonne und der Musik, geschwächt von der Erregung, ließen sie sich ganz auf den Boden gleiten und blieben lange Zeit engumschlungen liegen, so als schliefen sie. Erblindet, geblendet von einer höheren Wirklichkeit, entfloh schließlich der letzte geliebte Schatten, das letzte Gespenst aus jenem blonden Köpfchen, das sich verliebt an der Brust des Murcianers rieb: Ihr zärtlicher und kühner Freund war genauso einsam und verlassen wie sie, das war die Wahrheit. ›Wie schwach ich mich jetzt fühle‹, sagte sie sich, ›aber wie glücklich.‹ Es erschien sogar sonderbar: Sie hätte nie gedacht, daß es sich so verhielte, nie hatte sie jemanden kennengelernt, der allein lebte, in ständigem Kampf, so wie er, sie hätte sich niemals vorstellen können, daß seine Armut seine Kraft war, sein stärkster Ausdruck der Wahrheit. Sie dachte hastig nach: ›Auch ich habe bis vor kurzem nicht geglaubt, so allein und orientierungslos zu sein: Die Dinge lagen jedoch anders, als ich dachte, anders, als alle behaupten, als man es mir zu Hause und an der Universität beigebracht hat. Aber er hat mich jetzt gerade davon überzeugt, daß wir so sind und daß die Dinge so sind, so vor sich gehen.‹

Sie hörten ein Tapsen auf der Terrasse. Der Kleine lief nackt auf sie zu, griff, als er bei ihnen war, nach dem Kofferradio, sah sie einen Augenblick lang mit seinen großen, klaren Augen an und lief weg.

... während er sich dem eleganten Unbekannten ganz langsam zu Füßen fallen läßt, ganz allmählich die Knie beugend, kraftlos, mit auf die Brust gesunkenem Kopf und mit Händen, die im Leeren nach einer Stütze tasten, während er in der stickigen Hitze der Werkstatt lautlos zusammensinkt, überwältigt von Müdigkeit und Erschöpfung und dem jeden Tag drohenderen »Ich füttere keine Rumtreiber durch« seines Bruders, wie seltsam und fremd schien damals die Stadt, Liebster, wie argwöhnisch kamen einem die Leute vor, welche Verschlagenheit in den Stimmen, in dem katalanischen Akzent, in den beleuchteten Straßen, bei den beiden Freundinnen, die sie donnerstags mit zur Plaza de Cataluña nehmen (die drei Arm in Arm, Eis essend und lachend), in dem schüchternen Lächeln des Soldaten und selbst auf seinem geschorenen Kopf (später, als das Haar wuchs, sah ich, daß er blond war wie die Sonne), sie erinnert sich an die ersten Küsse in der dunkelsten Ecke des Gartens, an den Geruch nach dem verbrannten Pulver der Raketen und nach dem Desinfektionsmittel im Wasser des Swimmingpools: Es war derselbe romantische Mond der *verbena*, aber über anderen Bäumen, über anderen Küssen, damals war sie jünger und dümmer und dachte die ganze Zeit nur an den Kasernengeruch, den seine *sahariana* ausströmte, und auch an seine sanfte Art zu reden, an seine hübschen blauen Augen eines Jungen von den

Kanaren, Augen, die viel Meer gesehen haben, und was für eine Angst sie hatte, ihn zu verlieren, wie sie sich ihm hingab, wie sehr sie sich täuschte und getäuscht wurde, wie elendiglich wir uns an irgend jemanden klammern, um nicht das ganze Leben allein zu bleiben; was hätte sie anderes tun können, sag, bedenke auch, daß sie, wenn sie mit den Kindern von Doña Isabel am Strand war, oft nicht einmal Lust dazu hatte, sie zum Spielen zu animieren, und erst recht nicht dazu, selber zu baden, denk daran, daß sie in ihrer schwarzen Dienstkleidung und mit ihrer Haube still und steif im Sand sitzen blieb, darauf bedacht, ihre Beine nicht zu zeigen: Nachdem er für immer fortgegangen war, glaubte sie monatelang auf ihren Knien eine Art Mal wahrzunehmen, ein Zeichen, den Schatten der Hände des Soldaten, der sie nie wieder umarmen würde im Parque de la Ciudadela, wenige Schritte von der Kaserne entfernt, und sie wurde beherrscht von der dunklen Angst und der Scham, die Señora könnte auf ihrer Haut geschrieben sehen, was er ihr angetan hatte. Ab und zu rief sie die Kinder, um ihnen die Rotznasen zu putzen oder damit sie nicht zu tief ins Wasser gingen, vor allem, damit sie die Herrschaften nicht störten, die sich in den Liegestühlen sonnten, während du auf dem Monte Carmelo noch immer auf den Boden der Werkstatt sinkst, dich langsam nach vorne beugst, in kalten Schweiß gebadet, gleich fällst du in Ohnmacht, und nie werden wir wissen, ob es echt war oder nur eine deiner Finten, um das Herz des Unbekannten zu rühren. Hier dagegen war immer alles ganz klar, hier war der helle Mittag immer erfüllt von ungezwungenem Lachen und anstößigen Bemerkungen über das Ehepaar, die Familie, die Geschäfte und gewisse abwesende Señoras. Daß sie, in der Sonne schläfrig geworden, nicht aufpaßt oder über die Folgen so vieler verrückter Nächte nachdenkt, nutzen die Kleinen aus und gehen gefährlich weit ins Wasser. »Maruja.« – »Señora ...« – »Die Kinder ...« Wenn es Sonntag war, fuhr sie mit der Señora frühmorgens mit dem Auto nach Blanes zur Messe, und dann war es noch schlimmer, denn dich in meinem Bett zu haben, dich neben mir zu spüren, wenn du schläfst, ist das einzig Wahre und Schöne, das es in meinem Leben gibt. Aber das sind die Dinge, die man nicht sieht, die Dinge, die man der Señora gegebenenfalls nicht erklären könnte, denn die Señora ist für sie wie eine Mutter gewesen. Die anderen Familienmitglieder und irgendein Gast sind ebenfalls zum Baden an den Strand gekommen, und aus Gewohnheit beobachtet sie die großen, trägen und braunen Körper der Männer, beobachtet die Señorita und ihre Freundinnen, die auf Handtüchern liegen; manchmal treibt eine unerwartete Herzlichkeit die Señoritas plötzlich dazu, sich zusammenzuhocken und sich ernsthaft für das Mädchen zu interessieren, sie ist so tüchtig und hübsch, und was die Frisur angeht, hat sie einen besseren Geschmack als Nené Villalba, gar keine Frage (Señorita Nené war an diesem Tag natürlich nicht da), und sie fragen sie, ob sie schon einen Freund habe, nein?, wie ist das möglich? Die Jungen von heute sind eine Katastrophe. Die Mädchen reden und schauen sie an, aber sie nehmen sie nicht wahr, ähneln jenen Frauen, die vor einem Schaufenster stehengeblieben sind, aber nichts hinter der Scheibe sehen. »Sie haben immer nur ihr eigenes Bild im Kopf und sind ganz mit sich selbst beschäftigt, hören ständig ihrer eigenen Liebesgeschichte zu, die weder Anfang noch Ende zu haben scheint«, sage ich, weil es einem im Grunde egal ist: Sie hat ja dich, legt die Wange einen Moment in den Sand, mit dem Rücken zu den Leuten, und murmelt: »Vielleicht kommt er heute nacht«, denn sie weiß nie, wann er kommen wird, durch das Fenster springen und sie stürmisch in seine Arme nehmen ... Manchmal sieht er abgespannt aus und hat Ringe unter den Augen, kommt nur, um zu schlafen. Die Sonne, das Meer, die Knie, die sie verraten: Die Señorita betrachtet sie mit echter Zuneigung, aber auch sie weiß nichts. Alles fing schlecht an, und schlecht mußte es enden: Vor diesem Sommer, lange bevor sie ihn bei der *verbena* zum ersten Mal sah (auf der Straße, wie er so hübsch an dem Wagen lehnte, rauchte und darüber nachdachte, wie er zu uns gelangen könnte), lange bevor er sich nach vorne beugte und auf den dreckigen Boden der Werkstatt sackte, zu einer Zeit, als ein Dienstmädchen gerade lernte, das Besteck richtig hinzulegen, und am Telefon noch immer ganz verängstigt schien, entwickelte er schon Listen und Finten, damit sie ihn nicht ins Dorf zurückschickten. Da geht er, steigt den Hang des Monte Carmelo hinauf, die Badetasche über der Schulter. Während er oben stand, ganz ruhig, und die Stadt betrachtete, die zu seinen Füßen lag, wurde es dunkel. Sicher, als sein Bruder ihn so unverhofft vor der Tür stehen sah und zu ihm sagte: »Warum hast du Mutter allein gelassen?«, und als er antwortete: »Ich habe sie nicht allein gelassen, sie hat geheiratet«, konnte man noch nicht wissen, ob er log, aber man sah ihm die erste Schwindelei an, als er hinzufügte, daß er nur gekommen sei, um ihn zu besuchen und seine Schwägerin und die Kinder kennenzulernen, und daß er sehr bald wieder fortgehen würde – eher hätte er sich umbringen lassen, als daß er nach Ronda zurückgekehrt wäre. Nach einigen Tagen sagte ihm sein Bruder, daß er ihn nicht ewig durchfüttern könne und daß im Haus kein Platz für ihn sei. »Ich werde arbeiten, ich werde dir in der Fahrradwerkstatt helfen«, sagte er. »Für zwei ist keine Arbeit da, das Geschäft geht schlecht ...« Es war seine Schwägerin, die sich erbarmte, und dank ihr hatte er im ersten Winter eine Matratze bei den Kindern und einen Teller auf dem Tisch. Ganze Nächte außer Haus – die Ramblas, stell dir vor –, Stunden hing er an der Theke einer Kneipe im Barrio Chino herum, um Freunde zu gewinnen, sagt er, er war nie sehr gesprächig, was diesen Punkt angeht, es wird was Übles gewesen sein, du kennst ihn noch nicht, Teresa. Er kaufte sich den ersten Anzug. Nutzlos, ihn zu fragen, wo er das Geld hernahm: »Ich weiß mir schon meine Brötchen zu verdienen, egal, wo und wie«, sagte er immer. In der Werkstatt hielt er sich nur am Nachmittag eine Weile auf, und zu Hause nur zur Essenszeit, bis es seinem Bruder eines Tages zu bunt wurde und er ihm sagte, er ertrage ihn nicht länger; jetzt wirst du sehen, wie er taumelt und hinfällt: Es ist Mittag, und er pumpt einen Fahrradschlauch auf, oberhalb der Taille nackt, schwitzend in der schrecklichen Hitze der Werkstatt. Sein Bruder hält ihm die altbekannte Standpauke – »Daß du's weißt, ich füttere keine Rumtreiber durch« –, aber er hört ihm nicht zu. Er denkt an die seltsamen Dinge, die in letzter Zeit in der Werkstatt geschehen (da steht ein Motorrad zur Reparatur, aber es gibt an ihm gar nichts zu reparieren), und in genau diesem Moment tritt die erhoffte Lösung all seiner Probleme über die Schwelle: ein gutgekleideter Mann, liebenswürdig, gebildet, der mit einem Marmorstock und vornehmen, wunderschönen weißen Haaren glänzt und seine Nichte an der Hand hält: ein kleines blondes Mädchen. Kaum eingetreten, fängt der Unbekannte an, mit seinem Bruder zu streiten (gelassen, ohne die Stimme zu heben, aber mit auffallender Standhaftigkeit und Autorität, er wird es dir bestätigen, wenn du ihn danach fragst), über ein Motorrad, das ohne seine Erlaubnis verkauft worden war. Der Mechaniker, ganz erschrocken, weiß nicht, was er antworten soll, und der Unbekannte droht ihm, Geld einzufordern, das er ihm seit langem schuldet. Sein Ärger hindert ihn aber nicht daran, seine Aufmerksamkeit auf den dunklen Rücken eines Jungen zu lenken, der im hinteren Teil der Werkstatt arbeitet, und er fragt, wer das sei. »Mein Bruder«, sagt der Mechaniker und nutzt die Gelegenheit zu einem Themawechsel: »Der Junge ist aus unserem Dorf abgehauen, und jetzt läßt er sich durch nichts mehr dazu bringen, zurückzugehen. Eine echte Belastung!« Unterdessen beobachtet der Junge den Herrn über die Schulter hinweg aus den Augenwinkeln – es war wie eine Offenbarung, sagt er: Dieser vornehme und distinguierte Kunde konnte niemand anderes sein als der reiche Empfänger des gestohlenen Motorrads, das sein Bruder in der Werkstatt versteckte –, aber wenn du ihn nach weiteren Einzelheiten fragst, wird er dir sagen, daß er nur Freundschaft in seinen Augen sah, Verständnis und sogar Milde, mehr nicht, denn plötzlich fiel ihm das Rad aus den Händen, und er merkte, daß er keine Luft mehr bekam und wie ein Sack hinplumpsen würde, er wird dir sagen, ihm sei von der Hitze und der Müdigkeit schwindlig geworden, die Beine hätten ihn nicht mehr tragen wollen, er hätte es nicht verhindern können ...

Er hörte das Aufschlagen seines eigenen Körpers, der vornüber auf den Boden fiel, als er gerade glaubte, er könne mit der Hand den Herrn erreichen und sich bei ihm abstützen, und er erzählt, er habe, bevor er das Bewußtsein verlor, Zeit gehabt, auf seinem Rücken die erste zärtliche Hand zu spüren, die ihm in der Stadt begegnet sei – die Kleine, sagte ich, blöd wie ich bin, aber nein, es war ihr Onkel, der sich neben ihn hingekniet hatte, um sich um ihn zu kümmern. »Das ist Schwäche. Armer Junge«, sagte der Herr und faßte ihn an den Armen. Der Mechaniker zeigte mit dem Finger auf ihn: »Das ist Theater, ich kenne ihn« (und jetzt geben Sie acht, Señorita: Wie konnte er sie hören, wenn er bewußtlos war?). Eine weiße Hand, die nach Kölnisch Wasser duftete, schlug ihm auf die Wangen, damit er wieder zu sich kam. Der Mechaniker erklärte, daß der Junge nicht einmal sein richtiger Bruder sei, sondern nur sein Stiefbruder, und daß er sich nicht verpflichtet fühle, für ihn zu sorgen; aber der Herr schalt ihn, so unbarmherzig und rücksichtslos gewesen zu sein. Außerdem schickte er ihn nach einem Cognac in die Bar, und der Kleinen befahl er, auf die Straße spielen zu gehen. Er sagt, als er das Bewußtsein wiedererlangte, habe ihn der liebenswürdige Herr nach Hause zum Essen eingeladen, und am nächsten Tag ebenfalls, und er habe ihn dazu gezwungen, sich zu duschen und mit einer sehr guten Palmolive-Seife zu waschen, und von da an sei er ein sehr guter Freund des Mädchens gewesen; er verbrachte ganze Tage in jener Villa, und natürlich lernte er nach und nach alle kennen, eine Bande von Spitzbuben, die von Zeit zu Zeit mit Koffern voller Kleidung, mit Transistorradios, Foto- und Rasierapparaten und ich weiß nicht was noch für Sachen erschienen, die Motorräder nicht mitgerechnet, die in der Werkstatt landeten und die er mit seinem Bruder nachts in ihre Einzelteile zerlegte; anfangs erlaubten sie ihm nur, dabei zu helfen, er sei noch zu jung. Aber er ließ nicht locker, bis er sich durchgesetzt hatte: Nachdem er dank dem Herrn erreicht hatte, daß sein Bruder nicht mehr drohte, ihn aus dem Haus zu werfen, begleitete er die Jungen auf ihren nächtlichen Streifzügen, nur um Schmiere zu stehen, während sie die Arbeit machten; drei waren es: einer aus dem Pueblo Seco, ein anderer aus dem Guinardó und ein gewisser Luis Polo, der im Gefängnis landete; in jenem Sommer räumten sie Dutzende von ausländischen Autos aus. Er sagt, dank dem großen Interesse, das der Herr vom ersten Moment an für ihn gehabt habe (das sagt er lachend), habe er es schließlich geschafft, daß sein Bruder ihn in Ruhe ließ und sogar zufrieden mit ihm war: Er verdiente sich seinen Lebensunterhalt ganz ausgezeichnet, kaufte sich den zweiten Anzug – cremefarben, ein Sommeranzug, aber zweireihig. Welch günstige Ohnmacht, das gibt er selbst zu, und manche Nacht brüstet er sich damit, lacht mit diesem dreckigen Lachen von Männern, die mit einer leichten Eroberung prahlen oder eine Frau in den Armen einer anderen betrügen: Einige seiner Geschichten vom Carmelo waren so frech, so zynisch, so unverschämt dreist, daß sie manche Nacht in jenem in Mondlicht getauchten Bett, während er ihr davon erzählte und sie ihm den auf ihrem Bauch liegenden Kopf streichelte, sogar etwas wie Eifersucht verspürte und vor allem Angst, diese Angst, die sie immer um ihn gehabt hatte, vom ersten Tag an, nicht unbedingt wegen seiner Delikte; zwar ängstigten sie am meisten seine Diebstähle und die Befürchtung, ihn im Gefängnis zu sehen, ja; aber das ist es nicht: Da ist etwas anderes in ihm, ich vermute, ein anderes Vergehen, dessen Sühne das Unglück seines ganzen Lebens sein könnte ... Heiliger Gott, was für eine schwarze Wolke, was für eine lange Nacht, nimm mich in deine Arme und laß mich nicht los, Liebster, immer schläfst du als erster ein, aber ich ahne, daß heute nacht ...

Par un concubinage ardent, on
peut deviner les jouissances
d'un jeune ménage.

BAUDELAIRE

Der langsame Verfall des Mythos brachte seine Freuden mit sich, trotz allem: Teresa sah, berührte und glaubte dann.

Bei ihm blieb eine Woche später das einzige sichtbare Zeichen der Schlägerei eine winzige, rötliche und dämonische Narbe an der Augenbraue. Er streifte durch das Viertel, auf der Suche nach Freunden, um armselige zehn oder fünfzehn *duros* zu erbetteln, mit denen er sich durchschlagen, mit denen er durchhalten konnte, immer in dem Gefühl, in bestimmten Winkeln des Carmelo einen Teil von sich selbst zurückzulassen (er ahnte zumindest schon die trübe rettende Macht, die der blaugraue Blick der Jeringa ausüben wollte), und als er eines Abends zu dem Mädchen nach Hause ging, um sich die Augenbraue behandeln zu lassen, erreichte er außerdem noch, daß sie ihm hinter dem Rücken des Kardinals hundert Pesetas lieh. Diesmal kostete es ihn einen Kuß (angeblich brüderlich) und das feste Versprechen, sie am nächsten Tag mit dem Motorrad spazierenzufahren. Danach, mit dem Schein in der Tasche, ging er ins Café Delicias und organisierte einen *julepe*-Tisch, an dem der Einsatz vier *duros* betrug. Hinter verschlossenen Türen spielte er bis morgens um halb drei und hatte Glück: Die hundert Pesetas verwandelten sich in vierhundert. Am nächsten Morgen gab er seiner Schwägerin hundert – er achtete genau darauf, es im Beisein seines Bruders zu tun –, von dem Rest kaufte er sich ein weißes Hemd und eine Flasche Kölnisch Wasser und ging dann zum Duschen in das öffentliche Bad an der Travesera. Noch am selben Nachmittag, als er das kleine, leere Café in der Vía Augusta betrat, wo ihn die Studentin erwartete (seit Anfang September verabredeten sie sich nicht mehr in der Klinik, und er hatte Maruja schon drei Tage nicht besucht), schlang Teresa die Arme um seinen Hals und sagte:

»Mach dich heute abend fein. Wir sind bei Freunden zum Essen eingeladen.«

»Beide?«

»Natürlich. Es geht um eine Stelle für dich. Freust du dich nicht? Damit du hinterher nicht sagst, ich würde mich nicht um dich kümmern.«

»Das hab ich doch nie behauptet, Tere«, protestierte er. »Hast du mit deinem Vater gesprochen?«

»Noch nicht, er ist in der Villa. Ich habe nur mal angefangen, die Lage zu sondieren: Heute morgen habe ich mit Alberto Bori gesprochen, einem Typ, der mit mir zusammen studiert hat. Er macht jetzt irgendwas in Sachen Werbung und Vertrieb von Büchern, genau weiß ich es nicht, aber es hat etwas mit der Bibliothek der Führung und Verwaltung von Unternehmen zu tun, einer von Papas Liebhabereien ...«

»Liebhabereien?«

»Na ja, so'n Klüngel, du weißt ja, Papa hängt in Geschäften mit Wirtschaftsfachbüchern und so drin ... Ich bin da nicht so genau im Bilde, es interessiert mich auch nicht.«

»Das ist aber nicht richtig. Es sollte dich interessieren, er ist dein Vater.«

»Also, die Sache ist die, daß Alberto Bori besser weiß als ich, wo Papa mitmischt, er wird uns informieren. Außerdem sind die Boris sehr gute Freunde von mir. Paß mal auf, wir machen das so ... Um neun hole ich dich in der Bar des Roxy-Kinos ab, sei bitte pünktlich. Tu dir einen Schlips um, für den Fall, daß wir hinterher was trinken gehen ... Wieviel Geld haben wir denn noch?«

»Ich? Grad genug für ein paar Gläschen«, sagte er mit nachdenklicher Miene.

»Ich geb dir was ... Und hör mal, mach bitte nicht dieses würdevolle Gesicht, das regt mich auf. Ich leih's dir bloß.« Lächelnd flüchtete sie sich in seine Arme, fuhr ihm mit den

Fingern durchs Haar, betrachtete dann sein vom Nachdenken verkniffenes Gesicht und gab ihm einen raschen, ungestümen Kuß: Es war ihr gelungen, diesen Kreislauf des Ideals und des Verlangens wieder zu schließen. »Hör mal, und wenn du so wie sonst kommen würdest, in deinen Blue Jeans und deinen ...?«

»Kommt gar nicht in Frage. Noch kann ich vor deinen Freunden mit dem Respekt auftreten, den sie verdienen.«

Teresa lachte glücklich auf.

»Du wirst mir noch ein kleiner Bourgeois.« Und in anderem Ton fügte sie hinzu: »Versprich mir, daß du sehr nett zu Mari Carmen bist, das ist wichtig.«

»Wer ist Mari Carmen?«

»Albertos Frau.«

»Soll ich ihr ein paar Blumen mitbringen?«

Sie erstickte ein weiteres herzliches Lachen. Mit dem Finger streifte sie die Narbe an der Augenbraue und strich ihm eine schwarze Haarsträhne zurück.

»Du bist ein Schatz«, sagte sie. »Wie sehr ich dich liebe. Nein, mein Engel, du mußt gar nichts machen. Dich nur so geben, wie du bist. Sie wollen dich gerne kennenlernen, und wir werden uns gut unterhalten, du wirst schon sehen, es ist mal nötig, daß wir ein bißchen mit Freunden ausgehen, es kommt mir vor, als hätte ich schon seit einer Ewigkeit niemanden mehr gesehen. Geht es dir nicht auch so? Manchmal habe ich das Gefühl, daß ..., ich weiß nicht, daß wir in einer anderen, unbekannten Stadt leben, du und ich allein.«

»Und wenn der Sommer zu Ende ist? ...«, murmelte er und sah ihr in die Augen.

»Na, was soll dann sein? Ich gehe zur Uni, du zur Arbeit; ich werde am Tor auf dich warten, wir werden durch den Regen gehen ...«

Die Boris erwarteten sie um halb zehn. Sie wurden herzlich empfangen, gefeiert und bewundert, als kämen sie von einer langen Kreuzfahrt zurück: ein Aufblitzen von Neugier, wie bei einer Hochzeit, sogar von geheimem Einverständnis (das ergab sich schnell zwischen Teresa und Mari Carmen, dieses plätschernde Geräusch von kühlem Wasser und Geröll wie bei Neuvermählten, zunächst durch Küsse und dann durch Getuschel), aber keine direkte Frage zum Verlauf ihrer Beziehung; sie wollten nur wissen, wie sie sich kennengelernt hatten (Manolo hatte schon bemerkt, nicht ohne sich ausgeschlossen zu fühlen, daß dies vor allem eine Sache war, die die Neugier aller Freunde von Teresa weckte: wie sie sich kennengelernt hatten, wo, durch welchen Zufall). Während er mit Alberto Bori redete, brachten ihn einige Worte, die Mari Carmen leise an Teresa richtete (»Dir steht das Glück im Gesicht geschrieben, Tere. Wissen sie bei dir zu Hause, daß du mit ihm gehst?«, keine Antwort), auf den Gedanken, der Abend könne einem bestimmten sonderbaren Bild seiner alten Bildersammlung ähneln. Aber so war es nicht. Das Sonderbare war der unerbittliche Rhythmus von Distanzierung, den seine Einbildungskraft diesem Abend verlieh, die Tatsache, daß sich bei einem frugalen, aber feierlichen kalten Abendessen (Salat, Lendenbraten, französischer Käse und guter Rotwein, der in originellen kleinen Tonkrügen serviert wurde, auf einem emailleverzierten niedrigen Tisch) zum ersten Mal jene vorweggenommene suggestive Kraft des Luxus und des Respekts verlor, die er stets mit Teresa und ihrer Welt verband. Ein neueres Foto des jungen Ehepaares Bori, die Ellenbogen auf die Reling eines Schiffes gestützt (halb im Profil, die Gesichter zum Himmel emporgehoben, einem unsichtbaren Vögelchen nachsehend, mit vor Rührung vergehendem Blick, die Augen tränenvoll von einer Aufwallung intimer Eitelkeiten und vager künstlerischer Ambitionen), suggerierte ihm etwas von jener touristischen Lässigkeit der Moreaus und von jener anderen, die Maruja auf irgendeine geheimnisvolle Art und Weise niedergeschmettert hatte, ein Schein ungeheurer Irrealität, der sie kleidete, oder eine wunderbare, jedem Geräusch, jedem Hilferuf gegenüber taube Vitrine, die sie schützte und sogar schöner machte. Und nach einer Weile dachte er dunkel: ›Diese Leute werden nicht einen Finger für dich krümmen, mein Junge.‹

Die Boris wohnten im Barrio Gótico, ganz in der Nähe der Kathedrale (die hoch aufragenden Nadeltürme, angestrahlt in der Nacht, zeigten sich vor dem Fenster wie eine gespenstische Dekoration), in einer komfortablen und luxuriösen Penthousewohnung, die aber in gewisser Hinsicht chaotisch war: auf der einen Seite Keramiken und informelle Malerei, *littérature engagée,* Reproduktionen von Picasso (ein großer »Guernica«-Druck beherrschte das Abendessen) und Stiche der jungen, realistischen spanischen Schule; auf der anderen Seite eine erstaunliche Fülle von Prospekten und Katalogen, von Veröffentlichungen über Verkaufstechniken und Kontrollmethoden in der Verwaltung, auf den Sesseln Nachschlagewerke (in einem Band klemmte eine Brille: »Marketing: 40 praktische Fälle«; ein anderer Band lag neben Teresas braunen, tropischen Knien auf dem Sofa: »Die jungen Manager«). »Achtet nicht so sehr darauf, wie es hier aussieht«, sagte Mari Carmen. »Alberto ist unmöglich, vor drei Tagen sind wir aus Cadaques zurückgekommen, und schon nach einer halben Stunde hatte er alles hier in ein Büro verwandelt.«

Die Boris hatten keine Kinder. Sie kamen beide aus vornehmen Familien, fühlten sich aber in ihrer Penthousewohnung unabhängig und glücklich. Sie hatten eine Zeitlang in Paris gelebt und arbeiteten beide. Alberto war ein schlanker junger Mann mit Brille, attraktiv, mit flinkem Mundwerk und sehr sympathisch. Als Linksintellektueller, in seinen literarischen Ambitionen frustriert, war er lustlos in die Verlagswerbung gegangen. Mari Carmen war fünfundzwanzig; sehr verliebt, hatte sie noch vor dem Ende ihres Philologiestudiums geheiratet, und als sie mit dem Studium fertig war, ein Zeitpunkt, zu dem alle Mädchen ihrer Schicht heiraten, entdeckte sie, daß sie nicht mehr heiraten konnte, weil sie schon verheiratet war (eine banale Feststellung, allerdings nicht so ganz: Für jemanden, der in diesem Leben wenig Wichtiges zu tun hat, wie das bei Mari Carmen Bori der Fall war, kann es verhängnisvoll sein, dies wenige in der falschen Reihenfolge oder zur falschen Zeit zu tun: Sie lief nicht nur ein Jahr lang verwirrt und ernsthaft deprimiert herum, sondern gefährdete auch ihre Ehe). Da sie nicht wußte, was sie tun sollte, entschloß sie sich endlich, im Bekanntenkreis ihres Mannes Arbeit zu suchen, und nahm eine Stelle in der Übersetzungsabteilung eines Verlags an. Sie war eine reizende, blasse und zierliche Frau, ungeschminkt, mit unwiderstehlichem Blick und Bubikopf, und hatte das Flair einer Pariserin. Sie trug einen leichten schwarzen Rollkragenpullover, und ihre flache, eingefallene Brust mit den hochgezogenen Schultern machte den Eindruck vornehmer Langeweile. Jenes Nebeneinander von Welten, das anschauliche starke Gefälle, das in der Penthousewohnung herrschte (Guernica und Marketing), zeigte sich bald auch verbal: »Schade, daß Manolo keine Fremdsprache spricht«, sagte Mari Carmen zu Teresa. »Ich könnte ihm Übersetzungen besorgen.« – »Also, Handlungsreisender ist keine schlechte Idee«, bekräftigte Alberto, mit dem Messer ein Stück Camembert aufs Brot drückend. »Als Einstieg wäre das prima.« – »Besser wäre etwas in der Verwaltung, oder?« murrte Teresa. »Ich bin sicher, daß man auf der Basis von sieben- oder achttausend im Monat anfangen könnte. Ich werde mal bei Papa nachfühlen ...« – »Das hängt davon ab, was Manolo machen kann«, sagte Alberto und sah den Jungen an. »Momentan scheint mir Vertreter am ehesten realisierbar.« – »Kann sein, daß du recht hast«, antwortete Teresa. Mari Carmen lachte: »Meinst du?« flüsterte sie ihr zu. »Du wirst ihn selten sehen. Das scheint dir nichts auszumachen.« – »Nein, er braucht einfach dringend Arbeit, was für eine ist im Augenblick egal, verstehst du? Er redet ständig nur noch davon. Wenn du wüßtest! Der hat vielleicht eine Laune!« Mit geheimnisvollem Lächeln sah ihre Freundin sie an, kauend, die Ohren voll feierlicher Orgeltöne (Musik von Albinoni auf dem Plattenteller, während des ganzen Abendessens). Manolo sprach wenig und beobachtete Alberto Bori. »Natürlich«, sagte dieser, »ist es für das Verkaufen von Büchern wichtig, gut auszusehen, na ja, für das Verkaufen von allen möglichen Sachen, aber es ist auch nicht die Hauptsache ... Dein Haar ist vielleicht ein bißchen lang. Findest du nicht auch, Mari?« – »Es ist sehr gut so. Kümmere dich nicht um ihn, Manolo, Alberto ist ein Neidhammel«, sagte sie und sah den Jungen an. »Ich meine das ernst, Mari.« – »Was du nicht sagst, ich auch! Du verstehst nichts von Männern.« Sie wechselte einen raschen, hämischen Blick mit Teresa, und beide lachten. »Kann gut sein«, räumte Alberto ein, »aber dafür kenne ich die Mentalität der Buchhändler. Ich hab nichts gegen diese Frisur, aber sie wird ihm nicht bei seiner Arbeit helfen.« – »Und du, Tere, als Betroffene, was meinst du?« fragte Mari Carmen. Teresa lachte: »Wenn ihr mir auch nur ein einziges von seinen Haaren anrührt, bringe ich euch beide um«, sagte sie und trank den Rest Wein aus, der noch in ihrem Krug war. ›Auch du, meine Süße, auch du machst mit bei dieser Fopperei?‹ dachte Manolo, der bereit war, sich eine Glatze schneiden zu lassen, um eine Stelle zu bekommen.

Man redete über die Freunde, die in den Ferien waren, und über die, die bereits wieder zurückkamen. Man redete über Paris. Man redete über die Werbung und deren sonderbare Gesetze. »So wie die Lage in diesem Land aussieht«, sagte Alberto Bori und sah Manolo an, »ist die Werbung das, was Zukunft hat. Sie ist eine riesengroße Verarschung, eine der unglaublichsten Morallosigkeiten unserer Zeit, ich habe den ganzen Tag mit Schwachköpfen zu tun. Aber siehst du, Manolo, das wird gut bezahlt. Und denk nur nicht, daß man irgendwelche besonderen Voraussetzungen mitbringen müßte, das ist eine Arbeit, die jeder machen kann, auch du. Stell dir vor, daß ...« Er ging dazu über, eine seiner Reklameideen zu entwickeln, aber anscheinend war es ein Scherz (Manolo gelang es nicht, seinen Humor zu verstehen): ein einzigartiges System von an Landstraßen aufgestellten Plakaten, die nachts, wenn ein Wagen vorüberfährt, mittels eines automatischen Kontakts hochklappen, etwas Eindrucksvolles (wie Schlösser oder Globen, die plötzlich mitten auf dem freien Feld auftauchen, sagte er), und Werbung auf den Tellern der Restaurants, auf den Dächern der Stundenhotels, in den öffentlichen Toiletten, auf dem Hintern der Prostituierten usw. »Solche Ideen kommen einem, wenn man sich ein bißchen den Kopf zerbricht«, sagte er abschließend. »Das schlimme ist, daß wir noch nicht vorbereitet sind für Vorhaben von derart europäischem Ausmaß.« Die Frauen lachten. Der Pijoaparte bemühte sich vergeblich, das Komische daran zu entdecken: Er fand die Ideen ausgezeichnet. Außerdem wollte er auf seine Anstellung zurückkommen.

Aber ein geheimnisvolles Flattern um die Boris, ein Jubel über Fluchtmöglichkeiten, auf die sie in ihrer Langeweile gekommen waren, verwandelte den Abend zwangsläufig in eine alberne Angelegenheit. Mari Carmen entschied, daß man etwas unternehmen müsse. Es wurde viel Wein getrunken, und nach dem Abendessen fuhren sie mit zwei Wagen los (die Boris hatten einen Seat), um im Bagatela an der Diagonal etwas zu trinken. Dort schob Teresa Manolo, während sie ihn küßte, drei Hunderter in die Hosentasche und schlug dann vor, ins Tibet zu gehen, »von Manolo entdeckt«, erläuterte sie. Als sie durch die Oberstadt fuhren, sahen sie geschmückte, hellerleuchtete Straßen voller Menschen, die spazierengingen oder zu den Klängen lärmender Kapellen tanzten. »Es ist Fiesta Mayor«, erklärte Manolo. Teresa, die den Boris vorausfuhr, hielt an und schlug vor, einen Bummel durch die belebtesten Straßen zu machen. An der Plaza Sanllehy stand ein großes Festzelt mit Tanz und Varieté. Sie kauften Eis und Papierhütchen, tanzten und bummelten durch mehrere Straßen. Schließlich setzten sie sich auf die Terrasse eines kleinen Cafés und bestellten sich jeder einen *Cuba libre*. Die Straße hieß Calle del Laurel, eine kurze Straße mit Bäumen und einem Dach aus bunten Papierstreifen und Glühbirnen; in der Mitte, an die Mauer eines Nonnenklosters gelehnt, die Orchesterbühne, und in den Eingängen ihrer Häuser saßen die Anwohner auf Stühlen und beobachteten die tanzenden Paare und das ständige Kommen und Gehen der Leute. Manolo hoffte vergeblich, daß man noch einmal die Frage seiner Anstellung besprechen würde. Teresa amüsierte sich sehr, aber Mari Carmen (die anfangs auch sehr aufgedreht gewesen war, so daß sie sich sogar darauf einließ, mit einem fremden Jüngelchen zu tanzen, der sie schüchtern aufforderte) verfiel im Laufe des Abends zusehends in eine unerklärliche Niedergeschlagenheit. In einem bestimmten Moment, als Manolo sich den Boris von hinten näherte (er hatte Teresa gezeigt, wo die Toilette war), fing er einen wütenden Blick auf, den Mari Carmen ihrem Mann zuwarf, und hörte sie sagen: »Willst du ihr nun den Gefallen tun? Wir kennen dich, Alberto. Du wirst immer in einer Scheinwelt leben, du bist ein Zyniker, du denkst gar nicht daran, etwas für diesen Jungen zu tun ...« Später, als sie zu zweit am Tisch saßen und Teresa den Kopf an seine Schulter lehnte, beobachtete er das Paar beim Tanzen; Mari Carmen drehte ihm den Rücken zu, ihr Mann tanzte mit geschlossenen Augen, beide bewegten sich kaum, hielten sich eng umschlungen, schienen sich sogar zu begehren, aber dann drehten sie sich ganz langsam um, und jetzt war es Alberto, der ihm den Rücken zuwandte: Ein ausdrucksloses Auge, eine absolute, schreckliche Leere, das kalte Auge einer Frau, die sich weder für den Mann, der sie umarmt, noch für den Tanz noch für sonst irgend etwas interessiert, das Auge eines ausgestopften Vogels oder einer Statue guckte über die Schulter von Alberto Bori.

»Hör mal«, sagte Manolo zu Teresa. »Lieben sie sich sehr?«

Teresa zuckte die Achseln.

»Er sie schon. Ohne Mari Carmen wäre er verloren. Aber sie ... Du wirst es schon noch merken, Mari Carmen ist ein bißchen enttäuscht, verstehst du?«

»Nein.«

»Als Alberto zur Universität ging, war er ein vielversprechender Junge. Er hatte Talent.«

»Aber er verdient sich seine Brötchen doch sehr gut, oder?«

»Das ist es nicht, Schatz.« Schläfrig schloß Teresa die Augen, den Kopf an seine Schulter gelehnt. »Es geht nicht darum, ob man sich seine Brötchen zu verdienen weiß oder nicht. Alberto ist ein Intellektueller ...«

»Setzt sie ihm Hörner auf?«

»Ach, ich weiß nicht, Liebling, frag nicht soviel.« Sie lachte. »Küß mich lieber.«

Als die Kapelle aussetzte, gingen die Boris ins Café und ließen sich eine Weile nicht blicken. Es mußte etwas vorgefallen sein, denn als sie wieder herauskamen, verabschiedeten sie sich ganz überraschend. »Wir gehen, es ist schon sehr spät«, sagte Alberto. Mari Carmen stand neben ihm, mit dem Rücken zu ihnen, die Arme verschränkt, so als friere sie, sie sah dem Orchester und den tanzenden Paaren zu, es waren nur noch sehr wenige, fast unbeweglich und schläfrig. Mari Carmens zitternde und zerbrechliche Schultern übermittelten etwas davon, wie lächerlich, nichtssagend und langweilig ihr jetzt alles vorkommen mußte – diese beharrlichen Umarmungen, diese Musik, die auf den asthmatischen Rhythmus des Schlagzeugs zusammengeschrumpft war –, und ihre Niedergeschlagenheit mußte ihr schon unerträglich erscheinen, denn sie verabschiedete sich kaum: eine vage Handbewegung und ein lustloses *»ciao«*, als sie sich auf den Weg zum Wagen machte, ohne jemanden anzusehen, ohne die verschränkten Arme auseinanderzunehmen, vornehm in sich zusammengezogen und den Paaren ausweichend, so als wollte sie ihre Brust vor irgendeiner Bedrohung oder Ansteckung schützen. Teresa stand auf und ging ihr nach. Alberto Bori gab Manolo die Hand, und der sah ihm in die Augen, in der Absicht, einen deutlichen Eindruck von Sicherheit zu vermitteln.

»Gut, du sagst mir dann Bescheid, wie es aussieht«, sagte er. »Ich brauche diese Anstellung, im Ernst, vergiß es bitte nicht, es geht mir momentan ziemlich schlecht.«

»Klar, Mensch, ich ruf dich an ... Oder besser, ich rufe Teresa an.« Aus irgendeinem Grund konnte Alberto Bori dem freimütigen Blick des Murcianers nicht standhalten. »Bis bald.« Beim Weggehen kam ihm Teresa entgegen. »*Ciao*, Tere. Viel Spaß noch.«

Teresa setzte sich neben Manolo und küßte ihn auf die Wange.

»Von Mari Carmen, und du sollst bitte entschuldigen, daß sie sich auf französisch empfohlen hat ... Hast du etwas mit Alberto verabredet?«

»Er will anrufen. Aber ich vertraue ihm nicht besonders. Soll ich dir mal was sagen? Ich vertraue nur den ernsthaften Menschen ... Deinem Vater zum Beispiel.«

»Du darfst nicht schlecht von Mari Carmen denken, sie neigt stark zu Depressionen, immer wenn wir zusammen ausgehen, endet es so. Aber sie ist ein liebes Mädchen. Und auch Alberto, du wirst schon noch sehen, wie ...«

»Er ist ein Scheißkerl. Ich hab's ihm am Gesicht angesehen.«

»Sag das nicht, Schatz.« Teresa legte die Wange an die Brust ihres Freundes. »Wo ich doch dachte, daß deine schlechte Laune verflogen sei!«

»Wer hat hier denn schlechte Laune?« sagte er lächelnd. Er küßte ihr das Ohr. »Komm, bring mich nach Hause, ja? Ich bin todmüde.«

»Ach nein«, rief sie, »wo wir uns doch so gut amüsieren ...! Und außerdem hab ich heute die ganze Nacht Ausgang, ich hab Vicenta gesagt, daß ich vielleicht bei den Boris schlafen würde ...«

Sie sah ihn mit ihren klaren blauen Augen an, voll Vertrauen, und kuschelte sich in seine Arme. Die Nacht wurde langsam kühl, eine plötzliche Brise bewegte die Blätter der Bäume und das papierne Dach. »Mir ist kalt, Liebling«, murmelte sie wie im Traum. »Geh nicht weg ...« Manolo verbarg das Gesicht im Nakken des Mädchens, und plötzlich sagte ihm etwas in der Luft, daß es regnen würde, und er ahnte dunkel, daß der Sommer (diese goldene Insel, auf der sie Zuflucht gefunden hatten) bald zu Ende gehen würde, und mit ihm vielleicht die Beziehung zu Teresa. Um sie herum ging das Straßenfest weiter.

Eine halbe Stunde später brachte Teresa ihn zum Carmelo. Sie hielt oben auf der Straße. Manolo verabschiedete sich mit einem Kuß. »Bitte«, sagte sie, »geh noch nicht ...« Es tue ihm zwar sehr leid, aber er habe zu tun. Er wartete nicht einmal ab, daß sie losfuhr. Als er kurz vor seinem Haus um die Ecke bog, traf er einen Bekannten. »Ramón«, rief er, »gehst du ins Delicias?« – »Ja.« – »Wird heut nacht gespielt?« – »Weiß ich nicht ... Bin grad auf dem Weg.« – »Ich komm gleich nach, zieh mich nur schnell um.« Sein Bruder war nicht zu Hause. Seine Schwägerin und die Kinder schliefen tief und fest. Ohne Lärm zu machen, zog er sich im Dunkeln um und trat in Jeans auf die Straße, während er sich noch den Nicki überzog. Er ging sehr schnell, mit gesenktem Kopf, und als er die Straße erreichte, stieß er beinahe mit dem parkenden Wagen zusammen.

»Aber was machst du denn noch hier?«

Teresa, die Arme auf dem Lenkrad, starrte ihn an.

»Ich hab auf dich gewartet. Du wolltest mich reinlegen, stimmt's?«

»Dummkopf ...«

»Wohin gehst du?«

»Spazieren. Ich kann nicht schlafen ... Und du, hör auf mich, fahr los, es ist schon sehr spät. Wenn deine Eltern das rauskriegen ...«

Sie lächelte traurig. Ihre Augen glänzten in der Dunkelheit. »Du hast Angst«, sagte sie. »Das hätte ich nie von dir gedacht.« Sie senkte den Kopf und schluchzte: »Wie soll ich dir denn glauben?« Manolo stieg in den Wagen und umarmte sie zärtlich. »Teresa ...« Als er sein Gesicht in die duftenden Haare preßte, ahnte er die Auflösung des Mädchens voraus.

»Ist ja gut, du, ist ja gut, ich bleib bei dir. Ich bin ja hier, hör auf zu weinen ... Ich wollte bloß in die Bar, weißt du? Und willst du wissen, weshalb? Um ein Weilchen zu spielen, ich hab Glück beim Kartenspiel, und ich brauche Geld ... Jetzt weißt du's.«

»Ist das wahr? Lügst du mich auch nicht an?« Teresa schlang die Arme um seinen Hals. Er preßte den Mund an ihre nackte Schulter. Schwach fühlte er sich und müde.

»Da wollte ich hin, wirklich. Was soll ich sonst machen, solange ich warte? Du kannst dir gar nicht vorstellen, was für Probleme ich habe ...«

»Es kommt alles in Ordnung, Manolo, denk heut nacht nicht mehr daran. Bleib bei mir, bitte. O ja, bitte ...!«

Sie ließ sich in den Sitz zurückfallen. Der Geruch ihrer Haut und der fiebrige Glanz ihrer verweinten Augen entflammten Manolo. Er küßte sie lange. Der salzige Geschmack der Tränen mischte sich mit der Süße ihrer Lippen. »Hier ist es kalt«, flüsterte sie. Es war nach zwei Uhr morgens.

»Ja, laß uns fahren.«

Bereits entschlossen, sich dem zu ergeben, was die Nacht für sie bereithielt, dehnten sie ihre Begierde so lange wie möglich aus, in derselben feiernden Straße, in der sie vorher gewesen waren; sie setzten sich wieder an denselben Marmortisch unter die dicht belaubten Bäume; sie tanzten langsam, sahen sich dabei in die Augen und nahmen nichts anderes mehr wahr – nicht einmal mehr die immer lustloseren und schieferen Klänge des Orchesters. Dann fielen plötzlich ein paar Tropfen, ein leichter Platzregen, der nur ein paar Minuten dauerte, die Leute flüchteten sich lachend in die Hauseingänge, der Regen ließ nach, und alles war wieder wie zuvor. Mit den übrigen Paaren beendeten sie das Fest, warfen sich Knäuel aus Konfetti und Luftschlangen an den Kopf, umarmten sich, tanzten den Lampiontanz und die alten Abschiedswalzer und waren schließlich die letzten, die gingen. Die Leute brachen langsam auf, die Anwohner gingen in ihre Häuser, die Musiker packten ihre Instrumente ein; nachdem die jungen Männer vom Festkomitee der Straße traditionsgemäß ihren Präsidenten auf den Schultern umhergetragen hatten, stapelten sie die Klappstühle neben der Bühne, deckten das Klavier zu und löschten die Lichter.

Hinter ihnen schloß man das kleine Café, und sie entfernten sich langsam die Straße hinunter, jeder den Arm um die Taille des anderen gelegt, durch einen bunten Wald von Luftschlangen, die von dem Dach aus Papierstreifen und Girlanden herabhingen, das die Brise erzittern ließ, während sie auf den weichen Konfettiteppich traten. Die Straße war wieder trist beleuchtet wie gewöhnlich, vom fahlgelben, schmutzigen

Licht der Gaslaternen, aber sie stellte noch immer einen glanzvollen Jugendtraum dar, etwas von diesem zärtlichen, leidenschaftlichen Stoff, der sie heute für einige Stunden bewohnt hatte, eine Verheißung, die sich nicht damit abfand, vom Herbst ausgelöscht und vernichtet zu werden. Und diese Verheißung nahmen sie jetzt mit sich: Die letzten Nachtschwärmer sahen sie neugierig an (das Liebespaar paßt so wenig in diese Landschaft wie die Kleidung der beiden zueinander), während sie sich, gleichgültig den weißen Schaum zertretend, langsam entfernen, auf das an der Ecke parkende Auto zu. Doch bevor sie die Floride erreichen, läßt die erste Ohrfeige des Herbstwindes sie die Augen schließen, und die weißen Flügel des Konfettis erheben sich von ihren Füßen, breiten sich um sie herum aus, hüllen sie völlig ein und führen sie in die Irre.

Es war der Morgen des 12. September, an das Datum würde er sich erinnern wegen des Durcheinanders von Blumen und Küssen, das sie hinter sich ließen, wegen der traurigen Verwahrlosung, in der alles zurückblieb. Als sie das Gittertor zu Teresas Garten erreichten, hatten sie noch immer Konfetti im Haar und auf der Netzhaut leuchtende Luftschlangenspiralen. Die Sterne verblaßten, und ein rötlicher Schein breitete sich am Ende der Vía Augusta aus. Graue Wolken, die sich bedrohlich zusammenzogen, bedeckten den Himmel über dem Tibidabo.

»Morgen wird es regnen«, sagte Manolo. Sie sahen sich in die Augen. Ihm schien, daß die Hand des Schicksals gleich seine Stirn berühren würde. Sie gingen durch das Tor und durchquerten den Garten. Teresa schloß die Tür auf. »Vicenta schläft«, warnte sie leise. Im Dunkeln gingen sie weiter, Hand in Hand, bis sie den Salon erreichten. Teresa machte Licht. Da klingelte im Flur das Telefon. Sie beeilte sich, den Hörer abzunehmen, aus Angst, Vicenta könne wach werden. Das Telefon stand auf einem kleinen Tisch, zwischen einer großen Pflanze mit gesprenkelten Blättern und dem Treppengeländer. »Ja ...?« – »Bist du es, Tere?« sagte eine schläfrige, säuselnde Frauenstimme. »Hab ich dich wach gemacht? Entschuldige bitte ...« »Nein, nein«, sagte Teresa, die die Stimme von Mari Carmen erkannt hatte. »Ich hab gerade gelesen ...« Stille. »Doch, ich habe dich wach gemacht, tut mir leid.« In der Stimme lag kein entschuldigender Ton, im Gegenteil, es war wie das zufriedene Gurren einer Taube. »Eigentlich ruft man um diese Zeit nicht an, aber du weißt ja, den Freundinnen nachts auf die Nerven zu gehen ist meine Spezialität.« Wieder Stille, Geflüster, entferntes Lachen, Stöhnen. Dann hörte Teresa eine Weile Mari Carmens keuchenden Atem. »Wo bist du, Mari?« – »Wo soll ich schon sein? Zu Hause, im Bett. Haben wir dich wirklich nicht wach gemacht?« – »Nein, Mensch, beruhige dich ...« – »Alberto wollte nämlich nicht, daß ich dich anrufe ...« Plötzlich lachte sie nervös auf, als kitzle man sie, ihre Stimme entfernte sich, und Teresa vernahm ein dumpfes Knistern von zerwühlten Laken und sich auf dem Bett herumwälzenden Körpern. Sie drehte sich zu Manolo um, der in der Tür zum Salon auf sie wartete, und machte ihm Zeichen, näherzukommen. »Was für ein verrücktes Paar!« sagte sie, als er bei ihr war, die Hand auf der Muschel. Sie unterdrückte ein Lachen und forderte den Jungen auf, mitzuhören, und sie steckten die Köpfe zusammen. Im Flur war es fast ganz dunkel. Wieder die Stimme von Mari Carmen Bori, die wie aus einem Brunnen zu ihnen kam: »Hörst du ...? Entschuldige bitte, Tere. Eins vorweg: Hast du daran gedacht, Manolo zu sagen, daß ich mich für meine Verabschiedung entschuldige?« – »Ja, natürlich ...« – »Gut. Was anderes: Hat dein Manolo Telefon?« – »Nein.« – »Egal ... Bist du wohl still, du Nervensäge?!« fügte sie lachend hinzu, und dann wieder zu Teresa: »Das ist Alberto, der die ganze Zeit rumblödelt. Wir haben uns gegenseitig aufgezogen, weißt du? Aber hör mal, ich habe gute Nachrichten und bin so zufrieden, daß ich der Versuchung, dich anzurufen, nicht widerstehen konnte: Dein Manolo hat eine Stelle, nimm das als Tatsache. Er soll mich übermorgen unbedingt anrufen. Ich hab gerade mehrere Leute wachgemacht und nehme an, daß sie mich immer noch verfluchen, aber dein Schatz wird im nächsten Monat anfangen können zu arbeiten. Ganz sicher, du weißt ja, daß ich keine halben Sachen mache.« – »Du bist ein Engel, Mari!« rief Teresa und sah Manolo an. »Da, wo ich wollte: in der Verkaufsabteilung. Toll, was? Aber er soll sich schon mal umtun, Fernkurse machen, egal was, denn er wird sich über alles in sehr kurzer Zeit informieren müssen.« – »Ja, natürlich, wir werden ihm alle helfen ...« – »Alberto glaubt, daß er wahrscheinlich auf einer Basis von fünf- oder sechstausend anfangen kann ...« Teresa spürte Manolos Atem an ihrem Hals. Wieder Stille am anderen Ende der Leitung, dann Gemurmel, Lachen und mehrmals ein gedämpftes Fallen, während seine Hand über ihren Bauch glitt, ihre Rippen drückte und sie dazu zwang, sich langsam umzudrehen. Teresa spürte ein unsägliches Wohlgefühl, hervorgerufen zum Teil von der ehelichen Zärtlichkeit, die sie vom anderen Ende der Leitung her erreichte, aber auch eine vage Unruhe: Wie sehr sich Mari plötzlich für den Jungen begeisterte! Und ihre Stimme, die sich herumwälzte wie auf einem Bett aus Laub ... »Bist du noch da, meine Liebe? Entschuldige, aber dieses Ungeheuer, das läßt mich nicht reden ...« Teresa lachte auch und hob den Ellenbogen über Manolos Kopf, ohne den Hörer von ihrem und seinem Ohr zu nehmen, schob die Schnur, die sie störte, beiseite, drehte sich um, den streichelnden Händen gehorchend, und lehnte sich mit dem Rücken an die Wand. Die großen grünen Blätter der Pflanze rochen stark in der Dunkelheit. Sie konnte sich nicht bewegen und ließ es zu, daß sein Mund ihre Lippen streifte, hörte den Rock ihres Kleids knistern und Manolo sich verstohlen bewegen, seinen Körper an ihren drängend – anscheinend, um Mari Carmen besser zu verstehen: »Also, Tere«, hörten sie diese jetzt mit einer Stimme sagen, die sich mit etwas herumschlug (man hörte auch die Stimme von Alberto schnurren). »Vergiß nicht, es dem Jungen zu sagen, und übermorgen soll er hier oder bei Alberto im Büro anrufen. *Ciao*, meine Liebe, sei glücklich. Und mach keine Dummheiten, ja? Alberto meint, ich soll dir sagen, daß die Liebe dir großartig steht ... Ich ruf dich demnächst mal an, damit wir ein Weilchen plaudern können, wir beide alleine. *Adiós.*« – »Ihr seid ein bezaubernd verrücktes Paar, wirklich«, säuselte Teresa. »Danke. Bis bald.« – »Gute Nacht, meine Liebe.«

Ohne sich zu rühren, nahm Teresa den Hörer über ihrem Kopf von der einen Hand in die andere, weil die Schnur zwischen ihren Rücken und die Wand geraten war, und tastete nach dem Tischchen. Dabei straffte sie den Körper und drängte sich noch mehr an Manolo. Sie legte den Hörer auf, aber die Schnur verhedderte sich mit dem Arm des Jungen, und eine Weile rangen sie lachend miteinander. »Hast du gehört, was sie gesagt hat?« flüsterte Teresa, die nur mit Mühe ihre Freude zurückhalten konnte. »Hast du genau zugehört? Wir haben die Stelle bekommen ...!« Sie nahmen nicht einmal wahr, daß sie schon seit einer Weile keuchten. Manolo streifte ihre Haare mit den Lippen. Er wollte nicht reden. Zweifellos hatte gerade die Hand des Schicksals seine Stirn berührt: Was er hinter diesen seidigen Haaren sah, hinter den duftenden, nackten Schultern des Mädchens, im tiefen Schatten des Flures, war nicht mehr ein wie Atlas glänzendes und seit der Kindheit sorgsam gehütetes Bild, sondern ein fähiger junger Mann, der ein modernes Büro betritt, mit einer Aktentasche in der Hand und mit dem Selbstvertrauen, das einem eine Aktentasche in der Hand gibt (er erinnerte sich an ein Stellenangebot, das er in der Zeitung gelesen hatte: »Dynamischer, eleganter junger Mann, Gehalt nach europäischem Maßstab, sofortige Beförderung auf höhere Posten möglich«), während irgendwo ein Telefon klingelt, aber er braucht nicht hinzueilen, das soll ein Bürobote machen ... Teresas Arme wanden sich um seinen Hals, und ihr hingebungsvolles Verhalten in der Dunkelheit und ihre ergebenen Augen waren ein weiteres Betäubungsmittel. Entschlossen erforschte er ihren Blick. Seine Hand, die sich endlich von der Telefonschnur befreit hatte, legte sich auf ihre Schulter und schob erst einen Träger des Kleids herunter, dann den anderen. Sie hielt ihm den geöffneten Mund entgegen, ergab sich ganz und gar in seine Arme, bereit, sich auf den Boden gleiten zu lassen. Manolo hielt sie fest, leicht vorgebeugt, mit nachdenklicher Zärtlichkeit das Angebot des Mädchens annehmend: Auf irgendeine sonderbare Weise war Teresas Jungfräulichkeit für ihn bestimmt gewesen, bis zu diesem Augenblick, die größte Garantie dafür, daß ihm das ersehnte Eindringen in die goldenen Schichten und in die hohen Ränge des Ansehens und der Arbeit gelingen könnte; und jetzt, wo er sich gerade ihr Vertrauen und das ihrer Freunde verdient hatte, jetzt, wo sie sich beide von ganzem Herzen liebten, hinderte ihn nichts mehr daran, Teresa zu der Seinen zu machen. Aber wie sonderbar, das Telefon des zukünftigen Büros läutete nicht nur in seiner Phantasie seit einer Weile, sondern auch hier neben ihnen. Und Teresa streckte den Arm in die Dunkelheit aus, wie im Traum, und nahm schließlich ab. »Wer kann das jetzt sein?« murmelte sie, und fast gleichzeitig: »Ja, bitte«, während er, schon dunkel von der grausamen Wirklichkeit berührt, das Mädchen in dem Moment losließ, als das Licht im Flur anging und (für beide eine deprimierende Erscheinung, Vorhut des Winters) Vicenta, das alte Dienstmädchen, in ihrem dunkelvioletten Schlafrock erschien; ihre zu einem Zopf geflochtenen grauen Haare waren aufgegangen und hingen herunter, und sie sah sie erstaunt und vorwurfsvoll an.

Auch ihre verschlafenen kleinen Augen verkündeten es: Der Anruf kam aus der Klinik. Maruja war gestorben.

... aber die Sorge dieser Welt und der Trug des Reichtums ersticken das Wort, und es wird unfruchtbar.

MATTHÄUS 13,22

Im fahlen Fünf-Uhr-Morgenlicht lösten die erleuchteten Fenster der Klinik betroffenes Schweigen aus. Die Grau-, Malven- und Ockertöne hatten sich offensichtlich schon damit abgefunden, auf dem Paseo de la Bonanova zu reifen, wie jedes Jahr, und es war nahezu sicher, daß es der Sonne heute nicht gelingen würde, sich einen Weg durch die Wolken zu bahnen. Zwei schöne und bestürzte jugendliche Gesichter zuckten, verwundbar die an die Scheibe eines Fensters im dritten Stock gepreßten goldenen Stirnen. Irgendwo stöhnte schwach ein fiebernder Kranker, der keinen Schlaf fand. Die beiden Gesichter sahen in den Garten, wo die hohen Palmen unter einem bleiernen Himmel ihre Wedel wie Haken herunterhängen ließen, und betrachteten dann die noch brennenden Laternen auf dem Paseo, die Holzbänke, die Bäume, eine Straßenbahn, die wie ein Leuchtkäfer über die Schienen kroch. Gleichzeitig ahnten sie hinter sich das Kommen und Gehen weißer Kittel, vor allem in Marujas Zimmer, durch dessen halboffene Tür Stimmengewirr nach draußen drang, hastig gesprochene Sterbegebete (auch der Priester schien zu spät gekommen zu sein), und sie spürten besonders das Fehlen einer konstanten untergründigen Schwingung, die ihre Worte in diesem Zimmer immer begleitet hatte, schon seit den ersten Nachmittagen, an denen sie Zeitschriften durchgeblättert hatten, etwas Ätherisches, dem Summen der Telefonleitungen ähnlich, das Entfernungen heraufbeschwor, die man schon in der Kindheit dunkel erahnt hatte, eine Schwingung, die heute plötzlich abgebrochen war, um einem tödlichen Schweigen Platz zu machen und später diesem bedrohlichen

Chor gebildeter katalanischer Stimmen, die aus dem Sterbezimmer zu ihnen drangen:

»Ist ihr Vater benachrichtigt worden?«

»Ja, Doktor.«

»Und Señor Serrat?«

»Das hat seine Tochter gemacht. Sie sagt, sie seien schon auf dem Weg.«

Als Dina erschien, in einem durchsichtigen, mit Regentropfen beperlten Plastik-Cape (so wurden sie gewahr, daß es angefangen hatte zu regnen, und sie fühlten demgegenüber dasselbe dunkle Unbehagen, das es ihnen bereitete, die Mallorquinerin zum ersten Mal ohne Schwesterntracht zu sehen, in Straßenkleidung, irgendwie ihrer Würde beraubt und bedrohlich), bestätigte sie betroffen den Bericht der Nachtwache, die ihnen schon erklärt hatte, daß die arme Maruja nicht gelitten habe, daß sie nichts mehr habe merken können. Morgens um halb fünf sei sie in ein tiefes Koma gefallen und um zehn vor fünf sanft entschlafen. Ihr Zustand habe zwar immer zu Befürchtungen Anlaß gegeben, aber in letzter Zeit habe nichts ein so plötzliches Ende vermuten lassen. Noch gestern nachmittag, als Señora Serrat aus Blanes angerufen und sich nach der Kranken erkundigt habe, wie sie es für gewöhnlich tat, habe sie selbst, Dina, ihr mitgeteilt, daß es dem Mädchen etwas besser zu gehen scheine und die vom langen Liegen herrührenden Wundstellen auf dem Rücken fast abgeheilt seien ... Als sie plötzlich am frühen Morgen in einen beunruhigenden, äußerst gefährlichen Tiefschlaf gefallen sei, habe man Doktor Saladich angerufen und auf dessen Anweisung bei Señor Serrat zu Hause in Barcelona. Leider sei das Telefon bei Señor Serrat anscheinend lange besetzt gewesen (hier suchte Teresas Hand unwillkürlich die des Jungen, der neben ihr stand), und dann, als die Leitung frei war, habe es lange gedauert, bis sich jemand meldete. Gestorben sei Maruja im Beisein eines jungen Arztes, eines Assistenten von Saladich, und zweier Krankenschwestern, schloß Dina, während sie ihren kleinen blauen Regenschirm gegen die Wand lehnte.

Lange blieben sie am Fenster stehen und hielten sich an den Händen. Um sie herum, den Ring immer mehr zusammendrückend (ihre sommerliche Insel von unantastbarer Zeit bedrohend), rückten mißtrauische Nebel näher: Herr Serrat kam mit seiner Frau um kurz vor zehn, und später, mit einem Mietwagen aus Reus, Marujas Vater in Begleitung zweier Gutsarbeiter, zweier bedrückter Schatten vom Land in sonntäglicher Trauerkleidung. Marujas Bruder (ein finsterer Soldat mit dikken Lippen, stumpfer Nase und einem kleinen und traurigen kahlgeschorenen Kopf, in einer khakifarbenen Uniform, die im Nieselregen einen penetranten Hühnergeruch ausströmte) kam nachmittags aus Berga, kurz vor der Beerdigung.

Die Beerdigung fand in kleinem Kreise statt und war kurz, vielleicht wegen des Nieselregens, der am Morgen eingesetzt hatte und der den aus drei Wagen bestehenden schwarzen Zug bis zum Südwestfriedhof begleitete. Die Wolken, der nasse Asphalt, die Straßen und die Gesichter verschwammen hinter der grauen Asche, die sanft vom Himmel fiel. Frau Serrat war in doppelter Hinsicht bestürzt. Sie hatte geweint, als der Sarg hinausgetragen wurde, und später stritt sie leise mit ihrer Tochter, als die sich darauf versteifte, in dem Wagen zum Friedhof fahren zu wollen, in dem schon Manolo saß (übrigens hatte ihn niemand einsteigen sehen, er saß bereits drin, als Herr Serrat die Gäste auf die Autos verteilte), neben den beiden Bauern aus Reus. Im ersten Wagen fuhren Herr Serrat, Marujas Vater und ihr Bruder. Zwar setzte Teresa ihren Kopf durch und fuhr mit Manolo zum Friedhof, doch die tiefe Besorgnis, ja sogar Panik, die sich auf dem Gesicht ihrer Mutter spiegelte, als sie ihr nachgab, ließ sie vermuten, daß sie etwas wußte, daß sie vielleicht mit Vicenta gesprochen hatte und schon über gewisse Einzelheiten ihrer Freundschaft mit dem Murcianer unterrichtet war. Schon am frühen Nachmittag, vor allem während des Essens, hatte Frau Serrat großes Interesse an dem gezeigt, was Teresa in den letzten Tagen gemacht hatte, wann Manolo heute in der Klinik eingetroffen war, wer ihm das Unglück mitgeteilt hatte usw. Wenn sie ihr Verhör nicht weiter ausgedehnt hatte, so war das nicht geschehen, weil sie es nicht wollte, sondern weil Lucas dabei war: Man durfte nicht vergessen, daß dieser gewisse Manolo Marujas Freund gewesen war. Nachher gab Teresa ihr keine Gelegenheit, mit ihr unter vier Augen zu sprechen. Ihr Vater dagegen hatte sich seit seiner Ankunft sehr tatkräftig, kühl und distanziert gezeigt (man konnte nicht genau wissen, wo sein Kummer aufhörte und seine schlechte Laune anfing), aber zweifellos hob er sich einige Fragen für nachher auf; so schienen es zumindest gewisse Blicke anzudeuten, die er hin und wieder dem jungen Paar zuwarf.

Teresa trug ihren weißen Gabardinemantel mit Kapuze. Sie und der Junge standen auf dem schwarzbraunen, sumpfigen und unwegsamen Boden von Montjuich (man hatte einige Bohlen in den Morast gelegt, damit man den Sarg bis an die Grabnischen heranfahren konnte) und beobachteten die Arbeit der Friedhofsangestellten. Einige Meter weiter vorn stand Herr Serrat mit seinen hohen, verächtlichen Schultern, die Hände auf dem Rücken, und redete mit Lucas und seinem Sohn unter einem Regenschirm, den einer der Bauern hielt. Als Herr Serrat das bemerkte, nahm er den Schirm, damit der Bauer ihn nicht zu halten brauchte, überlegte es sich dann aber anders, gab ihn zurück und trat zur Seite (er trug einen grauen Überzieher), damit Lucas besser vom Regenschirm geschützt würde. Es entstand eine peinliche Situation, niemand schien vom Regenschirm des Bauern Gebrauch machen zu wollen (allerdings war das, was vom Himmel herunterkam, auch nicht der Rede wert), bis sich schließlich Lucas und sein Sohn resigniert unter dem schwarzen Seidenstoff unterstellten. Jemand hatte Zigaretten herausgeholt, und alle rauchten, dicht und sehr blau schwebte der Rauch im Nieselregen. Teresa konnte die Augen nicht von dem Arbeiter abwenden, der die Nische zumauerte. Manolo stand schweigend neben ihr, den Kragen seines braunen Trenchcoats hochgeschlagen, die nassen Haare im Gesicht. Herr Serrat wandte den Kopf und sah sie einen Augenblick lang an. Sie spürte, daß Manolo in

Hüfthöhe nach ihrer Hand tastete, nahm die Hand aus der Manteltasche und gab sie ihm, ohne ihn anzusehen und beinahe ohne sich aus der schmerzhaften Starre von Hals und Schultern zu lösen, von der sie seit Stunden befallen war. Und dann fing sie an zu weinen.

Das hatte sie vorher nicht getan, hatte es nicht gekonnt vor dem Leichnam auf dem Bett, als sie in dieses Gesicht sah, das immer noch einen Alptraum widerspiegelte, irgendeine dunkle innere Vision, von der es schließlich verschlungen worden war, jenes entsetzlich hagere Gesicht (unbekannte Nase und Zähne, eine neue Physiognomie), totenbleich wie Wachs, umrahmt von den schwarzen, kurzen Haaren, die man ihr nach hinten gekämmt hatte. Auch dort hatten sich Manolos Hand und ihre heimlich gesucht, und trotzdem hatte sie nicht weinen können (er jedoch schien zu weinen, und sie hatte zärtlich seine Hand gedrückt), auch dann nicht, als sie Marujas Vater mit seinem unerträglich furchtsamen Schritt näherkommen sah, sie beide unschlüssig anschauend, als wollte er sie etwas fragen; und auch nicht, als sie auf ihren Knien die geröteten, schüchternen schwarzen Augen des Soldaten spürte (Marujas Augen), der die ganze Zeit über die schmierige khakifarbene Feldmütze in der Hand hielt und sich nicht zu rühren wagte, weil seine großen Nagelstiefel Lärm machten. Jetzt aber weinte sie doch, weinte viele heiße Tränen, untröstlich, weinte um ihre Freundin und auch um sich selbst und um Manolo, weinte wegen der plötzlichen Rückkehr zu Schlamm, grauem Wetter und Regen.

Als alles vorbei war und man sich auf den Weg zu den Autos machte, sahen sie, wie Herr Serrat sich von der Gruppe löste und auf sie zukam. Sie blieben stehen, um auf ihn zu warten, aber Herr Serrat verharrte, noch bevor er bei ihnen war (er zögerte vor einem breiten aufgewühlten Schlammstreifen), und machte seiner Tochter ein Zeichen, zu ihm zu kommen. Teresa gehorchte, machte einen kleinen Umweg, um nicht in den Schlamm zu treten, gelangte zu ihm, hörte sich an, was er ihr zu sagen hatte, und blieb bei ihm stehen, den blonden Kopf gesenkt und unter der Kapuze versteckt. Daraufhin ging Manolo, der sah, daß das Mädchen nicht zurückkam (sie hatten beschlossen, zu Fuß zu gehen, einen Spaziergang zu machen) direkt auf Vater und Tochter zu; die Hände in den Taschen des Trenchcoats vergraben, stapfte er durch den Schlamm (er ahnte, daß das nicht mehr die geringste Rolle spielte). Herr Serrat hatte ein Taschentuch herausgeholt und schneuzte sich, blickte zu den Leuten, die bei den Autos auf ihn warteten, dann sah er seine Tochter an und schließlich Manolo, der sich gerade vor ihm aufgebaut hatte.

»Tja, Junge«, sagte Herr Serrat, »das hier scheint vorbei zu sein. Unsere arme Maruja hat schon aufgehört zu leiden, uns alle wird es früher oder später einmal treffen.« Sorgfältig, als handle es sich um etwas sehr Zerbrechliches, faltete er das Taschentuch mehrmals, bedächtig, den Blick gesenkt. »Ich weiß, daß du sie sehr geliebt hast, aber laß dich nicht vom Kummer besiegen, du bist noch jung, du wirst dich schließlich damit abfinden und sie vergessen.« Dann drückte er ihm plötzlich mit einem traurigen, herzlichen Lächeln die Hand. »Mach's gut. Wenn ich dir irgendwie behilflich sein kann ... Bestimmt werden wir keine Gelegenheit mehr haben, uns wiederzusehen.«

Manolo hörte ihm nicht mehr zu; seine halbgeschlossenen Augen bemühten sich verzweifelt darum, ein fernes Licht festzuhalten. Auch die anderen beobachteten ihn, sie standen bei den Autos, lange, ernste Gesichter, verschwommene Silhouetten eines Gerichts im Nieselregen: ein regelrechter Abschied. Es ging sehr schnell: Manolo wandte den Blick von Herr Serrat und gab Teresa über die Pfütze hinweg die Hand, nicht zum Abschied, sondern die ihre fordernd, damit sie ihm folge (in diesem Moment erstarrten seine Gesichtszüge über dem Schlamm, der sich vor ihm auftat, für den Bruchteil einer Sekunde hingen sie an dem zärtlichen blauen Blick des Mädchens), und gleichzeitig sagte er mit ruhiger, sanfter Stimme:

»Teresa, komm, ich muß mit dir reden.«

Sie, langsam, aber ohne eine Sekunde zu zögern, den Kopf gesenkt, das Gesicht unter der Kapuze versteckt, reichte dem

Jungen die Hand und sprang über die schlammige Pfütze. Sie verabschiedeten sich kurz und entfernten sich dann über den abschüssigen Weg, der zum Ausgang führte. Der Murcianer wußte, daß Teresas Vater ihnen nachsah, und konnte der Versuchung, sich umzudrehen, nicht widerstehen. Es verschlug ihm die Sprache: Hinter dem grauen Nieseln des Regens schwebte um Herr Serrats feine, pinienkernförmige Lippen ein undeutliches Lächeln voller Milde und Rücksicht (er winkte ihnen sogar flüchtig zu, bevor er in den Wagen stieg), ein wohlwollendes, ungezwungenes Lächeln, schrecklich zuvorkommend.

Ergebnis: Am nächsten Nachmittag erschien Teresa nicht. Sie hatten verabredet, daß sie ihn um halb fünf mit dem Wagen an der Plaza Lesseps abholen sollte. Als es schon nach fünf war, rief Manolo bei Teresa zu Hause an, aber niemand meldete sich. Abends versuchte er es noch mehrmals von der Bar Delicias aus, immer vergebens. Da erinnerte er sich an die Boris. Auch sie waren nicht zu Hause. Er sagte sich, daß sie wahrscheinlich auswärts zu Abend äßen. Am nächsten Morgen rief er wieder bei Teresa an. Niemand zu Hause. Bei den Boris. Mari Carmen am Apparat: Nein, sie wisse nichts von Teresa Serrat, sie werde wohl in der Villa sein, ja, es sei sehr merkwürdig, daß sie weggefahren sei, ohne ein Wort zu sagen ... Übrigens, und das bedaure sie unendlich, aber sie könne ihm noch nichts zu seiner Anstellung sagen, das Beste sei, zu warten, bis Teresa wieder auftauche ...

An jenem Nachmittag umschlich er das Haus der Serrats in der Vía Augusta. Alle Fenster waren geschlossen. Ein Alter mit einer rötlichen, blanken Glatze ohne ein einziges Haar, im Garten gebückt über einer Harke, drehte den Kopf und sah ihn an. Manolo grüßte ihn vom Tor aus und fragte, ob jemand zu Hause sei. Der Alte verneinte und fragte dann, was er wolle. Der Junge antwortete, er habe eine Nachricht für Señorita Teresa. Der Alte informierte ihn, daß die Serrats und ihre Tochter gestern morgen nach Blanes gefahren seien und nicht vor Ende des Monats zurückkommen würden.

Am Abend wußte er nicht, was er tun sollte, und rief wieder Mari Carmen Bori an, sagte ihr, daß er sie dringend sprechen müsse. Sie entschuldigte sich, sie äßen auswärts, sie habe Alberto endlich davon überzeugt, daß es für sie rationeller sei, irgendwo essen zu gehen und ... Manolo unterbrach sie und schlug vor, man könne sich doch nach dem Abendessen in irgendeiner Bar treffen. »Warte mal einen Moment«, sagte Mari Carmen lustlos, und man hörte sie mit Alberto reden. Dann Stille. Schließlich willigte sie ein und bestimmte Ort und Zeit: um elf in einer Cafeteria gegenüber der Kathedrale. Als er um diese Zeit die Vía Layetana hinunterging und überlegte, welche Art von Hilfe die Boris ihm bieten könnten (bestimmt würde er nur die Telefonnummer der Villa bekommen, und auch das müßte sich erst noch zeigen), wurde sein Blick plötzlich von einer gelbroten Flamme angezogen (die Zipfel des Halstuchs und Teresas Haar), und von einem Wagen, der rasant um die nächste Ecke bog, eine flüchtige weiße Vision vom Heck der Floride, die von Lichtreflexen funkelte. Vielleicht hatte das Mädchen erreicht, daß man sie nach Barcelona zurückfahren ließ, und suchte ihn gerade in diesem Moment. Er rannte los, aber als er um die Ecke bog, war der Wagen verschwunden. Er hätte schwören können, daß es Teresa war. Sofort vergaß er die Boris und stürzte sich in eine wahnsinnige Suchaktion, suchte sie in allen Cafés der Unterstadt, in denen sie mal zusammen gewesen waren. Er nahm an, sie würde auf denselben Gedanken kommen. Mehr als anderthalb Stunden lief er herum, fragte im Saint-Germain (die hohle, herzliche Stimme wollte ihn festhalten und stellte ihm eine neue Kellnerin vor, ein Mädchen mit kantigem, feurigem Gesicht, das versicherte, ihn seit Jahren zu kennen), im Pastis, im Cádiz, im Jamborée. Er suchte sie in den Kneipen an der Plaza Real und auf den Ramblas, schon ohne Hoffnung, sie zu finden. Plötzlich fiel ihm das Tibet ein, und er nahm sich ein Taxi. Natürlich: Wenn sie in Barcelona war, wo sonst sollte sie auf ihn warten, wenn nicht im Tibet, in der Nähe des Carmelo? Der Taxifahrer, ein rothaariger Zwerg mit valencianischem

Akzent, der den Hals über das Lenkrad reckte, sprach davon, daß der Winter hereingebrochen sei, es ist kaum zu glauben, im Nu ist wieder ein Jahr vorbei, das nie mehr zurückkehren wird, er fuhr unerträglich langsam, dachte zweifellos an seine Sprößlinge (zwei Monde mit Zöpfen, zwei alberne lächelnde Gesichter, zwei Mädchen, Wange an Wange, die ihn von einem schrecklichen Atelierfoto ansahen, das auf dem Armaturenbrett klebte, darunter die töchterliche Botschaft: »Fahr nicht zu schnell, Papa«), aber Manolo, der das bemerkte, rief: »Vergiß deine Mädchen und leg 'n Zahn zu, Papa, ich hab's eilig.« Der Taxifahrer knurrte mit Eunuchenstimme: »Ist was, Junge? Ich hab's nicht eilig, auf den Friedhof zu kommen.« Manolo schnellte nach vorn, um ihm ins Ohr zu brüllen. »Und ich hab keine solchen süßen Püppchen, die zu Hause auf mich warten, also gib dieser Scheißkiste mal Stoff und halt den Mund!« Der Taxifahrer beobachtete ihn im Rückspiegel, stellte fest, daß der Fahrgast nicht scherzte, und fuhr schneller.

Teresa war auch nicht im Tibet. Es war schon nach eins. Erschöpft und sein Schicksal verfluchend, rief er die Boris an. Nachdem man ihn längere Zeit hatte warten lassen, nahm jemand ab, es war Alberto, sie lägen schon im Bett. Manolo entschuldigte sich dafür, daß er die Verabredung nicht eingehalten hatte, er habe gemeint, Teresa erkannt zu haben, in der Nähe von ... Alberto Bori unterbrach ihn, um ihm etwas frostig zu sagen, er solle bitte morgen anrufen. Nein, verdammt, sie hätten Teresa nicht gesehen und wüßten auch nichts von ihr.

Letzter Versuch: das kleine Café in der Vía Augusta, in dem sie in der letzten Woche öfters gewesen waren. Es war leer, aber schon beim Eintreten musterte ihn der Blick des Kellners (eines Jungen aus Almeria, mit dem Teresa sich sehr angefreundet hatte), eine vertrauliche blaue Welle hüllte seinen Kopf ein: Die Señorita habe gestern morgen eine Nachricht für ihn hinterlassen, bevor sie abgereist sei. »Sie schien es sehr eilig zu haben«, fügte der Junge hinzu. Es war eine Karte in einem unverschlossenen Briefumschlag, auf der stand: »Ich fahre gleich mit Mama in die Villa. Sobald ich kann, schreibe ich dir und erkläre dir, was los ist. Unternimm nichts, bevor du nicht Nachricht von mir hast. Ich liebe dich. Teresa.«

Am nächsten Tag (Sonne und Wind, große Wolken, die nach Süden zogen) beschloß er, sich ein Motorrad zu besorgen, um zur Villa zu fahren und dort mit etwas Glück einen Weg zu finden, Teresa zu sehen. Natürlich wollte er sich nicht damit abfinden, auf ihre Nachricht zu warten, er durfte es nicht, konnte es nicht. Er mußte sie sehen. Außerdem, was für ein Wahnsinn die Uhren, wie die Stunden verbringen, die Tage, welch bedrohliche Einsamkeit in dieser Stadt, die sich wieder rasch mit tatkräftigen, sonnengebräunten Katalanen füllte, gefährlich wie Autos, während sie sich von Tag zu Tag mehr von schönen, fröhlichen und reichen Touristen leerte. ›Nein, unmöglich zu warten, und hör auf die Warnung (»He, Sie, sehen Sie nicht, wo Sie langgehen?!«) des Polizisten, oder du endest unter den Rädern eines Autos, reiß dich zusammen, Manolo, reiß dich zusammen …‹ Abends um sechs mußte er sich nach langer Suche mit einer Vespa zufriedengeben, die vor einer herrschaftlichen Villa am Paseo Maragall stand, und er entging nur deshalb knapp dem Polizeirevier von Horta, weil der Motorroller nicht abgeschlossen war und es ihm beim ersten Treten des Pedals gelang, ihn in Gang zu setzen (oder vielleicht, weil der andere Röcke trug; er sah ihn auf dem Bürgersteig auf sich zugerannt kommen, in der Soutane, die ihm über die Knie fiel, wild gestikulierend, welk und dürr wie ein Skelett, eine Goldrandbrille auf der Nase, er schrie: »He, Junge, das ist meine Vespa, das ist meine!« und rannte sehr schnell, aber die Soutane ließ ihn den kürzeren ziehen). Das hatte Manolo natürlich nicht gewußt; sonst hätte er auf eine andere Gelegenheit gewartet. Außerdem mußte er die Vespa zehn Minuten später auch stehenlassen, weil der Gaszug gerissen war. Da war er schon in Badalona. Aus Nervosität, Ungeduld und Pech gelang es ihm erst kurz vor elf, ein anderes einsatzbereites Motorrad zu finden (diesmal vor einer Chemiefabrik in einer schäbigen engen Gasse, unmöglich, daß da wieder ein Priester auftauchte). Es war eine alte, defekte *Rieju,* ein asthmatisches Kamel, völlig ausgelaugt, dessen Eingeweide voller Rost und gefährlicher Schmiere waren. So eine Katastrophe zwischen den Beinen (wahrscheinlich eins der letzten Modelle, die noch herumfuhren), raste er mit Vollgas die Küstenstraße entlang. Um diese Zeit war wenig Verkehr, doch trotz seines guten Willens brauchte er mehr als eine Stunde für die Fahrt; die uralte *Rieju* gab mehr nicht her. Schon hinter Blanes, als er langsam den Weg zur Villa entlangglitt und das Meeresrauschen hörte, war ihm klar, daß er zu spät gekommen war.

Die Villa lag still da, kein Licht in den Fenstern und auf der Terrasse. Die Nacht war dunkler als viele andere, die er liebevoll im Gedächtnis bewahrte, und der geräumige Landsitz, in der Dunkelheit nah und fern zugleich, hatte ein imposanteres Aussehen und eine verworrenere und schmucklosere Architektur, als er in Erinnerung hatte. Er versteckte Großmutter *Rieju* unter den Pinien. Ringsherum schlief alles, eingelullt vom Zirpen der Grillen und vom Auf und Ab der Wellen, umgeben von jener unwirklichen Schönheit, die die Tiefe des Waldes umschloß, wo weißer Nebel vom Meer heranschwebte. Manolo umschlich den hinteren Teil der Villa, ging unter den großen Eukalyptusbäumen durch den Garten und blieb vor der Mauer stehen, an der sich der Efeu bis zur Terrasse emporrankte. Kaum sichtbar unter den glänzenden Blättern führte ein Regenabfluß aus Asbest nach oben. Soweit er sich aus einem Gespräch mit Maruja zu erinnern glaubte, ging Teresas Zimmer auf diese Terrasse hinaus und lag neben dem Schlafzimmer der Kinder, das sich genau über Marujas Kammer befand. Aber in dieser Hauswand gab es nur ein einziges Fenster, und zwar das, durch das er so oft rein- und rausgesprungen war. Manolo betrachtete das Fenster: Es hatte ein anderes Gesicht bekommen; vom Efeu halb verdeckt und mit geschlossenen Fensterläden wirkte es von außen unzugänglich und abwehrend. Ziemlich hastig wandte er den Blick von ihm ab, hob einen Kieselstein auf und warf ihn auf die Terrasse. Diese Prozedur wiederholte er mehrmals, ohne Ergebnis. Und wenn Teresas Zimmer doch nicht auf diese Terrasse hinausging? Schade, daß er so spät angekommen war, er hatte gehofft, Teresa noch vor dem Schlafengehen anzutreffen, im Garten zum Beispiel ... Nachdenklich trat er ein paar Schritte zurück, setzte sich auf den Boden, mit dem Rücken gegen einen Pinienstamm. Er grub die Finger in die feuchte Erde, wußte nicht, was er tun sollte, erschauerte bei dem Gedanken an einen sehnsüchtigen Mund hinter den durchnäßten Schatten des Efeus, der ihn lockte: Marujas Fenster, und dann ein Paar nackte Arme, die sich öffneten, ein Paar fiebrige Pupillen, die seine Kraft, seinen Rhythmus nährten ...

Maruja gehört zu den Frauen, bei denen man sich nicht daran erinnert, ob ihre Brüste schön sind: Man erinnert sich an eine Bewegung ihrer Brüste, an die leicht bittere und harte Zeichnung ihres Munds, an ihren braunen Rücken, wie er ängstlich in die Zonen des Halbdunkels zurückkehrt; manchmal kann man sich den Geschmack nach Eukalyptus oder Pfefferminz vergegenwärtigen, der in ihrem Speichel schlief, und das Schnurren ihrer Kehle, wenn sie küßte, und auch ein altes Frösteln beim Anblick ihrer schwachen Schultern, wenn sie sie vor dem Spiegel hochzog, oder ihren matten Schritt, wenn sie nackt und schamhaft durchs Zimmer ging. Er sah sie wieder vor sich, wie sie an einem windigen Winternachmittag den Carmelo hinaufstieg in ihrem karierten, aus der Mode gekommenen engen Mantel, ein rotes Samtband im Haar; aber geblieben war von diesen Bildern vor allem das ängstliche Blinzeln ihrer Augen inmitten von aufgewirbeltem Staub, als sie auf der Calle Gran Vista von Kindern umzingelt wurde, die mit Steinen und reichlich breiten Schals bewaffnet waren, die nur ihre neugierigen kleinen Augen sehen ließen, und geblieben war auch die zitternde Anmut ihrer Hand, die den Kragen des Mantels vor der Brust zusammenhielt, die Unterwürfigkeit ihrer inbrünstig zusammengepreßten Beine und ihre verständnisvolle und sogar vergnügte Art, den Kopf zur Seite zu neigen, wenn sie in der Bar Delicias auf ihn wartete und regungslos dastand, ohne sich ihrer gesellschaftlichen Stellung als verhurtes Dienstmädchen zu schämen ...

Plötzlich richtete sich Manolo abrupt auf (›Das kommt davon, daß ich vor diesem Fenster stehengeblieben bin, als erwarte mich die Ärmste drinnen immer noch‹), er ahnte dunkel, daß sich auch in seinem Inneren, ohne daß er es bemerkt hatte, viele kleine Teilchen von Marujas beunruhigender Weiblichkeit eingenistet hatten, welche sich genauso wie jene verfluchten Würmer ernährten, die wohl jetzt im Körper des Mädchens hausten (er mochte gar nicht daran denken), und daß sich diese Erinnerung vielleicht allmählich von ihm nähren würde, ihn stillschweigend verzehren ... Langsam kam ihm der Verdacht, daß es eine Dummheit gewesen war herzukommen, daß es das beste gewesen wäre, auf Nachricht von Teresa zu warten. Mutlos und traurig lenkte er seine Schritte zum weitläufigen, ausgestorbenen Strand, der kaum beleuchtet wurde von der blauen Pein der Sterne. Es war kalt, die Wellen brachen sich mit dumpfen Schlägen am Ufer, gossen ihren weißen Schaum aus und verliefen sich dann, entfernten sich mit immer schwächerem Echo. Diese Brise, diese Strände waren seiner Haut vertraut; trotzdem erschien es ihm verwunderlich, daß es erst zwei Monate sein sollten, die er mit Teresa zusammen war, denn er hätte schwören können, es wären Jahre gewesen, so als hätte ihm die Studentin eine unendlich größere Zeitspanne gewidmet als er zum Beispiel Maruja. Die kurze, Teresa gewidmete Zeitspanne hatte eine Gefühlsintensität, die der Zeit mit Maruja fehlte, und er wollte sich an die Momente erinnern, in denen er diese uferlose Zeit vollständiger, wirklicher besessen hatte. Und er entdeckte auf einmal, wie naiv und gutgläubig er gewesen war, wie er sich an der Nase hatte herumführen lassen, er, der sich für so schlau hielt. Sich vorzustellen, daß er Teresa schon vor einiger Zeit hätte besitzen können! ›Ach, wie blind, wie blöd bin ich gewesen!‹ sagte er sich, als er die Studentin wieder vor sich sah, in seinen Armen, am Strand, in den dunklen Straßen (o Gott, ihr süßer, flehender Blick, während sie an der Hauswand lehnten und sich küßten, in jener Nacht, als sie aus Encarnas Bar kamen!) oder an den Hängen des Parque del Guinardó (ihre

Stimme eines verschnupften kleinen Mädchens, die ihn aus dem Gras herbeirief), oder als er sich an jenen unvergeßlichen Morgen auf der Terrasse der Sister-Schwestern erinnerte, wo sie herumgeturtelt und sich liebkost hatten, unter einer magischen Sonne ... Aber er hatte sich immer zurückgehalten, und wenn er es recht bedachte, hatte sich diese Zurückhaltung (die eben einem mächtigeren Verlangen als dem nach bloßem körperlichen Besitz gehorchte) vielleicht als nicht völlig zwecklos erwiesen: Nach Teresas Erregung in den Tagen vor der Beerdigung der unglücklichen Maruja zu urteilen, gehörte die Studentin ihm jetzt mehr denn je. Doch welchen Nutzen hatte das alles gehabt, wenn man ihm keine Zeit ließ, ihre Beziehung zu festigen? Es konnte am Ende ein nutzloses und dummes Opfer gewesen sein, eins von denen, derentwegen man sich das ganze Leben lang die Haare rauft, natürlich frei von dem albernen, frömmelnden Heldentum der meisten festen Freunde, aber genauso bedauerlich. Unter der Last der Einsamkeit, die er jetzt spürte, fühlte sich der Murcianer betrogen und hintergangen und war vor allem bestürzt über eine gewisse Veränderung, die sich in seinem Inneren zu vollziehen begonnen hatte und die er jetzt ganz entsetzt entdeckte: Bei all den günstigen Gelegenheiten hatte er auf Teresa nicht Rücksicht genommen, um daraus Nutzen zu ziehen, da war noch etwas anderes, ein fremder Wille, der in ihn eingedrungen war, ein dunkles Gefühl aus Anstand und Leichtgläubigkeit, das man ihm gegeben und das ihn nach und nach befallen hatte. Er war nie das gewesen, was man einen braven Jungen nennt (und er würde wahrscheinlich auch nie Gelegenheit dazu haben, es zu sein, dachte er, es sei denn, er heiratete Teresa); warum zum Teufel hatte er sich dann bei nicht wenigen Gelegenheiten wie ein solcher benommen, im Namen von was und warum, Hand aufs Herz, warum hatte er sich in eine Situation von Achtbarkeit und Würde bringen lassen, aus der es keinen Ausweg gab? Warum hatte er sich so schnell und naiv den heiligen Gesetzen des Anstands verschrieben, aufgrund welcher moralischer Vorschriften, welcher Abmachung oder Übereinkunft, welcher Regeln der Klugheit oder Schicklichkeit oder welcher sozialen Normen hatte er sich in weniger als drei Monaten Teresa gegenüber in einen Heuchler verwandelt? Aus welchen Interessen heraus hatte er gegenüber einem verliebten, großzügigen Mädchen, das Zärtlichkeit und Liebkosungen brauchte, so rücksichtslos sein können …? Als er sich jetzt, während er sich verfluchte und verachtete, Teresas Küsse vergegenwärtigte, spürte er in sich eine große, unermeßliche Liebe zu dem Mädchen und ihrer verächtlich behandelten Neigung zum Unzüchtigen wachsen. Mit der echten Rührung eines Witwers erinnerte er sich an die Nacht, in der Maruja starb, als er und Teresa eng beieinander am Telefon standen, eingehüllt in jene glühende Wolke: Da freilich, schon in eine lebendige Flamme verwandelt, da war er entschlossen gewesen, Teresa zu besitzen. Aber ach, diese Nacht kam zu spät: zu viele verlorene Stunden, in denen er die weiße Gazelle des Anstands verfolgt hatte … Jedoch, noch blieb ihm Zeit, sich zu korrigieren, wieder jener entschlossene Hurensohn zu werden, der er stets gewesen war und der er immer bleiben mußte; wie leichtsinnig, du wirst weich, und schon zieht man dir das Fell über die Ohren, also abwarten und Tee trinken, beschloß er jetzt und trat wütend nach einigen verfaulten Algen am Strand.

Obwohl er in der Stadt vor vier Tagen das Gefühl dafür verloren hatte, wie spät es war, ob Tag oder Nacht, konnte er hier abschätzen (das Herumstreunen und Warten an diesem Strand kam ihm so altbekannt vor, so vertraut), daß es schon nach drei sein mußte. Da er nun einmal hier war und nichts Besseres zu tun hatte, würde er warten bis zum Morgen. Bei gutem Wetter käme Teresa wahrscheinlich zum Baden an den Strand. Er ging in den Wald, sprang über den Zaun (der immer noch nicht repariert war) und versuchte, in einer Kuhle voll Sand und Pinienblättern zu schlafen. Die Kälte und das Getöse des Meeres hinderten ihn daran, und um sich vor der Meeresbrise zu schützen, kehrte er in den Garten der Villa zurück, wo er sich in eine Hollywoodschaukel kauerte, die ein Dach mit Fransen hatte.

Ein strahlender Sonnentag brach an. Der Nebel zog sich schnell ins Innere des Waldes zurück, als sauge ein Wind ihn gierig ein. Manolo war ganz steif und glaubte, noch zu träumen, aber als er den Arm vom Gesicht wegnahm, wurde zwischen den funkelnden Nadeln der Sonne das Traumbild (ein großer, dunkelhaariger Junge, der auf ihn zukam, einen Tennisschläger unter dem Arm und ein Handtuch über der Schulter) unverhoffte, fröhliche Realität. In der Stille des Morgens knirschte der Kies im Garten der Serrats unter den weißen Turnschuhen des Unbekannten. Er war schlank, geschmeidig, hatte breite Schultern und trug ein blaues Hemd mit weichem, hochgestelltem Kragen, seine schneeweißen kurzen Hosen ließen ein Paar braune, muskulöse Beine sehen. Er kam direkt auf ihn zu, hielt aber seinen Kopf der Sonne entgegen und schirmte die halbgeschlossenen Augen mit der Hand gegen das Licht ab. Der Murcianer begriff, daß er von dem Unbekannten noch nicht entdeckt worden war, ließ sich mit einer schnellen Bewegung rückwärts von der Hollywoodschaukel fallen und rollte sich weiter, bis er sich hinter dichtem Geraniengesträuch verstecken konnte. Der Junge, der Manolo ein unerwartetes Ebenbild seiner selbst vor Augen führte (sein eigenes dunkles, glattes Haar, sein eigenes energisches und hochmütiges Profil), bog, bevor er ihn erreichte, auf einen Weg ab, der zum Tennisplatz führte. Wenig später, in ähnlicher Kleidung, einen Tennisschläger in der Hand, erschien Herr Serrat und schlug denselben Weg ein wie der Junge. Manolo wich zurück, suchte sich ein sichereres Versteck unter den Pinien und behielt den Garten weiterhin im Auge. Von Teresa kam kein Lebenszeichen. Er wartete. Er hörte den Aufprall des Balles auf die Schläger, die Schreie der Bewunderung oder Enttäuschung, die oft eine wonnevolle Verzweiflung vortäuschten (das war Herr Serrat, dessen langsames und keuchendes Spiel sicher nicht mit dem seines jungen Gegners mithalten konnte), was mit einer Kaskade gegenseitigen Lobs endete. So gegen zehn erschien Frau Serrat mit einem neuen Dienstmädchen, jung und rundlich, das ein Tablett mit Kaffee und Toastbrot auf ein kleines Tischchen stellte, dem ein Sonnenschirm Schatten gab. Die Stimme der Señora tönte fröhlich und hell durch den Morgen und stellte für einen Augenblick mit den überschwenglichen Stimmen vom Tennisplatz eine glückliche Verbindung her, eine heitere Fülle von Müßiggang und harmonischen Klängen. Dann tauchte ein Mann von bäuerlichem Aussehen mit einem Gartenschlauch auf, die Señora sprach kurz mit ihm und ging dann durch die rückwärtige Glastür ins Haus, kam wieder heraus, ging wieder hinein, das ist doch alles eine Scheiße, eine riesige sommerliche Verarschung, die durch Teresas Ausbleiben noch unerträglicher wird. Als er sich gegen Mittag mit der Hand übers Gesicht fuhr, spürte er die Bartstoppeln und vermutete, einen jämmerlichen Anblick zu bieten. So wirst du nicht sehr weit kommen, sagte er sich. Durstig, müde und vollkommen gerädert beschloß er, daß es das Beste sei, nach Barcelona zurückzufahren und auf Nachricht zu warten. Es war ihm egal, daß das Motorrad beim Starten Krach machte (Teresa sollte wenigstens wissen, wie nah er ihr gewesen war), und wenig später bog er auf die Landstraße ein. Die kleinen, furchtsamen 600er fuhren strikt rechts neben ihm. Es gelang ihm nicht, auf hundert zu beschleunigen. Den Geist aufgebend, schwindsüchtig und mit allen Knochen knackend, setzte ihn die *Rieju* fast zwei Stunden später in Barcelona ab, und er ließ sie, schon schrottreif, hinter dem Hospital de San Pablo stehen, um die Calle Cartagena weiter zu Fuß hinaufzusteigen.

Am selben Nachmittag kam in der Bar Delicias ein Brief für Manolo an. Ein kleiner Junge gab ihn bei ihm zu Hause ab. Er war von Teresa. Auf dem Umschlag stand nur: Manolo Reyes, Bar Delicias, Carretera del Carmelo. Er enthielt drei vollbeschriebene Bögen in einer kleinen, gedrängten Schrift, sehr hübsch und gleichmäßig (offensichtlich die Reinschrift eines verworrenen Entwurfs), mit nur einem einzigen durchgestrichenen Wort.

Das M von »Mein Liebster«, womit der Brief begann, war mit fester und entschlossener, anscheinend wütender Hand geschrieben worden, wies aber an einer Seite einen fröhlichen

Schnörkel auf, der einer Schnecke glich. Danach hieß es: »Entschuldige bitte, daß du erst jetzt Nachricht von mir bekommst, ich habe deine Anschrift nicht, und außerdem dachte ich, ich könnte gleich wieder nach Barcelona zurückkommen. Zu Hause haben sie sich in den Kopf gesetzt, daß ich den Rest des Monats bis zum Semesterbeginn in der Villa verbringen soll. Netter Schachzug! ...« Es folgten weitere Ausdrücke dieser Art. Als alles eine empörte Darlegung der Gründe erwarten ließ, die zu diesem blöden Familienbeschluß geführt hatten, diesem »netten Schachzug«, stürzte sich die junge Studentin unerschrocken, mit fiebriger, brennender Feder in eine wollüstige Analyse ihres »gegenwärtigen Gemütszustands« (»überspannt«) und gewisser schlafloser Nächte: Sie sprach von »sehnsüchtigem Warten«, von »unsäglicher Kälte der Laken« und schloß mit der Enthüllung des (freilich zweifelhaften) Grundes solcher vermeintlich grippalen Glut und Faselei: »Ich liege seit zwei Tagen im Bett, mit Fieber, phantasierend« (dieses musikalische Gerundium tanzte, in ein rosa Nachthemd im Stil der Empirezeit gehüllt, einige Sekunden vor den Augen des Murcianers), »und bis heute habe ich mich nicht in der Lage gefühlt, dir zu schreiben, denn bei dem Regen habe ich mir eine starke Erkältung geholt, und Marujas plötzlicher Tod und dann, daß wir uns nicht sehen konnten, all das hat mich so deprimiert, daß ich mich gleich nach der Ankunft ins Bett legen mußte. Anfangs war ich so durcheinander, so demoralisiert ...« Sie fuhr fort, es gebe jedoch keinen Grund zur Verzweiflung, es sei ja nichts weiter außer dem Ärger über die augenblickliche Trennung. Das Unerfreulichste sei vielleicht das, was die Haltung ihrer Eltern (»die uns andererseits eigentlich nicht überraschen dürfte«) für sie im familiären Kontext bedeute: die Bestätigung eines Übels, das irgendwie ihre Persönlichkeit von Kindheit an geprägt habe und das ihr, nachdem sie Manolo kennengelernt habe, deutlicher geworden sei denn je: »... von dieser idiotischen Erziehung, die ich in meiner Familie genossen habe, hat man hier ein neues Beispiel, man sieht hier, wie sie reagieren, was sie unter dem

Schutz ihres verirrten, frechen Töchterchens verstehen, ohne daß sie bemerken, daß es längst zu spät ist. Ich könnte mich umbringen vor Wut und Scham. Was du wohl gedacht hast von mir, von uns allen? Wenn du wüßtest, wie sehr ich mich langweile, Manolo, wie sehr ich dich vermisse!« Sie fügte hinzu, dementsprechend komme es ihr so vor, als sei die Villa unbewohnt, und obwohl Leute da seien, entfernte, ungelegen gekommene Verwandte (»ein eingebildeter, angeberischer Cousin aus Madrid, der darauf wartet, daß es mir besser geht, um mich beim Tennis zu besiegen«), sei es, als hätte ein Schiffbruch sie hier unter fremde Menschen und Sitten geworfen. Wieder sprach sie von der Einsamkeit, und plötzlich eine sonnige Meeresbrise, die teresianische blaue Welle, die ersehnte Rückkehr zu ihren Inseln: »Aber es ist nicht das, was mich verzweifeln läßt, Manolo, es ist nicht die feindliche Umgebung. Es ist deine Abwesenheit. Welche Einsamkeit, wie entsetzlich auch immer sie sei, wäre nicht ein Paradies, welches schreckliche Unglück wäre nicht ein Segen, welche Krankheit wäre nicht ein Brautbett, welches Elend oder welcher Schmerz wäre nicht eine Liebkosung, verglichen mit der Pein, dich nicht sehen zu dürfen, mein Liebster, mein Liebster, mein Liebster, mit dieser unerträglichen Entbehrung deiner Lippen und deiner Hände für so viele Tage, die mir wie eine ganze jahrhundertelange Ewigkeit vorkommen ...« Obwohl er gerührt und beeindruckt war (was so ein Studium doch ausmacht, wie gut Teresa auszudrücken weiß, was man fühlt), ließ Manolo sich von der Ungeduld treiben und übersprang einige Zeilen auf der Suche nach konkreten Nachrichten. Nach diesem leidenschaftlichen Teil – in dem ein gebildeterer Geist als der des Jungen aus dem Süden sofort die literarische Herkunft bestimmter Metaphern erkannt hätte – sank der Ton auf ein praktisches und informatives Niveau ab: Teresa berichtete von einem lästigen Gespräch mit ihren Eltern (»mit grenzenlosen Vorbehalten auf beiden Seiten geführt«), bei dem der springende Punkt des Problems nicht zur Sprache gekommen war. Dieses Gespräch hatte noch am Abend des

Tages stattgefunden, an dem die arme Maruja beerdigt worden war, und »obwohl niemand direkt etwas dazu gesagt hat, habe ich herausgehört, daß dieses Klatschmaul von Dina, diese kleine Operationssaal-Nutte, über uns geredet hat, und auch Vicenta. Natürlich hat Mama den Rest besorgt. Ich glaube, ich übertreibe nicht, wenn ich dir sage, daß Mama, schon bevor sie dich kennenlernte, befürchtet hat, du könntest die Tugendhaftigkeit ihrer Tochter gefährden. So ein verdammter Blödsinn! Wenn ich dich außerdem daran erinnere, daß sie mich zu Hause für eine halbe Marxistin halten, brauche ich dir wohl kaum die Verrücktheiten und Verhältnisse aufzuzählen, die sie mir zutrauen.« Aber sie betonte ausdrücklich, daß ihre Gefühle nicht zur Sprache gekommen seien: »Man hat einfach beschlossen, daß Marujas Tod mich so sehr mitgenommen habe, daß der Moment gekommen sei, sich ernsthaft um mich zu kümmern; Papa meint, ich ließe mich zu sehr beeindrucken, ich sei noch immer ein kleines Mädchen, dieser Sommer habe sehr viele Aufregungen mit sich gebracht, ich sei abgespannt, mit den Nerven am Ende, kurz und gut, ich bräuchte Ruhe und es ginge mir natürlich nirgendwo besser als in der Villa: eine Luftveränderung, oder besser eine Meinungsänderung. Von dir war eigentlich nicht die Rede.« An dieser Stelle dachte Manolo, daß das Verhalten von Papa Serrat bezeichnend sei: Teresa versicherte, sie hätte nie erlebt, daß sich ihr Vater so für sie interessiert habe, »für meine Art zu denken«, nicht einmal, als sie wegen der Sache mit den Studentendemonstrationen festgenommen worden war. Anscheinend hatten sie über die Universität und die politischen Strömungen gesprochen, in denen die Studenten dort zur Zeit schwammen. »Sehr lustig. Ich weiß nicht, ob du das verstehen kannst, aber bei Papa ist das etwas ungewöhnlich«, schrieb sie und fügte hinzu, daß ihr Vater, bevor sie Manolo kennengelernt hatte, nie wirkliches Interesse für diese Dinge gezeigt habe, er habe sich vielmehr gerne darüber lustig gemacht (»über meine Freunde vor allem, und besonders über Luis Trías de Giralt«), und zwar mit ziemlichem Witz, das nebenbei

(»Papa ist ein großer Witzbold, obwohl er gar nicht danach aussieht«). Was die Sache zwischen uns betrifft, fuhr sie weiter unten fort, müsse man anerkennen, daß niemand sie angefahren, niemand ihr eine Szene gemacht habe. »Aber machen wir uns nichts vor, man muß den Tatsachen ins Auge sehen: Aus der Einstellung meiner Eltern resultiert das eigentliche Problem, die Furcht nicht vor dem, was diese Närrin Teresa mit ihren extremistischen Ideen bis heute hat anstellen können, sondern vor dem, was sie in Zukunft anstellen könnte. Das ist keine Frage der Moral, darüber gäbe es eine Menge zu sagen, aber ich versichere dir, daß in der Welt, in der ich lebe, nicht einmal die tugendhaftesten und ehrbarsten Personen glauben, daß der vorzeitige Verlust der Jungfräulichkeit aus Lust und Laune genauso schlimm sei, wie eine schlechte Partie zu machen.« Es folgten einige kühne, aber (nach Meinung des Murcianers) unnötige Betrachtungen über dieses »unerhörte, entsetzliche gute Gewissen, das die Bourgeoisie in unserem Land hat«, und dann eine sonderbare Definition der Natur des Konflikts, in dem sich ihre Familie im Hinblick auf sie befinde (»Sie verwechseln meine Liebe zu dir mit meinen fortschrittlichen Ideen, weil ihre Tochter sich für sie als Niete entpuppt hat«), wobei Teresa sich jetzt sicher dessen bewußt war, daß der Konflikt wohl derselben Verwirrung entsprang, die sie in den Armen des Jungen empfunden hatte, als sie ihn kennenlernte. Und sie beschloß diesen Punkt mit einer vollmundigen Verkündung von Grundsätzen: »Heute ist, was mich betrifft, Manolo, die Solidarität von der Liebe abgelöst worden (hier tauchte das einzige durchgestrichene Wort auf: Das Wort »Solidarität« mußte sie wohl, nachdem sie es hingeschrieben hatte, nicht mehr überzeugt haben, und so hatte sie es durchgestrichen, dann aber doch wieder hingeschrieben, sicher weil sie das gewünschte Äquivalent nicht fand), oder besser gesagt, ich habe ihr den Platz in meinem Herzen angewiesen, der ihr zukommt – ein bevorzugter Platz, denn ich liebe mein Land –, aber sie ist jetzt frei von Zauberformeln, von ideologischer Romantik und von Dummheit ... Und entschuldige bitte dieses Kauderwelsch, Liebling, aber es tut mir sehr gut, meine Gedanken zu ordnen.« Sie fügte hinzu, daß sie ansonsten die Stunden gelangweilt in ihrem Zimmer herumbringe, lesend oder von der Terrasse aus aufs Meer schauend. »Wie widerwärtig, wie absurd mir alles ohne dich erscheint! Wenn du wüßtest, wie sehr ich dich brauche, wenn wir uns doch sehen könnten, wenn ich mit dir reden könnte über das, was ich augenblicklich fühle, wenn ich dich doch bei mir hätte, und wäre es auch nur für einen Augenblick!« Sie erinnerte ihn noch einmal daran, daß das Semester erst im Oktober beginne, daß dann aber alles in Ordnung kommen würde (»Wir werden es nicht mehr zulassen, daß uns wieder etwas trennt«), doch bis dahin ... Was tun? Sollte es keine Möglichkeit geben, sich vorher wiederzusehen? Und an dieser Stelle versicherte sie in engen, in blauer Tinte dichtgedrängten Zeilen, daß sie versucht habe, nicht an ihn zu denken, daß das aber nichts genutzt habe. Ein paar Auslassungspunkte (in leicht absteigender Linie) erstickten wieder aufgeglommene Liebesgluten: »Du bist der einzige wirkliche Mann, den ich kennengelernt habe, an deiner Seite habe ich zu leben gelernt, habe ich begonnen, mich als Frau zu fühlen ...«

Danach kamen Grüße und weiter unten ein undeutliches, hastiges Postskriptum in zittriger Schrift, an manchen Stellen verblaßt, so als hätte eine Träne die Tinte verwischt (oder vielleicht waren es auch nur Spritzer von Meerwasser, denn einige Sandkörnchen im Briefumschlag deuteten darauf hin, daß der Brief oder zumindest das Postskriptum am Strand geschrieben worden war). Der Junge brauchte eine Weile, bis ihm die Bedeutung der Worte klar wurde: »Sei rebellisch, stolz und kühn bis zum Tod. Eines Nachts habe ich dich im Traum unter den Pinien stehen und zu meiner Terrasse hinaufblicken sehen, eines Nachts, als du zu Maruja kamst. Hast du nie darauf geachtet, wie hübsch und dicht der Efeu ist? Ich liege nachts wach, denke an dich und fiebre nach dir, Liebster, während diese spießbürgerliche, dünkelhafte Familie schläft, zu der zu gehören ich mich schäme. Immer die Deine. Küsse. Teresa.«

Verrückt vor Freude faltete Manolo den Brief sorgfältig, steckte ihn in die Hemdtasche und trat auf die Straße. Es war Samstag nachmittag, halb vier, das schöne Wetter hielt sich, und es war heiß. Dem schüchternen und konfusen Ruf gehorchend, der sich aus dem Postskriptum ergab, beschloß er, sich noch am selben Abend mit Teresa zu treffen. Er war sich sicher, daß danach alles wieder so werden würde wie vorher. Schließlich bestätigte ihm der Brief unter anderem, daß seine rücksichtsvolle sexuelle Taktik so katastrophal doch nicht gewesen war: Teresa gehörte ihm immer noch und wartete auf ihn, sie wartete auf ihn! Er verbrachte den frühen Abend in großer Erregung, die ihm die Verschlagenheit eines Verrückten verlieh: Vor allem kam es nicht in Frage, mit einem gestohlenen Motorrad zu fahren und sich törichterweise in Gefahr zu bringen, dafür stand zuviel auf dem Spiel. Sein erster Gedanke war, den Zug zu nehmen, aber nicht einmal dafür reichte sein Geld; außerdem fuhr der Zug nur bis Blanes, und vom Bahnhof bis zur Villa waren es ungefähr vier Kilometer Landstraße. Er erinnerte sich, daß der Kardinal eine alte *Derbi* besaß. Es war kurz nach sechs, als er bei ihm an die Tür klopfte.

»Mein Onkel ist nicht da«, sagte Hortensia. Manolo trat ein und ging in den Garten, gefolgt von dem Mädchen. Dort steuerte er forsch den weiter hinten liegenden kleinen Schuppen an, wo das Motorrad stand. Im Gehen erklärte er der Jeringa, er müsse eine dringende Fahrt machen und brauche die *Derbi* des Alten.

»Sehr weit? Warum nimmst du mich nicht mit?« fragte sie. »Du hast mir versprochen ...«

»Das geht nicht«, unterbrach er sie. »Ein andermal, heute hab ich's sehr eilig.«

Im Schuppen mußte er den Kopf einziehen, das Dach war sehr niedrig. Farbeimer und von der Feuchtigkeit angefressene Gartengeräte. Das Motorrad stand auf einigen auf dem Boden ausgebreiteten, ölverschmierten Zeitungen, aufgebockt auf seinem Ständer, und schien in gutem Zustand zu sein. Manolo begann den Deckel des Tanks aufzuschrauben.

»Er ist voll«, sagte die Stimme des Mädchens hinter ihm. »Ich hab ihn selbst vollgemacht.«

Der harte und verärgerte Ton entging Manolo nicht. Er drehte sich langsam um, einen undeutlichen Schatten auf seinen Schultern. Die Jeringa, die eine zusammengefaltete rote Hose in der Hand hatte – sie mußte irgendwo im Haus schon bereitgelegen haben, wo sie sie wahrscheinlich im Vorübergehen gegriffen hatte –, sah ihn mit einem flehenden Funkeln in den Augen an. »Ich zieh mich schnell um, ja ...?« fragte sie. Er dachte eine Weile nach und sagte dann:

»Morgen. Das verspreche ich dir. Bloß heute hab ich's eilig, das hab ich dir ja schon gesagt.«

Hortensia ließ die Hose auf den Boden fallen und zeigte ihm die kalte Schulter, und im Hinausgehen sagte sie:

»Ja, wenn du das Motorrad mitnehmen willst, mußt du auf meinen Onkel warten und ihn darum bitten. Da wirst du was erleben!«

Manolo packte sie am Arm und hielt sie zurück. »Warte«, sagte er lachend, »warte einen Moment, du kleines Biest!« Der Gedanke, daß Teresa auf ihn wartete, erfüllte ihn mit Freude. Er überschlug schnell im Kopf: Bevor es nicht richtig dunkel geworden war, brauchte er nicht bei der Villa zu sein, so daß er genug Zeit hatte, mit dem Mädchen ein paar Runden auf dem Motorrad zu drehen und so ein für allemal jene kleine, unbedeutende Schuld zu begleichen, und wenn er es recht bedachte, freute er sich sogar, sie gerade heute begleichen zu können; so kurz vor großen und glücklichen Ereignissen, vor einem Rendezvous, das versprach, ihn vielleicht endgültig in die Welt der Erwachsenen zu integrieren, hatte es seinen Reiz, eine so kindliche und unschuldige Laune wie die der Jeringa zu befriedigen. »In Ordnung, Gräfin«, sagte er lächelnd. »Ich nehme dich mit. Aber mach dich auf etwas gefaßt, du wirst erleben, was rasen heißt.« Das Mädchen erstickte einen Jubelschrei und wollte sich die rote Hose anziehen, aber er sagte, er könne nicht so lange warten, und außerdem mache sie der weiße Kittel fraulicher und hübscher.

Es geschah auf die natürlichste Art und Weise: Zweifellos lud er Hortensia zu einer Spazierfahrt ein, um sich das Motorrad zu sichern, aber auch deshalb, weil er heute das Bedürfnis verspürte, sie oder vielleicht insgeheim sich selbst zufriedenzustellen, das begann er jetzt zu verstehen, denn plötzlich konnte er sich des angenehmen Gefühls nicht mehr erwehren, daß etwas passieren würde. Als er mit Vollgas den Paseo del Valle de Hebrón rauf und runter raste, hielten die Arme des Mädchens seinen Brustkorb fest umschlungen, und er spürte ihre Wange an seiner Schulter, ihre winzigen, harten Brüste, ihr vernachlässigtes, klopfendes Herz, das ihm durch den leichten Stoff des Hemdes die Zärtlichkeit eines verängstigten kleinen Tierchens vermittelte. »Halt dich fest, Kleine, halt dich gut fest!« rief er ihr zu. Das Mädchen sagte die ganze Zeit über nichts; es umarmte ihn. Schließlich, starr vor Kälte und mit vom Wind tränenden Augen, bat sie ihn, nach Hause zu fahren, denn ihr sei schwindlig. Manolo wollte das Motorrad nicht draußen stehenlassen und schob es durch das hintere Tor in den Garten. Blaß und ein wenig schwankend ging sie auf den Schuppen zu, um ihre immer noch nicht eingeweihte rote Hose wiederzuholen. Sie stolperte, und Manolo hielt sie sachte am Ellbogen fest; ab und zu, wie in Wellen, rieb sich die einsame, zittrige Jugend der Jeringa an ihm in dem unschlüssigen, schwerfälligen Rhythmus ihrer Schritte. Ihr Schweigen war beunruhigend. Die traurige Verlassenheit, in der sich der Garten um diese Zeit befand, schon in den Klauen der Nacht, legte auf einmal eine dunkle familiäre Schlinge aus, das ist jetzt vorbei, es ist ein Abschied der traurigsten Art, aber ich haue ab ... Er hätte Hortensias Schweigen gern gebrochen und suchte verzweifelt in seinem Kopf nach einigen banalen Worten, aber sein Kopf war leer: Die artige Banalität der Sprache schien plötzlich ihren Sinn verloren zu haben, ihre beschwichtigende und heitere Kraft, mit der er vor dem Mädchen immer geprahlt hatte; wenn er in den Dingen kein Zeichen sah, keinen Wink des Schicksals, nichts, was die unendliche, flackernde Zukunft entflammte, war heute abend sein Verstand ebensowenig bereit zu funktionieren, wie seine Lippen imstande waren, ein Wort herauszubringen. Die Wirklichkeit weckte ihn jedoch wieder auf, als er sich an Teresas Brief erinnerte, den er in seiner Hemdtasche bei sich trug, über seinem Herzen, und den in diesem Moment Hortensias zitternde Schulter zerknitterte und mit der Schachtel Zigaretten darin zum Knistern brachte; das gab ihm ein jubelndes Verantwortungsgefühl wieder, dringend notwendig, denn es dämmerte schon, und im Schuppen, als er sich gebückt und die Hose des Mädchens aufgehoben hatte und sich zu ihr umdrehte, um sie ihr zu geben, sah er ihre erloschenen Augen, die ihn aus dem Halbdunkel forschend anblickten. Ihre Silhouette in der Tür, regungslos vor dem grauen Licht draußen, glich wirklich Teresa, aber (›Warum ist kein Licht in deinen Haaren, Kleine, warum sind deine Augen kalt?‹) nur ihre Silhouette. Doch das allein reichte: Er versuchte, die Situation zu retten durch einen mürrischen Blick, halb beunruhigt, halb zärtlich, tätschelte die glühende Wange des Mädchens mit jener Art schurkischer Erfahrung, die mit der Jugend wächst und Hortensia schließlich getötet hatte, aber plötzlich sah er sich in den frischen Duft von Bittermandeln gehüllt, beugte sich über sie, zog sie zu sich heran und begann sie zu küssen.

Am anderen Ende des Gartens flammten die Lampen der Veranda auf, als handle es sich um eine prächtige Bühne. Sie hörten, wie im Haus die honigsüße Stimme des Alten nach Hortensia rief, beschlossen aber, noch eine Weile zu warten. Die Dunkelheit wurde zusehends dichter. Dann traten sie hinaus. »Komm, bitten wir den Alten, daß er uns das Motorrad leiht«, murmelte sie und zog ihn an der Hand. Verblüfft ließ sich Manolo führen. Die nächtliche Brise verwies ihn wieder auf die Wirklichkeit, und als sie auf die Veranda traten, ließ er die Hand des Mädchens los. Sie fanden den Kardinal im Eßzimmer.

»Nein, ich glaube nicht«, überlegte der Kardinal. »Wo kämen wir da hin?«

»Ich hab einen sehr kranken Freund«, log der Murcianer, »in Moncada ...«

»Nein und nochmals nein.«

»Sieh mal, ich muß ihn dringend besuchen, verdammt, sei doch kein Scheißer!«

»Nein, hab ich gesagt.«

Er weigerte sich nicht nur, ihm das Motorrad zu leihen, sondern forderte von ihm auch das Geld zurück, das er ihm schulde, das er neulich Hortensia abgeluchst habe, mit »Händchenhalten und falschen Eheversprechen«.

»Das ist gelogen«, protestierte er.

Der Alte saß auf dem Sofa und las eine Zeitung; Hortensia, deren Wangen immer noch gerötet waren, lief über den Flur hin und her und schleppte stapelweise Bügelwäsche herbei (in einer Ecke des Eßzimmers, neben der Stehlampe, hatte sie schon das Bügelbrett über die Rückenlehne zweier Sessel gelegt), bis sie schließlich alles liegenließ und sich an den Tisch setzte, um ihnen zuzuhören. Jetzt trug sie die Haare aufgesteckt zu einem Knoten, der halb aufgegangen war. Ihr Onkel stand auf, warf die Zeitung auf den Boden und begann plötzlich eine seiner rituellen, feierlichen und andächtigen Wallfahrten durch das ganze Haus (Manolo folgte ihm auf dem Fuße, die würdevollen purpurnen Schöße seines Hausrocks berührend wie ein Akolyth, der eine Privataudienz erbittet), durch das Erdgeschoß und den ersten Stock, lief Treppen rauf und runter, richtete hier ein Bild wieder gerade, dort einen Kandelaber, pustete den Staub von einer kleinen Statue, korrigierte die Falten einer Gardine, die Position eines Stuhls, einer Vase, einiger Kissen. Mit den Gesten eines Manischen, seinen endlosen Monolog eines sentimentalen Hahnreis herunterleiernd, verweigerte der gute Alte jede Diskussion mit dem Jungen und schien nur auf eine innere Stimme zu hören. »Ein enger Freund, sagst du, krank, in Moncada ...? Lügner«, wiederholte er wie für sich selbst. Die Dringlichkeit, die er in den Augen des jungen Murcianers leuchten sah, trug unbestreitbar den Namen eines Mädchens (gar nicht mal den einer Frau). Aber das war nicht das schlimmste; für einen Mann mit allgemeinen Lebensanschauungen wie ihn, dem bereits das schwierige Erkennen seiner eigenen kosmischen Irrtümer gelungen war (er hatte sich im Zeitalter, im Land, in der Religion und im Geschlecht vertan) und der zugleich bestimmte Schlüsse gezogen hatte, deren Bitterkeit sie nicht weniger richtig machte, für den ließ sich der wirkliche Grund der Leiden, die seit einiger Zeit einen so klugen Jungen wie Manolo quälten, auf folgende doppelte Maxime reduzieren, die er häufig wiederholte: »Wie wenig lieben wir die, die wir lieben, und wie sehr gefällt es uns, über die Stränge zu schlagen.« Übrigens habe er nichts gegen »dieses Mädchen«, das ihn um den Verstand gebracht habe, aber ... »Es empfiehlt sich, eine Zeitlang mit einer Person zusammenzuleben, das weiß ich, und sei es auch nur, um sich das Vergnügen zu leisten, zu ihr zurückzukehren; aber um sich dieses Vergnügen leisten zu können, muß man sie vorher verlassen, und da liegt das Problem. Mein Sohn, die Frauen können dieses Kommen und Gehen nicht verstehen, das im Leben eines Mannes so wichtig ist.« – »Komm mir nicht mit so einem Scheiß, *Cardenal,* und leih mir das Motorrad. Leg endlich mal 'ne neue Platte auf.« – »Nein, nein und nochmals nein«, sagte der Kardinal und erklärte ihm weiter das Leben und seine Gefahren. Das tat er schon seit Jahren, ohne müde zu werden. »Du wirst dir dadurch so eine Tracht Prügel einfangen, daß man dich mit spitzen Fingern wird anfassen müssen«, prophezeite er. »Aber natürlich, niemand will von der Jugend geheilt werden, sie ist eine Krankheit.« Nach der Stimme zu urteilen, schien er nicht viel getrunken zu haben, aber er entfaltete eine unnütze, wahnsinnige Mimikry und diese ganze erschütternde, schnellfüßige und flinkhändige Geschäftigkeit der Trinker, die daran gewöhnt sind, sich vor der Einsamkeit zu schützen.

Vielleicht weil das Schauspiel nicht neu für sie war, folgte ihnen die Jeringa nicht auf ihrem Rundgang durch das Haus. Aber nachher, als ihr Onkel, von plötzlicher Atemnot befallen, in den Korbstuhl sank und den Kopf auf das Kissen legte (während seiner komplizierten und ungereimten Hausarbeit hatte er ein Bett ohne Kopfkissen zurückgelassen und war unverzüglich in die Gartenlaube gerannt, unter das erleuchtete Holzskelett, wo sich das ganze, schwächer werdende Licht des Himmels gesammelt zu haben schien), überraschte Manolo das Mädchen, das hinter ihm stand und auf irgend etwas auf dem Fußboden starrte; die Hände hatte sie in den Taschen ihres weißen Apothekenkittels vergraben und bohrte sie so tief hinein, wie es der Stoff erlaubte; sie hatte gerade das Haar wieder gelöst und die hochhackigen Schuhe angezogen. An die Einzelheiten würde er sich erst später wieder erinnern: Als er die Schachtel Zigaretten aus der Hemdtasche hervorholte, um dem Kardinal eine anzubieten, zeigte die Jeringa noch jenes leichte Lächeln ohne Licht; aber danach sah er sie nicht mehr, bemerkte bloß, daß sie sich ihm von hinten näherte und sich bückte, um sich dann schnell wieder zu entfernen. Unterdessen verweigerte ihm der Kardinal weiter hartnäckig das Motorrad, und Manolo drohte ihm unvorsichtigerweise damit, sein Haus zu verlassen und nie wieder zurückzukommen. Aber noch versuchte er, ihm erneut eine Zigarette anzubieten, und erhielt wieder eine Abfuhr (»Eine Zigarette? Nein! Auf die Knie, auf die Knie, du ungeratener Sohn!«); dann nahm er das Kopfkissen, schüttelte es ihm liebenswürdigerweise auf und legte es ihm umgekehrt wieder hin. »Laß das, du Heuchler!« sagte der Alte und schlug mit der Hand in die Luft (durch eine Ironie des Schicksals sollte Jahre später der Kardinal selber, schon sehr alt und einsam, diese Gewohnheit des Jungen, ihm die Kopfkissen aufzuschütteln, übernehmen, für die Kranken im Gefängnis Modelo, wo er täglich die Betten der Krankenstation ablief: eine letzte, bewegte Huldigung an die nicht mehr engelreinen, müden und ausgetrockneten Körper). Der Murcianer stimmte noch ein letztes melodiöses Bittlied an, aber der Kardinal wollte außer seiner inneren Musik nichts hören (wie ein galicischer Beethoven, taub und einsam auf seinem Gipfel); keiner der liebenswürdigen Tricks des Murcianers schlug an, und er beschloß zu verduften. Er nahm an, Hortensia sei mit Bügeln beschäftigt, aber als er durch das Eßzimmer ging, sah er sie am Tisch stehen, mit dem

Rücken zu ihm, den Kopf gesenkt. Das Mädchen drehte sich plötzlich um, überrascht, die Hände auf dem Rücken (so als verberge sie etwas, aber darauf achtete er nicht), und während Manolo durch das Eßzimmer ging, folgten ihm ihre feuchten Augen, bis sie sie niederschlug, die Wangen plötzlich geschwollen. Bevor er den Flur erreichte, wandte er sich um: »Was ist mir dir los, Hortensia?« Draußen, hinter den Fenstern der Veranda, bewegte ein nächtlicher Windstoß die silbergrauen Haare des Kardinals, der kraftlos im Korbstuhl lag: »Geh nicht weg, du Hund«, hörten sie ihn sagen. Der Kardinal glich einer restlos ausgepreßten Zitrone. Ohne sehr viel zu begreifen, aber einen Wutanfall vorausahnend, stürzte Manolo in den Flur. Er spürte die blaugrauen Augen der Jeringa auf seinem Nacken, ging aber, ohne sich umzudrehen, weiter bis zur Haustür. Als er sie öffnete, hörte er aus dem Garten die Schreie des Alten: »Manoooooolo ...!«, so als kämen sie aus einem Brunnen oder aus der tiefsten Tiefe einer Schlucht, ein lächerliches, kokettes, mit dem Tode ringendes und unendlich weit entferntes Echo, das jedoch überall auf dieser Seite des Carmelo zu hören sein mußte, sogar oben, im Viertel: »Manoooooloooo ... !« *Adiós,* Meister, Scheißkerl, geliebter Alter. Alles war umsonst gewesen, und außerdem war er dabei, kostbare Zeit zu verlieren. Aber er würde zur Villa kommen, und sei es auf dem Rücken einer Eselin, er würde es nicht zulassen, daß ihn irgend etwas oder irgend jemand hier zurückhielt. Er würde Teresa sehen, würde die unterbrochene Liebesbeziehung wiederbeleben, würde eine Stelle bekommen, und später, so wahr ich hier stehe, würden ihm die guten Dienste des Schwiegervaters Serrat (was soll man da machen: ein blonder Pijoapartisto, der auf seinen Knien hüpft, Verrücktheiten der Jugend, Murcia ist wunderschön, trotz allem) den entscheidenden Schub geben ...

Die kühne Vorstellung dieser weiten Horizonte hinderte ihn zweifellos daran, das tägliche Abendrot wahrzunehmen, pünktlich und unausbleiblich. Und als er das vorzeitige innere Verbrennen der Hortensia erahnte, sollte es schon zu spät sein:

Zunächst war sie ihm hinterhergegangen, war wie ein Schatten die Straße hinuntergeglitten und ihm in einigem Abstand bis zur Plaza Sanllehy gefolgt, und natürlich hatte sie ihn auf das Motorrad lauern sehen, auf dessen Sitz er sich jetzt gerade geschwungen hatte; aus einem Hauseingang, etwa zwanzig Meter entfernt, starrte sie ihn an, in der Hocke, und biß sich auf die Fingernägel, und Manolo begriff sofort (seine Hand fuhr wie der Blitz in die Hemdtasche), daß er den Brief verloren hatte; sicher war er ihm in der Gartenlaube runtergefallen, als er die Zigarettenschachtel herausgeholt hatte, und natürlich hatte ihn diese Rotznase gelesen ... Er hatte keine Zeit, mußte so schnell wie möglich abhauen, wenn er nicht vom Besitzer des Motorrads entdeckt werden wollte, wer auch immer das sein mochte, und trotzdem sah er weiter mit hypnotisiertem Blick das Mädchen an, ein Knie angewinkelt in der Luft, den Fuß gelähmt einige Zentimeter über dem Startpedal. Was die Jeringa jetzt wohl dachte? Der Schrecken, den ihm die Antwort einjagte, die er sich selbst gab, belebte seine Nerven, und die wiederum aktivierten sein Bein; unbewußt gab er Gas, und die Maschine dröhnte unter ihm. Er sah die Jeringa ein letztes Mal an. Später dachte er, er hätte ihr etwas sagen müssen, irgend etwas, sie solle zu Hause auf ihn warten, er komme bald zurück und fahre sie morgen wieder auf dem Motorrad spazieren, oder besser ins Kino, wohin sie wolle, vielleicht hätte eine Handbewegung genügt, ein Lächeln, wer weiß (all das würde er später denken), aber er sagte und tat nichts, außer Gas zu geben und schleunigst in Richtung Küste davonzubrausen, und er ließ das Mädchen in dem Hauseingang zurück, geduckt, mit diesem ungeheuer katzenhaften Fließen auf ihren breiten, feuchten Wangen, in ihren bösartigen Augen von Asche.

Si je mourais là-bas sur le front de l'armée.

Apollinaire

Unter der Mitternachtssonne treibt in der ruhigen Privatbucht vergessen ein Gummischwan. Mit seinem luftgefüllten Bauch gleitet er langsam dahin im Silberschein des Mondes, dreht sich um sich selbst, orientierungslos, aber anmutig und gleichgültig, von entgegengesetzten Meeresströmungen und äußerlichen Schaudern bewegt, dunklen, sonderbaren Befehlen gehorchend, die von hoher See kommen. Dann treibt ihn die Meeresbrise direkt zu dem am Steg vertäuten Motorboot und läßt ihn dessen salzige Planken anpicken. Nur der spiegelnde Geist eines Gletschers, ungastlich und ungewöhnlich arktisch, ergießt sich jetzt über die Villa und ihre Umgebung und macht das tiefe Grün der Pinien und den Sand des Strandes weiß. Stunden vorher war die untergehende Sonne mit ihrer roten Hülle zwischen den nahen Bergen verschwunden, nachdem ihr letzter Schimmer einen Moment lang in flachem Winkel spitz und fächerförmig auf die Villa gefallen war wie das Licht, das durch den Spalt einer angelehnten Tür dringt. Als die Nacht hereinbrach, war eine Brise aufgekommen. So neigen sich jetzt die jungen Tannen des Gartens wie elegante Gäste, die sich gerade in das Abenteuer der Salons stürzen, leicht zitternd, ungeduldig und erregt, angezogen von der glitzernden Haut des Meers.

Der Pijoaparte wölbte den Rücken und preßte die glühenden Seiten des Motorradtanks zwischen seine Schenkel. Er fuhr mit einem zitternden Windbuckel unter dem Hemd, verschlang Entfernungen und die Nacht, zusammen mit Wegweisern, die er nicht mehr las (bis auf einen: Costa Brava, und darunter der Pfeil). Diesmal ritt er eine funkelnagelneue feurige Ducati. Er wußte, daß es eine Luxusmaschine war, ein verchromtes violettes Prachtstück, eine aufrührerische, mythische Flamme, das Hobby von Champions und Jungen aus gutem Hause (er selbst hatte als Anfänger davon geträumt, eine Ducati wie diese zu haben), aber er wußte auch, daß sie, wie die jungen Stuten, launenhaft und unberechenbar war. Die Zähne zusammengebissen gegen das Toben des Windes, gab er jetzt Vollgas und hängte sich wie eine Klette an die nervöse Freundin, paßte sein Herz ihrem bebenden, feurigen Rhythmus an. In der Avenida Virgen de Montserrat überholte er eine Gruppe Radfahrer, die von der Arbeit kamen, eine graue Dauphine und einen Seat, den ein weißhaariger Mann, einen riesigen Wolfshund im Auto und ein lachendes junges Mädchen, das den Kopf zurückgelegt hatte, mitten auf der Fahrbahn steuerte, mit einem Finger (Manolo achtete auf die Einzelheiten, weil er den Wagen eine ganze Zeit lang neben sich hatte) und anscheinend nicht bereit, sich überholen zu lassen. Aber Manolo zog nicht nur an ihm vorbei, sondern schnitt ihn auch gefährlich und zwang ihn, auf die Bremse zu treten. Ohne sich vorzusehen, überquerte er den Paseo Maragall und fuhr durch die Calle Garcilaso, nahm das Gas weg, als er die Calle Concepción Arenal erreichte, bog links ab und beschleunigte wieder in Richtung San Andrés. Eine Weile fuhr er zwischen Trümmergrundstücken hindurch, wo Kinder Lagerfeuer machten, dann überquerte er langsam die Rambla von San Andrés, unter dem argwöhnischen Blick eines Polizisten. Gleich darauf beschleunigte er wieder auf achtzig, aber als er die Kaserne erreichte, verlangsamte er das Tempo und schickte sich an, rechts abzubiegen, die Straße nach Vich links liegenlassend; da holte ihn unbegreiflicherweise (er glaubte, ihn für immer der Vergessenheit anheimgegeben zu haben) der schwarze Seat ein, der zweifellos auch an die Küste fuhr und es nicht minder eilig hatte als er; als er ihm in einer Kurve brutal nahe kam, bellte der Hund, die Hand des Onkels aber blieb wohl auf dem Knie der hübschen Nichte liegen, denn Manolo sah sich plötzlich dazu gezwungen, über den Bürgersteig auszuweichen, auf die Kasernenmauer zu. Trotzdem würde er ihn kurz vor der Brücke über den Río Besós wieder überholen. Er sah schon die Lichter von Santa Coloma. Vor sich hatte er rund drei Kilometer breite, gerade Landstraße, ziemlich befahren, und mit einer leichten Drehung des Körpers scherte er nach links aus, fuhr im Zickzack zwischen dem Schweinemaul eines Autobusses und dem Heckfenster (mit geblümten Scheibengardinen, ein richtiges Heim) eines Wohnwagens her und überholte schließlich ein mit Maiskolben hochbeladenes Fuhrwerk. Aus der Gegenrichtung kam wenig Verkehr, und er scherte wieder nach links aus, um zwei Autos hinter sich zu lassen, die mit weniger als zwei Metern Abstand fuhren, und ohne wieder rechts rüber zu gehen, nutzte er die Geschwindigkeit noch aus, um in großem Abstand einen riesigen, schnaubenden Lastwagen voller Positionslichter zu überholen, der inmitten blauer Wirbel zu schweben schien und Radfahrer abschirmte wie die Henne ihre Küken. Dann raste er mit Vollgas auf die Brücke zu, stets die entgegenkommenden Wagen herausfordernd. Die mürrische Schnauze eines 600 kam in gerader Linie auf ihn zu, aber er war sich sicher, daß er ausweichen würde, und so war es auch. Hundertfünfzehn gab die Ducati großartigerweise her, die ganze Maschine zitterte wie ein begieriges Mädchen, aber ohne unnütze Krämpfe und verfrühte Freudenausbrüche. ›Ein Schlagloch, und du gehst hops, Manolo‹, dachte er. Die Strommasten und die Lichter tauchten aus der Tiefe des Rückspiegels auf und entfernten sich in schwindelerregendem Tempo, von einem schwarzen, konkaven Strudel verschlungen, der sie dem Nichts überließ. Die Fahrt war so teuflisch und verwegen, daß die Autofahrer an diesem Wochenende ihren Augen nicht trauen mochten. Hortensia Polo Freire blieb zurück, verschwommen, auch sie löste sich auf im kalten Gedächtnis des Rückspiegels, zusammen mit dem untröstlichen Alten, der Werkstatt, der Familie, seinem Zuhause, dem ganzen Viertel. Jahrelang würde es Gegenstand seines Nachdenkens sein, das außergewöhnliche Tempo, mit dem sich in den letzten Tagen alles entwickelt hatte, angefangen mit Teresas plötzlichem

Verschwinden und dem nachfolgenden Wahnsinn der Uhren, dann das Labyrinth der Stadt, die Strapaze der Suche, der überraschende Brief mit der Einladung, die einen Begeisterungstaumel auslöste, Hortensias Küsse, der Hunger (der seit Wochen, vielleicht seit Monaten durcheinandergeratene und zerstörte Rhythmus der Mahlzeiten) und schließlich der Geruch nach verbranntem Gummi durch das Bremsen vor dem lächerlichen Hinterteil eines 600. Aber der herkömmliche Geschwindigkeitsrausch würde nicht alles erklären können, er enthielt nicht die ganze Wahrheit des auslösenden Impulses (viel zu nachtschwärmerisch, allzu sommerlich und verbenahaft): gewisse seidige Details, gewisse Einzelheiten eines warmen Schoßes, kurz, den mächtigen Kreislauf verborgener Kräfte, der sich um das stolze Haupt des Murcianers drehte.

Leichte Nachtgewänder aus Mondlicht, auf die Türme der Villa herabgesunken, Wellenrauschen, vollkommene Einsamkeit und Straflosigkeit nach 65 Kilometern. Alles andere war ungewiß. Sie: wahrscheinlich wach, aber ihn nicht erwartend. Ort (vermutlich von Madame Moreau ausgewählt): *une chambre royale pour le Pijoaparte sur la Mediterranée.* Zeit: gegen zwölf.

Alles würde so sein wie immer, außer dem Tosen des Meeres (wachsend, bedrohlich). Er würde sich unter den großen Eukalyptusbäumen des Gartens anschleichen, das Laubbett neben dem Metallnetz des Tennisplatzes betreten und sich der efeuberankten Hauswand unterhalb der Terrasse nähern. Ein erstes wollüstiges Zittern der Hände (›Ruhig, Junge!‹), als er den mondbeschienenen, dicht belaubten und gesprenkelten grünen Wasserfall abtastete, die kühlen und feuchten Blätter des Efeus, darin das versteckte Regenrohr suchte und einen Ast, der dick genug war, um ihm beim Hinaufklettern zu helfen. Er hielt inne, zweifelte, machte eine schnelle Seitenbewegung, um einem Schmetterling mit finsteren Flügeln auszuweichen, einem Friedhofsfalter, und aufgrund eines dieser üblen Streiche, die einem die Erinnerung spielt, sah er Marujas Gesicht über dem Kopfkissen schweben und seinerseits den nahe bevorstehenden Sturz ankündigen (im Rückspiegel machte er die verdatterte Nonne aus, die rückwärts ging, mit erhobenen Armen und bestimmt schreiend, und die merkwürdig im Asphalt versank wie in Sanddünen), aber schließlich würde er mit der Hand die rauhen Rippen des Efeus berühren und zu klettern beginnen. Auf jedem glatten Blatt glänzte der Mond. Er sprang auf die Terrasse. Ein Sonnenschirm, ein kleines Tischchen und zwei Liegestühle (der eine rot, der andere gelb) gähnten das Geflimmer des Meeres an. Das Mondlicht glitt an seiner Seite dahin, half ihm, sich einem Weg zu bahnen durch eine ungewöhnliche Konstellation von Drohungen und Beschimpfungen (empörte und erstaunte Gesichter, die sich immer noch aus den Autofenstern lehnten und ihm hinterherbrüllten), während er auf die mit weißen Jalousien verhängte Glastür zu Teresas Zimmer zuging. Ein großer Blumentopf mit einer Pflanze, die Schneeflocken ähnelnde weiße Blütenblätter verstreute, stand gleich am Eingang Wache. Drinnen eine bläuliche Mondlandschaft, wo sich im Hintergrund, dicht an der Wand, die süße Gebirgskette des Lakens erhob, das einen weiblichen Körper bedeckte. Er drückte gegen die Glastür, die beim Nachgeben einen Teil der Terrasse und die beiden Liegestühle einfing (warum spiegelte sie auch den ganz weit entfernten Scheinwerfer eines Motorrads?). Wumm!, machte eine Welle, die sich am Bootssteg brach, ein Windhauch blies die in die Stirn gefallenen Haare zurück, und die Glastür knarrte. Aber er war schon drinnen. Eine Welle von Schläfrigkeit zur Begrüßung. Er fühlte sich leicht und unheimlich wie eine Fledermaus. Vier Schritte über Parkett, zwei über Teppich, noch zwei über Parkett und Mondlandung auf der weißen Gebirgskette des Bettes. Endstation.

Tragen würde sie: ein hochherrschaftliches Nachtgewand, malvenfarben (bitte), und ein schwarzes Samtband im blonden Haar. Sie schlief, eindeutig und fest, in einer kleinen Bettbuchhandlung, auf der Seite, mit dem Rücken zu ihm, fast auf dem Bauch. Das Laken bedeckte sie nur bis knapp über die

Taille, und ihre Lage auf dem Bett erinnerte entfernt an ihren Schwimmstil, an jenes glückliche, vertrauensvolle Kraulen im seichten, warmen Wasser, den einen Arm angewinkelt über dem Kopf, den anderen auf der Hüfte, das Profil anmutig erhoben, eine imaginäre Sonne trinkend. Mit demütig eingezogenen Flügeln, bezaubert und ehrfürchtig, beugte sich die dunkle Fledermaus über sie, angezogen von dem bronzenen Glanz ihrer Schultern, beobachtete das tapfere, unerschrockene Leben, das selbst im Schlaf in ihrem Rehhals pulste, und wurde plötzlich vom rosa fließenden Traum eingehüllt: ein Mittag, duftend wie blühende Kirsche. Und wie schwach, wie schutzlos und kindlich sie schien! Wenn man ihr jungfräuliches Profil betrachtete, das sich rein auf dem Weiß des Kopfkissens abzeichnete, fiel es leicht, sich die strenge mütterliche Aufsicht vorzustellen, der sie tagsüber unterworfen war (sogar jetzt schien Frau Serrats dezente Gegenwart in irgendeinem Teil des Schlafzimmers zu schweben), die familiäre Umgebung von Mißtrauen und Besorgnis, welche die Kühnheit diesen blonden, dunstigen und mißmutigen Lippen einflößen mußte, die fast unkeusch waren wegen ihres kindlichen Zorns und der antibürgerlichen Sprache, die aus ihnen hervorgesprudelt war. Spaß beiseite: ›In welchem Flügel der Villa schliefen wohl ihre Eltern und die Gäste? In der Nähe der Tochter, die sich als Niete entpuppt hatte, oder weiter weg?‹, dachte er, sich an den Brief erinnernd. Diese feste Vorstellung von Fürsorge, die den Schlaf des Mädchens umgab, diese mögliche physische Nähe der katalanischen Verwandten, war nicht ohne Bedeutung (abgesehen davon, daß der dunkelhaarige, hübsche Tennisspieler, den er am Morgen im Garten gesehen hatte, der Cousin aus Madrid, wach sein konnte, an weiß Gott was für Einzelheiten eines neuen Aufschlags feilend, den er seiner Cousine beibringen wollte), aber nicht unbedingt, weil er Angst gehabt hätte, man könnte sie hören (ob die politisierten Jungfrauen wohl vor Wonne stöhnen? Am Ende bestimmt, wie alle), sondern wegen eines bestimmten Schutzes oder einer in der Kindheit versäumten familiären

Zärtlichkeit, was beides beim Pijoaparte den Samenerguß wohl begünstigte. Denn es war angenehm, sich vorzustellen, daß ihre Eltern in ihrem großen Bett schliefen (wenn möglich, mit gelben Moskitonetzen), während er sich gewissenhaft, mit großem Verantwortungsgefühl, gleichsam im Auftrag der Familie, damit beschäftigte, das Mädchen zum Wohl aller in eine Frau zu verwandeln. In diesem Moment bewegte Teresa ein Knie. Jetzt (er hatte die Terrassentür halb offengelassen) warf die Jalousie Streifen von Mondlicht auf ihre Hüfte. Ihr Atem wurde unruhig, den zerzausten blonden Kopf warf sie nervös hin und her, sie bat den Traum um einen weniger einsamen und langweiligen Strand, einen belebteren, und nach ihrem Lächeln zu urteilen, gestand man ihn ihr zu. ›Ach Teresina, du Glückliche, ist dein Traum schon süß, dein Erwachen wird noch süßer sein!‹, dachte der Experte für Alpträume, die Fledermauswaise, und betrachtete sie mit zärtlicher Zuneigung. Teresa stieß einen Seufzer aus. Ihre Hand, wie bei einer Schwimmerin, streifte mit den kraftlosen Fingern die Hüfte, begehrte weiter die Liebe und den Schutz ihres Freundes inmitten dieser Welt von Verrückten, und da legte Manolo diese Hand vorsichtig zwischen seine beiden, gleichzeitig kniete er sich mit einem Bein neben das Bett und wurde von einem Licht geblendet (genauso wie beim zweiten scharfen Bremsen des verdammten Seat vor der Brücke, er von der Landstraße abgekommen, der Weg versperrt, die Ducati intakt – gottlob – und in dem Autofenster die verzerrten Gesichter des Wolfshunds, des Onkels und der Nichte, auf deren schönen Knien noch immer die mörderische Hand lag). Das brachte ihn auf den Gedanken, daß man Nägel mit Köpfen machen müsse, sich ausziehen, ins Bett legen und Teresa umarmen ... Es wäre sicher ein wonnevolles Erwachen für die junge Studentin, ohne Erschrecken, ausgedehnt im Verlauf einer Hochzeitsreise in den Süden. ›Und wenn sie mich abweist?‹, dachte er. ›Manolo, bist du's wirklich – wahrhaftig, er ist's.‹ Wieder ein Quietschen von Reifen, schon sehr weit weg, und ein dunkles Gebet (›Tere mein, du Aprilrose, Prinzessin der Murcianer, führe mich zu den katalanischen Verwandten!‹), während er sanft ihr Haar küßte. Ihre Hand glühte. Es war vielleicht ratsam, bevor er daran ging, Teresa zu wecken, die grünen Teufel ein wenig zu bändigen, sich davor zu hüten, sie zu früh zu befummeln (bist du's wirklich – wahrhaftig, er ist's), um sie nicht zu erschrecken. Teresa war allein im Zimmer, und die ganze Villa schlief, hochmütig, vertrauensselig, eingehüllt in ihre himmelhohe Wolke: Er brauchte also nichts zu fürchten ... außer sich selbst. Ringsherum eine anmutig kindliche Unordnung: Kleidungsstücke, Zeitschriften und Schallplatten lagen auf dem Boden, ein kleiner Plüschbär, dessen Glasaugen im Halbdunkel funkelten, eine Puppe, ein Paar Tennisschuhe. Er legte das andere Knie auf den teuflisch roten Mund von Marilyn Monroe (eine ganz neue, glänzende Nummer von *Elle,* deren Horoskop Teresa heute abend zweifellos befragt hatte), zog es aber vor, den Blick auf die schlanke Vase mit den fünf Rosen zu heften, die auf dem Nachttisch stand. Ein bezauberndes Detail, die Rosen, einfach bezaubernd. Prägten sie den Traum, betteten sie ihn ein in einen bestimmten Frühling? Er konnte dem Verlangen nicht widerstehen, an ihnen zu riechen, bevor er Teresa zu der Seinen machte, und als er ihren Duft einatmete, füllten sich seine Sinne, um überzufließen von der Feierlichkeit einer Kathedrale, einer vorehelichen Weihe (Teresa de Reyes, ganz in Weiß am Fuß des Altars, fröhlich und frech in anderen Umständen), und dann machte sich ein grüner Teufel frei und trachtete danach, die Braut zu umarmen (Manolo oder die erotisch-soziale Proklamation des Frühlings). Aber er war weder ein Schuft, noch nutzte er Situationen schäbig aus, und das einzige, was er tat, war, die Hand des Mädchens etwas fester zu drücken, um sie aufzuwecken. Eine schrecklich schüchterne Lösung, dafür, daß sie von ihm stammte, außerdem zu spät, da Teresa die Dinge wieder einmal erleichtern sollte: Sie befreite ihre Hand, ohne es zu bemerken, ahnte – wie es schien – noch nicht die Gegenwart des gefühlvollen, behutsamen und unbegreiflich ehrfurchtsvollen (bist du es wirklich ...) Eindringlings und ließ ein schläfriges Gemurmel hören; sie wälzte sich unzufrieden hin und her, drehte sich zu ihm: ein Seufzer, ein Blinzeln, und plötzlich die blaue Welle ihrer geöffneten Augen, die ihn überrascht ansahen.

Teresa setzte sich abrupt im Bett auf, ohne sich, wie es schien, im geringsten um die verwirrende Durchsichtigkeit ihres Nachthemds zu kümmern. Wie einfach wäre alles im Schutz dieses doppelten verliebten Blicks (blaue Seen ihre Pupillen, violette Unschuld ihre Brustwarzen). Für einen kurzen Augenblick würden die beiden Liebenden eine unschuldige, jubelnde Szene mit Engeln auf einer Weihnachtskarte zum Leben erwecken; die Gesichter schräg gestellt und ganz dicht zusammen, bewunderten sie, starr vor Staunen, den messianischen Glanz, der vom Schoß der Jungfrau ausging. Psssst ...!, machte Teresa, den Finger auf den Lippen, und lächelte, seufzte, stotterte eine Art Telegramm, ängstlich und erfreut zugleich: ›Verrückt ... bist gekommen ... Überraschung ... wenn man uns entdeckt.‹ Keinen Firlefanz: Er würde ihre Haare streicheln, ihre glühenden Schultern, er würde sie an seine Brust drücken. ›Ich habe deinen Brief bekommen. Freust du dich, mich zu sehen?‹, mehr konnte er nicht sagen. Es stand eine gewisse Angst (allerdings völlig kontrolliert) in den Augen des Mädchens, hervorgerufen nicht so sehr von dem brennenden Verlangen, das durch seine Hände und seinen Mund auf sie übertragen wurde (ein noch nicht entfachtes Feuer, aber sie war bereit, vollkommen bereit dazu, sich darin zu verzehren), sondern vielmehr von der sonderbaren Stille, in die die Villa versunken war. Und dann sollte etwas ganz Normales geschehen, das er aber nicht sofort verstehen würde, so groß war jetzt schon die Arglosigkeit des Pijoaparte: Teresa befreite sich plötzlich aus der Umarmung, sprang aus dem Bett und lief einen Moment lang ziellos hin und her, um schließlich zur Schlafzimmertür zu rennen, so als wolle sie sich in Sicherheit bringen, sie begann etwas, was in eine verzweifelte Flucht auszuarten schien, schutzlos, halbnackt und bestürzt entkam sie ein ums andere Mal mit knapper Not den Klauen eines Fauns‹ (so dachte er), und mit ihren nackten

Füßen, ihrem fliegenden Haar und ihrem leichten Nachthemd, das sie, niedlich in Höhe der Oberschenkel zupfend, so zu halten suchte, daß es beim Laufen nicht an ihren Beinen festklebte (obwohl ihr das wirklich unmöglich war), bot sie eine rasche, unruhige Folge von Bildern dar, die, im Kopf des Murcianers entsprechend geordnet, ihn noch vor einem Jahr ergötzt hätten und provoziert zu seinem sarkastischen Lachen, dem Lachen eines Vorstadtfauns, der es jederzeit für richtig hielt, die blühenden Gärten in den Wohnvierteln der Reichen zu betreten, zu zertrampeln und den zitternden Pos der Señoritas hinterherzulaufen – eine seltene Eigenart, von der man heute nacht in der Villa angesichts dessen, was wie die Flucht einer Nymphe aussah, logischerweise eine Fortsetzung erwarten mußte oder besser gesagt einen Höhepunkt. (Nicht gerade eine Vorstellung beispielsweise von »Verfolgt bis zur Pritsche«, aber es stimmt: Wenn der Lauf der Zeit Manolo nicht in diesem Schlafzimmer abgesetzt hätte, in einem derartigen Zustand hoffnungsvoller Erregung, verwandelt in einen leichtgläubigen, ängstlichen und sittsamen Freier – wenn auch der Ausdruck nicht ganz trifft –, in einen höflichen jungen Unternehmer, in einen traurigen, zitternden Schatten dessen, was er einst gewesen war, dann wäre Teresa nicht durch die amouröse Erfahrung dieses Sommers in eine realistische Studentin verwandelt worden, die sich ihrer beider sozialen und sexuellen Situation bewußt war, und in diesem Schlafzimmer hätte dann zweifellos etwas Ähnliches stattgefunden wie das, woran jener wandalische Titel denken lassen könnte, und zwar zur großen Zufriedenheit und Freude der grünen Teufel.) Aber er würde keinen Finger rühren, um sie zurückzuhalten, würde wie angewurzelt am Fußende des Bettes verharren, und zu seiner Entschuldigung würde er sich nicht darauf berufen können, er habe gewußt oder zumindest geahnt, was Teresa wirklich vorhatte, die natürlich nicht seinen Armen entfliehen wollte, sondern sich nur vergewissern, daß in der Villa alles schlief und keine Gefahr bestand; deswegen würde sie vorsichtig die Schlafzimmertür öffnen und draußen die

Dunkelheit der Treppe und des Flurs erforschen, einen nackten Fuß in der Luft, den Saum ihres Nachthemds hebend, würde dann die Tür langsam und sorgfältig wieder schließen (bestimmt würde sie abschließen, o ja, abschließen) und sich umdrehen und ihn anlächeln, an die Tür gelehnt. Plötzlich würde sie wieder losrennen, diesmal in Richtung Badezimmer, wo sie Licht machen würde und dann darin verschwinden (durch die halboffene Tür würde er sie vor dem Spiegel wild und glücklich die Arme bewegen sehen, ein schnelles Betasten des Haars, der glühenden Wangen, des Nachthemds), um fast im Nu wieder auf der Türschwelle zu erscheinen, triumphierend und ruhmreich wie er am Ziel einer seiner rasanten Motorradfahrten. Regungslos, schüchtern lächelnd vor dem Gegenlicht, starrte sie ihn eine Weile an, lief dann zu ihm und warf sich in seine Arme.

Das schwarze Samtband trug sie nicht mehr im Haar.

›Teresa, bist du ehrlich zu mir? Manchmal ...‹

›Was?‹

›Ich weiß nicht ... Ich hab gedacht, du würdest mich verlassen. Hast du Angst?‹

›Nein.‹

›Bist du wirklich krank gewesen?‹

›Schon überstanden.‹

Und schon war alles überstanden. Jetzt gab es nur noch kleine Schleifen, weiche, seidige Fesseln, die in der Flamme seiner Finger schmolzen, und die ganz leichte, süße Spur, die das Gummiband des Nylonslips ihrer Haut eingraviert hatte. Der duftende lila Dunst, der ihren Körper verhüllte und die leichtfertig vorgeschobenen Hüften und ihre kleinen elfenbeinfarbenen Brüste schöner machte, glitt auf den Boden und schwebte um ihre nackten Füße, die auf Zehenspitzen auf jener ewigen persönlichen Grenze zwischen dem Verborgenen und dem Offenkundigen standen: Sie würde vielleicht kleiner und zerbrechlicher und fester an seinen dunklen Befehl gebunden sein, als er gedacht hatte (ihre so natürliche und spontane Geste zum Beispiel, wenn sie sich die blonden

Haare aus dem Gesicht strich, um immer wieder mit ihren feuchten Lippen zu ihm zurückzukehren, so ruhig, als trinke sie aus einem öffentlichen Brunnen), aber auch reservierter und in gewisser Weise eisern, unantastbar, so als tauche das geliebte Gesicht, das unter dämmerigen Wellen von Sonne und von Wolken zurückwich, immer tiefer in einen anderen Traum, in andere, noch entferntere, verbotene Räume der Villa, in unzugängliche patrimoniale Gemächer ihrer Schicht, deren Befestigungsanlagen morgen beim Aufwachen (wenn er denn hier neben ihr aufwachte) noch schwerer niederzureißen sein würden als die dieses Schlafzimmers. Auch würde es eine Leere geben, eine Zeit ohne Erinnerung, die sich im Augenblick unmöglich mit etwas füllen ließ, einige entscheidende Minuten, die sie wie im Fluge von jenem malvenfarbenen, herbstlichen Gipfel, auf dem sie dem endgültigen gemeinsamen Angriff des Winters und der Vernunft noch zusammen standhielten, stehend und sich umarmend, zu dem Kissen bringen würden, auf das sie ihren Kopf legen würde, wo seine trockenen Lippen erst den blonden, entjungferten Mund einsaugen und die besiegten Augen des Mädchens schließen würden, um sich dann eine Weile über ihren Hals und ihre Schultern treiben zu lassen, um schließlich hinunterzugleiten, zu fliehen, endlos zwischen sanften goldenen Hügeln zu reisen bis in den Süden.

Und sich auf ein Bett aus Goldsand zu legen, an einer Küste, die erfüllt ist vom Brausen des Wassers und vom Müßiggang, was die den ganzen Sommer über kaum erstickten Gluten schmilzt und verflüssigt; schon überholt auch der Schwan, von schnelleren Winden getrieben, müßige Schaumkronen und träge kleine Wellen (die einem langsameren System von Strömungen unterworfen sind), und so gut, wie ich meine Westentasche kenne, wie man so sagt, mein Schatz, so gut werde ich mir die kulturelle Reiseroute deiner glänzenden Haut einprägen, um noch einen Sommer mit dir zusammen zu schwimmen, ich werde die geheime liberale Bewegung deiner süßen, sonnengebräunten Hüften ergründen und dir treu sein bis in den Tod. Übrigens, lebt wohl, ihr Mädchen ohne Duft aus meinem Viertel, ihr Brüste, die ihr mit Laken von Angst und alberner Hoffnung zugedeckt seid, ich hau ab! Jetzt die Haare im Wind, am Bug eines Schiffes, auf der Gangway eines Flugzeugs, auf der Terrasse zum Ozean hinaus, und der Mond, jetzt die goldenen Gesichter und blauen Augen unserer Kinder, gezeugt auf Jachten und in transatlantischen, pfeilschnellen Nachtexpreßzügen oder auf Konzertflügeln zwischen Kerzenleuchtern oder am Swimmingpoolrand oder auf Tigerfellen beim Frühstück im Bett, nicht mehr in der trüben Nacht, die Augen beschmutzt und Hüften verformt, die ihrer Last überdrüssig sind, jetzt nicht mehr, jetzt dagegen, jetzt vereinigt zwischen langen, trägen, schönen, stattlichen Schenkeln, die geschmückt sind mit Spangen von Sonne, welche im Winter wie goldene Eidechsen reifen, wie Etiketten weit entfernter Hotels, die auf unseren Koffern kleben, wie geliebte Narben von alten Jugendabenteuern auf den Inseln, und diese Musik, hörst du?, wir wissen jetzt, wo diese Musik herkommt, und die angenehme Abenddämmerung, die uns im Garten der Familie erwartet, wo wir Tennisschläger schwingen und mit Taschentüchern winken und in Seidenpapier eingewickelte Geschenke schütteln und an roten Schleifen ziehen, die wir nie, bis heute nie aufgemacht haben, aber jetzt ja, jetzt gehört es dir und mir, dieses Kristall von Kelchen, dieser abgezirkelte Paar-Flug von Sehnsüchten und Tauben und Küssen auf feinen Leinentüchern, auf dem Rasen des Gartens, von Ansehen und Respekt und noch mehr, noch viel mehr, mein Mädchen, du hast mich ganz verrückt gemacht, uns gehört es jetzt, Teresa, meine Liebste, jetzt ...

»Papiere.«
Das, was vor der rauhen, schneidenden Stimme über ihn herfiel, ihn dazu zwang, die Straße zu verlassen und ungeschickt zu bremsen, ihn stürzen ließ, waren diesmal nicht die Scheinwerfer eines Autos, sondern zwei Motorräder (zwei wütende, finstere Sanglas mit den dazugehörigen reitenden Zinnsolda-

ten: Stiefel, Helm, Lederzeug und in der Hand ein Notizbuch), die ihn wahrscheinlich verfolgten, seitdem er auf die Gerade in Richtung des Puente del Besós eingebogen war. Sie holten ihn ein, eskortierten ihn und versperrten ihm brutal den Weg, als ein Lastwagen und ein Pkw, die langsam vor ihm herfuhren, die Flucht praktisch schon unmöglich machten. Eine Weile fuhr er am Rand einer grasbewachsenen Böschung entlang, bis er das Gleichgewicht verlor und zur rechten Seite fiel. Er begriff zu spät, denn dort in der Villa lief alles nach Plan, abgesehen vom Tosen des Meers (anschwellend, bedrohlich, das Knattern der Sanglas), und er entdeckte außerdem, daß sie ihm kaum Zeit gegeben hatten, Barcelona zu verlassen: Er befand sich auf dem Paseo de Santa Coloma, vor ihm die Brücke, und seitlich, einige Meter unterhalb der Straße, das Flußufer mit Röhricht, die Eisenbahnschienen und eine düstere Gruppe billiger Häuser. Er richtete sich auf, die zitternde Maschine mit dem stöhnenden Motor noch zwischen den Beinen, und klopfte sich mit der Hand das von Schlamm und Gras verdreckte Hosenbein ab, ließ zu, daß sich das reine Licht der Ducati zwischen den elenden Trümmern auf dem freien Feld verlor. Mit einer blutleeren, erschöpften Hand beruhigte er die letzten Herzschläge der treuen Kameradin, die unter seinem Körper mit einer Art Niesen verschied. Was ihn anbetraf, so machte er sich nicht einmal die Mühe, die Fragen des Polizisten zu beantworten, der von ihm die Motorradpapiere verlangte und sich anschickte, das Kennzeichen zu notieren. Links von ihm huschten die Autos vorbei, schnell, fast melodiös, mit Lichtern und Geräuschen, die noch mit dem letzten Zucken des Traums übereinstimmten. Der Polizist fuchtelte mit einem Kugelschreiber herum, auf dessen Kopf er mehrmals erfolglos mit dem Daumen drückte. Der Junge betrachtete seine glattrasierten Wangen, seinen schön gestutzten schwarzen Schnurrbart und seine vor Langeweile schweren Augenlider, so als lese er in diesem Gesicht die enttäuschende Aufklärung eines Rätsels. Nachdem der andere Polizist das Motorrad aufgebockt hatte, näherte er sich über den Seitenstreifen, wo er den Autos wütende Zeichen machte, schneller zu fahren, als wolle er mit diesem Herumfuchteln in der Luft eine Autorität wiedergewinnen, die der Motorradrowdy momentan schmälerte. Dieser wußte bereits, daß alles verloren war, und schwieg. Er ließ sich lediglich dazu herab zu erklären, wohin er so eilig wollte: »Meine Braut besuchen«, sagte er und provozierte damit das spöttische Lachen des Polizisten. Und während er darauf wartete, daß sie mit diesen blödsinnigen Formalitäten fertig würden und ihn mitnähmen, streichelte er mit der Hand den schönen verchromten Scheinwerfer der Ducati (*adiós, compañera*) und ließ noch einmal eine Nacht mit Teresa aufleben, eine heiße, wolkenlose Nacht voller Versprechungen, in der man dennoch auch das ungläubige Lachen hörte, das diese Landschaft voller Entsetzen und Hilflosigkeit vorwegnahm: Lange vor Marujas Tod, an einem Tag, an dem Teresas Floride in der Werkstatt war, am Ende eines langen romantischen Spaziergangs, wurden sie um Mitternacht auf einer Bank auf der Gran Vía überrascht, wo sie auf ein Taxi warteten, um nach Hause zu fahren. Er hatte den Arm um Teresas Schultern gelegt, und ab und zu glitten seine Lippen über ihr Gesicht, nach unten, nährten sich von ihrem rosa Dunst. Über ihren Köpfen, an einem schiefergrauen Himmel, tanzten anmutig die Sterne. Die Straße war ausgestorben und still, man hörte nur ein Geräusch wie von reißender Seide unter den Rädern eines vorbeifahrenden Wagens, aber zwischen ihren Küssen war er sich des finsteren, ungläubigen Zeugen bewußt, des breiten ironischen Karmeliterlächelns, das nie an seine Erfolgsaussichten geglaubt hatte, eine dunstige Präsenz, die aus niemandem und der ganzen Welt bestand, aus den Anwohnern, die hinter den Fenstern schliefen, aus den Neugierigen, die sich im Vorüberfahren aus den Autos lehnten, aus denen in der Nähe und denen weit weg, aus den Freunden von heute und denen von morgen, aus den Bäumen hier, den Laternen und den Bänken auf der Avenida. Und plötzlich erschien die Verkörperung dieses beleidigenden Mißtrauens und dieses allgemeinen Gefühls, in Mißkredit geraten zu sein, in Person eines Grauen mit über die Schulter gehängtem Gewehr: »Papiere«, forderte er und sah Manolo an. Er sah aus wie ein ungewöhnlicher junger Schweizer, liebenswürdig mit seinen roten Sommersprossen und seinen hellen Augen. Papiere, na los. Wie es schien (Teresa erklärte ihm das später im Taxi, mit einem verschwörerischen Ton in der Stimme), hatte in der vergangenen Nacht jemand einen Sprengsatz in die Redaktion einer bestimmten Zeitung geworfen, ganz in der Nähe, und deshalb wurde das Gebiet streng kontrolliert. Teresa händigte dem Polizisten ihren Personalausweis aus (Manolo entschuldigte sich dafür, seinen zu Hause vergessen zu haben), und der Polizist prüfte ihn mühsam in dem schlechten Licht, als plötzlich ein Kollege auftauchte, ebenfalls ein Gewehr über der Schulter, der vor ihnen stehenblieb, sie eine Weile fest ansah, den Kopf zur Seite geneigt, intensiv nachdenkend (als wollte er ihre Identität, vor allem die Manolos, feststellen, ohne Papiere zu Rate ziehen zu müssen), bis seinen schönen maurischen Lippen so etwas entfuhr wie: »Vawandt.« Sein forschender, mißtrauischer Blick schweifte vom Nicki und den Jeans des Straßenjungen zu den Hosen, den Sandalen und der Seidenbluse der schneeweiß gekleideten Señorita – friedfertiger Glanz, über jeden Verdacht erhaben. Manolo verstand die Bedeutung jenes Wortes nicht, das eher eine Zauberformel zu sein schien. Dann trat der Graue einen Schritt vor, lächelte ironisch und brüllte: »Mit der Señorita verwandt, was?« Cleverer Sherlock Holmes (würde Teresa später spotten), mit andalusischem Akzent und offenkundigem Scharfsinn. Manolo senkte einen Moment betroffen den Blick; und genauso wie jetzt hier hatte er auch damals in jener Nacht inbrünstig beteuert: »Sie ist meine Braut«, jemandem, der ungläubig lächelte, ihn spöttisch ansah, fast mitleidig; und genauso wie jetzt hatte er schon damals vermutet, daß das demütigendste, das jämmerlichste und schmerzvollste nicht sein würde, eines Tages im Gefängnis zu landen oder auf Teresa verzichten zu müssen, sondern die brutale Überzeugung, daß niemand, nicht einmal die, die ihn Teresa mit der größten Zärtlichkeit hatten küssen sehen, ihn jemals würden ernst nehmen können und ihn für fähig halten, ihre Liebe gewonnen zu haben.

Vielleicht ergab er sich jetzt deshalb widerstandslos und hielt instinktiv wie ein Blinder die Handgelenke hin. Er war nicht einmal erstaunt, als er eine Stunde später auf dem Polizeirevier von Horta erfuhr, daß Haftbefehl gegen ihn erlassen worden war.

Hortensia, Blume ohne Duft, hatte ihn angezeigt.

Un cœur tendre, qui hait le néant vaste et noir,
Du passé lumineux recueille tout vestige!

BAUDELAIRE

Der Morgen vibriert, als eine Straßenbahn vorüberfährt, die auf ihren Trittbrettern Menschentrauben befördert, zum Strand. Es ist Sonntag. Von den Hängen der Stadt fließen endlose Autoschlangen langsam in Richtung Küste. Die Bahnsteige und Bushaltestellen sind gerammelt voll von Menschen, die sich gegenseitig schubsen, sich zusammendrängen, herumschreien. In der Calle Trafalgar bilden Männer und Frauen lange, vor Wut zitternde Schlangen. Fröhliche Gruppen von Jungen und Mädchen betreten stoßweise die Metrowaggons, drängen und quetschen sich zusammen, während oben die Sonne einen ungewohnten, verlassenen, geplatzten Asphalt straft: Im Ensanche gibt es ausgestorbene Straßen, die in die sommerliche Schläfrigkeit eines Schwelbrands versunken sind, welcher den einsamen Spaziergänger blendet und ihn in das Echo seiner eigenen Schritte hüllt. Durch die Gassen und Alleen dringt aus der Ferne das träge Tuten einer Schiffssirene zu ihm, wie eine frische Brise, die sich einen Weg durch die beißende Sonne bahnt. Mit den Augen der Seele sieht er im Wind flatternde Fahnen, die sich hoch oben an den Masten winden wie durstige Zungen und die glatte und glänzende Haut eines anderen blauen Himmels belecken, die wandernden jugendlichen Flanken anderer Wolken, während man hier das Krächzen der Radios auf den offenen Balkons hört, das Quietschen leer hinauffahrender Straßenbahnen und das ziellose Herumvagabundieren freier Taxis.

Als er um eine Ecke bog, war er plötzlich auf den Ramblas. Das erste, was ihm auffiel, waren die vielen ausländischen Touristen. Als er die Ramblas hinunterging, suchte er den Schatten der Bäume und die ersehnte Nähe der Straßencafés.

Ein Moment ohne Verkehr, wie ein jähes Öffnen der Ohren, erlaubte ihm, das Geklirr von Kaffeelöffeln und Gläsern aufzufangen, das Gezwitscher der Vögel auf den Bäumen, die Meeresbrise, die die Blätter bewegte, und als er in die Seitenstraßen eindrang, probierte er zum ersten Mal ein paar lange, eilige Schritte, so als würde er irgendwo erwartet, als hielte der Sonntag noch irgend etwas für ihn bereit ...

Vom selben Tag sei hier berichtet, was Luis Trías de Giralt davon in Erinnerung behalten hatte, der damals an der Theke des Saint-Germain praktisch schon im Exil lebte, ohne noch Lust auf eine Verschwörung zu haben, und dessen königliches geistiges Gepäck, das ihm einst Ansehen verliehen hatte, schon auf ein trauriges Köfferchen voll bitterer Orakel und fixer Ideen zusammengeschrumpft war: Er würde immer behaupten, dieser Tag sei der deprimierendste und heißeste des Sommers gewesen, schon zu dieser Morgenstunde, in der noch das neurotische, heruntergekommene Gespenst der Samstagnacht in seinem Kopf herumspukte. Es schien ihm gerade inmitten des entwürdigenden grellen Lichts zu schweben, das den roten Nicki seines Freundes Filipo entflammte, als er plötzlich hinter sich den unverwechselbaren Katzenschritt wahrnahm, das gedämpfte Geräusch von Gummisohlen, und ein auf seinen Nacken geheftetes Augenpaar spürte. Er hatte ihn nicht eintreten sehen, aber da der morgendliche Kater ihm immer eine brennende Sensibilität im Rücken verlieh, die nur mit seiner natürlichen Neigung erklärt werden konnte, die stumme Sprache der Blicke zu erfassen, erriet er sofort, daß er es war. Als er sich umdrehte, sah er jedoch nur ein vom Leben gezeichnetes Profil in geringer Entfernung und erkannte ihn im ersten Moment gar nicht wieder: Anscheinend hingerissen von dem Bild, das Encarna in feuchte Seide gehüllt zeigte, stand da der Murcianer, mit einer alten Cordjacke, die um seine Schultern hing, die Hände in den Hosentaschen. Auch Filipo sah ihn an. Sie hörten, wie die Kellnerin ihn fragte, was er trinken wolle. »Ein Bier«, sagte er. Außer ihnen dreien und dem Mädchen war niemand in dem Café.

Luis Trías beobachtete ihn aufmerksam, mit einer fast schmerzlichen Fixierung auf Einzelheiten: Was hatten sie mit seinem Haar gemacht? Die aus lauter Lichtpartikeln bestehende Abstrahlung der Sonnenglut, die durch die Eingangstür drang, vermischte sich mit einem seltsamen nächtlichen Stoff, der nur von ihm herrührte, den er mit sich brachte, den er irgendwo aufgewühlt und losgerissen hatte, an der Mole vielleicht, in einer dreckigen Pension oder wo auch immer er jetzt wohnte. Er trug ein kragenloses, viel zu enges weißes Hemd, die Manschetten traurig weit oberhalb der Handgelenke zugeknöpft; seinen Basketballschuhen fehlten die Schnürsenkel, und auf den Jeans hatten sich vom unzähligen Waschen und von der Reibung in Höhe der Schenkel zwei stattliche, schmutzigweiße Flecken gebildet, die ihm jetzt beim Gehen (er näherte sich langsam der Theke, um sich sein Bier zu holen) ein agiles, beunruhigendes Aussehen verliehen. Aber am meisten fiel der brutale und schmachvolle Haarschnitt auf, der seinen Kopf zierte: Nacken und Backenknochen, erbärmlich kahlgeschoren, erinnerten an eine bestimmte disziplinarische Ordnung. Während er wieder Encarnas Bild betrachtete, zeigte sein Gesichtsausdruck eine verächtliche, dunkle Gleichgültigkeit: Etwas von einer verbrauchten, zunichte gemachten Ungeduld umschwebte jetzt seinen Kopf und seine leicht unterwürfigen Schultern.

Luis sprach ihn an. »Erinnerst du dich nicht mehr an deine Freunde?« sagte er und streckte die Hand aus, einen bestimmten Fausthieb aus dem Gedächtnis streichend. Manolo näherte sich ihm mit einem leichten Lächeln. Der Student konnte keinerlei Überraschung auf seinem Gesicht entdecken: Offensichtlich hatte der Junge ihn schon beim Eintreten erkannt, hatte aber nicht als erster grüßen wollen, vielleicht weil sein Besuch nach so langer Zeit nur einen Grund haben konnte, einen harmlosen natürlich: etwas von Teresa zu erfahren.

»Mensch, Manolo«, sagte Luis. »Wie lange wir uns nicht gesehen haben. Werden bald zwei Jahre sein, was?«

»Zwei Jahre, ja.«

»Und, wie steht's, Mann? Wie ist es dir ergangen ...?« Er lächelte, änderte den Tonfall. »Na ja, das ist so eine Redensart. Ich nehme mal an, schlecht.«

»Nein, ich war unterwegs.«

Luis Trías schwankte leicht auf seinem hohen Barhocker und brach in Lachen aus. Verstohlen versetzte er seinem Freund Filipo einen Stoß mit dem Ellbogen und beschloß aus irgendeinem Grund, daß diese neue und naive Lüge des Murcianers durchaus den ersten Gin des Tages wert sei. Also bestellte er einen für sich, mit viel Eis, und einen für seinen Freund Filipo.

»Willst du auch einen, Manolo?« »Nein, danke.«

Dann klopfte Luis ihm auf die Schultern, lachte wieder und sagte:

»Mir brauchst du doch nichts vorzumachen. Ich weiß, daß du im Gefängnis gewesen bist.« Er machte wieder eine Pause, um zu sehen, welche Wirkung seine Worte hatten, aber Manolo schien sich nicht aus der Fassung bringen zu lassen: Er sah ihm sehr fest in die Augen, das war alles. Luis fügte hinzu:

»Wann bist du rausgekommen?«

»Vor ein paar Tagen«, erwiderte er unwillig und neigte ein wenig den Kopf, um die Jacke hochzuschieben, die ihm von der Schulter herunterrutschte.

»Mann, das ist doch keine Schande«, versicherte Luis, und in seinem Blick und in seiner Stimme brach wieder etwas von seiner alten Überlegenheit durch, als er in spöttischem Ton hinzufügte: »Irgend jemand hat gesagt, daß es in moralischer Hinsicht dasselbe ist, eine Bank zu überfallen oder sie zu gründen ...«

»Ich hab keine Bank überfallen, laß mich in Ruhe mit dem Scheiß.«

»... und falls es dir ein Trost ist, werd ich dir erzählen, daß ich auch eine Zeitlang gesessen habe, vor vier Jahren, wenn auch nicht aus denselben Gründen wie du. Aber letzten Endes, wenn du die Wahrheit hören willst, sehe ich da keinen Unterschied mehr. Im Grunde wollten wir doch beide dasselbe: mit Teresa Serrat ins Bett gehen. Ist doch so, oder?«

Er lachte mit einer Mischung aus Husten und Atemnot und nickte mühsam mit dem Kopf. Es war das erste Mal, daß er Teresa dem Jungen gegenüber erwähnte. Aber auch jetzt hoffte er vergeblich darauf, daß er ihn etwas fragen, ihm den Grund seines Hierseins eingestehen würde: Manolo schwieg, lediglich in seinen Augen schien Leben zu sein, ein sonderbares Leben, intelligent, aber nur auf einem einzigen Impuls beruhend, wie bei einem auf der Lauer liegenden Tier. Luis wollte wissen, was er jetzt mache, wo er arbeite, wo er wohne. »Ich sage dir ja, ich bin gerade erst rausgekommen«, brummte Manolo, ohne seinen Blick von Luis abzuwenden, und der Student erhielt, obwohl er nicht lockerließ, nur vage Antworten und eine geistesabwesende Auskunft über den vorläufigen Charakter einer gewissen, in Aussicht stehenden dunklen Anstellung. Und plötzlich fragte ihn der Murcianer: »Wie hast du von meiner Sache erfahren?« – »Von Teresa«, antwortete Luis schnell, und mit einem unmerklichen Jubel in der Stimme fügte er hinzu: »Willst du wissen, was Teresa gemacht hat, als sie es erfuhr?« – »Von mir aus.« Luis Trías legte ihm die Hand auf die Schulter. »Sie brach in Lachen aus, Manolo. Du hörst ganz richtig. Ich glaube, sie lacht noch immer.« Er verstummte, hoffte, daß Manolo sich entschließen würde, ihn noch mehr zu fragen. Der machte zwar den Mund nicht auf, aber seine Art, ihn anzusehen, und seine Haltung ließen erkennen, daß er bereit war, sich alles anzuhören, was auch immer es sein mochte.

Und so erfuhr er, was er wissen wollte und sich nicht mehr zu fragen traute: wie Teresa damals in den ersten Oktobertagen, verwundert über sein Schweigen, persönlich auf den Monte Carmelo gefahren war und von seiner Verhaftung gehört hatte; wie sie eine Zeitlang niemanden hatte sehen wollen, außer einem Cousin aus Madrid, mit dem sie damals öfters ausging; wie sie Monate später Luis selbst alles erzählt hatte, in der Cafeteria der Fakultät, lachend und ohne die richtigen Worte zu finden, so als handle es sich um einen alten und fast vergessenen, aber äußerst komischen Witz; wie man im selben Winter in gewissen studentischen Kreisen erfuhr, Teresa habe sich endlich von ihrer Jungfräulichkeit befreit; und wie sie im Jahr darauf ihr Studium glänzend abgeschlossen hatte und sofort eine enge Freundschaft mit Mari Carmen Bori eingegangen war, mit der sie jetzt häufig gewisse Intellektuelle besuche, die er, Luis Trías, nicht mehr ertragen könne; wie es Manolo übrigens, falls er die Boris gekannt habe, sicher interessiere, daß sie sich schließlich getrennt hätten und Mari Carmen jetzt mit einem Maler zusammenlebe; und zuletzt, wie er selbst, Luis, das Studium aufgegeben und bei seinem Vater zu arbeiten begonnen habe und jetzt endlich im Einklang lebe, wenn nicht mit dem Land, so doch wenigstens mit sich selbst, mit seinem Tröpfchen Alkohol und seinem auserlesenen Bekanntenkreis, ohne etwas zu vermissen und ohne Ressentiments gegen irgend jemanden, entpolitisiert und vergessen, der neuen Studentengeneration aber aufrichtig mehr Scharfsinn und mehr Glück wünschend ...

»Auf alle Fälle war es amüsant«, sagte er zum Schluß.

Vorübergehend im Einklang mit dem Geist eines bestimmten Sommers, für einen ganz kurzen Augenblick eng verbunden mit dem Rausch der Seide und des Mondes, zeigte das düstere Gesicht des Murcianers keine Betroffenheit über diese Nachrichten, nicht einmal über die, die sich auf Teresa bezogen: Man hätte meinen können, überlegte Luis Trías, daß er nur hergekommen sei, um eine Bestätigung zu bekommen für das, was er längst wußte, und daß ihn diese Bestätigung überhaupt nicht mehr treffen könne, denn schon immer, seit dem ersten Moment, vom ersten Abend an, an dem er mit Teresa hier gewesen war und sich gegen alle zur Wehr gesetzt hatte, mit vielen Schwindeleien und mancher Angeberei, hatte die Gewißheit grausam und unwiderruflich in seinem sardonischen Blick gestanden.

Manolo schickte sich an, sein Bier zu bezahlen.

»Laß, ich lad dich ein«, sagte Luis Trías. »Willst du schon gehen? Trink noch was, wir reden noch ein bißchen ...«

»Danke, ich hab's eilig.«

Luis legte ihm wieder die Hand auf die Schulter.

»Was willst du jetzt machen?«

»Mal sehen. *Adiós.*«

Und der Pijoaparte drehte sich um, die Hände in den Hosentaschen, und ging hinaus.

Anmerkungen der Übersetzerin:

Araquistain y Quevedo, Luis (1886–1989): Sozialistischer Politiker und Journalist, in späteren Jahren Vertreter eines antikommunistischen Liberalismus.
Capeto: Abkömmling des französischen Adelsgeschlechts der Bourbonen, das Spanien ab 1701 regierte.
carajillo/perfumado: Beide Ausdrücke bezeichnen einen Kaffee mit Anisschnaps. Manolo korrigiert Teresas vulgäre Redeweise *(carajo:* das männliche Glied) durch den feineren Ausdruck *perfumado.*
chorizo: Kleiner lügnerischer Gauner. Eigentlich bezeichnet das Wort eine geräucherte rote Paprikawurst.
chulo: Typischer Menschenschlag der Arbeiterklasse in Madrid, stolz und arrogant.
Clavé, José Anselmo (1824–1874): Katalanischer Dichter, Musiker und Politiker.
Cottolengo: Krankenhaus für unheilbar Kranke, vor allem Kinder.
cuarenta y dos/julepe/manilla/ramiro: Spanische Kartenspiele.
duro: Fünf-Pesetas-Stück.
Fabra, Pompeu (1868–1948): Katalanischer Philologe, Verfasser einer Grammatik des Katalanischen.
Felipe: Frente de Liberación Popular, marxistisch ausgerichtete Volksbefreiungsfront.
Fiesta Mayor: Volksfest.
finca: Eine Art Landgut; hier zur Bewirtschaftung einem Pächter übergeben.
Jeringa: Injektionsspritze, Hortensias Spitzname.
18. *Juli:* Während der Franco-Diktatur Feiertag zur Erinnerung an den von Franco mit vorbereiteten Militäraufstand in Nordafrika (17. 7. 1936), der den spanischen Bürgerkrieg auslöste.
Marítima y Terrestre: Große Fabrik in Barcelona, deren Arbeiter als politisch stark engagiert galten.
Maragall i Gorina, Joan (1860–1911): Katalanischer Dichter, schrieb mystisch-philosophische Naturlyrik.
noia: (katalan.) Mädchen, umgangsspr. Mädchen aus Barcelona oder Umgebung.
orfeó i caramelles: Katalanischer Ausdruck, wörtlich übersetzt: »Chor und Lieder«, bezieht sich auf die politisch engagierte katalanische Arbeiterschaft, die sich zu Gesangvereinen zusammenfand, um patriotische Lieder zu singen.

Otero, Blas de (1916–1979): Spanischer Lyriker, wurde mit seiner Gedichtsammlung »*Pido la paz y la palabra*« (»Ich bitte um Frieden und um das Wort«), einem heftigen Protest gegen die Diktatur und die Unterdrückung der Meinungsfreiheit, zum Wortführer einer sozial engagierten Nachkriegslyrik.

Patufet: Erste katalanische Zeitschrift für Kinder, gegründet 1904 in Barcelona.

Perchel: Stadtteil von Málaga.

Pijoaparte: Manolos Spitzname; *pijo:* dämlicher, arroganter Kerl, der Ausdruck kann auch das männliche Glied bezeichnen; *aparte:* beiseite, abseits für sich.

Prát de la Riba, Enrique (1870–1917): Katalanischer Politiker, Schriftsteller und Journalist, gründete u. a. die Industrieuniversität in Barcelona und ein Institut für Katalanischstudien.

sahariana: Waffenrock des spanischen Heers (seit dem Bürgerkrieg).

señorito: Junger Mann aus reicher Familie.

Simmons, Jean: Englische Schauspielerin.

verbena de San Juan: Fest zur Sommersonnenwende (24. 6., Johannistag).

xarnego/charnego: Ausdruck für Kinder aus Mischehen zwischen Katalanen und Nichtkatalanen, später für Nichtkatalanen allgemein, besonders für Immigranten aus dem Süden Spaniens (abwertend).

Spanische Literatur bei Wagenbach

JUAN MARSÉ   GUTE NACHRICHTEN AUF PAPIERFLIEGERN
Roman
Papierflieger über Barcelona künden von nichts Geringerem als von Leben, Liebe und Tod. Eine ehemalige Varietétänzerin – eine alte Dame mit Papagei und Kanarienvogel – öffnet dem jungen Bruno die Augen: Ein kleines Buch, das eine große Geschichte erzählt.

Aus dem Spanischen von Dagmar Ploetz
SVLTO. Rotes Leinen. Fadengeheftet. 96 Seiten

JUAN MARSÉ   DER ZWEISPRACHIGE LIEBHABER   *Roman*
Was tun, wenn die eigene Frau fremdgeht? Juan Marsé gibt in seinem hinreißend komischen Roman eine Antwort.
Als Marés seine Frau Norma, eine katalanische Patriotin aus gutem Hause, in flagranti mit einem andalusischen Schuhputzer erwischt, bricht für ihn eine Welt zusammen. Der gehörnte Ehemann gibt seine gesellschaftliche Stellung auf und verwandelt sich in einen Akkordeonspieler – nur um als zweisprachiger Liebhaber die Ehefrau zurückzuerobern.

Aus dem Spanischen von Hans-Joachim Hartstein
WAT 660. Broschiert. 208 Seiten

SARA MESA   QUASI   *Roman*
Von außen ist das Versteck zwischen Büschen und Bäumen nicht zu sehen. Jeden Tag begegnen sich dort ein junges Mädchen und ein deutlich älterer Mann. Die magnetische Geschichte einer Beziehung, die nicht vorgesehen ist – und ein doppelbödiger Roman, in dem vieles anders ist, als es scheint.

Aus dem Spanischen von Peter Kultzen
Quart*buch*. Klappenbroschur. 144 Seiten

Javier Sebastián Der Radfahrer von Tschernobyl
Roman
Javier Sebastián setzt den namenlosen Opfern und verleugneten Helden von Tschernobyl ein literarisches Denkmal – so spannend wie ein Abenteuerroman und mindestens ebenso informativ wie das beste Sachbuch zum Thema.

Aus dem Spanischen von Anja Lutter
WAT 711. Broschiert. 224 Seiten

Javier Fernández de Castro
In Erinnerung an einen vorzüglichen Wein *Roman*
Ein gehörnter Winzer, ein Verleger technischer Fachliteratur, ein Ingenieur, viel Rotwein und noch mehr Kühe: Ein kurzer Roman über eine Männerfreundschaft.

Aus dem Spanischen von Timo Berger
SVLTO. Rotes Leinen. Fadengeheftet. 120 Seiten

Javier Tomeo Hotel der verlorenen Schritte
Erzählungen
Der spanische Meister des schwarzen Humors beschreibt in seinen neuen Erzählungen Dinge, die wir bislang für unmöglich hielten. Ein Touristenhasser entdeckt Marsmenschen, ein friedlicher Nachbar sieht sich einem feindlichen Heer gegenüber. Zwei Männer in einem Café streiten darüber, wessen Vater den besseren Beruf hatte – der Boxer oder der Zuckerbäcker?

Aus dem Spanischen und mit einem Nachwort von Heinrich von Berenberg
SVLTO. Rotes Leinen. Fadengeheftet. 96 Seiten mit Zeichnungen des Autors

Paso doble *Junge spanische Literatur*
Ein schillerndes Panorama der jungen spanischen Literatur. Fast alle Texte erscheinen zum ersten Mal auf Deutsch!

Herausgegeben von Marco Thomas Bosshard
WAT 595. Broschiert. 144 Seiten

Lesen Sie weiter:

Verlag Klaus Wagenbach Emser Str. 40/41 10719 Berlin
www.wagenbach.de vertrieb@wagenbach.de